图解

人际关系中的心理策略

宿文渊⊙编著

吉林文史出版社
JILIN WENSHI CHUBANSHE

图书在版编目（CIP）数据

图解人际关系中的心理策略 / 宿文渊编著 . -- 长春：吉林文史出版社，2017.5（2021.4 重印）

ISBN 978-7-5472-4234-6

Ⅰ . ①图… Ⅱ . ①宿… Ⅲ . ①人际关系学—社会心理学—图解 Ⅳ . ① C912.11-64

中国版本图书馆 CIP 数据核字 (2017) 第 120577 号

图解人际关系中的心理策略

书　　名：图解人际关系中的心理策略
编　　著：宿文渊
责任编辑：程　明
封面设计：冬　凡
文字编辑：胡宝林
美术编辑：杨玉萍
插图绘制：圣德文化
出版发行：吉林文史出版社
电　　话：0431-86037509
地　　址：长春市福祉大路 5788 号出版集团 A 座
邮　　编：130021
网　　址：www.jlws.com.cn
印　　刷：三河市金元印装有限公司
开　　本：173mm × 244mm　1/16
印　　张：28 印张
字　　数：550 千字
印　　次：2017 年 5 月第 1 版　2021 年 4 月第 4 次印刷
书　　号：ISBN 978-7-5472-4234-6
定　　价：75.00 元

前言

心理策略是一门人际关系心理学的实用技术，它把心理学的知识和规律变成我们可以影响他人的武器。世界上所有的人都有可能陷入影响与被影响的关系中，人际关系中的强者正是借助各种情绪、言行等心理策略和技巧来影响对方，以达到预设的目的。

无数的事实证明，那些声名显赫的成功人士之所以能够成功，其中一个重要的原因是：他们比我们更清楚自己想要获得成功，就要在别人身上多下功夫。研究发现，商界精英、政治领袖等各界的风云人物大都具有超强的心理影响能力。他们具有敏锐的洞察力，会比普通人更仔细地观察他人，能够轻易地洞悉人的心理和本性，并懂得运用相关的心理学策略来影响身边的人，从而更好地应对和处理工作与生活中的各种问题。这种擅长使用小技巧解决大问题的本领，正是他们优于常人的显著特征。对这些能够洞悉他人、影响他人的心理策略，人们通常以为它们神秘至极，可实质上，它们都是一些非常普通的方法和技巧。

心理策略能够让你像“魔鬼”一样思考，而像“天使”一样受人欢迎。每一个人都离不开与他人的交往。但是，为什么有些人在人际交往中会如鱼得水、左右逢源；而有些人却举步维艰、进退维谷呢？恰当地使用心理策略，可以让你在人际交往中无往不利，拥有并自由调控海量人脉资源，让他人自觉自愿甚至主动地为你排忧解难、创造良机。利用心理策略，就可以迅速知晓对方想听的和不想听的、想要的和不想要的、喜欢的和不喜欢的，以及对方担心的和顾虑的等，从而透过显而易见的表象，分析其背后隐藏的真实心理，掌控人际交往的主动权，成为人际博弈大赢家。对于人际关系中的赢家来说，仅仅是扫除绊脚石并不是真正的目的，将绊脚石转化为垫脚石才是真正的智慧。

高超的心理策略能让你赢得成功的人生。有一只看不见的手在操纵着你我的生活，这只手就是人的心理。洞察人性的心理弱点，利用人性的心理弱点，在人际交往中会说话、会办事，用小策略解决大问题，正是心理策略的意义所在。世界上的大部分竞争都可以牵涉、应用到心理策略。爬山要懂山性，游泳要懂水性，成功要懂人性，掌握了心理策略，就能够掌握对方的心理变化，削弱对方的自信，掌控对方的情感，按照自己的意愿影响对方。心理策略渗透于日常生活中的每个角落，与人们的生活、学习、工作都有着非常密切的关系。生活中，每个人的行为都受到自己心理的支配。不同的人有不同的心理，心理决定着一个人的想法，也决定着一个人的行为。掌握并自如运用心理策略，可以让你轻易达到你所希望达到的目的。

人际关系的成败，与心理学有着千丝万缕的联系，一旦掌握了相关的心理策略，工作和生活中的许多难题就能迎刃而解，就能建立起完美的人际关系。《图解人际关系中的心理策略》旨在帮助读者运用心理策略，建立完美的人际关系。书中从社交、职场、商场、爱情等与人们生活息息相关的各方面讲述人际关系中的心理学知识和技巧，深入挖掘人性背后的心理秘密，巧妙揭示人们内心深处的行为动机，以期帮助读者迅速提高说话办事的能力，掌控人际交往主动权，从而避免挫折和损失，一步一步地落实自己的人生计划，获得事业的成功和生活的幸福。

本书从现实出发，最终又回到现实，相信每一位读者都能够从本书中找到自己需要的心理策略。只要你真正领会了心理学的奥妙，你就能将人生的主动权牢牢握在手中，人生之路就会越走越通畅顺达。

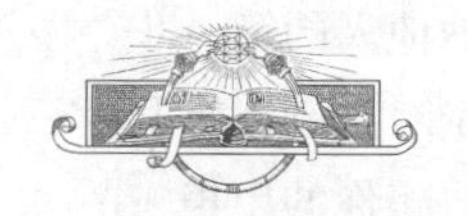

目录

第一篇　巧用心思，赢得认同和支持

第二篇　洞悉人性，掌握主动权

第三篇　见微知著，掌握心理密码

第四篇　心理催眠术——一种神奇的心理策略

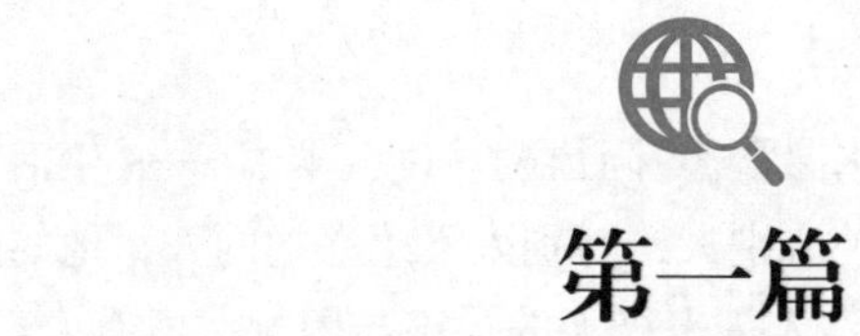

第一篇

巧用心思，赢得认同和支持

第一章

让对方开始喜欢你的心理策略

想别人喜欢你，先去喜欢别人

维也纳一位著名的心理学家阿尔弗雷德•阿得勒写过一本书——《生活对你的意义》。在那本书里，他说："一个不关心别人，对别人不感兴趣的人，他的生活必然遭受重大的阻碍和困难，同时会替别人带来极大的损害与困扰。所有人类的失败，都是由于这些人才发生的。"

一个人如果只关心自己，他很难成为一个被人喜欢的人。要成为受人敬重的人，必须将你的注意力从自己的身上转到别人的身上去。哲学家威廉姆斯说："人性中最强烈的欲望便是希望得到他人的敬慕。"这句话对于"别人"也同样适用，他人也希望得到你的敬慕。如果你只是过度关心你自己，就没有时间及精力去关心别人。别人无法从你这里得到关心，当然也不会注意你。

伍布奇先生是一家公司的总裁，著名的销售专家，当人们问及一个成功的销售员该具备哪些基本条件时，伍布奇先生脱口而出："当然是喜欢别人。还有，一个人必须了解自己公司的产品而且对产品有信心，工作要勤奋，善于运用积极思想。但是，最重要的是他一定要喜欢他人。"

这个故事告诉我们，受人欢迎是销售员素质的某种表现形式，因为从某种程度上讲，你在推销产品的同时，也在"推销"自己。将这一点扩大到人际交往的层面上来，当一个人可以真心地喜欢他人时，他一定会招人喜欢。所以，要获得他人的喜爱，首先必须要真诚地喜欢他人。当然，这种喜欢必须是发自内心的，而非别有所图。

如果你要别人喜欢你，请对别人表现诚挚的关切。这是西奥多·罗斯福异常受欢迎的秘密之一，甚至他的仆人都喜爱他。他的那位黑人男仆詹姆斯·亚默斯，写了一本关于他的书，取名为《西奥多·罗斯福，他仆人的英雄》。在这本书中，亚默斯说了一个个富有启发性的事件：

"有一次，我太太问总统关于一只鹑鸟的事。她从没有见过鹑鸟，于是他详细地描述一番。没多久之后，我们小屋的电话铃响了。我太太拿起电话，原来是总统本人。他说，他打电话给她，是要告诉她，她窗口外面正好有一只鹑鸟，又说如果她往外看的话，可能看得到。他时常做出类似的小事。每次他经过我们的小屋，即使他看不到我们，我们也会听到他轻声叫出：'呜，呜，呜，安妮！'或'呜，呜，呜，詹姆斯！'这是他经过时一种友善的招呼。"关于这一点，罗斯福本人的实例更是一个有力的证明。

别人是自己的一面镜子

研究表明：人际交往中的喜欢与厌恶，接近与疏远是相互的。在一般情况下，喜欢我们的人，我们才会喜欢他们；愿意接近完美的人，我们才愿意去接近。而对于疏远我们、厌恶我们的人，我们的反应也是相应的，对他们也会疏远和厌恶。

怎样让别人体会到你的喜爱之情

让对方体验到愉快的情绪。

满足对方对尊重的需要。

让对方感觉到更加自信。

让对方有志同道合的感觉。

有一天，罗斯福到白宫去拜访，碰巧塔夫脱总统和他太太不在。他真诚喜欢卑微身份者的情形全表现出来了，因为他向所有白宫旧仆人打招呼，都叫出名字来，甚至厨房的小妹也不例外。"当他见到厨房的亚丽丝时，"亚默斯写道，"就问她是否还烘制玉米面包，亚丽丝回答说，她有时会为仆人烘制一些，但是楼上的人都不吃。'他们的口味太差了，'罗斯福有些不平地说：'等我见到总统的时候，我会这样告诉他。'亚丽丝端出一块玉米面包给他，他一面走到办公室去，一面吃，同时在经过园丁和工人的身旁时，还跟他们打招呼……他对待每一个人，就同他以前一样。他们仍然彼此低语讨论这件事，而艾克胡福眼中含着泪说：'这是将近两年来我们唯一有过的快乐日子，我们中的任何人，都不愿意把这个日子跟一张百元大钞交换。'"

从现在开始，真诚、友善地去喜欢你周围的人吧，相信，这也将会让他们真诚、友善地喜欢你！

第一印象塑造好，便可在对方心中建立深刻印象

常生活中，我们都有过这样的体验，初次与人见面时，对方的相貌、举止、言语、风度等某些方面会迅速地映在你的脑海中，形成最初感觉，即第一印象。第一印象主要源于人的直觉观察，根据直觉观察到的信息加以综合评判，然后以某种形式固定下来。

卡耐基认为，在社交活动中，第一印象很重要。它是在没有任何成见的基础上，完全凭着你的"自我表现"来判断的，因而第一印象直观、鲜明、强烈而又牢固。如果你的相貌俊美，举止端庄大方，言语机智，谈吐风趣幽默，风度翩翩，谦虚而不自卑，自信而不固执，倔强而不狂妄，你就会给人留下美好而难忘的印象。

当然，人无完人，所有的优点和美德不可能都集中在一个人身上，但你若具有其中某一方面或某一方面的某一点，再扬长避短，将其发扬光大，也同样可以获得最佳效果。

第一印象的好坏，决定着社交活动能否继续下去。第一印象好，人家就愿意和你进一步来往，通过一段时间的相识与了解，人家觉得你的确不错，你们的关系就会顺畅发展。如果对方是你的客户，你在事业上就多了一个合作伙伴；如果对方是你的同事，你在工作中就多了一个支持者；如果对方是你的邻居，你在生活中就多了一个朋友。第一印象不好，你与人家的交往便不得不就此止步了，因为人家不想再见到你。纵然你有多么美好的动机，多么宏伟的蓝图构想，也只能化成泡影了。

第一印象直接影响着对一个人的评价。一个人的言谈举止，是构成人们对他直接评价的主要因素。许多人在初次交往时，就很快被对方所接受，或奉为事业的楷模，或尊为学业上的恩师，或敬为思想上的领袖，或求为人生的伴侣。

第一印象的烙印是非常深刻的，很长时间都不容易被改变。在许多回忆录中，

我们常常可以读到这样一段话：“他还是老样子，像我第一次见到他的时候。”多少年以后，历史的变化更加之岁月的沧桑，一个人怎么会没有变化呢？但在作者眼里，对方还是他初次见到的模样。事实上不是对方依然如故，而是作者脑中的第一印象太深刻了，没有随着时间的流逝而改变。

中国老百姓中流传着这样一句话：“到了新环境，头三脚踢开，以后就容易了。”与人交往也是同样的道理，在他人心中的第一印象塑造好了，日后才容易春风得意。

怎样塑造良好的第一印象

心理学家戴尔·卡耐基认为在社交活动中，第一印象很重要。它是在没有任何成见的基础上，完全凭着你的“自我表现”来判断的，因而第一印象直观、鲜明、强烈而又牢固。并且卡耐基根据大量来自实际生活的成功经验，总结出了给人留下良好第一印象的几条途径：

和善的微笑

多提别人的名字

谈别人感兴趣的话题

以真诚的方式让别人感觉到他很重要

把握好开始五分钟攀谈，以后交流自然顺畅

人们第一次相遇，需要多长时间决定他们能否成为朋友？美国伦纳得·朱尼博士在所著的一本书中说："交际的点，就在于他们相互接触的第一个5分钟。"朱尼博士认为："人们接触的第一个5分钟主要是交谈。在交谈中，你要对所接触的对象谈的任何事都感兴趣。无论他从事什么职业，讲什么语言，以什么样的方式，对他说的话都要耐心倾听。如果你这样做了，你会觉得整个世界充满无比的情趣，你将交到无数的朋友。"

而许多人同陌生人说话都会感到拘谨。建议你先考虑一个问题，为什么你跟老朋友谈话不会感到困难？很简单，因为你们相当熟悉。相互了解的人在一起，就会感到自然协调，而对陌生人却一无所知，特别是进入了充满陌生人的环境，有些人甚至怀有不自在和恐惧的心理。你要设法把陌生人变成老朋友，首先要在心目中建立一种乐于与人交朋友的愿望，心里有这种要求，才能有行动。

以到一个陌生人家去拜访为例：如果有条件，首先应当对要拜访的客人作些了解，探知对方一些情况，关于他的职业、兴趣、性格之类。

当你走进陌生人住所时，你可凭借你的观察力，看看墙上挂的是什么？国画、摄影作品、乐器都可以推断主人的兴趣所在，甚至室内某些物品会牵引起一段故事。如果你把它当作一个线索，就可以由浅入深地了解主人心灵的某个侧面。当你抓到一些线索后，就不难找到开场白。

如果你不是要见一个陌生人，而是参加一个充满陌生人的聚会，观察也是必不可少的。你不妨先坐在一旁，耳听眼看，根据了解的情况，决定你可以接近的对象，一旦选定，不妨走上前去向他作自我介绍，特别对那些同你一样，在聚会中没有熟人的陌生者，你的主动行为是会受到欢迎的。

应当注意的是，有些人你虽然不喜欢，但必须学会与他们谈话。当然，人都有以自我兴趣为中心的习惯，如果你对自己不感兴趣的人不瞥一眼，一句话都不说，恐怕也不是件好事。别人会认为你很骄傲，甚至有些人会把这种冷落当作侮辱，从而产生隔阂。和自己不喜欢的人谈话时，第一要有礼貌；第二不要谈论有关双方私人的事，这是为了使双方自然地保持适当的距离，一旦你愿意和他结交，就要一步一步设法缩小这种距离，使双方容易接近。

在你决定和某个陌生人谈话时，不妨先介绍自己，给对方一个接近的线索，你不一定先介绍自己的姓名，因为这样人家可能会感到唐突。不妨先说说自己的工作单位，也可问问对方的工作单位。一般情况，你先说说自己的情况，人家也会相应告诉你他的有关情况。

接着，你可以问一些有关他本人的而又不属于秘密的问题。对方有一定年纪的，你可以问他子女在哪里读书，也可以问问对方单位一般的业务情况。对方谈了之后，

你也应该顺便谈谈自己的相应情况，才能达到交流的目的。

和陌生人谈话，要比对老朋友更加留心对方的谈话，因为你对他所知有限，更应当重视已经得到的任何线索。此外，他的声调、眼神和回答问题的方式，都可以揣摩一下，以决定下一步是否能纵深发展。

 5分钟，和陌生人交朋友

想要做一次愉快的交谈，取得陌生人的好感是一件不容易的事情。所以我们知道在与陌生人见面前先应该先了解对方，找到谈话的切入点，利用好开始的5分钟，与陌生人交朋友。

当你想要拜访一位很重要的人物的时候，不妨先从他的朋友那里先了解一下他的故事，以此来打开对方的话匣子。

初次见面的两个人，如果想要打开尴尬的局面，不妨先谈论一下彼此都知道的话题，这样也会产生一种好感。

对于中年人，他们关心的就是子女、健康、过去的荣誉，只要抓住这几点，就不怕打不开他们的话匣子了。

有人认为见面谈谈天气是无聊的事。其实，这要具体问题具体分析。如果一个人说：“这几天的雨下得真好，否则田里的稻苗就旱死了。”而另一个则说：“这几天的雨下得真糟，我们的旅行计划全给泡汤了。”你不是也可以从这两句话中分析两人的兴趣、性格吗？退一步说，光是敷衍性的话，在熟人中意义不大，但对与陌生人的交往还是有作用的。

如遇到那种比你更羞怯的人，你更应该跟他先谈些无关紧要的事，让他心情放松，以激起他谈话的兴趣。和陌生人谈话的开场白结束之后，特别要注意话题的选择。那些容易引起争论的话题，要尽量避免，为此当你选择某种话题时，要特别留心对方的眼神和小动作，一发现对方厌倦、冷淡的情绪时，应立即转换话题。

在与人聚会时，常常会碰到请教姓名的事，“请问你尊姓大名”。你要牢牢记住对方的姓名，对方说出姓名之后，你应立即用这个名字来称呼他，当你碰到一个可能已经忘记了的人，你可以表示抱歉，“对不起，不知怎么称呼您？”也可以说半句“您是——”“我们好像——”，意思是想请对方主动补充回答，如果对方老练，他会自然地接下去。

学会和陌生人攀谈，谁都可能成为你的朋友。

适时附和，更容易讨对方欢心

我们曾提到过，多听别人说，自己才能了解得到对方更多的信息。然而，不是每个听力正常的人都懂得倾听的艺术，尤其是想讨对方欢心的时候，仅仅靠听就完全不够了，更重要的是要会适时附和对方。不信，看看下面的例子就知道了。

有人做过这样一个实验，来证明听者的态度对说者有着极大的影响。

实验者让学生表现出一副心不在焉的样子，结果上课的教授照本宣科，不看学生，无强调，无手势；让学生积极投入——倾听，并且开始使用一些身体语言，比如适当的身体动作和眼神的接触。结果教授的声调开始出现变化，并加入了必要的手势，课堂气氛生动起来。

由此看出，当学生表现出一副心不在焉的样子，教授因得不到必要的反应而变得满不在乎起来；当学生改变态度，用心去倾听时，其实是从一个侧面告诉教授：你的课讲得好，我们愿意听。这就是无声的赞美，并且起到了积极的效果。

从上面的例子也可以看出，倾听时加入必要的身体语言，是非常有必要的。

行动胜于语言。身体的每一部分都可以显示出激情、赞美的信息，可增强、减弱或躲避、拒绝信息的传递。精于倾听的人，是不会做一部没有生气的录音机的，他会以一种积极投入的状态，向说话者传递“你的话我很喜欢听”的信息。

录音机是没有眼睛的，俗语说，“眼睛是心灵的窗口”。适当的眼神交流可以增强听的效果。这种眼神是专注的，而不是游移不定的；是真诚的，而不是虚伪的。

发自灵魂深处的眼神是动人心魄的。

录音机做不了“小动作”，而倾听者则必须做一些“小动作”。身体向对方稍微前倾，表示你对说者的尊敬；正向对方而坐，表明“我们是平等的”，这可使职位低者感到亲切，使职位高者感到轻松。自然坐立，手脚不要交叉，否则让对方认为你傲慢无礼。倾听时和说话人保持一定的距离，恰当的距离给人以安全感，使说话者觉得自然。动作跟进要合适，太多或太少的动作都会让说者分心，让他认为你厌烦了。正确的动作应该跟说话者保持同步，这样，说话者一定会把你当作“知心人”。

倾听并不意味着默默不语，除了做一些必要的“小动作”外，还得动一动自己的嘴。恰当的附和不但表示了你对说者观点的赞赏，而且还对他暗含鼓励之意。

适时附和，才是好的交流方式

“附和”是表示专心倾听对方说话的最简单的信号，体现谈话双方的情感交流。真正用心听他人谈话时，总会发现谈话中有自己不懂的、有趣的或令人拍案叫绝的地方。

只是倾听而不附和会让别人觉得你心不在焉，你们的交流就索然无趣，你也不会从别人那里得到更有效的信息。

恰当的附和，不但表示了你对说者观点的赞赏，而且还对他暗含鼓励之意。

与他人交谈的时候，你若想讨对方欢心，想把交流愉快地延续下去，你们，请不要只是傻傻地倾听，要学着适时地附和。

当你对他的话表示赞同时，你可以说：

“你说得太好了！”

“非常正确！”

“这确实让人生气！”

这些简洁的附和让说话者为想释放的情感找到了载体，表明了你对他的理解和支持。

同时，听者还可以用一些简短的语句将说者想传达的中心话题归纳一下，能够使说者的思想得以凸显和升华，同时也能提高听者的位置。

用好“您”字，会让你更受欢迎

想让你的谈话取得良好效果吗？那么，在你与人交谈时，请选择他们感兴趣的话题。什么是他们最感兴趣的话题呢？是他们自己！

当你与他们谈及他们自己时，他们就会兴致勃勃，且完全着迷，他们对你的好感会油然而生。当你与人们谈及他们自己时，你是在顺应人性；当你与人们谈论你自己时，你是在违背人性。

你真的想成为最会说话的人吗？那么，从现在起，把这几个词从你的词典中删除出去“我，我自己，我的”。你要开始用另一个词，一个人类语言中最有力的词来代替它——“您”！例如：“这是给您做的”“您会从中得到好处”“假如您这么做，您将会从中受益无穷”“这将会给您的家庭带来欢乐”等。

当你能放弃谈论自己和使用“我、我自己、我的”这几个词而产生的满足感时，你的办事效率，你的影响力、号召力将会大大提高。虽然要做到这一点是有难度的，而且需要不断地练习，但是，一经付诸实践，它给予你的回报，将会让你觉得这样做非常值得。

还有一种利用“人们关心自己”这一特点的方式是，让他们谈论他们自己。这时，你会发现，人们热衷于谈论自己胜过任何话题。要是你能够巧妙地引导人们谈论他们自己，他们将会很喜欢你。

大多数人很难对别人产生影响力或号召力，是由于他们总是忙着考虑自己，忙着谈论自己，忙着表现自己。但是，请记住这样一个事实：你是否对谈话感兴趣并不重要，重要的是你的听众是否对谈话感兴趣。除非你不想成为会说话的人，除非你想把你的人际关系搞坏。所以，当你与人谈话时，更多地谈论对方，并引导对方谈论他们自己吧。

这样，你就一定能够成为一名最受欢迎的、最会说话的人。不过，需要注意的是，有些时候“您”可以换成“你”字，具体需要视情况而用。

让对方做主角，他一定喜欢与你交流

卡耐基认为，人与人交往时，只有尊敬对方，交际活动才能顺利进行。

如果总是压制对方、强迫对方服从自己，对方不久就会对你产生敌对情绪，从而失去对你的信赖。

在人际交往中，要让对方扮演主角。因为不知交往会在何处受挫，就必须把能观测到的对方谈话内容事先准备好，然后自己演好配角。

到什么山头唱什么歌，不同人要区别对待

中国有句谚语：“到什么山唱什么歌，见什么人说什么话。”说话不看对象，常常让别人无法理解自己的本意，从而在无形之中与别人拉开了相当的距离。反之，了解了对方的情况，并依据其情况，寻找与之相适应的话题和谈话内容，双方就会觉得谈话比较投机，彼此在距离上也显得比较亲切。对方会觉得你是一个极具亲和力的人，从而愿意与你相处。

几乎没有一个人在说话的时候不考虑到彼此的身份的。不分对象，不看对方身份，都用一样的口气说话，是幼稚无知的表现。下级对上级、晚辈对长辈、学生对老师、普通人对有名气地位的人等，不必表现得屈从、奉迎。但在言谈举止上则不要过于随便，有必要表现得更加尊重一些。在不是十分严肃隆重的场合，身份较高的人对身份较低的人说话越随和风趣越好，而身份较低的人对身份较高的人说话则不宜太过随便，尤其在公众场合，说话要恰如其分地把握好自己与听者的身份差别。地位则是个人在团体组织中担负的职位和在社会关系中所处的位置。个人的社会地

位不同，就会有不同的人生经历、社会职责和交际目的，对口才表达也会产生不同的需求。

例如，与上司说话，或探讨工作，我们应该尽量向上司多请教工作方法，多讨教办事经验，他会觉得你尊重他，看得起他。所以，在工作和办事过程中，即使你全都懂，也要装出有不明白的地方，然后主动去问上司："关于这事，我不太了解，应该如何办？"或"这件事依我看来这样做比较好，不知局长有何高见？"

上司一定会很高兴地说："嗯，就照这样做！"或"这个地方你要稍微注意一下！"或"大体这样就好了！"如此一来，我们不但会减少错误，上司也会感到自身的价值，而有了他的帮助和支持，后面的事情就好办得多了。

"智圆行方"，见什么人说什么话

大千世界，每个人的心理特点、脾气秉性各不相同，所以，不能用统一的说话方式来交流。因而，见什么人说什么话的技巧我们不可不知，不可不学。

和人交谈要看对方的身份、地位，还要看对方的性格特点，针对他的不同特点，采取不同的说话方式，这样才有利于解决问题。

春秋时期的纵横家鬼谷子先生指出："与智者言依于博，与博者言依于辨，与辩者言依于要，与贵者言依于势，与富者言依于豪，与贫者言依于利，与卑者言依与谦，与勇者言依于敢，与愚者言依于锐。"意思是说：和聪明的人说话，须凭见闻广博；与见闻广博的人说话，须凭辨析能力；与地位高的人说话，态度要轩昂；与有钱的人说话，言辞要豪爽；与穷人说话，要动之以利；与地位低的人说话，要谦逊有礼；与勇敢的人说话不要怯懦；与愚笨的人说话，可以锋芒毕露。

另外，可以通过对方无意中显示出来的态度及姿态，了解他的心理，有时能捕捉到比语言表露更真实、更微妙的思想。例如，对方抱着胳膊，表示在思考问题；抱着头，表明一筹莫展；低头走路，步履沉重，说明他心灰气馁；昂首挺胸，高声交谈，是自信的流露；真正自信而有实力的人，反而会探身谦虚地听取别人的讲话；抖动双腿常常是内心不安、苦思对策的举动，若是轻微颤动，就可能是心情悠闲的表现。对请托对象的了解，不能停留在静观默察上，还应主动侦察，采用一定的策略，才能够迅速准确地把握对方的思想脉络和动态，从而顺其思路进行引导，这样的交谈易于成功。

与人说话沟通必须看清对方的文化层次。埋头做事者常常是事业心很强或对某事很感兴趣的人，一旦开始做事，便全身心投入，不愿再见他人。这种人往往惜时如金，爱时如命，铁面无情。要敲开这种人的门，首先不要怕碰"钉子"，还要有足够的耐性，并且要善于区分不同情况，再对症下药。

毕加索的妻子弗朗索瓦兹·吉洛特十分爱好绘画，一入画室便不容有人打扰。一次她正在作画，儿子小科劳德想让妈妈带他去玩，便敲响了门，可吉洛特已全身心投入到绘画上，听到敲门声和儿子的喊声，只是回应了一声"哎"，仍旧埋头作画。停了一会儿，门还没开，儿子又说："妈妈，我爱你。"可得到的回应也只是："我也爱你呀，我的宝贝儿。"但门还是没开。儿子又说："我喜欢你的画，妈妈。"

吉洛特高兴了，她答道："谢谢！我的心肝，你真是个小天使。"可仍旧不去开门。儿子又说："妈妈，你画得太美了。"吉洛特停下笔，但没有说话，也没有动。儿子又说："妈妈，你画得比爸爸好。"吉洛特的画当然不会比丈夫——绘画艺术大师毕加索画得更好，但儿子的话却句句说到了她的心里，她也从儿子那夸大的评价中感到了儿子的迫切心情，于是，把门打开了。

自命清高者常常是洁身自好的墨客或仕途失意的文人，或者是那些自命不凡、看破红尘的人。这种人文化层次一般都较高，他们自以为比别人高明，他们不愿与常人交往，却希望同有才华的人结交，因此要顺利地叩开这种人的大门，最有效的办法就是善于表现自己，设法展示出自己的才华，引起他的爱才心理。

打开对方心扉的心理策略

巧说第一句话，陌生人也能一见如故

假如在一个严冬的夜晚，与一位现在很陌生、但希望将来能成为朋友的人见面，你想说些什么作为初次见面的开场白呢?

大多数人都认为从谈天气切入最好，如“今晚好冷啊”。可是，单纯地使用它，虽然能彼此引出一些话来，但这些话往往对你们彼此无关紧要，于是，再深一步地交谈也就出现困难了。不过，如果你这样说：“哦，今晚好冷！像我这种在南方长大的人，尽管在这里住了几年，但对这种天气还是难以适应。”相信，对方若也是在南方长大的，就会引起共鸣，接着你的话头说出一些有关的事；对方若是在北方长大的，他也会因为你在寒暄中提到了自己的故乡在南方，而对你的一些情况发生兴趣，有了要进一步了解你的欲望，从而可把你们的交往引向深入。

要知道，人都是独立的个体，都具有思维能力，与陌生人打交道时，你与对方都会存有一定的戒心，这也是初次交往的一种障碍。而初次交往的成败，关键就要看你们如何冲破这道障碍。如果你用第一句话吸引对方，或是讲对方比较了解的事，那么，第一次谈话就不仅仅是形式上的客套了。如果运用得巧妙，双方会因此打成一片，变得容易接近。

实际交往过程中，有的人采用一种很自然的、叙述型的谈话开头，也能给人一种亲切感，同时还能让人想继续向他询问一些细节。

在一个街道的计划生育办公室，一名记者正在了解此地青年男女早婚早育的情况。那位主管此事的女干部没有像他想象的那样给他列举一堆的数字，而是很自然地为他讲了个故事。

“今年的元月26日，这个街区某校的一名15岁的高中少女，初次见到本区的一个体户青年，这个青年也不过20岁出头，刚刚到法定的结婚年龄。元月29日，也就是距他们相识不过3天的时间。他们就双双到当地婚姻登记机构要求登记结婚，那少女发誓说她已工作，父母远在边疆，因此无须取得父母的同意。婚姻登记机构当然不相信，一定要她出示户口本以验证她的实际年龄，但他们不知从哪里找来一治安人员，硬是替他们作了证，领取了结婚证书。就这样新郎为新娘租了一家旅馆，两人在那里住了3个月有余。当少女的母亲发现已为时过晚，因为少女已经怀孕，而新郎却在此后突然不知去向，并到此为止，一直再没出现过。”

听完故事后，记者非常喜欢这段自然的开头，因为那名女干部说出具体的时间，令人预感将要有一段回忆或暗示一件有趣的事情要发生。令人产生渴望要了解细节的欲望，既为其采访提供了很好的素材，同时也从侧面揭示出早婚早育的后果。

 消除陌生感的说话小技巧

说第一句话的原则就是亲热、贴心、消除陌生感。并且尽量一张口就能高呼出他的名字，对方肯定会为之一振，对你顿生景仰之意。

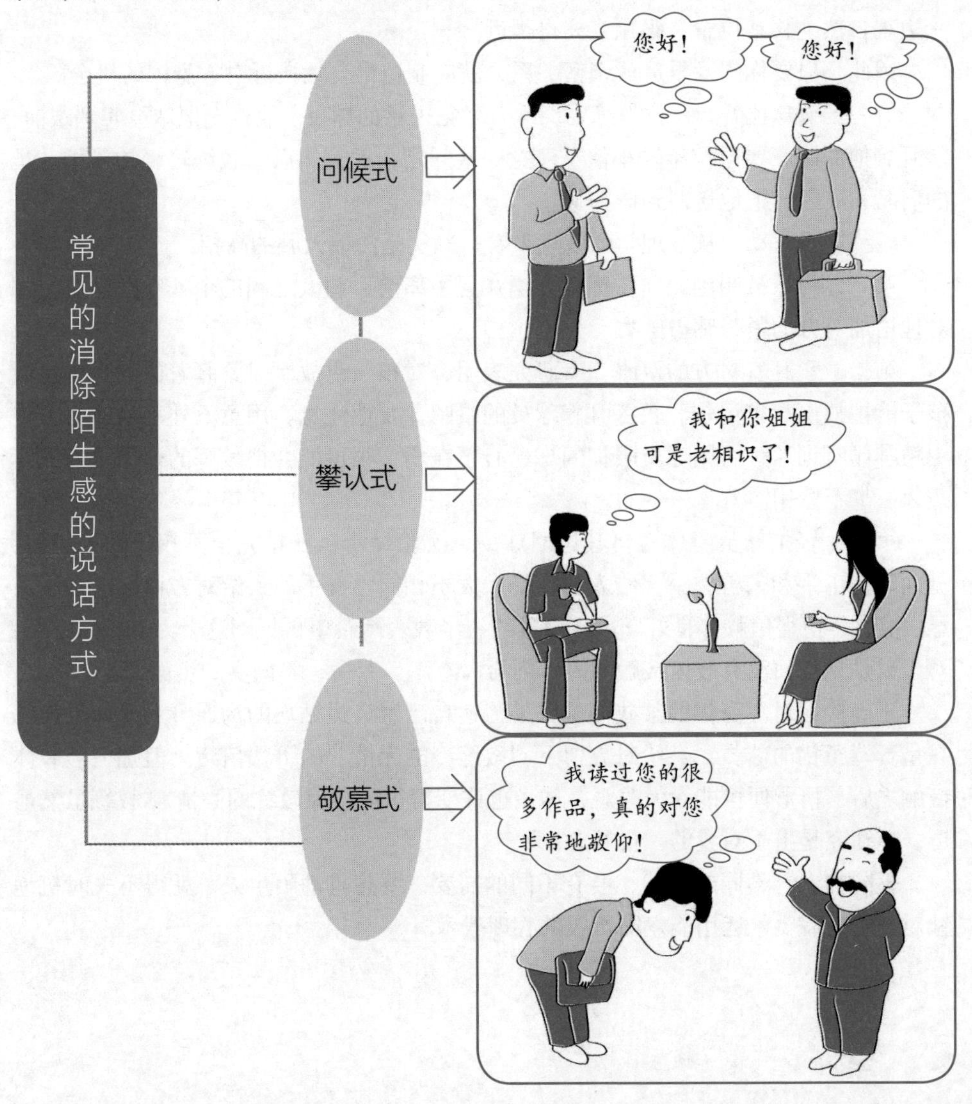

用细微动作可以拉近与陌生人的距离

与陌生人相处时，必须在缩短距离上下工功夫，力求在短时间内了解得多些，缩短彼此的距离，力求在感情上融洽起来。孔子说:“道不同，不相为谋。”志同道合，才能谈得拢。

我们在百货公司买衬衫或领带时，女店员总是会说：“我替你量一下尺寸吧！”这是因为对方要替你量尺寸时，她的身体势必会接近过来，有时还接近到只有情侣之间才可能的极近距离，使得被接近者的心中涌起一种兴奋感。

本来一对陌生的男女，如果能把手放在对方的肩膀上，心理的距离就会一下子缩短，有时瞬间就成为情侣的关系。推销员就常用这种方法，他们经常一边谈话，一边很自然地移动位置，跟顾客离得很近。

因此，只要你想及早造成亲密关系，就应制造出自然接近对方身体的机会。

有一场篮球比赛，一位教练要训斥一名犯了错的球员。他首先把球员叫到跟前，紧盯着他的眼，要这位年轻小伙子注意一些问题，训完之后，教练轻轻拍了拍球员的肩膀和屁股，把他送回到球场上。

教练这番举动，从心理学的观点来看，确实是深谙人心的高招。

第一，将球员叫到跟前。把对方摆在近距离前，两人之间的个人空间缩小，相对地增加对方的紧张感与压力。

第二，紧盯着对方的双眼。有研究表明，对孩子讲故事时紧盯着他的眼，过后孩子能把故事牢牢记住。教练盯着球员的眼睛，要他注意，用意不外乎是使对方集中精神倾听训斥。否则球员眼神闪烁、心不在焉，很可能会把教练的训斥全当成耳边风，毫不管用。

第三，轻拍球员身体，将其送回球场。实验显示，安排完全不相识的人碰面，见面时握了手和未曾握手，给人的感受大大不相同。握手的人给对方留下随和、诚恳、实在、值得信赖等良好印象，而且约有半数表示希望再见到这个人。另一方面，对于只是见面而没有肢体接触的人，则给人冷漠、专横、不诚实的负面评价。

正确接触对方身体的某些部位，是传达自己感情最贴切的沟通方式。如果教练只是责骂犯错的球员，会给对方留下“教练冷酷无情”的不快情绪。但是一经肢体接触之后，情形便可能大大改观，球员也许变得很能体谅教练的心情：“教练虽然严厉，但终究是出于对我的一番好意！”

不同的人、不同的心情，会有不同的需要。要想打动陌生人，就得不失时机地针对不同的需要，运用能立即奏效的心理战术。

从细微之处拉近与陌生人的距离

每个人对自己身体周围，都会有一种势力范围的感觉，而这种靠近身体的势力范围，通常只能允许亲近之人接近。所以，与陌生人相处时，必须在缩短距离上下功夫。那么，怎么从细微之处拉近与陌生人的距离呢？

借用媒介。寻找自己与陌生人之间的媒介物，以此找出共同语言，缩短双方距离。

留有余地。和陌生人的交谈，千万不要把话讲完，把自己的观点讲死，而应是虚怀若谷，多听听他人意见。

通过对方的眼神、姿势等来推测其当时的心思，再有效地运用，如拍肩、握手、拥抱等非语言沟通方式来传情达意。如果你懂得运用这些技巧，便能很快地拉近与陌生人的心理距离。

适当“自我暴露”能加深亲密度

小敏是同宿舍中最擅长交际的一个，并且人也长得漂亮。但同宿舍甚至同班的其他女孩都找到了自己的男朋友，唯独漂亮、擅长交际的小敏仍是独自一人。

为什么呢？她身边的同学都表示，她太神秘，别人很难了解她。和她有过接触的男同学也说，刚开始和她交往时，感觉她是个活泼开朗的女孩，但时间一长，就发现她很自私。

原来，小敏一直对自己的私生活讳莫如深，也从不和别人谈论自己，每当别人问起时，她就把话题岔开，怪不得同学们都觉得她神秘呢！

生活中有一些人是相当封闭的，当对方向他们说出心事时，他们却总是对自己的事情闭口不谈。但这种人不一定都是内向的人，有的人话虽然不少，但是从不触及自己的私生活，不谈自己内心的感受。

有些人社交能力很强，他们可以饶有兴趣地与你谈论国际时事、体育新闻、家长里短，可是从来不会表明自己的态度。而一旦你将话题引入略带私密性的问题时，他就会插科打诨，转移话题。可见，一个健谈的人，也可能对自身的敏感问题有相当强的抵触心理。相反，有一些人虽不善言辞，却总希望能向对方袒露心声，反而能很快和别人拉近距离。

人之相识，贵在相知；人之相知，贵在知心。要想与别人成为知心朋友，就必须表露自己的真实感情和真实想法，向别人讲心里话，坦率地表白自己、陈述自己、推销自己，这就是自我暴露。

当自己处于明处，对方处于暗处，你一定不会感到舒服。自己表露情感，对方却讳莫如深，不和你交心，你一定不会对他产生亲切感和信赖感。当一个人向你表白内心深处的感受，你可以感到对方信任你，想和你达到情感的沟通，这就会一下子拉近你们的距离。

自我暴露要适度

自我暴露，是一种人们自愿的、有意地把自己的真实情况暴露给别人的行动，它透露的情况多是他人不可能从其他途径获得的。

自我暴露的时候一定要注意暴露的目标、内容、数量、深度、时机，切忌过犹不及。如果过度的自我暴露，不仅不会缩短彼此的距离，而且会让对方产生厌烦情绪。

所以一定是适当的自我暴露，才能让双方的关系快速发展，彼此更加熟悉和信任，相处更自然。

在生活中，有的人知心朋友比较多，虽然他（她）看起来不是很擅长社交。如果你仔细观察，会发现这样的人一般都有一个特点，就是为人真诚，渴望情感沟通。他们说的话也许不多，但都是真诚的。他们有困难的时候，总会有人来帮助，而且很慷慨。而有的人，虽然很擅长社交，甚至在交际场合中如鱼得水，但是他们却少有知心朋友。因为他们习惯于说场面话，做表面功夫，交朋友又多又快，感情却都不是很深。因为他们虽然说很多话，却很少暴露自己的真实感情。

实际上，人和人在情感上总会有相通之处。如果你愿意向对方适度袒露，总会发现相互的共同之处，从而和对方建立某种感情的联系。向可以信任的人吐露秘密，有时会一下子赢得对方的心，赢得一生的友谊。

小鱼是某大学的研究生，刚入学不久，她就把同班同学给震了。一天早上上课，课间，坐在前排的她转过身和一位同学借笔记，还回来时笔记里竟然夹了一张男生的照片，于是小鱼打开了话匣子，跟后面的同学聊了起来，说那是她在火车上认识的新男友，正热恋。她从她和男友在哪儿租了房子、昨天买了什么菜、谁做的晚饭，说到她如何如何幸福，甚至说到二人世界里亲密的小细节。

这样的事情有很多，而且她经常不分时间场合随便就跟别人讲自己的一些私事。到后来，同学们一见到她就躲开了，大家都受不了她了。

由上面的这个例子我们可以看出，在人际交往的过程中，自我暴露要有一个度，过度的自我暴露反而会惹人厌。

真正的亲密关系是建立得很慢的，它的建立要靠信任和与别人相处的不断体验。因而，你的“自我暴露”必须以逐步深入为基本原则，这样，你才会讨人喜欢，才能交到知心朋友。

运用认同术是达成共识的有效方法

在交际中寻找共同点的说话术，俗称“套交情”，也叫“认同术”。这种认同是交际中与陌生人、朋友、尊长、上司等沟通情感的有效方式。它是要在交际双方的经历、志趣、追求、爱好等等方面寻找共同点，诱发共同语言，为交际创造一个良好的氛围，进而赢得对方的支持与合作。

例如，对待朋友，应该尽量抓准每一个机会增进交往，和朋友达成共识。你可以及时地给予对方雪中送炭式的帮助，从而拉近你和朋友的距离，使朋友对你更加忠诚。当朋友获得成功时，及时地、由衷地祝福朋友，分享朋友的喜悦，会使朋友更加快乐，并会感激你对他的祝贺。当朋友有困难时，应帮助他渡过难关，真正地体现有福同享、有难同当的精神。

交朋友时以对方的道德品质、脾气和性格是否与自己相投作为择友标准，不要以贫富贵贱作为择友标准。与朋友交谈或来往时应强调精神上的交流，如聊一聊最近的生活感触，互相给予鼓励和支持等，不要一味地谈钱、谈物质，这样会给对方很不好的印象。

当对方遇到物质方面的困难时，应慷慨给予对方物质帮助，不要吝啬，这样会使朋友觉得你是一个真正的朋友，所交的朋友一般是在年龄相仿的人之间。但如果与跟自己年龄相差很大的人交朋友，也会有意想不到的效果。老年人遇事经验丰富，年轻人遇事热情有冲劲，两者的交往可以取长补短，所以社会上也不乏“忘年之交”。

“认同术”：交际的法宝

“认同术”就是在交际中寻找共同点的说话术。对他人要善于运用认同术，着力达到“求同存异”的境界是最主要的。这样才能维持长久的交情，经营完善自己的关系网络。

怎样运用“认同术”与朋友沟通。

如果朋友对你流露出不满时，应该弄清朋友为什么会有不满情绪。然后坦诚地向对方解释，寻得对方的理解。

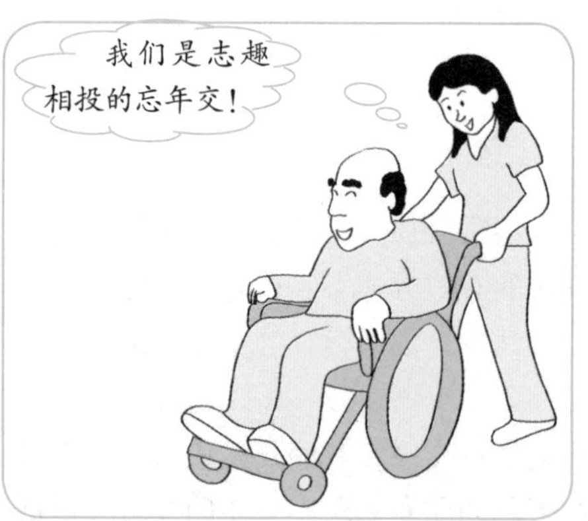

与朋友交往时应多强调精神因素的认同，淡化物质上的交往。交朋友时，志趣相投，世界观、价值观相似的友谊才会持久。

朋友之间的兴趣爱好是相近的，但又不可能完全相同。所以尊重对方兴趣爱好的同时要取长补短，才会使自己更加进步。

人与人交往的最好结果是心与心的相通、志与志的相合、心理与心理的相容和分寸适度的距离感。无论哪方面，都应该力求达到一种“求同存异”的效果。

在现实生活中，由于每个人所处的环境不同，因此在经历、教育程度、道德修养和性格等方面也各不相同，这些方面的差距不应成为友谊的障碍。友谊的长久维持应该是正确对待这类差距的结果。应该承认自己和朋友在对待事物方面的差距，承认这种差距，适应这种差距，双方可以有争论、有辩解，从争论中寻找两人的契合点，求同存异。在涉及精神信仰的因素中应尊重对方，在涉及认识水平的问题上应通过暗示、影响等方面使对方认识到你们之间的差距。总之，有时保持这种差距，比强迫对方或自己改变以缩短差距要可行得多。

我们常说：“距离产生美。”朋友之情再深，也没必要天天黏在一起，因为相距越近，越容易挑剔对方的缺点和不足，忽视对方的优点和长处，长期下去，会导致矛盾摩擦甚至断交。如果朋友之间保持一定的距离，可以使朋友彼此忽视缺点，而发现的是对方的优点和长处，并对对方有所牵挂，这样友谊就易于维持下去。

总之，不管怎么样，对他人要善于运用认同术，着力达到“求同存异”的境界是最主要的。这样才能维持长久的交情，经营完善自己的关系网络。

激发对方的情绪，让他滔滔不绝

在某些沉闷的环境里，没有人愿意开口跟陌生人说一句话，那是出于一种防备心理，在这种时候，你应该学会如何去激起谈话对象的某种情绪，让他慢慢开始滔滔不绝。

假如你正坐在火车上，你已坐了很久了，而前面还有很长很长的路程。你想与他人讲讲话，这是人类的群体性在作祟，而你要尽力使你的谈话显得有趣和富有刺激性。坐在你旁边的一位像是一个有趣的家伙，而你颇想知道他的底细，于是你便搭讪道：“真是一段又长又讨厌的旅程，你是否也有这种感觉？”“是的，真讨厌。”他同意着，而且语调中包含着不耐烦的意味。“若看看一路上的稻田，倒会使人高兴起来。在稻谷收获之前的一两个月，那一定更有趣。”“唔，唔！”他含糊地答应着。这时你再也没有勇气说下去了。你在农业方面，给他一个表现兴趣的机会，他若是个农夫，接下来他一定会发表一番他的看法。假若一个话题能引起他的兴趣，那么无论他是如何沉默的一个人，他也会发表一些言论的。

因此你在谈话停滞之时，思考了一番后，又重新开始了。“天气真好，爽快极了！”你说，“真是理想的踢球时节。今年秋季有好几个大学的球队都很出色呢！”那位坐在你身旁的乘客直起身来。“你看理工大学球队怎么样？”他问。你回答：“理工大学队很好，虽然有几个老将已经离队，然而几位新人都很不错。”“你曾听到过一个叫李刚的队员吗？”他急着问。

你的确听说过这个球员，你猛然发现此人和李刚长得很像，立刻毫无疑问地判断李刚定是此人之子。于是你说："他是一个强壮有力、有技巧，而且品行很好的青年。理工大学队如果少了这位球员，恐怕实力将会大减。但是李刚快要毕业了，以后这个队如何还很难说。"

这位乘客听了这话便兴高采烈、滔滔不绝地谈了起来。可见，你激发了他说话的情绪，情绪一上来，就很难控制，谈话就会滔滔不绝。

和陌生人谈话的场合是不可避免的，那种紧张压抑的气氛抑制了大家说话的勇气，这时，必须想办法挑起一种快乐的情绪，让所有人都参与到交谈当中来。

一般说来，对一个素不相识的人，只要事先做一番认真的调查研究，你往往都可以找到或明或暗，或近或远的亲友关系。而当你在见面时及时拉上这层关系，就能一下子缩短彼此的心理距离，使对方产生亲近感。

一个人爱不爱说话，关键看他的情绪状况是怎样的，有很多沉默寡言的人，就要注意引导，激发他的说话情绪。至于其中的技巧，你要在交谈中察言观色，以捕捉可谈的信息，如果可以，事前最好做一番调查研究。

与陌生人交谈的技巧

同陌生人交谈是交际的一大难关。如果处理得好，激发了对方的情绪，就会让别人有一见如故、相见恨晚的感觉；如果处理不好，就适得其反，会使对方感觉到不舒服、局促不安。其实，想激发他人的情绪，使他愿意与你交谈，就要找到彼此的共同点。

找到自己和陌生人共同点的小技巧：

听人介绍，猜度共同点；
揣摩谈话，探索共同点；
以话试话，侦察共同点；
步步深入，挖掘共同点；
察言观色，寻找共同点。

寻找共同点的方法还有很多，譬如共同点生活环境、工作性质、生活习惯、都有一样大的孩子等，只要用心、仔细观察，与陌生人谈话的局面不难打破。

第三章

令对方赞同的心理策略

抓住对方的心理，把话说到点子上

要想让对方接受你的劝说，首先要了解对方的心理，再通过对方感觉不到的小小的压力渐渐地使他消除戒备心理，这是很奏效的。

与人交谈时，话题的展开如果能迎合对方的心理，就能以更加牢固的纽带来连接双方心理上的“齿轮”，增进彼此的情感交流。我们往往都认为，只要说得有理对方就一定能接受，但是，要使对方真正理解并能彻底接受，就应该将沟通渠道建立在这种理论对话下的心理上。

小吴大学毕业以后决心自谋职业。一次，他在一家报纸的广告里看到某公司征聘一位具有特殊才能和经验的专业人员。小吴没有盲目地去应聘，而是花费很多精力，广泛收集该公司经理的有关信息，详细了解这位经理的奋斗史。那天见面之后，小吴这样开口：

“我很愿意到贵公司工作，我觉得能在您手下做事，是最大的光荣。因为您是一位依靠奋斗取得事业成功的人物。我知道您28年前创办公司时，只有一张桌子、一位职员和一部电话机，经过您的艰苦奋斗，才有了今天的事业。您这种精神令我钦佩，我正是奔着这种精神才前来接受您的挑选的。”

所有事业有成的人，差不多都乐于回忆当年奋斗的经历，这位经理也不例外。小吴一下子就抓住了经理的心，这番话引起了经理的共鸣。因此，经理乘兴谈论起他自己的成功经历。小吴始终在旁洗耳恭听，以点头来表示钦佩。最后，经理向小吴很简单地问了一些情况，终于拍板：“你就是我们所需要的人。”

要想把话说到点子上，就必须抓住对方的心理。如果不知对方心理所想所需，是无法说到点子上的。就像一个神枪手，如果蒙上他的眼睛，再让他去找一个目标，那么，他只能凭感觉去打，这是难以击中目标的。所以，与人说话时，必须要洞察、迎合对方的心理，才能说到点子上。

把话说到别人心里去

说出的话让别人爱听是一种能力。“会说话”已经成为现代人必不可少的交际手段，能把话说到别人心里去，就能脱颖而出、左右逢源。

说话要嘴上常挂他人的闪光点

看准他人的嗜好，打开“话匣子”

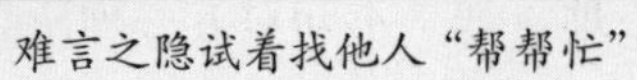

难言之隐试着找他人“帮帮忙”

伸手不打笑脸人，说话要笑迎他人

利用人们的逆反心理来说话

“请不要阅读第七章第七节的内容。”这是一个作家写在其著作扉页上的一句饶有趣味的话。后来，这个作家做了一个调查，不由得笑了，因为他发现绝大部分的读者都是从第七章第七节开始读他的著作的，而这就是他写那句话的真正目的。

当别人告诉你“不准看”时，你就偏偏要看，这就是一种“逆反心理”。这种欲望被禁止的程度愈强烈，它所产生的抗拒心理也就愈大。所以如果能善于利用这种心理倾向，不仅可以将顽固的反对者软化，使其固执的态度发生180度的大转变；而且可以打破对手原有的意念，让他按你的意思去办。

某建筑公司的李工程师，有一次说服了一个刚愎自用的人。一个工头，他常常坚持反对一切改进的计划。李工程师想换装一个新式的指数表，但他想到那个工头必定要反对，于是李工程师去找他，腋下挟着一个新式的指数表，手里拿着一些要征求他的意见的文件。当大家讨论着关于这些文件中的事情的时候，李工程师把那指数表从左腋下移动了好几次，工头终于先开口了："你拿着什么东西？"李工程师漠然地说："哦！这个吗？这不过是一个指数表。"工头说："让我看一看。"李工程师说："哦！你不要看了。"并假装要走的样子，并说，

"这是给别的部门用的，你们部门用不到这东西。"但是，工头又说："我很想看一看。"当他审视的时候，李工程师就随便但又非常详尽地把这东西的效用讲给他听。他终于喊起来："我们部门用不到这东西吗？它正是我想要的东西呢！"李工程师故意这样做，果然很巧妙地把工头说动了。

逆反心理并不是只有在那种顽固的人身上才有，其实每一个人身上都长着一根"反骨"。

某报曾连载过一篇以父子关系为主题的记事文章《我家的教育法》，叙述了某社会名人的孩子在学校挨了顿骂后便非常怨恨他的老师，甚至想"给他一点颜色瞧瞧"，他父亲听了也附和道："既然如此，不妨就给他点颜色看，"但接着又说，"纵使你达到报复的目的，但你却因此而触犯了法律，还是得三思才是。"听父亲这样一说，儿子便打消了报复的念头。

如果有一个人站在高楼顶上欲跳楼自杀，而旁人也在拼命说些"不要跳"或"不要做傻事"之类的话，更是助长了他跳楼的意念；相反，若你说："如果你真想跳的话，那就跳吧！反正你死了之后问题也是没有解决。"

他必定会感到很泄气，没料到旁人竟不予阻止，反而鼓励他跳下，这完全背离了他原先的期待，这种对于劝阻的期待，一旦为他人所背离，反会失去原有的意念。

可见，无论男性女性，长者幼儿，他们内心多多少少都带有一些逆反心理，只要我们善于抓住那一根"反骨"，轻轻一扭，就连"皇帝"也会按照你的意思去办。这的确不失为一种省心省力又奏效的说服方法。

用富有热情和感染力的语言影响对方

你的目标如果是说服，那么请记住动之以情比晓之以理的效果更大。因为，演讲者以充满感情和富有感染力的热情来表达自己的思想时，听众很少会产生相反的意念。

要激起情感，自己必须先热情如火。不管一个人能够编造出多么精妙的词句，不管他能搜集多少例证，不管他的声音多美妙，手势多优雅，倘若不能真诚讲述，这些都只是耀眼的装饰罢了。

要使听众印象深刻，先得自己有深刻印象。你的精神由于你的双眼而闪亮发光，由于你的声音而辐射四方，并由于你的态度而自我焕发，它便会与听众产生沟通。每次演讲时，特别是在自认为目的是要说服听众时，你的一举一动总是决定着听众的态度。你如果缺乏热情，他们也会冷淡。“当听众们昏昏欲睡时，”亨利·华德·毕丘这么写道，“只有一件事可做，给招待员一根尖棒，让他去狠刺演讲者。”

改善态度、激发热情

态度是成功的第一信号，热情则把这个信号加强。态度和热情就像静电，它们会传递并附着于他人，加强你的影响力。对于渴望不凡的人，态度是成功的第一信号，热情则把这个信号加强。

积极的态度、饱满的热情，无论在工作还是生活中，都能给你带来神奇的力量。

如果你消极悲观、缺乏热情，那么别人就不愿意待在你身边；如果组织机构的领导悲观消极、缺乏热情，下属职员可能也会被传染上。

只有深挚的信念、热情的语言，才能获得他人的认同和感情上的共鸣。

走好自己的人生旅途，我们需要不断改善态度、激发热情。因为境由心生，面对自己的人生，面对自己的遭遇和得失，一个人会怎么样，态度至关重要。

一次，在哥伦比亚大学，卡耐基是三位被请上台去颁发“寇蒂斯奖章”的裁判之一。有六位毕业生全都经过精心准备，全都急于好好表现自己。他们绞尽脑汁只为获得奖章，而少有或根本没有说服的欲望。

他们选择题目的唯一标准，是这些题目容易在演讲中发挥。没有人对他们的演讲感兴趣，他们一连串的演讲仅是一种艺术表演而已。唯一的例外是一位来自非洲的王子。他选的题目是“非洲对现代文明的贡献”。他所吐露的每个字里都包含着强烈的情感。他的演讲是出于信念和热情的活生生的东西，而不仅仅是表演。他演讲时如同他是祖国的代表，是他那片大陆的代表——充满智慧、品格高尚、满腔善意。他带给人们一种信息，就是他的人民的希望；他也同时带来一项请求，即渴望听众的了解。

虽然在演讲技巧方面他可能不比竞争者中的另外几位表现更佳，裁判们还是把奖章颁给了他。这位非洲王子在这里以自己的方式学到了一课：仅运用理智是不能在演讲中把自己的个性投射于别人身上的，必须展现出你对于自己所讲的内容有多么深挚的信念。

顺言逆意归谬法，让强势的他也点头

实践已使许多人懂得，当我们面对强势、恶势的人，或者固执己见的人时，直接反驳其错误会有诸多的不便，而最有效、最巧妙的方法当属归谬说服方式了。

所谓归谬说服，与直接反驳对方的错误观点大相径庭，而是先假设对方的观点言之有理，然后据此引申出一个连对方也不得不承认其荒谬的结论，从而心甘情愿地放弃原有的错误观点和主张，无条件地接受说服者输出的思想信息。

优孟是楚国的艺人，身高八尺，喜欢辩论，常常用诙谐的语言婉转地进行劝谏。

楚庄王有一匹心爱的马，给它穿上锦绣做的衣服，让它住在华丽的房子里，用挂着帷帐的床给它做卧席，用蜜渍的枣干喂养它。结果马得肥胖病死了，于是庄王让臣子们给马治丧，要求用棺椁殡殓，按照安葬大夫的礼仪安葬它。群臣纷纷劝阻，认为不能这样做。庄王急了，下令说:“有谁敢因葬马的事谏诤的，立即处死。”

优孟听到这件事，走进宫门，仰天大哭。庄王吃了一惊，问他为何而哭。优孟说:“这马是大王所心爱的，堂堂的楚国，只按照大夫的礼仪安葬它，太寒碜了，请用安葬国君的礼仪安葬它吧。”庄王问：“怎么葬法？”优孟回答说：“我建议用雕花的玉石和花纹精美的樟木分别做内、外层棺材，发动士兵给它挖掘墓穴，让年老体弱的人背土筑坟，请齐国、赵国的代表在前面陪祭，请韩国、魏国的代表在后头守卫，要盖一所庙宇用牛羊猪祭供它，还要拨个万户的大县长年管祭祀之事。我想各国听到这件事，就都知道大王轻视人而重视马了。”庄王说：“我的过错竟然到了这个地步吗？现在该怎么办呢？”优孟说：“让我替大王用对待六畜的办法来安葬它。堆个土灶做外椁，用口铜锅当棺材，调配好姜枣，再加点木兰，用稻米作祭品，用火光做衣服，把它安葬在人们的肚肠里吧！”庄王当即就派人把死马交给太官，以免天下人张扬这件事。

在说服他人的过程中，抓住对方观点中隐蔽的荒谬点，加以推衍，或由此及彼，或由小到大，或由隐到显，最后得出一个荒谬可笑的结论，从而攻破对方错误的论点。这种说服方法用在对待某些恶人时，会达到一种辛辣讽刺的效果，使其知难而退，从而达到软性说服的目的。

说服可以说是无处不在的，面对朋友、家人、同事，甚至陌生人时，说服都有可能发生。而当我们面对强势或恶势的时候，说服尤为困难，在这两者面前，说服最适宜采用引申归谬的方法。

巧用归谬法说服强势的人

归谬说服就是当你面对强势的人，直接反驳不是最好的办法的时候，不妨先赞同他的观点，据此引申出一个连对方也不得不承认的荒谬结论。利用对方自己的思想来说服他，巧踢“回旋球”。

巧用归谬法我们一定要注意态度要真诚，要言之有理，在说服的过程中考虑对方的接受程度，给对方留足面子。

必要时刻，向对方适当提出挑战

对有些事情，当我们靠批评惩罚，或者表扬的手段解决不了的时候，我们可以考虑这样一种策略——给他人提出一种挑战，然后让他们自我面对。这也许比我们手拿鞭子紧随其后的效果要好得多。因为他们更清楚自己眼下的处境，更明白自己应该怎么去做。

史考伯曾说过：“要使工作能圆满完成，就必须激起竞争，提出挑战，激起超越他人的欲望。”史考伯是这么说的，也是这么做的。

有一次，查尔斯·史考伯到下面一家工厂去，工厂经理来反映他的员工一直无法完成他们分内的工作。

他说：“我向那些人说尽好话，我又发誓又诅咒，我也曾威胁要开除他们，但一点用也没有，还是无法达到预定的生产效率。”

当时日班已经结束，夜班正要开始。史考伯要了一根粉笔，然后，他问最靠近他的一名工人：“你们这班今天制造了几部暖气机？”“6部。”史考伯不说一句话，在地板上用粉笔写下一个大大的阿拉伯数字6，然后走开。夜班工人进来时，他们看到了那个“6”字，就问这是什么意思。

“大老板今天到这儿来了，”那位日班工人说，“他问我们制造了几部暖气机，我们说6部。他就把它写在地板上。”

提出挑战，激发人的潜能

第二天早上，史考伯又来到工厂里。夜班工人已把“6”擦掉，写上一个大大的“7”。

日班工人早上来上班时，看到了那个很大的“7”字。原来夜班工人认为他们比日班工人强，是吗？好吧，他们要向夜班工人还以颜色。他们努力地加紧工作，那晚他们下班时，留下一个颇具威胁性的“10”字。情况显然逐渐好转。

不久，这家产量一直落后的工厂，终于比其他工厂生产得更多。

足见，史考伯将“向对方适当提出挑战”的策略运用得如此恰到好处。其实，这招在政治领域同样适用。如果没有人向他提出挑战，西奥多·罗斯福可能就不会成为美国总统。

当时，这位义勇骑兵队的一员刚从古巴回来，就被推举出来竞选纽约州州长。结果，反对党发现他不是该州的合法居民，罗斯福吓坏了，想退出。但这时，托马斯·科力尔·普列特提出挑战。他突然转身面对罗斯福，大声喊道：“圣璜山的这位英雄，难道只是一名懦夫？”罗斯福在这一激将之下继续奋斗下去，其余的事情就已成历史了。一个挑战不只改变了他的一生，而且也影响了一个国家的命运。

这说明了挑战是任何成功者都喜爱的一种竞技，一种表现自己的机会；那是证明自身价值、争强斗胜的机会。正如卡耐基所说的那样“光用薪水是留不住好员工的。还要靠工作本身的竞争”每个成功的人都喜爱竞争和自我表现的机会，以证明他自己的价值。

所以，如果你要使有精神、有勇气的人接受你的想法，就请记住这个说服的重要原则——提出挑战。

容忍对方的反感，让他不再反感

你以前可能会常常见到这样的情况：直到昨天关系还一直很好的两个同学，今天早上见面后却如同陌路，原因是“迈克背地里向杰克说我的坏话”。如果你想说服他应该与你重归于好，他当然不会理你，而且会把脸扭过去，把背朝向你，以示“报复”。他会认为“我一直把你当成我的好朋友，你却……”“平时我对你那么好，你却……”而感到委屈和痛苦。因此，会对你产生反感，妨碍你的说服顺利进行。尤其是在小学生中，这种情况尤甚。在成年人的世界里，有时不会把对对方的反感这么直接地表示出来，但是因为他心存反感，往往会使你的说服以失败而告终。如果他心存反感，你即使求他做点儿小事，他也会说“我太忙”“我感觉不能胜任”等来拒绝你的请求。

1991年11月3日夜，美国新一届总统大选揭晓。当选总统克林顿在竞选总部楼前对他的支持者们的聚会上即兴演说，先是言辞恳切地感谢昨天还在互相唇枪舌剑、猛烈攻击的主要政敌——现任总统布什，感谢布什从一名战士到一位总统间为美国

容忍是人性中最美丽的花朵

容忍即包容别人自由的行动或判断，耐心而毫无偏见地容忍与自己的观点或公认的观点不一致的。从心理学的角度来看，容忍就是通过信赖、信任、赞扬、鼓励等方法，促使双方之间的关系变得更为融洽。

生活中我们应以宽容的态度去对待每个人。

夫妻之间。产生矛盾时，不妨多站在对方的角度考虑，这样才能对另一半产生容忍的心。

亲子之间。对待孩子犯下的错误，家长不妨容忍一些，给孩子一个知错改错的机会。

没关系，下次不要犯同样的错误了！

我不小心把它打碎了！

同事之间。凡事先以工作为首要，不要过分拘泥于个人利益。从大的核心工作出发。

朋友之间。宽容是朋友之间最和谐的桥梁，只有容忍对方的小错误友谊才能长久。

作出的出色贡献，并呼吁布什和另一位对手佩罗及其支持者与他团结合作，在他未来的4年重造美国，全面振兴美国的大变革中继续忠诚地服务于祖国。

而远在异地的布什则打电话祝贺克林顿成功地完了一场“强有力的竞选”，还调侃地告诫克林顿：“白宫是个累人的地方。”并保证他本人和白宫各级人士将全力以赴地与克林顿的班子合作，顺利完成交接工作。

竞选的成功与失败，对于他们来说欢乐与悲哀都是不言而喻的。但在事实面前，他们毕竟保持了高度的理智，表现了适度的宽容和超然的风度。

事实上，不能容忍的人是愚昧的，他们只晓得向来如此，现在也应该如此，所以他拼命反抗和破坏一切新的环境、新的事物、新的思想和新的人物。对于新的事物、新的环境，我们要努力研究，以求达到能够了解的目的；若是好的、对的，我们便应该吸取、学习。这是最正当最科学的方法，也正是容忍的方法。

让对方觉得那是他的主意

你是否对自己的想法比别人给你提供的想法更有信心？如果是的，那你为何要将自己的意见强加于人呢？因为如果你的意见确实正确，事实终会证明这一点；如果你的意见不对，你非得强加于人，别人要么不大愿意接受；要么接受后对自己产生不利的后果，那你的意见不成了一种罪过吗？所以我们何不采取一种更好的策略：只向他人提供自己的看法，而由他最后得出结论！

没有人喜欢被迫购买或遵照命令行事。如果你想赢得他人的合作，就要征询他的愿望、需要及想法，让他觉得是出于自愿。

费城的亚道夫·塞兹先生，突然发现他必须给一群沮丧、散漫的汽车推销员灌输热忱。他召开了一次销售会议，要求这些推销员，把他们希望从他身上得到的个性都告诉他。在他们说出来的同时，他把他们的想法写在黑板上。然后，他说：“我会把你们要求我的这些个性，全部给你们。现在，我要你们告诉我，我有什么权利从你们那儿得到东西。”回答来得既快又迅速：忠实、诚实、进取、乐观、团结，每天热情地工作8小时。有一个人甚至自愿每天工作14小时。会议之后，销售量上升得十分可观。

塞兹先生说：“只要我遵守我的条约，他们也就决定遵守他们的。向他们探询他们的希望和愿望，就等于给他们的手臂打了他们最需要的一针。”

一次，卡耐基正计划前往加拿大的纽布伦克省去钓鱼划船，便写信给观光局索取资料。一时间，大量信件和印刷品向他寄来，不知该如何选择。

后来，加拿大有个聪明的营地主人寄来一封信，内附许多姓名和电话号码，都是曾经去过他们营地的纽约人。并希望卡耐基打电话询问这些人，便可详细明了他们营地所提供的服务。

卡耐基在名单上发现了一个朋友的名字，便打电话给那位朋友，询问种种事宜。最后，又打了个电话通知营地主人他到达的日期。

卡耐基说："有许多人想尽办法向我推销他们的服务，但有一个却让我推销了我自己。那个营地主人赢了。"

没有人喜欢他是被强迫购买或遵照命令行事。我们宁愿出于自愿购买东西，或是按照我们自己的想法来做事。我们很高兴有人来探询我们的愿望、我们的需要，以及我们的想法。

让他人舒服地接受自己的意见

要使别人迎合自己的某一种观念的时候，千万不要强加于他。最好的方法是将这一观念很自然、很舒服的植入他人的心中，并巧妙的迎合下他的心理，使他产生兴趣经常思考。

如何将自己的观念很自然的植入对方心中呢？首先，态度要虚心；其次，给对方留有空间思考，不能强求使对方产生抵触心理；最后，要做到顺理成章，不要太明显。

第四章

掌控他人行为的心理策略

"乐道人之善"，悦纳他人的第一步

在日常的人际交往中，不知你是否遇到过这样的情况：一名新来的同事也没招你惹你，但你就是看他不顺眼，一旦他有什么过错，你就会毫不留情地指责他；而你的朋友最近因为儿子的事情烦恼不堪，找你请你爸爸帮忙让他儿子进某所重点中学，鉴于多年的友谊，你很快就答应了，并在很短的时间就帮他办成了类似的事例很多。为什么你对同事和朋友有截然相反的态度呢？

社会是由各种各样的人组成，这些人会有不同的思想性格、兴趣爱好与生活习惯。有的人热情开朗，有的人沉静稳重，有的人性子急躁，有的人心胸狭窄……面对这么多不同性格的人，我们应该怎样使他们乐于按照你的意愿行事呢？

要想改变他人的行为，首先应该悦纳他人。

悦纳他人，就要满怀热忱地和他们相处，容忍并且诚心地尊重别人与自己不同的性格、兴趣和生活方式，还要主动地了解他们的性格特征，熟悉他们的生活习惯，在这个基础上创造和谐融洽的人际环境。

有人同事关系紧张常常是因为不喜欢同事的个性而产生一些恩怨纠纷，在工作上不能很好地合作，甚至互相为难。反之，对于跟自己合得来的人，则不惜牺牲原则，给予种种方便。如果采取的是这种方法，当然会招致不良的后果。正确的态度应该是抛弃个人的成见，即使对某位同事有不好的看法，不喜欢与他（她）私下相处，也应该在工作上保持合作，绝不故意为难。最好还要在工作上多关心他（她），帮助他（她）解决困难，同心协力做好工作。另外，对私下交情好的同事和朋友，也不能放弃原则，姑息迁就他们的缺点与错误。这既是对朋友负责，也是对自己负责。倘若我们能够这样做，日久天长，就必定可以得到别人的信任，并确立自己的威信，建立良好的人际关系，使他人乐于听从自己的意见。

悦纳他人还应该做到"乐道人之善"。"金无足赤，人无完人。"对待同事、朋友，要多看他们的长处，多学他们的优点，不能看自己是"一朵花"，看别人就是"满身疤"。我们经常会见到这样一种人：他对自己所做的工作一点一滴都记在心头、挂在嘴上，挑别人的毛病也绝无遗漏，说起来如数家珍，而对自己的毛病、别人的长处，则一概缄口不语。这种人往往为人们所不齿，被称为"不团结因子"。乐道人之善，一方面要注意不能因为自己比别人做的工作多一点或能力强一点，就沾沾自喜，瞧不起别人；另一方面还要善于发现别人的优点、长处，对他人的工作成绩多加褒扬。这样，不仅显示出了自己虚怀若谷的风度，有益于团结，而且对自己的成长与进步也会大有好处。当然，对别人应该实事求是、恰如其分，如果不顾事实或夸大事实，效果就可能适得其反。

敞开胸怀，悦纳他人

悦纳他人不等于去无条件地取悦别人。而是当你不喜欢一些人和事的时候，也没必要为此浪费感情甚至动怒。

互惠，让他知道这样做对自己也有利

一位心理学教授做过这样一个小小的实验。

他在一群素不相识的人中随机抽样，给挑选出来的人寄去了圣诞卡片。虽然他也估计会有一些回音，但却没有想到大部分收到卡片的人，都给他回了一张。而实际上他们都不认识他啊！

给他回赠卡片的人，根本就没有想到过打听一下这个陌生的教授到底是谁，他们收到卡片，自动就回赠了一张。也许他们想，可能自己忘了这个教授是谁了，或者这个教授有什么原因才给自己寄卡片。不管怎样，自己不能欠人家的情，给人家回寄一张，总是没有错的。

这个实验虽小，却证明了互惠在心理学中的作用。它是人类社会永恒的法则，是各种交易和交往得以存在的基础，我们应该尽量以相同的方式回报他人为我们所做的一切。

如果一个人帮了我们一次忙，我们也应该帮他一次；如果一个人送了我们一件生日礼物，我们也应该记住他的生日，届时也给他买一件礼品；如果一对夫妇邀请我们参加了一个聚会，我们也一定要记得邀请他们到我们的一个聚会上来。

由于互惠的影响，我们感到自己有义务在将来回报我们收到的恩惠、礼物、邀请等。人与人之间的互动，就如坐跷跷板一样，不能永远固定某一端高、另一端低，就是要高低交替。一个永远不肯吃亏、不肯让步、不与别人互惠的人，即使真正赢了，讨到了不少好处，从长远来看，他也一定是输家，因为没有人愿意和他交往下去了。

中国古代讲究礼尚往来，也是互惠的表现。这似乎成了人类行为不成文的规则。

一个人向朋友请教一件事，两人聚会吃饭，那么账单就理所当然应由请教人的这个人付，因为他是有求于人的一方。如果他不懂这个道理，反而让对方付，就很不得体。

在不是很熟悉的朋友之间，你求别人办事，如果没有及时地回报，下一次又求人家，就显得不太自然。因为人家会怀疑你是否有回报的意识，是否感激他对你的付出。及时地回报，可以表明自己是知恩图报的人，有利于相互之间继续交往。

而且如果不及时回报，会给你带来一些麻烦。你一直欠着这个情，如果对方突然有一件事反过来求你，而你又觉得不太好办的话，就很难拒绝了。俗话说："受人一饭，听人使唤。"可以说，为了保持一定的自由，你最好不要欠人情债。

当然，在关系很亲密的朋友之间，就不一定要马上回报，那样可能反而显得生疏。但也不等于不回报，只是时间可能拖得长一些，或有了机会再回报。

朋友间维护友谊遵循着互惠定律，爱情之间也是如此。爱情也是讲求互惠互利的，双方需要保持一个利益的平衡。如果平衡被严重打破，就可能导致关系破裂。

正如上面所述，人与人之间的互动就像坐跷跷板一样，要高低交替。一个永远不肯吃亏、不肯让步的人，即使真正得到好处，也是暂时的，他迟早要被别人讨厌和疏远。

从思路开始，让别人追随你的思想

很多时候，无论是演讲、宣传，还是竞选、谈判，我们总希望别人能跟着自己的思路走。可是，每个人都有独立的思维，想要改变他人的想法，让对方按照你的思路来思考问题，是何等的不容易！

不过，要解决这个难题，靠强制性命令来实现是不太可能的，而是需要一些有效的心理技巧来一步步地影响他们。下面有几种方法值得参考。

1."6+1"法则

在沟通心理学上有一个重要的"6+1"法则，用来说明这样一种现象：一个人在被连续问到6个做肯定回答的问题之后，那么第7个问题他也会习惯性地做肯定回答；而如果前面6个问题都做否定回答，第7个问题也会习惯性地做否定回答，这是人脑的思维习惯。利用这个法则，你如果需要引导对方的思路，希望对方顺从你的想法，你可以预先设计好6个非常简单、容易让对方点头说"是"的问题，先问这6个问题作为铺垫，最后再问一个最重要和关键的问题，这样对方往往会自然地点头说"是"。

2.问封闭式问题

问封闭式问题是与开放式问题相对的一类问题，这类问题的答案往往是"是"

巧妙谈话，让对方只能答"是"

在说服他人赞同自己的过程中，巧妙提问也是实现目的的一种重要手段。让对方产生习惯回答你"是"的习惯。

你经常同意其意见的朋友，就会习惯于做肯定的表示。

你通常不同意其意见的人，在他还没有讲完他的请求之前，你就已经在琢磨用什么理由来说"不"，以便拒绝他的请求。

这些相近的倾向说明，让你想说服的人形成对你说"是"的习惯是多么的重要。反过来也是如此。如果一个人已经习惯性地对你说"不"，不同意你的看法，你想成功地说服他的可能性几乎为零。

或“不是”“有”或“没有”等，答案只是有限的几个选择。封闭式问题与开放式问题有不一样的作用，封闭式问题可以用来得到你预先设想的答案，例如，你问对方“你有没有结婚？”对方的回答可能是“有”或“没有”，这两个答案都是你事先可以预见的，你可以事先就想好如果他回答“有”，你如何继续提问；如果他回答的是“没有”，你又该怎么继续提问。预先设计好的一系列的封闭式问题，可以非常有效地引导对方的思路。

3.提示引导

提示引导是一种语言模式，用来影响对方的潜意识，使对方不知不觉地转移思路。这种语言模式的基本思路是先用语言描述对方的身心状态，然后用语言引导对方的思考或是生理状态。例如，你可以说“当你开始听我介绍这个房子的时候，你就会觉得住在这个房间里会很舒服”“当你考虑买这辆车的时候，你就会想到带着你的太太和孩子开这辆车兜风是多么开心的事情”等，这些都是提示引导的语言模式，其中“当……你就会……”是标准的句式，“当”后面是描述对方的身心状态，“你就会”后面是你引导对方进入的状态或思路。

4.目的架构

目的架构式谈话就是在一开始就与对方明确这次谈话双方共同的目的，这会很快地将对方的思路引向真正有价值、有利于解决问题的地方。例如，两辆车发生追尾事故，车子都有了破损，两辆车的司机都很气愤，往往一下车就吵架。如果其中一位能使用目的架构，问对方：“这位先生，你觉得我们现在最重要的是解决问题呢，还是要吵架呢？”这个问题指出了两名司机重要的不是要吵架，而是要解决问题，然后继续各自的行程。那么双方的争吵可能会立即终止，因为目的架构将对方的思路完全从争吵的状态引到了解决问题上面来。

知道了这些技巧，我们就没必要再纸上谈兵了。你不妨在今后的实际生活中应用一下这些巧妙的方法，让对方顺从你的思路，从而达到你的目的。

从对方立场考虑问题，让他自然改变

美国著名人际关系大师戴尔·卡耐基描述了这样一段他自己的经历。

“我常常在家附近的一座公园内散步，作为消遣。因此我渐渐对花木起了爱护之心，每当有火烧树林的消息传来，我的心里便会感到十分难过。

“树林起火大多数是孩子们在林间生火做饭造成的。有时火烧得相当大，非得借助消防队才可扑灭。虽然这座公园内立着一块警告牌，上面明确写着纵火者所将受到的处罚……但是因地处偏僻，警察又疏于管理，以至于公园内火灾频繁。

“记得有一次，我匆匆地跑去告诉警察，公园内有火星在扩散，请他立即通知消防队前来扑灭。可是他却摆出一副漠不关心的态度——他说那不是他负责的管区，不关他的事。

“自从那次后，我便常常骑着马，由自己来担任维护公共财产的职责。最初，我一看到孩子们在树下生火野餐时，就会立即跑过去，用严厉的口吻恐吓他们：在

 站在对方立场考虑问题才能解决问题

若想让别人乐意顺着你的意思去改变自己，你就必须做到从他人立场出发去考虑问题，处理事件。

换位思考不仅会达到自己的目的还会减少很多摩擦和不愉快，甚至会影响到一个人往后的社会交往及事业发展。

树下生火将会被拘捕禁闭，要他们马上将火熄灭。

其实，我不该这样做的，因为我这样做只是宣泄了内心里的情感，而却丝毫没有考虑孩子们的感受。他们虽然照着我的话做了，但心里却很不是滋味，所以，我一离开，他们又把火点了起来。

“几年后，我开始觉察到该向别人多学学怎样以他人的观点去批判、观看一件事物，于是我不再去命令别人。在公园里再遇到玩火的孩子，我就对他们说：‘嗨！小伙子们，你们玩得还高兴吗？你们要拿什么做野餐呢？我小的时候，也和你们一样，喜欢在野外生火做饭，现在回想起来还是挺有意思的。但是你们可别忘了，在公园内生火是很危险的，我知道你们不会惹麻烦，因为你们都是好孩子，而其他的孩子们，看到你们在生火，必然也会跟着玩起火来，回家的时候如果不把火熄灭，树叶、树枝将会被火星引燃，从而导致火灾发生。要知道，若我们不好好爱护花草树木，这公园内会没有树木了。你们大概不知道，在公园内玩火是会坐牢的。我不打算干涉你们，只希望你们别把火靠近干树叶，并且在回家时，别忘了将火熄灭。假如你们下回还想玩时，我建议你们去那边沙滩上玩，在那里就不会有什么危险，谢谢你们的合作，祝你们玩得愉快。’

“这样说，效果真的很惊人，孩子们都很乐意跟我合作。他们不但没有埋怨及反感，也不会感到被人强迫服从命令，而认为他们保全了面子与自尊。不但我觉得满意，他们也觉得高兴，那是因为我考虑到了他们的立场。”

用“我错了”，让他人心悦诚服地接受批评

法国著名作家拉罗什富科曾说过：“没有什么人比那些不能容忍别人错误的人更经常犯错误的。”确实，我们在生活中，总会发现周围的人犯这样或那样的错误。于是，如何做到批评但又不伤害他人，成了与人交往中很重要的一门学问。

也许你会说：“批评还不容易，直接告诉他‘你错了’或‘你某些地方做得不对’，很简单吗。”然而，我们都知道，人是有自尊的动物，很少有人不会主动去维护自己的意见和看法。因此，没有谁在听见“你错了”三个字时内心仍能非常平静。大家往往会为来自他人的批评指责闷闷不乐，冲动的人甚至可能当即暴跳如雷、反唇相讥。

那么，想批评别人的时候，我们采用什么方式好呢？被誉为“20世纪最伟大的心灵师长”戴尔·卡耐基曾指出，想对他人表达“你错了”的批评意图，不妨先承认“我错了”，这对疏通关系和解决问题更有好处。

比如，有一位著名的作家用主动认错的方式赢得了读者的尊重。

在长达20年社会纪实体裁小说写作之后，他尝试着变换风格，推出了一部侦破

让对方心悦诚服接受批评的艺术

指出对方错误时，他也许并不明白你的用意——是为了贬低他、抬高你自己，还是为了他好？因此，你应该掌握一些批评的技巧。

指出对方错误时还要选择适当的场合和时机，不在人多的地点。

指出对方错误时讲话态度一定要谦和诚恳，用语不能激烈。也不必过于委婉，否则他会认为你惺惺作态。

指出对方错误时要注意方法，多用“所以”少用“但是”，对方易接受你的批评。

类新作，这让许多读者无法接受。

一名愤怒的读者甚至写信给他，言辞非常激烈，指责他根本不该转型。其中很多语句有失偏颇，看得出这位读者对小说艺术的理解并不深入。但这位作家并没有恼羞成怒，而是非常认真地写了一封回信，在信中，他只字不提这位读者的不礼貌和认识上的浅薄，只是很诚恳地承认自己并不适合悬疑推理题材的写作，他很感谢读者的意见，希望以后能够经常互相交流看法。

这个故事让我们深刻体味到“你错了”会为你树立新的敌人，而“我错了”却可能帮你赢得新的朋友。可以想象，那名激动的读者看到回信后，一定会心生惭愧——为自己的粗鲁无礼，为作家的谦逊大度。在一个胸襟宽广、能够认识自己的错误、敢于向别人承认错误的人面前，任何问题都将迎刃而解，任何矛盾都将烟消云散。

吹毛求疵，让对方让步的“常规武器”

在商务谈判中，谈判者如能巧妙地运用吹毛求疵策略，会迫使对方降低要求，做出让步。买方先是挑剔个没完，提出一大堆意见和要求，这些意见和要求有的是真实的，有的只是出于策略需要的吹毛求疵。

吹毛求疵谈判方法在商贸交易中已被无数事实证明，不但行得通，而且卓有成效。有人曾做过试验，证明双方在谈判开始时，倘若要求越高，则所能得到的也就越多。因此，许多买主总是一而再、再而三地运用这种战术，把它当作一种“常规武器”。

有一次，某百货商场的采购员到一家服装厂采购一批冬季服装。采购员看中一件皮夹克，问服装厂经理：“多少钱一件？”“500元一件。”“400元行不行？”“不行，我们这是最低售价了，再也不能少了。”“咱们商量商量，总不能要什么价就什么价，一点儿也不能降吧？”

服装厂经理感到，冬季马上到来，正是皮夹克的销售旺季，不能轻易让步，所以，很干脆地说：“不能让价，没什么好商量的。”采购员见话已说到这个地步，没什么希望了，扭头就走了。

过了两天，另一家百货商场的采购员又来了。他问服装厂经理：“多少钱一件？”回答依然是500元。采购员又说：“我们会多要你的，采购一批，最低可多少钱一件？”“我们只批发，不零卖。今年全市批发价都是500元一件。”这时，采购员不急于还价，而是不慌不忙地检查产品。过了一会儿，采购员讲：“你们的厂子是个老厂，信得过，所以我到你们厂来采购。不过，你的这批皮夹克式样有些过时了，去年这个式样还可以，今年已经不行了。而且颜色也单调。你们只有黑色的，而今年皮夹克的流行色是棕色和天蓝色。”他边说边看其他的产品，突然看到有一件衣服，口袋有裂缝，马上对经理说：“你看，你们的做工也不如其他厂精细。”他仍边说边检查，又发现有件衣服后背的皮子不好，便说：“你看，你们这衣服的皮子质量也不好。现在顾客对皮子的质量要求特别讲究。这样的皮子质量怎么能卖这么高的价钱呢？”

这时，经理沉不住气了，并且自己也对产品的质量产生了怀疑，于是用商量的口气说：“你要真想买，而且要得多的话，价钱可以商量。你给个价吧！”“这样吧，我们也不能让你们吃亏，我们购50件，400元一件，怎么样？”“价钱太低，而且你们买得也不多。”

“那好吧，我们再多买点儿，买100件，每件再多30元，行了吧？”“好，我看你也是个痛快人，就依你的意见办！”于是，双方在微笑中达成了协议。

同样是采购，为什么一个空手而回，一个却满载而归？原因很简单，后者采用了吹毛求疵策略，他让顾主变得理亏，同时又让顾主觉得他很精明，是内行，绝不

吹毛求疵，削弱对方的立场

吹毛求疵指吹开皮上的毛，寻找里面的毛病。比喻故意挑剔别人的缺点，寻找差错。

同时指细致到烦琐，挑剔的地步。这虽然是个贬义词，但是如果运用得好，就可以拿来和对方谈条件，也不失为一种手段。

采用吹毛求疵策略，让对方变得理亏，同时又让对方觉得自己并不是无理取闹，是有备而来的，所以最后只好选择妥协。但是要注意说话时一定要言之有理，说到点子上，抓住对方的“软肋”。

是那种轻易被蒙骗的采购，从而只好选择妥协。

总的来说，吹毛求疵的目的无非是迫使卖主降低价格，使自己拥有尽可能大的讨价还价余地，同时也给对方一个印象，证明自己不会轻易被人欺骗，以削弱甚至打消对方想坚持某些立场的念头，或使卖主在降低价格时，能够对其上级有所交代。如果你能巧妙地运用此策略，无疑会为你增益不少，但注意一定要把话说到位。

发挥“独立性”魅力，让别人永远依赖你

我们先来看一个著名的故事。

美国石油大亨老洛克菲勒是这样教育孩子的：有一天，他把孩子抱上一张桌子，鼓励他跳下来，孩子以为有爸爸的保护，就放心地往下跳。谁知往下跳的时候，爸爸却走开了，小洛克菲勒摔得很重，坐在地上大哭起来。这时，老洛克菲勒语重心长地对儿子说：“孩子，不要哭了，以后要记住，凡事要靠自己，不要指望别人，有

注重培养独立性

要用坚强的意志来约束自己，不依赖别人，培养自己的独立性，把要做的事情的得失利弊考虑清楚，妥善地处理事情。

培养了独立性，无论在生活中、学习中，还是在工作中、创业中，你都可以用你的独立表现出你的能力，从而让他人需要你、依赖你。

时连爸爸也是靠不住的！从现在就开始学会独立地生活吧！”

洛克菲勒家族中的孩子，从小就不准乱花钱，每一个孩子可支配的少量零花钱也要记账。在学校读书时，一律在学校住宿，大学毕业后，都是自己去找工作。直到他们在社会中锻炼到能经得起风浪以后，上一辈人才把家产逐步交给他们。

正是因为洛克菲勒家族注重培养孩子的独立生活能力，才使孩子养成独立、自强的习惯。所以洛克菲勒家族历经几个世纪而依然繁盛如初。

要知道，依赖别人会产生不少危害。诸如，想办一件事不敢独立去做，总是想跟他人一块去做；遇事没有主见，总是等待别人做出决定；不相信自己，不敢讲出自己的见解，怕得不到人们的认可；对领导唯命是从，让干啥就干啥，只求生活平稳、少烦恼等。

可反过来想，如果减少对别人的依赖，而让别人依赖你，这是一种制胜的智慧。当人们习惯于依赖你的时候，他们依靠你去获得他们想要的幸福和财富，便会对你毕恭毕敬，彬彬有礼。他们对你的依赖性越大，你的自由空间也就会越大。

第五章

让对方心甘情愿帮忙的心理策略

外表是打动对方最直观的方式

我们在看到别人的第一眼时，都希望别人能够打动自己；同样地，我们更希望自己也能打动别人，这点对求人办事是很重要的，如果我们能够打动别人，那么对方很自然地就会帮助我们。反之，如果让别人看我们第一眼就不想看第二眼，那事情很难再有指望了。

俗话说："相由心生。" 这句话的意思是说我们的容貌是在爹妈给的基础上自己塑造的，难怪林肯说："一个男子40岁后就必须为自己的脸负责了。"

人人都希望看到也希望拥有动人的容貌，从古至今都是如此。人们往往都是很重外表形象的，殊不知很多人都会下意识地把一些正面的品质加到外表漂亮的人身上，像聪明、善良、诚实、机智等。更有甚者，当我们做出这些判断时，我们一点儿也没有觉察到外表在这个过程中所起到的作用。这种趋势可能导致的后果是非常令人不安的。

例如，有人曾对1974年加拿大联邦政府选举的结果进行研究，后来他们发现，外表有吸引力的候选人得到的选票是外表没有吸引力的候选人的两倍还多。而尽管有明显的证据表明英俊的政治家有很多优势，一个随后的研究却表明投票人并没有意识到自己的偏见。事实上，有73%的加拿大选民都强烈否认他们的投票决定受到了外表的影响，只有14%的人承认也许有这个可能性。但不管投票人怎么不承认外表的吸引力对选举结果的影响，却有源源不断的证据表明，这种令人担忧的倾向的确是一直存在的。

在求人办事时，形象同样具有重大的作用。有一个例子就很能说明问题。1999年，在中国网络腾飞时代，一位华裔英国投资商到了北京的中关村，和一位电脑才子会谈投资。事后，他说："我怎么也不能相信头发如干草，说话结巴的人会向我要500万美元的投资，他的形象和个人素养都不能让我信服他是一个懂得如何处理商务的领导人。" 当然，谈判结果就可想而知了。

所以在办事前先把自己的仪表、形象修饰好。

端庄的仪表才能打动对方

端庄的仪表、符合职业的打扮能第一眼就打动别人，会让人有想帮你办事的愿望。

“浓淡相宜”，修饰应注意统一协调，否则会失去比例平衡弄美为丑。

美的修饰要考虑被修饰者的年龄、身份、职业等，教师、医生就不宜打扮得过艳，学生应当讲究整洁。

一个人如果想受人尊敬，首先必须注意的是衣着的整齐清洁，让人觉得自己为人端庄、生活严谨。自然就会留给别人一个深刻的、难以磨灭的印象。这会为你的成功办事增“辉”不少。

满足对方心理是求其办事最好的铺垫

中国有句俗话，叫“篱笆立靠桩，人立要靠帮”。一个人要想一生有所成就，就必须有求人办事的能力。这个话题，说起来很简单，可真正实施起来，又有多少人能轻松得手呢？我们常能听到这样的唠叨，“低三下四求人也未必求得动”“软磨硬泡就算求动了人家也是不情愿，根本不会给你好好办”……

难道我们就不能让人家心甘情愿地帮忙吗？当然不是了。有求于人，你必须明确，要对方帮你，唯一有效的、事半功倍的方法就是使他自己情愿。那么，我们怎样才能让他人心甘情愿地“为我所用”呢？这就需要心理技巧了。

人的需要是各不相同的，每个人都有各自的癖好与偏爱。你首先应当将自己的计划去满足别人的心理，然后你的计划才有实现的可能。

例如，说服别人最基本的要点之一，就是巧妙地诱导对方的心理或感情，以使他人就范。如果你特别强调自己的优点，企图使自己占上风，对方反而会加强防范心。所以，应该注意先点破自己的缺点或错误，使对方产生优越感。

关于这一点，曾有一个非常有趣的故事。

有一位年轻人是美国有名的矿冶工程师，毕业于美国的耶鲁大学，又在德国的佛莱堡大学拿到了硕士学位。可是当年轻人带齐了所有的文凭去找美国西部的一位大矿主求职的时候，却遇到了麻烦。原来那位大矿主是个脾气古怪又很固执的人，他自己没有文凭，所以就不相信有文凭的人，更不喜欢那些文质彬彬又专爱讲理论的工程师。当年轻人前去应聘递上文凭时，满以为老板会乐不可支，没想到大矿主很不礼貌地对年轻人说：“我之所以不想用你就是因为你曾经是德国佛莱堡大学的硕士，你的脑子里装满了一大堆没有用的理论，我可不需要什么文绉绉的工程师。”

聪明的年轻人听了不但没有生气，反而心平气和地回答说：“假如你答应不告诉我父亲的话，我要告诉你一个秘密。”大矿主表示同意，于是年轻人对大矿主小声说：“其实我在德国的佛莱堡并没有学到什么，那三年就好像是稀里糊涂地混过来一样。”想不到大矿主听了却笑嘻嘻地说：“好，那明天你就来上班吧。”就这样，年轻人在一个非常顽固的人面前通过了面试。

或许你觉得那个大矿主心理有问题，观念比较偏激、夸张，甚至有些滑稽，可年轻的工程师若不让矿主的“问题心理”得到满足，又怎么能让他聘请自己呢？

美国著名政治家帕金斯30岁那年就任芝加哥大学校长，有人怀疑他那么年轻是否能胜任大学校长的职位，他知道后只说了一句：“一个30岁的人所知道的是那么少，需要依赖他的助手兼代理校长的地方是那么的多。”就这短短一句话，使那些原来怀疑他的人一下子就放心了。人们遇到了这样的情况，往往喜欢尽量表现出自己比别人强，或者努力地证明自己是有特殊才干的人，然而一个真正有能力的领袖是不会自吹自擂的，所谓“自谦则人必服，自夸则人必疑”就是这个道理。

在办事过程中，你要努力做到这点——先在心理上满足对方，这样事情就会变得简单、顺利多了。

让你的眼神温柔起来，给他一种美好感觉

一对恋人在一起，双双一言不发，仅靠含情脉脉的眼神就能表达双方爱慕之意。在办事时，你的眼睛也可以发挥很大的作用。

例如，直觉敏锐的客户初次与推销人员接触时往往仅看一下对方的眼睛就能判

断出“这个人可信”或“要当心这小子会耍花样”，有的人甚至可以透过对方的眼神来判断他的工作能力强否。

找他人办事时，能否博得对方好感，眼神可以起到主要的作用。还拿推销人员为例吧，言行态度不是太成熟的推销员，只要他的眼神好，有生气，即可一优遮百丑；反之，即使能说会道，如果眼睛不发光或眼神不好，也不能博得客户的青睐，反而会落得“光会耍嘴皮子”的下场。不少推销人员在聊天时眼神柔顺，但在商谈时却毛病百出，尤其在客户怀疑商品品质或进行价格交涉时，往往一反常态与之争吵起来。

用温柔的眼神打开对方的心灵

眼睛是心灵的窗户，而眼神则是透过窗户传递出的内心世界的本质。一个充满爱的人，眼神也一定充满爱意，就像一条汩汩流淌的河流，不断地荡涤着我们的心灵。

注意避免的不正当眼神

不正眼看人的眼神

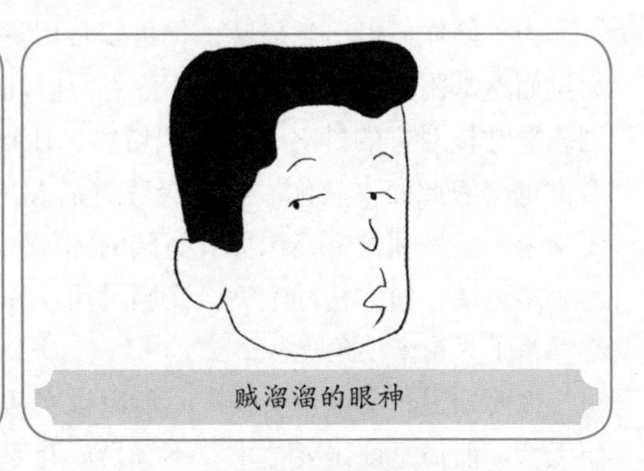

贼溜溜的眼神

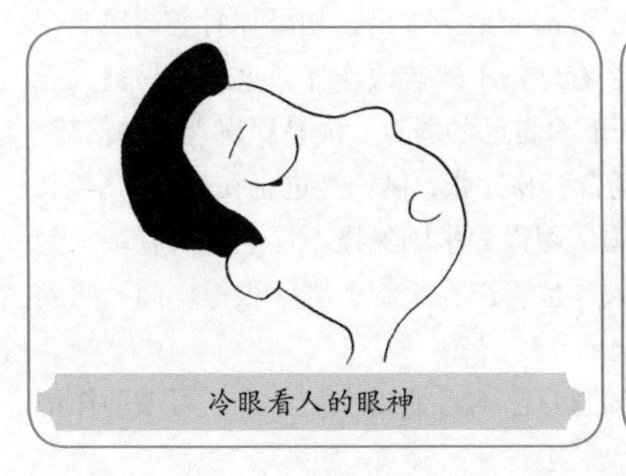

冷眼看人的眼神

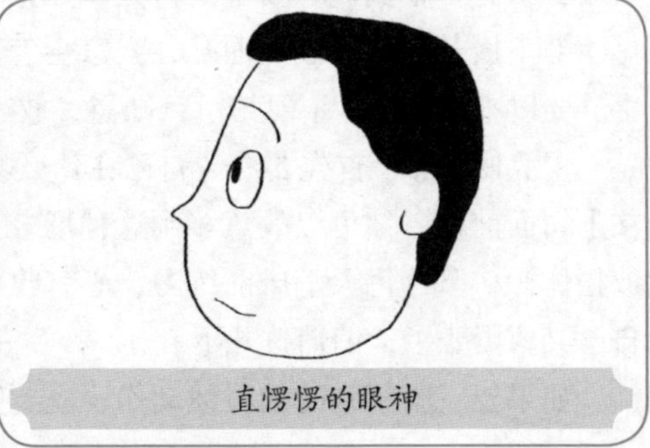

直愣愣的眼神

作为一位推销人员不论如何强烈地反驳对方都必须笑容满面，如果不笑就无法保持温柔的眼神。在推销员的“词典”里，没有嘲笑的眼神、怜悯的眼神、狰狞的眼神或愤怒的眼神等字眼。

对待任何人，即使与你的业务并无直接关系，也要诚心诚意地和他们打招呼，这样不但可以提高你的声望，而且在某些情况下他们还会给你意想不到的帮助。

另外，和很多人说话时行注目礼也是很重要的事，要一边移动视线交互看着全体人员的脸，一边说话。一般来说大家比较注意发言多的人，而往往忽视了不发言的人，这就有点儿失礼了。对一言不发的人也要注意到，这样一来气氛就大不一样了。

总之，你要尽可能想一切办法克服上述那些不利于办事的眼神。只要你加以练习，就会让自己的眼神看起来更加温柔，给人留下美好的感觉。这样就会有利于我们找别人办事。

让自己看起来像个老板，他会觉得为你办事踏实

在人们的心目中，大老板总是比平民百姓容易让人信任。不管大老板出现在哪里，人们总是对他们特别信任。所以，你为了使自己办起事来更为顺利不妨做个修饰，使你自己像个大老板，你可以参考下面的做法：

为了使你显得出类拔萃，你可以常用肯定的表情，常微笑而不常皱眉，常开怀大笑而不常阴险冷笑。说话时不要吞吞吐吐，因为这让人觉得你不够坦率，欠缺潇洒。要常提对方的姓名，给人亲切感。让别人多谈自己，这是人们最喜欢的话题，对方也会因此而喜欢你。要学会尊重别人，要同情别人的困境，使别人不要难堪。要学会不嫉妒别人，显示你有宽阔的胸怀。会调侃自己是对自己有信心的表现。平常要多运动，使你精神饱满，头脑灵活。你还要相信自己一定会成功，这样不会甘心一辈子只当个小角色。

你要知道，实话也会伤人。所以说实话也要讲究技巧。要信守诺言，尽量不言而无信。前提是许诺要慎重，不轻易放弃原则。要有自己的见解，若人云亦云，别人不会认为你很真诚。要平等待人，无论是谁都要给予尊重，如果你对上司摇头摆尾，对下属却摆出一副冷面孔，人家会怎么看你？不要装模作样，这很容易被人看穿。要以本色示人，不要怕承认缺点，敢于面对自己的弱点，最易赢得别人的信赖。

要克服紧张。首先要弄清自己在什么场合容易紧张，例如走进正在开会的房间，在上司面前等。你可以故意多到这种场合去，习以为常则见怪不怪了。或者练一套放松体操，坚持每天上床前练习，必有收效。也可以在手腕上套一根橡皮圈，感到自己又要紧张了，悄悄拉几下。

如果要克服紧张时的习惯动作，先要知道自己的习惯动作是什么。习惯动作都

是无意识的，不知不觉中做出来的，所以必须留意才能察觉。还要弄清在什么情况下容易出现这种动作。然后再有意识地克服这种习惯性动作。同时克服自己的习惯性动作要有毅力，别指望长期养成的习惯一朝一夕就可以改掉。

为了使自己看起来更向老板迈进一步，你还必须注意服装配饰等的细节问题。如果一套笔挺的西装，里边却有一个肮脏的衣领，对方一定不会感到舒服。袜子也是一样，你坐着与人谈话时，脚会不自觉地伸出去或翘上来，袜子也就会暴露在人前，如果不干净、不整洁就会让人反感。

四个细节打造老板样儿

办事时，人们总认为大老板比平民百姓有能力，所以大老板比平民百姓容易让人信任。所以尽可能地采取一些措施，让自己看起来像一位很有作为的老板，然后再同别人办事时，就有了更大的把握和胜算。

打造老板样儿，你要显得充满信心

打造老板样儿，你要诚恳地对待别人

打造老板样儿，你不要让人觉得你正处在紧张的状态中

打造老板样儿，你要注意细节修饰

头发、牙齿、胡子也是应该经常修饰的部分。头发一定不要过长，否则就容易乱，容易脏，要按时理发，使自己的头发保持一个精神的式样。胡子要经常刮，牙齿要经常刷，口中不要有异味，尤其在出去谈判时一定不要吃有异味的食物。这么认真苛刻地对待自己的外表，也是你对对方的一种尊重。

如果你与对方谈判或请对方为你办某件事情的时候，衣衫不整、头发蓬乱，对方会感到不舒服，瞧不起你。对于自己的细节要时时注意，因为这些细节蕴含着丰富的内容。比如，像公文包、钢笔、笔记本、名片夹、手表、打火机等最好都要讲究些。

适当转移话题，调动对方的谈兴

适当转移话题，调动对方的谈兴，也是求人办事过程中常用的一种方法。

比如，有些事通过直言争取对方的应允已告失败，或在自己未争取之前就已经明确了对方不肯允诺的态度，在这种情况下，就应该采取委曲隐晦、转移话题的办法了。“委曲”就是不直接出面或不直取目的，绕开对方不应允的事情，通过另外一个临时拟定的虚假目的做幌子，让对方接受下来，当对方进入自己设定的圈套之后，自己的真实目的也就达到了。所谓“隐晦”就是掩盖自己的真实目的，以虚掩实，让对方无从察觉。表面上好像自己没有什么企图，或者让对方感到某种企图并非始于自己，而是另外一个人。这样，对方可能就不再有戒备和有所顾虑，要办的事情处在这种无戒备和无顾虑的状态中显然要好办得多了。

委曲隐晦的最大特点就是含而不露或露而不显，在具体运用时有些小窍门需要认真领悟。在运用这种技巧时，说话者首先要了解听者的心理和情感，这是说者必须掌握的说话技巧的基础。我们也只有在了解听者的心理和情感的基础上，才能正确地选择某个场合该讲什么，不该讲什么，哪些话题能够打动听众的心坎，能使听众产生共鸣。

人的情感是一种内心世界的东西，一般是捉摸不定、较难把握的。但是，在有些场合，人的内心的东西又常通过各种方式而外露。

如果我们善于观察听者的一举一动，并能据此加以分析和推测，那么，我们是基本上可以掌握听者的心理和情感的。

某中学老师悉心钻研中国古典文学，出版了一本近20万字的有关诗歌的书籍。该校的文学社小记者得到情况后就到这位老师家采访。让老师介绍写书经验，只见那位老师面带难色，认为只是一个专题学习，谈不上什么经验。

小记者抬头望着墙上的隶书说：“老师，这隶书是您写的吧？”

老师：“是的！”

小记者："那么请您谈谈隶书的特点，好吗？"

这正是老师感兴趣和愿意谈的话题，师生之间的感情逐渐变得融洽起来。

这时，小记者不失时机地说："老师，您对隶书很有研究，我们以后还要请您多加指导。不过，我们现在十分想听听您是怎样写成《中国诗歌发展史》这一书的。"此刻，老师深感盛情难却，也就只好加以介绍了。

由此可见，当某个话题引不起对方的兴趣时，要有针对、有选择地挑选新的话题，以激起对方的谈兴。如同运动员谈心理与竞技的关系，同外交人员谈公共关系学，两人肯定会一拍即合，谈兴大发。

值得注意的是，换题以后，劝说者还要注意在适当时机及时将话头引入正题。因为换题只是为了给谈正题打下感情基础，而非交谈的真正目的，所以，当所换之题谈兴正浓，双方感情沟通到一定程度时，劝说者就要适可而止，将话锋转入正题。

换个角度打开对方的"话匣子"

有时候在自己未争取之前就已经明确了对方不肯允诺的态度。在这种情况下，就应该采取转移话题的手段了，打迂回战术。善于寻找对方感兴趣的话题，让对方放下戒备，打开"话匣子"之后再说明你的目的。

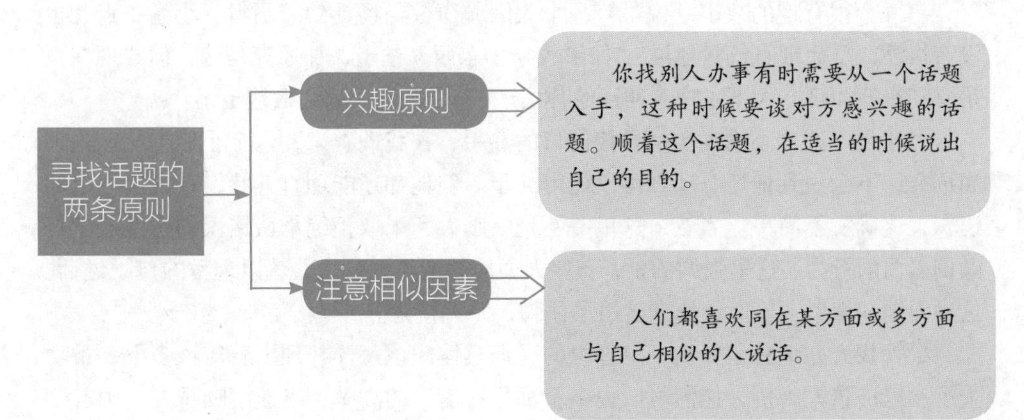

20世纪80年代，广东省某玻璃厂就玻璃生产的有关事项同国外某玻璃公司进行谈判。在谈判过程中，双方在全套设备同时引进还是部分引进的问题上发生分歧，各执一端，互不相让，使谈判陷入僵局。在这种情况下，我方玻璃厂的首席代表为了使谈判达到预定的目标，决定主动打破这个僵局。可是怎么才能使谈判出现转机呢？谈判代表思索了一会儿，带着微笑，换上一种轻松的语气，避开争执的问题，向对方说："你们公司的技术、设备和工程师都是一流的。用一流的技术、设备与我们合作，我们能够成为全国第一。这不单对我们有利，而且对你们也有利。"

对方公司的首席代表是位高级工程师，一听到称赞自己公司的技术、设备和工程技术人员，十分高兴，谈判的气氛一下子就轻松活跃起来了。我方代表看到对方表示出兴趣，则趁势将话题又一转，说道："但是，我们厂的外汇的确有限，不能将贵公司的设备全部引进。现在，我们知道，法国、比利时和日本都在跟我们北方的厂家搞合作，如果你们不尽快跟我们达成协议，不投入最先进的技术和设备，那么你们就可能失去中国的市场，别人也会笑你们公司无能。"

由于我方代表成功地奏出投其所好、开诚布公、国际竞争扭转局面的三部曲，使双方的僵持局面完全被打破，在和谐的气氛中，双方在一个新的起点上进一步讨论，最后终于达成了对我方有利的协议。

因此，当你与别人办事进入某种僵局时，你最好采取适当转移话题的办法，从另一个角度同对方谈话，以此调动对方的谈兴。在不知不觉中，你再把话题拉回来，顺利办成你想办之事。

"理直气壮"的理由对方更容易接受

求人办事也要名正言顺，要有个理由，有个说法，给个交代，或找个借口，做个解释。在求人的理由上做文章，实际上就是为自己的求人办事寻找个好借口。

有一个很有趣的故事：说是有一个人因偷窃被当场捉到。不料，小偷一点儿也没有畏缩，反而理直气壮地说："如果我拿了东西又逃走，那才算是偷，但我现在只是拿到东西而已，大不了把东西还给你罢了。"说完就大摇大摆地走了。

对错且不论，小偷确实是寻找借口的高手，在我们看来，这个小偷本应该是理屈词穷，不会想到他还有什么可以诡辩的了。但他却还能理直气壮，并说出一定的逻辑，这确实不简单。当然，这里并不是鼓励大家采取拒绝承认错误的态度或学习颠倒黑白的行为。这里强调的是，有些人面对初次见面的人，就以理亏的口吻说话，这种无谓的谦卑，反而会使自己站不住脚，并无益处。

尽管找人办事总是要找一定理由的，但具体应该怎样找理由就应该多下一番功夫了。以广告人为例，他们可以说个个都是找借口的高手，当速溶咖啡在美国首度推出时，曾有这样一段故事。公司方面本来预测这种咖啡的“简单”“方便”会大受家庭主妇的欢迎。没想到事与愿违，其销售并无惊人之处。姑且不论味道问题，大概是因为“偷工减料”的印象太强的关系。因为在美国，到那时为止，咖啡一直都是必须在家里从磨豆子开始做起的饮料，只要注入热水就能冲出一大杯咖啡来，怎么看都太过便宜了。

所以，厂商便从“简单”“方便”的正面直接宣传，改为强调“可以有效利用节省下来的时间”的广告战略——“请把节省下来的时间，用在丈夫、孩子的身上。”这种改变形象的做法，去除了身为使用者的主妇们所谓“对省事的东西趋之若骛”的内疚。因为“我使用速成食品，一点儿也不是为了自己的享乐，而是因为可以把节省下来的时间用到家人身上”。此后，销售量年年急速上升，自是不在话下。

替对方找个名正言顺的借口

人类是理性的动物，不论什么事情，希望能给别人个说法。人们办事情讲究名正言顺，你给他一个名，他是很乐于帮助你的，尤其是事情对自己有利的时候。

由于有了借口，所以对方减少了内疚意识，定会欣然接受礼物。

如果你想在交际中如鱼得水，就一定要擅长这方面，即在办某件事时总要找个理由作为依托，这样才算圆满。

在你的理由的掩盖下，即使他知道自己的责任，也会一味推卸。利用人们的这种心理，先替对方准备好借口，对方就不会再推辞。

总之，在求人办事时，先在理由上做足文章，为办事找个台阶。

如果你想在交际中如鱼得水，就一定要擅长这方面，即在办某件事时总要找个理由作为依托，这样才算圆满。而且在这种理由的掩盖下，即使他知道自己的责任，也会一味推卸。利用人们的这种心理，先替对方准备好借口，对方就不会再推辞。

反复催问，不给对方拖延之机

求人办事者，总是想尽快解决问题，可实际上，事情往往难以如愿。显然，被动等待是不行的，还须一次又一次地向对方催问。

因此，要求你说话办事要有良好的心理素质，要做到遇硬不怕，逢险不惊，要学会控制自己的感情，喜怒不形于色才行。

有一位朋友，去找别人办事，拿出烟来递给对方，对方拒绝了，他便一下子失去了托他办事的信心。这样是不行的，这样的心态什么事也办不成。俗话说，张口三分利，不给也够本，见硬就退是求人办事的大忌。有道是人在屋檐下，不得不低头，想当乞丐又不想张口，有谁会愿意主动地把好处让给你？要是真有那样的事倒要好好地研究一下他的动机了。所以我们说，要想求人应该有张厚脸皮。如上例所说，对方不要你的烟，可能是因为怕你找他去办事，所以才拒绝的。但话说回来，你应该这样想才对，对方不要你的烟，并不等于你不找他去办事，尽管他用这种办法给你求他的念头降了温，但俗话说，让到是礼，你同他一直是处在同一个高度上讲话。如果你决定求人，对方一时不能合作，你不妨一而再，再而三，反复申请，反复渲染，反复强调，那么就一定会精诚所至，金石为开的。

宋朝赵普曾做过太祖、太宗两朝皇帝的宰相，他是个性格坚韧的人。在辅佐朝政时自己认定的事情，就是与皇帝意见相悖，也敢于反复地坚持。

有一次赵普向宋太祖推荐一位官吏，太祖没有允诺。赵普没有灰心，第二天上朝又向太祖提起这件事情，请太祖裁定，太祖还是没有答应。

赵普仍不死心，第三天又提出来。

赵普三天接连三次反复地提，同僚也都吃惊了，太祖这次动了气，将奏折当场撕碎扔在了地上。

但令人吃惊的是，赵普又默默无言地将那些撕碎的纸片一一拾起，回家后再仔细粘好。第四天上朝，话也不说，将粘好的奏折举过头顶立在太祖面前不动。

太祖为其所感动，长叹一声，只好准奏。

平常说话办事就是不管对方答应不答应，采取不软不硬的方法，反复催问，不达目的誓不罢休。即不怕对方不高兴，在保证对方不发怒的前提下，让对方在无可奈何中答应你的要求。但使用这种方法要适度，也就是说这种方法不是让你消极地耗时间，也不是硬和人家耍无赖，而是要善于采取积极的行动影响对方，感化对方，使事态向好的方向转化。

激起对方同情心，打动他易成事

大多数人都具有同情心，即使铁石心肠的人也不例外。同情能够加强别人对你的理解，因此求人办事不妨利用一下别人的同情心。在很多时候，用感情打动别人，激起别人的同情心，比一味滔滔不绝地讲大道理会更有效果。

一位遭人欺凌的受害者在向某领导告状时十分冲动，口出狂言、污语，使得这位领导很是反感，因而，问题迟迟不予解决。后来，此人绝望了，痛苦不堪，几欲轻生，反倒引起了这位领导的同情与重视。

当然，这并不是说，凡告状者都要摆出一副可怜兮兮的样子。而是说，告状者在请求解决问题时，应该调动听者的同情心，使听者首先从感情上与你靠近，产生共鸣。这就为你问题的解决打下了基础，人心都是肉长的，只要你将受害的情况和你内心的痛苦如实地说出来，处理者都是会动心的。

泪水能软化别人的心肠

要想得到别人的帮助，让对方对你的行为和经历表示同情和怜悯，并由此生出好感，这样更容易攻克对方心中的堡垒，让他为你办事。

别哭了，我再想其他办法帮你。

现实生活中，泪水往往更能软化别人的心肠，所以用哭的方式求人也不失为一种方法。

求人办事时，要想把事情办成，必须在人之常情上下功夫，必须把自己所面临的困难说得合情合理，令人痛惜和惋惜。所以，越是给自己带来遗憾或痛苦的地方，则越要大加渲染。必要的时候，还可以声泪俱下博取办事人的同情，这样，你所求之人才愿意以拯救苦难的姿态伸出手来帮助你。

同情心可以促进当权者对受害人的理解，但这并不等于说马上就会下定处理的决心。因为处理者要考虑多方面的情况，有时会处于犹豫之中，甚至会抱着多一事不如少一事的态度，不想过问。这时候，当事人就得努力激发处理者的责任感，要使处理者知道，这是在他职责范围以内的事，他有责任处理此事，而且能够处理好此事。

一天，一位老妇人向正在律师事务所办公的林肯律师哭诉她的不幸遭遇。原来，她是位孤寡老人，丈夫在独立战争中为国捐躯，她只能靠抚恤金维持生活。可前不久，抚恤金出纳员勒索她，要她交一笔手续费才可领取抚恤金，而这笔手续费却等于是抚恤金的一半。林肯听后十分气愤，决定免费为老妇人打官司。

法院开庭后。由于出纳员原来是口头勒索的，没有留下任何凭据，因而指责原告无中生有，形势对林肯极为不利。但他仍旧十分沉着和坚定，他眼含着泪花，回顾了英帝国主义对殖民地人民的压迫，爱国志士如何奋起反抗，如何忍饥挨饿地在冰雪中战斗，为了美国的独立而抛头颅洒热血的历史。

最后，他说："现在，一切都成为过去。1776年的英雄，早已长眠地下，可是他们那衰老而又可怜的夫人，就在我们面前，要求申诉。这位老妇人从前也是位美丽的少女，曾与丈夫有过幸福的生活。不过，现在她已失去了一切，变得贫困无靠。然而，某些人还要勒索她那一点儿微不足道的抚恤金，有良心吗？她无依无靠，不得不向我们请求保护时，试问，我们能熟视无睹吗？"

法庭里充满哭泣声，法官的眼圈也发红了，被告的良心也被唤醒，再也不矢口否认了。法庭最后通过了保护烈士遗孀不受勒索的判决。

没有证据的官司很难打赢，然而林肯成功了。这应归功于他的情绪感染，激起了听众以及被告的同情心，达到了理智与情绪的有机统一，收到了征服人心的效果。

对症下药，礼送对了好办事

医生往往根据患者的病情开药方，即为"对症下药"。在求人送礼时也要讲究对症下药。熟谙世道的人，都知有"礼"好办事，无"礼"办事寸步难行。可也有个别人，特别挑剔，对礼物不屑一顾，有时还让来人将礼物带回去，让来人很尴尬。弄不好，对方一生气，事都办不成。所以，送礼也要讲究对症下药，力争做到"礼到事成"。

孟明原本是个默默无闻的公司职员，但跳槽后没几年，反倒把事业做得风风火火，据说他的资产已上千万了。

后来孟明又想承包下自己原来工作过的厂子，想把厂子振兴起来。

投其所好，送礼有技巧

送礼应注意哪些问题

礼轻情义重

避免在公共场合送礼

态度友善，言辞勿失

顾及习俗礼俗

对症下药，把握好送礼的技巧，注意时机、方式、场合，在坚持自己的原则下投其所好。

几年前当孟明还在那家厂子时，厂里就张罗着对外承包，很多人都跃跃欲试，但主管部门还把那厂子当成香饽饽，硬是拖着不肯撒手。等到工人开不出工资时，却突然没人管了。厂子像皮球一样被踢来踢去，来回很多次踢传，最后归到了市企管办。

市企管办的主要领导是原来的副市长，从亲属关系上来说，孟明还得管副市长叫表舅。孟明知道，当过兵的表舅有点儿倔脾气。听别的亲属说过，谁要给他送礼，算找错了庙门，十有八九被轰出门外，而且还大言不惭地说："我家什么都不缺！"

孟明去过表舅家，寒酸得让他想笑。不过，这次求表舅办事，也总得表示一下，送什么却又拿不定主意。后来，孟明突然想起自己曾在表舅家吃过一顿饭，那顿饭四菜一汤都是辣的，他印象很深。看来这位表舅是喜食辣椒。

于是孟明就在辣椒上做起了文章，他亲自到农贸市场，买了五斤鲜红的干辣椒，用棍挑着，去拜访表舅。舅妈看到后高兴地说："刚要去买，你小子就给送来了。"表舅闻声从书房出来，先看见辣椒，后看见人，厉声对孟明说："你来又有啥事？"

孟明心不在焉地说："没事儿，乡下一位亲属送来一堆辣椒，我们全家都怕辣，就送您这儿来了。"

表舅刚转身，忽地想起什么，问："明子，昨天有份报告刚到我手，是不是你小子递交的？"孟明马上说："您说承包那份报告？是我交上去的，不过没戏！我都快忘了。"表舅接着说："下周我们开会研究一下。"孟明心里暗暗高心，他发现小小的辣椒起效果了——引起表舅对他承包厂子的重视，于是很高兴地回家了。不久，表舅打电话给孟明，说他的企业符合承包条件，很快孟明如愿承包了厂子。

由此可见，对症下药地去送礼，事情会顺利很多。

第六章

让他人欣然接受“拒绝”的心理策略

拖延、淡化，不伤其自尊地将其拒绝

一般人都不太好意思拒绝别人，但在很多情况下，我们为了避免多余的困扰，对一些不合理或不合自己心意的事有必要拒绝，但怎样既不伤害对方自尊心又能达到拒绝的目的呢?

当对方提出请求后，不必当场拒绝，你可以说:“让我再考虑一下，明天答复你。”这样，既使你赢得了考虑如何答复的时间，也会使对方认为你是很认真对待这个请求的。

某单位一名职工找到上级要求调换工种。领导心里明白调不了，但他没有马上回答说“不可能”，而是说：“这个问题涉及好几个人，我个人决定不了。我把你的要求带上去，让厂部讨论一下，过几天答复你，好吗？”

这样回答可让对方明白调工种不是件简单的事，这其中存在着两种可能，也使对方思想有所准备，比当场回绝效果要好得多。

陈涛夫妻俩下岗后，自谋职业，利用政府的优惠贷款开了一家日用品商店，两人起早贪黑把这个商店办得红红火火，收入颇丰，生活自然有了起色。陈涛的舅舅是个游手好闲的赌棍，经常把钱扔在麻将桌上，这段时间，手气不好又输了，他不服气，还想捞回本钱，又苦于没钱了，就把眼睛瞄准了外甥的店铺。一日，这位舅舅来到了店里对陈涛说：“我最近想买辆摩托车，手头尚缺五千块钱，想在你这借点儿周转，过段时间就还。”——他也知道用模糊语言。

陈涛了解舅舅的嗜好，借给他钱，无疑是肉包子打狗。何况店里用钱也紧，就敷衍着说：“好！再过一段时间，等我有钱把银行到期的贷款支付了，就给你，银行的钱可是拖不起的。”

舅舅听外甥这么说，没有办法，知趣地走了。陈涛不说不借，也不说马上就借，而是说过一段时间，等支付银行贷款后再借。这话含多层意思：一是目前没有，现在不能借；二是我也不富有；三是过一段时间不是确指，到时借不借再说。舅舅听后已经很明白了，但他并不心生怨恨，因为陈涛并没有说不借给他，只是过一段时间再说而已，给了他希望。因此，处理事情时，巧妙地一带而过比正面拒绝有效，且不伤和气。

通过暗示，巧妙说“不”

很多时候，我们不得不拒绝别人，但是怎样将这个难说的“不”说出口呢？暗示，是一种不错的选择。

通过自言自语的方式，把自己的想法和信息传递给他人，让他人自然而然地认同你的想法。

通过身体动作也可以把自己拒绝的意图传递给对方。当一个人想拒绝对方继续交谈时，可以做转动脖子、用手帕拭眼睛、按太阳穴等漫不经心的小动作。

巧妙地学会用暗示的方法拒绝别人，让对方明白你在说“不”，不仅能把事情办妥，而且不伤和气。

先承后转，让对方在宽慰中接受拒绝

日常中，我们经常会遇到这样的情况，对方提出的要求并不是不合理，但因条件的限制无法予以满足。在这种情况下，拒绝的言辞可采用“先承后转”的形式，使其精神上得到一些宽慰，以减少因遭拒绝而产生的不愉快。

李刚和王静是大学同学，李刚这几年做生意虽说挣了些钱，但也有不少的外债。两人毕业后一直没有来往，一天，王静突然向李刚提出借钱的请求，李刚很犯难，借吧，怕担风险，不借吧，同学一场，又不好张口。思忖再三，最后李刚说："你在困难时找到我，是信任我、瞧得起我，但不巧的是我刚刚买了房子，手头一时没有积蓄，你先等几天，等我过几天账结回来，一定借给你。"

有的时候对方可能会因急于事成而相求，但是你确实又没有时间，没有办法帮助他的时候，一定要考虑到对方的实际情况和他当时的心情，一定要避免使对方恼羞成怒，以免造成误会。

拒绝还可以从感情上先表示同情，然后再表明无能为力。先扬后抑这种方法也可以说成是一种"先承后转"的方法，这也是一种力求避免正面表述，而采用间接拒绝他人的方法。先用肯定的口气去赞赏别人的一些想法和要求，然后再来表达你需要拒绝的原因，这样你就不会直接地去伤害对方的感情和积极性了，而且还能够使对方更容易接受你，同时也为自己留下一条退路。

拒绝要先扬后抑

正确地表达你的意思，先扬后抑，才不会伤及对方的自尊和彼此的情感。当你想要表达拒绝的时候，不妨采用下面一类话来试试。

"这个主意太好了，但是如果只从眼下的这些条件来看，我们必须要放弃它，我想我们以后肯定是能够用到它的。"

"我知道你是一个体谅朋友的人，你如果对我不信任，那么你是不会找我办这件事的，但是我实在忙不过来了，再等几天我一定帮你办。"

先说让对方高兴的话题，再过渡到拒绝

对于他人的话，人们总是会表现出情感反应。如果先说让人高兴的话，即使马上接着说些使人生气的话，对方也能以欣然的表情继续听。利用这种方法，可以拒绝不受喜欢的对象。

有一个乐师，被熟人邀请到某夜总会乐队工作。乐师嫌薪水低，打算立即拒绝。但想起以往受过对方照顾，他不便断然拒绝。他心生一计，先说些笑话，然后一本正经地说:"如果能使夜总会生意兴隆，即使奉献生命，在下也在所不辞。"

此时夜总会老板自然还是一副笑脸，乐师抓住机会立刻板起面孔说："你觉得什么地方好笑？我知道你笑我。你看扁我，不尊重我，这次协议不用再提，再见！"这样，乐师假装生气，转身便走。老板却不知该如何待他，虽生悔意，但为时已晚。因此，面对不喜欢的对象，要出其不意地敲他一下，以便拒绝对方。若缺乏机会，不妨参照上例，制造机会，先使对方兴高采烈，然后趁对方缺乏心理准备，脸上仍在笑嘻嘻时，找到借口及时退出，达到拒绝的目的。

顾及对方尊严，让他有面子地被拒绝

自尊之心，人皆有之。因此在拒绝别人时，要顾及对方的尊严。通常的规律是尊之则悦，不尊则哀。也就是说，当得到肯定的评价时，人们的自尊心理得到满足，便会产生一种成功的情绪体验，表现出欢愉乐观和兴奋激动的心情，进而再拒绝，也不会让对方有强烈的失落感。

在社交场合上，无论是举止或是言语都应尊重他人，即使在拒绝别人的时候也要顾及对方的尊严。也只有这样，才能赢得别人的尊重。

一位名叫金六郎的青年去拜访本田宗一郎，想将一块地产卖给他。本田宗一郎很认真地听着金六郎的讲话，只是暂时没有发言。本田宗一郎听完金六郎的陈述后，并没有做出“买”或者“不买”的直接回答，而是在桌子上拿起一些类似纤维的东西给金六郎看，并说：“你知道这是什么东西吗？”“不知道。”金六郎回答。“这是一种新发现的材料，我想用它来做本田宗一郎汽车的外壳。”本田宗一郎详详细细地向金六郎讲述了一遍。

本田宗一郎共讲了15分钟之多。谈论了这种新型汽车制造材料的来历和好处，又诚诚恳恳地讲了他明年拟采取何种新的计划。这些内容使得金六郎摸不着头脑，但感到十分愉快。在本田宗一郎送走金六郎时，才顺便说了一句，他不想买他的那块地。

如果本田宗一郎一开始就将自己的想法告诉金六郎，金六郎一定会问个究竟，并想方设法劝说本田宗一郎，让他买下这块地。本田宗一郎不直接言明的理由正是如此，他不想与金六郎为此争辩什么。

拒绝对方的提议时，必须采用毫不触及话题具体内容的抽象说法。

日本成功学大师多湖辉说的这个故事发生在20世纪60年代末的学生运动中。某大学的教室里正在上课时，一群学生运动积极分子闯了进来，使上课的教授手足无措。当着班上学生的面，教授想显示一点儿宽容和善解人意的风度，就决定先听一下学生讲些什么之后再去说服他们。

结果与他的善良想法完全相反，学生们乘势向他提出许许多多的问题，把课堂搅得一团糟，再也上不成课了。并且这之后只要他上课就有激进派的学生出现在课堂上，就这样毫无宁日地持续了一年。

从这一教训中，教授悟到一条法则，如果无意接受对方，最好别想去说服他，对方一开口就应该阻止他：“你们这是妨碍教学，赶快从教室里出去，与课堂无关的事，让我们课后再说！”

假如再发生一次同样的事，教授能否应付？就算他显示出了拒绝的态度，学生也会毫不理会地攻击他吧！如果一点儿也不去听学生的质问，一开始就踩住话头，至少不会给对方可乘之机，也不致弄得一年时间都上不好课！

可见，拒绝之前先说点儿与拒绝无关的话，这种欲抑先扬的方式，可以给人心里一个缓冲和铺垫，不至于让拒绝进行得很直接、僵硬。

巧踢“回旋球”，利用对方的话来拒绝他

拒绝不一定非要表明自己的意思，许多时候，利用对方的话来拒绝他，是更聪明的选择。只要合理地从对方的话语里引出一个合乎逻辑的相同问题，巧踢“回旋球”，让对方“哑巴吃黄连——有苦说不出”。

小李从旅游局一个朋友那里借了一架照相机，他一边走一边摆弄着，这时刚好小赵迎面走来了。他也知道小赵有个毛病：见了熟人有好玩的东西，非得借去玩几天不可。这次看见了他手中的照相机又非借不可了。尽管小李百般说明情况，小赵依然不肯放过。

小李灵机一动，故作姿态地说："好吧，我可以借给你，不过我要你不要借给别人，你做得到吗？"

小赵一听，正合自己的意思。他连忙说："当然，当然。我一定做到的。""绝不失信。"小李还追加一句说。"绝不失信，失信还能叫作人？"

 巧妙地利用对方的话来拒绝他

有很多的问题，我们可以巧妙地把对方设置在同样的情景，以此来引诱对方做出他的判断，从而让对方明白自己的处境或意思，以巧妙地拒绝对方的要求。

一个外国军人想问中国军人一个有关军事机密的问题。

能把你们国家最近的军事计划给我看看吗？

如果我给你看，你能保守这个秘密吗？

在交际过程中，当自己处于不利态势，为了寻找转机，加强己方的立场，也需要找借口拒绝对方。这时，如果你能灵活机智地采用对方的话来拒绝对方，就能使对方不再坚持，从而达到自己拒绝对方的目的。

小李斩钉截铁地说："我也不能失信，因为我也答应过别人，这个照相机绝不外借。"听到这，小赵也目瞪口呆了，这件事也只有这样算了。有一大部分人会产生这样的想法，难道我们在现实生活中都非要拒绝别人不可吗？我们在拒绝他人时都要采用这些委婉的方法吗？其实这个问题问得恰到好处。在现实生活中，关于拒绝他人，我们还要注意以下问题：

第一，在日常生活中，我们就应该真诚地对待朋友和同学，积极地帮助他们。每个人都应该明白一个简单的道理"平时帮人，拒人才不难"，这种方法主要应用于那些的确违背我们意愿的事情。

第二，如果是由于自己能力或客观原因，我们应该坦诚相对，说明自己的实际情况，同时，要积极帮对方想办法。

第三，对于某些情况，直接说"不"的效果更好，特别是对于那些违法乱纪的事情，应持坚决的态度来拒绝。对于那些可能引起误解的事情，也应该明确自己的态度，否则会"当断不断，反受其乱"。此外，由于拒绝不明可能会影响对方，也影响事情发展方向，也应该直截了当地拒绝它。

第四，即使我们掌握了一些比较好的方法，在一般的拒绝中，我们也应该语气委婉，最好还能面带微笑，这样既达到自己拒绝他人的目的，又消除由于拒绝给对方带来的不快。

贬低自己，降低对方期望值顺势将其拒绝

用自我贬低的方法或者在玩笑的氛围中拒绝他人，不仅维护了别人的面子，也使自己全身而退。

比如朋友想邀你一起去玩电游，你就可以说："我们都是好朋友了，说出来不怕你们笑话，我学了几年一直玩得不像样，你们看了都会觉得扫兴，为了不影响你们的兴致，我还是不去为好。"又比如说，在同学聚会的时候，你确实不会喝酒，你可以说："我是爸妈的乖儿子，在家里面又没有什么地位，要是喝了酒，那回去后肯定会被我爸揍死的，甚至还会被我妈骂死，你们就饶了我吧。"同时，你还可以说一些其他的事例进行说明，或者找一些比较好的借口来增强这种自我贬低的效果。

在贬低自己的策略中，"装疯卖傻法"是一种特殊形式，即"表示自己无能为力，不愿做不想做的事"，也就是说："我办不到！所以不想做！"

根据心理学调查发现，人们的确有在日常生活中故意装傻的现象。例如在上班族中，有20%的人曾对上司装过傻，而14%的人对同事装过傻。虽然这会导致评价降低，但令人惊讶的是，仍有一成以上的人是在自己有意识的情况下用了这个办法。

上班族会用到"装疯卖傻法"的场合有以下三种：

第一，不愿做不想做的事。例如像是打杂般的工作、很花时间的工作，或单调

的工作等。还有像公司运动会之类，公司内部活动的筹办委员也是其中之一。像这种情形便有不少人会用“我不会呀”或“我对这方面不擅长”等理由，来把不想做的事巧妙地推掉。

第二，拒绝他人的请求。当别人找上你，希望你能帮他的忙时，你很难直接说“不”吧！因此便以“我很想帮你，可是我自己也没有那个能力”的态度来婉转拒绝。拒绝别人这种事，很难直接以“我不愿意”这种态度来拒绝，而且还可能会让对方怀恨在心。因此，若是用能力，也就是自己无法控制的原因来拒绝（想帮你，可是帮不了）的话，拒绝起来便容易多了。

第三，想降低自己的期望值。一个人若能得到他人的高度期待，固然值得高兴，但压力也会随之而来。因为万一失败，受到高度期待的人，所带给其他人的冲击性会更大。因此，借由表现出自己的无能，来降低期望值，万一将来失败，自己的评价也不会下降得太多；相反地，如果成功，反而会得到预期之外的肯定。“装疯卖傻法”有以下两种实行技巧：

找个人替你说“不”，不伤大家感情

在拒绝他人的诸多妙法中，有一种比较艺术的方法就是推诿法。所谓推诿法，就是以别人的身份表示拒绝。这种方法看似推卸责任，但却很容易被人理解：既然爱莫能助，也就不便勉强。

所以，如果难以开口的话，不妨找一个人“替”你说“不”，这样既避免了当面拒绝的尴尬，也可以让对方“知难而退”。

（1）表明自己无能为力。就像前面所说，这招便是表明“我没有能力做那件事，因此我不愿意做”的一种方法。根据工作的内容，“无能”的内容也有所不同。例如别人要求你处理电脑文书资料时：“电脑我用不好，光一页我就要打一个小时，而且说不定还会把重要的资料弄不见！”别人要求你做账簿时：“我最怕计算了，看到数字我就头痛！”用于与自己平日业务无关的业务上。

不过，所表明的“无能”的理由不具真实性，那可就行不通。例如刚才电脑处理的例子，如果是在电脑公司，说这种话谁信？后面那个例子，如果发生在银行，也绝对会显得很突兀。平常愈少接触到的工作，说这种话时，所获得的可信度也就愈大。所以要说“我没做过”“我做得不好”这些话的时候，这些话一定要具有可信度才行。

（2）将矛头指向他人。这招是接着“表示无能”的用法之后，以“我办不到，你去拜托某某比较好”的说法，来将矛头指向他人的做法。

“我电脑没办法，不过小王对电脑很熟，你去拜托他看看怎么样？”“我对计算工作最头大了，小芸应该做得来！”

像这样搬出一位在这方面能力比自己强的人，然后要对方去拜托他就行了。不只能力的问题，像下面这个例子中的场合也能适用。

“我如果要做这件事，恐怕要花掉不少时间。小范好像说他今天工作分量不怎么多！”只有在大家都知道哪个人的确比较胜任时才能用这招。这个办法有一个问题就是，可能会招致那个被你“转嫁”的人怨恨。想拜托人的人一定会说：“是某某说请你帮忙比较好！”对方也就会知道是你干的好事。这么一来，那个人心里一定会想：“可恶的家伙，竟然把讨厌的事推给我！”尤其当需要帮忙的工作内容，是人人都不想做的事情的时候，这种惹来怨恨的可能性就愈高。所以，最好在多数人都知道“某某事情是某某最擅长的”这样的场合才用此招。

第七章

办公室中的心理策略

应对面试官，要根据其性格特点从容施策

战争中，知己知彼是百战百胜的保障。面试也是如此，作为应聘者，只有了解了面试官的性格，才能把公关做得恰到好处，使自己获得成功。一般来讲，面试官分为以下几种表现形式，你可以根据不同情况见招拆招，方可从容应对。

（1）性格外向型特点：充满活力；善谈，肢体语言丰富，富有感染力；表里如一，想到什么就说什么。对策：随他去说，你只要做个好听众，面带微笑，频频点头，心领神会；可以温和平静，可以大笑，可以做惊讶状，可以做陶醉状，一言以蔽之，要变化多端。

（2）性格内向型特点：外表冷峻，不喜形于色；不善言谈，几乎无任何肢体语言；喜欢沉思默想，而后出言表达。对策：时而提问，时而倾听；不要打断他的谈话，要有耐心，给他时间去沉思默想。

（3）性格感应型特点：语言简洁精练，直述其意；无想象力，求实际，重事实。对策：直接切入正题；问一句答一句，有理有据，不要夸夸其谈；直接阐述你的实际工作经验，最好引述一两例成功案例。

（4）性格直觉型特点：谈话高深莫测，喜用修辞和成语；无论其谈吐和表情都给人以模糊、含混的感觉。对策：尽力保持谈话不要间断，亦可以引用成语和典故；要表现出你的创造性；强调你已经领悟了他高深莫测的寓意。

（5）貌如思想家型特点：富有严密的逻辑思维能力，善用分析和推理；性格敦厚。对策：回答问题时，你也要逻辑严密；与他的观点和立身之道保持一致；表现出你也是公正无私、敦厚之人。

（6）敏感试探型特点：友好，温和；善解人意，富有同情心；善用外交手腕，处事圆滑。对策：要温和，平稳；表现出你的热情助人行为，以及你的通情达理和为他人着想的美德；表现出你是如何协调组织和善于沟通不同人之间关系的能力。

（7）貌如审判官型特点：非常严肃和冷静；具有决定性和组织的权威之感；凌驾于你的IQ和EQ之上，任意判断，独断专行。对策：要有充分准备，做乖乖状且随机应变；谦虚谨慎，多向他征求意见；服从组织安排，有“叫干啥就干啥”的精神。

面试中要根据不同的提问进退自如

面试中要做到知己知彼，根据面试官不同的问题进退自如，最后取得成功。常见的面试提问方式有如下几种：

封闭型提问。这种问题回答力求简洁、明白，一般不需做过多的补充和修饰。

开放型提问。这类问题很关键，是绝好的表现自己、推销自己的机会，可以令面试官顿生爱才之心。

假设型提问。这种问题，切忌长时间地沉默，但也不要不经考虑急于回答。

（8）貌如观察家型特点：开朗顽皮，善用游戏等方式测试候选人；好奇心强；想法随意，大有天马行空之势。对策：要热烈响应他的任何提议，积极参与协助对你的各种测试；时刻期待着回答他对你提出的各种问题，但要有选择地回答；不要勉强做出评价和表达自己的意思。

主动承认劣势，将其转化为领导喜欢的优势

“尺有所短，寸有所长”，世界上任何事物都有其优势和劣势，人自然也不例外，行走职场，不怕没本事，就怕有本事也不会用。很多时候，我们习惯苦恼自己的局限，感叹自己技不如人，其实，我们不是没有足够的优势，而是我们不会使用自己拥有的优势。

王薇今年35岁，做了十几年的秘书，已经是一个非常精干老练的职场人士。她希望在秘书这一行继续做下去，走高级秘书的路线。可是专业化秘书这一条路线在国内并不成熟，很多企业在招聘的时候都希望用年轻人。王薇在去一家著名企业面试之前，对自己的情况做了客观而全面的分析：她的优势在于社会阅历丰富、成熟稳重，为人处世比较圆熟。但是年龄摆在那里，成了她必须要面对的“劣势”。

于是在面试时，王薇始终注意突出自己的几个亮点：首先，她在职场摸爬滚打十几年，工作经验很丰富，社会阅历也不浅，对于职场的行为规则了然于心，这是年轻人所不具有的优势。而对于一个高级秘书来说，职场的成熟度和工作经验是非常重要的，因此她比年轻人更加能够胜任这个职位。其次，成熟，但不代表她没有热情。对于工作的热情并不会随着年龄的增长而有所减退，对于工作的认真细致、尽职尽责也不会因为工作时间长而有所削减。相反，她更加知道怎么去稳妥地处理各种事情。这正是一个成熟的职场人士的魅力所在。王薇的话让面试考官频频点头，面试结束时，考官带着热情的微笑与她握手告别。王薇心中踏实下来，她知道她已经成功了。

王薇的智慧之处在于她清楚地了解自己的优势和劣势，阅历丰富，办事成熟老练，为人圆熟等都是她的竞争优势，但年龄偏大是她的劣势，她并不羞于承认这一点，但她能把自己更出色、更有价值的地方展现出来，把隐藏在劣势背后、领导会很欣赏的优势放大，让自己的优势远远盖住了劣势，从而让对方眼前一亮，为自己打开一扇成功的门。

一个人要想取得成功，不是靠不断弥补自己的缺点和劣势，而是不断发扬自己的优点和长处，不断放大自己的优势。事物是不断进步的，一个总在弥补自己失误、缺憾的人，他弥补的速度永远赶不上人们进步的速度，所以，“成名需及时”，发挥自己的优势也要及时。

一个人有劣势并不可怕，可怕的是，看不到自己的优势，总拿自己的劣势跟别

人比，总拿自己的劣势跟人家、跟自己较劲，这是徒劳的。我们要学会给自己正确的定位，也许在某方面自己的确没有天赋，但是在某方面却潜力无穷。我们要学会“关一扇门”，再“打开一扇门”。关上那扇通向死胡同的门，打开那扇曙光照耀的成功之门。

一名剑客前去拜访一位武林泰斗，请教他是如何练就非凡武艺的。武林泰斗拿出一把只有一尺来长的剑，说：“多亏了它，才让我有了今天的成就。”剑客大为不解，问：“别人的剑都是三尺三寸长，而你的剑为什么只有一尺长呢？兵器谱上说：剑短一分，险增三分。拿着这么短的剑无疑是处于一种劣势，你怎么还说这剑好呢？”武林泰斗说：“就因为在兵器上我处于劣势，所以我才会时时刻刻想到，如果与别人对阵，我会是多么的危险。因此，我只有勤练剑招，以剑招之长补兵器之短，这样一来，我的剑招不断进步，劣势就转化成优势了。”这位剑客听后，按照武林泰斗的方法去练剑，后来也成了一位武林高手。

面对自己的劣势，要勇于承认，不要盲目争斗，也不要停滞不前，我们应该扬长避短，努力增加自己优势的尺寸，一个在某方面或者某领域特别优秀的人，其劣势也会慢慢融合进优势里，转化成优势。

成功者就往往善于运用这种转化，特别是在职场，可以帮助自己走出困境，让劣势成为优势。

把你的功劳让给上司，上司会对你奖励更多

汉代有一位能干的官吏，安民有方，平息了大灾害后的暴动。他鼓励人民垦田种桑、重建家园。经过几年治理，当地社会稳定，百姓安居乐业，这位官吏得到了人民极大的拥戴，名声响彻朝野。

皇帝突然在此时召他还朝，临行前，他座下的一位谋士突然前来求见，问他：“天子如果问大人如何治理地方，大人打算怎么回答？”这位官吏坦然地回答：“我会说任用贤才，使人各尽其能，严格执法，赏罚分明。”谋士连连摇头道：“非也非也，此话将陷大人于不利，在天子心中，大人声名已经过于显赫了，再自夸其功，后果不堪设想。”官员心中一惊，“功高震主”的人往往没有好下场，这样的教训已经够多了。

于是在皇帝召见时，官吏一再推辞奖赏，只说“都是天子的神灵威武感化所致”，皇帝果然龙颜大悦，将他留在身边，委以显要的官职。

这个故事深刻地阐释了“做下级的，最忌自以为有功便忘了上司”这样的一个道理。

古今中外许多事实证明，功高震主之时，往往也是失宠之日。不在乎被比下去、重视人才、超凡脱俗的上司毕竟是凤毛麟角，在大多数人的心中，都或多或少藏着“嫉妒”的鬼火，一旦你的光芒太过耀眼，你的功劳太过卓著，上司在你身边，便

会觉得自己黯淡无光，更会有地位被你动摇的联想，他们会很自然地将你视为竞争对手、心腹大患，而你在不知不觉中，就已面临着一场灾难。

在社会中，如果有人肯大方利落地将功劳让给别人，受到礼让的人一定会大为吃惊，继心生感激，常常会产生“我欠了此人一份人情”的想法，对此人更是好感大增。

不居功自傲不仅可以在上司心中留下美好的印象，更深层次的意义是能使你的人格变得更伟大。将自己用辛勤和汗水换来的功劳拱手相让，这本身就需要具备很深的修养。但是，也只有这种气量很大，不斤斤计较得失的人才能真正打动上司，他总有一天会设法偿还这笔人情债。当然，在他的帮助下，你也不会缺少再次建功的机会。只是有一点需要注意，礼让功劳的事绝对不能作为个人资本到处宣传，否则，让功的收益率便会下降为零，甚至适得其反，你在上司眼中会成为彻头彻尾的小人。

把上司的想法看在眼里，妥善进退

记住永远不要让你的光芒遮盖了你的上司。

切勿冒犯上司，不抢上司的风头；做事情把握分寸，要到位而不要越位。总是要显得比上司矮一截，就是任何情况下都不让上司觉得你是对他有威胁的。

不争小利、夸大困难，向上司邀功请赏就不会遭反感。

能够做到妥善进退，你自然就能够在陷阱重重的权力森林中得以自保，进而提升自我，获得事业的成功。

职场“亡羊”要有技巧地“补牢”。

不争小利、夸大困难，向上司邀功请赏不会遭反感

职场上，很多人努力工作后，“领赏”时却发现“酬劳”远不如“付出”，但碍于颜面和心理因素的影响，又不敢向上司邀功请赏。其实，这就不必了。因为掌握了技巧，向上司邀功请赏并不会遭到对方的反感。

王翦是秦始皇手下战功赫赫的大将，他协助秦始皇消灭赵王，赶走燕王，并击破楚军，但秦始皇对他仍疑心很大，怕他功高震主，所以在攻打楚军时有意重用李信将军，于是王翦称病告老还乡。

但李信在与楚军交战时受挫，秦始皇只好放下架子到王翦面前谢罪并请他出山。

王翦心里很清楚秦始皇必定对自己放心不下，于是在出发前，向秦始皇请求大量田宅园池。秦始皇问："将军就要走了，为什么忧虑贫穷呢？"王翦说："作为君王的将军，即使有功也不能封侯，因此趁君王信任、重用和偏向我时，我要及时请求点好处来为子孙造福。"

秦始皇听完王翦的话后开怀大笑，放心多了。此后王翦又五次派人回都请求良田，时人以为王翦的请求太过分了。

王翦却深谋远虑地说："不然，秦王粗鄙而不信人，现在倾全秦国的士兵而委任于我一人，我不多求田宅为子孙谋基业来巩固自己，反而让秦王因此而怀疑我吗？"

身处职场的人，也应该学会这招，在适当的时机跟你的老板"邀功请赏"。调查表明，很多老板在交代重要任务时常常利用承诺作为一种激励手段，对你而言这既是压力又是动力，对老板来说心理上也感到踏实、稳定，因为他坚信"重赏之下，必有勇夫"。

假如老板在交代任务时忘记了承诺，或不好做出承诺，你应该提前要求你应该得到的，这绝不是什么趁火打劫，老板也容易接受。

当然，"邀功请赏"也要把握好分寸，不能让自己"太吃亏了"，也不能要求太多，引起老板的反感。以下两点可供参考：

第一，不争小利。

不为蝇头小利而生气，要具有宽广胸怀、大将风度，在老板心目中形成"甘于吃亏""会吃亏"的好印象，在小利上坚持以忍让为先。

第二，夸大困难，允许老板打折扣。

有时你把困难说小了，老板可能给你记功小，给你的好处也少。因此，要学会充分"发掘"困难，善于向老板表露困难，要求利益时可以放得大些，比你实际想得到的多一些，给老板一些"余地"。

此外，在请赏过程中，一定要按"值"论价，等价交换。假如你拉到10万元赞助费或为单位创利100万元，你要按事先谈好的"提成"比例索取报酬，不能扩大要求，也不要让老板削减对你的奖励。

拉拢"关键"同事，使其在领导面前替你说话

在每个组织、单位里，都有一些业绩出色、能力特别优秀的人，也有与领导关系密切的人，领导一般会通过他们来了解下属的情况。如果与单位里的那几位"关

键”的同事处好关系，使他在关键时刻替你说上几句好话，或许比你努力表现自己更加有效。

小齐与郑浩同在市教育局教研股工作。郑浩到教育局已经有7年的时间了，上上下下都人缘不错，也深受教研股长的器重，凡事都同他商量。小齐刚刚从学校毕业一年有余，与郑浩是校友，在课题研究上，具有互补性，两个人关系也不错。

后来，根据国务院有关精神，市教育局也开始精简机构，其中教研股也在精简之列。一天，小齐约郑浩出去喝酒。席间，小齐探问精简的虚实，并请郑浩帮助一下，郑浩心领神会。

教研股长同郑浩探讨人员调配，当谈到小齐时说道：“小齐人倒不错，只是太年轻了点儿，我考虑将他另调别处……”随后对郑浩说：“你在咱们教研股虽然岁数不大，但是经验丰富，我的安排对你研究的课题有无影响，我想听听你的意见。”此时，郑浩正在研究“小学生游戏与心理健康的关系”这一课题，教育局想把它作为一项科研成果向上级申请。郑浩说道：“课题研究进展工作比较顺利，咱们股的这些人都参与了，但是相对于心理学这一部分，真正明白的并不是很多。小齐恰恰弥补了我们这方面的不足，从我自己的角度考虑，最好不要这样安排，如果确有困难，能否延缓几个月？”“让我再考虑一下吧。”股长无奈地说道。最后，小齐留了下来。

这个案例说明，通过“关键”的同事与领导间接沟通，既免除了表功之嫌，又

和领导面前的红人搞好关系

单位里一定有那么几个与领导关系密切的人，他们在领导面前说的话是有一定分量的。如果你与单位里的“红人儿”处好关系，使他在关键时刻给你美言几句或许比你努力表现自己更加有效。

工作中采取迂回战术，借用别人的嘴来达到自己的目的，虽然是非常有效的。可是也不能完全借助于这种方式来赢得领导的认同，还应靠自己的努力。

能够得到较好的效果。

所以，在平时的交往中要注意与同事之间的交往，建立较为密切的关系。有的同事并不愿意或根本想不到做这种顺水人情。适当地提醒是必要的，不一定非要明确说明，借着酒席宴上，半真半假应付：“老兄你可是某某的红人儿，还希望在领导面前美言几句。”

不过，值得注意的是，同事的好话一般在小事上能够起到作用，但在大的事情上，不可全部寄托于同事上面，同事可以起到铺垫的作用，具体运作还要靠自己去努力。

读懂不同类型的同事，才能制造融洽气氛

一个公司就是一个社会的缩影，各种性格的人在一个公司里都有可能遇上，有些还是工作当中无可避免的麻烦人物。面对不同性格类型的人，如何调动他们，以使大家相处融洽，促进工作顺利进展呢？

1.推卸责任的人

对那些习惯推卸工作职责的同事，在请他们协助工作时，目标必须明确，时间、内容等要求要讲清楚，甚至白纸黑字写下来，以此为证据。不为他们所提出的借口而动摇，请温和地坚持原来的决议，表达你知道工作有困难性，但还是需要在一定范围内完成的期望。

如果他们试图把过错推给别人，不要被他们搪塞过去，你只需坚定说明那是另一回事，现在要解决的是如何达成原定的目标。如果他们真的遇到问题，除非真有必要，你不用主动帮忙，防止养成他们继续对你使用这招以摆脱工作的习惯。

2.过于敏感的人

一些同事生性敏感，应尽量避免在其他人面前对他们做出可能冒犯的评语，要批评请私底下讲。即使像“有点”“可能”“不太”这类有所保留的语气，都会让他们心乱如麻，因此在批评时尽量客观公正，慎选你的用词，指出事实就好。尤其要让他们了解你只是针对事情本身提出意见，而不是在对他们做人身攻击。

针对他们过度的反应，你不要也跟着乱了手脚急于辩解，那可能会愈描愈黑，只要重申事情本身就好。提出意见时也同时指出他们的优点，以及表现出色的地方，以建立他们的自信心。

3.喜欢抱怨的人

他们之所以抱怨，是因为他们在意事情的发展。如果抱怨的内容跟你负责的业务有关，最好能有立即的响应或改善；如果他们抱怨的是无关紧要的琐事，听听就算了，也不需要动气反驳。遇到问题时，问问他们觉得最好的解决方法是什么，怎么样才能避免问题再度发生，将他们的力气引导到解决问题上。

4.悲观的人

悲观的人脸上总带有悲观情绪的同事害怕失败，不愿意冒险，所以会以负面的意见阻止工作、环境上的改变。你不妨问问他们认为改变后最坏的结果是什么，事先准备好应对的方法。

与悲观的同事合作时，告诉他们如果失败的话是整个团队的责任，而不会光责怪他们，解除他们的心理压力，他们就不会在一旁唠叨。

5.喜怒无常的人

有些同事属于黏质型的，会喜怒无常。当他们表现出喜怒无常的行为时，不要回应他们无理的行为，找个借口离开现场，等他们冷静一点儿再回来。面对他们的情绪失控，不要也被撩起情绪，应以冷静、客观的态度响应，陈述事实即可，不需辩解。一旦他们恢复理智，要乐于倾听他们的谈话。万一他们中途又开始“抓狂”，就立即停止对话。

6.沉默的人

办公室里总有一些不善说话、只会默默工作的同事。在与他们说话时不能语带威胁，要不带情绪并放低姿态。花时间与他们一起将每个工作步骤写成白纸黑字，了解彼此对工作的认知。尽量让他们做自己分内的工作就好。

尽量多问一些开放性的问题，鼓励他们说话，如果他们一时无话可说就耐心等待，给他们时间思考，不用对彼此之间的沉默觉得不自在。称赞他们的成就，以符合他们需求的方式鼓励他们。

如何赢得同事好感

同事是我们用一天近1/3的时间来相处的人，无疑和我们的工作、事业乃至生活的快乐幸福都有密切的关系，是对我们影响最深的一个群体。

在这里总结出赢得同事好感四法宝：自然、关怀、宽容、大方。无论你面对什么样的同事，只要拿出这四大法宝，将心比心，你一定会有个好人缘的。

7.固执的人

对待这样的同事，仅靠你三寸不烂之舌是难以说服他的，你不妨单刀直入，把他工作和生活中某些错误的做法一一列举出来，再结合眼下需要解决的问题提醒他将会产生什么严重后果。这样一来，他即使当面抗拒你，内心也开始动摇，怀疑起自己决定的正确性。这时，你趁机摆出自己的观点，动之以情，晓之以理，那么，他接受的可能性就大多了。

8.轻狂高傲的人

对轻狂高傲的同事，你根本用不着与之计较，他喜欢吹嘘自己，那就由他去吧。就是他贬低了你，你也不要去与他们较量，更不要低三下四，你只需长话短说，把需要交代的事情简明交代完即可。

在公司里，面对不同类型的同事，只要能把握他们各自的性格特点，就可以积极调动，营造一个和谐融洽的工作氛围。

识破口是心非的同事，为自己减少隐患

职场上会有很多这样的人，他们表面上讲义气、够朋友，背地里造谣生事、污辱诽谤、挑起事端，而识辨这种人是需要一定智慧的。

这些人为什么会口是心非呢？究其原因，无外乎是嫉贤妒能，看到比自己优秀的同事便感到极不舒服，心生嫉妒，但是又不能跟对手“当面锣，对面鼓”地叫板，只好暗暗地设计破坏对方，让对方受挫，看到对方失败就会觉得开心。“凭什么赵炜刚来3个月，就升为主管，我在这里熬了2年都没挪个窝，说什么我也不能让他这主管当舒服了”“新来的领导，真会装模作样，连续几天邀请他一起吃饭，想拉拉关系，他都说没时间，这不明摆着不给面子吗”“林强最近工作真卖力，看来他今年是想跟我争先进，我非得想办法让他分分心，这样就少了一个竞争对手”等。口是心非的人内心都很阴暗，甜言蜜语的背后隐藏的都是见不得人的龌龊心理。如果你和这样的人成了朋友，那么结果只能是无端地给自己增添了很多问题和烦恼，等真正看清“朋友”的本来面目时，恐怕自己已经伤痕累累了。

面对这种同事，你与他们谈话时要保持泰然自若，抓住主动权不放，不让他们的阴谋得逞。对于以前百般刁难，现在却又主动谄媚的人你可以这样问：“很高兴我们能够化干戈为玉帛，正所谓不打不相识。可有一点我不太明白，以前我的哪些做法叫你看着不顺眼来着？”口是心非的同事本来就是虚情假意，当你认真问起言外之意时，他们就会不知所措、躲躲闪闪、含糊其辞，而且反过来责怪你曲解其意。但你需要明确地向他表明自己并不像他们想象的那么软弱可欺，他们以后就不会再找你的麻烦，你也争得一份属于自己的安静的心境和工作环境。

有的时候，口是心非的恭维话其实可能是一种幌子，用来掩饰说话者对你的怨

恨或愤怒。例如你和一个资格比你老的同事在为同一个项目设计方案，结果你的方案被采纳了，同事说道："真是长江后浪推前浪啊，什么也掩饰不住金子的光芒。"这话听上去表面上是在表扬，实质上是在挖苦。你可用平和的语气说："其实为了这个项目，您也费了不少心，而且您比我更了解这个项目，只不过是我的运气好，方案才被老板选中。但我毕竟还年轻，还有很多不足，我希望在以后的工作中我们多沟通、多交流，一起把工作做好。"面对你的宽容与坦诚，相信对方也会不好意思，最终达到"将相和"的目的。

口是心非的同事，对人当面说漂亮话，骨子里却没有什么善意。当同事称赞你或恭维你时，好好想一想哪些话是真是假，一经断定，轻松快乐地接受善意之词，对于含有恶意的言辞，不理会或反击羞辱之意。在交流中要注意区分赞扬与羞辱之意，对含沙射影的话不予理会，而要真心诚意对待赞扬和指正，以促进了解，共同进步。

化解同事敌意，要积极主动和好

每个人行为上的缺点和性格上的弱点暴露得多了，会引出各种各样的瓜葛、冲突。

同事之间有了矛盾并不可怕，只要我们能够面对现实，积极采取措施去化解矛盾，同事之间仍会和好如初，甚至比以前的关系更好。

要化解同事的敌意，你不妨采用技巧：

1.主动向他示好。
2.勇敢地承认自己的错误。
3.对你的同事微笑。
4.表示你的尊重。

你做出以上努力以后，基本可以化解同事之间的矛盾。

遇上一些顽固不化的人，在你做出努力后，他仍然不愿意和你和解也不必放在心上。问题并不在你，你只管放心地去工作，别理会这类人就是了。

第八章

男女情感中的心理策略

识破“男子汉”硬壳下的那颗脆弱之心

在《哈姆雷特》里，莎翁有一句名言：“女人，你的名字叫弱者。”一直以来，人们总喜欢把与“软”“弱”有关的名词用来形容女人，而男人则似乎与之毫无关联。其实不然，虽然男人外表上总是给人一种刚毅、坚强的印象，而背后却隐藏着一颗脆弱的心。

男人，甚至包括最弱小的男人，都自认为是强壮的，最起码认为比女人强壮。许多文学作品也把男人描写成巍然耸立的大山，而把女人描写为绕山而行的流水；或是把男人比喻为高耸挺拔的大树，而女人则喻作缘树而上的细藤。这一方面说明女人有依附性；另一方面，也说明男人历来被当作人类强者的化身。

男人有苦在心里

男人这种有事不言语的伪装，一直被誉为男性的“美德”。其实，这是心理不健康的表现。男士有苦也应倾吐，勇敢面对，排泄不良情绪。否则，心中苦闷，积郁成疾，不利工作，不利家庭。

不！事实不是这样，实际上男人比女人更脆弱！男人平时的天不怕、地不怕都是做给女人看的，是被整个男性文化逼出来的。大多数男人为了证明自己是个真正的男子汉，不愿意和脆弱有瓜葛，但生活中男人免不了有脆弱的时刻。我们一般很难看到男人的脆弱，主要是因为他们强忍着，只有当压力实在难以承受的时候，脆弱才表现出来。

随着社会的发展，男人“坚强”背后的脆弱症状一日更甚一日，他们许多优势正在逐渐丧失，要想凭借雄性的特征“占便宜”，只能是痴心妄想。如今男人在世上立足，不再依赖蛮勇的武力，所以他们粗壮的手臂越来越找不到“市场”，并且随着机械化、现代化程度的提高，使用体力的机会日益减少，手臂也就变得越来越纤细，宽阔的胸膛变得越来越狭窄，魁伟的体魄变得越来越萎缩。

从进化论的角度而言，男人体格特征上的退化恰恰是一种进化，因为我们人类的生存和发展不仅凭借生理力量，更多地要凭借头脑和心灵。男人们蜕去了若干不必要的体毛，弱化了一些不重要的体力，更能集中精力使大脑得到充分锻炼。但与此同时，男人与女人相比所占的优势正在逐步消失，以前许多只有男人才能从事的领域，因为不再仅仅需要体力，而被女人夺去了一大片天地，男人的脆弱也由此开始。有人说，21世纪的第一性不再是男性而是女性，男人们正变得越来越脆弱，越来越需要关怀。

今日“男人更是需要关怀”命题的被提出，谁能说只是广告的威力，而不是男人心底深处的隐忧在作祟呢？我们在各种传媒上经常可以看到，男人们破产、倒台、事业走到穷途末路后选择自杀，而不少女人，遇到失败，选择的却是从头再来。

其实，男人不仅在心理上比女人脆弱，在生理上也是一样，过去我们一直忽略了这个问题。免疫学家说：“男性是一种有缺陷的生物，如果双胞胎是一男一女，一般而言，其中的男孩从体力智力上都弱于女孩。”

学名人示爱，让她不自禁地心动

当你爱上一个人时，可能久久把“爱”字藏于心里，不敢向他（她）袒露，因为害怕落花有意，流水无情，倘若说出来，连朋友都做不成了，只落得一场尴尬自己来收拾。然而你的内心又十分挣扎，总是躁动不安。与其这样，还不如向名人们学学，他们都是怎样运用巧妙示爱法来赢得爱人的心的。

1.双关修辞法

梁实秋垂暮之年梅开二度，爱上了比他小30岁的韩菁清。一天，他们在台北梅园餐厅共餐。梁实秋点了“当归蒸鳗鱼”，韩小姐关切地说：“当归味苦啊!”梁先生若有所思地说：“我这是自讨苦吃。”韩小姐笑道：“那我就是自投罗网!”两人相视哈哈大笑，心有灵犀一点通。梁先生和韩小姐不愧是才子和才女，他们在道明爱意时，使用了修辞法中的双关法，使爱情充满了甜蜜和幸福。

2.实话虚说，借机抒情

1866年，陀思妥耶夫斯基的妻子玛丽亚和他的哥哥相继病逝。为了还债，他为出版商赶写小说《赌徒》，请了一位女速记员，她叫安娜·格利戈里耶夫娜，一个年仅20岁，心地善良、聪明活泼的少女。

爱要开口，锁住芳心

要想找到如意的另一半，享受甜美的爱情，就要大胆地去表达。如果心中有爱却“金口难开”，终归会让爱神与你擦肩而过。

假如能够对女孩有发自内心的关爱，对其“侍奉”，即使男孩子相貌差些，说不定也能锁住她的芳心。

聪明的女孩会从长远考虑，与其找一个骄傲的“美男子”，不如找一个能够呵护自己的男士过日子。

因此，所有想找漂亮女孩做女朋友的小伙子，当你爱上她时，一定要“爱她在心就开口”，不然的话，吃亏的可就是你自己了。

安娜非常崇拜陀思妥耶夫斯基，工作认真，一丝不苟。书稿《赌徒》完成后，作家已经爱上了他的速记员，但不知道安娜是否愿意做他的妻子，便把安娜请到他的工作室，对安娜说："我又在构思一部小说。""是一部有趣的小说吗？"她问。"是的。只是小说的结尾部分还没有安排好，一个年轻姑娘的心理活动我把握不住，现在只有求助于你了。"他见安娜在认真倾听，便继续说："小说的主人公是个艺术家，已经不年轻了……"

安娜忍不住打断他的话："你干什么折磨你的主人公呢？"

"看来你好像同情他？"作家问安娜。

"我非常同情，他有一颗善良的心，充满爱的心。他遭受不幸，依然渴望爱情，热切期望获得幸福。"安娜有些激动。陀思妥耶夫斯基接着说："用作者的话说，主人公遇到的姑娘，温柔、聪明、善良，通达人情，算不上美人，但也相当不错。我很喜欢她。但他们很难结合，因为两人性格、年龄悬殊。年轻的姑娘会爱上艺术家吗？这是不是心理上的失真？我请你帮忙，听听你的意见。"作家征求安娜的意见。

"怎么不可能！如果两人情投意合，她为什么不能爱艺术家？难道只有相貌和财富才值得去爱吗？只要她真正爱他，她就是幸福的人，而且永远不会后悔。"

"你真的相信，她会爱他？而且爱一辈子？"作家有些激动，又有点儿犹豫不决，声音颤抖着，显得既窘迫又痛苦。

安娜怔住了，终于明白他们不仅仅是在谈文学，而且是在构思一个爱情绝唱的序曲。安娜小姐的真实心理正如她自己所言，她非常同情主人公，即作家陀思妥耶夫斯基的遭遇，且从内心爱慕这位伟大的作家，如果模棱两可地回答作家的话，对他的自尊和高傲将是可怕的打击。于是安娜激动地告诉作家："我将回答，我爱你，并且，会爱一辈子。"

后来，作家同安娜结为伉俪。在安娜的帮助下，陀思妥耶夫斯基还清了压在身上的全部债务，并在短短的后半生写出了许多不朽之作。陀思妥耶夫斯基向安娜求爱的妙计，后来被世人当作爱情佳话，广为传诵。

在不敢肯定对方是否也有意于自己时，采用实话虚说的说话技巧，既能摸清楚对方的心理，又能避免在遭受拒绝时的尴尬，这不失为一个好办法。

莎士比亚说过："你有舌头吗？如果你不能用舌头博取女人的心，你就不配称为男人！"示爱很有可能决定你一生的爱情归宿，是一件十分严肃而又颇为困难的事，因此，你有必要费一番心思和口舌来把这件事做得漂亮成功。

利用"异性效应"，让男人"听话"

柳兰是某公司公关部经理，她人脉很广，出师必胜，为公司做了很大贡献。公司的原料奇缺，材料科的同志四处奔走，连连碰壁，而柳兰一出马，问题便迎刃而解。公司资金周转不灵，急需贷款，急得总经理像热锅上的蚂蚁，而柳兰周旋于银行之间，没多久，就获得贷款上百万元。柳兰因此得到了领导的格外器重。

有人笑说："女将出马，一个顶俩。"而人们仔细观察就发现，柳兰成功的秘诀，有两方面的原因。首先，她具有清醒的头脑、敏捷的口才、丰富的知识和阅历，接物待人也比较灵活。此外，她的成功其实也和她端庄的容貌、娴雅的仪表有很大的关系。可以说，富有女性魅力的外表为她加分不少。

懂物理学的人都知道，磁极是"同性相斥，异性相吸"，其实人与人之间也与之类似，否则"男女搭配，干活儿不累"就不会广为流传了。在一男一女的社交场合中，男性常常想表现出举止潇洒、气度不凡、才华横溢、谈吐优雅、妙语连珠，这样很容易唤起女性的好感。当然，男性在这种社交场合中，想取悦对方从而得点好处常常不是本意，而是一种潜在的心理意识。

 利用"异性效应"提高自己

在人际关系中，异性接触会产生一种特殊的相互吸引力和激发力，并能从中体验到难以言传的感情追求，对人的活动和学习通常起积极的影响。这种现象称为"异性效应"。

利用"异性效应"取长补短，丰富完善个性。

利用"异性效应"激励自己奋发向上。

所以，当男人与女人单独交往时，沉默寡言的男性会表现得谈吐自如、滔滔不绝；胆小懦弱的男性会变得勇猛异常；粗俗野蛮的男性会变得儒雅温存。这种异性之间在交往中表现出的超出正常的热情，可以促进事情成功的效应，是异性效应中的正效应。这种异性正效应，在青年男女身上表现得更为强烈。这是因为青年人随着身心发育的成熟，正处于对异性的亲近、爱慕和追求期，常常会不由自主地将注意力移到异性方面。他们在情感上渴望与异性交流，以发现自我、完善自我和理解别人，从而体验到深深的情感依恋，渴望得到异性的肯定以增加自信心。

在男性的潜意识中，愿世上只有自己是男性，世上所有的女性都钟情于自己。所以，当男性听说某位女性，尤其是漂亮的女性有了男朋友或结了婚，常常会莫名其妙地产生一种失落感。在男性的社交中，如对方是一对情侣，那么他对那位女性的热情和帮助将会锐减，他会自觉不自觉地让那位男性难堪。而那位男性在情侣面前要极力维护自己的尊严和在情侣心目中的地位，这时两位男性很容易发生冲突。因此，对于一对情侣或异性朋友来说，在某些社交场合最好分开。

在交往中，异性效应常常不像上面所说的那样直露，甚至有时会恰恰相反。如：一位男人在择偶中屡受挫折，他可能对女性有种憎恨之情，所以在他与异性交往中便不会产生异性效应的正效应，甚至还会产生负效应。但是，总而言之，交往中异性效应是比较普遍存在的。在日常交往中，如果你想让男人“听话”，不妨利用一下这种“异性效应”。

抓住说话线索，同陌生男人成为朋友

女生天生比较含蓄一些，面对陌生男性，总是犹犹豫豫不敢近前，即使求人办事也会站在一边等对方注意自己，主动和自己搭讪，这对我们自己的发展很不利。其实，跟男人说话不用那么费劲，你把他们当成自己的朋友，很容易就能聊开，慢慢就真的成了朋友了。

因此，在社交活动中，你应该主动与人相处，不要害怕开口，不要怕别人笑你。当你走进陌生人住所时，你可凭借自己的观察力，推断主人的兴趣所在，甚至室内某些物品会牵引起一段故事。如果你把它当作一个突破口，不就可以由浅入深地了解主人心灵的某个侧面吗？当你抓到一些线索后，你就不会感到不自然，就不愁找不到开场白。

在你打算和某个陌生男人交往时，不妨将以下建议作为参考：

1.可以先介绍自己，给对方一个接近的线索

并不一定得介绍自己的姓名，因为初次见面，这样做对方可能会感到唐突。切入点很多，从自己的工作单位切入，或从自己的兴趣爱好切入，需要强调的是，应该先从自己的情况入手，等时机成熟，对方也会相应告诉你他的有关情况。

抓住其特点，和陌生男人交朋友

要想和陌生男人成为朋友，要采用一定的侦察对策，去激发对方的情绪，才能够迅速准确地把握对方的思想脉络和动态，从而顺其思路进行引导，这样会更易于成功。

面对陌生的男人，谈话需要考虑以下几个方面：

年龄差异。对年轻人应采用煽动的语言；对中年人应讲明利害，供他们斟酌；对老年人应以商量的口吻表示尊重的态度。

咱们都是北方人，有话我就直说了啊。

地域差异。对我国北方人，可采用粗犷的态度；对南方人，则应细腻一些。

兴趣爱好差异。凡是有兴趣爱好的人，当你谈起有关他的爱好这方面的事情来，对方都会兴致盎然。

2.问一些有关他本人的一般问题

比方说，有关他子女上学或工作情况，也可以问问对方单位一般的业务情况。对方谈了之后，你也应该顺便谈谈自己的相应情况，才能达到交流的目的。需注意切忌跨度过大，问及对方隐私的问题。

3.和陌生人谈话，要全神贯注

因为你对他不熟，你更应当重视已经得到的任何线索。他的声调、眼神和回答问题的方式，都可以揣摩一下，以决定下一步是否能向纵深发展。

4.消除与你不喜欢的人之间的隔阂

应当注意的是，有些人你虽然不喜欢，但必须学会与他们谈话。当然，人都有以自我为中心的习惯，如果你对自己不感兴趣的人不瞥一眼，一句话都不说，恐怕也不是件好事。你可能被人认为是骄傲，甚至有些人会把这种冷落当作侮辱，从而产生隔阂。

和自己不喜欢的人谈话时，第一要有礼貌，第二不要接触双方的隐私。这是为了使双方自然地保持适当的距离，一旦你愿意和他结交，就要一步一步设法缩小这种距离，使双方容易接近。

各个行业都有许多出类拔萃的人，他们的影响是非同小可的，必须利用和他们接触的机会与之建立良好的关系，这对你的前程至关重要。

“女为悦己者容”的背后

其实“女为悦己者容”背后隐含着的一个意思就是，那些“悦己者”要为这份美丽来埋单。当然，结婚后两个人成了一家子，就没有必要分得那么细了，但是在谈恋爱期间，你有没有计算过，谈一场恋爱的成本是多少？

当然，也许你正在甜蜜的爱情中享受着幸福的瞬间，谈这个问题有些煞风景。爱情是崇高而伟大的吗，如果恋爱也谈成本，那这个世界还有什么不是物质的。不过事实是，如今的浪漫太需要物质的支撑了。将爱情进行到底，说来容易做起来难。所以，恋爱中的你一定要为自己和你喜爱的她算一算爱情的成本。这样你才能知道恋爱也是一笔很大的支出，进而回味一下那句“女为悦己者容”背后的深意。

曾经有一家国内机构对100对即将步入婚姻殿堂的恋人进行了一次有趣的专项调查。调查结果显示，72%的准新人恋爱全过程的花费在12000～35000元，66%的准新人恋爱至今的花费在10000～15500元。当然，这些钱大部分都出自准新郎身上。你是不是吃了一惊，上面的数据还只是针对西安市的调查结果。如果以此类推，北京、上海、广州这几个大城市的恋爱成本会更高！

当然，在恋爱过程中，随着感情的增进，女方也会分担一部分，不过恋爱成本的绝大部分还是男方承担的。小陈和女朋友江娜是大学同学，他们恋爱已三年了，现在两个人都是公司白领。小陈也和中国大多数男士一样，由于中国男人的大男子主义的心理，主动承担起了两个人的开支。但其实小陈心里也是有苦说不出，因为他感觉自己现在的压力好大，家在农村的父母，以后还要负责买房，而且他和江娜在一起的开支有增无减。我们看一下小陈的清单。

星期一：白天我们很忙，晚饭也没有时间一起吃。最后我们只从城市的两头打车汇集到一个弥漫着爵士忧伤的酒吧，聊聊天，喝了一点儿饮料。花费:85元。

你的浪漫爱情由谁埋单

由于生活观念日新月异，情侣间的买单出现了新的方式：双方共同承担。交往的时候不妨从以下几个方面来节省双方的开支。

提倡AA制。

情人礼物自己动手更显真心。

选择经济实惠的约会地点。

用网络代替电话。

星期二：午休时间我正打算在办公室休息，我的手机响了，我很高兴地接听。结果我听了半小时的情话。每分钟4毛钱，一共12元钱。晚上，我决定和她吃顿晚饭，然后回家洗洗睡觉。结果我们在那家人来人往的饭店里，花了两小时和200元钱。

星期三：我想起她说过喜欢那个SWATCH的手表。所以我去了商场花了280元买下来送给她当作礼物。付出280元，得到含情脉脉的一个吻。

星期四：她说晚上我们去喝点咖啡吧。于是，我们无比喜悦地去了那家有人弹奏古典吉他的典雅的咖啡馆，我们窃窃私语，烛光摇曳，我们还自己动手现磨咖啡。总代价：150元。

星期五：早上她说下午就没事了，我们去逛街吧。我们坐在商场的美食广场吃午饭——我们都喜欢的回转寿司简餐，60元。然后，我们在商场待了四小时。她的收获是我手中的一件无袖短连衣裙、一双凉鞋、一瓶美白乳液和一个挂件，她只要我送其中的美白乳液，价值330元。

星期六：昨天晚上和她吵架了，后来有点儿自责，于是我咬咬牙请她到我们说过好几次的一家宾馆的西餐厅吃法国蜗牛和鹅肝。480元的晚餐当然好吃。接着我们心满意足地去看了一场100元钱的电影。

星期天：我们只想在一起去看看那些高高低低的树。我们骑车远行。我们看到的满眼是绿色，我们有点儿累，回来时走进了那家舒适的冰激凌店，点了她最喜欢的意大利冰激凌。总花费：120元。

小陈的这个单子只是他和江娜在一起很普通的一周，他们基本上每周都这样。所以，虽然小陈每个月月薪六千多，但每到月底还是"月光一族"。其实，很多大城市的白领男士都会遇到同样尴尬的局面，这份美丽的代价着实不低。

因此，如果你听到女人说"女为悦己者容吗"，千万不要傻呵呵地以为她完全是为了你而打扮，在恋爱的过程中，有一些不必要的花费可以与其协商节省一些，如果她因此跟你说"Bye-bye"，那就让她"Bye-bye"吧，这样的女朋友你应该认真考虑考虑了。

第九章

自我调节中的心理策略

悦纳自我的战术

布鲁斯·巴顿曾说过:“只有那些敢于相信自己内心有某种东西能够战胜周围环境的人，才能创造辉煌。”所以，悦纳自我，不仅是认识自我的一种境界，是我们在现代社会所应具有的素质，也是我们走向成功必须具备的自我操控能力。

那么，我们具体应该怎么做呢？总的来说，悦纳自我可以通过四个方面来实现：

第一，时刻告诉自己:“我是最棒的。”

基安勒很小的时候，随母从意大利到了美国，在汽车城底特律度过了悲惨的童年，痛苦和自卑成为他的不良印痕。他那碌碌无为的父亲告诉他：“认命吧，你将一事无成。”这个说法令他沮丧，他老是想着自己苦闷的前程。有一天，母亲告诉他:“世界上没有谁跟你一样，你是独一无二的。”从此，他燃起了希望之火，他认定他是第一，没人比得上他。自信奠定了成功的基础。他第一次去应聘时，这家公司的秘书要他的名片时，他递上一张黑桃A。结果立刻得到面试的机会。经理问他:“你是黑桃A？”“是的。”他说。“为什么是黑桃A？”“因为A代表第一，而我刚好是第一。”

这样，他被录用了。想知道后来的基安勒吗？他成功了，真的成了世界第一。他一年推销1425辆车，创造了吉尼斯纪录。基安勒每天临睡前都要重复几遍说：“我是第一。”然后才入睡。这种鼓舞性的暗示坚定了他的信心和勇气，使他的个性得到了有力的强化。告诉自己：“我是最棒的”，因为每个人都是独一无二的。只有这样鼓舞和接受自己，在生活中的各种事情上才会有勇气、有力量面对，才会不卑不亢，从容应对。

第二，做到从容、自信

现实生活中，人需要彼此尊重，在比自己强的人面前，不要畏缩；在比自己弱的人面前，不要骄纵。学问有深浅，地位有高低，但所有的人，人格都是平等的。然而，在现实生活中，往往有的人不惜出卖人格，不惜降低自己的尊严，去逢迎那些在某一点上比自己强的人。这种“卑己而尊人”的行为着实不妥。在人际交往中，不要忘了鲁迅先生告诫我们的一句话：“不要把自己看成别人的阿斗，也不要把别人看成自己的阿斗！”要充分自信，平等待人。

第三，相信自己的弱点也是可爱的

美国伊利诺伊州的康农，在他初任众议院的议员后当众讲演时，善于言辞的新泽西代表斐普士说："这位从伊利诺伊来的先生，口袋里恐怕还装着雀麦呢？"他在讽刺康农还未去掉农村气息，全会场的人都听见了，哄堂大笑，这该是多么难堪的事！康农心知肚明，他承认斐普士先生所说的，虽然是嘲弄，但也是事实。康农从容不迫地说道："我不仅在口袋中装有雀麦，而且在头发里藏着草籽。我是西部人，难免有些乡村气，可是我们的雀麦和草籽，却能长出最好的苗来。"康农靠这样的反驳闻名全国，大家恭敬地称呼他"伊里诺伊最好的草籽议员"。康农知道：对付嘲笑这一类事，不能躲闪，也不能害怕，你愈躲闪，愈害怕，它便愈攻击你，使你日夜不宁，你若迎头痛击，它会为你所折服。就好像遇到野狗一样，狗若见你怕它，它便肆意咆哮；你若转身对付它，它便停了狂吠，向你摇尾乞怜。一个人受了嘲笑，不要窘态毕露，无地自容，要像康农一样，立刻承认弱点，这正表明了你自己诚实的性格。

头脑清晰的人，绝不以完人自居，他自知有许多缺点，有待改进，而别人的批评正可把这些不自知的缺点揭露出来。我们的脸皮也不可太薄，一受批评，言中你的缺点，便神经过敏，这也是缺点。但如果脸皮太厚，无动于衷，不接受别人的批评从而改正自己的缺点，这也是不对的。

自我悦纳，成功的第一步

自我悦纳是指个体能正确评价自己、接受自己，并在此基础上使自我得到良好的发展。

悦纳自我是心理健康的表现。当你快乐地接受了自己，你的整个心胸便会舒展和开阔，同时你会发现，你也更加容易接受他人了。

马斯洛的需要理论认为：人有自尊的需要，这是仅次于自我实现需要的第二高层次的需要。自我悦纳就是产生高自尊。同时，良好的自我悦纳可以有效缓解发展中的矛盾冲突，使个体得到健康发展。

一般人总以为批评自己的是仇敌，而阿谀自己的是好友。性格懦弱的人，会被嘲笑的力量压弯了原来挺直的脊梁；而性格刚强的人，则会把别人的嘲笑视作一种促进自我完善的力量。

第四，接受不完善的自我

正如世界上没有十全十美的东西一样，也不存在精灵神通的完人。但在认识自我，看待别人的具体问题上，许多人仍然习惯于追求完美，求全责备，对自己要求样样都行，对别人也往往是全面衡量。难道那些明星、名人果真那么光彩夺目、无可挑剔吗？绝非如此。任何人总有其优点和缺点。

塑造自信的战术

美国大发明家爱迪生，有过一千多项发明，被誉为“发明大王”，但他在晚年却固执地反对交流输电，一味主张直流输电。电影艺术大师卓别林创造了生动而深刻的喜剧形象，但他却极力反对有声电影。

人是可以认识自己、操纵自己的，人的自信不仅是相信自己有能力有价值，同时也相信自己有缺点有毛病。我们放弃了完美，就会明白我们每个人的两重性是不可改变的。所以，我们应当保持这样一种心态和感觉：我知道自己的长处、优点，也知道自己的短处、缺点，我知道自己的潜能和心愿，也知道自己的困难和局限，自己永远具有灵与肉、好与坏、真与伪、友好与孤独、坚定与灵活等的两重性。

使自己保持进取的战术

一个不安于现状、具有强烈进取精神的人，是不会被社会淘汰、被人所遗忘的。

毕加索在90岁高龄开始画一幅新画时，对世界上的事物好像还是第一次看到一样，他仍然像年轻人一样生活着。他不安于现状，一直在寻找新的思路，运用新的表现手法来表达他的艺术感受。

但大多数画家在创造了一种适合于自己的绘画风格后，就不再改变追求了，当他们的作品得到人们的赞赏时更是这样。随着艺术家的年龄增长，他们的绘画风格，变化不会很大。而毕加索却像一位终生没有找到他的特殊艺术风格的画家，千方百计寻找完美的手法来表达他那不平静的心灵。

毕加索作画，不仅仅用眼睛，而且用思想。毕加索的画，有些色彩丰富、柔和，非常美丽，有些用黑色勾画出鲜明的轮廓，显得难看、凶狠、古怪，但是这些画启发我们的想象力，使我们对世界的看法更深刻。

当你惊叹于毕加索不懈进取的事迹时，想必很想知道自己该如何保持那种积极进取的精神。答案很简单，就是让自己每天进步一点点。

我们应该学会善用零碎时间。比如在车上时、在等待时，可用于学习，用于思考，用于简短地计划一个行动等。认真利用零碎时间，短期内也许没有什么明显的效果，但积年累月，将会有惊人的成效。

为后世留下诸多优秀文章的宋代文学家欧阳修认定：“吾平生所做文章，多在三上——马上、枕上、厕上。”

鲁迅先生是“把别人用来喝咖啡的时间都用在了写作上”。

达尔文说：“我从来不认为半小时是微不足道的很少的一段时间。完成工作的方法，是爱惜每一分钟。”

看来，零碎的时间可以成就大事业。

没有利用不了的时间，只有自己不利用的时间。

利用零碎的时间成就大事业

鲁迅先生曾说过 :“时间就像海绵里的水，只要挤，总还是有的。”从古至今，大成就者都是利用余暇时间来做学问的，所以需要掌握下面几点利用零碎时间的技巧。

另外善于运用零碎时间要做到随身“三带”：笔、本、书(或报)。这样一可以见缝插针地学习；二可以随时把一些新的思想记下；三可以记录一下自己零碎时间的利用情况。

消融紧张的战术

心理学家认为，紧张是一种有效的反应方式，是应付外界刺激和困难的一种准备。有了这种准备，便可产生应付瞬息万变状况的力量。因此紧张并不全是坏事。然而，持续的紧张状态，则能严重扰乱机体内部的平衡，会给身心健康带来无法估量的损害，所以我们要力争克服这种心理。

具体如何克服紧张心理，可以尝试一下几种方法：

1.暂时避开

当事情不顺利时，你暂时避开一下，去看看电影或一本书，或做做游戏，或去随便走走，改变环境，这一切能使你感到松弛。强迫自己“保持原来的情况，忍受下去”，无非是在自我惩罚。当你的情绪趋于平静，而且当你和其他相关的人均处于良好的状态，可以解决问题时，你再回来，着手解决你的问题。

2.每天晚上做一次反省

想想看：“我感觉有多累？如果我觉得累，那不是因为劳心的缘故，而是我工作的方法不对。”丹尼尔·乔塞林说过：“我不以自己疲累的程度去衡量工作绩效，而用不累的程度去衡量。”他说，“一到晚上觉得特别累或容易发脾气，我就知道当天工作的质量不佳。”如果全世界的商人都懂得这个道理，那么，因过度紧张所引起的高血压死亡率就会在一夜之间下降，我们的精神病院和疗养院也不会人满为患了。

3.谦让

如果你觉得自己经常与人争吵，就要考虑自己是否过分主观或固执。要知道，这类争吵将对周围的亲人，特别对孩子的行为会带来不良的影响。你可以坚持自己正确的东西，静静地去做，给自己留有余地，因为你也可能是错误的。即使你是绝对正确的，你也可按照自己的方式稍作谦让。你这样做了以后，通常会发觉别人也会这样做的。

4.尽量在舒适的情况下工作

记住，身体的紧张会导致肩痛和精神疲劳。人生有压力是不可避免的，谁还没有个烦琐难熬的事儿呢？既然明白了这一点，就要学会自我“减压”，举重若轻，化解紧张。同时，还可以用抑制下来的精力去做一些有意义的事情。例如做一些诸如园艺、清洁、木工等工作，或者是打一场球或散步，以平息自己的怒气。

5.把烦恼说出来

当有什么事烦扰你的时候，应该说出来，不要存在心里。把你的烦恼向你值得信赖的、头脑冷静的人倾诉，你的父亲或母亲、丈夫或妻子、挚友、老师、学校辅导员等。

6.改掉乱发脾气的习惯

当你感到想要骂某个人时，你应该尽量克制一会儿，把它拖到明天。

消除坏心情的战术

就像月亮有阴晴圆缺一样，人的心情同样有晴有雨。那么，当坏心情不期而遇时我们该怎么办呢？

一般来说，消除坏心情途径之一是疏导法。

不良情绪是破坏心理健康的常见原因，是健康的大敌。保持心理健康的一个重要手段就是及时排解不良情绪，把心中的不平、不满、不快、烦恼和愤恨统统及时倾泻出去。请记住，哪怕是一点儿小小的烦恼也不要放在心里。如果不把它发泄出来，它就会越积越多，乃至引起最后的总爆发，导致一些疾病的产生。

良好的情绪可以成为事业和生活的动力，而恶劣的情绪危机对身心健康产生极大的破坏作用。

据医学界研究，对健康损害最大的情绪依次是抑郁、焦虑、急躁、孤立、压力等。长期持有这些消极情绪，很容易引起各种疾病，或使原本的病情加重。

过平静、舒适的生活是人们的愿望，人人都希望生活中充满欢笑。然而事实上，人世间的事物不可能尽善尽美，皆遂人愿，“天有不测风云，人有旦夕祸福”，失败、挫折、矛盾、不幸，从不放过任何人，并对人们的精神状态产生各种影响。古人云：“忍泣者易衰，忍忧者易伤。”如果你在日常生活中遇到令人烦恼、怨恨、悲伤或愤怒的事情，而又强行将它压抑在自己的心里，就会影响你的身心健康。因为人的声调、表情、动作的变化、泪液的分泌等，可以被意志所控制，而心脏活动和血管、汗腺的变化，肠、胃、平滑肌的收缩等随着情绪而变化，不受人的主观意志控制。

因此，当人们遭遇负面生活事件并引起不良情绪时，千万不要强硬压制自己的感情，应当学会自我解除精神压抑。

环境对情绪有重要的制约和调节作用。当情绪压抑的时候，到外面走一走，去逛逛公园，到野外散步、爬山、旅游，或到娱乐场所做做游戏，看看电影、戏曲、电视剧；如果口袋里没有足够的钱或者不想过度花钱，那么就穿上运动服跑上3000米吧！

运用变通法消除坏心情

医学专家把焦虑、抑郁、愤怒、恐惧、沮丧、悲伤、痛苦、紧张等不良情绪叫负面情绪。消除负面情绪是保持良好人际关系、保持身心健康的重要手段。

负面情绪若超过人体生理活动所能调节的范围，就可能与其他内外因素交织在一起，引发多种疾病。

若想消除负面情绪，最根本的方法就是思维方式的调整，即变通思维方式，也就是我们平时所说的换一个角度看问题。

缓解压力的战术

人活着就会感受到压力。没有人是可以“免疫”的，不管你喜欢与否，压力是生活的一部分，会每天伴随着我们。

在现代社会中，压力普遍存在于人们的生活中，它是人们进取的动力，但也可能会带给人们各种身心疾病，破坏人们的生活质量。心理学专家认为，适度的压力虽然可以激发人的潜能，但是如果压力过度，就会引起生理上的不良反应，比如心跳加快、心情紧张、血压升高、腹胀、失眠等。当压力很大时，就会产生疾病，比如心脏病、高血压、偏头痛、胃溃疡等。另外，过大的压力还会造成心理上的忧虑、沮丧、恐惧、消沉、心悸、急躁等不良反应。

生活本来就是丰富多彩的，任何人的生活都不会一成不变。我们需要一帆风顺的快乐，但也要接受挑战和压力带给我们的磨炼。缺了谁，我们的生活都会显得有几分单调。那么，面对生活和工作中的压力，又有哪些好方法可以帮助我们缓解这些压力呢?

1.做做减压呼吸操

当你感觉压力很重时，最简单、快速的方法就是做深呼吸运动，在深吸一口气后，闭气二三秒，再微微张开嘴巴，缓缓吐气，在吐气过程中闭上双眼，尽量少受到外界声音、光线的影响。如此反复做几次，可使血液循环恢复正常，心跳减速，心情自然会慢慢平静下来。

2.说出压力

当你感觉千头万绪，不知所措时，与其自己一个人郁闷、烦恼，不如找一位知心好友，或专业辅导员，或有经验的长辈，说出内心的恐惧和问题。有时候，你所遇到的问题并不严重，只是你在心慌意乱时无法冷静思考，如果能够经过倾吐、发泄，或听听别人的意见，而看清问题的症结所在，找出解决方法，即可豁然开朗。

3.写出压力

有时候，面对复杂却又无法逃避的问题，你可能不愿让别人知道，或找不到合适的人倾吐，这时，你不妨找张白纸，把你遇到的难题写下来，然后再写出所有可能的解决办法，无论最后是否能达到目标，但此种宣泄方式也可减轻你内心的压力。

4.唱出压力

稍微留意一下，你就会发现，大街上的KTV越来越多，但生意却都很好。这是为什么呢？因为KTV不仅可以作为商务应酬、朋友聚会、日常消遣的场所，还是一个可供人们发泄情绪、缓解压力的好去处。因此，喜欢唱歌的人，不妨在感觉自己压力重重时，到KTV唱唱自己喜欢的歌，借此抒发自己的郁闷情绪。

5.用户外运动缓解压力

压力大时，可适当进行一些户外运动，如步行、慢跑、爬山等，这样使全身肌肉松弛，紧张压力随之而解。

6.甩出压力

如果没有时间外出运动，也可在办公室或家里做做“小动作”。开始先轻轻甩动手腕、手臂，再逐渐加大摆动姿势，甩掉手臂肌肉的紧张，再用同样的方法甩动双腿、躯干和颈部，使全身肌肉放松下来。

7.打出压力

如果压力是来自权威的力量而又无法当面发泄时，可找一个沙袋或布偶等痛打一阵，可适当舒解内心压力。

8.静坐可帮你“坐”出压力

静坐是道教中的一种基本修炼方式。通过静坐，能够使人体阴阳平衡，经络疏通，气血顺畅，还能有效地排除心理障碍。不过，初学者必须先请专人指点正确坐姿和相关理论再尝试，比如坐姿，静坐时必须端正坐姿，端坐于椅子上、床上或沙发上，面朝前、眼微闭、唇略合、牙不咬、舌抵上腭;前胸不张，后背微圆，两肩下垂，两手放于下腹部，两拇指按于肚脐上，手掌交叠捂于脐下；上腹内凹，臀部后凸；两膝不并(相距10厘米)，脚位分离，全身放松。如果方法正确，你可在静坐中，借有规律的呼吸，将肌肉放松，同时使心灵宁静无杂念，让思绪清新。

9.泡泡热水澡同样可以减压

很多人喜欢淋浴，其实泡泡热水澡对压力大的人来说是个很不错的选择。泡热水澡可以促进血液循环，增强新陈代谢，使肌肉松弛，减轻压力，消除人体疲劳。但是，洗热水澡也有讲究，一般说来，饭前饭后不要洗热水澡，因为这时洗澡，肝脏和肠胃的血液就会集中到身体的表面，从而抑制胃酸的分泌，影响食物的消化和人体对食物的吸收。

10.节假日去郊游

当厌倦都市喧闹，感觉身心疲惫时，利用节假日到郊区散散心，亲近一下大自然，呼吸呼吸新鲜空气，吃顿野餐，在旷野尽情呐喊，或者放声大哭，都可宣泄内心压力。

控制情绪的战术

我们常说：“凡事要往好处想。”为什么要往好处想呢？因为我们的想法决定了我们的情绪，如果我们往好处想，就会以积极的态度面对现实，事情也会向着好的方面发展。

小林是一位年轻的公司职员，公司老板认为他做事太笨，对他的评价不高，为此，小林感到十分痛苦。试想一下：如果小林并不知道老板认为他笨，他还会因此而不快吗？当然不会，一个人怎么会为自己不知道的事情而痛苦呢？由此看来，造成小林精神不快的原因并不在于上司对他的看法，而在于他自己的感觉，是他的想法改变了他的情绪。

再举个例子，人在阴雨天的时候常感到抑郁，为什么呢？其实阴雨天气本身并不会使你抑郁，那只是你自己对天气的反应，即你的想法使你感到抑郁。当然，这并不是说你应该欺骗自己而非得喜欢阴雨天气，而是说你可以想一想：“我为什么非要感到抑郁呢？这样能使我更积极有效地解决问题吗？”

因此，只要我们改变了自己的想法，只要我们肯努力，我们的情绪也是可以改变的。下面列出一些在现实生活中比较实用的、能够帮你改变情绪的自言自语：

（1）从现在起，我就不再悲伤了，因为我知道我的悲伤不能解决任何问题，反而会影响我下一步的行动。

（2）从现在起，我就不再生气了，因为生气只能损害我的健康，解决不了任何问题。

（3）嫉妒别人无异于自戕，唯有努力才是实实在在的。

（4）这个世界上没有后悔药买，从现在起就开始想补救的措施，相信还有办法挽回损失。

（5）我再也不恐慌不安了，相信只要我沉着应对，没有过不去的坎。

不管遇到什么情况，都要冷静，及时给自己一些积极的暗示，只有这样才能做自己情绪的主人，健康也会永远相伴。

 防止冲动的战术

一些心理学家表示，冲动行为是一种司空见惯的强力反抗行为，是强烈愿望的一种表达形式。

最新的研究表明，自杀倾向高、饮食有问题、好斗、好赌、严重病态人格和注意力不集中的人冲动倾向高。

采用暗示、转移注意法、调动理智控制情绪是使自己避免冲动的好办法。

第二篇

洞悉人性，掌握主动权

第一章

洞悉人性，拿捏分寸

对方再谦虚，也不要过分表现自我

在与人交往的过程中，我们总能遇到一些谦虚有礼的人。他们总是客套地说“如有不周之处，还请多多指教”“请多提宝贵意见”“很多方面还需要向您多多学习”……事实上，虽然说人要想得到别人的认可，就得善于表现自我，但是表现过分反而会遭到别人的反感，以至于让你寸步难行。因此，适当地低调一些，适度地隐藏自己的实力是明智之举。

柳萍刚下岗，她好不容易请理发店老板同意把她留下来工作，她觉得应该主动找事做。于是，她每天赶在大家起来之前，就把地擦了，把所有的理发器具也擦得一尘不染。

柳萍没想到的是，自己的“过分表现”却引起了别人的不痛快。原先负责搞清洁的女孩，虽然表面跟柳萍客客气气，常说“做得不好的地方还请多多批评”一类谦虚的客套话，背地里却老跟柳萍过不去，总给她打小报告。幸好后来有了个机会，才使两人消除了误会。柳萍这才意识到自己无意中把别人的工作抢了。

无独有偶，还有一个事例与之类似。

王伟是某政府机关办公室主任，对下属非常和蔼，总喜欢说“有什么意见大家尽管提”。

不过，谈起新人在单位急于表现的话题，他却摇头叹气。他举例说，有一年招了一个中文系毕业生，人是很用功，但劲儿总是使不到点子上。

毕业生来上班的第三天，看见王伟桌上有一份领导发言稿，他觉得文章结构不够合理，于是，也没问过王伟就自己把稿子拿回去改了。改完以后，还直接把稿子交到领导手里。

那篇稿子的初稿是王伟写的，已经给领导看过，并根据领导的意思做了修改，文章的结构也是领导惯用的。

开会时，领导读起稿子来很不顺，与自己习惯的风格相去甚远，会后，领导对王伟大发雷霆。

事后，王伟把毕业生叫到办公室，那位毕业生不但不觉得自己做错了事，而且还辩解说是为领导好，最后导致办公室里大家都有点儿讨厌他。

无论是谁，到了一个全新的工作环境，总会希望尽快展现自己的才华，以求得到别人的了解与认同。急于显露自己的能力，这是很多新人的通病，也是人之常情。

但与他人打交道，就要做一个有心计的人，在刚开始相互接触或接手某些事情的时候，应学会低调，适当地隐藏自己的实力，对方再怎么谦虚，也不应该过分表现自己。只有这样，才能登上成功的宝座，而且坐得稳、坐得长久。

 职场新人要低调

对于新人，上司对他的工作表现一般都会比较宽容。其实上司是在通过一些小事来观察新人的为人、品性、工作态度等。

都是领导指导的好，我其实没干什么。

小伙子刚来就做得不错啊！

这个工作交给我吧！

要他完成的话会打乱我们原来的工作链！

作为上司，他们并不希望新人的到来一下子打破原有的平衡，就算他们有计划用新人来替代原来的员工，也希望能平稳过渡。

很多刚走出校门的毕业生都不明白这一点，有着大干一番事业的豪情壮志，其实，新人高调张扬的表现反而容易弄巧成拙。

你可保守他的秘密，但莫让他保守你的秘密

在人际交往中，许多人，尤其是年轻人，常常把自己的秘密毫无保留地袒露出来。有时如果没把自己的心事完完全全地告诉问及的人，心中就会不安，认为自己没有以诚待人，感到对不起人家，认为别人对自己很好或很重要，不告诉人家自己的秘密是错的。很显然，这些人在如何对待自己的秘密和如何对待坦诚这些问题上，所谓的“知无不言，言无不尽”是一种错误的认识。

在生活中，人与人之间需要交流，需要友情，但谁都不愿与一个从不袒露自己的内心世界、对任何问题都不明确表态的高深莫测的人交往。然而，对于坦诚有一个正确的理解是十分必要的。所谓坦诚并不意味着别人要把内心世界的一切都暴露给你，也不意味着你要把内心世界的一切都暴露给别人。每个人都有秘密，这是正常的，也是必要的。

例如，一次约翰把自己的重大秘密告诉了乔治，同时再三叮嘱：“这件事只告诉你一个人，千万别对别人说。”然而一转脸，乔治便把约翰的秘密添枝加叶地告诉了别人，让约翰在众人面前很难堪。这种背信弃义有时出于恶意，有时却是无意的。

当然了，能否保守秘密也与个人的品质修养有关。有的人透明度太高，这种人不但不能为别人保守秘密，就连自己的秘密也保守不住。有的人泄露别人的秘密，不是为了伤害别人，而是为了抬高自己，“咱们单位的事，没有我不知道的”“我要是想知道某件事，我就一定能了解出来”……这种人常这样炫耀自己，他们认为，知道别人的秘密越多，自己的身价就越高。用泄露别人秘密的方法伤害别人、娱乐自己，甚至把掌握的秘密当作要挟别人的把柄，当作自己晋升的阶梯，这种人在现实中也大有人在，对这种人最应该提高警惕。

再回到前面的例子，像约翰那样让他人为自己保守秘密，远比只让自己保守自己的秘密难得多。因此，不是万不得已的时候，不要让他人分享自己的秘密，要学会自己的秘密自己保守。因为，你的秘密一旦落入别有用心的人的耳中，它就会成为关键时刻别人攻击你的武器，使你在竞争中处于被动的局面，甚至因此而失利。

许军是某公司的业务员，在厦门工作已经有三年的时间了，他因为工作认真、勤于思考、业绩良好，被公司确定为中层后备干部候选人。总经理找他谈话时，他表示一定加倍努力，不辜负领导的厚望。无意间透露了一个属于自己的秘密而被竞争对手击败，遭到排挤，终于没被重用。

许军和同事王广林私交甚好，常在一起喝酒聊天。一个周末，他备了一些酒菜约了王广林在宿舍里共饮。二人酒越喝越多，话越说越多。微醉的许军向王广林说了一件他对任何人也没有说过的事。

“我高中毕业后没考上大学，有一段时间闲着没事干，心情特别不好。有一次和几个哥们喝了些酒，回家时看见路边停着一辆摩托车，一见四周无人，一个朋友

撬开锁，让我把车给开走了。后来，那朋友盗窃时被逮住，送到了派出所，供出了我。结果我被判了刑。刑满后我四处找工作，处处没人要。没办法，经朋友介绍我才来到厦门。不管咋说，现在咱得珍惜，得给公司好好干。”

谁知道，没过两天，公司人事部突然宣布王广林为业务部副经理，许军调出业务部另行安排工作岗位。

事后，许军才从人事部了解到是王广林从中捣的鬼。原来，在候选人名单确定后，王广林便来到总经理办公室，向总经理谈了许军曾被判刑坐牢的事。不难想象，一个曾经犯过法的人，老板怎么会重用呢？尽管你现在表现得不错，可历史上那个污点是怎么也擦洗不干净的。

知道真相后，许军虽又气又恨又无奈，但只得接受调遣，去了别的不怎么重要的部门上班。

不能轻易泄密

德国作家让·保·里克特曾说：“一个人泄露了秘密，哪怕一丝一毫，就再也得不到安宁了。”

既然秘密是自己的，无论如何也不能对别人讲。在保护一份神秘感的同时，也能保护自己不因“祸从口出”而受害。

这些隐私就是一个人的底线，别人不知道你的底线在哪里，也就无从伤害你。

以诚动人，抓住他人心

人与人之间的交流如果想要说服对方认同你的观点，靠的是以诚服人、以情服人、以理服人、以德服人，这是感情、知识和心智力量使然。情感的力量是情感的认知和共鸣，知识的力量能使人们信服观点的论证，心智的力量则能使人们接受辩手本身，并进而在有意无意中相信和支持你的论证与反驳。

正如一位诗人所言："动人心者，莫过于情。"抓住了对方的心，与对方交谈也就成功了一半。

如果为人真诚，说话之前先有了真诚的心，那么即使是"笨嘴拙舌"也是没有什么关系的。有太多的事例一再说明，在与人交流时表达真诚要比单纯追求流畅和精彩更重要。

1915年，小洛克菲勒还是科罗拉多州一个不起眼的人物。当时，发生了美国工业史上最激烈的罢工，并且持续达两年之久。愤怒的矿工要求科罗拉多燃料钢铁公司提高薪水，小洛克菲勒正负责管理这家公司。由于群情激奋，公司的财产遭受破坏，军队前来镇压，因而造成流血，不少罢工工人被射杀。

那种情况，可说是民怨沸腾。小洛克菲勒后来却赢得了罢工者的信服，他是怎么做到的呢？原来小洛克菲勒花了好几个星期结交朋友，并向罢工代表发表了一次充满真情的演说。那次的演说可谓不朽，不但平息了众怒，还为他自己赢得了不少赞誉。演说的内容是这样的：

"这是我一生当中最值得纪念的日子，因为这是我第一次有幸能和这家大公司的员工代表见面，还有公司行政人员和管理人员。我可以告诉你们，我很高兴站在这里，有生之年都不会忘记这次聚会。假如这次聚会提早两个星期举行，那么对你们来说，我只是个陌生人，我也只认得少数几张面孔。"

真情，重在自然流露

每一句话都是心里话，而不是把装出来的热情做得不露痕迹，这样才能够赋予说服或者论辩以真情，从而在打动自己的同时打动对方。

一个真诚的人，一个具有人格魅力的人，即使不能舌绽莲花，也可以让一个能言善辩的人哑口无言。

“上个星期以来，我有机会拜访整个附近南区矿场的营地，私下和大部分代表交谈过，我拜访过你们的家庭，与你们的家人见过面，因而现在我不算是陌生人，可以说是朋友了。基于这份互助的友谊，我很高兴有这个机会和大家讨论我们的共同利益。由于这个会议是由资方和劳工代表所组成，承蒙你们的好意，我得以坐在这里。虽然我并非股东或劳工，但我深觉与你们关系密切。从某种意义上说，也代表了资方和劳工。”

这样一番充满真诚的话语，可能是化敌为友最佳的途径。假如小洛克菲勒采用的是另一种方法，与矿工们争得面红耳赤，用不堪入耳的话骂他们，或用话暗示错在他们，用各种理由证明矿工的不是，那结果只能是招惹更多怨恨和暴行。

真诚就像一颗种子，你细心维护它，有一天它就会结出让你惊喜的果实。你真挚待他人，他人也会真挚待你，甚至你敬人一尺，人必回你一丈。但是，我们不能够把付出真情当作某种本小利大的低风险投资，使别人觉得你的“真情”只是一种交易的筹码，而算计的权利全在你的手中。

展现自信的风采，给对方一颗定心丸

不知道你是否注意到：无论是去应聘，还是平时与他人交往，自信的人总是比唯唯诺诺的人更受欢迎。这是为什么呢？

很简单，自信是人生重要的心理状态和精神支柱，是一个人行为的内在动力，是自我成功的必然法宝；自信能够使弱者变强，强者更健。我们只有相信自己，才能激发进取的勇气，才能最大限度地挖掘自身的潜力，才能在成功的路上健步如飞。所以，在他人面前展现出你自信的风采，无疑是给对方一颗定心丸，让对方觉得你是有能力、有实力的。

一个下着小雨的中午，车厢里的乘客稀稀拉拉的，在一个站台，上来了一对残疾的父子。中年男子是个盲人，而他不到十岁的儿子也只有一只眼睛能感光。父亲在小男孩的牵引下，一步一步地摸索着走到车厢中央。当车子继续缓缓往前开时，小男孩开口说：“各位先生、女士，你们好，我的名字叫麦蒂，下面我唱几首歌给大家听。”

接着，小男孩用电子琴自弹自唱起来，电子琴音质很一般，但孩子的歌声却有天然童音的甜美。

正如人们所预料的那样，唱完了几首歌曲之后，男孩走到车厢头，开始“行乞”。但他手里既没有托着盘子，也没有直接把手伸到你前面，只是走到你身边，叫一声“先生”或“小姐”，然后默默地站在那儿。乘客们都知道他的意思，但每一个人都装出不明白的样子，或者装睡着，有的干脆扭头看车窗外面。

当小男孩小手空空走到车厢尾时，一位中年妇女尖声大喊起来：“真不知怎么搞的，纽约的乞丐这么多，连车上都有！”

这一下，几乎所有的目光都集中到这对残疾的父子俩身上，没想到，小男孩竟表现出与年龄不相称的冷静，他一字一顿地说：“女士，你说错了，我不是乞丐，我是在卖唱。”车厢里所有淡漠的目光刹那间都生动起来，有人带头鼓起了掌，然后，是掌声一片。

一个没有生存能力的孩子，却在顽强不屈地承受着生命给予他的考验。在有人悲叹自己命运不济的时候，小男孩却用自己的成熟和坚强支撑着自己和一家，用自己的劳动、自己的歌声为自己赢得收入。面对别人的嘲笑，他毫无自卑之感，自信坦然地面对。面对这个小男孩，所有的自卑都变成了逃避人生的理由，只要坚持相信自己，掌声一定属于自己。

一般来说，我们既可以通过用语言来表达自信，也可以通过身体姿态等来表现自信。对于前者，你可以在陈述问题时多表现得诚恳些，简单明了，有重点；与人交流时可以多使用“我认为”“我宣布”等词汇；有异议时，多提出建设性的批评而不是责骂或假设“应该如何”；想提出改进意见时不用劝告的语气；以清晰、稳重、坚定的语调表达自己的思想；可以通过主动询问的方式去发现别人的思想或情感等。对于后者，在与他人当面交流的时候，多以赞赏的眼光与对方接触；坐、立姿态均坚定挺拔；以开朗的表情辅助别人的评论；平静地讲解，强调重点词汇、不犹豫等。

英国剧作家、诗人莎士比亚说：“自信是走向成功的第一步，缺乏自信即是其失败的原因。”自信是一生的事情，是一个人热爱自己并不断完善的过程，相信自己：即便不是最好的，至少也是独一无二的，毕竟“每个人都是自然界最伟大的奇迹”。

相信“我能做到”时，自然就会想出“如何去做”

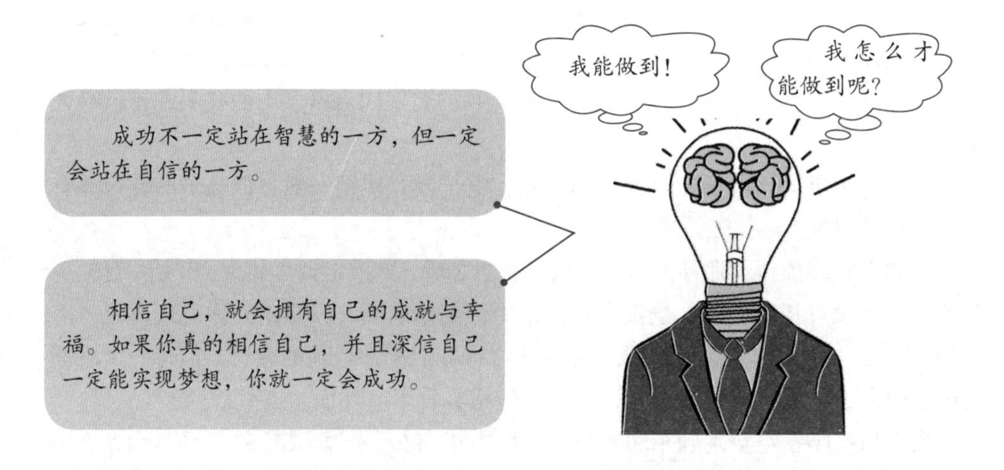

那么，请相信你自己，如果你不能做到心灵统一，就不可能发挥出生命的潜在力量，不发挥出潜在力量，就是自己埋没自己。也许你并没有意识到：在大部分时间、大多数事物中，不是别人限制你，而是你埋没了你自己！

率先化干戈为玉帛，敌对的他也会成朋友

人生漫漫，我们总是会遇到形形色色的人。有时，一次竞争、一个分歧，甚至一句玩笑，都有可能令我们树敌。常言道："多个朋友多条路，多个敌人多堵墙。"树敌对我们个人的发展是非常不利的。

然而，时光不会倒流，世界上也没有后悔药，一旦树立了敌人，就已既成事实。很多人都想知道，那我们有没有化解他人敌意的好办法呢？与其说是方法，不如说是心机。想要化敌为友，你必须学会率先迈出第一步。从前，在苏伯比亚小镇有两个叫乔治和吉姆的邻居。可事实上，虽然他们住得非常邻近，但他们的关系一点儿都不和睦，谁都不喜欢对方。日常生活里，他们相遇总会发生口角。即使夏天在后院开除草机除草时车轮碰在一起，他们多数情况下也不会跟对方打招呼。

在一次夏天快要过去的时候，乔治和妻子外出两周，一同去度假。由于两家一向彼此充满敌意，吉姆和妻子一开始并未注意到乔治夫妇走了。没错，注意他们干什么？除了口角之外，两家相互间几乎就没什么话可说。

突然有一天傍晚，吉姆在自家院子除过草后，发现乔治家的草已很高了，与自家刚刚除过草的草坪形成鲜明对比。对附近过往的人来说，都发现乔治夫妇显然不在家，而且已离开很久了。吉姆想，这不是等于公开邀请夜盗入户吗？这个想法如同闪电一样攫住了吉姆。当吉姆再一次看到乔治家那高高的草坪，尽管心里非常不愿意去帮助那家他非常不喜欢的人，但第二天早晨，他还是把那块长疯了的草坪除好了！

几天之后的一个周日下午，乔治和妻子多拉回到了家。他们愕然地发现，自己不在家时竟然有好心人帮他们把草坪收拾得如此干净、整齐。他们很想知道这位好心的朋友是谁，于是就到整个街区的每一家询问。然而，这里却不包括吉姆的家。

可除了吉姆家，所有询问的邻居都说不是自己做的。最后，乔治敲了吉姆家的门。吉姆开门时，乔治站在那儿不停地盯着他，脸上露出奇怪和不解的表情。

过了很久，乔治终于说话了："吉姆，你帮我除草了？"这是他很久以来第一次这样称呼吉姆的名字。"我问了所有的人，他们都没除。杰克说是你干的，是真的吗？是你除的吗？"尽管乔治的语气似乎有些责备的意味，但他内心的感谢之情仍旧不经意地流露出来。

"是的，乔治，是我除的。"吉姆答道。他以为乔治会因为自己主动除草而大发雷霆。可乔治犹豫了片刻，像是在考虑要说什么，最终，用他那低得几乎听不见的

声音嘟囔说“谢谢”之后，急转身马上走开了。

能够主动帮自己敌对的人做好事，这几乎是常人所意料之外的。不过，这种“帮助”所带来的结果往往也是常人意料之外的。

吉姆的主动帮忙就这样打破了他与乔治之间的敌意沉默。尽管当时他们还没发展到在一起打高尔夫球或保龄球，他们的妻子也没有为了互相借点儿糖或是闲聊而频繁地走动，但他们的关系已经出现了改善。至少除草机开过的时候他们相互间有了笑容，有时甚至说一声“你好”。也许没多久，他们就会向朋友一样分享同一杯咖啡。

所以，当你与他人发生矛盾时，一定要学会主动示好。这种智慧的选择，可以帮你把眼前的那堵墙，变成畅通的路。

尽量让对方多说，自己才能获得更多信息

只要你稍微留心，便会发现：无论在职场，还是在情场，那些总能赢得他人喜欢的人，往往是精明、内敛的倾听者，而不是滔滔不绝、夸夸其谈的擅说者。为什么呢？很简单，能说的不如会听的，尽量让对方多说，你自己才能获得更多信息。

卡耐基曾被邀请去参加一个桥牌集会。卡耐基不玩桥牌，在场的一位金发女郎也不玩。她发现卡耐基以前曾是罗维尔·托马斯进入无线电业之前的经理，也发现他在准备生动的旅行演讲的时候，曾在欧洲各处转过。因此她说：“啊，卡耐基先生，我请求你把所有你过去的那些美妙的地方，以及你所见过的那些美丽景色，全部告诉我。”

坐在沙发上，金发女郎说她和丈夫最近刚从非洲旅行回来。“非洲！”卡耐基惊叹，“多么有意思！我一直想看看非洲，但除了有一次在阿尔及利亚待了24小时以外，我从没去过。告诉我，你是否去过那个狩猎王国？真的，我多羡慕你，请把非洲的情况告诉我。”

接下来，她滔滔不绝地告诉卡耐基自己到过的地方，那里有多么多么的有趣……45分钟就这样过去了，她没能从卡耐基口中得到丝毫关于非洲的信息，反而非常开心地把自己所知道的全部信息都告诉了卡耐基。

我们不难发现，在这次交谈中，卡耐基以一个“饶有兴趣的听众”的身份，赢得了金发女郎的喜欢，所以她非常开心地将自己所知道的非洲信息全部告诉了卡耐基。这也告诉我们，如果你会听，很多时候要比你能说更能讨人喜欢。

也许你会问为什么？这个问题的理由至少可以举出两个：第一，只有凭借聆听，你才能学习；第二，别人只对听他说话的人有反应。

正如卡耐基自己所言：“最重要的是聆听，在你开口告诉别人你有多棒之前，你一定要先聆听。然后你才能开始认识别人，与别人交谈，千万别高人一等。多跟别人交谈，用心倾听，不要太快下决定。”

你也许想不到，要想了解别人的想法，最好的办法就是听听他的意见，让他自己说出你想了解的事情。常言道："知己知彼，百战不殆。"如果你想在人际交往中游刃有余，首先就要学会做一个注意听话的人，了解别人，从别人那里获得自己想要的信息。正如查尔斯·洛桑所说的："要令人觉得有趣，就要对别人感兴趣——问别人喜欢回答的问题，鼓励他谈谈自己和他的成就。"

人们更在意自己的想法

简单地说，世界上任何人都喜欢有人听他说话，只有对于听他说话的人，他才会有反应。

聆听也是尊重的一种最佳表示，表示聆听者看重说话者。

聆听等于是在说："你的想法、行为与信念对我都很重要。"

请记住：跟你谈话的人对他自己、他的需求和他的问题，比他对你和你的问题，更感兴趣千百倍。

当你下次跟别人交谈的时候，千万别忘了这一点，尤其在想获得对方信息的情况下。

以心交心，互惠互利

如果能被对方需要，你也会变重要

事物都有其存在的特定价值：货币因流通的需要而存在，食物因饥饿的需要而存在，火因寒冷的需要而存在……人虽然与其他的事物不尽相同，但却同样有被需要的情感诉求，就像母亲被子女需要、情侣被对方需要一样。

真正聪明的人宁愿让人们需要，而不是让人们感激。因为，如果你能被他人需要，你就会在他人心中变得重要。有礼貌的需求心理比世俗的感谢更有价值，因为有所求，便能铭心不忘，而感谢之词最终将在时间的流逝中淡漠。

1847年，俾斯麦成为普鲁士国会议员，在国会中没有一个可信赖的朋友。让人意外的是，他与当时已经没有任何权势的国王腓特烈威廉四世结盟，这与人们的猜测大相径庭。腓特烈威廉四世虽然身为国王，但个性软弱，明哲保身，经常对国会里的自由派让步。这种缺乏骨气的人，正是俾斯麦在政治上所不屑的。俾斯麦的选择的确让人费解，当其他议员攻击国王诸多愚昧的举措时，只有俾斯麦支持他。

1851年，俾斯麦的付出终于得到了回报：腓特烈威廉四世任命他为内阁大臣。他并没有满足，仍然不断努力，请求国王增强军队实力，以强硬的态度面对自由派。他鼓励国王保持自尊来统治国家，同时慢慢恢复王权，使君主专制再度成为普鲁士最强大的力量。国王也完全依照俾斯麦的意愿行事。

1861年，腓特烈威廉四世逝世，他的弟弟威廉继承王位。然而，新的国王很讨厌俾斯麦，并不想让他留在身边。

威廉与腓特烈同样遭受到自由派的攻击，他们想吞噬他的权力。年轻的国王感觉无力承担国家的责任，开始考虑退位。

这时候，俾斯麦再次出现了，他坚决支持新国王，鼓动他采取坚定而果断的行动对待反对者，采用高压手段将自由派斩尽杀绝。

尽管威廉讨厌俾斯麦，但是他明白自己更需要俾斯麦，因为只有俾斯麦的帮助，才能解决统治的危机。于是，他任命俾斯麦为宰相。虽然两个人在政策上有分歧，但这并不影响国王对他的重用。每当俾斯麦威胁要辞去宰相之职时，国王从自身利益考虑，便会让步。俾斯麦聪明地攀上了权力的最高峰，他身为国王的左右手，不仅牢牢地掌握了自己的命运，同时也掌控着国家的权力。

作为一名强者，俾斯麦认为领队强势是愚蠢的行为，因为强势已经很强大，根本不在乎你的存在，也可以说根本不需要你；而与弱势结盟则更为明智，可以让别人因为需要你而依附你，让自己成为他们的主宰力量。他们不敢离开你，否则将会给自己带来危机，他们的地位就会受到威胁，甚至崩溃。俾斯麦就是看准了这一点，才趁机登上了德国的政坛，成就了其辉煌的一生。

就这样，俾斯麦利用别人对他的需要创造了轰轰烈烈的人生。除此之外，有些人则利用别人对他的需要保住了差点儿丢掉的小命。

让自己变得重要会使你的人生之路更加坦途，也可以令你有更大的发展。而实现这一点最好的方法，就是让别人依赖你、需要你，一旦离开了你，他的计划就无法进行，他的生活就难以继续。在这样的相互关系中，只需一个小小的举动，就能带来无数的感激。需要能带来感激，感激却未必能产生需要。

正如卡耐基所言："别指望别人感激你。因为忘记感谢乃是人的天性，如果你一直期望别人感恩，多半是自寻烦恼。"你的价值因别人的需要而存在，被人需要胜过被人感激，与其让对方感激你，不如让他有求于你。

被人需要，你才重要

罗曼·罗兰曾说过："只要还有能力帮助别人，就没有权利袖手旁观。"没错，永远不要吝惜对别人的帮助，在帮助别人的同时，你也正是在帮助你自己，你将从中不断收获幸福和快乐。只有对方需要你，才会显示出你是重要的。

有些时候，我们在帮助别人的同时，还能体现自己的价值，收获到意外的利益。

如果你有用，别怕被利用

我们常说"我好像被某某人利用了"，其实如果你换个角度思考问题的话你会发现，自己是因为有价值才被利用，利用正好证明了自己的价值，没被利用反而说明你没有多少价值，至少没有被利用的价值。

"狼狈为奸"的勾当是令每个人所不齿的，但是反过来想一想，狼和狈为何要相互勾结呢？狼和狈是两种长相十分相似的野兽，它们口味还都极其相似——都喜食猪、羊等动物。唯一不同的是：狼的两条前脚长，两条后脚短；而狈则是两条前脚短，两条后脚长。

一到夜晚，狼和狈就出来一起去偷猪、羊等家畜。有一回，一只狼和一只狈共同来到一个羊圈外，看到羊圈中有很多又壮又肥的羊，非常想偷吃。但是羊圈的墙和门都很高，它们使尽了各种办法，费尽了力气还是进不去。

于是，它们就想了一个办法。先由狼骑到狈的脖子上，然后狈站起来，把狼抬高，再由狼越过羊圈把羊偷出来。

商量过后，狈就蹲下身来，狼爬到狈的身上。然后，狈用前脚抓住羊圈的门，慢慢伸直身子。狈伸直身子后，狼将脚抓住羊圈的门，慢慢伸直身子，把两只长长的前脚伸进羊圈，把羊圈中的羊偷了出来。

这样偷羊的事，狼和狈经常互相利用对方才得以成功。如果它们不这样相互让对方利用，谁都不能把羊偷走，任何一方都要挨饿。正是由于狼和狈互相成功利用，农民大受损失，所以就有了后来的“狼狈为奸”。

其实，这个故事蕴含的道理是意味深长的。两种不同的动物，为了一个共同的目标走到了一起，学会了合作的技巧，懂得了取长补短。在利用对方的同时也谋得了自身的利益，达到了共赢的目的，是一种十分聪明的做法。

从另一个角度来看，现实生活中，我们被人利用没有关系，关键是要在利用中发现自己的价值和不足，然后学会反过来利用他人。这个社会不是一个人的独角戏，会合作的人才会实现利益的最大化。不要再重演“三个和尚没水喝”的故事，怕被利用的心理，只能造成1+1+1=0的结果。

人是群居性的动物，每个人都在社会这个大家庭中生活，彼此隔绝是不可能的，每个人都需要团队，每个人都需要合作。哲人叔本华就曾经说过：“单个的人是软弱无力的，就像漂流的鲁滨逊一样，只有同别人在一起，他才能完成许多事业。”

随着知识经济的到来，竞争日趋紧张激烈，各种新技术、新知识不断推陈出新，市场化需求越来越多样化，使得现代企业管理面临的环境和情况越来越复杂。在很多情况下，单靠一个人的力量是很难完成对各种错综复杂信息的处理和解决的，更不可能采取切实、高效的行动，这就需要依赖组织成员之间的相互合作、相互关联、协调行动，以解决各种复杂的难题，保持组织的应变能力和源源不断的创新能力。

团队合作在当代的市场经济和人际交往中显得格外重要，一个不懂得团队合作、不善于团队合作的人不是一个聪明的人。“滴水不成海，独木难成林”，只有团队之间真正地合作，才会汇成一股强大的力量，推动实现最终的目标。

“狼狈为奸”是大势所趋，是明智之选，因为相互被“利用”后会产生1+1>2的成效。在成就他人的同时，也成就了自己。

让合作者生活得更好，你也能更好地生活

高尔基曾说过："你的钟声只有在齐鸣时才能听见，在单独鸣响时——只会淹没在那些旧钟的一片响声里。"事实上，这句话在生物界同样适用。

在广袤的欧洲大陆上，生活着一种美丽异常的动物，名叫蓝蝶，由于它外形的炫目，人们通常把它们称作会飞的"花朵"。然而几十年前，蓝蝶的翩翩身影在暖春的晴空里消失了。

道格拉斯·麦其逊是一个专门研究蝶类的昆虫学家，对这些会飞的"花朵"凋谢之谜做了广泛而深入的研究，最后得出的结论让人很是吃惊。麦其逊发现，导致蓝蝶的绝种竟然与两种蚂蚁的灭绝息息相关。

原来，蓝蝶是在醋酸植物上产卵繁殖的，必须得到两种小蚂蚁的帮助才能顺利进行。蓝蝶的幼虫，腹部分泌的挥发性物质，对于蚂蚁来说是极具诱惑性的香甜美食。闻到这一特殊的香味，蚂蚁就会爬到蓝蝶幼虫的腹部边尽情享受。

而蚂蚁并不是白吃。当蚂蚁在草地上发现蓝蝶卵时，马上来照顾这些幼小的生命，生怕被其他昆虫掠去。蓝蝶的幼虫是吃树叶的，每吃完一片树叶，众工蚁就把它抬到另一片新树叶上，让它吃个饱。蚂蚁与蓝蝶的这种互惠互利关系，经历了漫长岁月的考验。由于接受了工蚁的照顾，经受过刺激的蓝蝶幼虫的表皮，生长得比其他蝴蝶幼虫的表皮厚上60倍，可有效地防止蚂蚁那铁钳一样的上颚咬穿幼虫的表皮。冬天来临，工蚁就把它们搬进自己温暖舒适的蚁穴里，蚂蚁在吸食蓝蝶幼虫分泌的"蜜露"时，甚至把自己的幼虫作为食物奉献给这位"贵宾"。

刚从茧蛹中钻出的蓝蝶也不必担心受到蚂蚁的攻击。因为新生蓝蝶的体表附着一层细小的鳞屑，就像滑石粉一样保护着蓝蝶。进攻的蚂蚁只有踉踉跄跄地在空中乱抓一气。就在这时候，蓝蝶伸展翅膀，自由自在地飞走了。

可是几十年前，贪婪的人类为了自私的目的，无情地侵占了这两种蚂蚁的生存空间。他们用推土机无情地把它们的栖息地毁了，小蚂蚁从此灭绝了。没有了相依为命的小蚂蚁，蓝蝶也就花殒香消。

无独有偶，在风景如画的美国加利福尼亚，年轻的海洋生物学家布兰姆做了一个十分重要的观察实验。

一天，布兰姆潜入深水以后，看到了一个奇异的场面：一条银灰色的大鱼离开鱼群，向一条金黄色的小鱼快速游去。兰姆布以为，这条小鱼已在劫难逃了。然而，大鱼并没有恶狠狠地向小鱼扑去，而是停在小鱼面前，平静地张开了鱼鳍，一动也不动。那小鱼见了，便毫不犹豫地迎上前去，紧贴着大鱼的身体，用尖嘴东啄啄西啄啄，好像在吮吸什么似的。最后，它竟将半截身子钻入大鱼的鳃盖中。几分钟以后，它们分手了，小鱼潜入海草丛中，那大鱼轻松地去追赶自己的同伴了。在这以后的数月里布兰姆进行了一系列的跟踪观察研究，他多次见到这种情景。看来，现

象并不是偶然的。经过一番仔细地观察，布兰姆认为，小鱼是“水晶宫”里的“大夫”，它是在为大鱼治病。

鱼“大夫”身长只有三四厘米，这种小鱼色彩艳丽，游动时就像一条飘动的彩带，因而当地人称它“彩女鱼”。鱼“大夫”喜欢在珊瑚礁中或海草丛生的地方游来游去，那是它们开设的“流动医院”。栖息在珊瑚礁中的各种鱼，一见到彩女鱼就会游过去，把它团团围住。有一次，布兰姆发现，几百条鱼围住了一条彩女鱼。这条彩女鱼时而拱向这一条，时而拱向另一条，用尖嘴在它们身上啄食着什么东西。

激起合作者的“心理共鸣”

人与人之间本来就有许多地方是相同的，但是要产生共鸣，还需要相当的说话技巧。当你对另一个人有所求的时候，最好先避开对方的忌讳，从对方感兴趣的话题谈起，让对方一步步地赞同你的想法，当对方跟着你走完一段路程时，便会不自觉地认同你的观点。

而这些大鱼怡然自得地摆出了各种姿势，有的头朝上，有的头向下，也有的侧身横躺，甚至腹部朝天。这多像个大病房啊！

布兰姆把这条彩女鱼捉住，剖开它的胃，发现里面装满了各种寄生虫、小鱼以及腐烂的鱼皮。这真是一种奇妙的合作：鱼“大夫”用尖嘴为大鱼清除伤口的坏死组织，啄掉鱼鳞、鱼鳍和鱼鳃上的寄生虫，这些脏东西又成了鱼“大夫”的美味佳肴。这种合作对双方都很有好处，生物学上将这种现象称为“共生”。

在大海中，类似彩女鱼那样的鱼“大夫”共有45种，它们都有尖而长的嘴巴和鲜艳的色彩。

这些鱼“大夫”的工作效率十分惊人。有人在巴哈马群岛附近发现，那儿的一个鱼“大夫”，在6小时里竟接待了300多条病鱼。前来“求医”的大多是雄鱼，这是因为雄鱼好斗，受伤的机会较多；同时雄鱼比雌鱼爱清洁，除去脏东西后，它们

帮别人的同时，也是在帮自己

“投之以桃，报之以李”，一个人只有热情地帮助他人，他人才会给你帮助。所以你要想得到别人的帮助，你自己首先必须帮助别人。

“危难中见真情”，人们在受到别人帮助后，总能以更真诚的感激报答别人，你为他人所做的一切将为你赢得弥足珍贵的感情。

便容光焕发，容易得到雌鱼的垂青。有趣的是，小小的彩女鱼在与凶猛的大鱼打交道时，不但没受到欺侮，还会得到保护呢。布兰姆对几百条凶猛的鱼进行了观察，在它们的胃里都没有发现彩女鱼。然而，他却多次看到，这些小鱼进入大鲈鱼张开的口中，去啄食里面的寄生虫。一旦敌害来临，大鲈鱼自身难保时，它便先吐出彩女鱼，不让自己的朋友遭殃，然后逃之夭夭，或冲上前去对付敌害。

不难看出，在动物界，互相合作和帮助，会使付出努力的双方均受益，大家也因此都能更好地生存和生活。其实，人类作为动物界的一员，同样需要相互合作。

不报复对方，也是在为自己开路

常言道："多个朋友多条路，少个仇人少堵墙。"意思就是说，多结交一个朋友，就等于多为自己开辟了一条路；而得罪一个人，就为自己堵住了一条去路。人与人之间，只要矛盾还没有发展到你死我活的地步，总是可以化解的。记住中国有句老话："冤家宜解不宜结。"相识就是缘分，还是少结冤家为好。

东汉时有个叫苏不韦的，他的父亲苏谦曾做过司隶校尉。李皓由于和苏谦有隙，怀着个人私愤把苏谦判了死刑，当时苏不韦只有18岁。他把父亲的灵柩送回家，草草下葬，又把母亲隐匿在武都山，自己改名换姓，用家财招募刺客，准备刺杀李皓，但事不凑巧，没有办成。很久以后，李皓升迁为大司农。

苏不韦就和人暗中在大司农官署的北墙下开始挖洞，夜里挖，白天躲藏起来。干了一个多月，终于把洞挖到了李皓的寝室下。一天，苏不韦和他的人从李皓的床底下冲出来，不巧李皓上厕所去了，于是他们杀了他的小儿子和妾，留下一封信便离去了。李皓回屋后大吃一惊，吓得在室内布置了许多荆棘，晚上也不敢安睡。苏不韦知道李皓已有准备，杀死他已不可能，就挖了李家的坟，取了李皓父亲的头拿到集市上去示众。李皓听说此事后，心如刀绞，心里又气又恨，又不敢说什么，没过多久就吐血而死。

李皓只因为一点儿私人恩怨，就置人于死地，而苏不韦一生之中只为报仇，竭心尽力。李皓不忍小仇，结果招致老婆孩子被杀，死了的父亲也跟着受辱，自己最终气愤而死，被天下人笑话，实在是太愚蠢了。

正所谓"得饶人处且饶人"，在人际交往中，最好想办法化敌为友。这样人生之路就会走得平坦许多，顺畅许多，而且还可能会有意外的收获。

非常之人必有非常之量。原谅仇敌可以带来很大好处，但是原谅仇敌并不是一件容易的事。一方面，我们很难克制自己的仇视心理；另一方面，在操作上很难做到恰到好处——带着鄙视、不屑的心理予以原谅，反而会引发新的仇恨。

人在世界上，有一个敌人不算少，有一百个朋友不算多。带着尊重的心理原谅别人，收缴他心中的锐器。让别人对自己有所依赖，或者让自己对别人有所帮助，这样，朋友会越来越多，而仇敌会越来越少。

正如古希腊哲学家毕达哥拉斯所言：“要这样生活：使你的朋友不致成为仇人，而使你的仇人却成为你的朋友。”放开眼界，收起报复的心态，以一种宽容大度的方式对待周围的人，即便不能都使其成为朋友，也能避免使其站到自己的对立面去。

化干戈为玉帛，给自己留条后路

人生漫漫，我们总是会遇到形形色色的人。有时，一次竞争、一个分歧，甚至一句玩笑，都有可能令我们树敌。而树敌对我们个人的发展是非常不利的。

然而，时光不会倒流，世界上也没有后悔药，一旦树立了敌人，就已既成事实。很多人都想知道，那我们有没有化解他人敌意的好办法呢？

与其说是方法，不如说是心机。想要化敌为友，你必须学会率先迈出第一步。

当你与他人发生矛盾时，一定要学会主动示好。这种智慧的选择，可以帮你把眼前的那堵墙变成以后畅通的路。

告诉他“你很重要”，回报定比器重多

许多事业上卓有成就的人成功的原因是他懂得驭人之术。而其中最重要的一点，也即最有效的一点就是让别人感到自己很重要。因为每个人都想获得来自他人的尊重，得到别人的重视。那么，你就不妨满足他这个需要。

罗斯福是一位懂得使别人感到自己很重要的人。只要是去过牡蛎湾拜访过罗斯福的人，无不为他那博大精深的学识所折服。不管对方从事多么重要或卑微的工作，

也不管对方有着什么样显赫或低下的地位，罗斯福和他们的谈话总是能进行得非常顺利。

也许你会感到十分的疑惑，其实不难回答，每当他要接见某人时，他都会利用前一天晚上的时间仔细研读对方的个人资料，以充分了解对方的兴趣所在，从而让对方感觉到自己被重视了。这样精心准备怎能不使会面皆大欢喜呢！

贵为总统尚且如此，我们凡人为何不肯承认别人的重要？所以，要使他人真心地尊敬和喜欢你，非常乐意为你做事，原则上是要拿对方感兴趣之事当话题，让他感觉到自己的重要。在满足别人的重要感之后，很多事情都迎刃而解了。

据一些权威人士表示，甚至有人会借着发疯来从他们的梦幻世界中寻求自我满足。一家规模不小的精神病院的医生说："有不少人进入疯人院，是为了寻求他们在正常生活中无法获得的受重视的感觉。"人们为求受重视，连发疯都在所不惜，试想如果我们肯多给对方一分尊重、一句赞美，它的影响该有多大？

那么，在什么时候才能让对方感受到他的重要？答案是随时随地都可以。譬如，你在饭店点的是鱼香肉丝，可是，服务员端来的却是回锅肉，你就说："太麻烦您了，我点的是鱼香肉丝。"她一定会这么回答："不，不麻烦。"而且会愉快地把你点的菜端来。因为你已经表现出了对她的尊敬和重视。

一些客气的话实际上就表达了你对别人的重视，"谢谢你""请问""麻烦你"诸如此类的细微，可以很容易就让对方感到他被尊重、被重视。很多人，尤其是身居上位者，极易产生一种高高在上之感，极易用一种俯视的心态去面对他人，仿佛他们只是自己实现理想的"棋子"，而忽略了其身为人对于自身肯定的需求。用真诚的心去肯定别人，就会拉近心与心的距离，形成一个良好的人际关系。

在通常情况下，人们内心所想的东西，即使不用嘴说出来，不用笔写出来，也会被对方觉察体会出来。假如你对对方有厌恶之情，尽管你没有说出来，但是由于你这种心理的支配，你多少会露出一些"蛛丝马迹"，被对方捕捉住，或被对方体察出来，不久，他对你也会产生坏印象的。这跟照镜子是一样的道理，你对它皱眉头，它也对你皱眉头，你对它露出笑脸，它也还你一张同样的笑脸。同样地，如果我们怀着一颗真诚的心去肯定对方，对方也会同样从内心感激你，用心回报你，直至将你所交代的事情做到完美为止。

正如美国著名企业家杰克·韦尔奇所说："天下最易使人颓丧不振、冲劲全失的原因就是来自上级主管的批评、责骂。"抛开那些伤人的话语，随之以各种各样的方式告诉他："你很重要。"受到肯定的人自然会在尊重与肯定下以诚相待、全力以赴地去帮忙。

重视“你很重要”的作用

人的潜意识里总是会追求片刻的荣耀，只要我们就要适度地满足对方的虚荣心，即使他得到的是失败，他也不会完全丧失信心。如果你告诉对方“你很重要”，那么在今后的工作中他肯定会更加全力以赴。

相信他，对他表示信赖，并在适当的场合给他一点取胜的机会，让他体会到自己的重要性，把自己的自信心建立起来。

冷庙多烧香，临急才有佛脚抱

英雄落难、壮士潦倒，都是常见的事，只要一朝风云际会，仍是会一飞冲天、一鸣惊人的。

在那些落难英雄有困难的时候，该出手时就出手，千万别犹豫，这样在你需要人帮助时，他们才会不惜任何代价提携你走出困境。

当然，对他们的帮助要落在实处，不要停留在口头上。而且这种帮助也是需要技巧的，也就是说当你想帮助某个人的时候，你要注意具体方法，如何帮助他，才能使他真正受益。如果不注意这一点，你常常会事倍功半，甚至适得其反。一位盲人在大街上着急地用盲杖敲着地面，是在说他不知道该怎么走了。好心的你走上去想帮助他，告诉他左边是北，右边是南，他其实仍然分不清楚，他需要你拉着他的手，带着他走一段路。

林玲是一家医疗器械公司的销售代表，一次，她准备去市医院拜访一位临床主任张某，临走时，同事马姐向她透露了一个“最新情报”：“张主任被免职了，现在 ××× 才是主任，不用对他多费心思了。”林玲十分感谢马姐，但真的直接去找新主任吗？这样做似乎对原来那位“老客户”有点落井下石。

在过去一段时间的接触中，林玲知道张主任是他们院的技术骨干，曾经荣获“杰出青年专家”的称号。但他性格狂傲暴躁，据说半年前曾经因为一件小事当面与院长吵得不可开交，平常又总是太刚正，经常得罪人，他要“倒霉”是大家意料中的事。林玲为他感到惋惜，毕竟，他是一位十分优秀的医生，这一点，病人和家属的交口称赞就是最好的证明。林玲想，反正拜访新主任是迟早的事，现在还是应该先见见张主任，于是，她带着准备好的小礼品来到医院。

这时张主任正在办公室“闭门思过”，林玲的到来令他感到有点意外。很明显，张主任的心情很差，他生硬地说：“以后直接去找 ××× 谈订货的事，我已经不是主任了。”林玲微笑着递上礼品：“新主任我以后会去拜访，不过这并不妨碍我拜访您啊，您是我们公司的老朋友了，我就是来拜访公司的朋友呀。”

张主任愣了一下，似乎有些感动，态度也客气了许多，马上给林玲写了 ××× 的名字和办公室门牌号，说以后有什么问题找那位主任也可以解决。林玲知趣地告辞了：“那您先忙吧，我下次再来拜访您。”张主任苦笑着说：“还忙啥呀？主任也不当了，没什么可忙的了！”林玲转回身来，问道：“您怎么会这么说呢？”张主任显然牢骚满腹，一时还不适应角色调整，站在办公桌后茫然四顾说：“不当主任了有什么可忙的？”林玲把自己的想法说了出来：“不当主任了您还有自己的专业啊，您照样是杰出青年专家啊。现在，您可以有更多的时间研究学问了。要是都像您这么想，那我们这些大学毕业了却不能从事本专业的人又该怎么办啊？”

张主任惊呆了，从来没人敢这样对他说话，特别是一个他从未看在眼里的销售员。不过这个看上去还有几分稚气的小姑娘说得确实很有道理。林玲最后说道：“其实很多时候环境是无法改变的，如果我们无法让自己完全妥协，至少我们可以决定自己面对逆境时的态度。不论在什么环境条件下，我们都应该尽自己最大的努力去创造发挥自己，这样才不会后悔。”张主任重重地点了点头，眼中似乎有泪光在闪动。

三个月后，张主任恢复了原职。他的心态已经非常平和，因为他永远忘不了那天下午，一个普通的销售员给他上的难得的一课。而林玲也多了一个难得的朋友，在这位“贵人”的关心和帮助下，她的工作业绩直线上升，成为公司的明星员工。

我们常常说某人的成功，是因为有贵人相助。的确，如果一个人找到了自己的贵人，就可以避免很多不必要的摸索与碰撞，少走弯路，减少挫折。而那些贵人就在身边，从现在起，多注意一下你周围的朋友，若有值得上香的“冷庙”，千万别错过了；趁自己有能力时，多结交些潦倒英雄，使之能“为己所用”，这样的发展才会无穷。

波斯诗人萨迪曾说："谁若想在困厄时得到援助，就应在平日待人以宽。""冷庙烧香"并不是很难办的事情，有时仅仅需要随时体察一下别人的需要即可。对受尽冷落之人，寸金之遇、一饭之恩，便足以使他终生铭记。

主动吃亏，让对方不得不还以人情

如今，很多人都认为"无论做什么，尽量别吃亏"。其实，吃亏并非都是坏事。有些时候，糊涂处世，主动吃亏，山不转水转，也许以后还有合作的机会，又走到一起。若一个人处处不肯吃亏，则处处必想占便宜，于是，妄想日生，骄心日盛。而一个人一旦有了骄狂的态势，难免会侵害别人的利益，于是便起纷争，在四面楚歌之中，又焉有不败之理？

"吃亏"也许只是指物质上的损失，但是一个人的幸福与否，却往往取决于他的心境如何。如果我们用外在的东西，换来了心灵上的平和，那无疑是获得了人生的幸福，这便是值得的。

不少好朋友，抑或事业上的合作伙伴，由于种种原因，后来反目成仇了，双方都搞得很不开心，结果是大打出手。有个人却不一样，他与朋友合伙做生意，几年后一笔生意让他们将所赚的钱又赔了进去，剩下的是一些值不了多少钱的设备。他对朋友说，全归你吧，你想怎么处理就怎么处理。留下这句话后，他就与朋友分手了。显得多有风度，没有相互埋怨，这叫"好合好散"。生意没了，人情还在。

有人问李泽楷："你父亲教了你一些怎样成功赚钱的秘诀吗？"李泽楷说，赚钱的方法他父亲什么也没有教，只教了他一些为人的道理。李嘉诚曾经这样跟李泽楷说，他和别人合作，假如他拿七分合理，八分也可以，那么拿六分就可以了。

李嘉诚的意思是，吃亏可以争取更多的人愿意与自己合作。想想看，虽然他只拿了六分，但现在多了一百个合作人，他现在能拿多少个六分？假如拿八分的话，一百个人会变成五个人，结果是亏是赚可想而知。李嘉诚一生与很多人进行过或长期或短期的合作，分手的时候，他总是愿意自己少分一点钱。如果生意做得不理想，他就什么也不要了，愿意吃亏。这是种风度，是种气量，也正是这种风度和气量，才有人乐于与他合作，他也才越做越大。所以李嘉诚的成功更得力于他的恰到好处的处世交友经验。

很多时候，吃亏是一种福，是智者的智慧。不管你是做老板也好，还是做合作伙伴也罢，你主动吃亏，而旁边的人接受了你的"谦让"，他不仅会一心一意与你合作，跟着你干，而且会因为感谢、感激，不断寻找机会还你人情。

曾经有一个砂石老板，没有文化，也没有背景，但生意却做得出奇地好，而且历经多年，长盛不衰。说起来他的秘诀也很简单，就是与每个合作者分利的时候，他故意只拿小头，把大头让给对方。如此一来，凡是与他合作过一次的人，都愿意与他继续合作，而且还会因为感激介绍一些朋友，再扩大到朋友的朋友，也都成了他的客户。人人都说他好，因为他只拿小头，但所有人的小头集中起来，就成了最大的大头，而他成了真正的赢家。

吃亏是福

“吃亏是福”不能只当套话来理解，这不仅体现你大度的胸怀，同时也是做大事业的必要素质。

“吃人嘴短，拿人手软”，主动让别人占便宜，你就等于给对方放了一份人情债，那么他对你日后的请求也就不好拒绝了，甚至你无须请求他都会主动来帮助你。

第三章

将心比心，换位思考

想钓到鱼，就要像鱼一样思考

我们常说“以小人之心，度君子之腹”，也就是说，在人际交往中我习惯以己度人，习惯用自己的标准去衡量别人的行为，衡量周围的事物，并把自己的感情、意志、特性投射到其他事物上，结果不仅产生了误会还造成了预想破产，现实失利。为何会产生这样的结果呢？因为我们过于自信，自己的思考忽略了周围事物的独特个性，限制了视野，因此也很难触摸到成功。

有一位资深的营销培训专家讲过这样一堂生动的课，他说，自己很小时随父亲一起去钓鱼，但是，每次父亲总是凯旋，而自己却一无所获。沮丧的他向父亲请教：“为什么我连一条鱼也钓不到，我钓鱼方法不对吗？”他的父亲告诉他：“孩子，不是你钓鱼的方法不对，而是你的想法不对，你想钓到鱼，就得像鱼那样思考。”

“像鱼那样思考”到底是什么意思呢？很多年后他才慢慢悟到，原来鱼是一种冷血动物，对水温十分的敏感。所以，它们通常更喜欢待在温度较高的水域。但是，一般水温高的地方阳光也比较强烈，鱼因为没有眼睑，阳光很容易刺伤它们的眼睛。所以，鱼会选择待在阴凉的浅水处。浅水处水温较深水处高，而且食物也比较丰富。但处于浅水处还要有充分的屏障，比如茂密的水草下面，这样它们才更容易躲避危害而不受外界的侵害。所以，只有你把鱼钩放在这里才能钓到又多又好的鱼。

这就传达给我们一个重要的理念，你要会换位思考，会站在对方的立场想问题才能无往而不胜。这也应了那句俗话“要想公道，打个颠倒”，比如，你在面试时，要从用人单位和主考官的角度出发，站在他们或者他们所在的单位、部门、公司的角度出发，表现为他们理想中的“人才”，这样才能达到成功的效果。美国前总统林肯就曾这样说过：“我会用三分之一的时间来思考自己以及要说的话，花三分之二的时间来思考对方以及他会说什么话。”也就是告诉我们，无论做什么事情，要做到知己知彼，有的放矢，就必须首先做到换位思考。

一个营销员要想把自己的产品推销出去，想从顾客口袋里掏钱，就要站在顾客的角度思考，就像你打算让一个男士买一套化妆品几乎是不太可能的事情，但是要他送给自己的太太或者女朋友，结果就不一样了，以男士的心态，替他想问题，这样才能有胜算。

生活中，很多人努力工作着，却总也成功不了，其原因就在于不会换位思考。把握心理换位的策略最重要的是要了解对方，设身处地地为对方着想，想人之所想，深入体察对方的内心世界，站在对方的角度来思考你的策略，解决他的问题，也就解决了你的问题。

既然这样，当我们遇到事情的时候，特别是遇到困难和阻力的时候，不要做所谓的钻牛角尖的事情。这样费力又无功，世事都存在两个方面，换个角度，转个身，你就可能迈进成功的门槛。

让他知道你了解他，合作更容易

你自己的努力与能力往往只是成功的一半，找到适合与你合作的人，你才算找到了成功的另一半。

只有在了解别人的基础上，才谈得上合作的关系，只有对别人有了充分的了解，才能扬其长避其短，使其有信心与你共事。

让他知道你了解他、包容他，合作更容易

美国著名小说家西奥多·德莱塞曾说过："如果人想自人生中得到更多快乐就不能只想到自己，而应为他人着想，因为快乐来自于你为别人，别人为你。"

就拿事业来说吧，你自己的努力与能力往往只是成功的一半，找到适合与你合作的人，你才算找到了成功的另一半。那么，怎样找到那个适合的人呢？就是要了

解他、包容他，就像了解你自己，包容你自己一样，只有了解别人，才谈得上合作，也只有了解了别人，才能够在合作的过程中扬长避短，互相配合。

1983年春天，玛格丽特抵达“东南老人中心”，开始了她的物理治疗的独立生活。当该中心员工米莉·麦格修将玛格丽特介绍给中心人员时，她注意到玛格丽特盯着钢琴看的那一刹那间流露出痛苦的表情。

“怎么了？”米莉问。

“没什么，”玛格丽特柔声说，“只是看到了钢琴，勾起我许多回忆。”米莉瞥向玛格丽特残障的右手，默默聆听眼前这名黑人妇女谈起她音乐生涯的辉煌过去。

“你在这里等一下，我马上回来。”米莉突然插口说。一会儿，她回来了，身后紧跟着一位娇小、白发、戴着厚重眼镜，并且使用助步器的女人。

“这位是玛格丽特。”米莉帮她们互相介绍，“这位是露丝·因柏格。”她又笑道，“她也弹钢琴，但她跟你一样，自从中风后，就没办法弹了。

艾因柏格太太有健全的右手，而你有健全的左手，我有种感觉，只要你们互相合作，一定可以弹出好作品。”

“你知道肖邦降D调的华尔兹吗？”露丝问，玛格丽特点点头。

于是两人并肩坐在钢琴长椅上。两只健全的手——一只是黑色，有纤长优雅的手指；另一只手是白色，有短胖的手指——很有节奏感地在黑白键上滑动。从那天起，她们就一起坐在键盘前——玛格丽特残障的右手搂住露丝背部，露丝无用的左手搁在玛格丽特膝上。露丝健全的右手弹主旋律，玛格丽特灵活的左手弹伴奏旋律。

她们的音乐曾在电视上、教堂里、学校中、康复中心、老人之家给许多听众带来快乐。坐在钢琴长椅前，她们共享的东西不只是音乐。除肖邦、巴赫和贝多芬的音乐外，她们发现彼此的共通点比想象的要多得多——两人都是很好的祖母和寡妇，都失去了儿子，都有颗奉献的心，但若失去了对方，她们就什么也办不到。两人同坐在钢琴长椅前，露丝听见玛格丽特说：“我被剥夺了音乐，但上帝却给了我露丝。”很显然，这些年来她们并肩而坐，玛格丽特的某些信仰已经影响了露丝。露丝说：“是上帝的奇迹将我们结合在一起。”

建立良好的合作关系，还需要了解他人，包容他人。每个人都有自己的优缺点，在与人合作的过程中，你不可能只与他人的优点合作，当与他人的缺点发生冲撞时，你唯一能做的就是包容。

关于这方面，还有一个意义深刻的故事。有一天，沙漠与海洋谈判。“我太干，干得连一条小溪都没有，而你却有那么多水，变成汪洋一片。”沙漠建议。“不如我们来个交换吧。”“好啊，”海洋欣然同意。“我欢迎沙漠来填补海洋，但是我已经有沙滩了，所以只要土，不要沙。”“我也欢迎海洋来滋润沙滩，”沙漠说，“可是盐太咸了，所以只要水，不要盐。”正如上面的海洋与沙漠一样，我们想得到一种东西，也必须容忍其他一些东西也跟过来。只有这样才是所谓的“双赢”。有两个戏剧学院的同学，毕业后一起进入演艺圈，他们都很有才气，在学校的时候就显得与众不同，两人虽然彼此惺惺相惜，却也因好强而暗中较量。虽然两人同时毕业于戏剧学院，但一位是导演系的，一位是表演系的，因此入行后，一位当导演，一位做演员。

经过一段时间的努力，两人在工作岗位上都表现得很出色，也各自拥有了一席之地。有一次，刚好有部电影可以让他俩合作，基于两人是要好的同学，而且心里对彼此的才能和需求都非常了解，所以爽快地答应一起合作。

这个导演对于演员一向要求比较严格，所以在拍戏的过程中，虽然是自己的同学也毫不客气地加以指责。而已经是名演员的老同学也有自己的见解和个性，所以片场的火药味总是很浓。

有一天，导演因为几个镜头一直拍不好，不禁怒火中烧，对着自己的老同学大发脾气，一句重话马上脱口而出:“我从来没见过这么烂的演员！”

名演员一听，脸色苍白地愣住了。他走到休息室，不肯出来继续拍戏。

“一道篱笆三个桩，一个好汉三个帮。”一个人在社会生活中，不可能永远是孤军打天下，总会有与别人携手合作的时候。事实上，我们几乎每天都会碰到许多必须与别人合作才能完成的事情，学会与别人愉快而有效地合作，无疑将会给你的生活学习带来高效率和愉悦的心情。因此，我们也可以说合作关系是人际关系的另一面镜子。

与别人合作关系差的人，其人际关系往往也很差。因此，从合作关系之中，我们可以建立良好的人际关系；从人际关系之中，我们可以巩固彼此的合作关系，这是互动的。

学会与别人合作有很多的技巧，不是说你本着一颗真诚的心就可以万事大吉的。要与人合作必须了解别人，只有在了解了别人的基础上，才谈得上合作的关系，只有对别人有了充分的了解，才能扬其长避其短，使其有信心与你共事。

客观而言，了解别人也是一种能力，而不仅仅是一种态度。在很多情况下，我们都是感情用事，不够理智，不懂得换位思考，这为我们带来了许多麻烦，所以我们每个人都应该以一颗包容的心，忍受别人不合理的行为和各种不顺心的情况，学习去欣赏并接受不同的生活方式、文化等。

不揭对方伤疤，他不痛你也好过

暴露别人的隐私，对任何人来说，都不是令人愉快的事。不去提及他人平日认为弱点的地方，是懂得为人处世的表现。因为你不给相处的人造成伤痛，大家才能长期愉快相处，否则你自己也不好过。

小李长得高大英俊，在大学校园内有“恋爱专家”的雅号。如今他是一家外资公司的高级职员，英俊的长相和丰厚的薪水使他在众多的女友中选上了貌若天仙的丽。也许是为了炫耀自己的能耐，小李带着丽去参加朋友聚会。

就在大家天南海北闲谈的时候，“快嘴王”换了话题，谈起了大学校园罗曼蒂克的爱情故事，故事的主人公自然是“恋爱专家”小李。“快嘴王”眉飞色舞地讲述小李如何引得众多女生趋之若鹜，又如何在花前月下与女生卿卿我我。丽开始还觉得新奇，但越听越不是味，终于拂袖而去。小李只好撇下朋友去追丽。

“快嘴王”不是有意要揭小李的伤疤，但他的追忆往事确实使丽难以接受，无端捅出娄子。这不仅使小李要费不少周折去挽回即将失去的爱情，而且使在场的人心里也都大不高兴，自然也会影响到自己的人际关系。

在朋友聚会时，拣愉快的事说是活跃气氛的好办法，但口下留情很重要，千万不要揭别人的伤疤，否则，你就会成为不受欢迎的人。说话应该谨言慎行，给语言的刀子加上一把鞘。

在中国素有所谓“逆鳞”之说，即使再驯良的龙，也不可掉以轻心。龙的喉部之下约直径一尺的部位上有“逆鳞”，全身只有这个部位的鳞是反向生长的，如果不小心触到这一“逆鳞”，必会被愤怒的龙所杀。其他的部位任你如何抚摸或敲打都没关系，只有这一片逆鳞无论如何也接近不得，即使轻轻抚摸一下也犯了大忌。

看住对方的面子，等于守住彼此的融洽关系

鲁迅说过，面子是中国人的精神纲领。爱面子似乎已经成为人性的一大特点。

可是我们不能只爱自己的面子，而不给他人面子。每个人都有一道最后的心理防线，一旦我们不给他人退路，不给他人台阶下，他只好使出最后的一招——自卫。因此，当我们遇事待人时，应谨记一条原则：别让人下不了台阶。

“面子”是一件很重要的事，如果你是个对“面子”无所谓的人，那么你必定是个不受欢迎的人；如果你是个只顾自己面子，却不顾别人面子的人，那么你必定是个总有一天会吃暗亏的人。

法国哲学家、文学家伏尔泰说过：“自尊心是个膨胀的气球，戳上一针就会发出大风暴来。”我们避免社交风暴的最佳策略之一，就是帮别人看住面子。每给别人一次面子，就可能增加一个朋友；每驳别人一次面子，就可能创造一个敌人。

所以，我们可以由此得知，无论人格多高尚、多伟大的人，身上都有“逆鳞”存在。只要我们不触及对方的“逆鳞”就不会惹祸上身。所以说，所谓的“逆鳞”就是我们所说的“痛处”，也就是缺点、自卑感，针对这一点我们有必要事先研究，找出对方“逆鳞”所在位置，以免有所冒犯。

世界上任何一位真正伟大的人，都是绝不会浪费宝贵的时间去羞辱失败者的。有这样一个例子：

1922年，土耳其决定把希腊人逐出土耳其的领土。凯末尔对他的士兵发表了一篇拿破仑式的演说，他说：“你们的目的地是地中海。”于是近代史上最惨烈的一场战争开始了。最后土耳其获胜，而当希腊将领前往凯末尔总部投降时，几乎所有土耳其人都对他们击败的敌人加以羞辱。

但凯末尔丝毫没有显出胜利的傲气。“请坐，先生，”他说着，并握住他们的手，“你们一定走累了。”然后，在讨论了投降的细节之后，他安慰他们失败的痛苦。他以军人对军人的口气说：“战争这种东西，最优秀的将领有时也会打败仗。”凯末尔即使是沉浸在胜利的极度兴奋中，仍能做到照顾手下败将的面子。这是多么可贵的一种行动！所以，让人尊敬的妙招，就是给他人留足面子。

做人还是应该和气一些，宽宏大度一些。“面子”问题说白了就是一个人的“尊严”问题。给人留点面子，就是尊重和重视对方的表现。事实上，给人面子并不难，也无关道德，大家都是在人性丛林里讨生活，给人面子基本上就是一种互助。尤其是一些无关紧要的事，你更要给人面子。当然，至于重大的事，就可以考虑不给，你不给，对方也不敢对你有意见，他若强要面子，就有可能在最后失去面子。

然而，世间人的性格类型却是千奇百怪。我们说左，他说右，那我们说右，他偏又非说左不可，像这样永远和别人唱反调的人也不少。

当然也有掩藏自己心底的企图而试探对方的心意，不惜唯唯诺诺，奉承拍马屁，迎合对方口气，以探虚实的人。

谁都明白，受伤的疮疤不能揭，因为越揭越容易发炎，甚至会使伤口扩大。触人痛处，犹如揭人疮疤，其结果犯了人与人相处的大忌，得罪了别人，自己也捞不到什么好处。

站在对方立场说话，他才容易听你的话

很多人往往习惯将自己的想法或意见强加给别人，总觉得它们才是解决问题的最好方式。虽然出发点都是好的，是为了帮助别人解决某些问题，但是却始终没有站在对方的立场上想过——这样是否适合？

当我们和别人商谈事情时，我们不应该先自我确定标准和结论，应该先站在对方的立场上仔细想想，询问对方对这件事情的看法和他认为应该如何解决这个问题，

而不是直接讲一番大道理来逼迫对方接受自己的观点，这样反而更容易让对方听你的话。

很多时候，站在对方的立场上考虑问题，你会发现，你跟他有了共同语言，他的所思所想、所喜所恶，都变得可以理解甚至显得可爱。在各种交往中，你都可以从容应对，要么伸出理解的援手，要么防范对方的恶招。许多人不懂得如何站在对方立场上思考和说话，这是导致很多事情做不成功的一大原因。

你若能站在他人的立场上说话，能给他人一种为他着想的感觉，这种技巧常常使你的话具有极强的说服力。要做到这一点，“知己知彼”十分重要，唯先知彼，而后方能从对方立场上考虑问题。成功的人际交往语言，有赖于发现对方的真实需要，并且在实现自我目标的同时给对方指出一条可行的路。

某精密机械工厂生产某种新产品，将其部分部件委托另外一家小型工厂制造，

说话多给对方“同感”的理解，更能打动其心

“同感”，就是对于对方所述，表示自己有同样的想法和经历。“同感”的情感产生由两部分组成：

我觉得这套方案是可行的，你觉得呢？

我也觉得挺好的！

一是“共鸣”，即对同一事物或同类事物具有相仿的态度及相仿的内心体验；

那我们就按这套方案进行！这次一定要获得成功！

我们一起努力！

二是“振荡”，即由于“共鸣”而双方情绪相互影响，以致达到一种比较强烈的程度。

前者是找到共同语言，后者是掏出心来，心心相印。

当该小型工厂将零件的半成品呈送总厂时，不料全不合该厂要求。由于新产品上市迫在眉睫，总厂产品负责人让小厂尽快重新制造，但小厂负责人认为他是完全按总厂的规格制造的，不想再重新制造，双方僵持了许久。这时总厂厂长在问明原委后，便对小厂负责人说："我想这件事完全是由于公司方面设计不周所致，而且还令你吃了亏，实在抱歉。今天幸好有你们帮忙，才让我们发现了产品的缺点。只是事到如今，产品总是要上市的，你们不妨将它制造得更完美一点，这样对你我双方都是有好处的。"那位小厂负责人听完，欣然应允。

也许你会质疑："站在对方的立场上说来容易，实际要做的时候也那么容易吗？"没错，站在对方立场上说话确实不容易，却不是不可能。许多口才不错的人都能做到这一点。因为若不如此做，谈话成功的希望就可能是很小的。真正会说话的人，善于从他人的角度来设想，并且乐此不疲。然而，他们也并非一开始就能做得很好，而是从一次次的说服过程中吸收经验、汲取教训，不断培养这种习惯，最后才达到这种境界的。因此，只要你愿意，这并不是件太难的事。

美国"汽车大王"福特曾说过："如果说成功有秘诀的话，那就是站在对方立场上认识和思考问题。"所以在与人交往的过程中，多站在对方的立场上思考和说话，设身处地地为别人着想，更能让人感动，更能让人接受你的思想。

一个人的痛苦之一就是没人理解，如果我们能站在他人的立场上说话，那对于他人来说是一种莫大的幸福。

诙谐对待他人的错误，他过得去你也过得去

不知道你是否发现，大度诙谐更多时候比横眉冷对更有助于问题的解决，对他人的小过以诙谐的方法对待，实际上就是一种糊涂处世的态度。

20世纪50年代，台湾的许多商人知道于右任是著名的书法家，于是他们纷纷在自己的公司、店铺、饭店门口挂起了署名于右任的招牌，以示招徕。其中确为于右任所题的极少，半真半假的居多，完全假的有时也有所见。

一天，于右任的一个学生急匆匆地来见老师，说："老师，我今天中午去一家平时常去的羊肉泡馍馆吃饭，想不到他们居然也挂起了以您的名义题写的招牌。青天白日，明目张胆地欺世盗名，您老说可气不可气！"正在练习书法的于右任"哦"了一声，放下毛笔然后缓缓地问："他们这块招牌上的字写得好不好？"

"好个啥子哟！"学生叫苦道，"也不知道他们在哪儿找了个书生写的，字写得歪歪斜斜，难看死了。下面还签上老师您的大名，连我看着都觉得害臊！"

"这可不行！"于右任沉思道。

"我去把那幅字摘下来！"学生说完，转身要走，但被于右任喊住了。

"慢着，你等等。"

于右任顺手从书案旁拿过一张宣纸，拎起毛笔，“刷刷刷”在纸上写下些什么，然后交给恭候在一旁的学生，说：“你去把这幅字交给店老板。”

学生接过宣纸一看，不由得呆住了。只见纸上写着笔墨流畅、龙飞凤舞的几个大字，“羊肉泡馍馆”，落款处则是“于右任题”几个小字，并盖了一方私章。整个书法，可称漂亮至极。

“老师，您这……”此学生大惑不解。

“哈哈！”于右任抚着长髯笑道，“你刚才不是说，那块假招牌的字实在是惨不忍睹吗？我不能砸了自己的招牌，坏了自己的名声！所以，帮忙帮到底，还是麻烦你跑一趟，把那块假的给换下来，如何？”

“啊，我明白了，学生遵命。”转怒为喜的学生拿着于右任的题字匆匆去了。这样，这家羊肉泡馍馆的店主竟以一块假招牌换来了大书法家于右任的真墨宝，喜出望外之余，未免有惭愧之意。

糊涂有理

在聪明人看来，装糊涂是能化解矛盾的，强争只有在极端的情况下才能解决矛盾，而在多数情况下只能是激化矛盾。

在很多事情上，糊涂一点，包容一些，不但自己过得去，别人也会过得去，产生矛盾的基础不复存在，矛盾自然就化解了。

有时候看似糊涂的做法，诙谐对待他人的错，不仅是让别人过得去，往往也是在让自己过得去。

第四章

以心治心，掌控主动

欲震慑“猴”，就在其面前杀“鸡”

杀鸡儆猴，是中国古代统治者用来镇压民众或威慑人心的惯常手段。人们一旦提起，总感觉其带有些阴暗的色彩。但“杀鸡儆猴”这一潜规则也给我们带来不小的启迪，那就是如果想震慑“猴”，就在其面前杀“鸡”。这样不仅能起到震慑人心的作用，更能让自己处于人生的主动地位。

齐国人孙武是我国古代伟大的军事家，被誉为兵学的鼻祖。他因内乱逃到吴国，把自己所著的兵法敬献给吴王阖闾。阖闾说：“您写的兵法13篇，我都细细读过了，您能当场演习一下阵法吗？”孙武回答说：“可以。”吴王又问：“可以用妇女进行试练吗？”孙武又答道：“可以。”于是吴王派出宫中美女180人，让孙武演练阵法。

孙武把她们分成两队，让吴王最宠爱的两个妃子担任队长，每位宫女手拿一把戟。孙武问她们：“你们知道自己的心、左右手和背的部位吗？”她们都回答说：“知道。”孙武说：“演习阵法时，我击鼓发令：让你们向前，你们就看着心所对的方向；让你们向左，就看着左手所对的方向；让你们向右，就看着右手所对的方向；让你们向后，就转向后背的方向。”她们都齐声说：“是。”

孙武将规定宣布完后，便陈设斧钺，又反复强调军法。一切准备妥当后，孙武击鼓发令向右，宫女们却嬉笑不止，不遵奉命令。孙武说：“规定不明确，口令不熟悉，这是主将的责任。”于是他重新申明号令，并击鼓发令向左，宫女们仍然嬉笑不止。孙武说：“规定不明确，口令不熟悉，这是主将的责任；现在既然已经明确，你们仍然不服从命令，那就是队长和士兵的过错了。”说罢，命令斩杀两名队长。

当时吴王正站在观操台上，见孙武要斩杀他的两个爱妃，大吃一惊，急忙派人向孙武传令：“我已经知道将军善于用兵了。没有这两个爱妃，我连吃饭也没有味道，请您不要杀掉她们。”孙武回答说：“臣既然已经受命为将帅，就应该尽职尽责做好分内的事。将帅在处理军中的事务时，君主的命令如果不利于治军，可以不接受。”说完，仍下命令斩杀两名队长示众，并重新任命两名宫女担任队长。孙武再次击鼓发令，宫女们按照鼓声向左向右，向前向后，跪下起立整齐划一，一举一动完全符合孙武的要求，没有一个人敢发出嬉笑声。

孙武正是运用了“杀鸡儆猴”的策略，才使众宫女乖乖听从指挥，从而树立了自己的威信。由此可见，作为部队的指挥官，必须做到令行禁止、法令严明，否则，指挥不灵，令出不行，士兵如一盘散沙，怎能打仗？所以，历代名将都特别注意严明军纪，管理部队刚柔相济，关心和爱护士兵，但决不能有令不从，有禁不止。

 杀鸡给猴看，以一儆百

杀鸡儆猴意思是杀鸡给猴子看。比喻用惩罚某个个体的办法来警告别的人。

将这一点推广到我们今天的现实生活中，同样非常适用。想要管理好某些人，在其面前抓住其他个别典型从严处理，就可以达到树立自己威信、震慑对方心灵的效果。

“激励”让他多干活，“赞赏”让他积极干活

任何一个团队里，想要管理好下属或其他人，想让他们积极地多做工作，“激励”与“赞赏”是领导者不可缺少的法宝。下面，我们来看一个有趣的寓言：有一天，猎人带着一只猎狗到森林中打猎，猎狗将一只兔子赶出了窝，追了很久也没有追到，后来兔子一拐弯，不知道跑到哪去了。牧羊犬见了，讥笑猎狗说：“你真没用，竟跑不过一只小小的兔子。”猎狗解释说：“你有所不知，不是我无能，只因为我们两个跑的目标完全不同，我仅仅是为了一顿饭而跑，而它却是为了性命啊。”

这话传到了猎人的耳朵里，猎人想，猎狗说得对呀，我要想得到更多的兔子，就得想个办法，消灭“大锅饭”，让猎狗也为自己的生存而奔跑。猎人思前想后，决定对猎狗实行论功行赏。

于是猎人召开猎狗大会，宣布：“在打猎中每抓到一只兔子，就可以得到一根骨头的奖励，抓不到兔子的就没有。”

这一招果然有用，猎狗们抓兔子的积极性大大提高了，每天捉到兔子的数量大大增加，因为谁也不愿看见别人吃骨头，自己却干看着。

可是，一段时间过后，一个新的问题出现了：猎人发现猎狗们虽然每天都能捉到很多兔子，但兔子的个头却越来越小。

猎人疑惑不解，于是，他便去问猎狗：“最近你们抓的兔子怎么越来越小了？”

猎狗们说："大的兔子跑得快，小的兔子跑得慢，所以小兔子比大兔子好抓多了。反正，按你的规定，大的小的奖励都一样，我们又何必要费那么大的力气，去抓大兔子呢？"

猎人终于明白了，原来是奖励的办法不科学啊！于是，他宣布，从此以后，奖励骨头的多少不再与捉到兔子的只数挂钩，而是与捉到兔子的重量挂钩。此招一出，猎狗们的积极性再一次高涨，捉到兔子的数量和重量，都远远超过了以往，猎人很开心。

有研究表明，如果只是被动服人，缺乏自觉性和积极性的话，员工只能发挥其能力的20%～40%，而如果他们被充分激励后，则可以发挥80%～90%。

激励最有效的手段就是奖励。奖励也是有学问的。奖励不当不仅不能激励员工，而且会打击员工的积极性。这是管理者必须考虑周全的问题。不过，在运用激励的同时，赞赏的强大作用也不可忽视。它会让员工以良好、饱满的精神状态投入工作。

在麦克尔·勒勃夫出版的一本名为《世界上最伟大的管理规律》的书中指出，这个规律就是：受到奖赏的行为会不断重复。这是一条在任何组织中都很重要的规律，但令人遗憾的是，它也是常被人忽略的一条规律。公司对员工的赞赏不应是管理者的简单习惯，而需要确立制度，使之运行自如。总之，赞赏能为许多人创造良好的工作情绪，不要让这种良好的工作方式只是随机出现，要系统地表现出更多的欣赏和感谢，而非批评和抱怨。

用赞赏的方法让心高气傲的人为你效力

总有些人以自己的能力、学识、年龄等优势自居。对付这样的下属，得罪不得，因为他是人才，不可流失。最好的办法就是赞赏他，让他的荣誉心、自尊心得到最大的满足，他才会拼尽全力为你效力。

老王，咱们公司除了你就没人能谈下这个项目了，你就是公司的功臣！

让心高气傲的人为你效力首先不要被他的气势压倒；其次要真诚地赞美；最后要注意对方态度，一切都要以取得胜利为目的。

单刀直入，开门见山直逼其要害

在辩论、谈判等需决胜负的交际场合中，单刀直入、开门见山是制胜比较常用的方法。这主要是在面对特殊的话题或特殊的对手，使自己难以组织说理性的攻击时而采用的一种较为简便但又能慑服对手的一种战术。

所谓开门见山，其意就在于要求雄辩者不拐弯抹角，一开口就切入正题，造成先声夺人的气势，给对方一个冷不防。开门见山式的辩词通常是雄辩者在事先准备好的。也就是说，在舌战之前，对欲战的题目乃至对对手的实力进行理性的分析后，制定一两句能让对方躲闪不及又必须正视的辩词来应对，以此搅乱对方的正常心态，使之在昏乱中做出对其不利的反应。

在充分研究材料、掌握对方情况的前提下，抓住要害、单刀直入、开门见山，一开始就接触问题的实质，趁敌方未加防范时，使对手失去平衡，以夺取论战中的精神优势，获得先机之利。

战国时，齐国的孟尝君主张合纵抗秦，他的门客公孙弘对他说："您不妨派人到西方观察一下秦王。如果秦王是个具有帝王之资的君主，您恐怕连做属臣都不可能，哪里顾得上跟秦国作对呢？如果秦王是个不肖的君主，那时您再合纵跟秦作对也不算晚。"

孟尝君说："好，那就请您去一趟。"

公孙弘便带着十辆车前往秦国去看动静。

秦昭王听说此事，想用言辞羞辱公孙弘。

公孙弘拜见昭王，昭王问："薛这个地方有多大？"

公孙弘回答说："方圆百里。"

昭王笑道："我的国家土地纵横数千里，还不敢与人为敌。如今孟尝君就这么点地盘，居然想同我对抗，这能行吗？"

公孙弘说："孟尝君喜欢贤人，而您却不喜欢贤人。"

昭王问："孟尝君喜欢贤人，怎么讲？"

公孙弘说："能坚持正义，在天子面前不屈服，不讨好诸侯，得志时不愧于为人主，不得志时不甘为人臣，像这样的士，孟尝君那里有三位。善于治国，可以做管仲、商鞅的老师，其主张如果被听从施行，就能使君主成就王霸之业，像这样的士，孟尝君那里有五位。充任使者，遭到对方拥有万辆兵车君主的侮辱，像我这样敢于用自己的鲜血溅洒对方的衣服的，孟尝君那里有十个。"

秦国国君昭王笑着道歉说："您何必如此呢？我对孟尝君是很友好的，并准备以贵客之礼接待他，希望您一定要向他说明我的心意。"

公孙弘答应着回国了。

有的时候，一言就能定输赢，紧紧抓住要点，一针见血，给人一种简洁、干练的感觉，冗长的客套话往往会引起对方反感。

现实生活中，开门见山的表达方法，可以说明自己的信心、信念和不可动摇的意愿，并以一定的口吻促使对方改变原来的主意，不再犹豫，不再因考虑细小枝节而对关键性的问题而和你抗衡；可以在对手未加防范时，使其失去平衡，赢得论战中的精神优势;可以给人一种简洁、干练的感觉。

此外，这种战术在辩场上常以发问形式出现。如果对方避而不答，可追问他们不答复的理由。若答复不能自圆其说，或其所说不利于发问者，因发问者早有准备，胸有成竹，可立即进行辩驳。

一般情况下，开门见山的发问，对被问者来说都是不好对付的。正由于此，被问者在慌乱中往往会出现词不达意或越答越错的现象，这样，发问者便可轻而易举地将对手击败了。

不该仁义时，就要对他凶狠

我们都知道在战争中，当时机成熟的时候，一定要果断重拳出击，千万不能有不必要的“仁义”，只有这样才不会陷入被动。所以在关键时刻一定要果断，打对方一个措手不及，使之毫无反击之力。

对不起，我觉得我们还是靠实力说话吧。

亲爱的，你知道这单生意是我职业生涯的转折点，你就别和我争了。

在毫无情面的对手面前，若一味地按教条的思维去考虑“仁义”，认为对方实力弱了，开始怜悯对方，难免会使自己陷入迂腐的误区，使得自己一步步地被动起来。

所以，如果你不该仁义之时，千万别心软、手软，而是要竭力地凶狠，将对方彻底打败，不让其有还击的余地。

实现野心要“名正言顺”，让他无话可说

大凡成大事者都有惊人的野心，但智者知道如何控制勃勃雄心，在条件不具备时不轻易显露。唯有在一切都“水到渠成”之时，野心才能真正实现，所以凡事不必操之过急，要遵循循序渐进的发展规律。

武则天本是唐高宗的爱姬。公元683年，唐高宗头眩病复发，不治身亡。即位的唐中宗李显品性庸懦，毫无主见，凡事都对母亲武则天言听计从，执政大权渐渐落入武则天手中。

昔日唐高宗在位时，因患有头眩病，自公元660年起，便把大小政事多半委托武则天处理，自己好清心养性，武则天也因此渐渐掌握了朝中大权。高宗一死，即位的又是她的儿子，要想废黜只是一句话而已。这样，武则天不觉野心萌动，想要尝试一下当女皇帝的滋味。

然而，在一个夫权为上的男性社会里，传统的男尊女卑的观念早已深入人心，要撼动谈何容易。中宗被废后，武则天故意试探性地问群臣：“此后应由何人承续帝位？”宰相应声答道：“就立豫王李旦为帝。”李旦是武则天和唐高宗所生的最小的儿子。其他人也众口一词，没有一个人会想到武则天自己想过一把当皇帝的瘾。群臣的意见让武则天心凉了半截，但也给她打了一针清醒剂，她知道，自己现在做皇帝还不是时候。

无奈，她只好暂立豫王李旦做了挂名皇帝，是为唐睿宗。即使这样，仍有不少大臣屡屡站出来劝谏，要武则天尽早把权力还给皇帝李旦。李敬业甚至召集十余万兵马，发誓要杀掉这个想篡夺大唐江山的女子。大文豪骆宾王也挥毫抒愤，写出了力透素纸、千古名扬的《讨武檄文》，追随李敬业麾下，兵败而不知所终。之后仍有许多州县的一大批刺史起兵讨武……

面对如此强大的反对力量，武则天心里明白，虽然此时在朝中说句话她就能坐上皇帝的宝座，但众人不服，民心不稳，这样的女皇不会做长久，也可能在历史上留下恶名。于是，她放眼前途，决定费些时间大造声势，设法改变人们的观念，改变民众对女人尤其对她这个不一般的女人的敌视态度。

首先，武则天表面上装作归政于李旦，暗地里却让李旦写表坚决推辞，而自己则好像是迫不得已才临朝，掌握皇权。接着，她又让侄子武承嗣派人在石头上刻上“圣母临人，永昌帝业”八个大字，涂成红色，扔进洛水，再由雍州人唐同泰取来献给朝廷。武则天亲祭南郊，告慰神灵，称此石为“授圣图”，改洛水为永昌水，封洛水神为显圣侯，给自己加号圣母神皇，封唐同泰为游击将军，并举行了声势浩大的拜洛受瑞仪式，使人以为她当皇帝乃是奉循上天的旨意。而后，她又暗使高僧法明杜撰了《大云经》四卷，遍送朝廷内外。《大云经》中在醒目的位置称武则天本是弥勒佛的尘世化生，理当代为主宰唐朝。武则天便令两京诸州官吏，使百姓大读

特读，并专门建寺珍藏。

此外，她又令侍御史傅游艺率关中的百姓900余人，来朝廷上表，恳请武则天亲临帝位。

武则天佯装不答应，却马上把傅游艺提升为给事中。如此升官捷径，哪个不会效法？于是，百官宗戚，远近百姓，四夷酋长，沙门道士竞相仿效傅游艺，上表奏请武则天当皇帝。有一次上表者竟多达6万余人。

如此大造舆论，众人都觉得武则天做皇帝已是上应天意下顺民心，势所必然。百官群臣也乐得顺水推舟，请求武则天早日登基，就连挂名皇帝李旦竟也认为自己这个皇帝是抢了母亲的位，亲自上表请求改姓武。

时机成熟之后，武则天才废了李旦，亲自登基为帝，反对者声息皆无，她这个皇帝也就坐稳了。

攒足实力，时机成熟时再暴露野心

"野心"是健康性格的特征之一，"野心"代表着大无畏、大奋斗、大前途。"野心"有多大，你的舞台就有多大。"野心"有多远，你就能走多远。

有一位哲人说过："许多人的生命之所以伟大，是因为他们承受了巨大的苦难。"杰出的才干往往是从苦难的烈焰中冶炼出来的。只有经受过挫折艰辛，强大自己，才会攒足实力，在必要的时候展示出来，让他人无话可说。

武则天是一位深知历史潜规则的女中豪杰，她对民众的心理和她身边的局势可谓了如指掌。虽然她有雄心，但并不急于行动，而是借助方方面面的力量，为达到自己真正的意图摇旗呐喊。一切都是那么顺理成章，武则天也乐于“顺水推舟”，牢牢地坐定了自己的宝座。

可见，如果你是那种有志向的人，不妨学习一下武则天，在成事前尽量隐藏自己的“野心”。别让自己过早地成为“众矢之的”，以致让目标流于失败。

收放结合，才能把对方牢牢制住

古人云：“文武之道，一张一弛。”用到驭人方面，只有懂得收放分寸的人，才能将主动权稳固地把握于己身。想更深刻理解这一点，我们不妨看看下面的故事。刘秀当上东汉开国皇帝后，有一段时间很是忧郁。群臣见皇帝不开心，一时议论纷纷，不明所以。

一日，刘秀的宠妃见他有忧，怯生生地进言说：“陛下愁眉不展，妾深为焦虑，妾能为陛下分忧吗？”刘秀苦笑一声，怅怅道：“朕忧心国事，你何能分忧？俗话说，治天下当用治天下匠，朕是忧心朝中功臣武将虽多，但治天下匠的文士太少了，这种状况不改变，怎么行呢？”宠妃于是建议说：“天下不乏文人大儒，陛下只要下诏查问、寻访，终有所获的。”刘秀深以为然，于是派人多方访求，重礼征聘。

不久，卓茂、伏湛等名儒就相继入朝，刘秀这才高兴起来。刘秀任命卓茂做太傅，封他为褒德侯，食二千户的租税，并赏赐他几乘车马，一套衣服、丝绵五百斤。后来，又让卓茂的长子卓戎做了太中大夫，次子卓崇做了中郎，给事黄门。

伏湛是著名的儒生和西汉的旧臣，刘秀任命他为尚书，让他掌管制定朝廷的制度。卓茂和伏湛深感刘秀的大恩，他们曾对刘秀推辞说：“我们不过是一介书生，为汉室的建立未立寸功，陛下这般重用我们，只怕功臣勋将不服，于陛下不利。为了朝廷的大计，陛下还是降低我们的官位为好，我们无论身任何职，都会为陛下誓死效命的。”

刘秀让他们放心任事，心里却也思虑如何说服功臣朝臣，他决心既定，便有意对朝中的功臣们说：“你们为国家的建立立下大功，朕无论何时都会记挂在心。不过，治理国家和打天下就不同了，朕任用一些儒士参与治国，这也是形势使然啊，望你们不要误会。”

尽管如此，一些功臣还是对刘秀任用儒士不满，他们有的上书给刘秀，开宗明义便表达了自己的反对之意，奏章中说：“臣等舍生忘死追随陛下征战，虽不为求名求利，却也不忍见陛下被腐儒愚弄。儒士贪生怕死，只会搅动唇舌，陛下若是听信了他们的花言巧语，又有何助呢？儒士向来缺少忠心，万一他们弄权生事，就是大患。臣等一片忠心，虽读书不多，但忠心可靠，陛下不可轻易放弃啊。”

刘秀见功臣言辞激烈，于是更加重视起来，他把功臣召集到一处，耐心对他们说：“事关国家大事，朕自有明断，非他人可以改变。在此，朕是不会人言亦言的。你们劳苦功高，但也要明白‘功成身退’的道理，如一味地恃功自傲，不知满足，不仅于国不利，对你们也全无好处。何况人生在世，若能富贵无忧，当是大乐了，为什么总要贪恋权势呢？望你们三思。”

刘秀当皇帝的第二年，就开始逐渐对功臣封侯。封侯地位尊崇，但刘秀很少授予他们实权。有实权的，刘秀也渐渐压抑他们的权力，进而夺去他们的权力。大将军邓禹被封为梁侯，他又担任了掌握朝政的大司徒一职。刘秀有一次对邓禹说：“自古功臣多无善终的，朕不想这样。你智勇双全，当最知朕的苦心啊。”邓禹深受触动，却一时未做任何表示。他私下对家人说：“皇上对功臣是不放心啊，难得皇上能敞开心扉，皇上还是真心爱护我们的。”邓禹的家人让邓禹交出权力，邓禹却摇头说：“皇上对我直言，当还有深意，皇上或是让我说服别人，免得让皇上为难。”

邓禹于是对不满的功臣一一劝解，让他们理解刘秀的苦衷。当功臣们情绪平复下来之后，邓禹再次觐见刘秀说：“臣为众将之首，官位最显，臣自请陛下免去臣的大司徒之职，这样，他人就不会坐等观望了。”

刘秀嘉勉了邓禹，立刻让伏湛代替邓禹做了大司徒。其他功臣于是再无怨言，纷纷辞去官位。他们告退后，刘秀让他们养尊处优，极尽优待，避免了功臣干预朝政的事发生。

收放结合，才能把人牢牢制住

放纵是有条件的，在某些方面，该放的就要放；而在另一些方面，该收的也一定要收。

历史上的功臣，虽然他们所起的作用是巨大的，但如果走向反面，他们的影响力和破坏力也是惊人的。

对待你周围那些具有实力和影响力的人，其地位不能降低，以示荣宠，但不要给其实权，就可防患于未然了。

恭维说得不动声色，将对方“捧”服

虚荣是人的本性，每个人都暗暗为自己的优点得意，并希望别人注意和赞美自己的优点。

拣别人爱听的、想听的话说，迎合他的虚荣心，自然可博得对方欢心。恭维便是这其中的关键所在，恭维是一种重要的交际手段，它能在瞬间沟通人与人之间的感情。任何人都希望能被人恭维或赞美，高帽子人人都爱戴。

袁枚是清朝著名的才子，他少年成名，刚过二十岁就被任命为某地知县。赴任前，袁枚去老师那里告辞。老师问他：“官不是那么好当的，你年纪轻轻就做上了知县，有什么准备啊？”

袁枚说：“并未作什么特别的准备，只是带了一些高帽子，准备见人就送一顶，因为人人都喜欢戴高帽子啊！”

老师一听，不高兴了：“为官要正直，亏你还读了那么多书，怎么也搞这一套呢？”袁枚马上回答：“老师的话很对，可请老师您想想，当今这个世界上，像老师您这样不喜欢戴高帽子的人，又有几个呢？”

听到袁枚这么一说，老师马上就转怒为喜。于是，师生欢欢喜喜地告别了。

袁枚从老师的家里出来后，感慨道：“我准备的一百顶高帽子，还没到任，就已经送出去一顶了。”

的确，高帽子人人爱戴，这是因为每个人都渴望被赞美和肯定，而高帽正好迎合了人们的这种欲望。高帽戴得好，便能将别人掌握在自己的手中。适时地给人送上一顶高帽子，可以赢得对方的友谊与好感。

在现实生活中，戴高帽的做法常被人耻笑，主要是因为那些品位低俗、令人生厌的伪劣“马屁”随处都是，以至于人们早已习惯将恭维、赞美与“马屁”混为一谈。其实高帽分有三六九等不同质地。上等品被称为“赞美”“赞扬”“赞许”“称颂”等，下等品则被贬为“讨好”“阿谀奉承”“溜须拍马”“献媚邀宠”。

可见，如何送出高帽子，既要达到目的，又要不流于俗，并不是一件容易的事，送的方式也是有讲究的。

清朝刊印《二十四史》时，乾隆非常重视，常常亲自校核，每校出一处差错来，就觉得是做了一件了不起的事，心中很是痛快。其他大臣，为了迎合乾隆的这种心理，就在抄写给乾隆看的书稿中，故意在明显的地方抄错几个字，以便让乾隆校正。这样做比当面奉承乾隆学问深，能收到更好的效果。这个马屁拍得不着痕迹，让乾隆浑然不觉却又浑身舒坦，因而大讨乾隆欢心。

看来，恭维的确是一种艺术，关键之处在于根据人的不同心理需求和具体情况来选择和斟酌自己的话语，让自己无论怎么说，别人都爱听。恰到好处的恭维，能使双方的感情和友谊在不知不觉中得到增进，还会调动其交往合作的积极性。

将恭维话说到最好

运用恭维这种特殊的力量与作用，将其说得自然、令人信服、恰到好处，只需几秒钟，人与人之间的关系就会变得很不同。

实施“苦肉计”，将狡猾的他制伏

“苦肉计”是中国历史潜规则中不可忽视的一条。在面对狡猾的对手时，唯有付出鲜血的代价，才能将之制伏。吴王阖闾是派人暗杀了吴王僚后才登上王位的，僚的三个儿子逃亡在外，吴王阖闾以为大患，日夜难安。一日，阖闾对大臣伍子胥说：“僚的三个儿子，以庆忌最为刚烈勇猛，听说他在外网罗部属，发誓要为父报仇，打回吴国，此人不可不除啊。”伍子胥说：“庆忌狡猾多计，实在是强敌，他活在世上一天，大王就有不可预测的凶险。臣向大王推荐一人，此人肯定可为大王建功。”

伍子胥于是把要离举荐给吴王阖闾。阖闾见要离身材短小，形象丑陋，与他想象的志士相去甚远，不禁大为失望。伍子胥看出了阖闾的心思，劝他说：“好马贵在能负重致远，而不在其形体的大小。要离相貌平常，但是智勇无敌，此人绝非等闲之辈啊。”

要离不卑不亢地对阖闾说：“善于杀人者靠的是智慧而不是体力，善于谋叛者依仗的是骗取信任而不是明斗。我若能亲近庆忌，让他引为心腹，杀他岂不是轻而易举的事吗？”阖闾被要离的话打动，马上以礼相待。三人计议多时，终于形成了谋刺庆忌的方案。

次日，在朝堂上，伍子胥上奏吴王请求派兵伐楚，并且推荐要离担任伐楚将领。吴王阖闾故意不屑地说：“要离手无缚鸡之力，岂可为将？他这个人无德无能，寡人只是可怜他才将他留在朝中。何况吴国刚刚安定，如果出兵打仗，寡人还有安稳的日子可享吗？此议决不可用。”

群臣哑言，这时要离却仗义直出，他指着吴王阖闾的鼻子，愤愤说：“大王侮臣是小，却不该对伍子胥不仁不义。伍子胥帮你夺取王位，又助你治国安邦，吴国方有今日的兴盛局面。大王曾言替他伐楚报仇，无故失信背约，大王何以面对天下？这样做，大王连一个承守信诺的百姓都不如，如何让人信服呢？”

吴王阖闾大怒色变，当即命令力士砍断了要离的右臂，将其打入死牢。要离的妻小也被吴王拘拿。几日后，伍子胥密令狱中看守放松对要离的看管，让要离乘机逃出。阖闾把要离的妻小杀死，焚尸于吴国的闹市，使这件事人人皆知。

要离逃出吴国，他一路赶奔卫国投靠庆忌。庆忌见了要离，听他哭诉之后，庆忌还是不肯相信他，他对心腹说：“阖闾恨我不死，谁知这是不是他主使的苦肉计呢？”庆忌的心腹说：“要离的右臂被砍掉，他历尽艰辛才逃出吴国，若说阖闾使计，可要离也不会自残自苦如此，大人不要疑心太重。”不久，庆忌的密探向他报告要离的妻小被杀之事，庆忌疑虑顿消，他对心腹高兴地说：

“肢体自残，要离或许可做到。可若是舍弃妻小性命，只为骗我信任，这就于理不通了，谁会这样残忍呢？”

庆忌于是视要离为心腹，让他为自己谋划归国大事。要离见自己和阖闾、伍子胥谋定的计策成功，于是趁热打铁，力劝庆忌及早发兵，夺回王位。庆忌对他言听计从，出动全部兵卒，顺江而下，向吴进军。

庆忌在指挥船上，要离手持长矛侍立其旁。庆忌指指点点，得意非凡，要离趁其不备，一矛刺透了庆忌的心窝。阖闾的心腹大患解除，吴国的局面最终安定下来。

正常情况下，人不会自我伤害，若他受害必然是真情。利用这种常理，我们不妨以假作真，以真作假，那么离间计就可实行了。

虽然把自己的真实用心掩藏起来，有时要付出血的代价，但不作必要的牺牲，狡猾的对手就难以消除疑虑。采用这种办法欺骗敌人，在对手意想不到之处打动他，用最忠心的人也难以做到的事触动他，任何人都会失去理智，也就是顺应着他那柔弱的性情达到目的。

刀藏于笑，将其杀于无形之中

生活中有很多时候，并不如看见的那样风平浪静。很多人在表面上微笑和善，但暗地里却在谋划自己的事情。

“笑里藏刀”的特点是，以表面上的友好、善良和美丽的言辞、举止作为假象，掩盖阴险毒辣的用心和企图。

最可怕的人，并不是面目凶恶的人，而是那些笑里藏刀的人。平时和你“甜哥哥”“蜜姐姐”地叫着，待到你放松戒备的时候，在暗处狠狠地捅你一刀。

以心攻心，斗智斗勇

要赢，先在勇气上压倒对方

曾有这样一幅画面：一株纤弱的小树苗从巨石的缝隙中蜿蜒地爬出来，倔强地寻求一缕阳光。小树苗那股子精神真的很震撼人心。其实，真的勇气不是压倒一切，而是不被一切压倒。

面对强大的敌人，面对重重阻挠和困难，退缩就意味着死亡，只有奋勇向前才能打破层层壁垒赢得最后的胜利。如果因为对手强大或者困难难以克服就气馁丧气，退缩求饶，没有勇气面对，那么小树苗将永远被埋在阴暗的石头缝里，见不到阳光，更看不到风雨之后的彩虹，最后慢慢地腐烂变质。

俄国著名作家屠格涅夫就曾经亲眼见过一只母麻雀为了保护自己的孩子战胜了一只凶狠的猎狗。饥饿的猎狗似乎嗅到了美味的食物，疯狂地朝两只麻雀跑过来，欲要将之一口吞下。母麻雀用翅膀护住小麻雀，挓挲起羽毛疯狂地扑腾，并拱起自己的背提起十二分精神跟恶狗对峙，一会儿尖叫，一会儿扑腾翅膀，一会儿凝神不动……每当猎狗扑上去的时候，母麻雀就突然变换姿态和声音，突然给猎狗一个惊吓，久而久之，猎狗终于疲劳和迷惑了，呆呆地望着到嘴边的肉却不敢咽下，只能悄悄地走开。就这样，在本不可能生还的情况下老麻雀却凭借着自己的勇敢无畏战胜了比自己强大十几倍的猎狗保护了自己的孩子，最终化险为夷。

试想，在这场惊心动魄的战斗中，如果麻雀有一丁点退缩的心理，有一丁点松懈，就有可能葬送自己和孩子的生命。不可思议的奇迹的发生，就在于深深的母爱，母爱让老麻雀爆发出了惊人的潜力和勇气，爆发出了一种压倒一切，令对方害怕的霸气和不要命的傻气，震住了对方，赢得了胜利。

危急关头，“狭路相逢勇者胜”“明知不敌对手也要毅然亮剑”，这里没有退路，只有突破，才能站得住脚，谋得一席发展之地，所以，越是困难，越是强敌，我们越要勇于迎接挑战，在战斗中让自己更强大，在与狼搏斗中让自己的“爪牙”更锋利。

一个人只有经历了比别人更多的挫折才能以一颗平常心来面对以后的挫折。我们在生活工作中，拥有不被一切压倒、敢于迎难而上的勇气要比拥有一帆风顺的运气更加可贵。

我们一定要有那种压倒一切对手的决心和信心，要有战胜一切困难去夺取最后胜利的勇气和霸气。当“狼群”在我们身边时，我们绝不能退缩，退缩将意味着死亡，意味着永远也难以站起来，难以见到胜利的阳光。我们也要把困难估计得更多一些，把挑战估计得更严峻一些，把对手估计得更强大一些，把自己的准备做得更充分一些。然后丢下包袱、轻装前进。

破釜沉舟，在气势上压倒对方

人们用“破釜沉舟”来表示断绝自己的后路，义无反顾拼搏到底。只有这样的气势才能压倒对方，让对方知难而退。

“破釜沉舟”策略的成功之处就在于对方会高估你的能力，被你的阵势吓倒，从而低估自己的能力。所以说，只有断绝自己的后路，才能够奋不顾身地向前冲，让对方看见自己必胜的信心，为自己赢得更大的利益。

人们在生活中，经常会遇到进退两难的境地，有时候，主动断绝自己的后路，让自己义无反顾地向前冲反而更容易获得成功。因为断绝自己的后路之后，只剩下向前一条路可走，这个时候，人的决心和勇气都会变得更强。

绵里藏针，柔中带刚

先说软的，可以在强敌面前取得进一步论辩的机会；再说硬的，就可以显示一些威胁的力量。软的为绵，硬的为针，是为绵里藏针。“绵里藏针法”的运用常常跟喂小孩子吃苦药的道理一样，要用糖衣包着药片，或者就着糖水送服，招数因人而异，窍门却一通百通。春秋时期的晋灵公奢侈腐化。某年下令兴建一座九层高的楼台，群臣劝说，他火了，干脆又下了一道命令，将劝阻建九层台者斩首。这样一来便没人敢说话了。

只有一个叫孙息的大臣很讨灵公喜欢。他就告诉灵公说他能把九个棋子摞起来，上面还能再摞九个鸡蛋。灵公听了，觉得这事儿挺新鲜，立即要孙息露一手让他开开眼界。孙息也不推辞，就把九个棋子摞在一起，接着又小心翼翼地把鸡蛋往棋子上摞，放第一个，第二个孙息自己紧张得满头大汗，战战兢兢，看的人也大气不敢出一口。如果孙息不能把鸡蛋摞好，就犯了欺君大罪，是会被杀头的。

这时，灵公也憋不住了，大叫："危险!"孙息却从容不迫地说："这算什么危险，还有比这更危险的事哩!"灵公也被勾起了好奇："还有什么比这更危险？"

孙息便掂掂手中的鸡蛋，慢吞吞地说："建九层台就比这危险百倍。如此之高台三年难成，三年中要征用全国民工，使男不能耕，女不能织，老百姓没有收成，国家也穷困了。而国家穷困了，外国便会趁机打进来，大王您也就完了。你说这不比往棋子上摞鸡蛋更危险吗？"

灵公吓得出了一身冷汗，立即下令停工。

孙息让晋灵公看了场不成功的杂技表演，更受了一次形象生动的批评，那味道确实是又甜又苦。正在气头上的人，是难以与他正面争辩的，何况他还有无上的权威支持，那更是老虎屁股——摸不得。然而，"绵里藏针法"每每在这样的关键时刻，能起到逆转乾坤的作用。

庄重显力量，风趣显风度。在论辩中做到既庄重又风趣，可以叫对方无力招架，自叹弗如。庄重为绵，风趣为针，是为绵里藏针。

有一次，一个美国记者同周恩来总理谈话时，看到桌上有一支美国派克钢笔，就带着几分讥讽的口气问："请问总理阁下，你们堂堂中国人，为何还用我们美国的钢笔呢？"听出了他的言外之意，周总理庄重而又风趣地答道："提起这支钢笔，话就长了，这是一位朝鲜朋友的抗美战利品，作为礼物赠送给我的。朋友说，留下做个纪念吧。我觉得有意义，就收下了贵国这支钢笔。"那个记者听后，露出一脸窘相，怔得半天也没有说出话来。

绵里藏针，话里藏话，总体上有两个基本功：

一是能够听出对方的弦外之音，恶毒之意，否则便会成为笑柄，白白赔了笑脸；

二是要委婉含蓄地表达自己，话要说得很艺术，让听话之人心领神会，明白你话中的锋芒所在。

故意透露虚假信息，蒙蔽对方

常言道："水至清则无鱼。"意思是说清澈的水潭里如果有鱼的话，早就被人用尽办法捞走了，其实做事情也一样，如果没有计谋，被人一眼看透，那么这件事的成败就可想而知了。所以做人应有城府，做事要有"心计"，要像狡兔那样有三个窟，这样才能在处处"险恶"的社会环境中生存下来。

"用假信息牵着对方鼻子走"一计，最早的使用者是古代兵家。在战争史上，向敌人透露假信息，而影响其决策，最终将其打败的例子不胜枚举。这里列出较为典型的战例：

南北朝混战时代，中国北方有东魏和西魏相互对峙。东魏大将段琛据兵于两国交界的宜阳（今河南宜阳西），派下属牛道恒招募西魏边民，以扩大自己，削弱西魏。牛道恒招募有方，使得大批西魏边民迁移到东魏来。西魏大将韦孝宽非常忧虑。后来，韦孝宽想出了一招“钩鼻计”。他先派人打入牛道恒的内部，获得了牛道恒手迹，又命令手下擅长书法的人模仿牛道恒笔迹，伪造出了一封牛道恒的信。信中写牛道恒对西魏如何向往，对韦孝宽如何崇拜，并表达了伺机投诚的心愿。信写好之后，故意抖落上一些灯灰在信上，以使得天衣无缝。然后利用间谍，把信转到了段琛的手中。段琛因此对牛道恒产生了怀疑，对他不再信任。这样一来，牛道恒对招募工作也就没劲了。

商场如战场，在这些没有硝烟的战争中，商人必须懂得“伪”“诈”之术，懂得巧放烟幕弹的道理。人生也是一样，在人生残酷的生存竞争中，也要像商人一样懂得运用计谋，让自己在这场“战争”中胜出。

离间，不用硬攻也能削弱对手实力

当对手与自己势均力敌时，不想硬攻之，就应先用离间之计削弱对手实力，从而一举取胜。

用离间之计的直接结果就是，无须硬攻也会使对方实力削弱。人生活在社会中，没有点心眼、不会点手段，只有被欺侮，甚至被生活无情地淘汰。

事实上，在与他人交往或竞争的很多场合，故意透露虚假信息，包括你下一步的计划、当前的境况或资源、优势与弱势，等等，这样蒙蔽对方，使其决策失误，往往能让你在不费很大力气的情况下便可制胜，可谓是一条锦囊妙计。

欲摘鲜花，先从绿叶开始

“想人之所想，急人之所急”总是能给人留下极佳的印象，并能同时获得料想中的、甚至远超出想象的人际交往成果。能将这种策略巧妙地运用于管理之中的领导，自然能得到更高的支持率。

家庭幸福和睦、生活宽松富裕无疑是下属干好工作的保障。如果下属家里出了事情，或者生活很拮据，上司却视而不见，那么对下属再好的赞美也无异于假惺惺。

利用对下属亲人的关心，可以使下属感到上司的平易近人和关心爱护，从而将企业当作自己的家。

日本的西浓运输公司，在企业内部设立了一个特殊的假日：日本公司员工的妻子过生日时，该员工可以享受有薪假一天，来陪伴他的太太共度爱妻诞辰。当然，员工本人生日，也有获带薪假一天的权利，让夫妻共度良日。近来，公司又规定：员工每年的结婚纪念日可以享受有薪假一天。自从有了这几个规定之后，职工们为感谢公司的关怀，都非常卖力地干活，而重要的是让员工的妻子认识到了这是一个能够理解人的、有人情味的公司。妻子们常常鼓励，甚至下令她们的先生：“效忠公司，不得有误！”这比老板的命令更为有效。公司因此获益匪浅。

利用下属的家属做好下属的思想工作，比起上司亲自做工作省心多了，上司批评可能会产生抵触情绪，而自己的家人批评就会心平气和地接受。同时，关心下属的家属就会减轻下属的顾虑，使得下属以厂为家，能够更好地为企业效力。

据说有一天，一个急得嘴角起泡的青年找到美国钢铁大王卡耐基，说是妻子和儿子因为家乡房屋拆迁而失去了住处，要请假回家安排一下。因为当时业务很忙，人手较少，卡耐基不想放他走，就说了一通“个人的事再大也是小事，集体的事再小也是大事”之类的道理来安慰他，让他安心工作，不料这位青年被气哭了。他气愤地说：“在你们眼里是小事，可在我是天大的事。我妻儿都没住处了，你还让我安心工作？”卡耐基被这番话震住了。他立刻向这位下属道了歉，不但准了他的假，还亲自到这位青年家中去探望了一番。

关心下属疾苦，就是要站在下属的角度，急下属之所急，解决下属的后顾之忧，这个道理是适用于任何组织的。

一个优秀的上司，不仅要善于使用下属，更要善于通过替下属排忧解难来唤起他内在的工作主动性，要替他解决后顾之忧，让他的生活安稳下来，集中精力，全力以赴地投入到工作上。

 为下属解决后顾之忧的方法

一般来说，为下属解决后顾之忧必须做到三点

我知道你上面有80多岁的老母亲，下面还有上学的孩子，你的加薪申请我批准了！

经理，真是非常感谢您能这么体恤我！

要摸清下属的基本情况。

上司对下属的关心必须出于一片真心。

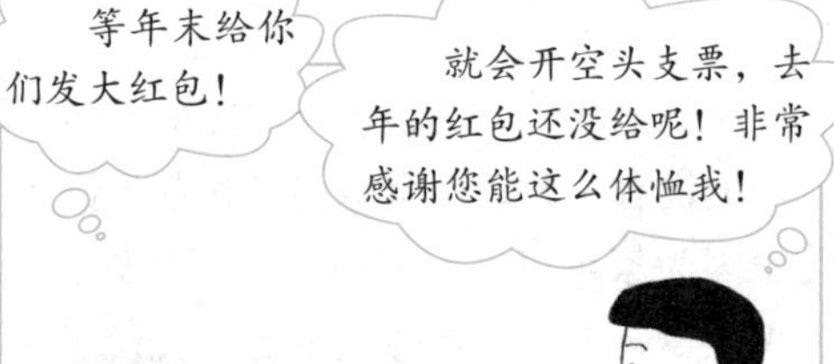

上司对下属的帮助也要量力而行，不要开实现不了的空头支票。

像关心自己的家人一样，去关心下属的家人，身居下位之人，自然是感激涕零。这一招有时比直接收买人心更有效。

反其道而行，让对方的努力等于零

《三十六计》中有一计叫“借尸还魂”，原意是说已经死亡的东西，又借助某种形式得以复活。当然，这里并非讲这些命理性的东西，用在商场上，是指利用、支配那些看上去没有作为的势力、无什么用途的东西，来达到我方目的的策略。就像我欲“还魂”必须借助看似无用的“尸体”一样。我们要善于抓住一切机会，甚至是看上去没什么用处的东西，努力争取主动，壮大自己，即时利用而转不利为有利，乃至转败为胜。

这条计谋要求我们借助死去的人（也就是看上去无用的东西）与活着的人（也就是看上去有用的东西）较劲，似乎有悖常理，但这正是它的精髓所在，意在告诉人们要不走寻常路，独辟捷径。比如当对手纷纷抛弃老模式、旧思维和老技术，大力创新时，我们不妨反其道而行重新揣摩旧的思维、模式和技术，通过另辟捷径以反常方式来取得成功。

这种竞争手法最关键的是不按常理出牌，当对手都已经抛弃时，只有你在使用。当对手们蜂拥向独木桥时，你却乘着小舟；当对手们彼此你追我赶，向所谓的最新潮流追逐的时候，你却反方向而行……你的“唯一”往往是你战胜敌手的“利器”，因为对手下了很多功夫都是无用功。

在美国，电报业最兴盛之时，老范德比经营的西联电报公司处于垄断地位。老范德比去世之后，古尔德花100万美元开了一条新电报线路，成立了太平大西洋电报公司。小范德比意识到了古尔德对自己的威胁，决定收购太平大西洋电报公司，如此，就能使自己仍处于垄断地位。他马上派人与古尔德谈判，结果他以500万美元买下了太平大西洋电报公司，太平大西洋公司人员设备全部转入西联。艾克特是古尔德的挚交好友，因为有技术，进西联后，担任该公司的总工程师。小范德比对这一次成功的收购十分满意，他不仅扩大了实力，还引进了一员虎将。

过了一段时间，爱迪生又发明了四重发报机，使用这种发报机，效率要比原来提高一倍以上，如此一来，西联小范德比决定买下这项专利。他派艾克特与爱迪生谈判，让艾克特以低于5万美元的价格收买。他认为这次他同样会稳操胜券，因为电报市场是他一人垄断着。然而，艾克特虽在西联担任总工程师，却是古尔德的内线，他及时地将进展告诉古尔德。有一天，古尔德请爱迪生来到他的家里，想以高薪聘请爱迪生去自己刚刚成立的美联电报公司。

爱迪生本是个科学家，根本不懂生意经，觉得美联比西联的条件优厚得多，也就答应了。现在，古尔德决定向小范德比摊牌，要挟小范德比说要撤走艾克特。失去了爱迪生的四重发报机，又失去艾克特，西联将会一片黑暗，无奈之下，小范德比只好同意美联与西联合并，由古尔德任总经理。

古尔德为了得到西联可谓费尽心机，直到老范德比去世，才能稍稍有所动作，成立太平大西洋公司。当然，当时电报公司是赚钱的，而古尔德却绝非想从电报的营业中赚钱，他得将西联电报公司赚到手，太平大西洋电报公司不过是他抛下的一个诱饵，小范德比果然上当。

 瞄准对方关键点，以一点击溃其全部

商场上劲敌如林，很多时候我们很难与之正面交锋，因为有时候你越是跟强敌较劲，越能激发对方的凶猛攻势，最终只能让自己丧失主动权，陷入无休止的被动，变得连喘气的机会都没有。

要学会釜底抽薪，要“知己知彼”，充分了解对手的薄弱之处，瞄准对方关键点，以一点击溃其全部。

这次我们的促销活动一定要抓住竞争对手的弱点，在对方薄弱环节上下手！

商场上的，弱势如果想跟强势争夺市场，就不能正面硬碰，要找出对方的弱点，利用对方的弱点来寻找胜利的突破口。

此外，古尔德的另一个妙笔是将艾克特打进西联高层，从而使高级情报可以及时地传到古尔德的手里。所谓知己知彼，百战不殆。此时古尔德对小范德比的作为一目了然，而小范德比却对古尔德一无所知，未加丝毫防范，本来唾手可得的四重发报机专利，却从眼皮底下被古尔德夺去。

古尔德得到了四重发报机的专利，此后他便可以实施他赚取西联公司的最后攻势了。要么撤走总工程师，要么合并，在此条件之下，小范德比只好俯首就范。合并公司，古尔德得到了他垂涎已久的西联。

《三十六计》中说："有用者，不可借；不能用者，求借。借不能用者而用之，'匪我求童蒙，童蒙求我'。"要在竞争中取胜，首先要发挥自己的优势，要发挥优势就要求另辟蹊径。竞争之法无准则，取胜才是根本目的，使用反常方式，对手更易陷入措手不及的状态。

"上屋抽梯"，将他彻底打败

《孙子兵法》中讲："假之以便，唆之使前，断其援应，陷之死地。遇毒，位不当也。"意思是：借给敌人一些方便，以诱导敌人深入我方，乘机切断他的后援和前应，最终会置他于死地。

战国时期，天下群雄并立，诸侯争霸。在中原的鬼谷，有一个上知天文下晓地理，又懂兵法战阵的奇人——鬼谷子。

鬼谷子手下有两个得意弟子，一个是孙膑，另一个是庞涓。庞涓应魏国之邀，出山当了魏国的元帅，助魏王一臂之力争霸天下。当他们一同率军进攻楚国时，在方城与楚国军队一直相持不下，情况对魏国十分不利。

庞涓只好派谋士公孙阅请老师鬼谷子为其出一良策，鬼谷子将此事推于孙膑。孙膑便引用《孙子兵法》，向公孙阅献"上屋抽梯"之计：先引诱城内楚军出击，然后截断后路，消灭了楚军。庞涓用了此计，楚国果然大败并割城赔地……上面这个故事中的"上屋抽梯"实例，其制胜的关键点就在成功地运用了先"甜"后"苦"的心理战术，诱使敌人进入自己控制的局域，然后封锁撤退路线，使敌人陷入不利局面，一举歼灭。梯子是预先设计好的圈套，为了方便敌方"上屋"而精心准备的通道，一旦敌人"上屋"，立即撤走梯子，断其后路，关门捉贼，使之陷入我方控制范围内。

在处理债务关系时运用此计能取得意想不到的效果，在经营活动中我们常常遇到债务人因为各种原因拖欠债权人的债迟迟不还，就像一个小品中演的那样，"黄世仁"和"杨白劳"的身份颠倒了，借钱的是"杨白劳"，给钱的却是"黄世仁"，借钱的以各种理由拖欠还款。给钱的打官司嘛，实在有碍情面和以后合作，所以只能暗暗叫苦，后悔借给个没信用的人。此时运用"上屋抽梯"，债权人中断同债务人的经济往来，断其财源，调取证据，卡住他的脖子，迫使债务人投诚于你，自觉偿还债务。当然，运用此计时，一定要注意法律界限的约束。现代市场经济是法制经济，任何经济行为都必须以不违反相应法律规定为界限。否则，即使是出于维护自身权益，不当的行为也会给自己带来难以估量的损失。

以退为进，韬光养晦

韬光养晦，行动要有计划、有目的，胸有成竹，一切在自己的掌握之中。

比如，因为没注意到外部环境的变化或限制，债权人会反被债务人追讨违约金或赔偿经济损失，是一种得不偿失的行为。

会使“上屋抽梯”之计，还要留心别人给自己设“上屋抽梯”的陷阱，比如现代购房陷阱，为了促销，开发商常常吹嘘自己的楼盘环境是如何小桥流水，配套是如何齐备完善，优惠是如何让人流连忘返，不是“购房送豪华装修”就是“购房送高级家具”，反正开发商绝对不会脸红心跳。然而，现实果真如此吗？你相信天上会掉下个“林妹妹”吗？在开发商“连哄带骗”，还有点“挟天子以令诸侯”的手段下，你赶忙高兴地签下购房合同。但是等到交楼时，你却不由感慨真是“一桥通架南北，天堑变通途”——祖国建设速度真是快，昨日的田园山居，今日的“牢房厚墙”，世事之无常，承诺之缥缈。原本的“诱惑条件”并没有写在合同里面，没有法律效力。所以，既然你“娶”了这栋房子，就不准跟它“离婚”，好媳妇、赖媳妇还是回家认栽吧！

此外会“抽梯”还要防止别人“抽”自己的“梯子”。面对诱惑，千万不要轻易迈出步子，可能陷阱就在你脚下，不要贪图小便宜而让自己吃大亏，不要只念登高却忘了退路。

第六章

嘴上巧用劲，脚下便有路

矛盾时给对方台阶，也是给自己台阶

在与人发生矛盾时不说绝话，能体现一个人宽容大度的高尚品格。在正常情况下，人们的度量大小是很难表现出来的。而当与别人发生了矛盾，使你难以容忍的时候，能否容人，就能表现得一清二楚了。这时只有那些思想品格高尚的人，才会保持头脑清醒，做出宽容的姿态，不把话说绝，避免两颗本已受伤的心再受到进一步的伤害。

事实上，发生矛盾后，双方肯定谁心里都不痛快，很容易失态，口出恶言，把话说绝了。这样的痛快只能是一时的，受伤害的是双方长远的关系和自己的声誉。所以，即使有了再大的矛盾，我们也应该把握住一点，就是不把话说绝，给对方，也给自己一个台阶下。

一位顾客在商场里买了一件外衣之后，要求退货。衣服她已经穿过一次并且洗过，可她坚持说“绝对没穿过”，要求退货。

售货员检查了外衣，发现有明显的干洗过的痕迹。但是，直截了当地向顾客说明这一点，顾客是绝不会轻易承认的，因为她已经说过“绝对没穿过”，而且精心地伪装过。于是，售货员说：“我很想知道是否你们家的某个人把这件衣服错送到干洗店去过，我记得不久前在我身上也发生过同样的事情。我把一件刚买的衣服和其他衣服堆在一块，结果我丈夫没注意，把这件新衣服和一堆脏衣服一股脑地塞进了洗衣机。我觉得可能你也会遇到这种事情，因为这件衣服的确看得出洗过的痕迹。您不信的话，咱们可以跟其他衣服比一比。”

顾客心虚，知道无可辩驳，而售货员又为她的错误准备了借口，给了她一个台阶下。于是，她顺水推舟，乖乖地收起衣服走了。

有的人会说：“发生矛盾，我就打算和他绝交了，把话说绝了又怎么样？”真是这样吗？要知道，暂时分手并不等于绝交。

友好分手还会为日后可能出现的和好埋下伏笔。有时朋友间分手绝交并非是彼此感情的彻底决裂，而是因一时误会造成的。如果大家采取友好分手的方式，不把话说绝，那么，有朝一日误会解除了，很可能重归于好，使友谊的种子重新绽放出绚丽的花朵。在这方面不乏其例。

不把话说绝实在是一种交际美德，值得提倡。

有的人不明白这个道理，他们一和别人发生矛盾就取下策而用之，谩骂指责，与人反目为仇，把话说得很绝，以解心头之恨。这样做痛快倒是痛快，但他们没有想到，在把别人骂得狗血喷头的同时，也就暴露了自己人格上的缺陷。人们会从这样的情景中看到，他对别人居然如此刻薄，如此不留情面，翻脸不认人，从而会离他远远的，以免惹“祸”上身。

忍对方一时之气，给对方一个台阶下

忍让是一种眼光和度量，能克己忍让的人，是深刻而有力量的，是雄才大略的表现。现实的交际世界中，很多时候，忍对方一时之气，给对方一个台阶下，别太斤斤计较，常常能为自己换来有利的局势。

俗话说：“小不忍则乱大谋。”在人生的紧要关头，忍一时之气、给对方一个台阶是为了换来更有利的局势。如果贸然做出举动，不给对方台阶下就会让对方的自尊心受到极大的伤害，让别人看出你的弱点，激起反抗力量的攻击，最终会让全盘计划落空。

巧借比喻，无须明指也能将对方说服

在说服他人的过程中，可选取比较恰当的比喻，把精辟的论述与摹形拟象的描绘糅合在一起，这样，不但能给人以艺术上的美感，而且会更有说服力。让我们看一个例子：

庄子是我国战国时期著名的思想家。他一生都过着十分清贫的生活。有一天，庄子家里一点粮食也没有，他万般无奈，只好放下手里的书，拎个袋子到朋友监河侯那里借点粮食。

监河侯正收拾行装要外出。庄子见了他，讲了借粮的事，监河侯满口答应：“好说，好说，不过我正要进城收租金，等我回来，一定借给你三百两银子，好吗？”

庄子心想：“你进城一趟，来回得半个月，等你回来，我一家人不就饿死了吗？”他想了想说：“老兄啊，刚才我见到一件事，很有意思，你不想听听吗？”监河侯说：“什么事，你快说。”他向来特别爱听新奇的事。

庄子说：“刚才我到你这儿来的时候，在路边听见求救的声音。我到处找，却没见人。原来在路旁的干河沟里，有一条小鱼，嘴巴一开一闭地在叫着。它说：‘我从东海来，现在快干死了，先生能不能给我一瓢水，救我一命啊？’我说：‘那太少了！你再忍耐一下，等我去找赵国和吴国的大王，请他们堵住西江的水，然后开沟挖渠，把西江水引到这儿来，你就可以顺水游回东海了，你看这样好吗？’谁知那条鱼听了很生气地说：‘我现在已经快干死了，只要一小瓢水就能活下去。你的计划虽然很好，但等到西江水来的时候，恐怕我早已变成鱼干了，先生只好到干鱼摊上找我了。’”监河侯听到这里，满脸通红。他连声向庄子道歉，喊来家人，给庄子装了满满一袋粮食。运用比喻说理简洁明了，喻体非常广泛，俯拾皆是。只要与你说明的道理有内在性质的共同点，就可以信手拈来，达到说理的目的。

另外，运用比喻应注意以下两点：

第一，比喻的喻体和本体必须是属性不同，但又有极其相似之处（如形态、特征、性状等）的两种事物。属性相同的事物，没有比喻的意义，如说“左手像右手”。它既不能引起人们的联想，也不能产生美感。没有相似之处的事物不能构成比喻，如不能说“你的头像他的脚”。头和脚之间没有任何相似之处，风马牛不相及，因此不能作比。

第二，运用比喻必须以浅显易懂、生动具体、为人们熟悉的事物做比喻，才能使人容易理解和接受。如果运用了人们不熟悉或不好理解的事物作比，听众就不知道你到底在表达什么意思，就不能很好地理解你讲的道理。运用比喻既要形似，更要神似。形似是指外形的相似，作比的两类事物具有外形的相似点；神似是指不仅要符合事物的外貌，而且要注意把握和表现事物的特质与神情，揭示事物内在的精神实质。

调节冲突，抬高一方让其主动退出

在现实生活中，难免会遇见亲朋好友或者别的人为了某些事而发生冲突与纠纷，需要你出面做和事佬的情况。但是，和事佬并不好做，这是个两边不讨好的差事，如果没有比较高超的语言技巧，往往会把自己陷进去，成为一方甚至双方攻击的对象。但是冲突总得有人调解，或许这个人就是自己，那该怎么办呢？

俗话说：“一个巴掌拍不响。”在双方接受自己来进行调解之后，可以考虑主攻一方，让其主动退出争执，另一方没了冲突对象，纠纷自然化解了。

让当事人为顾全面子而退出争执。对一方当事人进行夸奖，讲述他曾经有过的可引以为自豪的事情，唤起他的荣誉感，使之为了保全荣誉感和面子，主动退出争执。这种方式对于绝大多数受过良好教育的人都非常有效，因为荣誉和颜面往往是他们很看重的，是他们约束自己的动力。

小王与小刘是学校新来的两位年轻教师。小王心细，考虑事情周到；小刘性情鲁莽，但业务能力强。两人因一件小事发生争执，小王说不过小刘，并且被小刘训了一顿，觉得非常委屈，就去向校长诉苦。校长说："小王啊，你脾气好，办事周到，大家都很欣赏。你是个细致的人，小刘是个急性子，脾气上来了连自己说了什么都不知道。你怎么能和他计较呢？你一向都非常注意团结同事、不感情用事的，怎么能为了这么点事情就觉得委屈呢？"一番话说得小王心里又甜又酸，从此再不与同事争执了。

事例中校长就是巧妙地运用了这一方法。他先夸奖小王，然后强调两人之间的差距，让听话者的一方受到赞扬，从而轻易化解了两人之间的冲突。

不过这个调解办法在使用时必须注意不可伤害到另一方的自尊，你对一方的"抬高"最好不要当着另一方的面说，否则会事倍功半，收效不佳。

情趣诱导法，让对方一点点上钩

情趣诱导法就是让人们对什么事情有兴趣或认为什么事情会有满意的回报，这样就会乐于对这件事情投入感情，投入精力，甚至投入资金。

人们在办事时，要想争取对方应允或帮忙，就应该设法引起对方对这件事情产生积极的兴趣，或者设法让对方感觉到办完这件事后会得到自己感兴趣的利益。

此外，跟当事人说一件很重要的事让他感觉到自己的地位及价值的存在，从而让他退出争执，也是一种不错的方法技巧。冲突之所以持续，往往是一种非理性情绪支配的结果。所以，如果在调解冲突时，提出一件足以唤起一方理性思考的事情，转移其注意力，往往也能达到让一方退出争执、化解冲突的目的。

话不投机时，不想尴尬快转弯

在我们日常与他人进行交流之时，因话不投机也往往会造成一些尴尬，令气氛紧张。话不投机有多种情况，第一种情况是，某种言谈举止使人为难，那就要及时转换话题，以缓和气氛。

两个青年去拜访老师，在谈话中提到：

“老师，听说您的夫人是教英语的，我们想请她指教，行吗？”

老师为难地沉默了片刻，说：“那是我以前的爱人，前不久分手了。”

“哦？对不起，老师。”

“没什么，喝点水吧。”

“老师，您的书什么时候出版？快了吧？……”

这样转换话题，特别是提出对方很愿意谈的话题，就会使谈话很快恢复正常，气氛活跃起来。

话不投机的第二种情况，是有人有意或无意地和你开玩笑，带有挖苦意味，使你窘迫甚至生气。如你的头发脱落许多，快成秃子了，有人很可能挖苦你是“电灯泡”“不毛之地”。在这种情况下，你不可恼羞成怒，伤了和气；也不能忍气吞声，硬装没事。最好是一笑置之，豁然大度地来两句：“好啊！这说明我是绝顶聪明。没听说吗？热闹的大街不长草，聪明的脑袋不长毛！”这样答复，话题未转，内容却引申、转折了，既摆脱了窘境，又自我表扬，岂不妙哉？

第三种情况是双方意见对立谈不拢，但问题还要解决，不能回避。这种话不投机的情况就需要绕路引导。

例如，在找对象的问题上，母子有矛盾。儿子不愿也不能和母亲闹僵，只好等待时机再说。这天吃饭时，母亲又唠叨起来：“你这孩子，怎么就不听妈的话呢？人家局长的女儿，人长得不错，又有现成的房子，你为什么不和人家谈，偏要……”“妈，快吃饭吧，菜凉了不好吃……”儿子先回避话题，意在绕路引导。

联系工作，洽谈生意，也可能话不投机，陷入僵局。只要还有余地，就可提出新的话题，绕弯引导。如甲方推销四吨卡车，而乙方不要四吨的，想要两吨的。这时，甲方若硬着头皮争执，只会越谈越僵，不欢而散。如能转移话题，绕弯引导，从季节、路途、载重多少与车辆寿命长短等各种因素来促使乙方考虑只用两吨的弊病，或许能“柳暗花明又一村”，开辟新的途径。

急转弯——不落入陷阱的智慧

在交际中遇到尴尬的场面，要审时度势，准确把握对方的心理，然后运用说话技巧，借助恰到好处的急转弯，化解尴尬。

当尴尬或僵局出现时，有些人由于情绪上的冲动，往往会互不相让。这时不妨岔开话题，转移注意力。

急转弯是一种语言艺术，它的功能是：调解纠纷，化解矛盾，避免尴尬。急转弯必须从善意的角度出发，以特定的话语去缓和紧张气氛，调节人际关系。

“意见”变“建议”，领导爱听你才好办事

这是一个充满着“意见”的时代，作为一种客观存在，个人唯有从心理上去适应它，切不可钻“意见”的牛角尖。善于看到“意见”的背面，并从“建议”的角度出发，你会发现一个交流与沟通的意想不到的广阔空间，处理和上司的关系时尤其如此。

给上司提建议时，提建议者总会有一定的心理压力，害怕好心提建议反而把与上司的关系弄僵了。究竟如何说话，才能既让上司接受你的建议，又让他觉得你不是在故意与他为难或者不给他面子，这确实是件难办的事。

一般上司都不希望下属在自己面前过分显示。如果不明白这一点，为了让上司赏识，便在他面前表露自己的聪明，上司必定会认为你狂妄自大、恃才傲物，从而在心理上对你产生排斥感。因此，在上司面前提建议时，千万不能让他认为你是在卖弄自己，而要磨掉你身上的棱棱角角，使他从心里接受你。给上司提建议时，要

注意以下策略：

第一，让他在自然状况下认识你的能力、你的价值。首先要寻找共同感兴趣的话题，然后认真听取他的意见。在适当的时候，对他的观点做些补充，提出新的问题。这样，可以使他认识到你是有知识、有自己见解的。

第二，交谈的话题要是上司熟悉的。如果用他根本不懂的或专业性过强的术语，会使他觉得你在难为他，或使他认为你的才识对他的职位构成威胁而产生戒备心理，进而在行动上远离你、压制你。

第三，向上司提建议时，要有理有据地陈述你的观点，以谦虚的语气，征求他的意见。这里，需要注意的是，向上司提建议，要根据上司的性格和行为特点采用他乐于接受的方式，例如，上司随和，采用口头建议；上司严肃，采用书面建议；上司自尊心强，可用私下交谈建议，等等。

第四，体察领会上司的心态。学会关心上司，在他一筹莫展时，主动为他出谋划策，并尽自己的力量帮助他。

下面具体谈谈如何向上司提意见的方法、技巧。

（1）多“引水”，少“开渠”。多“引水”，少“开渠”的意思是说向上司“进谏”时不要直接点破上司的错误所在，或越俎代庖地替上司做出所谓的正确决策，而是要用引导、试探、征询意见的方式，向上司讲明其决策、意见本身与实际情况不相符合，使上司在参考你所提出的建议后，水到渠成地做出你想要的正确决策。

戴尔·卡耐基曾经说过：“如果你不仅仅提出建议，而让别人自己去得到结论，让他觉得这个想法是他自己的，这样不更聪明吗？”许多实践也表明，人们对于自己得出的看法，往往比别人强加给他的看法更加坚信不疑。聪明的下属在许多时候只需做好引导工作，提出建议、提供资料，其中所蕴含着的结论，最好留给上司自己去权衡定夺。

（2）多献“可”，少加“否”。多献“可”，少加“否”的意思是说，在下属向上司“进谏”时多献可行的，少说不该做的。它包括两层含义：一是要多从正面去阐明自己的观点；二是要少从反面去否定和批驳上司的意见，甚至要通过迂回变通的办法有意回避与上司发生正面冲突。

（3）设置多项建议设置多项建议让上司在其中做出选择，会使上司感到非常舒服，这是一种高明的提建议技巧。

（4）兼并上司的立场。在实际工作中，上司毕竟也是人，俗话说：“金无足赤，人无完人。”上司在某些方面有缺陷是很自然的，关键是作为员工要有一个正确的心态，认识到上司也是人，不是神。立场站对后，处理同上司的关系就会顺利得多。

兼并上司的立场，的确不失为向上司提意见的上策。首先，它没有排斥上司的观点，它是站在上司的立场，最终是为了维护上司的权威，出发点是善意的；其次，这种策略是一种温和的方式，能够充分照顾上司的自尊，易于被上司接受，效率较高。另外，它需要很强的综合能力，需要很高的社会修养，并能够针对不同情况，不断提出有效率的兼并上司立场的意见，久而久之，自己个人的领导能力亦会迎风而上，飞速提升。

（5）以虚心为本在上司面前，你最好不要表露出“我比你聪明”的意向，在谦虚的请教之中表达你的意见是最好的选择。某企业的职代会正讨论一个方案。小李发言：“我认为，还应该加入一点……”而小罗的发言却是：“我经过对这个方案的多方面考虑，认为有些不太理想的地方。我提出来，如果有什么不妥当的话，还请各位领导指正……”对于小李，上司只是神情冷漠地听了一遍，无所表示。对于小罗，上司却着着实实地考虑了一番。从那以后，企业里的事，还常常征求他的意见。原因就在于小罗能掌握上司的心理，知道如何去维护上司的尊严。

此外，还要注意的是不可恃功自负，当得知领导改变了自己的错误决定，采纳了你的建议后，不要洋洋自得，最好不要多提此事，以后，领导定会更加重视你的意见。

将错就错，摆脱窘境顺势取胜

一般情况下，当我们说错了话，做错了事，无疑应当老老实实承认，认认真真改正。但在某些特定的社交场合，为了避免使自己陷入极为难堪的境地或者造成无法弥补的损失，不妨来个将错就错，出奇制胜，从而摆脱窘境。生活中这种“文过饰非”的处世方法是善于审时度势、权宜机变的才华显现。

很多时候，将错就错，契合情境，总能出奇制胜。

纪晓岚是清代大才子，他才华横溢，深得乾隆皇帝喜爱。为此，他在乾隆面前无所顾忌，经常口出“狂言”。

一天，乾隆皇帝带着几个随从突然来到军机处。此时的纪晓岚正光着膀子和军机处的几个办事人员闲聊。其他人老远就看见皇上来了，连忙起身迎上前去接驾。纪晓岚是个高度近视眼，刚开始没看见走在最后面的乾隆，等他明白怎么回事的时候，乾隆就快到了。纪晓岚心中暗想：如果就这样光着膀子接驾，岂不是冒犯龙颜？干脆一不做二不休，他趁着别人不注意钻到桌子底下躲了起来。

这一切，早被乾隆看了个真真切切，他心中一阵好笑。于是，有心想就此“整整”纪晓岚。

乾隆在椅子上坐定，示意其他人都不许出声。很长时间过去了，纪晓岚在桌子底下早待不住了，当时正好是大夏天，加上厚厚的桌布，把他给热得大汗淋漓。纪晓岚心中纳闷：怎么皇上进来之后就没动静了？这么长时间了，早该走了，该不是已经走了吧，想到这里纪晓岚压低了嗓门，喊道:“喂，有人吗？老头子走了吗？”

满屋子的人都听到了，大家忍不住都想乐，一听纪晓岚喊“老头子”，心想这一下子可有好戏看了。

乾隆也听得真真切切。之后，他板起脸，厉声喝道：“纪晓岚，出来吧！”纪晓岚一听是乾隆的声音，心想：完了，完了，这回可完了！只好无可奈何地从桌子下钻出来见驾。乾隆一看纪晓岚光着膀子，满身大汗，惊慌失措的样子，心里一阵好笑:纪晓岚人称大清第一才子，居然这般模样。乾隆故意装作生气的样子，大声喝道:“大胆的纪晓岚，你不见驾也就罢了，居然还敢说朕是‘老头子’，你什么意思？今天你要讲不清楚，朕要了你的脑袋！”到了这种境地，纪晓岚反倒镇静了许多，一边擦汗，一边苦思对策。忽然他灵机一动，有了主意，不紧不慢地说道：“万岁爷请息怒，刚才臣称您为‘老头子’，只是出于对您老人家的尊敬，别无他意。”乾隆一听更来气了：“尊敬？好，你给朕说说怎么个尊敬法。”“先说这‘老’字，天下臣民每天皆呼皇上万岁，万岁，万万岁，您说这万岁、万万岁算不算‘老’啊？”乾隆没作声，只是点点头。“再说这‘头’字，家有千口，主事一人，如今皇上便是我大清国的主事之人，是天下万民之首，‘首’者‘头’也。故此称您为‘头’。”乾隆边听边眯着眼睛笑，很是满意。“至于这‘子’嘛，意义更为明显。皇上您贵为天子，乃紫微星下凡。紫微星，天之子也，因此称您为‘子’。这便是我称您老人家为‘老头子’的原因。”听完，乾隆拊掌大笑，称赞道：“好一个‘老头子’，纪晓岚你果然是个才子。”

将错就错化尴尬讲究随机应变

很多时候，将错就错，契合情景，就会出奇制胜，化解尴尬。

孩子把墨水打翻在地，用手指在地毯上对墨迹进行修饰，画了一只生龙活虎的“小狮子”，这就是将错就错的智慧。

但是有时候将错就错也是一着险棋。“就错”之前要给自己找到相应的理由，使别人也认同你的错误并非错误才行，否则，就是死不认错，会给人一种粗野无知、冥顽不化的印象。

交际场合中，人们难免会有失言或者出丑的时候，谁也不想说错话、办错事，但这些又是不可避免的，人非圣贤，孰能无过？这时，该怎么办呢？

从纪晓岚身上你应该会有所启发，那就是不要就事论事，不妨将错就错，顺着一条思路走到底。要调整思维，换个角度，另辟蹊径，不但可以替自己打圆场，还能为你的言行平添几分雅趣。这就要靠你的应变能力了，而这种能力又是靠平时培养出来的。

因此，要学会多角度分析问题，举一反三，旁征博引，能够自己证明自己的观点，自圆其说，那时，将错就错也就不为错了，反倒能出奇制胜，化解尴尬。

论辩中巧设圈套，让对方主动入瓮

成语“请君入瓮”比喻用其人治人之道，还治其人之身。在论辩中,“请君入瓮”是指言在此而意在彼，先提出一个或几个问题，诱使对方说出或同意与你尚未说出的、准备坚持的观点、相类似的观点，然后伺机运用类比、两难推理等方法，指出对方行为与观点、前言与后语相悖谬之处，使对方陷入圈套之中而无法争辩，无言以对，俯首认输的雄辩方法。

作为一种论辩技巧,“请君入瓮”的关键就在于巧设圈套和伺机点破，使对方“哑巴吃黄连——有苦说不出”，无言以对，俯首认输。英国文学家萧伯纳在一个晚会上，独自坐在一旁想心事。一位美国富翁非常好奇，便走过来说：“萧伯纳先生，我想出一块钱来打听你在想什么？”显然，这位富翁不但干扰了萧伯纳先生的思绪，而且还浑身散发着一股铜臭味。他的话不仅俗不可耐，而且完全是对萧伯纳人格的侮辱。对富翁庸俗的做派，萧伯纳决定给予反击。他抬头看了一眼富翁，说：“我想的东西不值一块钱。”这下更引起了富翁的好奇，他急不可待地问道：“那么你究竟在想什么东西呢？”萧伯纳笑了笑，叹了口气说：“我想的就是你呀！”萧伯纳的回答可谓典型的“请君入瓮”。富翁问他在想什么，如果他直接回答的话，必然兴味索然，达不到反击的目的。而他所说的“我想的东西不值一块钱”，自然就勾起了富翁的好奇心，使他不知不觉地上钩，非要对“不值一块钱”的“东西”问个水落石出不可。萧伯纳见“蛇”已“出洞”，便抓住玄机揭“谜底”。于是道出了“我想的就是你呀”。语言虽然简短，但却巧妙地给了富翁当头一棒。

使用请君入瓮这一论辩技巧，必须注意以下三个问题：第一，圈套要设好。在揣摩对手心理状态的基础上，主动以进攻者的姿态发问，或假设其事，或虚言夸张，或巧布疑阵，设好“口袋”，诱使对方上钩，为后面做好准备。第二，反击要有力。一旦论敌已经进入“口袋”，就应不失时机地扎紧袋口，迅速出击，瓮中捉鳖，不给对方以回旋的余地。反击时要配以类比、归谬、两难推理等方法，与前面设下的圈套遥相呼应，由此及彼，抓住要害，给予有力的反击。第三，引诱要巧妙。可以采用障眼法，巧布疑阵，不露痕迹，以免被对方识破而功亏一篑。当对方不轻易上钩时，便辅之以激将等法，来尽快诱使对方进入你预先设好的圈套。这是诱敌入瓮的关键所在。

给批评裹件“糖衣”，让对方主动改正

批评别人，直话直说容易激起别人的愤恨，而且他们往往不会被你的直言直语所打动。

就像小孩子喝糖水吃药一样，批评别人时，给自己的语言裹上一层“糖衣”，别人将会在享受你的甜蜜的过程中，更容易改过。

“裹着糖衣”的委婉批评会取得很好的效果，不但能达到教育对方的目的，同时还会创造出轻松愉快的气氛。

第七章

知晓方圆，精明生存

会绕圈子才能左右逢源

我国传统文化，是很讲究绕圈子的。尤其是在旧中国的官场“伴君如伴虎”，不会“绕圈子”，就是很容易吃亏的角色，深谙此道的人才可能左右逢源。

汉元帝上台后，将著名的学者贡禹请到朝廷，征求他对国家大事的意见。这时朝廷最大的问题是外戚与宦官专权，正直的大臣难以在朝廷立足，对此，贡禹不置一词，他可不愿得罪那些权势人物。贡禹只给皇帝提了一条，即请皇帝注意节俭，将官中众多宫女放掉一批，再少养一点马。其实，汉元帝这个人本来就很节俭，早在贡禹提意见之前已经将许多节俭的措施付诸实施了，其中就包括裁减宫中多余人员及减少御马，贡禹只不过将皇帝已经做过的事情再重复一遍，汉元帝自然乐于接受。于是，汉元帝便博得了纳谏的美名，而贡禹也达到了迎合皇帝的目的。

《资治通鉴》的作者司马光对贡禹的这种做法很不以为然，他批评说：“忠臣服侍君主，应该要求他去解决国家所面临的最困难的问题，其他较容易的问题也就迎刃而解了；应该补救他的缺点，他的优点不用说也会得到发挥。当汉元帝即位之初，向贡禹征求意见时，他应当先国家之所急，其他问题可以先放一放。就当时的形势而言，皇帝优柔寡断，谗佞之徒专权，是国家亟待解决的大问题，对此贡禹一字不提。恭谨节俭，是汉元帝的一贯心愿，贡禹却说个没完没了，这算什么？如果贡禹不了解国家的问题，他算不上什么贤者，如果知而不言，罪过就更大了。”

司马光可能忽视了，古代的帝王在即位之初或某些较为严重的政治关头，时常会下诏求谏，让臣下对朝政或他本人提意见，表现出一副弃旧图新、虚心纳谏的样子，其实这大多是一些故作姿态的表面文章。有一些实心眼的大臣十分认真，不知轻重地提一大堆意见，这时常招来嫉恨，埋下祸根，早晚会受到帝王的打击报复。但贡禹十分精明，他专拣君上能够解决、愿意解决，甚至正在着手解决的问题去提，而回避重大的、急需的、棘手的问题，这样避重就轻，避难从易，避大取小，既迎合了上意，又不得罪人，表明他“绕圈子”的技巧已经十分圆熟老到了。

相反，大凡那些喜欢直来直去，不会“绕圈子”的人，反倒会常常吃亏。

明代嘉靖年间，“给事官”李乐清正廉洁。有一次他发现科考舞弊，立即写奏章给皇帝，皇帝对此事不予理睬。他又面奏，结果把皇帝惹火了。嘉靖以故意揭短罪，传旨在李乐的嘴巴上贴上封条，并规定谁也不准去揭。封了嘴巴，不能进食，就等于给他定了死罪。这时，旁边站出一个官员，走到李乐面前，不分青红皂白，大声责骂："君前多言，罪有应得！"一边大骂，一边叭叭地打了李乐两记耳光，当即把封条打破了。由于他是帮助皇帝责骂李乐，皇帝当然不好怪罪。其实此人是李乐的学生，在这关键时刻，他"曲"意逢迎，巧妙地救下了自己的老师。如果他不顾情势，犯颜"直"谏，非但救不了老师，自己怕也难脱连累。这个方法的使用真是巧妙至极。李乐不懂得人与人之间"润滑当先"的道理，比自己的学生还差了一大截。因为你针锋相对地进行争执和批驳，对方很难从内心真正接受，还可能使自己"惹火上身"。因此在表达和行事方式上学会一些绕圈子，效果就好多了。

绕个圈子，掩饰自己的目的

儒家文化认为人性本善，所以对人的自私自利非常排斥，这导致中国人在追求个人目标时会做足掩饰的功夫，目的就是为了不让周围人认为自己是个坏人。

直奔目标而去，会暴露我们的自私自利。所以，我们需要一次次地绕圈子，直到周围人都说：这就是你的，我们才去拿，而且还表现得像是被迫的。

未出头时，要能而有度

能力太强，容易招人妒忌；处处出头，更容易受到打击。但做人做事又不能太过于仁弱，显得太无能也会危及自己的生存。特别是在个人力量没有达到强大之时，把握能而有度的方圆之道，实在很关键。

帝王在选择太子时心理是很矛盾的。太子仁弱一点吧，怕将来即位后缺乏驾驭众人的能力；太子贤明一点吧，又怕众望所归会危及自己。宋太宗见到自己的太子颇得人心，就曾酸溜溜地说："人心都归向太子，欲置我于何地？"皇帝既有这种心态，太子委实难处。不能不得人心，也不能太得人心；不能太不及父皇，也不能太胜过父皇，这中间的尺寸确实是很难把握的。

隋炀帝的儿子杨柬就因为把握不好这个度，而与父皇产生隔阂。造成他们父子失和的主要有两件事。

第一件事是为了一个美女。有一次，乐平公主告诉炀帝，有个女子十分漂亮，但不知为什么炀帝听后无所表示。过了一段时间，乐平公主以为炀帝对此人不感兴趣，就把她推荐给了太子杨柬。杨柬马上把她纳入后宫。后来炀帝忽然记起这事，就问乐平公主："你上次说过的那个美人现在在哪呢？"乐平公主回答说："已经被太子收用。"

这件事本身是不能全怪杨柬，他不可能每得到一个美女都先请示一下父皇是否感兴趣。乐平公主是这件事的始作俑者，按理炀帝问起，她完全可以将始末和盘托出。但这样一来，就有可能引起炀帝对她的不满。所以，当炀帝再度问起这件事，她意识到自己捅了娄子，只好含糊地说一句"已经被太子收用"，似乎与自己无关。

第二件事是因为打猎。炀帝去狩猎，命令杨柬率领一伙侍从参加。狩猎的结果是杨柬猎获颇丰，而炀帝一无所得。炀帝龙颜大怒，认为自己在众人面前丢了面子。一问左右，左右侍从害怕炀帝迁怒，推说是猎物被杨柬手下一伙人阻挡，所以打不到了。炀帝因此猜忌起杨柬来，认为他是为了想出风头，于是处处寻找杨柬的不是。

俗话说"欲加之罪，何患无辞"，何况太子本非圣人，结果太子的名号也就无法保留了。炀帝父子间从此结怨，直到后来宇文化及起来谋反，派人分别去囚禁、杀害炀帝父子时，炀帝还认为是杨柬派人来抓自己的，而杨柬也认为是炀帝派人来杀自己的，父子至死不能消除误会。

中庸之道无处不在。皇子要当上太子，继承王位，也要深谙此道。过于仁弱，力不服众，难以驾驭天下；过于贤明，众望所归，又危及皇帝的地位，使其持有戒心。因此那至高无上的权力，太子只得隐忍自己，能而有度。

其实，我们在交际圈中又何尝不是呢？

张弛有度，不轻易暴露“野心”

人们为了维持社会或团体的某一现状，常常不允许个人欲望的恣情喷发和左冲右突，对有悖于这一现状的任何奇思异想都可能被视为“野心”。

你如果真的怀有某种“野心”的话，千万要谨慎，切莫外露。将自己的野心隐藏起来，否则，你可能会因此自毁前程。

聪明的人绝不会轻易暴露自己的心灵底牌，将自己的野心包裹起来，使自己看起来“糊涂”点，在“野心”尚未实现之前，绝不会让人看出自己的行踪和去向，否则，便可能会授人以柄，甚至遭到对手的暗算。

如果对方很刚硬，你可运用柔的策略

人到老年时，柔软的舌头尚在，但坚硬的牙齿却脱落了，这是为什么呢？是因为柔软的东西比刚强的事物更有生命力啊！

商容疾据说是纣王时的大夫，因屡次直谏荒淫无道的纣王，结果遭到贬谪。后来纣王剖比干，囚箕子，逐微子，商容疾深感心寒，便躲进深山之中，避世隐居，不问世事。

武王灭亡商朝后，天下大定。周室表彰商容疾，想召他出山，被商容疾婉言谢绝。他遗世独立，静心养性，修得一副道骨仙颜，虽然年岁已过数百，仍然精神矍铄，面色如童。

到了春秋末年，老子降世，商容疾知道他不是平凡人物，便收他为弟子，传授

他天地玄机，处事妙道，所以老子后来成为一代圣人。

却说有一次，商容疾得了重病，自知将不久于人世。老子匆匆赶来问候老师。他先询问了老师的病情，然后对老师说："先生的病确实很重了，有什么教导要嘱咐弟子的吗？"

以柔克刚

"舌头"与"牙齿"的故事，还有"水"的能量，均在证明"柔"与"刚"的辩证关系。

宇宙间的一切生命本体，很难说有大、小、弱、强之分，任何事物都在变化中运行，没有绝对的胜者和败者。

直白地讲，以柔克刚只是耐心、信心、恒心、毅力的比较。在这些方面，谁占上风，谁就是真正的胜利者。

表现

以柔克刚在很多方面都能体现：感情方面可以柔如密友的细诉、情侣的幽怨，让对方的心湖荡起层层涟漪；服务之柔，柔如夏日的雨水、冬日的阳光，让对方的感觉非常良好；文化之柔，柔如轻音乐的演奏、抒情诗的朗诵，让对方的精神得以升华。

商容疾说:“乘车经过故乡的时候要下车，你知道这是为什么吗？”

老子说:“过故乡而下车，大概是表示要不忘故乡吧？”

商容疾说：“对了！那么，经过高大的古树的时候，要快速地走过，你知道这是为什么吗？”

老子说 ：“经过高大的古树要快速地走过，这大概是说要尊敬德高望重的长者吧？”商容疾说:“是啊！”然后张开嘴给老子看，说:“我的舌头在吗？”

老子说:“在。”商容疾又说:“我的牙齿还在吗？”老子说:“不在了。”

商容疾说:“你知道这是什么道理吗？”

老子说 ：“舌存而齿亡，这不是说刚强的东西已经消亡了，而柔弱的东西还是存在吗？”

商容疾说 ：“说得好啊！天下的事理正是这样。弱而胜强，柔而克刚，世上没人不知，然而无人能行。你明白了吗？”

老子说 ：“先生说得太好了！天下之至柔，驰骋天下之至坚，确实是万世不易的定理。强大的东西处于劣势，柔弱的东西居于上风。积弱可以为强，积柔也就变成刚。欲刚必以柔守之，欲强必以弱保之。”

商容疾面露慰藉的笑容，说 ：“你已经得到大道了。天下之理都已被你说尽了，我还有什么需要留给你的呢！”

以柔克刚，以弱胜强，是道家守柔主静的动静观，这里面包含着朴素的辩证法。

无论对方是何类人，一定记住“过犹不及”

有一次，孔子的弟子子贡在跟孔子谈论师兄弟们的性格及优劣时，忽然向孔子提了个问题:“先生，子张与子夏两人哪一个更好些呢？”

子张是孙师，子夏是卜商，两人都是孔子的得意弟子。孔子想了一会儿，说:“子张过头了，子夏没有达到标准。”

子贡接着说:“是不是子张要好些呢？”

孔子说 ：“过头了就像没有达到标准一样，都是没有掌握好分寸的表现。”这就是“过犹不及”的出处。

有一回，孔子带领弟子们在鲁桓公的庙堂里参观，看到一个特别容易倾斜翻倒的器物。孔子围着它转了好几圈，左看看，右看看，还用手摸摸、转动转动，却始终拿不准它究竟是干什么用的。于是，就问守庙的人:“这是什么器物？”

守庙的人回答说 ：“这大概是放在座位右边的器物。”孔子恍然大悟，说 ：“我听说过这种器物。它什么也不装时就倾斜，装物适中就端端正正的，装满了就翻倒。君王把它当作自己最好的警戒物，所以总放在座位旁边。”

孔子忙回头对弟子说 ：“把水倒进去，试验一下。”子路忙去取了水，慢慢地往里倒。刚倒一点儿水，它还是倾斜的；倒了适量的水，它就正立；装满水，松开手后，它又翻了，多余的水都洒了出来。

孔子慨叹说："哎呀！我明白了，哪有装满了却不倒的东西呢！"子路走上前去，说："请问先生，有保持满而不倒的办法吗？"孔子不慌不忙地说："聪明睿智，用愚笨来调节；功盖天下，用退让来调节；威猛无比，用怯弱来调节；富甲四海，用谦恭来调节。这就是损抑过分，达到适中状态的方法。"

子路听得连连点头，接着又刨根究底地问道："古时候的帝王除了在座位旁边放置这种鼓器警示自己外，还采取什么措施来防止自己的行为过火呢？"

过犹不及

古人云："恩不可过，过施则不继，不继则怨生；情不可密，密交则难久，中断则有疏薄之嫌。"

任何事情都要讲究一个"度"，无论交际对方是何类人，一定记住"过犹不及"。

孔子侃侃而谈道："上天生了老百姓又定下他们的国君，让他治理老百姓，不让他们失去天性。有了国君又为他设置辅佐，让辅佐的人教导、保护他，不让他做事过分。因此，天子有公，诸侯有卿，卿设置侧室之官，大夫有副手，士人有朋友，平民、工、商，乃至干杂役的皂隶、放牛马的牧童，都有亲近的人，来相互辅佐。有功劳就奖赏，有错误就纠正，有患难就救援，有过失就更改。自天子以下，人各

莫让上司知道你比他聪明

在现实生活中存在着这样一种自视颇高的人，他们锐气旺盛，锋芒毕露，处事不留余地，待人咄咄逼人，有十分的才能与聪慧，就十二分地表露出来。

他们有着充沛的精力，很高的热情，也有一定的才干，但这种人却往往在人生旅途上屡遭波折。

本来怀着一腔热血和抱负，想一展自己的才华，有才干是没错的，但是锋芒毕露却犯了职场的大忌，一个人如果表现得比上司还能干，比上司还聪明，结果只能招致排挤和挤压。

在必要的时候，你要学会做一个"愚人"来保全自己。

人人都知道，跟君子相处平平淡淡，跟小人相处应该保持一定的距离，跟坏人相处应该见机行事，想得越周到越好。这就要求我们懂得，客观形势对自己不利时，一定要学会虚与委蛇。

有父兄子弟，来观察、补救他的得失。太史记载史册，乐师写作诗歌，乐工诵读箴谏，大夫规劝开导，士传话，平民提建议，商人在市场上议论，各种工匠呈献技艺。各种身份的人用不同的方式进行劝谏，从而使国君不至于骑在老百姓头上任意妄为，放纵他的邪恶。”

子路仍然穷追不舍地问:“先生，您能不能举出个具体的君主来？”

孔子回答道:“好啊，卫武公就是个典型人物。他九十五岁时，还下令全国说:‘从卿以下的各级官吏，只要是拿着国家的俸禄、正在官位上的，就不要认为我昏庸老朽就丢开我不管，一定要不断地训诫、开导我。我乘车时，护卫在旁边的警卫人员应规劝我；我在朝堂上时，应让我看前代的典章制度；我伏案工作时，应设置座右铭来提醒我；我在寝宫休息时，左右侍从人员应告诫我；我处理政务时，应有瞽、史之类的人开导我；我闲居无事时，应让我听听百工的讽谏。’他时常用这些话来警策自己，使自己的言行不至于走极端。”

众弟子听罢，一个个面露喜悦之色。他们从孔子的话中明白了一个道理：在任何情况下，人们都要调节自己，使自己的一言一行合乎标准，不过分，也不要达不到标准。

中庸，在孔子和整个儒家学派里，既是很高深的学问，又是很高深的修养。追求恰到好处、适可而止，这是做人处事的一种境界，一种哲学观念。比如吃饭，餐餐最好吃到恰到好处，每顿饭不要因饭菜不好而饿肚子，也不要因饭菜特好而把肚皮撑得鼓鼓的，适可而止，就永远保持健康的胃口。

值得说明的是，孔子讲的中庸，绝不是无谓的折中、调和，而是指为人处世应该慎重选择一种角度，一种智慧。有一些人认为孔子讲的中庸就是不讲原则，那是对“中庸”思想的误解，其本质是过犹不及、适可而止，这也正是我们游刃于人脉之间的一条重要法则。

辉煌时转身，保命亦留名

春光虽好，但总有尽时。人生也是如此，每个人都会有坦途与困境，所谓“人无千日好，花无百日红”。卸磨杀驴、鸟尽弓藏，似乎成了统治者默认的一条潜规则。身处社会之中的我们，也要学会洞察其中的利害，在树大招风之前急流勇退，才能保护自己。

“功成身退”的思想，对今天的许多人来讲已经不太灵验。它会使人失去积极的进取心，从而满足于现状，当一天和尚撞一天钟，这是其糟粕之处。事实上，这里提出的“功成身退”仅是一种退守策略，是指一个人能把握住机会隐退，是一种做人的智慧。

越王勾践平定吴国以后，引兵北上，与齐国、晋国会盟徐州，并且得到周平王的封赏，一时号称霸王。

范蠡虽然是越国的上将军，辅佐越王勾践前后二十余年，对勾践的雪耻复国屡建奇功，为越王坐上霸主之位立下了汗马功劳，可是他仍然心事重重。

一天，大夫文种问他："眼下越国威震天下，号称霸王，你我官至上卿，功名盖世，为何闷闷不乐？"

范蠡苦笑着说："俗语道：'飞鸟尽，良弓藏；狡兔死，走狗烹。'盛名之下，难于久居；人不知止，其祸必生。勾践可与共患难，难与同安乐，这样的君主岂能轻信？我已决定离开勾践，你也该想想出路。"

复杂争夺之中，可抹黑自己以避险

古语有言："物朴乃存，器工招损。"意思是，事物朴实无华才得以保存，器具精巧华美才招致损伤。

老子在《道德经》中一再强调"大音希声""大言若讷"的重要。看来，该表现时尽力表现，不该表现时来点糊涂，才得其方圆之道的精妙。

大夫文种却对范蠡的忧虑毫不在意，说笑了一阵走开了。第二日，范蠡给越王勾践送上一份辞呈，说："臣闻主忧臣劳，主辱臣死。昔者君王受辱于会稽，臣所以不死，为的是复仇雪耻。今日君王已经达到目的，臣请君王赐死……"勾践读罢辞呈，气恼地说："难道范蠡不相信寡人？我打算将越国分一半给他，他若是真生疑心，我真要加诛于他！"范蠡心知勾践对自己并非真心实意，早晚要加罪于他，于是偷偷带上宝物珠玉，与心腹亲信乘船从海路逃走了。范蠡在齐国海边落脚之后，改名换姓，自称鸱夷子皮，耕种滩涂，劳身苦作，治理产业，没几年工夫就成了当地的首富。齐国大夫听说他的贤名和才能，派人请他去做齐国的相国，可是他谢绝了。范蠡喟然长叹道："居家则致千金，居官则至卿相，此乃布衣之极也。久受尊名不祥……"范蠡不去当相国，便不宜在此处久居。于是，他又把家财分给知友、乡亲，只带些值钱的珠宝，迁移到陶地，自称为陶朱公。不久，他又成为当地的富豪，家资巨万，远近闻名。

自从范蠡不辞而别以后，大夫文种很觉孤单，又见勾践日夜享乐，不像从前那样敬重自己，有点心灰意懒，常常称病不朝。于是有人向勾践进谗言说："大夫文种自恃有功，倨傲不朝，背地里勾结私党，企图叛乱……"

越王勾践于是赐一把宝剑给文种，命令道："你教寡人七种计谋征服吴国，寡人只用了其中三种就打败了吴国。还有四种计谋留在你那儿，我命令你去替我死去的先王谋划吧……"大夫文种悔恨地说："这都怪我不听范蠡的劝告啊……"说完，文种便用宝剑了结了自己的生命。伴君如伴虎，自古以来就有"功高盖主""兔死狗烹"的说法。所以作为一代功臣，不应只会谋国，还应懂得谋身。像文种那样功成身不退，只落得个身首异处；而范蠡则当退就退，成就了一代大富豪。身处社会，为人应该以此为戒，学会在适当的时候远离祸乱的中心，才是最安全的退路，毕竟急流勇退，也不失英雄本色。

正如老子所言："金玉满堂，莫之能守；富贵而骄，自谴其咎。功成身退，天之道。"一切皆达圆满之境时，便应思身退之道。这是明智者的聪慧抉择，唯此方能免遭鸟尽弓藏、兔死狗烹的悲惨命运。

说出来的永远都要少于需要说的

当你想用言辞来给人们留下深刻印象的时候，你说得越多，你这个人看起来就越是平淡无奇，你所能控制的也就越少，而且说出更多愚蠢的话的可能性也就越大。如果你能把话说得隐晦一点，神秘一些，多给人留一点遐想，那么即使你是老调重弹，别人也会觉得你的见解独到。正如那些有权力的人，他们总是说得很少，但给人的印象却很深刻，而且总是能威慑到别人。

就拿大家熟悉的“刘罗锅”来说。人们脑海里立刻出现了一个聪明机智、正直勇敢、不失几分幽默的人物形象。刘墉靠着他的正直和聪明周旋于危机重重的封建官场，左右逢源，游刃有余。

刘墉也曾遭遇重大转折，受到乾隆皇帝的申斥，本该获授的大学士一职也旁落他人。究其原因，不过是刘墉守口不密，说话不周，酿成了祸患。一次乾隆谈到一位老臣去留的问题，说若老臣要求退休回籍，乾隆也不忍心不答应。刘墉便将这话泄露给了老臣，而老臣真的面圣请辞。乾隆大为恼火，认为这是刘墉觊觎补授大学士的明证，是“谋官”的明证，因而训斥一通，将大学士一职改授他人。

言语谨慎对于一个人立身、处世具有很重要的意义。常言道，病从口入，祸从口出。就是说，疾病往往是因为饮食不慎而引起，祸患则因为言语不慎而招致。处世戒多言，多言必失。与世人相处切忌多说话，说话太多必然有失误。莫言闲话是闲话，往往事从闲话来;是非只为多开口，烦恼皆因强出头。

所以，请记住：你说出来的永远都要少于需要说的。只讲表面现象，不作实质结论。“千呼万唤始出来，犹抱琵琶半遮面”。吞吞吐吐，似有难言之隐；似隐却露，故作弦外之音。关键性的内容言者并不明言，却有意做出强烈的暗示，使闻者不难从中领悟辨识话中之“话”、弦外之“音”，自行得出合乎逻辑的结论。

此种手段的“妙处”在于:言者未曾明言，便可不承担明言的责任;言者未作结论，便无强加于人之嫌；然而言者所要表达的关键内容却尽为闻者所知，其目的已然达到。善奏弦外之音的人比那些凡事喜欢大鸣大放、夸夸其谈的人要高明得多。

唐玄宗在位期间，曾发生了一场废立太子之争。受宠的武惠妃极力构陷太子李成，企图以自己的亲生儿子取而代之。唐玄宗听信了谗言，召集宰相会议，打算废掉太子。正直的宰相张九龄，从稳定政局和维护礼法的角度出发，公开反对更储，并明确表示：“陛下必欲为此，臣不敢奉诏。”同时在位的奸相李林甫，却另有一番表现。他当众“无所言”，不发表任何意见，退朝之后却暗地里通过宦官转告玄宗说:“此主上家事，何必问外人？”此番话虽然没有直接针对更储问题做出明确的表态，但其所暗示的弦外之音却是十分明显的：既间接表明了李林甫迎合玄宗和武惠妃赞同废掉太子的态度，同时又影射攻击了政敌张九龄“干预”君主的“家事”。

李林甫不愧“奸诈”二字。我们虽不提倡这种卑鄙歹毒的处世方针，却可以学学“弦外之音”的说话艺术。

如果你想给别人留下很深的印象，少说话往往比喋喋不休更有力量。在职场上，许多工于心计的老手最精通“话说一半，点到为止”的精要。这不仅能够掩藏自己的真实意图，还能为自己留有事后自我辩解的余地，为自己保留一条后退抽身之路。

说话是一门艺术。聪明人善用而不滥用这门艺术，往往利用最简洁的语言，传达自己的意思，也能给别人留下最深刻的印象，产生最理想的效果。

1903年12月17日，是人类第一次驾驶飞机离开地面的日子。美国发明家莱特兄弟完成了这一历史使命之后，到欧洲旅行。

在法国的一个欢迎宴会上，各界名流庆祝莱特兄弟的成功，并希望他俩给大家

说话的逻辑

说话是要讲究逻辑的，有些人说话层次不清，最突出的是犯两种毛病：

讲讲话，再三推托之后，莱特兄弟中的一个只得走向讲台。

他的演讲只有一句话：“据我所知，鸟类中会说话的只有鹦鹉，而它是飞不高的。”这句精彩的话，博得全场热烈的掌声。

莱特兄弟可以详尽地介绍自己科学发明的经过，也可以谈论科学家的实干精神，但他们只用这一句话道出了人类智慧的伟大之处，给听众留下了十分深刻的印象。

在以上的这些事例中，我们看到了几个说话简洁有力的典范。说得多不一定有用，说得少，说得精，才能提升你的语言力量，提高你的语言技术。

如果你想要成为语言高手，首先必须进行一项练习：表述清楚，用语简洁。在日常的表达中，如果连自己都不是非常明确问题的概念，当然不可能被对方领会和接受。

说话不同于写文章，文章写好之后，可以字斟句酌，可以删改。而说话要紧扣一个中心，才能有针对性。同时，讲话要做到条理分明，先说什么，后讲什么，要有一个顺序。

第三篇
见微知著，掌握心理密码

第一章

察言观色的心理策略

从衣服的选择判断人的个性特征

一般来说，喜欢穿简单朴素衣服的人，性格比较沉着、稳重，为人比较真诚和热情。这种人在工作、学习和生活当中，对任何一件事情都比较诚实、肯干，勤奋好学，而且还能够做到客观和理智。但是如果过分朴素就不太好了，这种情况表明人缺乏主体意识，软弱而容易屈服于别人。

喜欢穿单一色调服装的人，这种人是比较正直、刚强的，理性思维要优于感性思维。

喜欢穿淡色便服的人，大多比较活泼、健谈，并且喜欢结交朋友。

喜欢穿深色衣服的人，性格十分稳重，显得城府很深，一般比较沉默，凡事深谋远虑，常会有一些意外之举，让人捉摸不定。

喜欢穿式样繁杂、五颜六色、花里胡哨衣服的人，多是虚荣心比较强、爱表现自己而又乐于炫耀的人，他们任性，甚至还有些飞扬跋扈。

喜欢穿过于华丽衣服的人，多为具有很强的虚荣心和自我显示欲、金钱欲的人。

喜欢穿流行时装衣服的人，最大的特点就是没有自己的主见，不知道自己有什么样的审美观，他们多情绪不稳定，且无法安分守己。

喜欢根据自己的嗜好选择服装而不跟着流行走的人，一般是独立性比较强、有果断决策力的人。

喜爱穿同一款式衣服的人，性格大多比较直率和爽朗，他们有很强的自信心，爱憎、是非、对错往往都十分明确。他们的优点是行事果断，显得十分干脆利落，言必信，行必果。同时他们也有缺点，那就是清高自傲，自我意识比较浓，常常自以为是。

喜欢穿短袖衬衫的人，他们的性格是放荡不羁的，但为人却十分随和、亲切。他们热衷于享受，凡事率性而为，不墨守成规，喜欢有所创新和突破，自主意识比较强，常常是以个人的好恶来评判一切。他们虽然看起来有点表里不一，但实际上他们的心思还是比较缜密的，而且什么时候都知道自己是做什么的，所以他们能够做到三思而后行，小心谨慎，不至于任性妄为，而做出错事来。

衣服是心理特点的外在表现

大文豪郭沫若曾说过：“衣服是文化的表征，衣服是思想的形象。”意思是说人可以通过衣着打扮来向外界展示自己。

随着人类社会的发展与进步，现在从衣着打扮上判断一个人的难度在无形之中在增大。

现在的人们提倡张扬个性、不再拘泥于某一种形式，所以不能按照传统的一套进行观察和判断。

正是由于张扬个性，不拘泥于形式，人可以更加充分地表现自己的心理状况、审美观点等，从而可由此把握其性格特征。

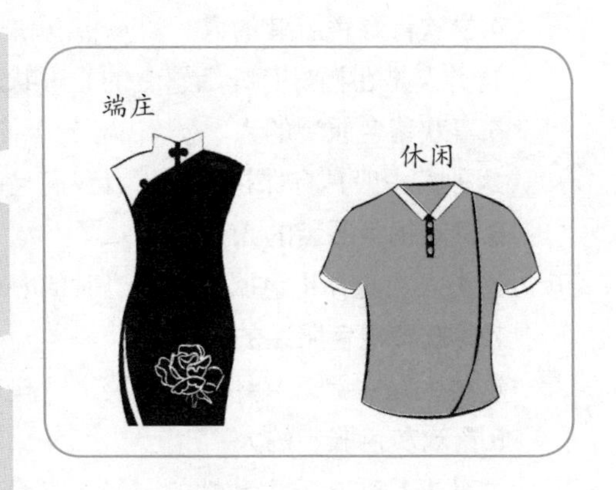

从服装颜色的选择看透对方

服装在人们的日常生活中占有十分重要的地位。穿着打扮不仅反映一个人的修养、职业，同时也反映其个性与心理。心理学家从服装的颜色、款式等选择上，分析了人的不同个性与心理。

一般来说，在选择服装色彩的时候，人们多少会受到自己性格的影响。因为，每个人服装的色彩，总是和自己当时的心理活动状态有着一定的联系。所以，从每个人所喜爱的颜色上可多少看出他具有什么样的性格特征。

1.喜欢穿白衬衫的人

喜欢穿白衬衫的人，他们的性格特征是缺乏主动性、判断力、羞耻之心。他们在色彩感觉上、在装扮上都非常优秀；与之相反，不论搭配什么服装，只要穿上白衬衫都能相得益彰。白色确实与任何颜色的衣服都能搭配组合，同时，白色是表示干净的颜色。

虽然白色与任何颜色都能搭配，也给人一种亲切感，但常穿白衬衫的人，也给人一种“穿什么都可以”的感觉，在性格方面是属于直爽派的。从事穿白衬衫职业的，例如裁判官、医生、护士、机关的职员等，当你看到对方的第一印象都是缺乏感性，尤其在感情方面和爱情方面。

2.喜欢蓝色、蓝紫色服装的人

喜欢穿这种颜色服装的人，其性格主要缺乏决断力、实行力。这类人说话比较啰唆，缺乏羞耻心和责任感，是自尊心很强的人。要想接近喜欢这类色彩服装的人，应逐渐按部就班，并投其所好。同时在这种人面前不能说别人的坏话。

3.喜欢穿黑色服装的人

有的人说，穿黑色衣服使人精神紧张，黑色服装也是在丧葬及祭祀的仪式中穿着的服装。通常喜欢红白明显色彩的人，同时也喜欢黑色系统的服装。

4.喜欢青绿色服装的人

这类人是在喜欢有纤细感觉的心理状态下选择的。

5.喜欢紫色服装的人

这种人一般具有保持神秘、自我满足的艺术家的气质，喜欢别出心裁。

6.喜欢褐色服装的人

这类人在选择褐色服装时，当时的心理状态很踏实。

7.喜欢黄绿色服装的人

这类人是在缺乏兴趣、交际狭窄、缺乏纤细心情的选择的。

8.喜欢灰色服装的人

这种人是在缺乏主动性的时候，自己没有勇气面对困难的心理状态下所选择的服饰颜色。

9.喜欢浊紫红色、暗褐服装的人

这种人是在非社交场合的时候、不喜欢表露心情的时候，所选这样颜色衣服的。

喜欢红色系服装的人的性格特征

喜欢大红色服装的人

选择大红色服装的人是冲动的、精神的、很坚强的生活者。红色是在增强声势时所选择的。

喜欢紫红色服装的人

选择紫红色服装的人，一般是在无法冷静、无法客观分析自己的时候选择的。

喜欢桃红色服装的人

喜欢桃红色服装的人，是追求漂亮时所选择的。这种人以举止优雅为特征。

10.喜欢橄榄色服装的人

这种人在选择橄榄色时，当时的心理状态一般是处于被抑制的状态或歇斯底里的状态。

11.喜欢绿色服装的人

这种人一般喜欢自由，有宽大的胸怀，绿色是其在抱有希望、没有偏见的心理状态下选择的。

12.喜欢橙色服装的人

一般是在无法独居时，对人生意欲强烈的时候所选择的服装颜色，这种人雄辩、开朗、口才好，并喜欢幽默。

13.喜欢黄色服装的人

这种人为使别人感觉自己有智慧、有纯粹高洁心灵时，选择黄颜色的服装。

从女人对内衣的喜好透视对方

无论是在超市商场，还是在路边小店货摊，女人内衣已不像昔日那样养在深闺人不知了。它们无论在色彩、质地、做工，还是在塑体功能上，都呈现出千姿百态，满足了众多女人的不同需求，不仅让女人流连忘返，也让男人大饱眼福。

也许女人认为挑选内衣是自己的专利，购买和穿着内衣也是一件非常平常的生活小事。其实不然，一件经过千挑万选的内衣是她们爱好的体现，同时也暴露出她们的心理和性格特征。

1.喜欢棉质内衣的女人

这种女人属于乳臭未干类型，总认为自己还没有长大，时不时地还表现出小女孩的顽皮，而此时的她们或许已经为人母了。她们热衷于运动，但不一定专指体育活动，而是展现活力的一种方式和要求。在对待情感方面，她们总是表现得很从容，只要有付出的机会、条件许可，不管对方是否死缠着自己，她们很少轻言放弃。

2.喜欢整体搭配衣着的女人

这种女人属于协调类型，在任何方面都追求一种和谐与平衡，力求以一种完美的形象出现在人们的面前。她们能把分内之事处理得有条不紊，不会出现偏袒的情况；总是显得大公无私、沉着冷静，让大献殷勤的男人猜不出自己在她们心目中的位置。

3.喜欢紧身尼龙内衣的女人

这种女人属于开放类型，喜欢暴露，希望情人会为她们迷人的身段而神魂颠倒，并对自己的身体和所持的开放性观念引以为荣，直言不讳；性格直率，有什么就说什么，喜欢什么，不喜欢什么都被他人看得一清二楚，从而给他人提供可乘之机。

4.喜欢透明睡衣的女人

这种女人外表虽然诱人，但骨子里依然保持着传统思想。找这样的女人做老婆或情人，男人可称得上是青春永驻，因为她们会用那件若隐若现的睡衣为平淡的生活增添一份恍惚迷离。受到诱惑的丈夫或情人如同喝下了兴奋剂，看到她们永远风采依旧，结果欲罢难休，增添出戏剧般的效果。

从女人对鞋子的喜好透视对方

喜欢穿细高跟鞋的女人

这种女人做事时常缺少周全的考虑，所以会顾此失彼。她们对新鲜事物的接受能力比较强，表现欲望和虚荣心也强。

喜欢穿运动鞋的女人

她们为人较亲切和自然，生活规律性不强，比较随便。

喜欢穿靴子的女人

自信心并不是特别强，而靴子却在一定程度上能为她们带来一些自信。

5.喜欢黑色内衣的女人

这种女人是十足的享乐主义者，把卧室当成自己的娱乐场所，随心所欲，而且对自己的情人，没有丝毫隐瞒。她们最为性感和迷人，并以此为优势积极主动地寻找情感伴侣。她们在白天如同温顺的小羊羔一样惹人喜爱，但一到了晚上就会恢复“母夜叉”的形象。

6.喜欢白色内衣的女人

白色代表纯洁，所以这种女人大多属于守身如玉的类型。她们不善于表露感情，懒于思想和追求目标。也许是怕玷污了自己的纯洁，哪怕是对于强烈的原始性欲，她们都采取相当保守的态度，结果生命过程中的满足次数寥寥无几，她们最在行的是恪守道德准则，贤淑是对她们最恰当的形容。

淡妆与浓妆，表现不同的欲望

1.异国妆和怪妆

异国妆是外国流行的妆；怪妆则是没有一定模式和规范，甚至与化妆的本意相悖的妆。这两种化妆者化妆的目的是不同的，因而化妆所起到的效果也就有了很大的差异。

（1）异国妆。喜欢化异国色彩比较浓重的妆的人，多是有比较丰富的想象力的，身体内有很多艺术细胞，希望自己将来能够成为一个艺术家。她们向往自由，渴望过一种完全无拘无束的生活。她们常常会有许多独特的、让人诧异的想法，是个完美主义者。

（2）怪妆。眼皮周围或是黑乎乎的，或是蓝幽幽的；嘴唇也是有时紫有时红，有时大嘴巴有时小嘴巴；脸颊涂得红红的。喜欢化如此怪妆的人也清楚自己并没有追求什么美丽，她们只把这种妆当成宣泄的一种方式。她们通常有强烈的反抗心理，主要是自小受到家庭的溺爱，总是要求说一不二，但现实生活只会使她们失望，所以用一些非常规的思想和行为与社会分庭抗礼，但往往是失败多于成功。

2.怀旧妆和完美妆

怀旧妆是指某些人将自小形成的那套化妆理论和方法延续到成年，甚至中年和老年。其实是对美好过去的一种回忆，以期忘记现实中的不愉快和不如意，但她们依然保持头脑清醒，不会沉迷其中而忘记现实。她们讲究实际，会极力把握住现在的所有。她们热情善良，善解人意，拥有很多可以推心置腹的朋友。由于容易满足，她们难以享受时代发展带来的刺激和美好。

与化怀旧妆的人不同的是，化完美妆的人追求的是尽善尽美。她们为了完成自己的目标不惜花费巨大代价，任何事情都会追求尽善尽美，属于典型的完美主义者。

这种类型的人甚至倾尽所有也要使自己的容貌达到自己满意的程度。之所以如此，最主要的是她们对自己的才智和财力都有充足的把握，而唯一放心不下的是自己的外貌。为了成为一块无瑕美玉，只好不停地审视自己，用化妆来掩饰不足，结果却让别人感到不自在。

淡妆与浓妆展现不同的欲望

有的人喜欢淡妆，此类人大多没有太强的表现欲望，希望最好谁也别注意她们。

她们大多属于聪明和智慧的类型，不会将时间和精力都耗费在梳妆台前；往往有着自己的想法与思考，而且敢打敢拼，所以较多人能获得成功。

有的人则喜欢浓妆。与喜欢淡妆的人相比较，这样的人表现欲望十分强烈。

她们不辞辛苦地将各种化学药剂喷洒在自己的脸上，并忍受痛苦用各式工具修饰五官，为的是用一种极端的方式引起他人的注意，而异性的欣赏往往使她们心甜如蜜。

自然与时尚，个性的保守与开放

女性在约会的时候，或是工作上有重要的提案要进行的时候，化的妆应该比平常要浓，可以说是充满干劲的“决胜负彩妆”。根据心理学家研究，化比平常浓的彩妆，会提高自信心与满足感，变得活跃、具有攻击性，也变得较具社交性。决胜负彩妆似乎真的具有效果，不过，奇怪的是，化这种妆同时也会变得情绪不安，这是因为“和平常的自己不同”。

最容易影响别人印象的是脸孔，而眼睛扮演了尤其重要的角色，唇部也会给人十分深刻的印象。

眼睛给人家的印象取决于眉形与眼线。眉毛描绘成细细的弧形，再画鲜明的眼线，就给人华丽的感觉，在漂亮气派的餐厅里约会时很适合化这种妆。口红使用玫瑰色系的，上唇唇山的部分仔细描绘出锐角，会更加强华丽的印象。

平直上扬的眉形，以深色醒目的眼线，配上强调唇线的深红色的唇，会给人意

口红显示女性的职业

通过观察一个女性对口红颜色的喜好，往往就能知晓她的性格特征和职业。

红色的口红会使女性的嘴唇显得更为突出。

粉红是一种代表纯情和女性本色美的颜色。

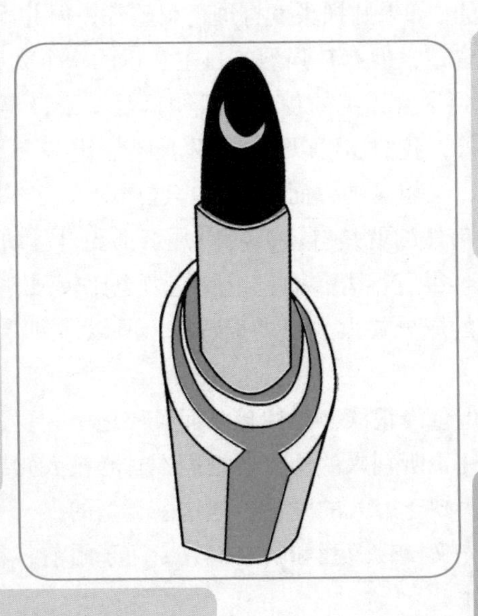

橙色往往能给人亲切、温柔、温馨的感觉。

珍珠色是一种代表纯洁、高洁的颜色。

紫色是一种代表高贵和典雅的颜色。

志极为坚强的印象，不是华丽，而是利落感，给人一种强烈的积极感与坚决强硬的态度。这种强硬感的化妆，在提案会议、做报告或发表意见时，可以做你的后盾。即使实际上自己是很紧张的，也能隐藏住这种情绪，不论是在言语或动作上，都能让你看起来充满自信。

眉尖自然往上扬，但尾端却突然往下的眉形，营造出俏丽可爱的感受。画上淡淡的眼线，口红涂得比实际的嘴唇轮廓大一些，然后再迅速地回眸一笑，就能给人魅力十足的女性印象。跟喜欢的男性朋友约会时，很适合化这种妆。在看似冷淡的气氛中，偶尔散发出带点俏皮的性感，就是最完美的表现了。

从女性头发的质地与发型观察她

在T台上，大家时常可以看到运动员各种各样稀奇古怪的头发，并为此津津乐道。不同的发型往往表现人的不同个性。

女士的头发与男士相比，女士的发型若要详细分析起来，则显得较为复杂。女性若留着飘逸的披肩发，则说明她比较清纯、浪漫；若留的是齐眉的短发，则这类人显得天真活泼、无忧无虑；烫成满头卷发，代表这个人较有青春的活力，或多或少地充满些野性。

女性把头发梳得很整齐，并让它保持顺其自然的状态，说明这个人比较安分守己，甚至是封闭保守的；如果她把头发打理得很整齐，但并不追求某种流行的款式，则表明她可能是比较含蓄，但有较强烈的自主意识的一个人。在自己的发型上投入很多的精力，力争达到尽善尽美的程度，说明这是一个自尊心比较强、追求完美、爱挑剔的人。除此之外，我们还可以通过头发质地看出一个人的性格特点。

（1）头发像钢丝，又粗又硬，而且浓密。这样的人疑心多且重，不会轻而易举地相信别人。她们最信任的就是自己，所以凡事都要自己动手，操纵和掌握一切，才觉得放心。她们做事很有魅力，而且组织能力也比较强，具有一定的领导才能。这一类型的人，理性的成分要大大地多于感性，所以遇到涉及感情方面的问题时，往往会显得十分笨拙。

（2）头发很粗，但色泽很淡，很稀疏，而且质地坚硬。这一类型的人自我意识极强，刚愎自用，往往不听别人的劝告。她们不甘心被人领导，但却渴望能够驾驭别人。她们多较自私，缺乏容人的度量。但这一类型的人，一般来说头脑还算比较聪明，可是她们的目光又比较短浅和狭窄，只专注于眼前，看不到长远的利益，所以多不会有多大的成就。

（3）头发柔软，却又稀疏。这一类型的人，自我表现欲望一般来说比较强，她们喜欢出风头，更爱与人辩论，以吸引他人的注意，获得他人的关注。在她们的性格中，自负的成分占了很多，她们妄自尊大，很少把他人放在眼里，尽管自己在某些方面表现得的确很糟糕。她们做事的时候，缺少必要的思考，所以常会做出错误的判断，而且还容易疏忽和健忘。

（4）头发浓密粗硬，却自然下垂。头发浓密粗硬，却能自然下垂，这种人从外形上来看，多半身体比较胖，而且也显得比较慵懒，不喜欢运动，但是她们的心思多比较缜密，往往能够观察到特别细微的地方。她们的感情较为丰富，易动情，对感情不专一。

 从男性头发的质地与发型观察他

男士不管是留长发、剃光头，或是其他各种各样比较特别的发型，其都有一个普遍的共同点，那就是标新立异，想别出心裁地突出自己，增加自身的魅力。

头发淡疏，粗硬而卷曲。他们的性格弹性比较大，无论外在的东西怎样变化，其内在还有一些稳定不变的东西。

头发浓密柔软，自然下垂。这种类型的人，大多性格比较内向，沉默不语，善于思考。

头发很短，看起来很简洁，而且也极为方便。这一类型的人，大多是野心勃勃。但缺少必要的责任心。

饰品：心灵文化的显示

佩戴各种装饰品，在古今中外都有着相当长的历史，这是人类审美意识觉醒以来最传统的一种装饰行为。这种行为不仅为人们增添了无限的风采，而且可将人们的身份喜好区分得一目了然，同时，还体现了人们对生活目标的追求和审美时尚的选择。有人认为，佩戴饰品还具有“延长自我”的特点。饰品时刻都在传递着人们的性格、性情和情绪等信息。试想，如果一个人的形象和代表“自我延长”的饰品背道而驰，就会给人以“不完整人格”的印象，所以，根据服饰来判断一个人的性格是有章可循的。

而帽子不仅有御寒遮阳的功能，它还是一种增加美观、给人树立某种形象的装饰物。世界各地都在生产各式各样的帽子，出入任何一家娱乐场所、大型酒楼餐馆，都会看到“衣帽间”的牌子，这说明帽子对于一个人来说，有着十分重要的用途，它可以帮人们建立某种形象，使其个性在众人面前得以展现。

1.爱戴礼帽的人

戴礼帽的人都自认为自己稳重而具有绅士风度。这种人的愿望是让人觉得他有沉稳和成熟的风格，在别人面前，经常表现得非常热爱传统。除帽子外，这种人所穿的皮鞋任何时候都擦得锃亮，而且所穿的袜子也一定会给人以厚实的感觉，即使是炎热的夏季，他们也会拒绝穿丝袜，同时也讨厌穿着凉鞋和拖鞋走路。由于他们看不惯很多东西，所以他们的心底很清高，有些自命不凡，认为自己是个干大事的人，进入任何一个行业都应该是主管级的人物。

2.爱戴旅游帽的人

旅游帽既不能御寒也不能抵挡太阳的照射，纯粹是作为装饰之用。用这种帽子来装扮自己，可用以折射某种气质或形象，或者另有一些企图，用来掩饰一些自己认为不理想或者有缺陷的东西。

从这些表现出来的特点看，爱戴旅游帽的人并不是一个心地诚实的人，而是一个善于投机取巧的人，因此真正了解他的人少之又少，而一般人所看到的只是他的外表。

3.爱戴鸭舌帽的人

一般有点年纪的人才戴鸭舌帽，鸭舌帽表现出稳重、办事踏实的形象。如果男人戴这种帽子，那么他会认为自己是个客观的人，从不虚华，面对问题时，能从大局着想，不会因为一些细枝末节而影响整个大局。有时候他自以是个老练的人，在与别人交往时，就算对方胸无城府，他还是喜欢与别人兜着圈子，直到把对方搞得晕头转向，也不直接说出自己的心思。

4.爱戴圆顶毡帽的人

爱戴圆顶毡帽的人对任何事情都产生兴趣，但从不表达自己的看法，即使有看法也是附和别人的论点，好像自己没有什么主见似的。但他们并不是没有主张，只不过是个老好人，不愿随便得罪一个人，哪怕是个最不起眼的人。

从本质上讲，这种类型的人是个忠实肯干的，他们相信只有付出才有收获的道理。在他们平和的外表下，有自己执着的观点，他们相当痛恨不劳而获的人，相信“君子爱财，取之有道”，从来不让不义之财玷污自己的手指。

领带：男人个性的表现

西服，自诞生那日起就成为男人服饰中的佼佼者，而且这个地位直到今天也没有动摇。正式的西装有单排扣和双排扣之分，每一个男人都可以依据自己的喜好进行选择，而且不用花太多的精力。但是有一件辅助饰物却让男人大伤脑筋，那就是领带的打法和色彩的搭配。领带的作用类似于女士们的丝巾作用，但男人的行事原则和人品秉性却可以完完全全地展现在领带打法及颜色的搭配上。若仔细观察周围的男人，便不难发现他们“本色”的蛛丝马迹！

1.领带绿色、衬衫黄色的人

绿色象征生命和活力，是点缀大自然最美妙的颜色；黄色代表收获和金钱，是财富与权势的徽章。这样搭配领带和衬衫的男人富有青春活力与朝气，想什么就做什么，不喜欢拖泥带水，对于事业充满信心。不过他们有时鲁莽冲动，自控能力比较差。

2.领带深蓝色、衬衫白色的人

“蓝领”代表职工阶层,“白领”代表管理阶层，他们将两者融合到一起，上下兼顾，少年老成，同时不乏风度翩翩。由于视野宽阔，白领的诱惑远远超过蓝领，所以他们对工作十分的专注，事业心极重，结果在奋斗过程中常常出现急功近利的表现。

3.领带多色、衬衫浅蓝色的人

五彩缤纷是人们对美好事物的形容，充满了迷离和诱惑，普通人和勤奋的人往往对此敬而远之。所以选择这种领带和衬衫的人拥有一股市井气息，热衷于名利；路边的野花繁多美丽，常常使他们心猿意马，见异思迁的他们对爱情往往不能用情专一，追逐的目标总是换了一个又一个。

4.领带黑色、衬衫白色的人

黑白分明是对于阅历丰富之人的形容，所以喜欢这种打扮的人多为稳健老成之士。由于看得多，感悟也会多，他们懂得什么是人生的追求，善于明辨是非，相信“善有善报、恶有恶报”，正义在他们身上得到了最大的展现。

5.领带黑色、衬衫灰色的人

不用看他们的表情如何，仅这种打扮就让人有种不舒畅的感觉。他们在穿着之时必先照镜子，能够接受镜中的压抑则说明他们有很深的忧郁，而这份忧郁是气量狭小所致，他们选择这身打扮。在工作当中，老板考虑到其他员工的情绪，常常请他们卷铺盖回家，所以他们也经常变换工作。

从领带结看男人的个性

领带结又小又紧的人

这是在暗示别人最好别惹他们，他们不会容忍别人对自己有半点的轻视和怠慢，这是气量狭小的表现。由于生活和工作中谨言慎行，疑心甚重，他们养成了孤独的性格。

领带结不大不小的人

先不考虑领带的色彩和样式，也不管长相和体形如何，男人配上这种领带结，大都会精神抖擞。他们可以获得心灵上的鼓舞，会在交往过程中注重自己的言谈举止，所以不管本性如何，都显得彬彬有礼。

领带结既大又松的人

他们不喜欢拘束，积极拓展自己的生活空间，主动与他人交往，练就高超的交往艺术，在社交场合深得女人的欢心和青睐。

6.领带红色、衬衫白色的人

红色象征火焰，代表奔放的热情，更是一种积极和主动的表现，所以男人选择红色领带，无异于想追逐太阳的光辉，以使自己成为注意的焦点。他们本应该属于充满野心的类型，但白色代表纯洁，是和平与祥和的象征，白色衬衫让别人对他们刮目相看，见到他们如火一样的热情和纯洁的心灵。

7.领带黄色、衬衫绿色的人

用辛勤的耕耘换取丰硕的收获，按照理想设计自己生活和人生，并勇于实施，他们流露出的是诗人或艺术家的气质。他们相信付出就会有回报，所以不会杞人忧天地担心秋后是否会因为意外的暴风雨而颗粒无收。他们与世无争，保持柔顺的性情，对人非常和蔼可亲。

8.不会系领带的人

连系领带这种小事都要人代劳的人，大都心胸豁达而不拘小节。他们或是有某种常人没有的绝技在身，或是先天具有领袖才能，使他们不屑将精力消耗在系领带这样的细节问题上。他们性情随和，有同情心，朋友甚多，口碑亦好，且夫妻情笃、家庭祥和。

戒指：展示自己的内心世界

人的一双手在生活中常是起着至关重要的作用的，它在无形之中会向人泄露许多的秘密，这除了手的形状、特质外，还与佩戴的饰物有着密切的关系。

戒指是手上最常见的一种饰物，在这一小节里就介绍一下戒指与人性格之间的关系。

1.戴结婚戒指的人

一个人戴的如果是结婚戒指，那么这枚戒指越大越华丽，则表明这个人的自我膨胀感和表现欲望越强烈。如果戒指是紧紧地套在手指上，则表明他对人非常忠诚。

2.戴刻有家庭标志的戒指的人

戴刻有家庭标志的戒指的人对家庭是特别重视的，而且也有表现、证明是这一家族成员的心理。

3.戴代表自己生辰标志的戒指的人

戴代表自己生辰标志的戒指的人多很想让他人了解和注意自己，同时也非常想去了解他人，并且会给予他人一定的关注。

4.戴钻石戒指的人

喜欢戴钻石戒指的人愿以此引起他人的注意，他们常会为自己所取得的成就沾沾自喜，而且还有一点骄傲自满，常常陶醉在过去的美好意境当中。

5.戴风信子玉的人

喜欢戴风信子玉的人大多非常在乎自己外在的形象，却忽略了内在的修养，所以虽然外表看起来他们很有魅力，但实质则是腹中空空。他们多有较丰富的想象力，而行动的指导则常是一时的心血来潮。

戒指戴在不同手指上，体现不同性格

戒指戴在不同的手指上，能体现与性格有关的心理含义。

戴在大拇指上：对方要很多人的拥护和爱戴，就好像政客一般，只要能投他的票都是好人。

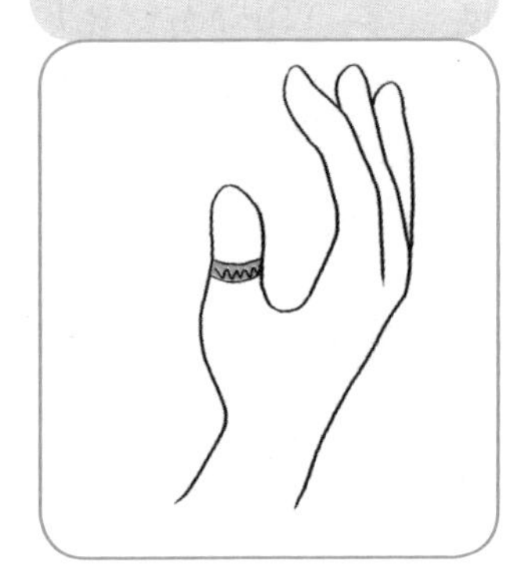

戴在中指上：对方是重视仪容的人，不仅衣着高雅，很重朋友和情义，常为朋友辛苦付出也不在乎。

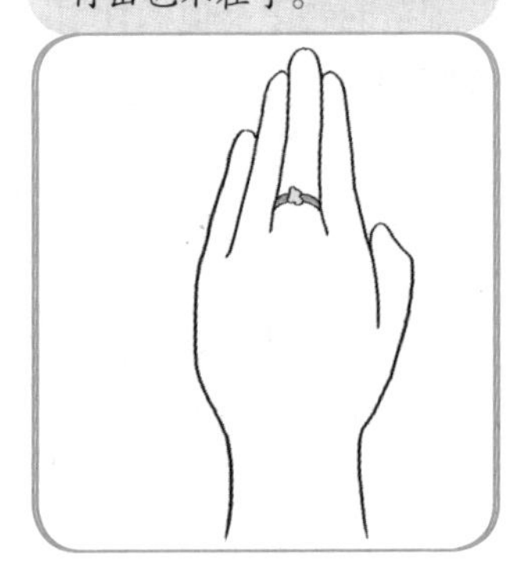

戴在食指上：对方是勤奋工作者，对有兴趣的工作，从来不在乎花多少心血去完成它。

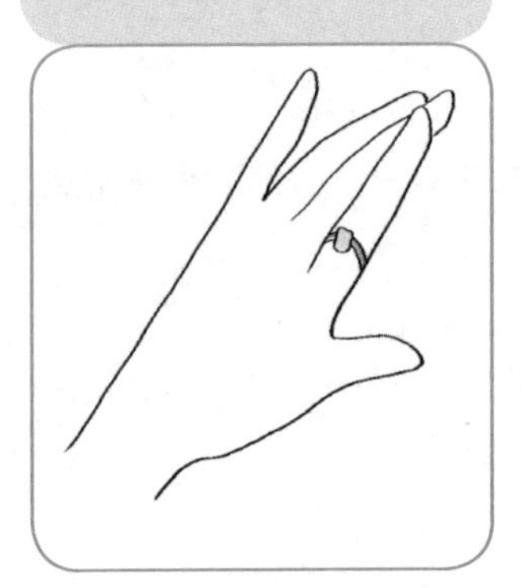

戴在无名指上：对方是家居型的人物，希望拥有一个安稳的家庭与家人，大家同心合力在一起生活。

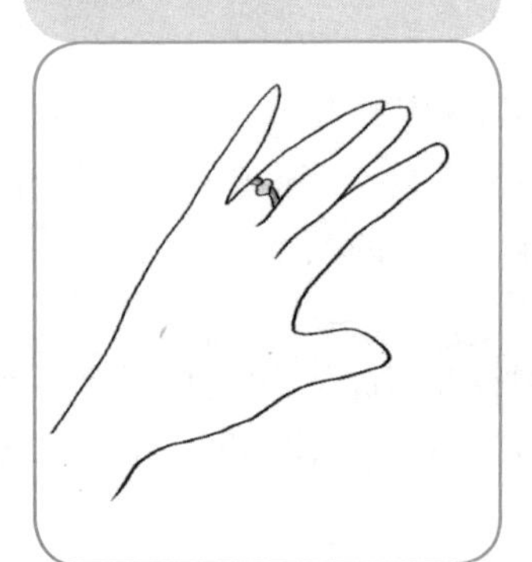

戴在小指上：对方是自私和自傲的人物，常常能有与众不同的表现，她的胆识与见闻广博。

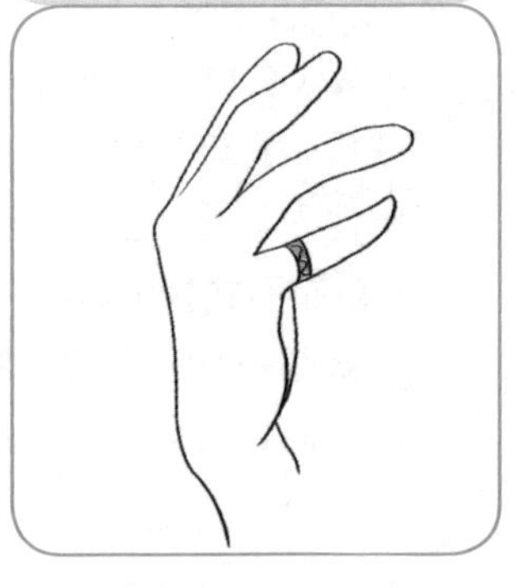

6.戴小戒指的人

乐于戴一枚小戒指的人大多都有比较丰富的想象力和突出的创造力，只是这些东西时常不适合生活，他们常怀着非常迫切的心情想向他人说明自己的想法。他们的生活态度相对比较积极，在很多时候知道该如何适当地表现自己。

7.戴手工戒指的人

手工戒指多是非常独特和复杂的，对这种戒指情有独钟的人的性格大多也是如此。他们也有较强烈的表现欲望，为了让他人认识和注意自己，他们可能会花费很大一番心思。他们喜欢标新立异，树立自己独特的风格，并且有十足的信心认为一定会成功。

8.从来不戴戒指的人

从来不戴戒指的人并不喜欢杂乱和烦扰的感觉。他们在生活中凡事总是力求自然舒适，这样他们才会感到自由，可以无拘无束地表达自己的各种思想和情绪。

手机：心灵交流的桥梁

1.简单、方便的普通机型

这类人的性格是易于交往的，因此可以结交很多朋友，朋友也给他创造了更多的人生机遇。但是，他们容易从众，往往不知道自己真正需要什么，经常迷失在朋友的建议中。

在感情方面，他们原则性不强，分不清自己的所爱，虽然他力求做一个有原则的人，却常常让自己处于矛盾之中，放弃了原来的看法，因此表现出对人忽冷忽热，意志不够坚定。因为欠缺感情分析能力，所以他们只有在朋友和家人的支持下，才能顺利恋爱。

2.外形极酷的金属机型

喜欢使用这种机型的人大多生活适应能力非常强，人生的机遇好，随时随地都能把握人生机会。但如果他没有坚强的意志，很容易让自己半途而废。他虽然看起来与人相处得很好，那是因为懂得隐藏自己，实质上，他个性独特，不容易让别人了解，内心很孤僻。

在情感上，他可以轻易地交朋友，却不是一个容易谈恋爱的人。他喜欢隐藏自己，很难让别人走进自己的内心世界。因此他的感情是孤独的，除非他遇见一个真心喜欢的人，引起他热情的追求，而对方刚好也很喜欢他，才有恋爱的机会。如果他没有遇到适合于自己的伴侣，便会宁愿孤独地生活。

3.可换彩壳的流行机型

这种类型的人心目中最理想的生活境界就是放荡不羁、轻松自在的人生。虽然他为人真诚、善良、爽快，喜欢赞美别人，能包容别人的缺点，使很多朋友愿意亲近他，但是，过于浅显的心思，使他缺乏吸引力。

情感方面，他从小到大有不少恋爱的机会，却都无法长久，往往难以深入发展，因为他不知道别人需要什么，也不关心别人需要什么，只顾自我投入，虽然付出很多，但很难打动对方。

4.能防水防震的运动机型

他们这类人，因为性格开朗、热爱生活和运动，所以天生看起来就阳光味十足。他们人缘不错，身边经常围着许多同性或异性的朋友，不过不属于交友过滥那种。

运动机型最大的特点就是经久耐用，因此，虽然他看起来可能有点“花”，但是内心追慕的仍是那种天长地久的恋情。如果真正遇到值得他去争取和等待的感情，他所表现出来的执着也是让人吃惊的。

对手机类型没有特别要求的人的性格

对手机类型没有特别要求的人是工作至上的，只有工作着，才感到自己生活着。他最大的优点在于敬业，但过分的敬业也让他活得并不轻松。

在恋爱方面，他是个被动的人。在他的观念里，浪漫的爱情只是生命的点缀，平衡家庭与事业的关系才是生命的基石。

其他饰物：展示着人性

常言道："清水出芙蓉，天然去雕饰。"自然之美固然让人沉醉，但除此以外，一些人为的创造，更会在自然的基础之上增添几分美丽。佩戴饰物就是装扮一个人的最好方式。

一个人选择什么样的饰物，才能与自己的个性相匹配？只有彼此相互吻合，才能达到最佳的效果。而这种选择，也就是一个人性格的外现。通过佩戴的饰物，往往也能觉察出一个人的性格。

喜欢戴手镯的人，多数是精力充沛、很有朝气和活力的人。他们多是比较聪明和智慧的，并且有某一方面的特长。

耳环：透视性格的物品

不同性格的人喜好不同形状的耳环，这其实反映出人们希望借此寻求一种内心世界与外在表现的和谐。

喜欢圆形款式耳环的女性比较传统，家庭观念强。

喜欢心形款式耳环的女性性情细致，体贴入微且浪漫活泼。

偏爱长方形或方形款式耳环的女性，生活严肃认真、坚强。

喜欢梨形款式耳环的女性，多为追求时尚的现代女性、外向。

讲究衣着，重视整体的搭配，常常会戴一枚小小的胸针，这样的人是相当重视自己在他人心中的形象的。他们在为人处世方面处处都比较小心和谨慎，不会贸然地做出某种决定。

喜欢用珠宝来当作装饰品，对服饰起到某种点缀的作用，在很多时候并不是为了突出表现自己的个性，而是为了配合整体造型，达到一种整体和谐的程度而存在的。

所选择的装饰品具有很浓厚的民族风格，这样的人一般来说个性是相当鲜明的，他们总是有自己独特的思维和见解。

喜欢佩戴体积大、坠多、灿烂醒目的珠宝的人，多爱招摇和卖弄，他们无论走到哪里，总会吸引许多人的目光。他们比较热情，并且这种情绪还会传染给其他人。

喜欢佩戴体积小、不太打眼的珍宝首饰的人，多为谦虚而又稳重的人。他们的内心多十分平静，在任何事情面前都能保持顺其自然的神情。他们一般不太希望能够引起他人的注意，随便自然一些反倒更好。

奇妙多变的眼神：眼睛中的真实含义

孟子曾说过：“观其眸子，人焉哉！”意思就是说：想要观察一个人，就要从观察他的眼睛开始。因为眼睛是人的心灵之窗，所以，一个人的想法经常会由眼神中流露出来，好坏是不容易隐藏的。譬如天真无邪的孩子，目光必然清澈明亮，而利欲熏心的人，则很难掩饰他眼中的混浊不正。

在人们交谈的过程中，如果对方不时地把目光移向近处，则表示他对你的谈话内容不感兴趣或另有所想，正在计划另一件事情。相反地，如果对方的眼神上下左右不停地转动，无法安定下来时，可能是因内心害怕而说谎，通常都有难言之隐，也许是为了不失去朋友的信任，而对某些事情的真相有所隐瞒。

和异性视线相遇时故意避开，表示关切对方或对对方有意;眼睛滴溜溜地转个不停的人，体现了意志力不坚，容易遭人引诱而见异思迁。

眼光流露不屑的人，显示其想表达敌视或拒绝的意思；眼神冷峻逼人，说明他对人并不信任，心理处于戒备状态。

没有表情的眼神，说明这个人心中愤愤不平或内心有所不满；交谈时对方根本不看你，可以视为对方对你不感兴趣或是不愿亲近你。

想要成功地了解一个人，第一件事就是要看穿他的心。只有这样才能分清哪些人是值得亲近的，或应该采取什么样的方式去远离他们。要看穿别人的心，其实并不难。因为再高明的人也会在不知不觉中把自己内心的感情、想法暴露出来，只不过暴露的程度、方式与普通人有些区别而已。善良淳朴的人，一般而言，眼神大都坦荡、安详;狭隘自私的人，眼神一般都狡猾、昏暗;不恋富贵、不畏权势的人，眼神一般都刚直、坚强;见异思迁、见风使舵的人，眼神一般都游移、飘忽。

解读眼睛里的密码

两个人如果是第一次见面，脸往往是第一个被注意的对象，而脸上第一个被注意的目标又往往是眼睛。

眼睛的神采如何，眼光是否坦荡、端正等，都可以反映出对方的德行。如果对方的眼睛滴溜溜地乱转，很明显，你必须心存戒备了。

躲闪对方目光的人，一向缺乏足够的信心，不仅怀有自卑感，而且性格软弱。

从眼神窥视对方的动机

眼睛是心灵的窗户，它会毫不掩饰地表现出你的性格、学识、情操、趣味和品性。心胸坦荡、为人正直者，其目光明澈、坦诚。心胸狭窄、为人虚伪者，眼神狡黠、阴晦。目光执着的人，志怀高远；眼神浮动者，为人轻薄。眼神内敛，表明自私；目光暴露，表明贪婪。自信者，眼神坚毅、深邃；自卑者，眼神晦暗、迷离。

使用眼睛的不同方式，还会泄露一些个人不同的心底秘密。

（1）一直盯着对方的眼睛，心中定是另有隐情。

（2）在谈话中注视对方，表示其说话内容为自己所强调，希望听者能及时做出回应。

（3）初次见面先移开视线者，多想处于优势地位，争强好胜。

（4）被对方注视时，便立即移开目光者，是一种自卑的表现。

（5）看异性一眼后，便故意转移目光者，表示对对方有着强烈的兴趣。

（6）喜欢斜眼看对方者，表示对对方怀有兴趣，却又不想让对方识破。

（7）抬眼看人时，表示对对方怀有尊敬和信赖之心。

（8）俯视对方者，欲表现出对对方的一种威严。

（9）视线不集中于对方，目光转移迅速者，这种人性格内向。

（10）视线左右晃动不停，表示他正在冥思苦想。

（11）视界大幅度扩大，视线方向剧烈变化时，表现此人心中不安或有害怕的心理。

（12）在谈话时，如果目光突然向下，表示此人已转入沉思状态。

（13）尽管视线在不停地移动，但当出现有规律的眨眼时，表现出思考已有了头绪。

眼睛的动作多种多样、千变万化：有拒绝眼神交流的动作；有各种不客气地看看对方的动作；有兴趣极浓的人不断地扫视；也有心怀戒备的凝视；甚至还有用仇恨的目光来毫无约束地诅咒别人。

在被别人注意时，如果不加理睬就使自己变成了一个纯粹的被观察目标。一旦双目对视，观察者和被观察者就都完全变成活生生的人了，就不能再像看一件物体一样去凝视不止了。如果看别人并非凝视不动，而是看一会儿后目光就移开，是在维护别人的独立权。然而在斥责时，眼睛动作就一反常态了，双眼逼视对方，对方却避而不看责骂人。如果目视责骂人，就表示反抗或挑战。

对某人凝视不止，是将人“非人格化”，这种凝视或许有时是允许的。例如，在剧场和演讲厅，演员和演说家愿意自己在表演或演说时，使自己失去自我感，只让别人把自己当成抽象的人去观察，这样可以避免一些紧张；服务人员都回避直愣愣地凝视顾客，因为他们一旦留心观察顾客时，就不再将顾客只当作服务对象对待了。眼神也可能变成指点，如果有人从他的餐桌上看看你，然后又看看你的脚，那么他的眼睛就是在指责你，你的脚的动作引起了他的不满，叫你注意。这一指点动作，中外是相同的。唯一差别的只是中国人的这一指点动作要比西方国家的人多。

眼睛斜视的意义

在人们交流的过程中，双方身体语言使用得最多的是“眼神”。研究资料也证实，人们在谈话时（盲人除外），他们眼神的作用，往往会超过有声语言。很多时候，一些说不清、道不明的思想情感，可能一个简单的眼神却能将其表达得清清楚楚、明明白白。

在与人交流时，我们有时会发现对方用斜视的目光打量着我们，这是什么意思呢？一般来说，一个人用斜视的眼光打量对方通常有这样三种意思。

1.表示自己对对方所说的很感兴趣

当一个人在与对方交谈的过程中，如果他发现对方很有趣或是很有吸引力，他就会用斜视的目光悄悄地打量着对方，同时还会扬起眉毛或是露出浅浅的微笑。这常被用来作为求爱的信号。

2.表示不确定的犹豫心态

当一个人与他人进行交流时，如果他对对方所说的话感到有些疑惑，或是需要自己做出决定但又有很多不确定的因素客观存在着。此种情况下，他就会用斜视的眼光看着对方，同时把眉毛向上拱起，试图在讯问对方：“你说的是真的吗？”或是试图告诉对方：“抱歉，我现在还不能做出决定。”

 留心他人延长眨眼的时间

一般来说，在正常的条件下，一个人眨眼的频率是1～3次/分钟，每次闭眼的时间也仅仅为1/10秒。

当一个人心理压力忽然增大和撒谎时，他眨眼的频率会大大增加，最高可达每分钟15次。

如果一个人故意延长眨眼时间，往往意味着他对对方已失去了兴趣，或是对对方感到厌烦了。

3.表示敌意或轻视的态度

一个人和对方交流时，如果他对对方抱有一定的意见，或是自我感觉非常良好，那么，在与对方进行交流时，他就会故意用此种眼神看着对方，同时把嘴角向下瘪着或是瘪向一边。这也是斜视最常见的含义。

由此可见，当一个人在看别人时，最好不要用斜视的眼光地去打量对方，以免引起对方的不快。

凝视的方法

凝视作为一种无声的语言，一旦运用不好往往会事与愿违。所以，在使用这一特殊“体语”时，应注意下面这样几个事项。

（1）和对方对准视线。无论是何种方式的凝视，都应和对方对准视线，切不可将眼神游来荡去，或是将头转向一方，这会让对方觉得你在有意避开他。如此一来，双方的交谈极有可能会不欢而散。

具有威慑力的直盯对方的方式

生活中，一个人的威严感，或者震慑力，往往不是因为他们的身体多么高大，而是因为他们的眼神可怕。所谓英气逼人，目光如刀，说的就是眼神的威力。

那如何才能使一个人的眼神具有威慑力呢?

其实很简单，当一个人忽然受到他人威胁或攻击的时候，应该高昂起自己的头，和“敌人”进行眼神交流，直盯着对方，不眨眼睛。

（2）焦点放在对方的脸部。一般来说，与对方进行凝视时，应将注目的焦点集中在对方脸和下巴之间的区域，这会让对方感觉很轻松、自在。虽然我们平常强调与别人进行谈话时，应该注视着对方的眼睛，但如果长时间盯着对方的眼睛看，肯定会让对方感到很紧张和不舒服。

（3）不要长时间将目光凝聚在对方某一部位。很多人在凝视对方时，最易长时间盯住别人某一部位，这其实是不礼貌的。此外，有研究证实，凝视时间超过10秒钟以上时，双方之间极有可能会产生不安的气氛。所以，在凝视别人，尤其是男性凝视女性的时候，眼睛不应该静止在某一部位，而应缓慢而适度地移动着。

（4）视线不能突然很快移开。在很多较为高级的场合中，如果一个人凝视着对方的时候，被凝视的一方慌慌张张地把视线转移到一边，这往往会让对方觉得你是一个胆怯、懦弱的人。所以，不管身处何种场合，与别人视线相触时，最好不要突然很快移开，而应缓慢而从容地把自己的目光转向一旁，如果你不想和对方进行凝视的话。

男女眼神的差异

究竟是女性解读眼睛信息的能力强，还是男性解读眼睛信息的能力强，心理学家对这一问题一直存在争议。近来，美国心理学家布莱德的一项实验证明，女性解读眼睛信息的能力比男性更胜一筹。

实验中，布莱德让参加试验的100名男女（男女各占一半）去看一些仅能看见人物眼睛的照片，并要求他们通过人物的眼神去揣摩照片中人物的情绪状态。让这100名参加实验的男女观看了各自手中照片大约10分钟后，布莱德要求他们把揣摩的人物的情绪状态写在纸上。结果和布莱德预想的几乎完全一致，在50名男性中，仅有15人猜对了他们手中人物的情绪状态，而在50名女性中，仅有15人猜错了她们手中人物的情绪状态。随后，布莱德又挑选了不同的人群做了近10次这样的试验，其结果几乎和第一次完全一样。这就表明，女性解读眼睛信息的能力的确比男性更胜一筹。

有趣的是，各国科学家至今仍然没有弄明白人们是如何怎样通过眼睛来解读或发出各种信息的，他们仅仅知道我们有这一能力。同时，布莱德通过试验还发现，在男性当中，性格内向，或是有自闭倾向的人，他们不仅在解读眼睛信息方面比一般男性差，即使在解读其他身体语言方面，也会比一般男性差一大截。这可能就是那些性格内向或是患有自闭症的人很难建立和谐人际关系的原因之一。

1.女性的眼白比男性多

因为身体语言比口头语言更接近于人类的本能，所以，心理学家在从事相关研究时，喜欢用灵长类的动物比如黑猩猩、猿猴等作对比试验，对人类眼神的研究也不例外。

通过对比，科学家发现，借助眼白，人们就可以很方便地观察到对方的视线，并猜测到他的心理变化，因为一个人的视线的移动和变化是和他的心情密切相关的。与男性相比，女性的更善于借助身体语言表情达意，其结果就是女性的眼白要比男性更多。不仅运用身体语言的能力，女性在解读诸如眼神之类的身体语言、阅读他人的情绪的能力方面也同样强于男性。

猿类没有眼白，它们的眼睛完全是黑色的。当猿类捕猎时，猎物根本无从察知猿的视线，也不法知道自己是不是已经被猿发现了，这样，猿就能够轻松地捕获猎物。与猿类似，男人的眼白较少，可能与他们需要掩饰自己动机的心理有关。

2.变大的眼睛和变小的眼睛

当一只黑猩猩受到外界刺激而生气或是准备攻击对方时，它的眉毛会自动降低，同时瞳孔缩小，眼睛变小，表现出一副气势汹汹的样子。反之，当一只黑猩猩忽然得到一大串香蕉或是准备与同类友好相处时，它的眉毛会自动上扬，同时瞳孔扩大，眼睛变大，表现出一副友好、顺从的样子。

眼睛向上看的姿势让女性备受男性的青睐

当一个孩子抬起头，睁着大大的眼睛，向大人发出某种请求时，大人一般都很难拒绝。因为这意味着信任和请求，足以打动父母的关爱之心。

女人也是擅长运用眼神表情达意。在与男性交往中，女性放低身姿，脸朝上看。这样看上去像一个天真的孩子，让男人顿生怜爱之情。

人类也同黑猩猩一样，当我们感到生气或是想控制、威胁对方时，就会眉毛降低，瞳孔缩小、眼睛变小，表现出一副无比威严的样子。反之，当我们感到高兴或是想与对方建立友好关系时，就会眉毛上扬，同时瞳孔扩大，眼睛变大，表现出温柔、顺从的样子。

由此，我们也就明白了很多女性在与别人，尤其是与异性，进行眼神交流时总是喜欢扬起自己的眉毛和眼皮的原因。她们之所以要这样做，就在于此举能使她们的瞳孔扩大，眼睛变大，从而显示出可爱而又让人“可怜”的“娃娃脸”。一般来说，此种表情对男性具有很大的吸引力。相比于其他表情，它也更能增添女性的温柔和美丽。所以，很多女性在为自己化妆时，总喜欢把眉形增高，以便使自己的眼睛看起来更大，显得更加可爱、温柔，从而吸引更多男性的“眼球”。与女性故意将眉形增高相反，男性如果要修眉，他们通常会把眉形降低，以便使自己的眼睛看起来较小，显得精神十足，从而给别人一种震撼力和威慑感，尽显男子汉的魅力。

3.怎样使男人欲火中烧

被誉为性感女神玛丽莲·梦露有一幅经典的照片——眼皮低垂，眉毛扬起，双目迷离往上看，精致红润的唇稍微张开。这幅照片打动了无数男人，这种姿势令无数男人为之痴迷。为什么这种姿势能激起男人兴趣，其秘密何在呢？不少行为学家对此进行了深入研究。他们发现，女性这样做，能够使眼皮和眉毛之间的距离最大化，能够使她看上去更具神秘感。同时还发现，许多女人在性高潮即将到来的时候，就会不自觉地做出这种表情。

几个世纪以来，许多聪明的女性就发现了这个秘密，她们不断运用这种姿态吸引男性，向他们传递性暗号。

点睛之笔：从眉毛观察对手

人的眉毛无疑可以展现心情的变化。过去曾有人认为它们主要的功用是防止汗水和雨水滴进眼睛里。眉毛除了有这种功能，更重要的还与表情有关。每当我们的心情有所改变时，眉毛的形状也会跟着改变，而产生许多不同的重要信号，主要有如下几种。

1.低眉

低眉是受到侵略时的表情，防护性的低眉则只是要保护眼睛，免受外界的伤害。在遭遇危险时，光是低眉仍不够保护眼睛，还得将眼睛下面的面颊往上挤，以尽最大可能提供保护，这时眼睛仍保持睁开并注意外界动静。这种上下压挤的形式，是面临外界袭击时典型的退避反应，眼睛突然见到强光照射时也会有如此的反应。当人们有强烈的情绪反应，如大哭大笑或感到极度恶心时，也会在脸上产生这种情状。

2.皱眉

一般人常把一张皱眉的脸视为凶猛，不会想到那其实和自卫有关，而真正带有侵略性的、一无畏怯的脸，是瞪眼直观、毫不皱眉的。皱眉所代表的心情可能有许多种，例如希望、诧异、怀疑、疑惑、惊奇、否定、快乐、傲慢、错愕、不了解、无知、愤怒和恐惧。要确实了解其意义，只有回头去看它的原因。

一个深皱眉头忧虑的人，基本上是想逃离他目前的境地，却因某些原因不能如

眉毛动作不同，心情各异

从生理学来说，眉毛对保护眼睛是功不可没。在心理学上，眉毛的作用也不可小看，从眉毛的动作可以看出一个人的心情。

眉毛完全抬高表示“难以置信”。

眉毛正常表示“不作评论”。

眉头紧锁，说明这是个内心忧虑或犹豫不定的人。

眉梢上扬，表示是个喜形于色的人。

此做。一个大笑而皱眉的人，其实心中也有轻微的惊讶成分。

3.眉毛一道降低、一道上扬

两条眉毛一道降低、一道上扬。它所表达的信息介于扬眉与低眉之间，半边脸显得激越，半边脸显得恐惧。尾毛斜挑的人，心情通常处于怀疑状态，扬起的那道眉毛就像是提出一个问号。

4.眉毛打结

指眉毛同时上扬及相互趋近，和眉毛斜挑一样。这种表情通常表现严重的烦恼和忧郁，有些慢性疼痛的患者也会如此。急性的剧痛产生的是低眉而面孔扭曲的反应，较和缓的慢性疼痛才产生眉毛打结的现象。

在某些情况下，眉毛的内侧端会拉得比外侧端高，而成吊眉似的夸张表情，一般人如果心中并不那么悲痛的话，是很难勉强做到的。眉毛先上扬，然后在几分之一秒的瞬间内又下降，这种向上闪动的短捷动作，是看到其他人出现时的友善表示。它通常会伴着扬头和微笑，但也可能自行发生。眉毛闪动也经常出现于一般对话里，作为加强语气之用，每当说话时要强调某一个字时，眉毛就会扬起并瞬即落下，像是不断在强调:“我说的这些都是很惊人的!”见面时，眉毛闪动，是表示“哈罗”，连续闪动就等于在说：“哈罗！哈罗！哈罗！”如果前者是说“看到你我真高兴”，则后者就在说“我真是太意外，太高兴了”。

5.耸眉

耸眉亦可见于某些人说话时。人在热烈谈话时，差不多都会重复做一些小动作以强调他所说的话，大多数人讲到要点时，会不断耸起眉毛，那些习惯性的抱怨者絮絮叨叨时就会这样。眉毛的形状是千变万化的，心理学家指出，眉毛可有20多种动态，分别表示不同心理变化。双眉上扬，表示非常欣喜或特别惊讶。单眉上扬，表示不理解、有疑问。皱起眉头，要么是陷入困难的境地，要么是拒绝、不赞成。眉毛迅速上下活动，说明心情十分好，内心赞同或对对方表示亲切。眉毛倒竖、眉角不拉，表明极端愤怒或异常气恼。

鼻子：人性情的象征

鼻子动作虽然轻微，但也能表现一个人的心理变化，就是说，鼻子也有“表情”。

在谈话中对方的鼻子只要稍微胀大时，多半表示满意或不满，或情感有所抑制。鼻头冒出汗珠时，说明心理急躁或紧张；如果对方是重要的交易对手时，必然是急于达成协议。鼻子的形状像鹰嘴，尖向下垂成钩状，阴险凶暴，鹰鼻而眼深者生性贪婪不知足。如果鼻子的颜色整个泛白，表示心情一定畏缩不前。鼻孔朝着对方，显示藐视对方，轻视别人。鼻子坚挺的人性格坚强，决定的事情一定要做到。摸着鼻子沉思，说明正在思考方法，希望有个权宜之计解决当前的问题。

有位研究身体语言的学者，为了弄清“鼻子”的“表情”问题，还专门做了一次观察“鼻语”的旅行。他在车站观察，在码头观察，到机场观察。他旅行了一个星期，观察了一周，得出以下两方面的结论。

（1）旅途是身体语言最丰富的表现区域。因为各个地区、各种年龄、不同性别、各种性格的人都汇集在一起，而且都是陌生人，语言交流很少，但心理活动又很多，所以，大量的心态都表现于身体语言。他说:“旅途是身体语言的试验室。”

（2）人的鼻子是会动的。因此，鼻子是个无声语言的器官。他说，根据他的

鼻子与性格

鼻子可以表明一个人的财运和能力。

鼻与脸形相比之下过于短小者，说明此人在升迁发展上难有前途，是扶不起的阿斗。

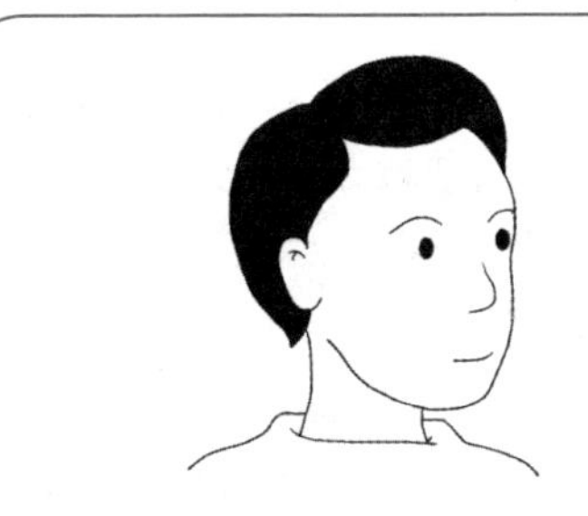

鼻小面大，显示出这种人不能独当一面，劳多获少。

鼻子很大，鼻梁骨很高挺，这样的人很幸运，关键时候总会有贵人相助。

鼻子外形很难看，并且发红。这样的人做事情往往没有条理，很难为别人认同。

观察显示，在有异味和香味刺激时，鼻孔会有明显的伸缩动作，严重时，整个鼻体会微微地颤动，接下来往往就会出现“打喷嚏”现象。他还认为，这些“动作”，都是在发射信息。此外，据他观察，凡高鼻梁的人，多少都有某种优越感，表现出“挺着鼻梁”的傲慢态度。关于这一点，有些影视界的女明星表现得最为突出。他说，在旅途中，与这类“挺着鼻梁”的人打交道，比跟低鼻梁的人打交道要稍难一些。

根据一位日本籍整容医生的临床经验说：“某人一旦接受了隆鼻手术，以往本来属于内向性格者，常会摇身一变而为倔强之人。”

曾有一本小说，其中有一段关于鼻子动作的描写。书中的男主角看到一位漂亮的小姐，为了表现出他的与众不同的吸烟法，他向空中吐着烟圈，然后烟圈飘向那位小姐。小姐没说什么，只是伸手捂了一下鼻子。男主角便问道：“你讨厌烟味吗？”那位小姐没有应答他，只是继续捂着鼻子。其实，用手捂着鼻子的身体语言已经表达出了她的讨厌情绪，遗憾的是，那吸烟者竟然没有看出来，反而去问一个不该问的问题。这样做自然要碰钉子。

另外，有的研究资料主张把用手捏鼻子的动作归为鼻子的身体语言，而不是手的身体语言。还有，若某人仰着脸，用鼻孔而不是用眼睛“看”人，这跟用手捂捏鼻子一样，是要表达自己反感的情绪。

在旅途中，碰到有这些姿势的人，尽量少打交道。譬如：请他人帮助做某件事情之时，如果对方做出用手摸鼻子的样子，或是用鼻孔对着你“看”，这应该视为他接受请求的可能性不大，或者提出拒绝的表示。

因此，跟讨厌的人迫不得已而交谈时，如果想尽快结束无谓的话题，不妨用手多次摸鼻子，再加上不停地交换架势，或用手拍打物体之类的动作。

祸福的门户：善变的嘴巴

口是人传递有声语言的器官，它不但是人最忙碌的器官之一，而且是脸上最富有表情的部位，语言表达、情感交流、吃喝等许多功能都需要口来实现。口在人的生存交往中有着其他任何器官都不可替代的重要作用，现代心理学家经过长期观察，发现口还有反映一个人性格特征的功能。

口不仅有大小之分，也有形状之别，不同的口形能给人以不同的感觉，不同的口形有不同的性格。

理想的口唇形状应该是：口阔而有棱，正而不偏，厚而不薄，唇色红润，形如角弓，或如四字，或口方唇齐，上下唇厚薄一致，相载相覆，开大合小，唇紧闭而不露齿，位置正中，左右对称，此为有成。有成的嘴唇，表示一个人正直、忠信，语不妄发，有口德，也说明身体健康。

相反，口唇若尖缩而无棱，阔大无收，偏斜不正，薄而不厚，唇色发黑干枯，两角下垂，上下唇厚薄不一致，不相载覆，唇开露齿，位置偏歪，左右不对称，则为无成。

1.聪明好学的四方口

四方口就是嘴的形状像一个“四”字。这种口型方方正正，嘴角平直，给人一种活泼开朗的感觉。这种人无论做什么事情都专心致志，头脑比较灵活，读书学习都比较见成效，被当作聪明人。这种人因为乐观好学，很容易受到别人的喜欢。他们因为正派，常会得到别人的信赖和帮助，因此人生也不坎坷。

2.笑不绝口的仰月口

这种口型比较方正，两个嘴角自然向上，天生就是副很快乐的样子。这种人往往唇如朱丹，齿如白银，给人以很好的印象，再加上那副天生笑容，很容易获得别人的好感。他们对知识也很感兴趣，好奇心强，知道的也多，往往出口成章，显得满腹经纶，所以经常会成为社交中引人注目的人物。

嘴巴对人有着非常重要的作用

人们经常说的一句关于嘴巴的话语是：好马长在腿上，好人长在嘴上。

这句话共有两层含义：

一是表面的，说人的嘴长得好看是非常重要的，人人都希望有完美的口唇，漂亮的唇部会凸显一个人的灵气，增加一个人的魅力，这是嘴巴在视觉上的功能。

二是通过嘴巴说出花言巧语和雄辩，嘴巴上我们语言的载体，它的存在是必不可少的，我们可以通过嘴巴来达到自己的目的。

3.消极悲观的覆船口

口如倒扣的船，嘴角两边向下垂，下唇绷得很紧而且轮廓也不大清楚。这种人思想消极，无论什么事情都往坏的一方面想，而且行动迟缓，是典型的悲观主义者。

嘴唇厚薄与人的德行

一些社会学家对嘴唇进行了研究，并且总结出许多经验，不仅得出嘴唇与身体健康有关的结论，也得出了与人的品质性格有关的结论。

1.嘴唇厚的人为人实在

嘴唇厚的人给人的感觉是憨厚、诚实。这种人心地善良而仁慈，在为人处世中，他们总是诚恳待人，对朋友、同事重感情、讲信用。但是，这种人缺乏自己应有的主见，办事缺乏足够的果断。如果一个女人有两瓣丰润的朱唇，这就是她的本钱，足够她享受一辈子了。因为这不仅表明她为人实在，还表明她身体健康，并且性感十足。

2.嘴唇大且厚的人性格坚强

嘴唇大而厚的人给人的印象往往是比较沉着稳重。通常而言，这种人性格坚强，具有很强的自尊心和好胜心，干起事来总有一股冲劲和拼搏力，不达目的，他们绝不会罢休。为什么会有这种感觉呢？嘴唇厚的人，面颊往往比较丰满，因此给人一种忠厚老实的感觉，而这种人待人温和，具有良好的人缘。为了保持这一系列优势，他们对自己的工作会愈来愈尽职尽责，工作也会愈来愈扎实。如果是女性，其内心感情更为丰富。

嘴唇松弛的人的性格特点

嘴唇松弛的人缺乏耐力，给人一种松松垮垮的感觉。这种人身体一般不会很好，因此办事缺乏足够的体力支持，无论做什么事情，只要过一会儿，他们就会感到精疲力竭。

这种人适合干那些风风火火的事，因为他们的动作往往很迅速。他们应该注意锻炼身体和增加营养，把体力和意志都提到一个新的高度。

3.嘴唇薄者爱吹毛求疵

人的容貌特征与人的道德品质总有一种潜在的本质联系。如品行端正者作风也正派，贼眉鼠眼者为人奸诈，鼻正心也正，鼻歪心有鬼。嘴唇厚薄也同样遵循这一规律。在现实生活中也可以发现，那些尖酸刻薄的人，天生就爱耍嘴皮子，唠唠叨叨把嘴唇都磨薄了。在他们的概念中，好像只有用滔滔不绝的语言才能战胜对方，从不打算用诚信与对方交往。

嘴部的无声语言远远超过了有声语言的作用，它可以“一言不发”地告诉你一切。当然，这要依赖于你对身体语言的理解，只有这样才能使其发挥出相应的作用。

听话听音：从言谈之间听出“弦外之音”

“闻其声，知其人。”在说话过程中，人的内心感受直接影响声音，而另一方面，声音大小、韵律、语速、语气等也是内心活动的外在表现。

《礼记·乐记》中谈到人的内心与声音的关系时说：“凡音之起，由人心生也。人心之动，物使之然也。感于物而动，故形于声。声相应，故生变。”对于一种事物由感而生，必然表现在声音上。人的声音随内心世界变化而变化，我们因此可以通过“声”和“音”来识人。

人是最高级的动物，人和动物相区别的主要特征之一就是人有自己的语言。语言是一套音义结合的复杂系统。

一个人说话的语速可以反映出他的心理健康的程度。一个心理健康、感情丰富的人在不同的环境下会表现出不同的语速。譬如说，朗诵一篇富有战斗力的激情散文时，会加快语速，借以抒发一种战斗的激情；而朗诵一篇优美的抒情散文时，又会用一种悠扬、舒缓的语气来表达心里的那种美感。

在平时的生活、工作中，每个人也都有自己特定的说话方式、语言速度，有的人天生属于慢性子，说话慢慢吞吞，不急不慢，任凭再急的事情，他也照样雷打不动地用他那种独有的语速来叙述给别人听；有的人天生就是个急性子，说话就像打机关枪，一阵儿紧似一阵儿，容不得旁人有插嘴的机会。大多数人介于二者中间，说话的时候语速属于中速。

语速是每个人长期以来形成的性格特征，是客观固有的，而且长期存在。通常而言，说话语速较慢的人比较憨厚老实，性格内向，可能会有点木讷；而说话飞快的人，比较精明，热情外向，有着偏向于张扬的性格。

语速可以很微妙地反映出一个人说话时的心理状况，留意对方的语速变化，你就留意到了他的内心变化。

从声调探知人的个性

声音会表现性格、人品，有时也是预测个人前途的线索。从脸部表情、动作、言辞无法掌握对方心态时，往往可从声调去揣摩他情绪的变化。

高亢尖锐的声音

声音高亢者一般较神经质，对环境有强烈的反应，如房间变更或换张床则睡不着觉。

温和沉稳的声音

这种人属于慢条斯理型，往往上午有气无力，下午却变得活泼起来。

沙哑声

具有这种音质者会凭着个人的力量拓展势力，在公司团体里率先领头引导他人，越失败越会燃起斗志，全力以赴。

娇滴滴而黏腻的声音

这种人往往心浮气躁，有时由于过度希望引起别人好感反而招人厌恶。

透过说话的韵律见人心

在言谈中，除了音感和音调之外，语言本身的韵律也是重要的因素。

充满自信的人，谈话的韵律定为肯定语气；缺乏自信的人或性格软弱的人，讲话的韵律则犹豫不决。其中，也会有人在讲一半话之后说："不要告诉别人……" 此种情况多半是秘密谈论他人的闲话或缺点，但内心却又希望传遍天下的情形。

话题冗长、相当时间才能告一段落的情况，说明谈论者心中必潜藏着唯恐被打断话题的不安。唯有这种人，才会以盛气凌人的方式谈个不休。至于希望尽快结束话题交谈的人，也有害怕受到反驳的心理，所以常常给对方没有结果的错觉。

从声音大小探测人心

声音的大小和人的性格有着紧密的联系。

喜欢大声怒吼的人通常支配欲强，此类人喜欢单方面贯彻自己的意志，喜欢以自我为中心。

用大嗓门喋喋不休地讲话的人，是外向性格的人，说话的声调甚为明快，这表示"他希望别人充分理解他"。

声音小者，多半是性格极为内向的人，他们往往在说话时压抑自己的感情，话不说到一定的分上，他们一般不会把内心的想法和盘托出。

每个人都有其特定的谈话方式，有的人谈吐幽默，妙语连珠；有的人却颠三倒四，废话连篇。总之，谈话方式不同，反映出人们的性格也不同。

经常滔滔不绝谈个不止的人，一方面目中无人，另一方面喜欢表现自己。这种类型的人，一般性格外向。

一个成功的政治家和企业家，在掌握言谈的韵律方面，都有独到之处。这种细节性的处理方式，使他赢得了社会或下属的认可与尊重。

说话比较缓慢的人，大都性格沉稳，他处事做人是通常所说的慢性子。

从说话特点看透对方性格

人说话的目的不仅仅只是把想表达的意思传达给对方就算完成了说话的任务，更主要的目的则是为了让对方接受——更好地、更愉快地接受。为了达到这样的目的和效果，在说话的时候，就要注意自己的语态。从一个人说话的语态上也可以反映出一个人的性格。

在说话中善于使用恭维崇敬用语的人，多为比较圆滑和世故之人，他们对别人有很好的观察力，往往能够感觉到他人的心情，然后投其所好。这一类型的人随机应变，适应力很强，性格弹性比较大，与绝大多数人都能够保持很好的关系。在为人处世方面多能如鱼得水，左右逢源。

在说话中善于使用礼貌用语的人，一般都是有一定的学识和文化修养，能够给予别人足够的尊重和体谅，心胸比较开阔，有一定的包容力。

说话非常简洁的人，性格多豪爽、开朗、大方，行事相当干练和果断，凡事说到做到，拿得起放得下，从来不犹犹豫豫、拖泥带水，非常有魅力，具有开拓精神，有“敢为天下先”的胆量。

说话拖泥带水、废话连篇的人，多比较软弱，责任心不强，遇事易推脱逃避，胆子比较小，心胸也不够开阔，唠唠叨叨，整天在一些鸡毛蒜皮的小事上纠缠不清。他们虽然对现实的状况有许多不满，但缺乏开拓进取精神，且不会寻求改变，只是在等待，容易嫉妒他人。

说话习惯用方言的人，感情丰富而又特别重感情。他们的适应能力并不是特别强，与其他环境的融合往往需要很长的一段时间。这一类别的人，自信心比较强，有一定的魄力和胆量，很容易获得成功。

在说话的时候，总是不断发牢骚的人，大多是好逸恶劳、贪图享受的人。他们虽然想改变自己的处境，但总是安于现状，坐享其成，而不付诸实际行动。一遇到挫折和困难，就逃避退缩，把原因都归结到外界的因素上。他们对别人的要求总是相当严格的，却从不同样地要求自己。他们自私自利，缺乏宽容别人的气度，很少设身处地地为别人着想，总期望得到更多的回报。

从说话话题看透对方心理

有些人的话题太偏重自己、家庭或职业的事情，是一种自我意识的倾向，他们属于自我中心主义者。

有些人非常愿意打听对方的秘密，这是着意弄清对方的缺点，希望能进一步掌握对方的意思。

有些人愤愤不平地埋怨待遇低微，其实，待遇低微只是借口而已，他们内心的真正动机是他们对自身工作并不热爱。

从幽默识别对方的性情

1.善用幽默打破僵局的人

会用幽默来打破僵局的人多随机应变，能力比较强，反应快。因自己出色的表现，他们可能会成为受人关注的对象，这正好迎合了他们的心理。他们希望能够吸引别人的注意和认可，大多具有强烈的表现欲望。

2.常常用幽默的方式来挖苦别人的人

常常用幽默的方式挖苦他人的人大多心胸比较狭窄，有强烈的嫉妒心理，有时甚至做一些落井下石的事情。他们有比较强的自卑心理，生活态度较消极，常常进行自我否定。他们最擅长挑剔和嘲讽他人，整天地算计别人，自己却从未真正地开心过。

3.善于说自嘲式幽默的人

善于说自嘲式幽默的人首先必须具有一定的勇气，敢于进行自我嘲讽，这不是一般人能够做到的。他们的心胸多比较宽阔，能够接受别人的意见和建议，而且能够时常反省自己，进行自我批评，寻找自身的错误，进行改正。他们这种气质，让别人看在眼里，很容易产生一股钦佩之情，从而为自己带来良好的人际关系。

4.用幽默的方式嘲笑、讽刺他人

用幽默的方式嘲笑、讽刺他人的人给人的第一印象往往是相当的机智、风趣，对任何事物都有细致入微的了解，能够体谅和关心他人，但实际上却是相当自私的，他们在乎的可能只是自己。他们在为人处世各个方面总是非常小心和谨慎，凡事总是赶着要比别人快一步。他们睚眦必报，有谁伤害过自己，一定会想方设法让对方付出代价，他们还有比较强的嫉妒心理，当别人取得了成就的时候，会进行故意的贬低。

5.喜欢制造一些恶作剧似的幽默的人

喜欢制造一些恶作剧似的幽默的人多热情大方、活泼开朗，活得很轻松，即使有压力，自己也会想办法来减压。他们比较顽皮，爱和人开玩笑，他们在这个过程中进行自我愉悦，同时也希望能够将这份快乐带给他人。

言辞过恭必怀戒心

任何人际交往都是在交际双方所结成的心理距离中进行，适当的心理距离是人际交往成功的一个必要条件。语言可以拉近或推远相互之间的心理距离。要想拥有圆满而顺利的社会生活，有分寸地使用恭敬的语言是很重要的。这类语言要根据时间、场合、目的微妙地表达，均衡地加以运用。俗话说“过犹不及”，如果言辞过恭反而显得肤浅。

适度的礼貌，是维系良好人际关系的方法之一。人与人之间的礼貌，有一定的形式、程式和措辞等，人人都必须遵循。“殷勤过度，反而无礼。”法国作家拉伯雷说过：“外表态度上的礼节，只要稍具有知识即能充分做到；而若是想表现出内在的道德品行，则必须具备更多的气质。”那么从言辞到行动总是恭恭敬敬的人，也许可以说是气质上的欠缺。

这些人在与人交往的时候，一般总是低声下气，始终用恭敬的语言、赞美的口气说话。初交时，对方也许会有不好意思的感觉，但绝不会对这些人产生厌恶。然而，随着交往的日益深入，他人便会逐渐察觉这种人的态度，而且会气恼不已。这时对他的评价，大多变为:“那家伙原来是个口是心非、表面恭敬的人!”

这种人幼儿期一定受到过双亲严厉而又错误的教育，尤其在有关礼节方面。因此，那些在一般人看来是可容许的欲望，却不为他们的良心所许可，导致他们产生了恐惧、罪恶和不安等感觉。于是，他们便将种种欲望、冲动和情绪全压抑在内心深处，死死禁锢着。但是，被压抑的欲望、冲动和情绪越积越多，总有一天会形成强大的攻击冲动而发泄出来。他们直觉地觉察到这一点，为求掩饰起见，便启动反作用的心理防卫机制——对人更加恭敬。这等于说，这类以令人难以忍受的过分谦恭的态度对待别人的人，内心里往往郁积着对别人的强烈攻击欲。

有些人虽然彼此交往很久，双方的了解也很深刻，但是，对方依然在运用客气与亲切的言辞，说话的语气也十分谨慎。在这种情况下，对方如果不是在心理上怀有冲突与苦闷，就是在心中怀有敌意。反之，有人故意使用谦逊与客气的言语，是因为他们企图利用这种方式和态度闯进对方心里，突破对方心中的警戒线，实际上，他们的真正动机在于企图掌握对方，实现居高临下的愿望。

许多人在说话时，往往会伴随着一些动作，这些动作，有的是习惯形成的，有的则是说话的人为了加强说话的效果与语气等特意做出的。总之，不少人都有边说话边做动作的习惯。而这些动作、手势等不仅代表着说话者的某些强调或附加的含义，同时，各人所做出的不同动作，还反映着不同人的心理及性格特征。因此，只要我们留意和细心观察，便可以从说话人的动作中窥探到他们的内心世界，从而了解这些人的性格特征。

使用敬语要适当

日本语言学家桦岛忠夫说：“敬语显示出人际关系的亲疏、身份、势力，一旦使用不当或错误，便扰乱了应有的彼此关系。”在某种无关紧要或特别熟悉的人际关系中，我们根本没有必要使用恭敬语。

不过，在很亲密的人际关系群中，碰见有人突然使用恭敬语对你说话，那就得小心了。是否在你们之间出现了新的障碍？如果在交谈中常常无意识地使用敬语，就说明与对方心理距离很大。过分地使用敬语，就表示有激烈的嫉妒、敌意、轻蔑和戒心。

所以，当一个女人对男人说话时，若使用过多的敬语，绝对不是表示对他的尊敬，反而是表示“我对他一点意思也没有”，或是“我根本就不想和这类男人接近”等强烈的排斥反应。

9种言谈各有千秋

一母生九子，九子各不同。人与人之间有着很大的差别，由此产生了9种偏狭性情，它们可能妨碍我们对人的理解。

1.夸夸其谈的人

这种人侃侃而谈，宏阔高远却又粗枝大叶，不太会打理细节问题，琐屑小事从不挂在心上。这种人的优点是考虑问题宏博广远，善从宏观、整体上把握事物，大局观良好，往往在侃侃而谈中产生奇思妙想，发前人之所未发，富于创见和启迪性。

2.义正言直的人

这种人言辞之间体现出刚正不阿、不屈不挠的精神，公正无私，原则性强，是非分明，立场坚定。他们的缺点就是处理问题不善变通，为原则所驱而显得非常固执，但能主持公道，往往得人尊崇，不苟言笑而让人敬畏。

3.抓住弱点攻击对方的人

这种人言辞锋锐，抓住对方弱点就猛烈反击，不给对方回旋的余地。他们分析问题透彻，看问题往往一针见血，甚至有些尖刻。由于致力于寻找、攻击对方的弱点，有可能忽略了从总体、宏观上把握问题的实质与关键，甚至舍本逐末，陷入偏执与死胡同中而不能自拔。

4.语速快、辞令丰富的人

这种人知识丰富，言辞激烈而尖锐，对人情世故理解得深刻而精到，但由于人情世故的复杂性，又可能形成条理层次模糊混沌的思想。这种人做事只会做力所能及的事情，并且完全可以让人放心，但一旦超出能力范围，就显得慌乱、无所适从。他们接受新生事物的能力强，反应也特别快。

5.似乎什么都懂的人

这种人知识面宽，随意漫谈也能旁征博引，各门各类都可指点一二，显得知识渊博，学问高深。他们的缺点是脑子里装的东西太多，系统性差，逻辑思维能力不强，思想性不够，一旦面对问题就可能抓不住要领。这种人做事，往往能想出几个主意，但都打不到点子上去。

6.满口新名词、新理论的人

这种人接受新生事物很快，遇到新鲜言辞就能在日常生活中运用，而且有跃跃欲试、不吐不快的冲动。他们的缺点是没有主见，不能独立面对困难并解决之，易反复不定，左右徘徊，比较软弱。他们如果能沉下心来认真研究问题，锻炼意志，无疑会成为业务高手。

7.说话平缓的人

这种人性格宏广优雅，为人宽厚仁慈。他们的缺点是反应不够敏捷果断，转念不快，属于细心思考、长久思考型人才，有恪守传统、思想保守的倾向。他们如果能加强果断勇敢之气，对新生事物持公正而非排斥态度，会变得从容平和，具有长者风范。

8.讲话温柔的人

这种人用意温和，性格柔弱，不争强好胜，权力欲望平淡，与世无争，不轻易得罪人。他们的缺点是意志软弱，胆小怕事，雄气不够，畏惧麻烦；对人事采取逃避态度。如果能磨炼胆气，知难而进，勇敢果决而不犹豫退缩，他们会成为一个外在宽厚、内存刚强的刚柔相济的人物。

9.喜欢标新立异的人

这种人独立思维好，好奇心强，敢于向权威说不，勇于向传统挑战，开拓性强。他们的缺点是冷静思考不够，易失于偏激，不被时人理解，成为孤独英雄。他们可利用他们的异想天开式的奇思妙想做一些有开创性的事。

说话时盯住别人的人

有些人在与他人谈话时喜欢目不转睛地看着别人。在聚会上，这种人也常常盯住一个人不放，而他并不是看上了这个人。

这种人的支配欲望很强，而大多数的时候他们确实又都有某种优势，因此只要有机会，他们就会向别人表现自己。怎么说呢？他们占不到天时地利就一定能占到“人和”。他们的行为时常看起来像花花公子（很多时候是事实），但有一点值得大家肯定，他们选定了人生的目标就一定会去努力实现。

说话时盯住对方的三角区

大部分人说话时盯住对方眼睛的时间不会很长的，否则彼此都会觉得很别扭。

最让人舒服的做法是，说话时看着对方的眉心和两颧骨组成的三角区内，大约就是鼻子周围。

这样会给对方一种备受关注、觉得自己是焦点的感觉，既表达了自己的尊重，又会让对方觉得舒服、对你自然产生好感。

这种人不喜欢受束缚，经常我行我素。另一方面，他们比较慷慨，因此他们周围总是有一些相干和不相干的人在一起。自然，有真心的，也有看中“酒肉”的。

每个人都有自己的言谈习惯，而且不同的人所具有的言谈习惯都有各自的特点。心理学家经过反复调查和研究，了解到一个人的说话习惯与其性格特征有着直接的关联，而且可以把这种关联作为认识一个人的基本方法。

得理不饶人的人

喜欢辩论的人时常都是气势凌人、得理不饶人的人，在辩论中总想把对方打倒，叫人永远不能翻身。这种人总认为真理只会掌握在自己手里，只要对方偃旗息鼓，自己就算胜利了，因此他们与别人讲话，用不了多久就会发生争执，辩论成为他们与别人谈话的主要方式。

从本质上看，这样的人其实是个弱者。他们把大好的时光都花费在无聊的辩论上，把很多时间都用在胜败的较量上，哪里还有更好的心情去做更有意义的事呢？他们从争辩的胜利中得到了什么呢？其实什么也没有得到。对方无法得到快乐，而他们自己也同样得不到快乐。

这样的男性易于冲动，表里不一，对事物的发展方向无法把握，因此，他们虽然不怕困难，艰苦奋斗，但是也很难取得成功。因为他们偏爱辩论，所以树敌也颇多。事业难以成功，人际关系恶化，他们心里充满害怕和孤寂，为了掩饰这种弱势，他们常以高声辩论来掩饰自己的懦弱。

抓住弱点不放、攻击对方的人

这种人言辞锋锐，抓住对方弱点就猛烈反击，不给对方回旋的余地。他们分析问题透彻，看问题往往一针见血，甚至有些尖刻。由于致力于寻找、攻击对方的弱点，有可能忽略了从总体、宏观上把握问题的实质与关键，甚至舍本逐末，陷入偏执与死胡同中而不能自拔。

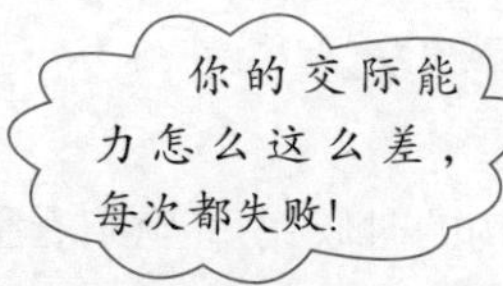

在用这种人时，应考虑他在“大事不糊涂”方面有几成火候，如果大局观良好，就是难得的粗中有细的优秀人才种子。

从接受表扬的态度看透对方

表扬是对成绩的肯定，表示大众接受他们的行为或某种观点，是人人都期求的一种外界反应，受到表扬的人往往会得到心灵上的愉悦和满足。

有的人追求表扬胜过财富，也有的人胜于生命，所以表扬对于一个人的性格有着非常大的影响。

危险处境考验的是一个人的勇气，功名利禄能够检验出一个人的德行，一个人的耐性可以从琐事缠身的时候看出来，而一个人在接受表扬的时候所产生的反应，将暴露出什么信息呢?

1.一受到表扬就害羞的人

受到表扬的时候面红耳赤、表现得很腼腆的人，温柔敏感、感情非常脆弱，别人的批评很容易让他们受到伤害，更经受不住意外的打击。他们富有同情心，关注别人的感受，不会用言语或行动主动攻击别人。

2.不敢相信的人

这种人听到赞扬的话，会用一副非常惊喜的样子来表达自己心中的高兴。他们憨厚淳朴，不喜欢与别人发生矛盾冲突，经常损失自己的利益来换得安宁。他们喜欢参加群体活动，交往过程中的大度和慷慨让他们与别人建立起良好的人际关系，与他人能够相处得非常融洽。

3.相互赞扬的人

听到别人的表扬，这种人立刻会用相应的表扬话语回敬，让对方有被回报的感受，这种人有自己的个性，不喜欢依赖他人，对自己和生活充满了自信。这种人在人际交往过程中，很讲究平等互利，和他们交往可以毫无后顾之忧，既不必担心吃亏，也不会产生占他们便宜的觊觎念头。

4.极力否定的人

这种人经常用诙谐的话语回敬对方的表扬，有时否定对自己的表扬。他们不喜欢参加集体活动，不愿受到别人的干扰，将更多的精力和时间用于维护自己的独立空间。他们幽默含蓄，但又略显放荡不羁，其实这是他们故意封闭自己的一种手段和方式，因此通常不会和别人建立起深厚的友谊。

5.来者不拒的人

这种人较为公平，会在接受别人表扬的时候用适当的好话称颂对方。他们心地单纯，好助人为乐，经常设身处地为别人着想，能够对他人的优点给予肯定，别人非常愿意和他们相处。他们慷慨大方，能够给予朋友及时有效的援助，和他们共渡难关。

6.心平气和的人

这种人对于表扬自己的人，能恰到好处地表达出由衷的感谢，给对方彬彬有礼的感觉。他们沉着稳重，注重实际，讲究实效，富有进取心，善于韬光养晦，经常出其不意地给人以惊喜。他们有着独立的行事原则，能够按照预定的目标坚持不懈地努力，不受外界环境影响，更不会招摇过市、不可一世。

 冷漠对待表扬的人的性格特征

无动于衷的人

听到表扬无动于衷的人，在工作当中会兢兢业业，不喜欢争强好胜，奉献是对他们的高度评价。

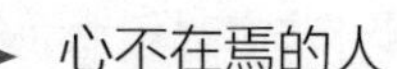

他们根本没有心情为表扬浪费过多的时间，他们反应灵活且才华横溢、富有眼光，既现实又果断。

用微笑拉近距离

不少心理学家声称，人脸上可以产生近两万种不同的表情。近来的研究表明，我们能够在面部表现出约35种个人沟通动作（语势）。对于高兴、悲伤或是吃惊等感情而言，所有文化背景下的人都会做出相似的面部表情，但是不同文化背景下学到的“潜规则”通常会引起人们的不同反应。比如，在美国很多地区，蛇会刺激人们产生害怕或恶心的面部表情，但是在世界上其他一些国家和地区，蛇则可能令人

想起一种美味佳肴，从而使人们产生喜悦或兴奋的面部表情。但是，微笑作为一种受到最广泛理解的正向性表情，在所有的文化语境里，人们都用它来表示高兴与快乐。正因为如此，心理学家把“微笑”视为人际交往中的一种“通用货币”，无论是何种文化背景下的人，它都可以付出，也可以接受。

在与人交往中，微笑就像“润滑剂”，使人与人的交往变得顺畅、和谐，从而大大拉近彼此间的距离，同时，微笑还能消除人与人之间的心理隔阂和障碍，促进人们相互理解和友谊的加深。有些时候，微笑甚至还能给人带来巨大的财富。被誉为世界“旅馆大王”的希尔顿曾为自己旗下一家酒店生意不好而百思不得其解。后来，他决定穿着便装去一探究竟。当他到达后，无论是酒店门口的门童，还是里面的礼仪小姐，再或是前台的服务人员，其脸上没有一丝微笑，全都冷冰冰地对待每一位顾客，这就使得整座酒店显得十分冷清。至此，希尔顿明白了这家酒店生意不好的原因。他马上找到总经理，要求他通知所有没有上班的员工和各级经理到会议室召开紧急会议。会上，西尔顿这样说道：“我们的酒店不乏一流的设备，但却没有一丝一流的微笑，这就是我们酒店门可罗雀的原因之所在，因为没有哪个旅客愿意住在一个冷清、甚至有点冷漠的环境中。一个酒店如果缺少了服务员美好的微笑，就如同花园失去了春天的阳光和春风。所以，我请诸位一定要记住这句话：我们的微笑永远是顾客心头的一缕阳光！”希尔顿此次讲话完毕后，总经理便颁布了一条新规定，酒店里的所有人员，在酒店里遇见或看见旅客，以及为旅客服务时都必须面对微笑，以便给客人一种宾至如归的感觉。此次规定颁布后不久，这家酒店便赢得了八方来客，取得了很好的经济效益。

由此可见，微笑能引发人们心灵之间的沟通，给人一种沐浴春风的感觉，从而在无形之中拉近了人们彼此间的距离。也正因为如此，一些国外著名旅游城市的管理者为了能让自己管理的城市能给前来旅游的人们留下一种良好形象，十分注重本城市民的“微笑管理”，一些城市甚至规定当地居民在与游客相遇，或是在为游客提供服务时，不得愁眉苦脸或是显得不情不愿，违者将要被送到“微笑培训站”，学习并当面向游客展露数次微笑后方可离开。

窥探笑容背后的内心世界

人类的很多体语姿势及其含义，其演变都可以追溯到人类作为动物的蛮荒时代。比如，一个人对着别人用手拍打自己的胸部，意在表示自己有力量，不惧怕对方，而这一姿势就源于黑猩猩的拍胸动作；一个人双手握拳高举，意在恐吓对方这一姿势，也源于猴子和黑猩猩吓唬敌人或同伴的类似动作，类似这样源于动物的体语还有很多。那人类面部主要表情——表示愉快和高兴的笑起源于哪儿呢？

常见的几种类型的笑

人类的笑尽管多种多样，但其中最常见却是下列几种。

1.普通而常见的笑。这类笑在日常生活最为常见，通常是表示谢意、歉意或以示自己的友好姿态，诸如此类的微笑还有很多。

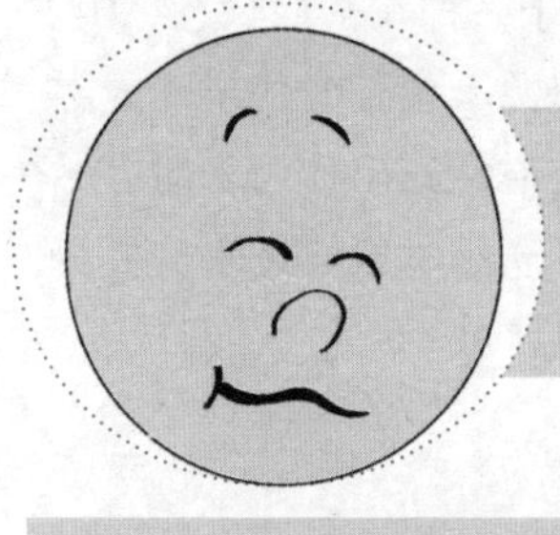

2.鼻笑。所谓鼻笑，也即把笑从鼻子里发出来。多见于一些人在严肃、正式的场合看到了可笑的人或事，忍着不敢大笑。

3.窃笑。所谓窃笑，顾名思义，就是指偷偷地笑，且笑声较低也不长。多见于某人看到一件事情有趣而可笑的一面，而其他人却浑然不觉，有时又有幸灾乐祸的味道。

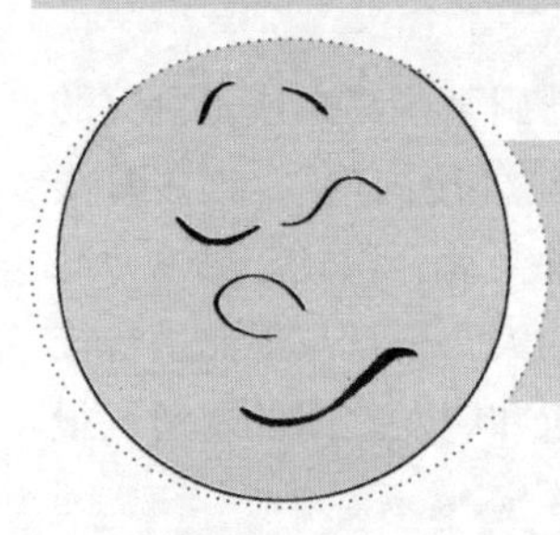

4.轻蔑地笑。此种笑多为人们所鄙视，但在生活中却很常见。笑时鼻子朝天，一副“自以为老子天下第一”的表情，并轻蔑地看着被笑的一方。

5.哈哈大笑。这是一种非常爽朗、豪放的笑，在生活中也十分常见。当一个人遇到非常高兴的事，或是终于实现了自己的某个理想、愿望会这样笑。不女性若发出此种笑声，一般属于领导型人。

6.嘻嘻地笑。一般来说，很多少女和一些成年人都会发出此种笑声。

关于这个问题，科学界一直争论不休。有的科学家认为笑源于蛮荒时代早先人类的跌倒，如《澳大利亚人报》中的一篇文章报道，人类的笑起源于早前人类的跌倒。根据该理论，人类在数百万年前开始学习用双脚行走，但是经常会发生跌倒的情况。当有人看到其他同伴跌倒后，就会用笑声示警，表明有人出了差错，但问题并不严重。这个理论在一定程度上能够解释为什么直到今天，一些笨拙的步法仍然是很多喜剧中的主要元素。

也有的科学家认为笑起源于蛮荒时代早先人类捕获猎物时的一种喜悦心情，根据该理论，每当人们捕获到猎物时，整个部落中的人都会处于一种亢奋的状态之中，彼此之间经常大笑，以示相互祝贺。还有的科学家认为笑起源于蛮荒时代早先人类的进攻姿态，因为他们认为在原始时代，动物以及早先人类通常露出牙齿来对方示威或表示进攻。历经数百万年的演变后，露出牙齿这一原本表示示威或进攻的姿势也就变成了笑。目前，这一观点得到世界上大多数科学家的赞同。

笑反映一个人的性格

笑是人类面部表情中最主要的一种形式，也是人类的一种基本感情特征。在喜怒哀乐的表情变化中，喜与乐的直接表现就是笑。但你是否知道，笑的方式还能反映一个人的大致性格特征？

如果一个人平时沉默寡言，甚至显得有点木讷，但一遇到某些高兴或是可笑的事情时，往往哈哈大笑不止。一般来说，这样的人往往是“外冷内热”，很多时候表面看起来他可能有点内向，在与陌生人的交往中显得不够主动、积极、热情，甚至让对方觉得此人难以接近，实际上他们是性格较为外向的人，一旦与他们进行接触后，你就会发现他们有一颗“火热”的心。他们非常看重和朋友之间的友情，很多时候能为朋友“两肋插刀”，正因为如此，他们的朋友往往遍天下。

如果一个人笑起来时断时续，有时听起来还有点怪怪的味道，其性格大多较为冷漠，“各人自扫门前雪，休管他人瓦上霜”往往是这类人的座右铭。他们较为看重物质和金钱，因而很多时候他们显得非常势利和现实。不到迫不得已，他们绝不会为对方付出半点，这就使得他们的人际关系非常糟糕，其真正、知心的朋友可以说是寥寥无几。不过，这类人的观察力较为敏锐，善于洞察人心，很多时候他们都能揣摩到别人在想什么，然后相机行事，所以有时候他们又给人高深莫测的感觉。

如果一个人笑时喜欢用手捂住自己的嘴，其性格大多比较内向，很多时候表现得非常羞涩，尤其是忽然身处某个陌生的环境之中或是在与陌生人交往时。虽然这类人性格较为内向，但其朋友还是不少，因为他们在与人交往时总喜欢以诚相待，故而能深得别人的喜欢。此外，这类人还有一个重要的特点，即不会轻易向人透露自己的心事，哪怕是自己最好的朋友，很多时候他们更喜欢自己一个人去面对压力、挫折，乃至失败。如果一个人笑的幅度非常大，经常还笑出眼泪，则说明其性格非常直率、豪放，喜欢直来直去。此外，这种人还有疾恶如仇的优秀品格，一旦遇见不平之事或是丑恶之事，他往往会挺身而出。在对待朋友上，他显得非常慷慨，朋友有困难时，他总是会尽自己最大努力去帮助他，同时，当他发现朋友有了某些缺点或是犯了某些错误以后，他一般会直言不讳地告诉或批评朋友，并监督他改正缺点或错误。正因为如此，他非常受朋友的欢迎，故而其人缘非常好。

如果一个人总喜欢偷偷地笑，则说明其性格较为保守、传统。很多时候，在待人处事方面显得较为腼腆、拘谨。他是典型的“严于律己、宽以待人”的人，对自己的要求非常高，并不时为自己制定一些奋斗目标，一旦其制定的某些目标没有实现，就会显得郁郁寡欢。不过，他对朋友显得较为大度，即使朋友不小心伤害了他，他也会一笑而过。

内向人与外向人的笑

就人的性格而言，可以简略地分为内向型和外向型这样两大类。这两类人不仅在性格上是截然相反，他们的笑也是大相径庭的。

内向的人很多时候是在假笑，即使偶尔笑出来也是缺乏自信、苍白无力的笑。

性格外向型人的笑是一种爽朗、直率、豪放，“不客气”的笑。

如果一个人经常捧腹大笑，则说明其性格正直、心胸开阔。一般来说，他不会违背自己的良心去做对不起他人的事，同时他也不会屈服于任何外来压力或威胁。有些时候，他会把“穷则独善其身，达则兼济天下”作为自己的座右铭。在待人处事上，他显得非常大度，从不跟人斤斤计较。当他取得某些成就后，也不会显得沾沾自喜或是故意在别人眼中炫耀。如果朋友取得了某种成就，他也绝不会嫉妒半点，他此时为朋友只可能做一件事——锦上添花。这种人还具有较强的幽默感，有他在的地方总是笑声不断，同时他还富有同情心和爱心。

如果一个人经常悄悄笑，则说明其性格偏于内向，具有一种隐藏自我的防卫意识。正因为如此，他笑的时候，总给人一种很虚假的感觉。这种人性格上还有另外一个重要特点——心思缜密，无论面对大事小事，他都非常冷静，并能将它们处理得非常稳妥。在与人交往上，他们善于隐藏自己的真实感情，不会轻易将自己内心的想法告诉别人。

愤怒、悲伤的人也会笑

一般来说，笑往往是一个人心情愉快、高兴的反映，但这并不意味着凡是笑都是心情愉快、高兴的意思。在某些时候，笑也是一个人悲愤、愤怒、绝望、无可奈何等情绪的表现。

通常情况下，当一个人悲愤、哀伤的情绪到达顶点后，他不会表现出暴跳如雷的样子，相反，他的脸上还会露出几丝微笑，态度也表现得较为谦恭。这实际上表明此人已处于“火山爆发”的边缘，他心中的怒火随时可能喷涌而出，一泻千里。比如，两个年轻人因为某件小事吵了起来，双方谁也不肯让对方半点，于是吵得越来越凶，两人的情绪也越来越激动。当彼此的口角矛盾到达顶点后，一方脸上可能没有了怒气，代之而起的是满面笑容，以及较为谦恭的态度。如果你据此认为脸上出现笑容的一方是害怕了，那就大错而特错了。他脸上之所以会出现笑容，根本原因就在于他认为自己心中的愤怒快要出窍了，其对对方的敌意也到达了最高点。所以，他用自己的笑容来向对方暗示:你不要再说了，不然我对你不客气，因为我已对你忍无可忍！如果对方依旧不依不饶喋喋不休，那么他极有可能将雨点般的拳头“挥洒”在对方身上。

在熙熙攘攘的火车站，我们经常可以看见这样的情形：一个人肩背大包，手拉旅行箱，匆匆忙忙地向检票口走去。当他到达时，检票口的门已经紧紧关上了，此时他可谓是“喊天不应，叫地不灵”。于是他一边看着列车缓缓地从站台上驶出，一边懊恼地用手拍打着检票口的门和用脚跺着地，同时脸上还出现了几丝笑容。没有赶上自己的车，懊恼得用手拍门、用脚跺地，脸上却露出了几丝笑容，这当然不是愉快、高兴的意思。那如何来解释这种笑容呢？其实，这是一种无可奈何的笑，一种自嘲的笑，是掩饰自己内心的失望和窘态的一种手段。

由此可见，不仅笑的种类丰富而多彩，笑蕴含的具体含义往往也是意味深长的。所以，复杂多样的笑蕴含的众多信息，的确值得我们好好品味、分析、探索。

笑也代表了绝望

很多人在遇到不高兴的事，或是遭遇某种重大的失败或挫折后，往往会到酒吧买醉。喝醉后，他们往往会在那大笑不已。这是否表明他们已经想明白了？或是已经想通了呢？

非也，这个时候，他们的心情可能已经到了悲愤、失望，乃至绝望的巅峰。因而，他们此时的笑，是一种无比绝望、无比痛苦、无比伤心的笑。

为什么微笑能够相互传播

波拿多·奥巴斯多丽在其《如何消除内心的恐惧》一书中，说过这样一句话："你向对方微笑，对方通常也会对你报以微笑，即使你们双方的微笑都是假的，因为任何微笑都是可以传播的。"

微笑真的能传播吗？答案是肯定的。那是什么原因导致微笑能在人与人之间传播的呢？这主要是由人不自觉的模仿意识所致。因为在人的大脑中，有一种特殊的"模仿神经"，它会自动引导脑部中负责辨认他人面部表情的部分，从而使人立即产生模仿他人各种表情的反应。这就是说，无论我们是否意识到，大脑的"模仿神经"都会引导我们不由自主地去模仿我们所看到的他人的各种面部表情。

瑞典心理学家尤里夫的实验也证明了这一点。试验中，尤里夫使用了一种可以从人体肌肉中获得电流信号的仪器对100名志愿者进行测量，测验他们在观看不同图片时的反应。在这些图片中，有些是人愤怒时的表情，有些是人生气时的表情，有些是人哭泣时的表情，也有些是人高兴时的表情，还有些是人微笑时的表情。在观看这些丰富多彩的表情之前，尤里夫向志愿者提出了这样一个要求，在第一次逐一观看这些图片的时候，每个人必须相应做出愤怒、生气、哭泣、微笑等表情，在进行第二次观看的时候，每个人必须做出与图片中截然相反的表情，比如，如果看到的是微笑的表情，你就必须做出哭泣的表情，如果你看到的是愤怒的表情，你就必须做出高兴的表情。随后，尤里夫便要求志愿者按照他的要求开始观看图片。

结果表明，志愿者都能轻松自如地做出与图片上一样的表情，但是当他们在做出与图片中截然相反的表情时，很多人都遇到了麻烦，比如图片上的人做出的是哭的表情，他们要做出笑的表情则是非常的困难。虽然他们都力图控制自己的面部反应，使之表现出与图片上截然相反的表情，但是，很多人都不由自主地模仿自己所看到的表情，尤其看见图片上他人脸上露出微笑的表情时，几乎每个人都不能做出哭的表情姿势。相反，他们都不由自主地做出了和图片上一样的表情——笑。

微笑是人与人之间的“润滑剂”

在与人交往中，微笑就像“润滑剂”，使人与人的交往变得顺畅、和谐，从而大大拉近彼此间的距离，同时，微笑还能消除人与人之间的心理隔阂和障碍，促进人们相互理解和友谊的加深。

公共场所如果缺少了美好的微笑，就如同花园失去了春天的阳光和春风。

很多善于交际的人在与陌生人交往时，他们不是忙着与对方握手，也不是忙着跟对方打招呼，而是先对对方报以微笑，这就会给对方留下了平易近人的印象。同时也会让对方就会觉得自己是一个受欢迎的人。

由此，我们也可理解那些有丰富谈判经验的专家在“剑拔弩张”的谈判桌上，为什么总会在谈判前对对手笑口常开，因为他们都知道微笑能相互传播。如果他对对手微笑，那么对手也会相应地对他报以微笑，如此一来，双方便能给彼此一个好的印象，弥漫在彼此间的紧张气氛也会随之大大降低，这就有利于双方谈判的成功。

给女性有关微笑的建议

无论是在友好或不友好的氛围中，下级在面对上级，或是地位低下的人在面对地位较高的人的时候，都会笑得更为频繁，反之，上级面对下级，或是地位高的人在面对地位低的人时，仅会在友好的氛围中才会露出微笑。

有趣的是，在日常生活或是各种商务活动中，女性都会比男性笑得多。比如，在社交场合中，女性在85%的时间里都是面带微笑的，而男性只有在60%的时间里是面带微笑的;而在各种商务场合中，女性在75%的时间中都是面带微笑的，而男性只有在55%的时间中面带微笑。

什么原因导致女性比男性笑得更多呢？一些人认为女性之所以比男性笑得多，那是因为自母系社会以后，女性在社会上一直处于从属地位，而男性则处于主导地位。为此，处于从属的女性为了获得处于主导的男性的关照或宠爱，她们就不得不经常对男性面带微笑。

有的人则认为女性之所以比男性笑得多，是因为她们的笑神经较之男性的笑神经更发达。还有的人则认为女性之所以比男性笑得多，是因为她们的面部肌肉较之男性的面部肌肉更发达。

近来的研究发现，女婴早在8个月前，就比男孩笑得频繁了，可见，女性比男性笑得多，可能是天生的。由此，人类学家得出了这样的解释，女性之所以比男性笑得多，就在于女性的微笑很适合她们在人类进化过程中所扮演的慰藉他人和养育后代的角色。但这绝不意味着女性在社会上就处于从属地位，不能和男性一样处于领导地位。

在一项实验中，研究人员给每个志愿者看了10张女性的照片，照片中有的女性满面笑容，有的略显怒色，也有的不带任何感情色彩，还有的则面露难色。

看完这些照片后，研究人员让志愿者将她们认为最有威信和最没有威信的女性照片挑选出来。几乎所有的志愿者都将满面笑容女性的照片放在了最没有威信的一边，近70%的志愿者则将脸上不带任何感情色彩女性的照片放在了最有威信的一边。这就表明，女性脸上如果出现过多的笑容，将使她们的威信大打折扣。由此可见，女性要想使自己更具威信，或者说具有一种威严感，那么她们在各种商务活动或是社交场合中，就必须减少自己微笑的时间，或者是将自己的微笑控制在和对方差不多相同的时间量之内。

女孩嫣然一笑含义深

有的女性在微笑时，喜欢轻轻地半掩住嘴。这种微笑，旨在增强自己的女性魅力。带有这种微笑的女人，不是羞怯的情窦初开的少女，便是风情万种的女人。

有的女性她的嘴在笑，但是她的眼睛、其他部位并没有连带地"动"起来。虽然这种微笑代表着女性特有的温柔姿态，然而，它却含有一种不许男性接近的冷若冰霜的态度。

有些时候，与其把女性的微笑看作是愉快和友善，还不如将其视为一种缓和气氛的方式。比如，有些女性微笑时，就好像在对对方说："请不要对我无礼和粗暴。"在舞会、宴会等社交场合，女性往往用自己的微笑来体现自己的端庄和尊严。

微笑是最佳的良药

美国心理学家威福莱博士认为："笑是一种化学刺激反应，它激发人体各个器官活动，尤其是激起大脑和内分泌的活动。"所以，无论从生理学，还是心理学角度来说，会心的微笑都有积极的意义。它不仅是良好心境的最佳表露，还有助于神经系统的稳定和免疫力的增强，对人体健康十分有利。

一般来说，当一个人笑的时候，他身体的很多器官和组织都将从中受益。微笑会牵动17条面部肌肉做出不同程度的运动，同时还会使颈部、肩部、背部、腹部，以及四肢的肌肉、关节、韧带等得到程度不一的锻炼。伴随着笑，人体的腹部收缩、脸部扩张、肺容量增大，这就有利于吸入更多的氧气，从而提高人体血液中的氧气的含量。

笑在增加人体血液中氧气含量的同时，还能够扩张皮肤表层附近的毛细血管，这也是很多人笑时脸红的原因之一。一项研究表明，一个人若连续大笑1分钟，那么他在接下来的60分钟内都会感到非常轻松、愉快，而100次大笑的运动量则于一个人跑步15分钟的运动量相当。

笑也能加强心脏的功能，促进血液循环，同时它还可以对很多内脏器官起到一种“按摩”作用。笑还能调节神经系统的功能，消除紧张、驱散忧郁，因此人们常说，“笑一笑，十年少”。

玩笑是怎样起作用的

研究表明，笑话是这样起作用的：笑话或玩笑往往有着动人的情节，这种故事的结构曲折，遵循着“张力—释放”的落差模式，因此能使读者哈哈大笑。

在读故事和听笑话的时候，我们都很清楚，知道笑话本身并不是事实。

当我们被笑话和玩笑逗笑的时候，大脑就会分泌出脑内啡。在它的刺激下，我们的身体受到麻醉，获得了更多的快感，也会笑得更加开心。

如果笑话成了实事，人们会有什么反应呢？

不期而至的不幸事件肯定让人们痛苦，甚至让人哭泣。

哭泣不过是笑的延伸，人们的身体也同样会释放出脑内啡来。但是，当这个不幸被证实只是一个误会的时候，人们往往会不好意思地笑出来。

欺骗的信号

达尔文曾经说过这样一句话："大自然一有机会就要撒谎的。"自然界的很多动物为了生存也具有很多"弄虚作假"的本领。人类，作为地球的主宰者，在弄虚作假方面，丝毫不逊色那些会"弄虚作假"的动物。相比于动物们的欺骗伎俩，人类撒谎的伎俩显得更为隐蔽，也更具有欺骗性。不过，正如一句谚语所说，"再狡猾的狐狸也会露出它的尾巴"。一个人撒谎时，他可以把谎言说得完美无缺、天衣无缝，但是，他的身体语言会悄无声息地告诉对方："我在撒谎！"具体来说，应该如何识别一个人在撒谎呢？很简单，仅需识别对方非语言的欺骗姿势即可。那么，欺骗姿势是如何暴露一个人在撒谎的呢？

通常情况下，当一个人撒谎、欺骗别人时，他往往会不由自主地用手捂住自己的嘴、眼睛、耳朵，或是做出一些其他较为隐蔽的动作，比如用手摸鼻子、把手放进嘴里，以及挠脖子（这些姿势多见于一个人欺骗另一个人时）等。其中，用手捂住自己的嘴、眼睛、耳朵，是最常见、最明显的欺骗姿势。这些姿势是一人从儿时就开始使用的，并且经常公然不讳地采取这些姿势。

捂嘴是一种很孩子气的动作。当一个孩子撒谎之后，他常常会马上用右手捂住自己的嘴。小孩为什么在撒谎之后，会做出捂嘴的动作，至今科学界也没有给出一个令人完全信服的答案，不少心理学家认为，或许是孩子大脑中的潜意识使他想停止说谎话，而导致了捂嘴这一动作。

随着年龄的增长，孩子用手捂嘴的动作会越来越隐蔽，当他们成人后，就会用手摸鼻子或是假装咳嗽来掩饰其捂嘴的动作。所以，当一个人和你谈话时，尤其是一个小孩和你谈话时，如果他在说完话后，常常有用手捂嘴的动作，你就得留意他说话的内容了，极有可能他在向你撒谎。同理，当你向别人撒谎时，如果对方用手掩住自己的嘴，则说明他可能已察觉出你在撒谎了。

当一个孩子看到他非常不愿意看到的东西时，通常会用手把眼睛捂起来。同用手捂嘴一样，这一姿势会随着孩子年龄的增大，而变得日趋精练和隐蔽。但是当他们一旦撒谎，就会原形毕露，只不过不是用手捂眼睛，而是用手揉眼睛。

一般来说，成年男性在说谎时，他们中的很多人会用揉眼睛的姿势来掩盖自己的谎言。如果他撒的谎特别大，还会东张西望，眼神也游离不定，经常看着地板。当一个成年女性说谎时，她会用手轻揉眼部的下方。她之所以不会像男性那样较为用力地揉自己的眼睛，原因有两个，其一，不想让自己显得太粗鲁;其二，不想弄花眼睛上的妆。如果她说的谎较大，其眼神也会游离不定，但与男性不同的是，她更喜欢仰起头看天花板，以避免和对方的眼神接触。此外，用手搓耳朵也是欺骗的信号，它往往暗示听者没有察觉到说话者在撒谎。搓耳朵的另一表现形式为拉耳朵，这是小孩双手掩耳动作在成人动作中的一种重现。除此之外，搓耳的说谎者有时还会用指尖来回钻耳孔、揉耳朵的背面，或是用手拉耳垂，再或就是将整个耳朵向前弯曲在耳孔上。所有这些，都是撒谎的信号。

欺骗时视线会转移

当你与一个人交谈时，觉得对方的眼神总是闪烁不定，一旦遇见你的视线后，就会努力地躲避。这时候你就可以判断他一定隐藏着某事，或者是背着你做了对不起你的亏心事。

从心理学角度看，这种行为是不愿被对方看穿的心理投射。就是心里藏着一些事情不想让对方发现的一种表现。

大多数骗子会直视你的眼睛

我们都知道这样一个常识，当一个人向另一个人说谎时，他往往不会正视对方的眼神，而是将自己的视线移向一边。那么我们是否可以就此认定，当一个人和另一个人谈话时只要他敢于直视对方的眼睛，他就一定没有对对方撒谎呢？先暂不回答这个问题，一起来看心理学家下面这个实验。

实验中，心理学家把参加实验的人员分为甲乙两组，并让甲组的人对乙组的撒谎，同时，心理学家还要求甲组中85%的人在撒谎时一定要看着对方的眼睛。随后，心理学家把甲乙两组人员的撒谎过程进行了录像。录像完毕后，心理学家来到一家电视台做了一期“你能识别哪些人在撒谎”的谈话节目。让台下观众看完录像节目后，心理学家便开始让他们来识别哪些人在撒谎，并让他们说明各自的理由。

结果，很多观众都中了心理学家的“圈套”。在那些在撒谎时注视对方眼睛的

“骗子”中，有95%的人没有被观众识破，他们认为那些“骗子”在实话实说。因为“骗子”们在说话时敢于注视对方的眼神。而在那些事先没有被心理学家叮嘱过在撒谎时要注视对方眼神的“骗子”中，有80%的人都被观众识破了。因为观众发现他们在与对方说话时眼神总是游离不定。通过这一实验，心理学家还发现，在识别谎言方面，女性的直觉比男性的更为准确一些。她们能较为准确地发现对方声音的变化、瞳孔大小的变化、眼神的变化，以及其他一些变化。而这些变化往往是说谎的征兆之一。

由此，我们也就可以回答文章开始提出的问题了，当一个人和另一个人谈话时即使敢于直视对方的眼睛，也不能保证他没有撒谎。

一般来说，如果一个人（尤其是陌生人）和你对视的时间占了你们交流总时间的一半以上，你就应该注意了。因为这往往包含有这样3层意思:

直视对方的眼睛，也不一定没有撒谎

现实生活中很多有丰富经验的骗子在行骗时，往往就会一直和对方保持眼神的交流，因为他们想如果这样做的话，对方就不会轻易怀疑他们在撒谎。

事实也证明，他们那样想是对的，因为他们很多时候利用这一点成功骗取了对方的信任。这就表明，仅仅通过眼神来判定一个人是否在撒谎是远远不够的。

要想较为准确地判断他是否在撒谎，除了观看他的眼神以外，还要结合他在说话时流露出来的一些其他动作才可能得出一个较为准确的判断结果。

（1）他可能对你有所企图，比如想从你哪儿知道某个消息或是确认某件事情，但又不好意思开口，于是采用此种方式来暗示你告诉他。

（2）他可能在向你撒谎，他之所以长时间和你进行眼神交流，就是想制造一种假象，让你觉得他说的全是实话

（3）他对你充满敌意，很有可能会向你挑战。

脸部表情是怎样揭露事实的

通常情况下，当一个人企图掩盖自己的谎言时，他使用最多的身体语言就是伪装自己脸部表情。比如，在撒谎的时候，面带微笑地看着对方，或是用点头、皱眉、眨眼等来掩盖自己的谎言。不过，有趣的是，微笑、点头、眨眼等脸部表情很多时候不仅不能帮助撒谎者掩盖谎言，反而会向对方揭露事实。因为当一个人撒谎时，他的有声语言和面部表情并不一致。

他内心的真实情感和态度会不断出现在他的脸上，而很多时候，相当一部分撒谎者对此却浑然不觉。比如，当一名推销员向某位顾客撒谎说某种产品非常好时，他想方设法压抑一切暴露他正在撒谎的身体姿势，不让它们表现出来，以免顾客发现自己在撒谎。然而，即使他控制了重大的身体姿势，可是，许多微小的脸部表情仍然表现了出来：瞳孔在扩大，面部肌肉扭曲，脸颊发红，眉毛渗出了汗珠，不断地眨眼等。毫无疑问，顾客看见推销员脸上的这些表情后，肯定不会相信他所说的话了，即使那位推销员在那说得口沫横飞。

很多时候，当一个人想要欺骗他人的时候，或是有某种想法在其大脑里一闪而过的时候，其相应的表情会在他的脸上一闪而过。很多时候，当我们在那喋喋不休时，常常认为听者将自己的整个耳朵朝前弯曲在耳孔上或是对方用手托起自己脸的时候，表示他们正在认真听我们说话，殊不知，恰恰相反，他们这些姿势是在向我们暗示，“你快停下吧，我们已经听厌烦了！”

再如，当一个员工向朋友吹嘘自己和单位领导关系很好，可是，每当他提起领导名字的时候，他就会稍稍抬起自己的左脸，脸上露出一丝轻蔑的表情，有时还伴有几声冷笑。这种情况下，即使他说得天花乱坠，其朋友可能也不太会相信他和单位领导的关系很好了。

利用手掌去撒谎

利用手掌去撒谎，看到这句话，读者朋友心里可能会产生这样的疑问：“如果我摊开双掌讲谎言，是不是很容易欺骗对方？”一般来说，情况并非如此。一个人摊开双掌向别人撒谎，仍然会让对方觉得他不是真诚的，因为他说真话时的很多其他

动作，如身体前倾、眼睛盯着对方、眉毛舒展等，全都了无踪影。以之相反，说谎时的一些特有动作，如瞳孔收缩、嘴角歪斜、眉毛竖起、眼神游离不定等，则在无声无息中显露了出来。这样一来，别人就会下意识地觉得，你没有说真话。

正因为如此，现在在西方一些国家诞生了一门新的学科——撒谎学。它主要就是教授人们如何成功地撒谎，其中利用手掌去撒谎是这门新兴学科的主要内容之一。因为大多数人都相信，当一个人摊开双掌与人讲话时，他讲话的内容是可信的。这里，撒谎专家向我们介绍了一些简单的利用手掌撒谎的小技巧。

首先是进行练习张开手掌的姿势，张开的手掌一定要尽量伸平，这会使你在与别人交谈时显得比较可信，不要显得畏畏缩缩，更不要让双掌抖动，那样的话很容

摊开双掌讲谎言需要技术

对一些特殊人群，比如职业骗子、经常撒谎的人，以及一些政客、演员等，他们则可能成功利用手掌去撒谎，欺骗别人。

因为他们出于某些特定目的的需要，必须经常撒谎，长此以往，他们就能纯熟而不露一丝痕迹地运用某些非语言信号来补充其谎言，有时还能达到天衣无缝的地步。

如果你的技术还不是那么纯熟，就最好不要摊开双掌去向别人撒谎，那样很可能让对方看穿。所以还是不要去骗人，用真诚维系的关系才能持久。

易让对方识别你在撒谎。其次，平常多做一些故意摊开双手向朋友撒谎的练习，在这一过程中，一定要尽量压制说谎时会表露出的一些特有动作，如眼神游离不定、瞳孔收缩，嘴角歪斜，眉毛竖起等。长期这样练习，当摊开手掌说谎成为一种自然习惯时，你可能就成为一个说谎的高手。不过，有趣的是，很多人在这样的练习时，往往很难自然地摊开双掌去撒谎。与之相反，他们在做这一动作时，往往会面红耳赤，双手发抖，口音发颤，从而"原形毕露"。由此可见，很多时候，身体语言比有声语言更能真实地反映一个人内心情感和想法。

所以，在与人交往中，我们最好不要摊开双掌去向别人撒谎，那样很可能是搬起石头砸自己的脚，即使你能骗得别人一时，但肯定骗不了别人一世，毕竟纸永远包不住火。记住，以诚相待永远是与人交往的"黄金法则"。

表示心虚的视线转移

当我们在评论某一个人时，往往会用"眉清目秀""浓眉大眼"，或是"贼眉鼠眼"等词语。可见,"眉目传情"确实是可行的。也即，眉眼可以当作一种非常独特的表现手段来表征一个人的个性特点，尤其是视线更能表现一个人的种种心态。

在日常生活中我们经常可以遇见这样的情形，当你与一个人交谈时，对方的眼神总是闪烁不定，一旦遇见你的视线后，就会迅速将自己的眼神移开。此种条件下，你就会觉得他心中可能隐藏着某事，或者是背着你做了对不起你的亏心事。这种担心是有科学根据的，就心理学而言，回避视线的行为，往往被认为是一方不愿被对方看见的心理投射。也即，隐藏着不想被对方知道某事的可能性非常大。比如，那些守卫银行金库的警卫中，面对闪闪发光的黄金，以及堆积如山、令人眼花缭乱的钞票，有的警卫可能会开玩笑地说道,"这么多的钱，我只要一口袋就满足了""要不我们一人随便拿一点跑了算了"，等等之类的话。在这些开玩笑的话语中，如果有某位警卫不仅没有插话，而且还故意将视线从金光闪闪的黄金和花花绿绿的钞票上移开。这就表明，此人最可能监守自盗，他才是真正"敢想、敢做"的人，他之所以要把视线从黄金和钞票上移开是对想拿黄金和钞票心理的沉默的自制表现。一旦有适当机会，这种人极有可能会"大干一场"。与之相反，那些开玩笑说"随便拿一点跑了算了"的人，往往仅是说说而已。当然，这并不是说他们对金钱没有欲望，而是他们将心中的这种欲望以玩笑的方式宣泄出来，心里也就在一定程度上获得了一种替代性满足，这就大大降低了他们变"玩笑"为"现实"的可能性。由此可见，视线的转移往往是人内心活动的反映。在与人交谈的过程中，多留意一下对方视线的变化，或许你可能从中了解到很多更为真实的东西。

虽然视线转移在很多时候是心虚的表现，但这并不意味着一个人在与对方发生

对方视线转移时的心理

一个人如果碰触对方的视线就马上转移，可能他是在刻意躲避什么，是心虚的表现。

觉得直视对方的眼睛会不舒服，所以会不时地转移视线，这样类型的人多是比较自卑，不太喜欢与人交流。

视线转移也是表示不安的一种信号。说明他在寻找一个出口逃脱。

视线接触时一有视线转移就表示心虚。在医学上，有一类人群被称为“视线恐惧症”患者，他们在与别人发生视线接触后，往往会立即转移自己的视线。因为他们觉得对方的眼光太过于强烈，从而使自己的眼睛不由自主地剧烈眨动，这会让他们感觉非常不舒服。与此同时，他们的心理也处于一种矛盾的状态之中，一方面他们想如果与对方进行对视，会不会使对方感到不快，另一方面又想自己若是进行视线转移，对方会不会看透自己的心理。在这种进退两难的矛盾状态之中，他们越是焦急，就会更加注视对方的眼睛，更剧烈的反应便随之产生；越害怕对方会看透自己的心理，强烈不安的心理情绪就越严重。一般来说，此种类型的人，他们之所以会产生“视线恐惧症”，归根结底，是因为他们缺乏自信心。他们往往是通过别人眼中反映出的自己来认识和确认自己的存在与价值。

此外，一个人不与对方发生眼神接触而进行视线转移，可能也不是心虚的表现，而是与特定的文化背景有关。比如日本，按照他们的风俗习惯，相互介绍的时候，名望身份较低的人应该比名望身份较高的人鞠躬鞠得更深以避开眼神接触，这被认为是尊重对方的表现。

当一个人被置于陌生的环境中，他一定会感到不安全，并想尽快逃离此地。于是，他会四处寻找逃脱的途径。可想而知，那时他的眼光肯定是游移不定的。反过来，如果某人的眼神四处游移，那么，他肯定感到了某种不安，想尽快摆脱当前的处境。

第二章

洞悉人心的心理策略

从签名习惯上透视人心

名字是一个人的身份代号。时至今日，人们的交际圈越来越大，交际活动也越来越频繁，亮出自己名字的机会也越来越多，于是签名成为人们一项重要的交际内容。签名有美有丑，有大有小，千姿百态。签名不仅能透露签名者的个人信息，还能把他们的性格反映出来。

1.名字向上倾斜的人

名字向上的人一般都是有雄心壮志的人。他们不畏辛劳，坚定执着地朝着自己的理想前进，积极向上，会想尽办法战胜眼前的困难。他们喜欢荣誉和鲜花，非常热衷于世间的一切享受，这也是他们不懈努力的结果。他们可以成就大的事业，同样也会将灾难降临到别人的头上。

2.名字向下倾斜的人

名字向下的人通常都是消极的等待者或妥协者，总是一副有气无力的样子，犹如大病初愈，又好像历尽了沧桑和磨砺。他们自信心不足，不敢设计未来，见到别人取得荣誉，虽然有时也会热血沸腾，但转眼间又去随波逐流了。

3.名字向左的人

名字向左的人一般不喜欢按照常规办事，喜欢创新和追求不同凡响。如果他们喜欢某个人，则会热情周到;如果是厌恶某个人，就会冷酷到底。他们喜欢表现自我，在陌生人的面前直言不讳，而他们认真诚恳而又不失幽默的表现往往会获得大众的喜欢。

4.名字向右的人

名字向右的人信心十足，热情洋溢，积极向上，总是一副充满朝气、和蔼亲切的样子，在人际交往过程当中经常主动向别人靠拢，别人也会笑脸相迎，和他们愉快地交谈。但这并不是他们成为社交高手的主要原因，他们真正高明之处是“醉翁之意不在酒”，在交往的时候表面热心参与，而实际上置身事外，对全局进行缜密的观察和了解，别人的一举一动几乎都逃不过他们的眼睛，所有的发展变化都在他们的掌控当中。

从签名字体大小看人的性格

名字写得特别大的人

名字写得特别大的人表现欲望强烈，喜欢招摇，注重表面文章。他们的工作成绩平平，能力有限，遇到困难显得软弱无能，成就大事的希望较小。

名字写得特别小的人

名字写得特别小的人不喜欢在大庭广众下抛头露面，对自己没有足够的信心，没有很强的功利心，喜欢平淡的生活。

贪吃贪喝的人害怕孤独

曾有这样一个故事，一位年轻的女孩去看病，说最近3个月，她的体重增加了15千克，而发胖的主要原因是吃得太多。

这位女孩毕业于外地一所学校，3个月之前来到现在工作的所在地。她以前从未离开父母单独生活，但因为毕业求职，不得不离开父母。对将来抱着很大希望的她，搬来本地，过着枯燥无味的孤独寂寞的生活。

当她从公司回到自己的宿舍时，没有人迎接她，只有冷清、黑暗的空屋子，晚餐也得自己动手准备，这就是她每天的生活。

孤独的生活使她难以忍受，因此当她独自在悄无声息的屋子里时，会涌起吃的冲动，所以就开始乱吃东西，因为只有多吃，心理才能获得宁静。这次冲动刚平静，下次的冲动又会袭来，于是随着自己的冲动不断地吃，到最后一天三餐根本吃不饱，一天得吃六七餐，由此养成习惯后，她更是每天不停地吃。

不久后，除了每天吃以外，冰箱里还必须常常塞满食物，否则她就会担心食物是否少了。而且这种离不开食物的习惯，也带到了单位，办公室的抽屉里也经常塞满饼干、面包，只要一有想法，也顾不得是否在上班，马上偷偷拿出零食来吃。难怪3个月内会胖15千克。

造成其行为的原因源于她离开了父母，当心里感觉孤寂时，没有别的排遣方式，只有吃东西才能安抚自己的心灵。除了食物外，当人在失意、孤单时，也有“借酒浇愁”的类似冲动。

和贪吃贪喝的人交朋友会使你感到快乐

人们都听过“心宽体胖”这个词，所以一般胖子都是比较乐观的人，尽管他们看上去并不是那么美观，但是如果你与胖子交朋友你会发现他们的善良、真诚和乐观，而这种好心态也会慢慢地传染给你。

试着和身边的胖子接触一下，用真心换真心，可爱的胖子们肯定不会让你失望的。

诺贝尔奖获得者詹姆斯·沃森研究过胖子和瘦子体内的化学过程，弄清楚了多余的脂肪能促进对人体有良好作用反应的道理。胖子分泌出来的有助于有个好情绪的内啡肽比瘦子多得多。

这类人除了吃得很多外，也很爱说话。因为说话可以满足他们的口欲，所以大家常可看到有的人一边谈话一边不停地吃东西，他们虽然外表看起来是个成熟的大人，但心理状态仍停留在爱撒娇、未成熟的小孩子阶段。

贪吃和爱喝酒的人，都很怕孤单，只要我们抱着一颗同情的心，就可以与他们建立友谊。

从阅读习惯上看人的内心

不同的人会有不同的阅读习惯。买回一本书或是一份报纸，有的人会迫不及待地马上就读，但也有的人可能会把它先放在一边，等闲暇时再安安静静地去享受，这其中的差别就是由不同人的不同性格所致。所以通过阅读的状态和习惯也可以对一个人的性格进行观察。

有些人拿到一本书或是一份报纸后，不论时间、地点和场合，总是迫不及待地想看看其中到底讲了什么内容，即使是手头上正做着别的事情，也会暂时地先放一放。这种人多是外向型的，他们做事总是雷厉风行，虽然干劲十足，但缺乏必备的稳重和沉着。他们的性格比较开朗和大方，真诚而又豪爽，生活态度也很积极乐观，有充沛的精力和热情，是一个不甘于寂寞的好动分子。他们虽然头脑很灵活，具有一定的随机应变能力，但是并不善于掩饰自己，常常是喜怒形于色，别人往往会看个一目了然。他们的适应能力和交际能力并不差，所以在社会上还算吃得开。他们的思想比较超前，对于新鲜事物的接收能力也很快，常常会有一些大胆的设想。但缺点是太爱出风头，有时还有些刚愎自用。

有些人拿到一本书或是一份报纸以后，先将它们放在一边，尽快把自己手头上的工作做好，然后在没有任何打扰的情况下，再将它们拿出来，静静地、仔细认真地阅读，看到比较好的内容，说不定还会剪下来贴到剪报上去。这一类型的人大多属于内向型的，他们沉默少语，也不善于交际，所以人际关系并不是特别的好。但是他们却很有自己的思想和主见，不说则已，一说常常是一鸣惊人。他们很注重现实，不会有一些不切合实际的想法和做法，自我约束能力比较强，个性独立，办事认真，只要去做，就会力争把事情做好。他们对周围的人一般时候不是很热情，不希望从别人那里得到什么。他们也很懂得自取其乐。

有些人拿到一本书或是一份报纸以后，只是先大概地浏览一下，然后就放在一边不看了，因为他们很难静下心来一一仔细地阅读。这样的人性格大多外向，生活态度是乐观而又积极的，但有一些随便。他们具有一定的幽默感，善于交际，兴趣广泛，耐不住寂寞，他们希望生活中永远都有许多人和欢声笑语。他们具有一定的组织能力，但自我约束力差，做事常常马马虎虎、得过且过，且时常招惹一些是非。

把阅读当作消遣的人的性格特点

有些人拿到书或是报纸时，放在一旁不看，只等到自己无事可做，或是心情烦闷的时候才把它们拿出来，权当是一种解闷的消遣，这一类型的人大多性格孤僻寂寞，而且还有一些多愁善感。

他们为人处世缺乏坚决果断的魄力和勇气，不善于交际，常常孤芳自赏、自命清高。他们有很丰富的想象力，但又有些不切合实际。他们善于体贴别人，具有一定的同情心，思想比较单纯，为人憨厚，一般时候不愿意伤害别人。

从付款方式看人

在生活里，付款成为我们进行交易的一种形式，它伴随我们的日常生活而存在。那么采用什么样的付款方式，这在很大程度上和处理生活中其他的琐事都有相似之处，从中也可以了解到一个人的性格。

喜欢亲自付款的人，他们大多比较传统和保守，对新鲜事物的接受能力比较差，而偏重于循规蹈矩，守着一些过时的东西，缺乏冒险精神。他们缺乏安全感，有自卑心理，但又极希望获得别人的肯定和认同。凡是他们只有亲自参与，才会觉得有所保障。

而付款时能拖多久就拖多久，这一类型的人大多有占便宜的心理，比较自私，缺乏公平的概念，总是想着自己少付出或是不付出就得到尽可能多的回报。他们在一般情况下不会轻易地去关心和帮助别人，对人虽然不算太冷淡，但也算不上热情。

把付款的任务推给别人，这一类型的人常常无法坚持自己的原则和立场，而习惯于服从和听命于他人，被别人领导。他们的责任心并不强，常会找理由和借口为自己开脱，在挫折和困难面前会胆怯、退缩。

收到账单以后就立即付款的人，多是很有魄力的，凡事说到做到，拿得起放得下，当机立断，从来不拖拖拉拉。他们的个性独立，为人真诚坦率，无论哪一方面，从来不希望自己欠别人的，倒是可以别人欠自己的。

采用现代化方式付款的人

采用电话和网络付费服务的人，对新鲜事物比较容易接受，并懂得利用它们为自己服务。

但由于对某些东西的依赖性太强，常常会使他们丧失一些自我的主动权，而受控于人。除此之外，他们对人是有很强的信任感的。

从吃饭的习惯识别对方

吃饭是我们生命中不可缺少的一项重要内容，人只有吃饭，才能够维持生命的存在。但有的人吃饭是为了活着，还有的人活着只是为吃饭，这是两种截然不同的生活态度。吃饭是一个人从出生到死亡一直持续做的一件事情，所以会在自然不自然中养成一定的习惯，而从这些习惯中又最能表现出一个人的性格来。

1.喜欢站着吃饭的人

喜欢站着吃饭的人并不是特别讲究吃，他们会尽力讲求方便、简单，既省时又省力，只要能填饱肚子就可以了。他们在生活中并没有太大的理想和追求，很容易满足，他们的性格很温和，懂得关心别人，为人也很慷慨和大方。

2.边做边吃的人

边做边吃的人生活节奏是很快的，因为有许多事情要做，他们表现得也比较繁忙。但他们并不以此当作是自己的烦恼，他们甚至还觉得很高兴。

3.边看书边吃饭的人

边看书边吃饭的人，明显属于是为了活着才吃饭的人，他们吃饭只是为了满足身体的需要，如果不吃饭也仍旧可以活着，那么相信他们会放弃这一件即耽误时间又浪费精力的事情。边看书边吃饭的人，他们的时间表总是安排得满满的，为了能够做更多的事情，他们不得不千方百计地挤时间。这类人野心勃勃，并且也有具体的计划可以使自己的梦想变成现实。他们拥有积极向上的乐观精神，会把想法付诸行动。

4.边走边吃东西的人

边走边吃东西的人，虽然给人的感觉是来也匆匆去也匆匆，像是时间紧张的样子，但实际则不一定是如此，紧张很有可能是由于他们自己缺少组织性和纪律性而造成的。这样的人大多比较容易冲动，也会经常意气用事，常把事情搞到不可收拾的地步。

5.经常有饭局的人

经常有饭局的人，多属于外向型的人，而且人际关系处得也比较好。这样的人如果不是有某一方面较突出的才能，具有一定的权力和地位，就是为人比较和蔼、亲切，并深谙人情世故，比较圆滑。

从喜欢吃饭的地点看人

喜欢在餐厅里吃饭的人

多是比较懒惰而又享受的人，这样的人不善于照顾自己。他们不太轻易付出，往往会在别人付出以后自己才行动。

喜欢在家里吃饭的人

家庭观念比较强，具有一定的责任心。他们不太喜欢被人照顾和侍候，被人侍候反倒感觉不自在，他们更倾向于自己动手。

6.喜欢一边看电视一边吃饭的人

喜欢一边看电视一边吃饭的人，多是比较孤独的，电视或许是他们消除内心孤独的最好方式之一。

7.吃饭速度比较快的人

吃饭速度比较快的人，做任何事情都重视效率，而且也追求速度，他们总是希望在最短的时间内将事情做完做好。结果与过程对他们而言，前者相对要重要一些。

8.吃饭喜欢细嚼慢咽的人

吃饭喜欢细嚼慢咽的人，与吃饭速度很快的人恰恰相反，他们是属于那种慢性子的人，凡事都能以缓慢而又悠闲的方式来做，这从一个侧面也说明他们是懂得享受的人。

9.吃饭定时定量的人

吃饭定时定量，表明这是一个生活十分有规律性的人，而这些规律如果没有特别意外事情发生，是不会轻易改变的。他们的生活虽然很有规律，但并不意味着为人处世呆板迟钝，相反却可能很灵活。只是无论在什么时候，都具有一定的原则性。

10.没有吃早餐习惯的人

没有吃早餐习惯的人，一般可以分两种情况来讲：一种是生活时间表安排得太满了，忙得没有时间吃早餐，这样的人多是具有很强的事业心和责任心，能够为了更有意义的事情而放弃一些在他们看来并不是十分重要的事情。还有一种就是吃早餐的时间已经到了，可他们还没有从床上爬起来，这又分两种情况，一种是前一夜工作得太晚太累了，另外一种是整天无所事事，只想在床上耗费时间。

11.只习惯于吃晚饭的人

只习惯于吃晚饭的人，大多能够严格要求自己，会给自己制定一个目标，鼓励自己向着那一方面努力，并告诉自己达到什么样的程度可以得到什么样的奖励，以便更好地进行生活、工作或是学习。

12.整天吃东西的人

整天吃东西的人，多是无所事事、闲着无聊的人。其实他们并不饿，只是靠不断地吃东西来使自己不那么无聊、寂寞，消除内心的焦虑和烦躁。

从睡床看人

人的一生有1/3的时间都是在床上度过的，在床上睡觉、做梦，或只是躲在被子下。床是与人们分享最亲密的想法和经验的地方。由于一张床要能够实现上述的目的，所以，这张床必定是安全和舒适的，它能够反映出床主人的特性。

1.单人床

睡单人床说明从小到大的教育方式对他的道德观影响深远，而且他对自己的社交关系限制得也十分严格。他是一个保守主义者，结婚之前，不会和别人分享自己的睡床。

2.3/4的床

这样的床比单人床大一点儿，但比双人床小一点儿。只要和某人同床共枕，他喜欢和对方很亲近、很温暖地躺在一起。他可能没有伴侣，不过这段时间不会太长。他还没准备好对某人做完全的承诺，不过，他做好了付出75%的准备。

从早晨是否整理床铺看人

早晨整理床铺

这种人是个爱整洁、擅长于打扮自己的人。他会把家中每一个角落都打扫得一尘不染。

早晨不整理床铺

这种人自以为对人生的态度是如何地超然，其实，这一切反映在现实的生活里，不过表现出他是一个既懒惰又无纪律的人罢了。

3.特大号床

他需要有自己的独立空间，而且这空间要很大很大。他需要玩耍的空间，需要逃避的空间。他不计代价避开被囚禁的感觉，为的是维持自己对自由和独立的那份渴望。特大号床表示，只要他想和他的同伴保持距离，随时在这特大号床上都可以做到。

4.圆床

他不晓得哪一头是床头，其实，他也不在乎，因为这样，生活才更有意思。既定的规则无法圈限他，他喜欢把自己的床当作整个宇宙来想象。

5.日式垫子

这种来自东方半斯巴达式的地板垫子，有股自律的味道。它们就像地板一样硬邦邦的，而这点正合这种人之意，因为他从来没有打算让自己舒适自在地生活。

6.折叠床

他可能还没意识到，但他对已经压抑多年的性欲，有着一种深切的罪恶感。他能够放纵自己，然后再否认自己曾有过的那番经历。每当他把床折成椅子形状时，他所关心的只剩下事业，他把自己的感情和床垫一块儿隐藏起来。这样的行为，可能会令那些刚和他共度良宵的异性恐惧不已。

7.铜床

床就是他的城堡，四周都有精巧的金属架，四角有四根尖尖的柱子。他觉得自己十分容易受伤，甚至在睡觉时，也需要保护，才不会受到他人的攻击。企图卸下这种防御心的人，由于无法攻破周身这道坚实的堡垒而备感挫折。

8.自动调整床

只要轻轻按一下按钮，就可以抬高或放低头和脚，而且可以调整出上千种位置。他是个完美主义者，无论花多少成本，费多少心力，都会追求一种完美的境界。他为人严苛，难以取悦，刻意塑造环境迎合自己的需求和想法，而且会坚持到底，别无选择。他不去顺应他人，但别人必须适应他。

从洗澡方式看人

多数人每天都会沐浴，把累积了一天的尘垢洗净，以清新的身体面对新的一天。不同的沐浴习惯表现出不同的心理特征。

1.泡泡浴

喜欢泡泡浴的人相当纵容自己，他们认为“人不为己，天诛地灭”。所以，在尽可能的范围之内，他们让自己享受快乐的人生。

这种人对自己的外表特别重视，经常做皮肤护理，还很小心打理自己的头发。

在穿着打扮方面，他们并不着意追上潮流，他们最注意款式是否舒适大方，衣料是否名贵。

这种人的脾气属于温和型，但他们厌恶别人的侵犯或占便宜。遇到如此的对待，他们会不顾一切做出反击，因为保障本身利益对他们而言是很重要的。

从淋浴的水温看人的性格

喜欢冷水淋浴的人能够保持冷静，他们认为面对事情时，最重要的是保持头脑清醒，他们不希望被强烈的感觉左右了自己的判断能力。在别人面前他们经常以自己有理性、有逻辑为傲。

在事业方面，这种人追求专业知识及事业地位，渴望得到他人的尊重与赏识；感情方面，他们属于比较冷漠的那类。

喜欢热水淋浴的人是“感受”型的人。他们待人接物特别讲究第一感觉，相信一见如故，不然的话，他们会采取避之大吉的态度。

在事业方面，人们喜欢跟他们打交道，不过也有同样多的人被他们的热情吓跑了。这样的人应当控制好自己的情绪。

2.蒸汽浴

喜欢享受蒸汽浴的人，做事既彻底又有耐性。他们相信“天下无难事，只怕有心人”，他们认为只要肯去做，没有什么事是办不到的。这种态度能够为他们的成功带来很大的把握，但在人际关系方面，有些人会觉得这种人

太过专横，有点难以相处。他们看不起软弱无能的人，觉得这类人不长进，但他们对权势却相当崇拜。

3.浴堂

有些人喜欢到公众浴室洗澡，赤裸着身体，与其他人一起泡在大浴池里。经常如此洗澡的人，是一个不甘孤独与寂寞的人，因为这种人即使做别人视为极度隐私

的事情时，也喜欢选择有一堆人在场。这种人虽然未必是现代孟尝君，但他们对朋友相当乐善好施，有时宁愿先照顾朋友的需要，而忘记家人的痛苦。

4.按摩式淋浴

喜欢按摩式淋浴的人一般会投资一笔钱，在自己的浴室里特别安装一个可以调节水流大小缓急的浴缸。

他们相当追求物质上的享受，其内在哲学是：既然投胎做人，就应该尽情享受这快乐的人生。虽然他们花钱的方法不至于出手大方，但他们绝对也不是守财奴，他们认为钱是赚来用的，所以逛街购物是这种人的嗜好之一。

他们希望能够舒舒服服、快快乐乐地做人，绝少自寻烦恼，更不会涉入感情的纠纷，有婚外情的话，也只限于一夕之缘。这种人唯一对自己稍有不满的地方，是缺乏对灵性的追求。

从打电话的方式分析不同的人性

1.从使用手机的方式看人的心理

“没有用过手机！”在现代社会，这么说的人简直会被当成怪人，手机已经成为现代生活不可缺少的物品了。它有与人联络方便的优点，但同时也引发被广泛讨论的“手机依赖症”。这里我们把焦点放在用法特殊的案例上，来考虑一下这些人的心理与性格。

（1）老是用短短的对话交谈的人。和不同的人讲电话都讲个不停，可是交谈的语言都是“怎样”，或是“好吗”这种简单的对话，表示他们希望与对方交流，但却无法得到满足。他们与人只有表面上的交往，对人际关系和自己都没有足够信心，有时会避免和特定的人有深入的交往。因此他们如果不打电话，会被“我被抛弃了吗”“别人讨厌我吗”等不安所驱使，总是会很紧张，为这种事所烦恼。这种人也有缺乏体贴与想象力的一面。

在学校、家庭或公司里因找不到身心安顿之处而感到孤独寂寞的人，也有依赖手机的倾向。

（2）不断地传短信的人。根据调查，学生使用手机的方式，通常一天平均只打一两次电话，但收发短信却高达15次。短信比较便宜，当然就占了不少优势，但一天发好几十次短信的人，就和电话讲个不停的人没什么区别。

只使用文字的短信，不需要像讲电话那样注意声音语调，只要传送自己的想法就行了。热衷于这种沟通方式，连讲电话这样简单的沟通都嫌麻烦而尽量避免的人，对人际关系怀有强烈的不安和自卑感，有独断专行的习惯，爱钻牛角尖，可能会将对方短信按照自己的想法来解释，容易有和现实状况不相符的想法（妄想性认知）。

（3）依照不同对象使用手机或室内电话的人。“因为不好意思打手机给前辈，所以用家里的电话。”会说这种话的人，是因为觉得手机是“简便的联络工具”，所以“使用这个来跟长辈联络太过失礼了”。他们对于上下关系非常敏锐，会紧守住这层关系，是保守、怀抱着权威主义的人。从很在乎对方的反应与他人对自己的评价这点看来，可说他们是对人际关系心怀不安的人。

（4）拒绝使用手机的人。这一类的人有很多典型，例如讨厌跟随潮流的人，对青少年文化反感的人，对于联络不上时不会感到不安的自信家，不爱交际的人，对人际关系极度不适应的人等。

2.在人前打电话的方式表现出性格

（1）即使周围有人，讲话也很大声。自我表现极强，这种人即使没有特别理由也要夸大自己的存在。他们反应迟钝，完全没意识到自己已经侵入别人的心理领域。和他人交谈时只顾讲自己的事，完全不听他人说话。

因为把周围的人都当成“跟自己一样的人”，所以会把不认识的人当作不存在，对于事物也会视而不见，很有可能会毫不在乎地做出一些不近人情的事。

（2）在人前仍会掏出手机与其他人通话。性格比较自私，这种人不会顾虑到可能给其他的人带来麻烦或干扰，凡事会以自己的想法和希望为优先的人，很难指望和这种人能稳定地交往。

此外，这种人如果受到了什么刺激，会把全副注意力转移过去，搞不好会完全忘记了对方的存在。他们并不是自以为是，反而是过于谦虚而认真，通常会有太过在意别人的个性，但容易遭到对方误解，对他而言处理人际关系会非常辛苦。

（3）总爱在别人面前确认有无来电。对他人最失礼的事，莫过于“心不在焉”，心思神游到别的事情上面去了。这类人常常不在意对方，以自我为中心。

此外，这种人对于得在他人面前说话这件事，觉得很辛苦，心想着“早点结束对话吧”，还可能会不时拿出手机确认有无来电。他们如果能改变无法清楚表达自己想法的弱点，就会变成个性很温和的人。

从放手机的位置看人

置于手中。习惯将手机一直拿在手上的人，一般都是精力充沛的，也就是所谓的工作狂。

置于上衣上方的口袋里。这样的人做事有条不紊，并且会尽一切努力让生活朝着他的目标前进。

置于裤袋。这样的人，表达方式友善、温和，却带着浓浓的戒备心，情绪起伏较大。

置于包中。习惯这么做的人做任何事都会深思熟虑、小心翼翼。他常常有着无限的潜力。

从烹饪方式上透视人心

一个人在准备食物的时候持什么样的态度，往往会流露出他对生活的某种感受。在准备的方法和过程中，可以表现出一个人许多内在的东西。

1.采取剁、揉的方法的人

有的人在烹饪的时候大多采取剁、揉的方法，这样的人多属于实干型的人，他们很客观，总是能够以非常积极和诚信的态度来面对生活中的各种问题。他们的生活节奏相当快，生活态度也非常积极，对于已经决定的事情，他们会全身心地投入，尽量把事情做好。

2.按照有关烹饪的书看着做菜的人

有的人喜欢按照有关烹饪的书籍做菜，这样的人显得有些呆板，凡事喜欢依据一定的规则，如果没有这一类指导性的东西，就会显得手足无措。他们习惯于被人领导，而不可能领导别人。他们总是过分地追求各种细节，精确严谨，从来不会轻易放弃任何一件他们认为重要的事情。他们对自己并没有多少自信心，随机应变能力比较差，害怕遇到突然发生的事件，因为那时他们会手足无措。

3.凭着自己的感觉进行烹饪的人

有的人只是凭着自己的感觉进行烹饪，这样的人多比较善变，常凭着一时的冲动感情用事。他们不愿受人束缚，喜欢随心所欲，为所欲为。他们很少向别人做出承诺，因为他们非常了解自己，知道自己根本无法兑现。他们的心地还是善良的，并不想去伤害别人，可到最后还是会有许多人受到伤害，他们会为此感到难过，但并不改变自己什么，或许也是改不了。

从对烹饪的喜好来透视人心

享受烹饪的人

这一类型的人，多独立意识比较强，从来不企图依靠他人来达到自己的某种目的，同时他们对别人也缺乏足够的信任感。

从不自己烹饪的人

有些人从来都不自己烹饪，这样的人多缺乏冒险意识，为了安全，他们会选择妥协退让。

4.给美食家打电话请教烹饪问题的人

有的人喜欢给美食家打电话，请教烹饪方面的问题。这样的人大多比较有宽容性，能够虚心认真地接纳别人给自己提出的意见和建议。但只是接纳并不是全盘接受，他们是有着自己奇特的思维的，会充分考虑别人的意见和建议，但在此基础之上，最后决定的还是自己。

5.喜欢烤肉的人

有的人喜欢烤肉，这样的人性格多是外向的。他们待人大方热情，乐于结交新的朋友，而且富有同情心，做事常不拘小节，马马虎虎，得过且过就好，因此常常会制造一些不必要的麻烦。他们乐于向别人介绍自己，以增进了解。

6.喜欢边看电视上的烹饪节目边动手的人

有的人喜欢边看电视上的烹饪节目边动手，这样的人多自主意识强烈，不愿意让别人为自己作决定。他们喜欢把一切都变得简单和方便，并且很容易获得满足，在各方面都不挑剔，但对于一些事情还是有追求完美的心理倾向的。在大多时候，他们活得比较轻松自在，善于开导自己。

7.爱在烹饪的时候使用一些小道具的人

有的人爱在烹饪的时候使用一些小道具，这样的人一般都有比较重的好奇心理，一旦喜欢上什么，就会千方百计要得到它。他们做事追求高效率，有较强烈的忧患意识，为了以防万一，会作许多的准备，但事实上，他们经常是杞人忧天。

从吃鸡蛋的方式考察人性

1.炒蛋

这种人平易近人，可以与任何人拉开话匣子，说个没完，如果时间允许，哪怕是一千零一夜，他们也不会冷场。但是他们所说的话题大多是酒吧、娱乐城里的人情冷暖。

对生活，他要求并不高，只要有稳定的收入加上一点积蓄，他就会笑口常开。虽有不求上进之嫌，但他却不以为然，因为他不希望给自己太多压力。在学校，他几乎是一路高呼“及格万岁”而熬过来的，所以，对于卓越的品质要求，他抱怨连连。

他们绝不是好高骛远之人，多是一步一抬头，所以没有自己的人生路向，有的只是短期的目标。

2.蒸水蛋

这种人虽然算不上是个完美主义者，但只要是他答应去办理的事情，他必会尽他的能力做到最好。由于他以身作则，严于律己，因此他对身边的人也有较高的期待，但无论怎样，他都不是一个出口成“脏”之人。

他不善于表达本身的感受，也很少理会别人的感受，这大概是他对“君子之交淡如水”的现身说法。

3.腌蛋

此类人的性格像腌蛋一样，外表看来没有什么特别，但与他相处久了，就能体会到他是个有趣而含蓄的人。

他喜欢保持一份神秘感，令人感觉他深不可测，他认为自己有内涵有智慧，不是一般凡夫俗子能够了解的。为了保持这个形象，他经常积极地去吸收资讯，然后在适当的时候，将他所学到的和盘托出。由此不难看出，他寻求一种轰动效应，自然是一个名利的追逐者。

喜欢吃生蛋的人的性格特点

生吃鸡蛋就像对药物敏感而又必须喝下藿香正气液一样，吃未煮过的鸡蛋就必须忍受腥味。为了身体健康，这种类型的人几乎在捏着鼻子才把它吞下，他认为小小的牺牲是在所难免的。

他做人太过执着，有时为了达到一个目标而不会顾全大局，换句话说，会为了一棵树而失去整个森林。此外，他还往往对别人的不理解颇有微词。

保持健康是他的生活重心及焦点，晚上一起去唱歌，他是不会参加的，因为他不能熬夜而且第二天要进行晨练。

4.煎蛋

基本上，他是个黑白分明的人，在他的世界里没有真空的地带：一个人不是好人就是坏人，一件事不是正确就是错误，一种现象不是健康就是精神污染。在他看来，事物的两面性本身就是科学上的一种共同敷衍。

他的这种心态实际上局限了他的自我成长，也导致他抗拒许多人和事，使他容易与人发生冲突。

5.连壳煮老的蛋

这种人常把鸡蛋连壳放进水中煮至沸腾，5～7分钟才捞起。煮老的蛋去壳后仍然保持着鸡蛋的外貌和形状，就和他们一样，无论环境如何压迫，他们都会屹立不倒，绝对不会改变英雄本色。过去的酸甜苦辣，对他们来说是性格的磨炼，他们是一个依靠精神与积极心态去推动他们事业的人。

认识他们的人都知道，只要不去触犯他们的原则，他们是充满趣味、容易相处的人。

6.滚水蛋

这种人喜欢将生鸡蛋去壳，放进沸腾的水，一分钟熄火，放盐或糖，连水一起食用。他们是个不追问生命的意义、只顾着忙着面对现实的人。他们没有耐性，想要的东西希望马上得手，要部署或等候时，他们大多会放弃。他们不喜欢看推理小说，因为不耐烦抽丝剥茧地找寻凶手，受不了那近乎折磨又似捉迷藏般的精神颠簸，而且他们话很少，多用心思索。

从喝咖啡的方式考察人的习性

咖啡是世界著名的饮料，犹如中国的茶叶一样有着悠久的历史。传入我国虽然没有太长的时间，但随着人们生活水平的提高，这种较为高档的饮料已经走进了千家万户。

由于地域、生产加工技术以及配料的不同，咖啡的味道和口感呈现出不同的变化，于是人们在挑选适合自己口味的咖啡时，便不经意地将自己的性格暴露出来。

1.喜欢亲自磨咖啡豆的人

这种人个性鲜明，追求独立自主，不喜欢受到别人的摆布。他们自信心十足，从来没有不敢尝试的事情，更愿意向权威人士挑战，这是一种莽撞行为，经常会让自己至亲的人捏一把汗，但他们却用大胆征服了旁观者，在别人心目中留下深刻的印象。他们吃苦耐劳，喜欢追求至善至美，而且办事有条不紊。

2.喜欢过滤咖啡的人

这种人最不懂得珍惜时间，经常把浪费时间当成对别人的一种炫耀，而且会美其名曰高雅、超凡脱俗和提高生活品位。他们是完美主义者，对自己想拥有或已经拥有的特别关注，而且舍得投入，并要求实现最好最完美。他们期待付出会有响应和回报，但大多数情况下他们得自己安慰自己。

3.用酒精炉加热咖啡的人

这种人具有浪漫情怀，渴望重温往日的情调，总会营造出一种怀旧的气氛，特别喜欢自然与淳朴。他们比较保守，为人处世按照传统的理念和规则行事，虽然有非常美好的理想，但是畏首畏尾而难以付诸实践，更别提实现的可能。

4.用电热器煮咖啡的人

这种人有忧患意识，未雨绸缪，在事情还没有发生之前往往已经做好了相应的准备，所以很少出现手忙脚乱的情况。无论工作、学习还是人际交往，他们处处谨小慎微，在和自己有利害冲突或对别人不利的时候不轻易越过雷池一步。他们热情大方，特别是对自己的亲朋好友，经常能主动伸出援助之手，帮助他们克服困难、渡过难关。

看透喝速溶咖啡的人的心理

这种人属于节约时间的类型，轻易不会浪费一点时间。在工作过程中，他们喜欢一蹴而就，希望集中时间干工作，能尽快看到成果。但欲速不达，他们取得的效果往往不佳，而且还把人弄得筋疲力尽。

由于没有足够的耐性，他们无法从事一些需要精益求精的工作，更不会设计出一个长远的计划、长年累月地向一个目标前进，所以成就不了大的事业。但他们会将自己安慰得特别好。

从个人嗜好识别对方

其实每个人都有一些自己的嗜好，只不过有些时候，由于工作学习太忙了，以至于没有一点时间来做自己喜欢的事情，所以渐渐地把它忽略了。嗜好不同于一般的工作和学习，工作和学习在很多时候都具有一定的目的性，为了某一目的而做，甚至是做也得做，不做也得做，这就感觉到非常被动。可是嗜好不一样，嗜好完全是自己喜欢、感兴趣的，做它是为了愉悦自己。有什么样的嗜好，这往往要依据一个人的性格而定，所以通过它来了解一个人是最好不过的了。

1.喜欢打猎的人

喜欢打猎的人性格多是比较粗犷和豪爽的，很讲义气，凡事不会和别人太计较。他们深知社会之现实，优胜劣汰，适者生存，所以会努力使自己成为一个强者，因为只有这样才能更好地生存下去。他们有一定的胆识和魄力，很多事情都是敢做敢当，可称得上是顶天立地的人。

2.喜欢手工艺品和刺绣的人

喜欢手工艺品和刺绣的人，多数是热情而富有爱心的，他们具有很强烈的责任感，能够对每一个人每一件事情负责。他们的生活态度是积极乐观的，但并不会放纵自己。他们什么时候都知道什么是自己应该做的，什么是自己不应该做的。他们自认心非常强，经常会为自己所取得的成就而暗自陶醉，从中获得满足感和成就感。

3.喜欢搜集钱币的人

喜欢搜集钱币的人，性格相对而言是比较保守和传统的，不太敢于冒风险，对于接收新鲜事物的能力比较差。他们多具有很强烈的责任心，尤其是对自己的子女更是倍加疼爱。这一类型的人做事有始有终，追求完美，从来不会半途而废。他们对结果的重视程度往往要大于过程。

4.喜欢搜集一些乱七八糟东西的人

喜欢搜集一些乱七八糟的东西，例如啤酒瓶子、没用的盘子等的人，大多进取心比较强烈，他们在大多数时候都表现得相当忙碌，好像总有许多做不完的事情。他们的怀旧情结比较浓厚，从这一点可以观察出他们是很重感情的人。他们不会过分地放纵自己，而且很懂得节约，欲望心不是特别强烈，在很多时候比较容易满足现状，有很强的自信心，会为自己所取得的成就而感到骄傲和自豪。

5.喜欢表演的人

喜欢表演的人情感是很细腻的，希望能够尝试不同的角色，体验不同的生活。除此之外，他们的想象力还十分丰富，这样他们才能把不同的角色揣摩到位，表演逼真。但这一类型的人，有点耽于幻想而不切合实际。

6.喜欢木工制品的人

喜欢木工制品的人，动手能力都是比较强的，凡事都希望能够自己解决，而不依靠别人。他们的自尊心比较强，若总是靠别人，会使他们的自尊心受到伤害。他们多怀有强烈的自信，坚信自己会成功。他们对于新事物的接受比较快，敢于探险，喜欢进行探索和尝试。

7.喜欢园艺的人

喜欢园艺的人凡事都追求一个循序渐进的过程，然后让其自然而然，水到渠成。他们具有一定的责任感，能对某个人、某件事情负责。他们自己心里会时常有一些欲望，为了使这种欲望变成现实，他们会很努力地工作，然后在付出得到回报以后，会好好地享受自己的劳动成果。

8.喜欢钓鱼的人

喜欢钓鱼的人做事的时候对于过程的重视程度往往要多于结果。他们在做的过程中能够体会到很多的快乐和自我价值的肯定，但是对于结果的成败，则显得有些无所谓了。他们信奉的人生格言就是努力做了就问心无愧。他们在平日里显得比较散漫，看样子有些不在状态上，可一旦有事情发生，他们往往能够以最快的速度调整自己，积极地投入其中，而且大多有很好的耐性。

为什么有人喜欢做高危活动

高危活动包括滑翔、跳伞、登山等。想从事这些活动，一个首要的要求就是必须得身体好。

他们很有胆识和魄力，敢于向一些未知的领域挑战。

这样的人在外表上看起来很强壮，心思也是非常缜密的。

他们的性格是比较固执和顽强的，一件事情一旦决定要做，就不会轻易地改变，其中无论遭遇到多大的困难，他们也都能扛得住。

他们做事情总是非常小心，做一件事情之前往往总是把可能出现的问题全部仔细考虑清楚以后才行动，他们对“三思而后行”这一句话往往有比别人更加深刻的理解。

9.喜欢写作的人

喜欢写作的人思考能力是很强的，为人比较小心和谨慎，喜欢把自己的想法写出来，这样可以更方便把自己的思路理清，他们很有自己独特的见解和想法。

10.喜欢抽象画的人

喜欢抽象画的人表现欲望是相对比较强的，他们希望能够有更多的人注意到自己。另外，他们的自我意识比较强，并不是十分在意别人对自己的看法，而喜欢我行我素。他们的行为在很多时候是相当古怪的，他们做事喜欢为自己着想，而很少考虑其他人的意见和感受。他们是相对独立的，而且任性固执，只愿意自己定规矩，自己遵守，而不愿意遵守别人制定好的规章制度。

11.喜欢飞机模型的人

喜欢飞机模型的人自我意识并不强烈。他们与喜欢不受人束缚和限制、自由自在的人恰恰相反，往往更乐于听命于他人的领导和安排，这样他们就不会感到无所适从了。他们缺少必要的冒险精神，凡事把安全保险放在第一位。在遇到困难的时候，他们的情绪往往会显得相当焦躁，这时候，只有出现一个领导者，指导着他们去做什么、怎样做，他们才会逐渐地稳定下来。

下意识动作和他的真实想法

很多时候，人们的一些下意识动作，往往透露了其内心的真实想法，因为人虽然是理性动物，却不能完全控制自己的下意识动作。当我们感到兴奋、激动、高兴时，除了面带笑容、眉毛舒展之外，往往还会振臂欢呼，击掌庆贺，借着全身的动作将欢乐表现出来。当我们感到紧张、恐慌时，往往就会情不自禁地握紧拳头，全身也变得较为僵硬。

人们常常通过手足活动来表露感情。有时，人们想隐藏面部表情，但很容易引起指尖和脚的活动，将体态活动变为频繁的局部活动，即把感情所表露出的张力转换成了活动量。而所有这些活动都是在无意识的状态中进行的。一般来说，一个人有意识的动作，多出自表演、自耀的目的，而无意识的动作却是发自自然、出自天性的。正因为如此，通过一个人的一些无意识动作，可以知晓他内心很多真实的想法或情绪状态。

人的无意识动作与神经的类型有关。我们在观察这种类型的人时，与其看他们的体格，倒不如以他们强烈的感受性来分析他们的性格来得妥当。由于他们强烈的感受性，对于自己身边的事情，都有非常敏感的反应，因此常有留意周围人的动静的习惯。

我们在打电话的时候，有时会玩弄电话线，此种动作也是由于潜意识中无法以语言充分表达思想所采取的手的辅助作用，如果我们在众人面前演讲时，情绪一紧张，也就会自然而然地比手画脚，或者开始扭动麦克风线。我们面对外国人时，假使不能以语言充分表达思想，通常也会借助手脚来表情达意。

当你去朋友家做客时，虽然主人依旧和你像往常那样天南地北地神侃，但是你如果发现他不停地弹烟灰或者用手指像弹钢琴般地轻敲椅子扶手，或者不时移动一下桌子上的东西，那么，此时你最好站起来告辞。别看他的表情是那么热忱，他手发出的那些无意识动作在无意中已经告诉你，他开始感到心烦意乱，提醒你该走了。

在彼此信息交流最旺盛的时候，频频出现弹指、搔鼻、拭脸等与交谈内容无关的动作时，表示做出该动作的人，并没有认真倾听对方的说话，其心理上已经出现了障碍。很多时候，这种下意识的动作，是表示厌恶对方的一种无言的信号。

无意识的行走动作暴露情侣的真实想法

如果两人行走位置是一前一后的话，前者的心理往往是非常骄傲、不屑一顾的，甚至还有点唯我独尊的味道，后者就向外界传达出对前者有一种敬畏，甚至有点畏首畏尾的谦卑态度。

如果一对恋人，其中一人喜欢走在对方的左侧，而另一人喜欢走在对方的右侧，这就说明他们是“天造地设”的一对。他们不仅相处得愉快、协调，还会因为彼此性格的互补而使他们的恋情往往是坚如磐石。

无意识的动作，有时候也可以制造一种企求别人的信号。比如，我们经常可以看到一些子女在外工作的独居老人，他们经常不由自主地玩弄一些小东西，这是他们在向外界传达这样的信息：我们很寂寞，多希望有人来陪陪我们啊！如果一个人不了解独居老人们这个无意识动作的含义，常常会对他们这些小动作感到困惑不解。

吸烟的习惯动作

概括地说，吸烟的人可以分为这样两大类：主动吸烟的上瘾者和社交场合需要的被动吸烟者。但是，不论是主动吸烟者还是被动吸烟者，他们很多时候之所以吸烟，都是其内心矛盾和混乱的一种外在表现。

一份研究表明，小口、快速地吸烟会刺激吸烟者的大脑，提高大脑的兴奋度和警觉性，而较慢吸烟则具有一定的镇静作用。一般来说，主动吸烟上瘾者较为喜欢独自一人抽烟，同时，依靠烟中的尼古丁的镇定作用来释放心中的压力。社交场合需要的被动吸烟者不同于主动吸烟上瘾者喜欢独自一人抽烟，他们通常在各种聚会，商务活动中，或者是在喝酒的时候才会吸烟。所以这类人吸烟往往是一种社交展示，仅是为了给对方留下某种印象。

当然，不可否认，在那些被动吸烟者中，肯定也有人吸烟不仅仅是为了给别人留下某种印象，有些时候，他们吸烟同主动吸烟的上瘾者一样，也是为了释放心中的压力（也可能为了掩盖心中的紧张情绪）。在社交场合中抽烟时，通常那些被动吸烟者从烟点燃到熄灭的时间中，只有20%的时间在快速、小口地吸烟，其余80%的时间里，他们会做出一系列其他的姿势和动作。

在一份问卷调查中，近85%的“烟民”都认为，吸烟的时候他们的压力会减小。事实果真如此吗？最新科学研究发现，吸烟的成年人的平均压力要比那些不吸烟的人稍微高出一些，同时，一旦养成吸烟的习惯后，吸烟者的压力会随之上升。由此可见，吸烟根本无助于控制情绪，与之相反，吸烟者一旦对烟中的尼古丁形成了依赖性反而会增加他们的压力。吸烟所谓的放松作用仅仅在于：吸烟者在吸烟时所获得的尼古丁能够减缓他们身体缺乏尼古丁而产生的紧张和焦虑情绪。也就是说，吸烟者在吸烟的时候，他们的心情是平常的，而他们一旦停止了吸烟，却感到了压力。这就意味着，要想让一个吸烟者恢复平常的状态，它就必须随时在嘴上叼一支香烟。

因而，很多科学家都主张，无论是主动吸烟的上瘾者，还是社交场合需要的被动吸烟者，都应该戒烟。因为戒烟能减小身体对尼古丁的渴求，从而也就减少了心理压力。不过戒烟，尤其是对那些已经吸烟上瘾的人来说，可谓是一件痛苦的事。因为通常情况下，在戒烟的前几周，戒烟者都会出现心情烦躁、焦虑不安等症状，这往往会让很多戒烟者望而生畏，从而打消了戒烟的念头。但是，如果你挺过了前几周的“艰难期”后，随着身体对尼古丁依赖性的减弱，这种状况很快就会得到较大改善。到时，再假以时日，你就可以把自己“烟民”的帽子摘下来了。

吸烟与性格

吸烟虽然有害健康，但还是有不少人依旧我行我素，正由此，通过观察一个人吸烟的特点，如吸烟的方式、喜欢抽什么样的烟等，我们可以大概知晓他的情绪特征或性格特点。

如果一个人吸烟时总会把抽口弄湿，则说明其性格多变，情绪往往也是起伏不定。

如果一个人吸烟的速度很快，则说明其性格较为急躁，脾气也较为火暴，容易发怒。

如果一个人在吸烟时经常忘了弹烟灰，则说明其对自己缺乏信心，有较强的自卑感。

从音乐的爱好得出人的性格规律

音乐是全人类共通的语言之一，在我们的生活中是离不开音乐的，离开了音乐的生活会显得特别的枯燥和无味。

或许每一个人都曾有过被某一首音乐作品感动的经历。音乐是一种纯感觉性的东西，听音乐的时候喜欢听哪一类型的，就表明他在这一方面的感觉比较好，而这种感觉很多时候又是与一个人的性格紧密相连的。

1.喜欢听古典音乐的人

喜欢听古典音乐的人，一般是理性成分占多数的人，他们在很多时候要比一般人懂得如何进行自我反省、自我积累，从而留下对自己非常重要的东西，将那些可有可无的，甚至是一些糟粕的东西抛弃。这样的人大多很孤独，很少有人能够真正地走入到他们的内心深处去了解和认识他们，所以音乐在一定程度上成了他们的心灵伙伴。

2.喜欢摇滚乐的人

喜欢摇滚乐的人，大多对社会不满，有些愤世嫉俗，他们需要以摇滚的形式来宣泄自己心中的诸多情绪。他们会常常感到迷茫和不安，需要有一个人领导着逐渐地找回已经丧失或是正丧失的自我。他们很喜欢与一些自己志同道合的人交往，他们害怕孤单和寂寞。

3.喜欢乡村音乐的人

喜欢乡村音乐的人，多是十分敏感的人。他们对一些问题常会表现出过分的关心，为人多较圆滑、世故、老练、沉稳，轻易不会动怒。他们的性格一般比较温和、亲切，攻击性欲望并不强，比较喜欢稳定和富足的生活。

4.喜欢爵士乐的人

喜欢爵士乐的人，其性格中感性化的成分往往要多于理性，他们做事很多时候都只是从自己的感觉出发，而忽略了客观的实际。他们喜欢自由自在的、无拘无束的生活，希望能够摆脱控制自己的一切。他们对生活往往是追求丰富多彩，而讨厌一成不变的任何东西。他们的生活多是由很多不同的方面组成的，而这些方面又总是彼此互相矛盾着，从而给他们在表面笼上了一层神秘的面纱，使他们在人前永远具有十足的魅力。

5.喜欢歌剧的人

喜欢歌剧的人，性格中有很多比较保守、传统的成分，他们多是比较情绪化的人，但在大多数时候都懂得把握自己的情绪，不会随便地发作。他们做事比较认真和负责，对自己很苛刻，总是要求表现出最好的一面，而努力做到至善至美。

6.喜欢背景音乐的人

喜欢背景音乐的人，想象力是特别丰富的，而他们的生活态度却有点脱离现实而耽于幻想，这就使他们有许多必然的失望。不过还好，他们比较善于自我调节，能够重新面对生活，只不过幻想并没有减少。他们的感觉相当敏锐，往往能够在不经意间捕捉到许多东西。他们喜欢与人交往，哪怕是不熟悉的人。

7.喜欢流行音乐的人

简单是流行音乐的主旨，这并不是说喜欢流行音乐的人都很简单，但至少他们在追求一种相对简单和自由自在的生活方式，而让自己轻松快乐一点。

8.喜欢情境音乐的人

情境音乐听起来清脆悦耳，可以让人产生快乐的心情。喜欢情境音乐的人，其大多都是比较内向的，他们渴望平静和安宁，而不受到人或事的干扰。

从旅游偏好窥探人的性格

心理学家认为，了解一个人喜爱的旅游方式，可以推测出一个人的潜在性格。不妨拿自己进行比较，便可以探究其真实性。

1.喜欢欣赏风景

喜欢欣赏风景的人不想被局限于斗室之内，呆板的工作往往令他们感到烦躁，他们是精力充沛的人，而且很有幻想，任何生活中的新责任或新体验，都会让他们大为兴奋。

2.喜欢漫步海滩

喜欢漫步海滩的人个性略带保守与传统，爱好孤独，有一种离群索居的欲望。不过，由于这种人对朋友和人际关系都很冷漠，所以他们会是好父母，因为他们会把所有心思都放在孩子身上。

3.喜欢参加旅行团

喜欢参加旅游团的人是很理性的人，做什么事情都喜欢计划得井井有条，不期待任何惊奇的意外之旅。此外，他们个性豪爽，喜欢与别人分享一切，而且当别人懂得欣赏他们的时候，他们会格外高兴。

4.喜欢到各地去探访朋友

忠诚是喜欢到各地去探访朋友的人的最大优点，也是他们做任何事情的最大动力。在探访朋友或亲戚时，会让他们有踏实感。他们还是实事求是的人。

5.喜欢出国旅行

喜欢出国旅行的人是追求潮流和时尚的人，生活中的变化会让他们觉得很刺激。此外，他们还充满幽默的个性，不容易被生活的重担压倒，总是过着自由自在、毫无拘束的生活。

6.喜欢露营

喜欢露营的人是传统思想的拥护者，拥有崇高的道德标准，个性独立，富于创造性。这种人的人生观是讲究实际、讲究客观的。

热衷于登山的人的心理特征

如果一个人热衷于登山，那么你就可以判断他是个内向型的人。

从读书看人的性格特征

在心理学家眼里，读书不仅能增加一个人的知识和内涵，还能在某种程度上反映出一个人的性格和心理。从一个人喜爱看的书，可以分析出其性格和心理。

1.喜欢读言情小说的人

他们是重感情的人。这种类型的人非常敏感，生性乐观，直觉敏锐，一般很快

从对杂志的选择来看性格特征

喜欢浏览新闻杂志的人

这类人大多属于意志坚强的现实主义者，并且易于接受各种新生的事物。

喜欢读妇女杂志的女性

她们大都上进心强，希望自己成为女强人，希望事事都表现得超人一步。

喜欢翻阅财经杂志的人

这类人多喜欢竞争，争强好胜，最喜欢把他人比下去。

喜欢读时尚杂志的人

这类人非常在意自己的外貌，十分顾及面子，在日常生活中会尽力改变自己在别人心目中的形象。

就能从失望中恢复过来，东山再起。

2.喜欢看传记的人

这类人有好奇心重、谨慎、野心勃勃的性格。他们在做出决定之前，一定会研究各种选择的利弊得失及可行性，绝对不会贸然行事。

3.喜欢看通俗读物的人

喜欢看诸如各类型街头小报、周刊、八卦杂志等的人，一般都富有同情心，乐观开朗，经常利用巧妙的言辞带给别人欢乐。这种人总有源源不断的趣味性话题，经常成为办公室里或社交场合中颇受欢迎的人物。

4.喜欢读漫画书的人

这类人一般都喜欢玩乐，性格无拘无束，不想把生活看得太认真。

5.喜欢读《圣经》的人

这类人奋进而诚实，是尊重掌握权力的人，同时也很容易体谅别人。

6.喜欢读侦探小说的人

这种人勇于接受现实中的挑战，善于解决各种各样的问题，别人不敢挑战的难题，他们也愿意去应付。

7.喜欢看恐怖小说的人

这种人多半因为生活太沉闷，使得他们想要寻找刺激及冒险。

8.喜欢读科幻小说的人

这种人大多是富有丰富的幻想力和创造性的人，多为科学技术所迷惑，喜欢为未来拟订计划。

9.喜欢读历史书籍的人

此类人富有创造力，不喜欢胡扯、闲谈，宁愿花时间做些有建设性的工作，而不想去参加无意义的社交活动。

从益智游戏来观察对方

“益智游戏”就是以新方法运用旧知识来解决问题。经常接触与之相关的游戏，会使一个人逐渐地变得更聪明和灵活。不同的人会喜欢不同类型的益智游戏，喜欢是因为他在这一方面感兴趣，这就是人性格的一种体现。通过喜欢的益智游戏往往也能对一个人进行观察、了解和分析。

1.喜欢魔术方块的人

喜欢魔术方块的人大多数自主意识比较强，他们不希望他人把一切都准备好，而自己不需要花费什么力气或心思，也不喜欢把他人的思想和意见据为己有，而是热衷于自己去钻研和探索，哪怕这需要漫长的过程和付出昂贵的代价，也不会改变初衷。他们具有很好的耐力，对某一件事情，别人在感觉不耐烦的时候，他们也还能坚持如一。他们心思灵巧，触觉相当灵敏，喜欢自己动手制作一些小玩意。

2.喜欢拼图游戏的人

喜欢拼图游戏的人的生活常常像也拼图一样，好不容易把一幅完整的图形拼好，紧接着又会变成一块块的碎片，他们的生活常常会被一些意料不到的事情所困扰和左右，有时甚至是使长时间的努力和付出全部付诸东流。不过庆幸的是，这一类型的人具有一定的忍耐力和信心，在不满意的面前，不会被击垮，而是能够保持自己再奋斗的精神，一切都可以重新开始。

3.喜欢纵横字谜的人

喜欢纵横字谜的人多是做事非常注重效率的人。他们希望在最短的时间内花费最少的精力最大限度地完成某件事情，可这在某些时候是不现实的。他们很有礼貌和教养，在与人相处时彬彬有礼，表现出十足的绅士风度。他们多有坚强的意志和责任心，敢于面对生活中许多始料不及的困难和灾难。

4.喜欢玩几何图形游戏的人

喜欢玩几何图形游戏的人多是比较聪明和智慧的，他们对某一事物，常常会有自己独到的见解，而不是随大溜。他们有很强的自信心，生活态度积极向上，在思想上比较成熟，为人深沉而内敛，常常是一副成竹在胸的模样。在做某一件事情之前，他们多是要经过深思熟虑，前前后后把该想的都想到，在心里有了大致的把握以后，才会行动，这样即使出现什么变故，也能很快地找到应对的策略。

5.喜欢数字类益智游戏的人

喜欢数字类益智游戏的人大多逻辑思维能力比较强，他们的生活多是极有规律的，有时候甚至达到了呆板的程度。他们在为人处世等各个方面并不会随机应变，而是过分地有棱有角，结果，既伤到了别人，也给自己带来了伤害。

6.喜欢智力测验的人

喜欢智力测验的人对生活的态度虽然是非常积极和乐观的，但有时候并不了解生活的本质是什么。他们的生活没有什么规律，而且对于各种事物的轻重缓急并没有一个清楚的认识，常常会将时间、精力甚至财力浪费在没有任何意义的事情上面，结果反倒将正经事情耽误了。可是他们并不为此而懊恼或后悔，相反却还找各种理由安慰和劝导自己。

7.喜欢神秘类益智游戏的人

喜欢神秘类益智游戏的人性格中最突出的特征就是疑心比较重。在他们看来，这个世界上好像没有一样东西是可信的，他们对任何事物都表示怀疑，而这怀疑常常又是没有任何依据的。他们对某些细节及一些微小的差别总是表现得极其敏感，而这往往又会成为他们为自己的怀疑所找到的依据。他们会不断地对别人进行指控，但紧接着又会为没有充分的证据进行说明而感到苦恼。

8.喜欢在一张照片中寻找错误的游戏的人

喜欢在一张照片中寻找错误的游戏的人，活得多不轻松，常常会被一些没有任何理由的烦恼困扰着。尽管现状是一片大好，可他们却往往要朝着差的方面想。他们的胸怀多不够宽阔，很少注意到别人的优点，却总是盯着缺点不放。

对喜爱下棋人的心理探索

从下棋当中，一般都可以看出一个人的性格。有的人喜欢出奇制胜；有的人常常稳扎稳打；有的人则很诡秘；有的人经常悔棋；有的人则常常顾头不顾尾。

有的人爱下棋是出于对生活的补偿。在生活中比较温和的人下棋时却可能表现得很凶猛，他们从棋盘中获得了很大的安慰。

酷爱不同球类运动的人

人是一种动物，其关键就在于“动”，所谓的“动”，其中就包括身体运动。其实运动对于人而言是一种必不可少的生活方式，而生活当中绝大多数人也都在运动。不同的人会热衷于不同的运动方式，这也是人性格方面的流露。

1.喜欢篮球的人

喜爱篮球的人多有较高的理想和远大的目标，他们经常对自己抱有很高的期望，希望自己能够比他人出色，站到别人前边去。为了达到这样的目标，他们可以做出很大的牺牲和努力。这其中可能避免不了要遭遇失败，但他们失败以后多不会被击倒，不会一蹶不振、灰心丧气，与之相反，他们的心理素质比较好，能够重新站起来，再接再厉。

2.喜欢排球的人

喜爱排球的人多是不拘小节的，他们在做一件事情的时候，对过程的重视程度往往要超出结果许多倍。

3.喜欢打网球的人

喜爱打网球的人大多是具有比较高文化素养的人，因为网球运动本身就具有贵族的气息和很高的格调，并不是所有人都可以轻而易举加入到这项运动中来的。喜爱网球运动的人从整体上来说，大多是属于文质彬彬、有涵养的那一种人，他们会在各个方面严格要求自己，使自己达到一个相对比较高的层次上，力求至善至美。

4.喜欢足球的人

足球运动本身就是一项很刺激的运动方式，能让人兴奋。喜欢足球的人应该是相当富有激情的，对生活持有非常积极的态度，有战斗的欲望，干劲十足。

代表地位的高尔夫球

高尔夫球也是一种象征着地位、财富和身份的贵族消遣，喜爱并不一定都能玩得起，凡是能够玩得起的人，大都是具有比较强大的经济实力作支持的，而其本人也可以称得上是个成功者。

从喜欢的宠物看人的心理

小的时候，我们爱护自己的宠物；长大后，由于工作繁忙，我们只能看小朋友为了争夺宠物而又哭又闹；到了退休的年龄，又像孩提时那样照顾自己的宠物。养宠物是一种休闲方式，喜好不同，宠物自然相差悬殊，但是从心理学角度来看，不难发现其中一个共性，那就是通过人们喜爱的宠物通常可以了解他们的真实性格。

1.喜欢养猫的人

这种人崇尚独立自主，讨厌随声附和，喜欢直来直去，从来不委曲求全、言不由衷。他们内向，喜欢宁静和恬淡的生活，抑制感情流露，很少有人能进入他们的内心世界。他们也严于律己，不喜欢随随便便，让人感觉不到热情和活力，有时难免矫揉造作，所以人缘通常不怎么好。

2.喜欢养狗的人

这种人随和温顺，显得格外亲切，但喜欢随波逐流，总是顺着别人的想法去做事。他们外向，不喜欢寂寞孤独，整天嘻嘻哈哈，与左邻右舍关系融洽。他们交际能力出众，爽快开朗，人情味浓，胸无城府，真实想法通常会从脸上或行为举止当中表现出来。

3.喜欢养鸟的人

这类人性格细腻，同时会精心地装饰属于自己的空间。他们不喜欢烦琐的人际关系，心胸狭隘，交际能力差，性格孤僻。养鸟使他们自娱自乐，帮助他们打发多余的时间和寂寞，鸟成为生活中不可或缺的伙伴。

4.喜欢养鱼的人

这种人有生活情趣，是个充满自信的乐天派，对事业和生活没有过高的奢求，只想平平安安度过每一天。有人说他们胸无大志，但一生快乐却也令人羡慕。

从对饮酒场所的喜好看人的品位

喝酒的行为中潜藏着想要消除不满或压力的欲求。因此，若调查喜好在何种场所饮酒，即能明白该人的深层心理或性格。

酒在人际交往上有时扮演很重要的角色，我们也可以从中发现饮酒者的社交性。

1.喜好路边摊的人

这种人天性嗜酒，是属于纯情、质朴的人。喜好路边摊等不必装模作样的场所的人，大多是个性善良、亲切。赚钱或出人头地不如与人交往来的重要，也可以说是具有社交性的类型。

2.喜好酒吧、俱乐部的人

这种人与其说是喜好饮酒，毋宁说是讲究气氛或挑选饮酒对象的人。虽然希望受人欢迎，却只重视与特定人的交往。同时，饮酒也只限于工作的需要，是工作狂常见的类型。

3.喜好酒馆的人

喜好酒馆等时髦气氛的人爱憎分明，对文学或美术具有兴趣，属于个性派人士，只和特定的人交往，并非和任何人都能相处。

4.喜欢快餐店的人

喜欢快餐店或卡拉OK厅的人交友广，富有社交性。因工作的关系招待客人而选择快餐店的人，大多是能干型，而且绝不会承受压力。

对不同酒的爱好能体现男人的性格和品位

选择啤酒:与任何人都谈得来，具有服务精神，爱取悦他人，也易获得别人的好感。

选择啤酒:与任何人都谈得来，具有服务精神，爱取悦他人，也易获得别人的好感。

选择鸡尾酒:大多属于善于玩乐的新新人类，很重视气氛。

选择不喝酒(酒精过敏除外):是随时要让自己清醒的男人，害怕酒后吐真言。这种男人比较顽固，不愿听从他人的意见，也不会随便表露自己的真实感受，跟这样的男人相处会让人很费心思。

5.喜欢在家饮酒的人

喜欢在家优哉游哉饮酒的，是对暴露自己的缺点感到不安的人。虽然郁郁寡欢却又讨厌与人交往或警戒心过强，而无法拥有推心置腹的朋友。

开场白太长的人缺乏自信

为促进相互之间的人际关系，大部分人交谈前都会准备一段开场白。的确，和对方见面时，如果不先说点引言，就直接切入重点，可能会令人对自己的意图产生误解，从而产生戒心而不容易沟通。所以在商业交谈中，开场白是不可少的。

开场白的几点禁忌

除了注意开场白不要太冗长，还要注意哪些问题，才可以有效地提高开场白的效果呢？

不要直奔主题

很多开场白是一上来就直奔主题，看似重视时间，实际上，观众的注意力和思维还没有稳定下来，这样的开场白效果是会受很大影响的。

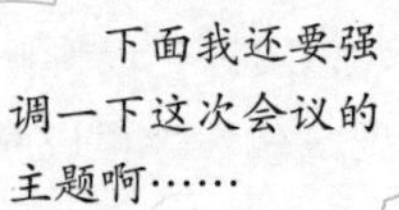

不要反复强调主题和内容

适当的强调是应该的，也是必需的，也是开场白的主要作用之一。但是如果反复强调，会让观众失去兴趣，观众心里会想：“是怀疑我们的智商呢还是自己没有讲的了？”

一个人开场白过长，听者不容易抓到说话的重点，不过是浪费时间，徒增焦急，但还是有人喜欢把开场白说得很长。

首先，可能是说话者对听者的一种体贴。假如对方是个敏感仔细易受伤害的人，直接谈到问题重点，可能会对对方造成冲击，所以说话的人就刻意拖长开场白，以缓和对方的反应。

另一种人则考虑若开场白太过简短，可能导致对方误会或不悦，因而留下不好的印象。基于这种不安，所以延长开场白。

由此可知，说话者无非是为了更详细地表达自己的意思，所以才会有很长的开场白。

此外，有人应邀演讲时，也难免会把开场白拖得很长，这则是为缺乏自信所做的一种解释。通常说来为了隐藏自己的不安，有些人就会借很长的开场白来为自己的演讲作铺垫，所以，这种人应是小心翼翼型的人。

主动当介绍人的人喜欢自我表现

“听说你明天要到外地出差，那儿正好有很多我的好朋友，你只要向他们报上我的名字，保证你办事会很顺利。”有的人就是如此，别人还未请他帮忙，就主动为人介绍朋友。

如果这位出差的人士靠这位朋友的介绍，得到当地朋友的特别照顾，同时借着这些人的面子和信用，工作确实开展得很顺利，甚至他们还体念你刚到陌生的地方，晚上带你四处玩耍，那么这种人的好意实在不错。但多半情形都是尽管你按地址找到了其人，情况却与预期的不同。

其中原因可能是因为被推荐人并不像介绍人所说的可以值得信赖，而且两人也没什么特别亲密的关系，所以才会得到冷漠的待遇。

如果出差的地点是在外国的话，这个介绍人想发挥自己影响力的欲望也就更强烈，所以我们可听到他说：“喂!你这次是不是要到伦敦？你可以拿我的介绍信去拜访这个人，或者你到了纽约去找这个人……”如此一一介绍。

而当事人信以为真，拿着那封信拜访被推荐人，结果可能又和前述境遇相同，不但自己的希望破灭，对方也许根本不知道介绍人为何许人也。

这种人，为什么如此热衷于帮别人介绍朋友？原因就是这些介绍人可以通过为人介绍这一行为，来满足自己爱管闲事的冲动。

当然，他们一方面是出于好意，理解朋友的人地生疏；另一方面，也是向朋友表示他有不少知心好友，他很有办法。但这些人的想法未免太单纯，因为他们既然要替人介绍，至少应该知道必须对当事人双方负责任。

这些介绍人，表面上看来似乎很乐意照顾他人，本着“助人为快乐之本”之心，事实上他们并未尽到介绍人的责任，只是以此满足自己而已。

总之，喜欢替人介绍的人，往往是渴望表现自己的能力却并未真正替被推荐人或第三者考虑。所以各位不要把他们的行为和真正喜欢照顾别人混为一谈。

强求别人应邀的人自私而虚荣

在社交场合，有很多人喜欢用强迫的方式邀请别人，别人明明是不愿意，他们仍然坚持再三要求别人应邀，总之就是他们忽略了拒绝者的想法和立场。

第一种是把对方的拒绝看成客套。

第二种是，主观地以为对方如果拒绝，就等于断绝了他们的关系。

第三种，邀请人希望对方满足其虚荣心，听他炫耀，或让他宣泄心中不满和恼怒的情绪。

喜欢自曝隐私并揭人隐私者的心理动机

有个30岁的职员欧阳先生，在办公室里兴高采烈地告诉大家："昨天我去相亲了！我对对方颇有好感，我想她对我的印象应该也不差，所以我打算在秋天举行婚礼，到时候一定请你们来参加我的婚礼!"

过了两三个星期后，同事们对此事情的进展都很关心，于是问他，但欧阳先生却露出沮丧的神情，回答："那个女孩似乎不太中意我，昨天正式拒绝和我继续交往，我非常郁闷。"

还有一次，欧阳先生又对工作单位的同事们谈道："我姐姐两三天前和丈夫离婚，小孩子也带回家里来，真是太落魄了。"欧阳先生就是如此，把自己的心态、身边

自曝隐私的人的心理动机

有一些人热衷于自爆隐私，并不是脑子进了水，也不是一时糊涂，更不是心里堵得没办法，不吐就会憋死，而是另有玄机。

自我炒作

有些人势头已去，不再惹人关注，于是就来个自我作践，自曝“丑闻”，以求重整旗鼓。

笼络人心

此类人常见于个体商户和推销人员，他们以肯表露心迹，不藏着掖着，能说心里话为幌子，快速拉近与顾客的心理距离，用这种方式给人以诚实、坦率、可信的印象，从而让顾客对其商品的质量和价格确信无疑，然后毫不犹豫地把大把的银子花在他身上。

设置圈套

这种情况多见于女骗子，她们在瞄准行骗对象后，多数都会表现出一副可怜相，一旦博得对方的怜悯和同情，就开始向对方提出由小到大的求助，狠狠地骗你一把，然后逃之夭夭，销声匿迹。

发生的事情，一五一十毫不隐瞒告诉自己的同事，而且他自己也喜欢打探其他人的隐私，渐渐地同事们无法忍受他了。虽然他已经辞职，但仍未接受自己真正离去的事实。

喜欢自曝隐私者中还包括这样一类人：一些机关、单位已退休的前辈管理人员。这类人常常有点耐不住寂寞，会时不时地去探访一下原工作单位，并且把自己最近的私事一五一十地向老部下们抖搂出来。

他们的后继者对前辈的来访虽然也含笑脸欢迎，但总难免会对这位不速之客稍有不悦，因为他就职上任后，好不容易才改善了工作场所中的气氛，由于这些前辈的来访，又回复以前的气氛，难怪他们会不高兴。

至于夹在此二者之间的同事们，觉察出这种心态，所以左右为难。

这种不自然的气氛，造成探访的前辈无法满足的感觉，虽然他们也了解，已经离开单位了，就不再是单位的成员，但愈了解这个事实，他们的心境就愈孤单。从外表看来，他们是离职了，但在心理上，却还停留在自己是单位一员的心态。所以他们渴望探访旧的工作场所时仍能受到老同事的欢迎，以此证明自己还不是“人一走茶就凉”，单位还记得他，从而获得心中极大的满足。

此外，换了工作环境后，有的人可能更发达显耀，为了表示优越感，他们常会借口回单位探望，以满足其虚荣感。

从喝酒握杯方式看人的心理

喝酒是人们最喜欢的一种消遣形式，在我国有着好几千年的历史，创造了无数奇迹与辉煌，如王羲之因酒书成《兰亭序》，李白因酒诗千首；更有的人将酒当成莫逆，形影不离。但酒的作用不仅仅局限于此。喝酒时必须有拿杯子的动作，这个动作虽然简单，但也有细致的心理学家和行为学家对人的握杯方式进行了长时间的研究，发现不同的握杯子手法可以表现出不同的内心世界和性格上的差异。

1.聪明的人

聪明的人喝酒时用力紧握杯子，拇指用力地顶住杯子的边缘。他们会巧妙地应付对方的敬酒，饮酒量能够保持一定的限度。他们要是不想喝醉，就一定不会喝多，任凭对方如何劝导、地位如何显赫，他们也会很好地把握自己。

2.好动脑筋的人

好动脑筋的人喝酒时一只手紧握杯子，另一只手则漫不经心地画着杯沿。这时候的他们把饮酒当成一种简单的外在活动，酒的味道好坏与否根本无关紧要，有的人沉思时还常常用两只手抓住酒杯。

3.忙忙碌碌的人

忙忙碌碌的人喝酒时喜欢玩弄各种杯子。他们虽然在饮酒，但心早就不知道飞到哪里去了，所以这份漫不经心转移到杯子上，杯子成了他们的玩具。他们办事往往不能集中全力，虽然工作占据了他们很多的时间，但较大的成功通常和他们无缘。

4.活泼好动的人

活泼好动的人总爱用手掌托着杯子，边喝边滔滔不绝地说话。这时候的他们会完全忘记自己是在饮酒，他们的心思都集中在谈话的内容和给对方的感受上，之所以喝口酒，只是为了滋润一下说干了的喉咙。

从握酒杯的姿势来看人的缺点

愚蠢的人

愚蠢的人喝酒时喜欢紧紧抓住酒杯，拇指按住杯口，为的是将杯子拿得更牢，以便对方要求豪饮的时候一饮而尽。如果条件允许，这种人是来者不拒型，要是对方有要求，他们也会一醉方休。

虚伪的人

虚伪的人喝酒时紧捂住杯口，好像是要掩盖住自己的真情实感似的。这种人从不轻易在别人面前暴露自己，他们觉得引人注目往往会使生活不得平静。

贪婪的人

贪婪的人握住高酒杯的脚，食指前伸，故意显出高雅和与众不同。他们青睐有钱、有势和有地位的人，他们这种人的内心世界完完全全地写在了脸上，阴与晴预报出他们遇到了什么样的人。

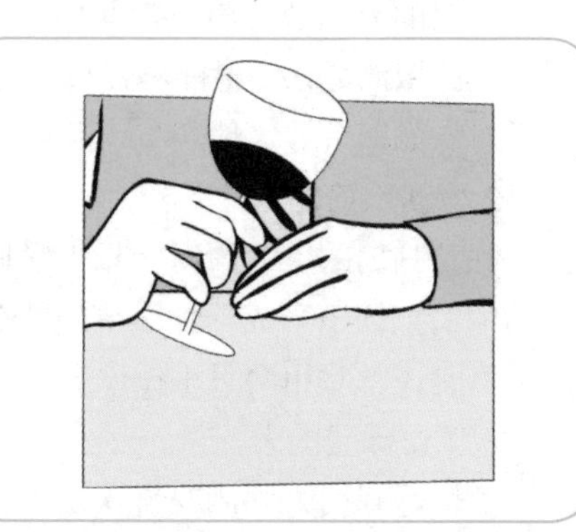

从点菜的方式透视人心

1.从点菜方式表现出心胸的宽大或狭窄

（1）点菜时会大声地叫店员的人是自我表现欲强，对周围的人大声喧嚷以表示自我存在的类型。同席的人虽然觉得丢脸，但当事者为了表现自己，不在乎会对他人造成干扰。如果还叫了好几次，也能看出他们性急的一面。

（2）对店员用命令口吻说话，老是摆出“我是客人”这种态度的人，会对地位与身份的上下关系很斤斤计较（在不自觉的状况下），别人对自己带有（自己认为的）诬蔑态度时，会出现说出脏话等激烈反应。

（3）打手势招呼店员过来的人会考虑周围环境，深思熟虑地设想到别人的立场。他们不喜欢出风头，但另一方面却拥有“为所应为”的执行力，在机会来临之前，会一直蛰伏等待。

（4）会等店员拿菜单过来的人耐性很强，是天生的乐天派，稳重自得。虽然从“怎么还没拿菜单来”的反应多少看得出他们急躁的一面，但却不招摇，自我主张不强烈，因此也容易累积压力。

2.从点菜方式看是否深思熟虑

（1）马上速战速决点菜的人下决定的速度很快，但性子急，却也有想法太过天真、缺乏深思熟虑的一面。他们拥有领导者的特质，但过于独断，并且不相信别人，且有“凡事求快”“不想落于人后”的竞争心。

（2）犹豫不决、无法下决定的人太过在乎别人了，缺乏决断力。他们会因为胃口太大，对各种不同事物都会转移焦点而极度迷失。

（3）“跟大家一样就好”的人是没有主见的人，总是左思右想而失去主见，对自己缺乏自信。他们跟别人步调一致，行动积极主动，但会掉进死胡同里。

（4）会问别人“要点什么”的人，做事很有礼貌，个性亲切。他们虽然计划周详，却不会有更深入的想法。与总是跟随他人点同样的菜的人相同，是“同调性”很高的人；而一边问别人，却是点了跟对方不同的菜色，是那种不在乎别人而自行其道的人。

（5）最后还是跟别人点一样菜色的人：喜欢遵从多数意见，希望与别人一样的倾向很强。他们不会坚持己见，经常会因为配合别人而改变自己的意见，是难以信赖的人。他们对自己所属的团体归属意识强烈，不喜欢离开集团或让集团产生混乱。

（6）一次点了一大堆的人：“这个也要，那个也要”，是心浮气躁的人，想法与需求非得直接表达才甘心，有点孩子气。他们不照顺序来，一次全包、态度浮躁，可说是对于失败（点太多而吃不完）的可能性缺乏慎重考虑的人，也欠缺“随机应变”的弹性。

从对菜品的喜好分析人的性格

喜欢吃清淡食品的人不善于接近别人，愿独来独往，性格沉静。

喜欢吃甜食的人热情开朗，平易近人，但有些软弱、胆小。

喜欢吃辣食的人善于思考，遇事有主见，吃软不吃硬，爱挑别人的毛病。

喜欢吃大量肉食的人大多有支配别人的欲望，富有领袖欲。

酒后辨真言

喝过多的酒并不是件好事，过量饮酒，体内的酒精会使人亢奋，对人的大脑神经产生影响，从而使人做出同平时不一样的举动。“酒后吐真言”是一句俗语，而许多人的真实经历也为这句话提供了切实可行的证据。毋庸置疑，酒精具有麻痹大脑的作用，所以当某人喝醉后，意识会失去控制，因而对一些事情也就不会在意，这就是为何会有“酒后胡言乱语”。而如果继续豪饮，达到“烂醉如泥”的程度，意识的发挥会受到阻碍，无法感觉外界事物的刺激，大脑进入深度睡眠状态，这时，无意识开始启动，曾经埋藏于内心最深处的影像或者语言会不由自主地表达出来，

从酒后不同的表现来看性格

有的人酒后可能什么都不说，埋头就睡，这种人有正义感，原则性较强，虽然有时会比较传统保守，但对认定的事情，会全力付出。

有的人喋喋不休，说的都是不着边际的话，这种人看似对什么事情都不在意，但其实是个心中自有真情在的人，却苦于无人了解，会有些许失落和无奈。

有的人可能会触景生情，大哭一场，这种人具有丰富的感情，热情奔放，以自我为中心，对一件事物常常不能专注太久。

但是醉酒者是不知道的，因为他已失去了主动的意识。那么大家能否通过一个人酒后的言语来判断这个人的品性如何呢？

曾有一个笑话，有一个平时为人很文雅的男士喝多了，去一棵小树旁方便，完事了抽身要走，却感觉有人扯住了他，他回头推辞："不，不，太晚了，我该回去了，妹妹再见。"无奈就是走不脱。等他的人看他一个人忙活，等得不耐烦了，也过来跟他一起劝解："小姐，你松手吧，我们以后再来，机会有的是呢。"来来回回推辞一个多小时之后，他们才发现，他其实是把腰带连人带树一起捆上了，还跟树好一阵情意绵绵。通过这个笑话，大家大概能看出这个人表面和内心的不一致通过醉酒后的言语反映了出来。

大多数人在酒后说的话都跟平时工作和生活中的问题、烦恼有关。现实中，很多白领阶层为了缓解工作中的压力，愿意去酒吧发泄，当然不仅仅是通过喝酒这一渠道。大多数男人在面对问题时，也愿意用酒精麻痹自己。

酒是人们情感交流的纽带，推杯换盏、觥筹交错间距离更近，情谊更浓。饮酒还有一个作用，就是通过观察人们酒后的表现，了解他们的性格特点。醉酒后是否口吐真言也是因人而异的，是不是每个人都会酒后吐真言，而吐的又是否都是真言呢？就像喜欢独斟的这类人属于郁郁寡欢的类型。他们上不擅言语表达和人际交往，也没有凑热闹的爱好。为人拘谨，偏好独处，但通常也比较理智，能明辨是非，行为上常显得消极。所以想以酒探究这类人还是需要一些心思的。

若想观察他人醉后的姿态，就得"众人皆醉我独醒"。所以饮酒应适可而止。小酌怡情，还可以借机观察周围的人，而烂醉就会让别人看穿心思，给自己制造酒后麻烦。

商务谈判中需要掌握读心技巧

生意人每天都要与各种各样的人打交道，生意人的成功离不开一定的社会环境，换而言之，离不开你每天所要打交道的这些人。生意人的成功就取决于你每天要交往的这些人。一个生活在"真空"里不和人交际的人，既算不上生意人，更谈不上什么成功不成功。因此，我们完全有理由这样说：生意人的成功取决于其识人、处世水平的高低。

"知彼知己，百战不殆"，如何与人打交道，如何了解对方的心理活动，是生意人掌握处世技巧的第一课。掌握"读心"术，是生意人建立成功人际关系的秘诀。

1.根据话题洞察说话者的内心

（1）有些人非常想要打听对方的真相，这是有意明白对方的缺点、期待能进一步掌握对方的心理反应。

（2）有些人对于他人的消息传闻特别感兴趣，这种人很难获得真正的友谊，所以，他的内心是非常孤独的。

（3）有些人不断谴责领导的过错和无能，事实上是表示他自己想要出人头地的意思。

（4）有人借着开玩笑，常常破口大骂，或者是指桑骂槐，这是有意将积压在内心的欲求不满设法爆发出来的心声。

（5）喜欢在年轻人或部属面前自吹自擂的人，乃是不能胜任职务，或者赶不上时代潮流。

（6）有人根本不在乎他人的谈话，而喜欢扯出与主题毫不相干的话题，这种人怀有极强的支配欲与自我显示欲。

2.根据说话方式洞察说话者的心理

（1）说话声调很高昂的人，说明他有任性的性格。有人说话的抑扬程度非常激烈，大部分都属于自我显示欲很旺盛的人。

（2）一面仔细倾听，一面点头称是，这是认真听话的人。一面听话，一面点头，但不把视线集中于说话者的身上，那就体现他对谈论的话题不感兴趣。

（3）表示太多不必要的点头，或者胡乱答话的人，其实是对对方谈话的内容不太明白。一面听话，一面称是者，大部分是不愿对方提出反对论调的顽固家伙。

（4）无缘无故小声说话的人，主要是对于事情缺乏足够的信心，大部分都带有女人的性格。

说话方式突然改变代表心理也在变化

对方说话的速度忽然变得比平常缓慢，那就表示对对方怀有不满或敌意的意思。

说话的速度忽然变得比平时快，那就表示对方有弱点存在，或者表示说话的内容不属实。

凡平时沉默少话的人忽然变得能说会道，那就表示他内心含有一种想被人知道的秘密。有人常喜欢采用限定句的说话方式，很显然地，他是属于一个神经质的人。

（5）希望把一种话题拉得很长，故意说个没完没了，这是害怕别人提出反驳的根据。有人喜欢在语句末尾补添暧昧或含糊的词语，这是逃避责任的心理在作祟。

（6）说话很有决断的人，对于谈论的内容满怀坚定的信心。有意立刻得出结论来的人，也是害怕别人提出反对意见的表示。

（7）有人不断把视线脱离说话者，或拨动手指，这说明对话题已感到厌烦了。反复探询对方所说的话题，这是很有耐心，而且也是好奇心旺盛的人。

从名片偏好分析对方的性格

差不多每一个社会中的人，都会有一张印满自己头衔的名片。名片的种类各式各样，有的内容非常复杂，职衔颇多；有些像艺术家的手笔，构思新颖；而有些就特别简单，只是打上自己的名字和电话，连地址也没有一个，似乎仅仅是告诉别人有这么一个人存在。

一个人所制作的名片既反映了自己在别人面前所展示的形象，又反映出他的内心想法和个性。

1.使用黑白名片的人

使用白底黑字名片的人所透露出来的性格，给人一种踏实、勤勤恳恳的感觉，对新奇的东西没有感觉，做事情时照本宣科。

这种人是个从接受正统教育圈子里走出来的人，很少受到世俗观念的影响。在小时候家人就觉得他是个听话的好孩子，从不违背大人的意愿。在学校里，老师也会认为他是好学生，从不调皮捣蛋，一直是品学兼优的好孩子。刚走出象牙塔迈入社会，任何一个部门都喜欢任用这样的人，因为这种人是勤奋办事而从不过问与自己无关事情的人。

这种人也希望自己所树立的形象让别人觉得他是个循规蹈矩、遵纪守法的人，而他本身也害怕惹麻烦，小心翼翼地为人处世。在这种人所经历的人生之路中，他们会觉得所走过的路大多数是正确的，也是人们认同的。而他们曾经所想象的东西，已经被消磨得无影无踪，目前他们只是为自己每天的生活奔忙而已。至于在人际关系方面，这种人属于慢性子的人，在短时间内，他们很难与一个人关系十分紧密，也不愿跟别人发展深层次的关系。

2.使用压膜名片的人

如果一个人在印制名片时，要求印制价格较高的压膜名片，这说明他是个讲究的人，有着华丽的外表和虚荣的内心，所以这种人经常表现出自己大方的一面，特别是对这种能体现自己个性的东西，他会毫不吝啬的。

无论是在聚会场所，还是在家里，这种人都想突出自己的存在，经常以特别的言行举止吸引别人的注意力，一般情况下都比较含蓄而得体，让他人看不出他是在故弄玄虚。这表现他具有一定的真才实学，而且在他人眼里也是个不错的人。

在实际工作中，这种人也是聪明好学、勤奋工作的人，如果他的领导不是个嫉贤妒能的人，那他肯定会有机会展示他的才华和创意，但如果他的领导是个保守的人，就会觉得这种人是在过分炫耀自己。

这种人的朋友都觉得他是个有情趣和才华的人，当然有时也会觉得他太喜欢表现自己。

这种人同时也是个爱情上比较顺利的人，由于他喜欢展露自己和有较广泛的情趣，他很容易吸引异性的注意。同时，这种人又是个洁身自好的人，很少出去乱玩爱情游戏，使自己陷入困境而不能自拔。

3.使用镶金边名片的人

喜欢金色东西的人在印制名片时，会选择镶金边的名片，这表明其毫不掩饰自己的拜金心态，也不介意他人知道自己具有见钱眼开、唯利是图的本性。在任何时候，这种人都懂得替自己争取利益，以极小的代价换取成倍的回报。这种人是从不放过任何赚钱机会的，而且可能很小的时候就是生意人，所以有着生意人所具备的一切素质。与人打交道时，这种人或许是比较势利的人，但其很可能做得不太过分，一般人不会轻易察觉这点。

印有很多头衔名片的人虚荣心很强

喜欢使用这种名片的人是虚荣心很强的人，害怕别人小看自己，所以写出许多头衔去说服别人，以证明自己不是一般老百姓，而是举足轻重、有社会地位的人物。其实当别人接过这类名片时，都会暗地里笑他，认为其爱面子和无聊。

当然，这种人并不是吝啬鬼，如跟别人在饭店吃饭时，他会抢着付账，让别人觉得自己是个大方之人。不过别人有时也会认为他是在别有用心，利用机会去占人家的便宜。

在这种人的心目中，相信钱可以改变一切，所以信奉金钱至上的原则，拼命努力去赚钱，希望用钱包装扮自己，以赢得别人的尊重。不过，这种人是聪明人，随着社会经验的增长，他知道钱是身外之物，如此获得的尊重是极不可靠和缺乏实质内容的。

4.使用只印有姓名电话名片的人

一纸简单的名片上，只有姓名和电话，而其他一切资料无可奉告。拥有此种名片的人不外乎有两种：一是此人已有一定的知名度，不必借此名片去作自我宣传；另一种就显得有些不可理喻，是故作神秘以引起人们的注意，还是不愿透露自己的实际情况？

无论哪一类人，他的本性都是不喜欢开放自己。他总是觉得没有安全感，恐怕别人知道太多关于他的事情会来对付他，甚至伤害他。

这种人是胆子不大但心细的人，在与别人打交道时，他会不露声色地观察别人的谈话和各种动作，悄无声息套取对方的资料，但是极力回避谈论自己的情况。因此他很难与人建立深厚的友谊和感情。

由于这种人不肯轻易敞开自己的内心世界，所以很难获得上司和同事们的信任，也极难得到提拔。在择业的时候，他可能选择自由职业这一行，或者自己开公司当老板。

从握手观察对方的性格

握手是见面时最简单常见的一种礼节。美国有位心理学家指出，一个人握手时所采用的方式很能表现出他的个性，一些下意识动作能够表示他的思想。例如说，如果掌心向下，表示此人心高气傲，喜欢高高在上，其支配别人的意识非常强；如果掌心向上，则表示握手者性格温顺，乐于服从，而且为人谦虚恭顺；如果两人都垂直手掌相握，即表示两者都愿以彼此平等的地位相交。商务交际时，若对手是属于平等型，则交往时可以较为开放地表达自己的意见；如对手属于支配型，则应采取“顺毛摸”的办法，哄着对方就范；如对方是温顺型，则应实实在在和对方打交道，否则有可能“吓”跑对方，生意也肯定就会告吹。

现在，让我们再来看看握手的类型，看一看由美国心理学家列举的不同的握手方式及它们所流露的心迹。

1.摧筋袭骨式

握手时，他紧抓你的手掌，大力挤握，令你痛楚难忍。这类人精力充沛，自信心强，为人则偏于独断专行，但组织能力及领导才能都很突出。

2.沉稳专注型

他握手时力度适可，动作稳重，双目注视你。这种人个性坚毅坦率，有责任感而且可靠，思想缜密，善于推理，经常能为人提供建设性的意见。每当遇到困难时，他总是能迅速地提出可行的应付方案，很得他人的信赖。

3.漫不经心型

他握手时只轻柔地握一握。此类人为人随和豁达，绝不偏执，颇有游戏人间的洒脱，谦和从众。虽然别人把他的手握得很紧，但他只握一下便把手拿开。在社交场合上，他表现得轻松自在，但内心却是实际而多疑，他不吃任何人的亏，如果对方突然变得很友善，他脑中便立即闪出小小的红色警告。他当然会和对方周旋一会儿。但这一会儿的时间，不过是用来发现对方真正的企图和动机。

4.双手并用型

他握手时习惯双手握住你的手。这种类型的人热情忠厚，心地善良，对朋友最能推心置腹，喜怒形于色而爱憎分明。

当别人把他介绍给你时，他用双手握着你的手，有些人不太习惯他的开放作风，可能会抱怨他太过热情。但最后，这些人都大吃一惊，因为他们发现自己居然也用同样热情的态度来对待他。

握手时，透过手掌看清对方心理

在手掌搔痒型

这是一种偷偷摸摸的行为，当男人和刚刚认识的女人握手时，可能用食指去搔对方的手掌，这种方式很直接，不过令人讨厌。目的在告诉那位女士，他对她有性爱方面的幻想，而有希望得到她立即的回应，一般人通常看不到他的做法。

手掌微湿型

手掌微湿说明他表面上平静、泰然自若，但内心却是个极度紧张的人。不过，他要隐藏任何会暴露自己缺点或心中恐惧的姿态、言语或举动。

5.长握不舍型

握手时他握住你的手久久不放。此类人情感比较丰富，喜欢结交朋友，一旦建立友谊，则忠贞不渝。当他握着你的手，握了很长一段时间，看看谁先把手抽回来。这是一种测验支配力的方法。假使对方比他先抽手，那他便晓得可以比对方更有耐力，与对方交涉时可以有较大的把握。他经常使用这种方式，也因此获得对方重大的让步。

6.用指抓握型

握手时他只有手指抓握住你的手，而掌心不与你接触。这种人生性平和而敏感，情绪容易激动。不过，是心地善良而富有同情心的人。

7.上下摇摆型

握手时他紧抓你的手，不断上下摇动。此类人十分乐观，对人生充满希望，他们以积极热诚而成为受人爱戴倾慕的对象。

8.握手无力型

他和你握手就像想从湿拖把上挤出一丝丝水的响应。他像典型的受害者，最大特色就是软弱和犹豫不决。人们经常在认识他5秒钟后，就会把他给忘到九霄云外。

9.规避握手型

有些人从不愿意与人握手。他们个性内向羞怯，保守却真挚。他避免和别人有身体上的接触，好像别人染上瘟疫，或得疱疹。总而言之，他喜欢自己过生活，自己睡一张床。

第三章

看透他人的心理策略

从相貌选择贤妻

俗话说："妻不贤，不孝子，顶趾鞋，无法治。"一个男士无后顾之忧，全力以事业为主，成功的机会也当然大增，何谓无后顾之忧呢？人生选择中最重要的选择之一，就是择妻，可见娶个贤妻的重要性。

从外貌上看，什么样的女性具备"贤妻"的资格呢？

1.唇红齿白

嘴唇色泽偏红，同时齿列整齐不尖不龅、齿色偏白，伴随这种相的是声音偏向柔美，咬字清晰。拥有这种相貌的女子是能够享受美好生活的女子，她们最大的性格优点就是性格中庸，既不情绪化也没有大起大落的生活，而且很善解人意，使得家庭内聚力强，感情基础坚实。

2.下巴圆满

下巴长得圆圆满满的女孩子，不仅相处起来容易，也是相当善解人意的女人。娶到这样的女子为妻，做丈夫的应该非常的幸福，因为她们是标准的贤内助，对全家人都相当的关心和照顾，而且开朗大度、温和敦厚，是可以信赖相守的终身伴侣。

3.声音柔和

声音柔美甜润、中气畅旺的女子，即使长得平凡，却都能配得条件相当不错的男性。声音柔和的人，人性多半温柔、体贴，绝对是贤内助的典型。而中气十足，表现这个人的身体强健，特别是语出丹田，表心气相通，浑然达于外。她们婚姻得以和谐幸福。

4.眼神清澈

眼睛稍大，眼珠黑白分明，明亮慧黠，就像漫画中的女主人一样，有这种美丽眼睛的女子，都是天真、单纯、开朗，带点孩子气的美少女。她们漂亮、气质好，而且彬彬有礼，没有令人难以忍受的傲气，也因为命好，平日多用正面的思考来看待世人，尽管有低潮与挫折，但面对逆境却有克服与转移的一套思维，有这样的妻子，真幸福！

5.田字脸

所谓的田字脸，就是额头偏方型且腮骨突出，同时脸上有着丰腴肉质，整个脸型方中带圆。这种女子心地坦荡宽阔，好交朋友又乐于助人，同时也是心思缜密，会帮朋友渡过难关的慈善家，没工作的，她热心地帮人家安排，缺业绩的，她会帮着找买主。无论如何，愿意付出比别人多的田字脸型的女人，娶到她等于同时拥有一堆真心好朋友。

6.鼻子高挺

有着鼻直而挺、山根丰隆、鼻翼饱满的鼻相，这样的女子多半都很有贵气，拥有如此优良鼻相的女子，就算书念得不是很好，也不见得没出息，因此凭着她的自信与干练，事业上会有所收获。而荫夫帮夫是大鼻美女必定所会做的事。

7.柳叶眉

眉型弯曲的幅度相当大，同时呈现弧形，且从眼头长长地到达眼尾的后方，这种柳叶眉的女子都是无比的善良、心地特好的温柔佳人。不过生有这种眉形的女子并不多，遇到了，就要积极把握，以免错失良机，被其他的人追走了。

眼睛大的女人VS眼睛小的女人

眼睛是心灵的窗口，眼睛大或者小都各有优势。

谁更吸引人？从表面上看，大眼睛女人很吸引人。大眼睛女人在抛媚眼方面，比小眼睛女人更具有优势。小眼睛女人无论怎样努力，她的媚眼也很难被别人发现。

谁更聪明？大眼睛女人通常没有小眼睛女人聪明。因为大眼睛女人老是被人观察，小眼睛女人总是观察别人。

谁更能摆平男人？男人心理也很奇怪，一方面欣赏大眼睛女人，另一方面又警惕大眼睛女人。对小眼睛女人，男人即使知道眯眯眼很狡猾，也会掉以轻心。男人容易战胜大眼睛女人，却又常常输给小眼睛女人。

8.垂珠厚大

耳垂大又柔软的女人，对人十分宽厚，尤其对自己的丈夫、孩子，都会有一份温馨、体谅的心意，有福荫、有人缘，这样的女人有福气极了！如果你的太太是个有福气的人，全家人一定能接收到她的福气，享受到衣食无忧的生活。

9.人中清晰

女性要是具有清晰、深长的人中，必定是生殖能力强，所生子息也容易心存孝道、聪明多福，未来成就高。人中形美，也是长寿的表征，故而人中也有“寿堂”之喻。

10.毛发柔软

发质倾向柔软，个性会很柔和，不会自寻烦恼，不自找麻烦，这样的女人生活会相当安静，是个随遇而安的人。

同时，个性柔软的人还有个好处，行事上不见得没有主见，而是协调性和妥协性很高，总能面面俱到地帮家里解决问题，分忧解劳。

从女人的手探视对方

女人的手势也是因人而异，既有共性，又有个性。经常两手相握，或是相搓手掌或手背的人，大多有自卑感，或是小心眼。她们时而下意识地动作，比如不自觉地看看手表，或者是时而绞弄手绢，都可表现出此人的心绪不宁，多会感情用事。

也有一些女人，喜欢大模大样地反剪双手抬向颈后，这手势有两种含义，一种是有意如此，另一种是无意识地自小养成的习惯。然而不管是有意或无意，都显示此人个性严谨，心里多虑。

双手一会儿握，一会放，表示她做事仔细。如果看到一个有咬手指习惯的人，她可能是个梦想者。心理学家认为这种咬手指的无意识习惯，对任何年龄阶段的人来说，都是不雅观的动作。她经常都是心不在焉，活在梦想的世界里。

手势不但不自觉地体现性格特征，而且习惯用作有意识表示或手谈。我国聋哑人手谈的运手姿势，武术界模仿各种动物及生活中的手势，其形式相当丰富多彩。而社会生活中的有意识手势表示，也是多种多样的。各国都有其手势在有意识中表现特点，都必须依靠双手来提示。在美国最常见的表示“好”或“同意”时，常用食指和大拇指联搭成圈，其他3个指头向上伸，是个“OK”的手势。

总之，手的触觉、感觉、手势、自觉或不自觉都与大脑中枢保持一致，其中有不少学问难以尽举。

耍弄拇指，两手各指互插拇指互相环绕弄动，乃是具有积极情绪的表现，此外更有一点有趣的情形：人在愉快的回忆中时，常会慢慢旋转双手的拇指；在计划将来的事情时也会迅速地旋转拇指。

看到妇女一边跟人谈话或听人谈话时，却双手抚摩着臂膊，这正显示她非常喜欢自己，但却觉得旁人并不是像自己喜欢自己那样的喜欢她。

两前臂交叉，两手放在上臂的姿势，表示意志坚定，难以接受讨论。两肩耸起、两臂交叉的姿势表示否定、轻蔑和不信任的态度。

看到一个女人，常把手举起，将手掌对着身体胸前，用另一只手的手指抚摩手背时，此人比较吝啬；其手指紧靠一起，或曲如鸟爪，这是守财的手形，很是小气。

坐在凳子上，双手展开贴在凳子两旁或按在膝盖上表示胸襟豁朗。

说话时女人的手会暴露她的性格

有些人的双手，很自然地向下垂，或者轻轻握住，表示此人个性温和，对事情都很热心。

有的女性与人说话时，喜欢以手掩口，做这种姿势的人，比较注重小节。

一双手相互交叉握着，依横的方向不停地动，显示其心不专，心绪不定。

从女人的腰了解对方

对于腰部动作这种无声的语言，女人相对男性来说，要微妙很多。女人的腰，是除了女人的臀部和胸部以外的性感符号，它常常是以无声的线条来表示意义的。线条和色彩是人类在有声语言之外最具表现能力的性格语言。女人的腰就是一个线条符号，不同的线条符号体现不同的性格。

1.弯腰

众所周知，见人即弯腰行礼是日本和韩国女人的见面语言，弯腰所形成的曲线是柔美的、温顺的、流畅的，从而形成一种光滑的外表，这种女人给别人一种柔美的感觉。

2.仰腰

仰腰是“一座不设防的城市”，这叫作女人的“无防备的信号”。如果女人坐在沙发里，用仰腰的姿势对着异性，一般的情况有两种：一是对于眼前的这个男人绝对的信任，绝对的尊重，她觉得他不会给自己带来伤害；二是妓女的一种招数，她告诉眼前的男人:“请跟我来”。

3.扭腰

扭腰使腰呈现S形，这是性的象征。凡是女人扭腰或者扭动臀部，都蕴含了招惹异性的信号。这种语言，在服务小姐的身上，在女模特的身上，你会经常看到。一些浅薄的男人看见模特走路，他们的嘴半天也合不起来，发愣和出神了，这自然会遭到君子的鄙夷。

4.抚腰

俗话说，没人爱，自己爱。女人常常在没有男人抚摸时就自我抚摸，这种自我抚摸是一种“自我安慰”的行为，同时也是一种“自我亲切”的暗示。

叉腰表达了女人的愤怒

把两手叉在自己的腰上，这种形象就像两只母鸡斗架的形象。这是女性一种双向的对外扩张，表示出内心的气愤和力量。这种“语言”，一般的女人不采用。

鲁迅笔下“豆腐西施”杨二嫂，却经常使用，让鲁迅看了都吓一大跳。

从女人的微笑分析她的性格

判断女人微笑的要点，是要注意她嘴巴与眼睛的动作。

比如，她的眼睛在笑，但是，她的嘴、面颊以及身体的其他部位并没有连带地“动”起来的话，那么，就不能把这种微笑看作是带有诱惑性和亲密的感觉。虽然这种微笑，表示着女性所特有的温柔姿态，然而，它却含有一种不许男人接近的冷漠的态度，不会使人对她产生真正的好感，她的戒备心理太深太强了。你如果留意的话，可以看到，在不少的空中小姐脸上，就带有这样的微笑。尽管别人并没有去侵犯她的意思，她却仍然做出这种凛然不可侵犯的微笑来。

有的女人在微笑时，会用手轻轻地半掩住嘴，或用精巧的扇子或手帕等掩嘴而笑。这种微笑，是在强调自己的女性魅力。带有这种微笑的女人，不是羞怯的情窦初开的少女，便是风情万种、以此诱惑男人的女人。

女人大笑时的含义

如果爽朗的笑再加剧，就会变成开怀大笑或捧腹大笑了。她可能笑得东倒西歪，前俯后仰，捧着肚子笑得喘不过气来。这是一种天真活泼的笑，常常发生在涉世未深的少女身上。

另有一种张开嘴的笑，配合着笑还有频频点头的动作，似乎非常支持对方的意见。其实，这是一种很自负的笑。有一定的学历和地位的女人，在她认为不如自己的男人面前，会“恩赐”出这样的笑来。

在《唐伯虎点秋香》这个电影里，风流才子唐寅就是因为抵御不住秋香的笑容，甘愿去做一个仆人的。秋香的笑，是回眸一笑，借着肩膀挡住微笑的嘴，这和用手掩嘴的微笑含义完全相同，只不过在处理动作方面，更“艺术化”一点罢了，这是一种很能被人称赞的优雅的微笑。

不过要注意，有一种很容易和上述的优雅的微笑混淆的笑。她的手或肩不是掩在嘴上，而是轻轻触摸在嘴角边的香腮上，皓齿半露，笑得很甜，也显得斯斯文文。如果你认为带有这样微笑的女人是可以亲热得无话不谈的话，那你就大错而特错了。这样微笑着的女人，往往最富有心机，城府也深，不会轻易相信别人，更不会轻易地把什么事都告诉你。

她的甜甜的微笑，只是出于礼貌和防范心理所戴的假面具而已。

另一种看起来似乎很文雅的微笑，但她的眼珠往往会斜向一边，嘴角略有点歪斜。这种微笑，通常是带有一种讽刺性的微笑，并带有蔑视别人的意味。

和讽刺性的微笑相反的，便是爽朗的笑。她会露出两排整齐的牙齿，笑出声来。爽朗地笑的女人，警戒心相当松弛，对对方抱有一种亲近和信任的态度。

从女人的发型观察她

发型作为形体语言中最易辨别最具操作性的部分，全面而完整地体现了人们的内心世界，包括行为方式、个人经历、生活状态、性格和情绪等。

发型是外显的个性化符号，一个缺乏个性的人是不会有真正得体的发型的。

一般而言，长发者偏爱回忆，习惯于静态的思维，认知狭隘，耽于自恋，行为被动，容易放弃自我，做事仔细，有恋父倾向，性别意识较强；短发者追寻新鲜感，注意力分散，情绪更易改变，处事主动，我行我素，较为粗略，有恋母倾向，性别意识淡化。长发者较依赖别人，留恋过去；短发者相对较独立，朝向未来。长发齐整表示温顺，长发剪出层次表示野性与不羁，长发自然下垂则表示混沌未觉。短发女性化表示压抑的心态，但能够客观地审视自身在现实中的位置；短发男性化则表示心理的叛逆与躁动，以致无法平衡内心的冲突。超过腰际的特长发型与短发男性化者都存有深度的人格障碍，她们将潜存于长发和短发文化背景中的不良倾向加以巩固和强化，甚至走向极端。特长发型者表现为自我封闭和适应环境无力。短发男性化者则易于冲动，缺乏自制。中等发型者居于其间，不因人格态度而妨碍沟通，故大多较能合群，适宜过集体生活。长发者观念闭守，排拒外部信息，短发者热衷于新鲜经验且易改变。中等发型者则不那么自私地过多考虑自身利益，她们用公众意念约束自己，不因个人化的因素影响交流，故中等发型者有更多的朋友。长发者多自我感觉良好，偏爱在回忆中成长；短发者则对抗现实，宁愿抛开过去不要历史。

长发者常强调自身的性别特征，其意在于以女性身份去获取照顾；短发者则厌弃女性身份，性意识（性别意识和性的意识能力）淡化，以对抗的形式和扮演激进角色为乐事。中等发型者则永远居于其间，温和而不偏激，较能把握自己。

女性直发表示心意平实，女性烫发表示快乐，头发拉丝表示浓郁和热烈，局部烫发则表示在局部范围内获得愉悦。女性头发为本色则表示接受现实，染色表示浮躁与张扬，局部染色表示弱化了的或部分弱化了的染色蕴含。发梢齐整表示驯服温顺，发梢参差则表示野性不羁，发梢卷翘表示不受约束的纯粹状态。前额置有刘海表示留恋现在执意维护现状，尤其是用发胶将刘海翻起定型者角色意识强烈，着意强调个人的社会身份；前额刘海往后箍住表示心胸开阔、思绪烂漫，两颊缀饰头发表示易于突发奇想，将头发前置则表示活泼好动与愉悦。

女人不同的发型代表不同的心情

女性头发披散开来表示乐观热情、恣意放任；

编发表示向往早年经历，想回复原初；

拢发表示期望突破自己；

扎发表示倔强自信、个性独立。

从吸烟姿势看透女人的性格

经研究表明，吸烟的女性绝大多数性格外向，至少吸烟后的女性性格会外向化。外向型的女人吸烟多为追求一种刺激；而内向性格的吸烟者，则是靠抽烟解除心中的郁闷。心理学家们认为，吸烟的姿势可以表现性格。不同的姿势表示不同的性格，如自命不凡、平易近人、鲁莽、胆怯，固执己见等。

1.喜欢将香烟叼在嘴角，烟头微微向上的类型

这类女性通常对某项工作很有经验。她们十分自信，无论前面有多少阻碍，都认为自己能够超越，愿意向困难挑战，未来发展一片光明，极有可能成为新领导。采取这种姿势的人，在富有个性化的工作上，能充分表现自己的实力。可是，她们却喜欢以自我为中心，容易忽略和得罪别人，所以在人际关系上不那么顺利，她们多数比较清高，喜欢独来独往和自由自在。

2.夹烟时喜欢将小指扬起的类型

这类女性通常有些神经质，拘泥于小节且比较敏感。对人善恶分明，她们大多性格娇弱，平时的举止女性化，娇姿迷人。

与其他几种吸烟女性相比，她们可能对周围的人会略有吝啬。这类人由于对本身的条件要求苛刻，因此她们缺乏自信。如果这种女孩还酷爱修指甲的话，在她们的心中有些欲望无法得到满足，因此自我表现欲望强烈，而且不太善于控制自己的情绪，有动辄勃然大怒或容易焦躁不安的一面。

抽烟时有下意识动作的女人的性格特点

一面抽着烟，一面喜欢有一些下意识动作，总是不安静，喜欢动个不停的女性，一般爱好广泛，属于只要我喜欢就好，不注重外观的类型。

她们通常不太在意他人的看法，想怎样就怎样。许多吸烟的年轻女性属于这类型，但她们做事积极，待人热情。不过她们中很多人见异思迁，不喜欢也不习惯于单调、乏味的生活。

3.喜欢将手夹在离烟头位置更近的人

这类女性敏感细腻，注意细节，非常介意别人的看法和评价，因而会显得有点内向。但与小指伸向外侧的那类相比，她们更善于控制自己的情绪。如果自己不开心时，不会立刻表现在脸上和动作上，遇事能比较沉得住气，属于小心翼翼、对细微小事顾虑周全的慎重派。她们会压抑自己的感情，充分思考后再采取行动。另外，她们的艺术感较佳，对美的感受力也比较强。

4.喜欢将手夹在离烟嘴位置近的人

这类女性大多自我意识较强，喜欢引人注目，我行我素。她们通常是活泼大方、不拘小节的乐天派。坦率直爽，行动迅速而敏捷。讨厌受周围人束缚，会明确地表示自己的喜、怒、哀、乐。她们热爱社交，又喜欢照顾人，因此在聚会上很受欢迎。她们爱打扮、爱赶时髦，喜欢浪漫和新鲜刺激，在花钱上大手大脚。

5.习惯将手夹在烟中央位置的人

这类女性适应能力颇佳，属安全型人物，待人和善。她们大多不太会拒绝别人的请求，有时心里虽不乐意，表面上仍会给对方好脸色。她们对人对事都相当小心，不管做什么事情都小心翼翼，不太提自己的意见。常会在别人行动后，经过确认后才开始行动，是慎重派的类型。她们也很在乎别人对自己行动的看法，很在意周遭之人的视线。因此，她们不会随意将自己的欲望和欲求表现于外，大多内向。

一眼看透她是否有外遇

外遇是非常隐秘的事，尤其是女人会更加小心谨慎，你的妻子是否有外遇，从她口中是很难得出答案的。但是，凡事都有征兆，像地震前果树开花一样，做丈夫的你要留心看你妻子是不是表现反常，以判定她是否有外遇。

1.电话接通后对方不讲话就挂断

你家里的电话像是出了什么毛病，当你接通时，对方却没有讲话，你“喂”了几声后对方却把电话挂断了。这样的情况如果出现几次，这就是她有外遇的征兆。

2.她突然与你争着接电话

过去，你家里电话铃声响起时，并不一定都是你的妻子去接听，突然从某一天起，她总是抢在你的前面去接听电话，并且交谈的声音比一般时候低，交谈几句就匆匆挂断了。

3.她突然变得爱穿着打扮

撩人的内衣通常是外遇的必备品，每当你的妻子晚归时，身上总是穿着新买的内衣（胸罩、内裤、袜子），或者每当你的妻子出差、旅游、参加会议时，行李箱里总是带些性感的内衣，或用最好的化妆品，显得格外年轻漂亮，这些都很可能是外遇的征兆。

4.往常的工作习惯、生活习惯突然改变

你的妻子工作时间最近突然无故延长，加班的次数变得频繁，对单位的一切活动，如舞会、联谊会、旅游等参加得比往常积极。

5.人在曹营心在汉

在家里时，你的妻子总是坐卧不安、心神不宁，梦中呓语呼唤着一个异性的名字，以往对你的关心一下子跑得无影无踪。

6.谈话变得反常

你的妻子与自己的谈话变得越来越少，电视看得越来越多；某个异性的名字突然常在她口中提及或者以往常提的名字突然不提了；你的妻子开始说些不像平时所说的观点或笑话。

7.性生活习惯突然改变

你的妻子找借口拒绝与你做爱，做爱时不再亲昵地呼唤你。不过，有时候也有与之相反的情况：她突然变得“性”致勃勃，要求变换一些新的做爱技巧，甚至花招层出，而很多新花招都是你不知道的。

 从女友与陌生人说话推知她的忠贞度

公交车内，你与她同坐在一排位置上，突然，她前方座位上有位陌生男性向她问候，这时她会有什么反应？从她的反应中你可以看看她对你是否专一。

如果面对这位异性陌生人，她假装没看见，则说明她只爱你一个人。

如果她很注意对方，等待他说更多的话，说明她对恋爱抱有许许多多的幻想。

8.行踪可疑

你的妻子突然变得提前上班或晚归，当你打电话找她时，总是很难联络上；夜间加班或上进修课的时间比平常延长很多，总是不能如期而归；有人发现你的妻子经常与异性出入宾馆或饭店。

9.可疑的物品

你的妻子经常带回礼物、纪念品或鲜花；你帮她洗衣服时发现情人节卡或某酒店、舞厅的优惠卡；你与妻子很久没有过性生活了，但突然从她提包或衣服口袋里发现了避孕套或避孕药。

10.同事、邻居、同学、朋友看你的眼神很特别

当你的妻子有外遇时，通常知道最晚的是你自己，你的同事、邻居、同学或朋友可能都比你先知道，当他们亲眼看到或风闻你的妻子有外遇时，想告诉你又担心你承受不了，所以，他们看你时的眼神总是表现得与往常不一样。

11.她不再企图说服你改变坏习惯

如果你有赌博、酗酒等不良习惯，过去你的妻子一直念叨着企图劝你改掉这些习惯，可现在她却突然不再唠叨了。

以上的种种行为是女人情感走私的通常表现，但这并不是说，凡有上述表现者一定都有外遇。不过，可以肯定地说，在11种表现中如果其中有8种表现同时出现，经发现后仍无收敛，那么，她情感走私的可能性就很大了。

从男人的体型看性格

人们在工作或社交场合中总是把自己的内心包裹得严严实实，要想了解一个人的性格，并不简单。但是人至少有一样东西是难以包裹的，这就是他的体型。人的体型在意识范畴之外，然而却能反映内心。因此，我们可以通过体型来大致判断男人的性格。

德国心理学家和精神病学家克瑞其米尔曾经发表过《身体结构和性格》，最先将体型与性格联系起来，并进行归类和系统研究。

下面介绍几种不同的体型及其相关性格分析。

1.肥胖型

这种体型的人的特征就是在胸部、腹部、臀部上厚积了一些赘肉，一旦腹部等处凝聚大量的脂肪，俗称的“中年肥胖”便出现了。这类人能很快适应周围环境的变化，大多属于好动的人，乐于偷懒和被人奉承，有时在工作中耍点小聪明。其中多数人容易被周围的人理解，是受欢迎的人。

他们的性格特征是热情活泼，喜好社交，行动积极，善良而单纯，经常保持幽默或充满活力，也有温文尔雅的一面。常常突然地改变为喧哗或文静态度，属躁郁质类型。他们中有许多人是成功的企业家，他们的理解力和同时处理许多事物的能力强，但考虑欠缺一贯性，常失言，过于草率，自我评价过高，喜欢干涉别人的言行，喜欢多管闲事。

2.略瘦削的健壮型

这类人争强好胜，无论什么事都愿意接受挑战。他们拥有坚强信念，充满自信心，坚持不懈，百折不回，判断及裁决迅速果断，坚信“天生我材必有用”，工作中是值得信赖的好伙伴，商业交往中也是好顾客。

但这种强烈个性有时会向极端的方向发展，表现为硬干到底、专制、不信任他人、态度不好。在工作中，如果有人无法默默地顺从他们的意志时，他们就会立即与该人断绝来往。

由于这类人欠缺思考，一旦在脑海中存在某种思想后，要想改变他们的想法便非常困难。

这类人缺乏人格魅力，即使有人因其出众的才华或拥有的权力而刻意奉谀他们，也都会与他们保持一段距离，他们在家庭中也是非常容易被孤立的。与这种人接触和交往时，不可以与他们对立。因为这类人有一定的攻击性，在自己的正确性被认同之前，必会急切地主张自我的正当性，这类人被认为属于偏执质类型。

敏感的瘦弱细线条型男人

瘦弱细线条型男人会有强烈的敏感性，这使他对自己周围的变化十分敏锐，常常会过于留意周围人的动静。这类人中很少有脑筋差的人，其中知识分子为多数。这类人无论做什么都自我承担一切责任。

这类人心理不稳定，容易失衡，心情焦虑，自己却能经常发现自己的这种缺点，具有丰富和细腻的感情。

文静真诚而又顺从的神经质的性格，给别人的印象是没有自主性、迟钝、性情易变、不易相交。

对于受这类朋友或上司托付的事，一定要如实地实现，遵守约定，注意礼节等。

3.苗条型

苗条是用来赞美女性身材好的词语，但也有一部分男人可以用“苗条”来形容，他们身材修长，具有很多女性的特质。苗条型的男人大多隐藏心事，给人无法接近和无从交往的感觉。

这类人最大的特色是冷静沉着。但其性格十分复杂，存在互相矛盾的地方，属于分裂质类型。对幻想中的事物兴趣大，不让他人了解自己内心世界或私生活，以冷漠面纱包装自己。

此类人不愿与平常人相交为友，而表现出一种令别人意欲与他们接近的贵族气质，他们身上常散发着一种浪漫情调。

他们专心于鸡毛蒜皮的无聊小事，倔强而不肯包容，骄傲而外表冷漠，当无法下决心时，凭冲动决定事物。天生对手工艺、文学、美术感兴趣，对流行服饰感觉敏锐。对他人的一些小事非常热心，表现出优雅的社交风度。

与这类人交往时要知道他们其实内心善良，具有细致的心，生活严谨慎重，又有点迟钝，意志薄弱，是很难交往的人。

4.强健型

他们的特征类似黏液质类型人的特征，其第一特征是肌肉发达、体态匀称、头部肥大、筋骨强壮、肩幅宽阔，言行循规蹈矩、一丝不苟，诚恳忠实，不少人是举重、摔跤选手或公司领导。他们的抽屉井然有序，写字是用一笔一画的正楷写成的。

这类人的第二个特征是常以秩序为重，遵循规律，每天生活充实，一旦着手某种工作，必坚持到最后。

这类人的第三个特征是速度迟缓，说话绕弯子，唠叨不停，写文章谨慎而周到，却过于烦琐，洋洋洒洒一大篇。这类人是足以让人信赖但又稍嫌欠缺趣味性的坚硬性人物，易被妻子提出离婚要求。这类人顽固执着，有拘泥于形式思考的习惯。如果你想把握这种类型的人，不妨偶尔利用闲谈或请客来尝试与他们接触。

从许多的事实来看，某种体型的人也确实容易形成某种个性品质和特征，借此可以对人的心理进行粗略观察和初步判断。只要别过于呆板，也还是有一定效果的。

从情人节的礼物判断他真实的想法

情人节得到礼物是令人愉快的，女人自然也希望得到礼物，是因为她能从得到的礼物中体会到送礼赠物之人的一片心意。礼物中包含着送礼者的用心，借此礼物，就可知道他对你的想法了。

1.送花的男人

男人送给女人的礼物中，最受欢迎的就是花。花象征着女性美丽和清纯。如果他送花，那么就是他从心底认为，你是个美丽、值得爱一辈子的女人。

如果那花是由对方亲自采集来送给你的，那么送花含有愿意为你作任何牺牲、任你吩咐和安排的意思。

2.送手帕的男人

若男友送你手帕则他是在对你说“忘了过去吧”。手帕或毛巾等含有“洁净”的意思。用在男女之间，则很有可能是想清算过去，但也可能是请你忘记过去的不快乐。他太了解你了，对你过去的不快他很了解，但这也表明此后他将全心全意地爱你。

3.送水果和糖果的男人

水果或糖果等含有一起吃或一起玩的意思，就更深层次意义而言，也可说是象征“游戏”。吃完玩完就不会留下任何证据。他所追求的也许只是把你作为爱情游戏的对象，当然，将来也可能发展至更深层次的关系。

情人节送贵重礼物的男人的心理

送首饰的男人

戒指、耳环等装饰品几乎就是送礼者的“替身”，含有一直想跟在你身旁的意思。项链、手镯等是“锁链”的象征，表示对方想拥有你，时刻紧紧地抓住你。

送高级手表的男人

送高级手表并且希望你能随身携带的男性，有两个目的，一是夸耀自己的经济实力，另一个是希望一直拥有你。

4.送内衣的男人

如果他送你内衣表示“我是你的奴隶”的意思。内衣当然有性的意味，也有奴隶的象征。越是高级奢华的内衣越能成为成人男女关系间的香料。

5.送衣服的男人

送衣服的男性，可以说是很自我的人。也就是，他是凭着自己的兴趣来决定你的喜好的。尤其是，他买衣服时没有带你去，你可以认定，他是个专断的人。

6.送小礼物的男人

如果他送小东西给你，表示他对你很冷淡，虽然他被你未知的部分所吸引，但是，对你实在很不了解。当然，不了解不能说明不爱，只是爱的基础太薄弱，你应该让他更了解你。

7.送CD的男人

他送你CD唱盘的话，表明他是以精神上的满足为第一考虑的人。他很仰慕你，借由音乐来表达对你爱慕之意。他是个很浪漫的人，也是个很尊重你意志的人。

从他对家人的爱观察他

一般而言，女性之间比男性之间更放得开、更善于表达，爱更容易说出口一些。父亲爱儿子的方式就是对儿子的训斥、呵护，而母亲对女儿则是一种温柔、无声、细腻的爱。

向家人表示爱的方式，会揭示一个人的基本性格特征，会透露一个人对待工作的态度。有的人性格外向乐观，可能更容易将爱表现出来；有的人比较内向含蓄，表达的时候可能比较不容易用开放的直接的方式。喜欢表达爱意的人，可能工作方面更加外显、更加张扬、更加热情充沛一些。不容易说出爱的人，是属于比较内敛、比较含蓄，做事稳重、踏实一些的人。

不同的人，表达爱的方式不一样，表现他对事物的看法也不同。有的人喜欢通过一些直接的行动表达自己对家人的爱。比如一句话、一个眼神、一次拥抱……搜狐做过一项名为“拥抱·爱·拥抱”的调查。据调查显示，57.1%的人不会吝惜自己的拥抱，希望直接表达出对家人、对朋友、对爱人的深情厚谊；64.8%的人可以接受“当众拥抱”；34.6%的人是为了“给所爱的人以支持或鼓励”才去拥抱的；70.8%的人会以“琐事见真情”的方式代替拥抱。但就“以拥抱表达爱”这点来看，大多数的人愿意在琐事中见真情，这可能是受传统文化的影响较深。还有一部分人不会吝惜自己的拥抱，他们知道怎样表达爱，怎样做能够让别人感受到爱，他们了解自己也了解别人。

对家人爱的表达方式多种多样，每个人选择的方式不同。如果是夫妻之间，有些人会选用一些浪漫的方式，例如送伴侣一束鲜艳美丽的玫瑰花；照一张情侣照，并把它装在一个漂亮的相框里，当作礼物送给对方；写一封短短的情书，把它贴在浴室充满雾气的玻璃上；寄封电邮或电传表达你的爱意；邀请对方参加一个精心设计好的约会，给她一个惊喜。这些表达方式别出心裁，很有创意，会给对方带来感动，增进夫妻双方的感情。能够想到这些方式的人很会经营自己的爱情和家庭，他们是有心的人，对待任何事物都会用心去做，富有想象力，充满创意。

可能有时候对伴侣的爱比对父母、对其他家人的爱表达得更容易一些吧。对伴侣说“我爱你”很正常，可是对父母说“我爱你”会让很多人觉得别扭。有一些人往往善于表达对伴侣、情人的爱意，却忽略了父母也需要直接而真诚的爱。他们心中承载的是小爱，却忽视了对父母的大爱。这样的人可能是比较粗心；可能是受惯了父母的宠爱，忘记了去付出；可能面对严父，无法直接表达自己的爱无论怎样，他们不够细心，不够勇敢，没有全力付出的意识，会影响到对工作的态度。

怎样对家人表达爱意

即使不能直接对家人说一声“我爱你，妈妈”，我们也能够用很多其他的表达方式来表现自己的爱。

对家人说句感谢的话，为家里做些事，在日记里写下自己爱他们的话，再把日记放在他们容易看到的地方。

节日送份礼物给父母、老人，以自己的方式表达对父母长辈的爱，用自己的实际行动表达自己对家人的感激和爱。

抱有真诚的爱心，拥有智慧的大脑，做事情还会不成功吗？

花钱的男人

在不少男人的眼光中，金钱不但是的财富象征，而且是他们的权力和力量的象征，是衡量他们成功的尺度。

所以，从他们对待金钱的态度上，就可以了解他们的内心世界。心理学家可以从不同男人的用钱方式，看出他内心的想法。

1.过分地送礼物给女伴

这种男人既害怕失去对方，又不愿意付出太多的感情给对方，于是，就给对方多送些物质，希望以此弥补感情上的缺乏，这种行为足以看出这个人的情感，经常处于一种自我矛盾的状态。

2.使用欺诈手段骗钱

有可能做出瞒骗公款和其他欺诈行为男人，对感情也有欺骗行为。

花钱斤斤计较的男人的心理特点

要求女方付钱

在有意无意间，他会让女方负担起全部约会的费用，这种男人严重缺乏安全感，希望别人能以各种方式给他保证。谈这种恋爱，女方容易陷入一厢情愿的处境。

几毛钱的买卖也斤斤计较

这种男人能和别人因为几毛钱而争得面红耳赤，但却肯花大钱买最好的音响或古董。这种男人对感情可能也同样的势利，他可能很爱对方，但绝对容不下对方的无理和任何不可靠的要求或行为。

3.实际上很穷但却爱充阔佬

这种男人对钱看得过重，喜欢钱胜过对你的感情，为了赚钱，宁愿牺牲和他人的任何关系。

4.经常叫穷，实际上口袋里有大叠钞票的人

这种人经常觉得不满足，总认为全世界都对不起他，要对付这种人是十分有困难的。

5.最怕送人礼物

这种男人不懂享受施予的乐趣，对待感情也同样的自私，只知道被爱，而不想去爱人。

6.负债且生活不稳定

这种人不善于处理生活，也不会懂得如何处理感情和人际关系，理财能力和自制力也是极差的。

7.视钱如垃圾，常借钱给朋友

这种人对金钱有正确的态度，对感情也会十分重视，值得对他付出感情。

沉默的男人

沉默的男人不好靠近。他用沉默在自己周围划出一道无形的沟壑，将你与他之间隔得远远的。你只能遥望着他，却无法了解他。封闭自己的思想，锁牢内心的情感，呈现在你面前的是无懈可击的铁桶。无论多么富有攻击性的女人，都会感到无从下手。

男人坚信“沉默是金”，唯恐言多有失。在封建社会，一语不慎，便会招来杀身之祸，乃至株连九族。几千年思想的沉淀，男人已总结出“慎于言，敏于行”的人生戒律，一代代地影响着男人。在经济飞速发展的当今社会，时间就是金钱，竞争又是男人的原则，使他们也无暇顾及言语，去说废话。他们要用行动去为自己争来一片天地，一番作为。

男人不尚空谈，喜欢脚踏实地去做事。男人做事认真，逻辑性强，总能把事情井井有条地处理好。男人自尊心强，警惕性也强，绝不留下任何把柄让人说三道四。男人看重能力，做事喜欢全力投入，给别人留下良好的印象。

男人的沉默必须建立在富有思想的基础上，体现出的是深度。这样的男人，才真正具有魅力。他的沉默，是积极的沉默，是富有进取心和竞争的沉默。那些自暴自弃、郁郁寡欢之徒是沉默男人的扭曲，已走向反面。这些男人的沉默，是遭受生活打击之后的冷漠，弥漫的是不健康的消极情绪，不利于别人的进取，也阻碍自身的发展。所以，他们的这种沉默，男人不足取，女人也不欣赏，更无魅力可言。

男人喜好沉默的原因

男人喜好沉默，有多种原因。受天然影响，在语言的表达上，男人与女人有着较大的差距。女人生就一张薄嘴唇，能言善道；男人嘴唇较厚，说话笨拙。既然不擅长口才，就只好沉默了。

男人偏重理性思维，考虑问题注重质量和分量。男人的话是经过深思熟虑的，一字千金。

奉行大男子主义的男人

大男子主义者认为男人是最优秀的，男人优越于女人，女人应该处于卑微。此外许多男人认为男性胜过女性是因为上帝赋予他们许多的特性，而这些正是女性所没有的。

总之,“男人至上”深受大男子主义者的推崇。他们坚信男人特殊的优点，他们有无与伦比的智慧、能力和地位。尤其对女性，他们拥有独裁统治权，他们可以为所欲为，而女人却做不到。

大男子主义者认为，一切事物均数量有限，因此他的价值和地位取决于他能得到这些东西的多少（当然要比对手获取的多）；取决于能否保护自己的东西而不被他人夺走。在他们看来，别人拥有的就是他所缺少的，所以，他们会趁人不备，把人家的东西占为己有。

基于这种观点，家庭便成了他的堡垒，女人便成了珍珠。他自己的一切——妻儿、姊妹等都是他的心爱之物，万不可舍让，他变成了征战军阀，不断扩充自己的领地，犹如一位将军时刻护卫着自己的财宝。总之，他们也是个嫉妒心极强的人。

大男子主义者最注重的就是：无论外表还是内在、言谈举止，自己都要像个男子汉。这种人从不过分装饰自己，做事鲁莽、性情暴烈。

婚前，大男子主义者不大注意自己的生活方式，修饰打扮不是他的本分，他往往要母亲或姊妹替他收拾房间。如果单身住，他会租一套房。

婚后，他的生活方式会发生巨大的改变。财力允许的话，他会选择一处没有左邻右舍的住处，远离城市的喧嚣，且把它视为自己的“城堡”。他对自己的选择心满意足，尤其当你不同意他的看法时，他会说“这就很不错了！”

虽然有的大男子主义者沉默寡言、不苟言笑，但这种人通常善于交际，愿与男人交往，在男人面前他异常兴奋活泼。同时这种人不喜欢孤独，有几天不参加热闹的场合，他便心神不宁。

就物质享受而言，这种人也许算得上奢华，也就是说，这种人随心所欲，想干什么就干什么，一点都不受束缚。他的肉体和灵魂所构成的自我坚不可摧，他表达感情的方法往往都是爆发式的。

他孝敬父母，然而你必须替他照顾他们。在他父母，甚至兄弟姊妹面前，他总是站在他们那边来反对你。除非能赢得你家人持久的尊敬，否则他会疏远你的亲人。

大男子主义的男人不流泪

男人很自尊，有泪也不会流在人前，怕被别人看出自身的脆弱。

男人默默地咀嚼失败，默默地总结经验，以期待从跌倒处再爬起来。

一个男人若泪流满面、嘤嘤啜泣，不仅得不到多少同情，反而容易被人耻笑，被看成是懦弱者，男人自己也觉得脸上无光，如果发生在别人身上，则会为对方感到羞耻。

无论多少不幸落在男人身上，他的表现若始终都很沉着、冷静，则会赢得大家由衷的敬佩，人们反而要为他感叹了。

他的确有某些魅力，他的自信心令人折服。他能够给予某些东西，这些东西多少令人欣慰。他可以使你确信，你会得到他的关照；你顺从他是值得的，只有他才能令人兴奋；他性欲极强，没有他，你不会情绪高涨；他使你相信，无论什么事，他无所不能；他自身可能具有危险性，但是他至少可以保护你免受坏人的欺负。

老板的手势有何含义

当你同老板交谈时，他说话的内容有时可能不会表达出他内心的真实想法或意图。这种情况下，就需要你对老板的手势加以观察和分析，进而了解、判断他的真实想法或意图。

正如前面所说，手势主要包括手掌姿势、握手姿势。因此，具体来说，你可以通过观察老板的手掌姿势和握手姿势来了解他的真实想法或意图。

手掌姿势是一个人向对方表达自己诚意的重要方式。它主要包括这样两种姿势，即掌心朝上，或是掌心朝下。如果老板掌心向上向你伸出手掌，表示他对你坦诚开放或是信任，有“实话实说”的意义；如果老板向你伸手时掌心向上，则意味着他想向你显示他的权威，或是你必须服从他，再或是他想压制你。

老板的食指暴露他的控制欲

用食指表达命令是一种很令人很不舒服的，有很多霸道的老板也喜欢用食指来表明自己的意图，尽管这一姿势带有极强的攻击色彩，他也从来不会管下属对这个手势是否觉得舒服。

一般来说，如果老板在讲话时用食指指着你，表示他在命令、指责你，或者是想控制你。

如果他对你竖起大拇指，虽然对你有赞赏之意，但更多还是在表现他的控制权、优越感和自信。

握手的姿势主要分为平等式、顺从式和支配式三种。一般来说，老板在和下属握手时，不会采用顺从式。如果老板和你握手时，他主动采取平等式握手姿势，则表明他很在意你，更多是把你当成他的一个朋友，而不是下属。如果老板采取支配式姿势与你握手，则表明他想控制你，同时想向你显示他的主宰地位和尊严。如果老板和你握手时仅是象征性地轻轻触一下你的手，则表示他不太重视你，或是不太相信你的能力。

双手交叉相握和塔尖形的手势也是很多老板喜欢用的，如果他双手交握，则表示他正试图压抑负面、否定的态度，而其双手交叉的高度和其负面情绪密切相关，双手交叉的高度越大，其负面情绪就越强。这种情况下，你可以采取某种措施让他放开紧握的双手，以减轻敌对情绪。如果他做出指头重叠的塔尖形手势，则表示他充满自信和优越感。

有些时候，老板喜欢把手放在背后以此来表现自己的威严，但是，如果他说谎或者有所隐瞒，也会不由自主地把手放在背后或者兜里。尽管以他的身份和地位没有必要因为欺骗你而感觉惊慌，但他还是会情不自禁地做出这种略显幼稚的动作。

勿闯老板的禁区

生活中有很多禁区，如私人住宅、公共区域里面的花园，以及军事禁区等。同样，在与老板相处的时候，也存在种种“禁区”，虽然它没有明确规定员工不得入内，但实际上却是绝不允许下属越权随意进入的。一旦你越权进入，不但加薪升职的愿望会化为泡影，更为严重的是，你的“饭碗”可能会因此不保。那老板究竟有哪些“禁区”是绝不容许员工随便进入的呢？具体来说，有这样一些“禁区”员工不得入内。

1.不介入老板的家事

正所谓“家家有本难念的经”，老板的家同样也不例外，很多时候可能老板家的“经”还特别难“念”。作为员工，在任何时候都不可插手老板的家事，因为家事在某种程度上说就是私事。没有哪个人喜欢让自己的私事大白于天下，不然人们也不会说“家丑不可外扬”了。如果老板向你倾诉他的家事，你最好是左耳进右耳出，不发表任何评论。切忌不可将老板的家事当成茶余饭后的谈资，如果他一旦发现你这样做了，毫无疑问，你的结局只有一个——让你马上离开公司。

2.不评论老板的感情生活

在职场上，老板的感情生活一直是个敏感话题。对于那些道听途说的关于老板的“艳事”，你最好能一笑了之，切不可“添油加醋”，或是大肆传播，更不可去老板那儿探听口风。一旦那样的话，你很可能会马上收到一封辞退信。遇到这种事情，你最好三缄其口，不发表任何评论，好好干自己的工作。

3.不代作决策

某些时候，老板可能会让你在办公室做一些案头工作，比如说起草文件，收发文件、合同等。这时你可不能“飘”起来，俨然自己成了老板。任何时候都要清楚知道谁是老板，谁是员工。因此，即使老板不在办公室，有关公司决策的事，你也无权代作任何决策，哪怕仅是一个很小的决策，否则就是越权。

4.不能用命令的口气对老板说话

虽然我们一直强调，人都是平等的，但在职场上老板就是老板，员工就是员工，两者之间有一条鲜明的界限。老板用命令的口吻对员工说话那是正常的，如果员工也对老板采取命令的口吻与老板说话，通常情况下，老板是不能接受的。因为这样会让他觉得自己的尊严、地位、权力受到了你的严重挑战。这种情况下，他很可能会让你走人。

与老板发生恋情是很危险的事情

这主要是针对女性来说，女秘书与老板相处的时间自然要比其他人多，当然也就容易成为老板倾吐压力与挫折的对象，两人之间因此产生男女私情。

但这种恋情的成功率并不高，绝大多数的情况是老板“深思熟虑”后，找一个借口将“已具危险”的女秘书扫地出门。

美女型的老板

王冉冉在一家私营企业工作，从事着自己喜欢的工作，有着较好的薪水和地位，唯一不满意的是自己的女上司为人蛮横、刻薄。王冉冉每天上班都有一种直面“黑色星期一”的感觉，她怕见到女上司那张苦瓜脸，但是，如果辞职的话就得付出沉重的代价。她一直记着“韬光养晦”这个成语，用“小不忍则乱大谋”“人生有得就有失”等至理名言来调节自己的心态。但是，自我感觉极好、缺少大气的女上司却总爱把她和其他下属当成幼儿园的小朋友来对待，以为别人什么都不懂，整天看着、管着。殊不知，她的这种工作方式造成了下属把工作当成了应付了事，主动出击的主观能动性跑得无影无踪。文化不高的女上司将粗暴的管理方式理解为工作能力强，将下属不和她顶撞理解为自己威信高，将下属的工作成果毫不犹豫地占为己有而沾沾自喜。可悲的是，她一点也不知道自己在下属和别人眼中的形象是多么差。最后，王冉冉终于做不到“好汉打落牙齿和血吞”而揭竿而起，与她的上司理论一番后辞职了。

再来看冯丽的遭遇吧。冯丽在机关工作，爱好写文章，文字功底很深厚，女上司的工作计划、总结、评职称的论文都出自她的手。但是，女上司却没有记她的情，见她的文字和摄影作品还频频出现在报刊上，心里就不平衡了，在工作评议会上作出如下评价：冯丽，兴趣爱好太广泛，爱出风头，心思没有用在工作上等。冯丽十分生气。

这种女上司真是让人受不了，有人把这种美女型老板戏称为“美女蛇”，就是指怀有畸形虚荣心的女老板。对于“美女蛇”来说，她们把获得权力以及优势变成自己的最终目标，只要追求的努力占据了上风以后，她们整日使得自己的精神生活变得紧张兮兮，马不停蹄地朝着这个目标奔驰，而将自己变成一种不断追求更大胜利的工具。

怎样对待虚荣的美女型老板

爱慕虚荣的美女型老板会想方设法地诋毁在公司里比自己走红的女员工的名誉，以此来满足自己的虚荣心。

她们喜欢挑起男员工间的矛盾，把男下属当作自己的玩偶。

对待虚荣的美女型老板要投其所好，揣摩她的意图，做她喜欢做的事，并积极主动地把功劳往她身上记，因为，如果你不主动，功劳也是领导的，何必呢？

除此之外，还有一个办法，那就是“逃”！俗话说：惹不起，躲得起。

虽然说，虚荣心人人都有，但是，超过了一定的上限以后就变成了小人的性格。虚荣妨碍她们在生存法则中按规矩行事，最常见的情形是她们变成了干扰下属活动的人。所以，一旦无法满足自己的虚荣心，她们会费尽心思地去阻止其他人表现。她们的虚荣心在危险的处境中能够表现出她们的勇敢来。她们常常为了自己未能实现高享受的生活而寻找借口。事实上，她们的虚荣心只有在梦想中才能获得满足。

这种老板一旦失去了现实感，就变得十分介意他人的看法。她们所关心的就是自己留给人们的印象。她们的行动自然由于其生活方式而受到巨大的限制，结果其性格也变得虚荣了。她们常常在犯了错误的时候，想尽办法把责任推到员工的身上，以表现自己的英明和伟大。她们从来都是对的，而别人从来都是错误的。

强烈的虚荣心让她们一直希望别人把自己当成重点，一旦当她感觉到别人的忽略，她就会觉得受到了奇耻大辱，她们的情绪常常会转变成对对方的嫉恨。嫉恨的怒火让她们不惜一切代价去打击别人。

虽然她们表面上装得高雅可贵，但心地却并不善良，不仅十分冷酷无情，而且非常奸诈阴险。有时为了达到贪图富贵的目的，她们还会出卖自己的肉体，把有钱或者有权势的男人看成自己的猎物。对勾引到手的男人，骗到了钱财以后，如果再也没有利用价值了，就立刻找机会甩开他。

态度专横的老板

“专横型”的老板，个性非常好胜，总是希望下属对自己唯唯诺诺，不允许有任何意见。

但如果为了讨好这种类型的老板，勉强自己该说“不”而不说时，他们则会更加猖獗、狂妄。

所以，不要畏惧，勇敢地说出自己的心声吧！

“今天下班以前，你一定要把这些工作做完。”

当“专横型”的老板向你提出这种要求，而你判断当天不可能完成此项工作时。就应该清楚地对老板说:“请再多给我一天的时间！”

在这种情况下，当下属以毅然决然的态度，向老板说出“不”时，专横型的老板会有所收敛。

“专横型”的老板虽然喜欢下属唯唯诺诺，但内心却暗暗嘲笑这些唯命是从的下属是没有骨气的家伙，所以你若能一反惯例，以先礼后兵的态度大大方方地说出正当的理由时，虽然他内心可能会感到不舒服，但也会暗自流露出钦佩的感觉并且会告诉自己说:“他这家伙还真不赖！”从而可能对你刮目相看。

当“专横型”的老板大发雷霆时，千万不要阻断他的话，也不要立即加以反驳，最好的对策是先让他把话说完，然后再摆出反击的姿势加以“攻击”。

因为当此类人怒气冲天大发脾气时，如果加以阻挡，就等于是火上浇油，只会使事情闹得更僵，所以应该让他把话说完。

而当他焦虑时，他们会使自己变成铁石心肠，以为这样就不会害怕了。他们扮演“大人物”角色到了荒唐可笑的地步。他们中还有一些人（尤其是男性）竭尽全力地抑制所有的恋情和柔情，因为在他们看来，这些情感是软弱的象征。“专横型”的人表现出残忍和野蛮的性格特征，他们对整个世界都持敌对的态度。在有意识的层面上，他们的自我价值感可能达到了极高的程度。

 “专横型”老板的典型表现

以自我为中心

他们口出恶言，毫不考虑下属的立场，只要自己想说什么便脱口而出，并且对“利”字也相当执着，不允许损害自己的利益。

唯我独尊，打击异己

每当下属的意见与他们相左时，他们就会气得脸色发白，大声辱骂，让全办公室的人都知道谁在挨骂。

由于这种自我价值感，他们可能骄傲自大、目空一切、洋洋自得、自以为是，他们处处表现出自己是世界的征服者。

这些人往往习惯于在自己单位中发号施令；他们中有些人本来无力成就任何事业，但如果是他人在发号施令，而他们必须俯首听命，那他们就会激动不安、焦虑万分。

在和平安定的年代，他们是商界或社会小团体的领袖人物。他们总在最引人注目的地方出现，他们促使自己进入前台，而且总滔滔不绝地讲述。只要他们不破坏别人生活中的游戏规则，我们对他们便没有多少异议，虽然我们并不同意当今世界对他们所做的过高的评价。

“专横型”人物的目标意识非常强烈，征服欲望十分强烈，尤其对于比自己优秀的人，敌视倾向更为明显。他们一般固执好胜，一厢情愿地发表自己的看法，不会考虑别人的立场，衣食住方面追求豪华，然而对金钱的态度却是吝啬且斤斤计较，即使只有一元的误差，也不容许。

从工作的习惯观察你的老板

古人云：“良禽择木而栖，良臣择主而事。”而作为一个现代人，如何识别一个老板是优秀的还是拙劣的，与自身的前途休戚相关。这里向你推荐一套识别老板能力的自测法，请参考使用。

1.专业知识转化能力的识别法

他是否研究过本领域中已经做出或正在做出优异成绩者的方法和想法？他是否能跟上其他地方的发展趋势？他是否经常尝试由调查研究得出新的方法？

2.对公司政策理解能力的识别法

他是否能彻底理解目前公司的全部政策？他是否能辨别重要战略与例行政策？他是否真诚地用恰当的方式向有关人员解释所有的政策？他是否预见到对新政策的需要并提出相关的建议？

3.计划能力的识别法

他在给下属分配任务时，是否在切实可行的基础上发挥了他们的最大才能？他在计划和组织方面是否显示出首创精神和才能？他是否预见到工作中的困难与变化并早作安排？他是否鼓励下属参与同他们的工作有关的计划和组织工作？

4.指挥、协调和控制能力的识别法

他是否按时完成自己的计划和工作目标？他是否经常对自己的决定承担完全责任，而并不苛责他人？他对工作质量和精确性的控制是否一致并保持高标准？他是否经常注意改进方法并把全体有关人员协调成有效的整体？

5.人员选拔和培训能力的识别法

他是否善于选拔和安置合适的人员？他发出的指示是否简洁明了？他是否是一个能干的在职指挥者？他在培训单位每一职位上的见习人员方面是否非常有效？他是否赏罚分明，向他们解释成果并帮助他们提高绩效。

6.人际关系方面的能力的识别法

他是否总是体贴和关心下属？他是否有情绪上的稳定性和善于用高尚的人格赢得群体的信任，鼓舞下属的士气？他是否能明智而有效地维持纪律？他在处理困难问题时，是否机智、灵活、沉着、稳重？

7.公共关系方面的能力的识别法

他是否在思想和行动上与同事们保持一致并良好地合作？他是否促使人们忠于组织而不是促使人们忠于他个人？他是否力图改进他自己的以及其下属的公众关系？他能否建设性地处理困难的公共关系问题？

从老板的个人素质识别他的领导能力

老板素质是老板优劣、成熟的尺度，反映了老板能力的高低。要正确认识和把握老板素质，得弄清楚它和老板管理类型的关系。

如果老板仅仅注意生产，在这一方面方法得当，指挥有方，但是没有妥善对待员工，企业运行状况也是不佳的。这种老板的领导能力就不强。

那些积极学习的老板或企业会产生持续耐久的影响力，学习方式包括聆听、在市场中感觉和预测需求、评价以往的成功与失败、吸取教训等。这种学习型老板领导力强，他们欢迎变化的来临。

如果在上述问题中，有一半以上回答是肯定的，作为一个老板，他的能力只是一般；如果有2/3以上回答是肯定的，作为老板，他的能力是合格的；超出以上比例的肯定答案，则为优秀老板。

从老板的领导方式看他

1.决策型领导方式

采用决策型领导方式的老板认为，他们的工作就是创立、设计和实施左右企业未来命运的战略。因为他们的位置能够俯瞰企业的各个角度，所以他们有能力去决定企业的资源分配和经营方向。

老板通过各种行为来明确企业的目的和出发点。老板把80%的时间用在和企业经营有关的外部事物上，例如顾客、竞争者、技术优势和市场趋势，而并非控制人力系统等内部机制。

这些老板看重的是他们能委派日常经营业务，拥有高度分析n能力和计划能力的员工。

打开一个决策型老板的日程安排表，你能发现他的时间分配集中于同一主题：收集、总结和分析数据。这些老板们的主要工作就是为了制定下一步战略决策，收集和测试市场、经济趋势、顾客购买模式、竞争对手的生产能力等企业经营的外部因素信息，为了增加信息的来源，他们往往求助于公司的行动小组或者咨询专家，如饥似渴地从刊物、市场调查等信息途径获取需要的数据。

决策型老板想了解顾客的心理，尽量多搜集关于竞争对手的技术、竞争优势和客户集团的资料。决策型老板集中精力去了解企业的能力，企业决策的贯彻程度。企业擅长什么呢？企业的业务开展情况怎样？企业最低的成本、交货速度怎样呢？总之，决策型老板致力于判断企业的经营状况，选择企业的奋斗目标，制定连接二者之间的经营战略。

在许多成功的企业中，老板谨慎地分析经营环境，决定企业需要的管理特征，接着选择相应的领导方式。有时，老板所选择的领导方式和老板的性格相符，有时却又不相符。经研究得出，为了能成功地经营企业，一些出色的老板需要压抑其性格特点，或者培养自己所不具备的一些特性。

2.以人为本的领导方式

与上一类领导方式不同，以人为本的老板们相信决策的制定，是接近市场的一线经营单位的责任。所以，他们的主要责任是，通过关注人才的成长和发展替企业灌输价值观和行为意识。他们经常出差，把大部分时间用在招聘、职业规划和工作检查等活动上。

他们的目标就是创建一个企业各级员工可以像经理一样制定和实施企业的经营决策的管理模式。他们重视的是展现“公司行为方式”的长期员工，而不是无视规范独来独往的天才。

许多采用这一领导方式的老板都觉得，由老板制定长期经营决策是不明智的做法。反之，他们认为在独特的企业中，成功的关键依赖于间接控制，就是由企业员工来制定决策，让员工和顾客们打交道、开发新产品等。

他们能够赋予员工权利，使员工在未经公司许可的情况下快速而果断地采取措施。这种权利只交付给那些根据公司原则从事的员工，在一个以人为本的老板管理的公司中，这样的员工人数众多。

基于价值观和企业日常实施决策时所培养员工行为的等同性，是以人为本领导方式的主要思想。

3.专业型领导方式

采用专业型领导方式的老板认为，他们的责任就是选择或在企业内部吸收专业知识，把它转化为企业的竞争优势。在他们的日程表上，主要工作与培养或发展专业技术有关。

例如，学习新的技术，分析竞争者的产品，接见工程师和顾客。他们往往集中精力于设计一些培训计划、提拔政策等程序，用于奖励拥有专业知识的专家并且把专业知识在企业内部传播。

条框型老板的性格特点

采取条框型领导方式的老板相信唯有通过建立一套能起传达和监督作用的明确的财政和控制体系，企业才会获得最大的利润和获得更大的发展。

他们比较倾向于雇用接受过专业培训的员工，同时不断地寻求对专业知识能乐于接受、灵活掌握的人才。

在日常工作中，专业型老板的覆盖面大于其他任何类型的老板，他们不涉及企业经营的具体细节。与之相反，他们集中精力于企业政策的定型，以此来增加企业的竞争力。

专业型老板很少在分析和收集数据上花费时间，他们会指导专门员工去为他们收集信息，以使他们了解哪些技术或者竞争能力和消费者紧密相关，企业怎样才能做得更好。

一个专业型老板把大部分的时间用在调整企业的专业领域上，向外界传递企业的技术优势。比如，摩托罗拉公司的前任老板罗伯特·高尔文在质量问题讨论完后就离开，由此可见，他知道什么是企业的唯一竞争优势，质量是他最关心的。

从面部表情识别同事的心理

观色是指观察人的脸色，获悉对方的情绪。这与老猎人靠看云彩的变化推断阴晴雨雪是一个道理。

人类的心理活动非常微妙，但这种微妙常会从表情里流露出来。如果遇到高兴的事情，脸颊的肌肉会松弛，一旦遇到悲哀的情况，也自然会泪流满面。不过，也有些人不愿意将这些内心活动让别人看出来，单从表面上看，也许会让人判断失误。

1.没表情不等于没感情

生活中，我们有时会看到有些人不管别人说了什么，做了什么，他都一副无表情的面孔。其实，没表情不等于没感情，因为内心的活动如果不呈现在脸部的肌肉上，那就显得很不自然，越是没有表情的时候，越可能使感情更为冲动。

2.愤怒悲哀或憎恨至极点时也会微笑

这种情况眼光与面部表情不同，一般人们说脸上在笑、心里在哭的人正是这种类型。他们纵然满怀敌意，但表面上却要装出谈笑风生，行动也落落大方。

他们之所以要这样做，是觉得如果将自己内心的欲望或想法毫无保留地表现出来，无异于违反社会的规则，甚至会引起众叛亲离的现象，或者成为大众指责的罪魁祸首，恐怕受到社会的惩罚。

因此可见，观色常会产生误差。满天乌云不见得就会下雨，笑着的人未必就是高兴。很多时候人们把苦水往肚里咽着，脸上却是一副甜甜的样子；与之相反，脸拉沉下来时，说不定心里在笑呢！

从行为识别同事的心理

在识人的实际过程中，一个人的行为，体现着一个人的思想。对于同事的行为，应时刻保持头脑清醒，有自己独立的见解。

柏拉图型的同事

这种同事非常腼腆、敏感、聪明，往往给人一种清高的感觉，甚至有的时候看起来十分傲慢。

猪八戒型的同事

表面看起来有些愚蠢，但是猪八戒型的同事精力充沛，擅长交际，办事很快，属于点火就着的人。

关云长型的同事

始终忠贞不贰类型的同事，你别想从他嘴里得到什么秘密，同时有什么需要保密的工作也可以交给他做。

同事的言谈：倾听他人的心声

有个穷人患病，病情渐渐严重，医生说他没有希望了，病人祷告众神，说如果能病好下床的话，一定设百牛祭，送礼还愿。他妻子正站在旁边，听他这么说，便问道："你从哪儿弄这笔钱来还愿呀？"他回答道："你以为神让我病好下床，是为了向我要这些东西吗？"

这故事是说，实际上不想做的事情，人们倒最容易答应下来，人有时候心口不一，由此看来，察言是很有学问的技巧，人内心的思想，有时会不知不觉在口头上流露出来，因此，与别人交谈时，只要我们留心，就可以从谈话中探知别人的内心世界。

1. 把剩下的话吞下去:没有自信的人

这类同事是属于对自己没有自信的人，对自己没有信心，对人际关系更没有信心。从他们的心态上来讲，话讲到一半就被人打断，甚至转移话题，这是非常不尊重他们的表现。他们觉得受这样的污辱是很见不得人的，所以尽可能地把话吞进去，而且还希望大家不会注意到他们，就当作没讲。这是一件很令他们难过的事，而他们是那种受气也不吭声的人。

2. 等对方说完:沉得住气的人

这种同事是那种话不说完，心里不舒服的人。一旦有人不尊重他们，打断他们的说话，他们就等对方讲完，再接下去讲。从这点可以看出，他们是一个很沉着稳重的人。虽然他们知道对方不尊重他的发言权，但他们又不便当面翻脸，只好耐心地等对方说完，再以很有君子风度的样子继续讲完。一来可以避免话没讲完的尴尬，二来可以给对方一个教训，他懂得很好的制敌之术。

不喜欢倾听，跟对方抢话的人

跟对方抢着讲话是那种经不起侵犯，一触即发的人。他们的脾气不好，一旦有脾气上来，压也压不住，就会直接爆发出来。

所以，如果对方恶意打断他们的话，他们会不甘示弱地扯高嗓门，要和对方拼一拼。他们的性格是一条肠子通到底的，凡事不三思而行，很容易闯祸，也很容易掉进敌人的圈套中。

3. 马上要求对方尊重他：盛气凌人的人

这种同事气势凌人，颇有领导人的架势，在他们讲话的时候，不许别人插嘴或打断，否则他们不会坐视不管，会当面警告对方，要尊重他们的发言权。他们的性格是很主观的，而且是以自我为中心的人，他们想做的事，就会按照自己的意思来做，不容许别人干涉。一旦有人干涉，他们会毫不客气地提出纠正，这除了要有很大的自信外，也要有很大的勇气和实力，你这种直接响应对方的做法，很容易和对方起冲突。

识别职场中同事的类型

学会与人相处，可以让你少走弯路，尽早成功。其实，每一个人要取得成功，仅有很强的工作能力是不够的，你必须两条腿走路，既要努力做好自己分内的工作，又要处理好人际关系。

事实上，由于文化程度、兴趣爱好、家庭背景以及观念的差异，我们所遇到的人也就各种各样、形形色色。倘若你明白对方属于哪种类型的人，对症下药，见机行事，交流起来就容易多了。哈佛大学公关学教授史密斯·泰格总结了在职场与各种人相处的种种类型。

1.无私好人型

这种同事因为他们确实是天底下最善良的人，所以也就往往容易被人忽略，他们不会坏你的事，所以你可能也会忽视或者拿他们不当一回事。如果那样的话你就错了，其实他们才是你可以真心相处的朋友。办公室里无友谊的论断，只有在这些人身上才会失去意义。

2.固执己见型

这类同事一般观念陈旧，思想老化，但又坚决抵制外来的建议和意见，自以为是、刚愎自用。对待这种人，仅靠你三寸不烂之舌是难以说服他的。你不妨单刀直入，把他工作和生活中某些错误的做法一一扩大列举出来，再结合眼下需要解决的问题提醒他将会产生什么严重后果。这样一来，他即使当面抗拒你，内心也开始动摇，怀疑起自己决定的正确性。这时，你趁机摆出自己的观点，动之以情，晓之以理，那么，他接受的可能性就大多了。

3.傲慢无礼型

这种同事一般以自我为中心，自高自大，常摆出一副盛气凌人、唯我独尊的架势，缺乏自知之明。和这种人打交道或共事，你千万不要低三下四，也不要以傲抗傲，你只需长话短说，把需要交代的事情简明交代完就行。如果求他办事，那就另当别论了。

4.毫无表情型

这种同事就算你很客气地和他打招呼，他也不会做出相应的反应。按心理学中所说，叫无表情。无表情并不代表他没有喜怒哀乐，只是这种人压抑住了激情，不表露出来罢了。所以，对于这种人，你无须生气，只需把你想说的继续往下说，说到关键时刻，他自然会用言语代替表情。

5.沉默寡言型

这种同事一般性格内向，不善言辞与交际，但并不代表他没话说。和他共处，你需要把谈话节奏放慢，多挖掘话题。一旦谈到他擅长或感兴趣的事，他马上会"解冻"，滔滔不绝地向你倾诉起来。

6.自私自利型

这种同事一般缺少关爱，心里比较孤独。他永远把自己和自己的利益放在第一位，你要他做些于己不利的事，那你便难于和他沟通了。和这种同事相处，你必须从心灵上关注他，让他感受情感的温暖和可贵。

7.生活散漫型

这种同事缺乏理想和积极上进的心，在生活中比较懒惰，工作上缺乏热情。和这种同事相处，你只有用激将法把他的斗志给挖掘出来。

如何提防职场中独揽功劳的人

你是否有过以下的经验？如果某一天，一位与你一起完成某项任务的同事竟然把全部功劳归为己有，在领导面前邀功，结果他获得领导的提拔，使你又惊又怒。

你居然把我们共同做的项目，独自拿去邀功？

如果你有这么一位独揽功劳的同事，建议你应该把各自所完成的任务记下来，留待日后作为参考。

另外，对于同事的这种行为，不妨直接找领导谈一谈，避免徒劳无功。

8.深藏不露型

这种同事自我防卫心理特强。害怕你窥视出他内心的秘密，其实，这是一种非常自卑的表现。你想了解他们的为人和心理，不妨和他们坐在一起多喝几次酒，他会酒后吐真言。

9.行动迟缓型

这种同事一般思维缓慢，反应通常迟钝。他做朋友可以，和他共事，就不是理想的搭档了。

10.草率决断型

这种同事乍看起来反应敏捷，常常在交涉进行到高潮时，忽然做出决断，缺乏深谋远虑，容易判断失误。和他相处最好的办法就是经常给他泼泼冷水，让他保持清醒的头脑，不能感情用事草率作决定。

11.搬弄是非型

这种同事与前一种类型的人相比有质的不同。他们可能嘴也不愿闲着，到处打听其他人的隐私，并乐于制造、传播一些谣言，企图从中获得些什么。而且，在他们的心中，任何人都不在话下（领导除外），而他们自身却没有什么所长。这种人让你讨厌，但他们并不可怕。所以，你也不必如临大敌，与他们计较。只要他们说的构不成诽谤，又能伤着你什么呢?

小人不可不防

伪诈的人的本质是不老实，但有些不老实的人作伪，会被一眼看穿，伪而加诈那就不易被发现了。因为这种人善于矫饰，能隐藏其本质，给人以假象，故能迷惑人，要辨其真伪就难了。也因其难辨，这种人干的罪恶勾当就难于被发现，其害就愈大。

凡行诈作伪的都是为了个人不可告人的目的，如让这种人掌权，必谋私以害公，为此必然是结党营私，所干的也就害国害民，其权力越大危害越大。

善于弄虚作假的人，巧于掩饰，为求做到天衣无缝，使人无从窥见其真面目，因而得以窃取名誉使人信任，夺得权力以行其恶。这种大奸若忠、大恶若善的人，当其罪恶行为被揭露，国家和人民都已遭受其害，要想纠正已来不及了。所以，对于善于矫饰的人，不可不警惕!

南宋时，为了“精忠报国”，年轻的岳飞应募从军，参加抗金斗争。很快他就成了一名能干的军官，并组建了“岳家军”。岳飞有句名言：“饿死不掳掠，冻死不拆屋。”

不久，宋军从金兵手中收复大片失地。1140年秋，岳飞率领军队在河南大败金

怎样识别小人

生活中如何明辨小人呢？毕竟小人没有特别的样子，脸上也没写“小人”二字，而且有些小人甚至长得既帅又漂亮，有口才也有文采，还一副“大将之才”的样子。不过，只要留心观察，用心研究，小人还是可以从行为上分辨出来的。

经理，你说你这方案是怎么想出来的呢，我估计全公司上下只有您有这种能力了！

喜欢攀附权贵。谁有钱有势就依附谁，一旦失势马上一脚踹开，另寻他主，这是小人的一大特点。

喜欢落井下石。只要有人跌跤，他们会追上来再补一脚，在小人眼里，看别人跌跤是最快乐的事情。

喜欢踩着别人的鲜血前进。要么利用别人为其开路，而不在乎别人的牺牲；要么自己有错却死不承认，硬要找个人来当挡箭牌，做替死鬼。

事实上，小人的特点并不止这些，总而言之，凡是不讲法、不讲理、不讲情、不讲义、不讲道德的人都带有小人的性格。

兵，并准备把金兵赶回东北老巢。就在他踌躇满志之时，皇帝却连发十二道金牌，召他班师回朝。他和将帅们收复国土的宏图大志也不得不半途而废。

原来这是当朝丞相秦桧捣的鬼。当时宋朝的内部分为主战与求和两派，秦桧是当朝最大的实权派，也是最富有的官僚。为了保存财产与官职，他主张尽快求和。求和的先决条件是除掉主战派代表岳飞。秦桧绞尽脑汁，终于有了办法。他首先诬陷岳飞手下的将领张宪谋反，然后又诬陷岳飞之子岳云给张宪写过谋反信，是同谋。凭借这些诬陷的罪名，岳云与张宪就稀里糊涂地被关进了监牢。接着，他又借口质问岳飞几个问题，令他到当时的国都临安（今浙江杭州）去。岳飞一到临安，就被捕入狱。

为了找借口处死岳飞，秦桧宣布岳飞、岳云和张宪共同策划谋反。抗金名将韩世忠对此愤愤不平，他质问秦桧：岳飞抗金，何罪之有？岳飞谋反，证据何在？秦桧支支吾吾，做出如此回答："飞子云与张宪书虽不明，其事体莫须有。""莫须有"的意思，就是"大概有"。按照秦桧的授意，岳飞三人很快就被判处死刑。公元1142年春节的前一个晚上，岳飞在杭州风波亭遭到杀害，当时他只有39岁。

秦桧知道，凭正当手段是无法除掉岳飞的，他就只好加给岳飞一个"莫须有"的罪名，也就是仅仅凭猜测来给一个无辜者定罪，也就是无中生有地诬陷。由于这个颠倒黑白的故事,"莫须有"这个词一直流传至今。

像秦桧这样的小人没有道德负担，没有在基本道德意识之上产生的社会责任感，因而在小人的心目中不存在所谓的群体大局、国家大事。小人心中的"大事"就是他的个人私利，就是他强烈欲望的满足，除此以外不会有任何别的内容。我们正常人所接受的教育是"国家和集体的利益高于一切"，而小人所接受的自我教育则是"个人的利益高于一切"，而且要坚决地凌驾于国家、集体利益之上，甚至将其彻底取消。这种观念上的分野使正常人和小人在面对某些事关国家、集体大局的选择时往往会做出完全不同的取舍，而这种取舍所引致的后果也是截然相反的。

不给小人怀疑你的机会

狼为什么不吃死食？因为狼生性多疑，怕吃了中毒。小人也同狼一样，因为他们经常欺上害下，所以他们又最怕被人害。因此，君子常说"害人之心不可有"，而小人常说"防人之心不可无"。比如，你当着小人的面与另一人悄悄耳语，小人就一定怀疑你有什么不轨之心。这也就是狼为什么昼伏夜出，为什么总避开人但又不想离人太远的缘故，因为它既想吃掉你，但还得防着你。

"安史之乱"平定后，立下大功并且身居高位的郭子仪并不居功自傲，为防小人嫉妒，他反而比原来更加小心。有一次，郭子仪生病了，有个叫卢杞的官员前来拜访。此人乃是中国历史上声名狼藉的奸诈小人，相貌奇丑，生就一副铁青脸，脸形宽短，鼻子扁平，两个鼻孔朝天，眼睛小得出奇，世人都把他看成是个活鬼。正因为如此，一般妇女看到他这副尊容都不免掩口失笑。

郭子仪听到门人的报告，马上下令左右姬妾都退到后堂去，不要露面，他独自等待。卢杞走后，姬妾们又回到病榻前问郭子仪："许多官员都来探望您的病，您从来不让我们躲避，为什么此人前来就让我们都躲起来呢？"郭子仪微笑着说："你们有所不知，这个人相貌极为丑陋而内心又十分阴险。你们看到他万一忍不住失声发笑，那么他一定会记恨在心，如果此人将来掌权，我们的家族就要遭殃了。"

后来，这个卢杞当了宰相，极尽报复之能事，把所有以前得罪过他的人统统陷害掉，唯独对郭子仪比较尊重，没有动他一根毫毛。

这件事充分反映了郭子仪对待小人的办法既周密又老练。也说明了凡小人都像狼一样，不但狠毒，而且生性多疑。所以，与小人接触的时候，切记不要让他对你有任何疑心。

有人说"君子不念旧恶，小人常怀嫉恨"。有人把"小人"比作"狼"，因为小人不但像狼一样恶毒残忍，而且亦像狼一样生性多疑。对于生性多疑的人，不管是不是小人，都应该远离它。

轻易别得罪小人

小人是琢磨别人的专家，敢于为芝麻大小的小恩怨付出一切代价，因此在待人处世中与小人打交道，必须得有一套行之有效的方法才行。

如果你既不想把自己降低到与小人同等的地步，也不想与小人两败俱伤的话，那就把脸皮磨厚点，或者睁只眼闭只眼，不理了事。

"惹不起躲得起"，尽量不与小人发生正面冲突。一句话，如果不是非有必要，那就别得罪小人。

借力打力躲过小人的陷害

奸诈小人最善背地里暗算他人，他害了人，人也不知被其所害，甚至被害人者所杀还不知谁是刽子手。对于奸诈的人，很难窥测其内心世界，他们表里不一：或笑颜常开，或关怀备至，或卑躬屈膝，因而使人对他感到可亲、可爱、可信。

他们正是利用这些假象掩盖他所隐藏的利剑，在你毫无警备的情况下栽在他的手里。因此，对奸诈的人切不可近，不得已而近之，也要千万小心，经常警惕，以免落入他的圈套。

战国时候，张仪和陈轸都投靠至秦惠王门下，受到重用。不久张仪便产生了嫉妒心，因为他发现陈轸很有才干，比自己强得多，担心日子一长，秦王会冷落自己，喜欢陈轸。于是他便找机会在秦王面前说陈轸的坏话，进谗言。

一天，张仪对秦惠王说："大王经常让陈轸往来于秦国和楚国之间，可现在楚国对秦国并不比以前友好，但对陈轸却特别好。可见，陈轸的所作所为全是为了他自己，并不是诚心诚意为我们秦国办事，听说陈轸还常常把秦国的机密泄露给楚国。作为大王您的臣子，怎么能这样做呢？我不愿再同这样的人一起做事。最近我又听说他打算离开秦国到楚国去。要是这样，大王还不如杀掉他。"

听了张仪的这番话，秦王自然很生气，马上传令召见陈轸。一见面，秦王就对陈轸说："听说你想离开我这儿，准备上哪儿去呢？告诉我吧，我好为你准备车马呀！"陈轸一听，莫名其妙，两眼直盯着秦王。但他很快明白了，秦王是话中有话，于是镇定地回答："我准备到楚国去。"

果然如此，秦王对张仪的话更加相信了，于是慢条斯理地说："那张仪的话是真的？"原来是张仪在捣鬼！陈轸心里完全清楚了。他没有马上回答秦王的话，而是定了定神，然后不慌不忙地解释说："这事不单是张仪知道，连过路的人都知道。从前，殷高宗的儿子孝己非常孝敬自己的后母，因而天下人都希望孝己做自己的儿子；吴国的大夫伍子胥对吴王忠心耿耿，以致天下的君王都希望伍子胥做自己的大臣。卖仆妾时如果能卖到邻里，这就说明他们是好仆好妾，因为邻里人了解他们才买；一个女子出嫁，如果同乡的小伙子争着要娶她，这就说明她是个好女子，因为同乡的人了解她。我如果不忠于大王您，楚王又怎么会要我做他的臣子呢？我一片忠心，却被怀疑，我不去楚国又到哪里去呢？"

秦王听了，觉得有理，点头称是，但又想起张仪讲的泄密的事，便又问："既然这样，那你为什么将我秦国的机密泄露给楚国呢？"陈轸坦然一笑，对秦王说："大王，我这样做，正是为了顺从张仪的计谋，用来证明我是不是楚国的同党呀！"

秦王一听，却糊涂了，望着陈轸发愣。

但陈轸还是不紧不慢地说："据说楚国有个人有两个妾。有人勾引那个年纪大一些的妾，却被那个妾大骂一顿。他又去勾引那个年轻一点的妾，年轻的妾对他很友好。后来，楚国人死了。有人问他：‘如果你要娶她们做妻子的话，是娶那个年纪大的呢，还是娶那个年纪轻的呢？’他回答说：‘娶那个年纪大些的。’这个人又问他：‘年纪大的骂你，年纪轻的喜欢你，你为什么要娶那个年纪大的呢？’他说：‘处在她那时的地位，我当然希望她答应我。她骂我，说明她对丈夫很忠诚，现在要做我的妻子了，我当然也希望她对我忠贞不贰，而对那些勾引他的人破口大骂。’大王您想想看，我身为秦国的臣子，如果我常把秦国的机密泄露给楚国，楚国会信任我、重用我吗？楚国会收留我吗？我是不是楚国的同党，大王您该明白了吧？”

秦惠王听陈轸这么一说，不仅消除了疑虑，而且更加信任陈轸，给了他更优厚的待遇。小人是不会当着你的面中伤、算计你的，他们会在你背后，在你不知不觉的时候给你一刀，或者挖好了陷阱等你走进去。这就需要你通过一些蛛丝马迹察觉小人的阴谋，最好能顺着小人给你的路，跳过陷阱。

警惕小人的甜言蜜语

如果有朝一日，你身边的小人突然对你甜言蜜语，关心你、赞美你、器重你，而你却丝毫没有戒心，还沾沾自喜，妄想要托“小人的福”，那真是“请鬼抓药单”。如果真被卖了，除了怪罪自己“见甜忘毒”之外，还能怪谁？

唐朝李林甫，在玄宗朝位居宰相19年。然而他却是一个无德无才，惯于玩弄阴谋手段、排斥和打击不附和自己的人。

开元年间，李林甫的政敌严挺之被贬为绛州刺史。到了天宝初年，唐玄宗突然想起他，便问李林甫说：“严挺之现在人在哪里？这个人其实还蛮有才华的。”

李林甫退朝之后，便找到严挺之的弟弟严损之，惺惺作态地和他聊起了旧日的友情，说什么他对严家兄弟一向极为尊重，对昔日友情也相当珍惜，如果彼此之间有什么芥蒂，都是有人存心在挑拨，其实不过是误会一场，听得严损之感动得差点掉下眼泪。

最后说到情深义重之处，李林甫不仅以一副神秘兮兮的模样偷偷告诉严挺之的弟弟，皇帝准备重新重用严挺之，而且还靠近严损之的耳朵，贴心地告诉他应对的窍门：“虽然皇帝把绛州看得相当重要，不过，依我的看法，挺之应该找个借口，主动辞掉绛州刺史的职务，回到京师来，等见到皇上后一定会受到重用。”

被李林甫如假包换的一片“情义”感动得一塌糊涂的严损之，当然将这番话迅速地转告了严挺之。没多久，严挺之果然以有病在身为由，向唐玄宗请求回到京师来治病。李林甫好不容易等到这一刻，于是便向唐玄宗说：“严挺之告诉我说，他年事已高，体弱多病，想找一个闲差使，保养身体。”

唐玄宗听后，大大地叹息了一番，便真的找了一个什么“员外詹事”的闲官给严挺之做。

严挺之惊讶地听到这个消息后，差点吐血，最后气得大病缠身，没多久就一命归西了。

口中有蜜，腹中有剑，是李林甫这种小人的丑恶嘴脸。《资治通鉴》中记载："李林甫为相，尤忌文学之士。"这种人当面对你很好，说好听的话，可是背后却诬陷于你。对于这样的小人，要特别警惕他的甜言蜜语，看透其背后的小人之心，这样就不至于懵懂无知地上了小人的当。

不要轻信小人的甜言蜜语

生活中的小人，就是采取各种欺骗方法，迷惑你，使你落入他的陷阱，达到自己的企图。他们就在你的周围，他们看到你青云直上就会逢迎拍马，专拣好听的话讲。

他们看到你事事顺心、进展神速而在背后造谣生事，向上层人物进谗言，陷你于不利。

有时欺骗、谎言、圈套在他们头脑中酝酿成阴谋套在你身上，使你翻身落马；他们看到你堕入困境则幸灾乐祸趁火打劫。

以攻代守筑起防火墙

如同攀缘在高大挺拔的乔木身上的藤萝永远不会拥有乔木的伟岸潇洒和高瞻远瞩一样，小人的本质注定了他骨子里的渺小猥琐。小人虽然常常舞权弄势，但他既不是帅才，也算不上合格的管理者，他充其量只是要弄些机巧谋求一点点眼前的利益而已，他阴暗的算计再深远也算不上有韬略、有远见。

在小人的眼里，一般人特别看重的"事业"并不是什么重要的东西，只要能够带来利益、满足欲望就是好"事业"，而再辉煌、再有价值的事业倘不能带来足够的名利权势，小人也会弃之如敝屣。只要个人利益需要，小人会不惜任何代价，哪怕败坏了集体和国家的利益也在所不惜。小人的这种作为就类似于无知的孩子为了烤熟一只麻雀而烧毁了整块庄稼或整片森林，只不过孩子是出于无知，怎么说都可以原谅;而小人则恐怕不以为过，反以为荣，甚至会面对着熊熊火海把麻雀嚼得津津有味。

汉文帝大臣袁盎正直敢言，因此得罪不少人。宦官赵谈颇得文帝宠幸，经常说坏话诋毁袁盎，袁盎深以为忧。

袁盎的侄子袁种亦在朝中为官，看到这种情形，便对叔父说："您可以找个机会当着皇上的面，以正大光明的理由侮辱赵谈，这样做虽然会加深您和赵谈间的摩擦，但从此他对皇上所说的您的坏话，皇上恐怕就不会相信了。"

袁盎接受了侄子的建议，暗中寻找适当的机会。

有一次汉文帝出巡，让赵谈同车，袁盎知道后立刻跪到车前进谏说:"臣听说能与天子共乘车驾者，皆天下贤才豪杰之士。如今汉朝纵使没有人才，陛下也不能与那刀锯之余、受过腐刑的卑贱阉宦共乘一车呀！"

汉文帝觉得袁盎的措辞虽然过分，但立场倒是没错，于是笑了一笑，命令赵谈下车。赵谈心里对袁盎恨之入骨。

此后，赵谈又多次在汉文帝面前说袁盎的坏话，但汉文帝一听到这些诽谤的话，就想起那次赵谈受到羞辱的事，认为他这是泄私报复，便一笑置之。

 为什么要采用"以攻代守"的策略对付小人

"小人"到处都有，他们造谣生事、挑拨离间、兴风作浪，令人讨厌，但你也没有必要抱着仇视的态度。仇视小人固然可以显示出你的正义，但这并不是保身之道。

因为你仇视小人的结果就是得罪了小人，他们势必对你进行报复。也许你不怕他们的算计，也许他们也奈何不了你，但有一点要清楚，小人之所以为小人，是因为他们始终在暗处，用的始终是卑鄙下流的手段，而且不会轻易罢手。

面对小人与其坐以待毙，待清浊自现，不如积极主动，以攻代守。

袁盎的做法无疑是为自己建立了一道防火墙！救火员在抢救森林或草原大火时，常会在大火燃烧的前方先放火把草木烧掉，当大火烧到这里时，因已无草木可烧，火就会熄灭。袁盎在文帝面前羞辱赵谈，就是在放火烧草木，为自己建立一道大火烧不过来的防火墙。赵谈的谗言不但使不上力，甚至还有可能让文帝感到厌烦，烧到自己。

捧杀小人比棒杀更有效

小人得势的时候，往往气焰嚣张，不可一世。如果直接和这些人对抗，胜算怕是不多。不如反其道而行之，对其极力吹捧，放言狂赞，这些人在得意之时，就会愈加骄横，也就免不了干下种种不法之事。一旦积怨甚多，他们的好日子便不多了。

西汉末年，虞延在任户牖亭长之职时，权臣王莽的贵人魏氏家的宾客十分霸道，无人敢惹。掌一亭治安警卫之责的虞延为此颇受攻击，说他包庇恶人，谄媚权贵。

一次，虞延的好友被魏氏家的宾客打伤，他心中气愤，便上门对虞延说："恶人势大，都是你纵容的结果，你还不敢承认吗？我今日被打，你若不严办，只怕他日受伤的就是你自己了。"

虞延安慰好友几句，遂后说："你不知我的用心，我也不怪你责怨我了。要知魏氏家的宾客之所以敢如此放肆，不过仗着王莽的权势罢了。他们现在所犯的都是小错，我若抓捕他们，不但不足以严惩，反会让他们有了戒备，那就无法除害了。他们认为我怕了他们，殊不知我正好可以利用此节，让他们罪行暴露，到时王莽也无话可说。"一日，虞延摆下酒宴，请魏氏家的几个宾客喝酒。在酒桌上，虞延故作亲热地和他们交谈，还出言说:"各位乃是贵客，自与常人不同了。

有人告你们侵扰乡邻，我是不会相信的。再说，你们树大招风，令人无端攻击也是常事，这能怪你们反击吗？"

几位宾客听之大乐，以为虞延和他们同路，于是称兄道弟，不把他当作外人了。

虞延的家人劝虞延辞官，说："无论怎样，你这个小官也只能受气，何必两头为难呢？抓捕生事的宾客势必得罪王莽;让他们横行，乡邻都私下骂你失职。为了远离灾祸，还是辞官的好！"

虞延为人正直，常有报国之心，他决心为民除害，自不会听家人劝告。他暗中派人监视魏氏家的宾客，又吩咐说："若是一些小事，你们不要管他们；若是他们犯了大案，你们速来回报。"

魏氏家的宾客小事不断，不见虞延惩戒他们，他们的气焰更嚣张了，全然没有了顾忌。一日，他们公然抢夺十几家的财物，大摇大摆地用车载运。

监视他们的人向虞延回报，虞延马上率领兵士闯入魏氏家，把宾客逮捕，依法判了他们的重罪，打入牢中。虞延正是利用了"捧杀"的策略对付了小人。

第四章

从原色彩的喜好洞察人心

加法三原色（RGB）与减法三原色（CMY）

三原色，又称为基色，即用以调配其他色彩的基本色。原色的色纯度最高，最纯净、最鲜艳。可以调配出绝大多数色彩，而其他颜色不能调配出三原色。此外，光谱中的每一种色光，都可以找出另一种按一定比例与它混合得到白色的色光，这一对色光称为补色，如红—青、黄—蓝、绿—紫。

通常，三原色分为两类，一类是加法三原色（RGB），另一类是减法三原色（CMY）。

1.加法三原色（RGB）

人的眼睛是根据所看见的光的波长来识别颜色的。颜色越混合越亮的混色法叫作加法混色，即色光混合的能量等于各色光能量值相加，明度也是增加的。加法三原色为红色、绿色和蓝色。加法混色取红(RED)、绿(GREEN)、蓝(BLUE)三色英语单词的首字母可以缩写为RGB。加法混色原理被广泛应用于电视机、监视器等主动发光的产品中。

加法混色有三个定律：(1）补色律，每一种色光都有一种同它混合、彼此相抵消或中和后产生白色，如红—青、蓝—黄、绿—紫。(2）中间色律，混合每两种非补色时产生一种新的混合色或两者之间的中间色，其饱和度一般是较低的。(3）代替律，即同色异谱，颜色A=颜色B、颜色C=颜色D、A+C=B+D，这也是现代色度学的基础，以上的规律只适合色光的混合，例如彩色电视的颜色是由红绿蓝三个电子枪发射的色光混合而成的，是一种加法混色。

2.减法三原色（CMY）

颜色越混合越暗的混色法叫作减法混色。减法三原色为蓝绿色、紫红色和黄色。减法混色取青(CYAN)、品红(MAGENTA)和黄(YELLOW)三色英文单词的首字母可以缩写为CMY。涂料、染料、彩色印刷、彩色摄影等是一种减法混色，它得到的结果和色光加法混合的是不一样的，如黄光和蓝光按一定比例投射到屏幕上，可以得到白色，而混合黄油漆和蓝油漆得到的是绿色，永远不会得到白色，这是由于颜料吸收了一定波长的光线后所剩余光线的色调。如青色颜料——吸收了入射白光中的红光——反射出绿光、蓝光产生青色，黄色颜料——吸收了入射白光中的蓝光——反射出红光、绿光产生黄色。

此外，在印刷领域中，还要在减法三原色的基础上加上黑色(K)，也就是大家所熟识的CMYK。在印刷领域，由于墨或者纸张的问题，很难制作出漂亮的黑色。而且，混色形成黑色的成本也比较大，所以要从其他途径获得黑色。

原色彩的含义和象征性

色彩的象征性，是指色彩对人的心理作用。人们对色彩由经验感觉到主观联想，再上升到理智的判断，既有普遍性，也有特殊性;既有共性，也有个性;既有必然性，也有偶然性。因此，我们在进行选择色彩作为某种象征和含义时，应该具体情况具体分析，决不能随心所欲，但这也不妨碍对不同色彩做一般的概括。下面，我们就一起来看看各原色彩的具体含义与象征。

1.红色

红色是所有色彩中对视觉感觉最强烈和最有生气的色彩，它有强烈地促使人们注意和似乎凌驾于一切色彩之上的力量。它炽烈似火，壮丽似日，热情奔放如血，是生命崇高的象征。

红色是血的色彩，多用来表现血腥和暴力。红色也具有兴奋好斗的性质，在战争中是武装占领的信号，是革命的标志，多用于主角人物、英雄模范、先进分子等。红色又是烦躁不安、愤怒和危机的色彩，如人发怒首先是脸红、脖子粗。此外，红色还是喜庆的色彩，办喜事几乎都离不开红色。

2.黄色

黄色在色相环上是明度级最高的色彩，具有光明、希望的含义，给人以辉煌、灿烂、柔和、崇高、神秘、威严超然的感觉。

同时，黄色也象征下流、猜疑、野心、险恶，是色情的代名词。浅黄色使人感到和平温柔，金黄色象征高贵庄严。我国古代，黄色在东、西、南、北、中方位中代表中央，是封建皇帝的专用色。皇宫殿宇、寺庙佛地大量用金黄色装潢，象征权威与尊严。在古代罗马，黄色也被当作高贵的颜色，象征光明和未来。基督教徒视黄色为出卖耶稣的叛徒犹大的服色，因此，黄色也是罪恶、背叛、狡诈的象征。

3.蓝色

蓝色和红色是对立的色彩，在外貌上蓝色是透明的和潮湿的，红色是不透明的和干燥的;从心理上蓝色是冷的、安静的，红色是暖的、兴奋的;在性格上，蓝色是清高的、廉洁的，红色是粗犷的；对人机体作用，蓝色减低血压，红色增高血压，蓝色象征安静、清新、舒适和沉思。不过，当蓝色饱和度降低，变成暗蓝色时，便具有阴森恐惧的味道，也是迷信、痛苦、不幸的悲剧色彩。

4.绿色

绿色是大自然中植物生长、生机盎然、清新宁静的生命力量和自然力量的象征。从心理上，绿色令人平静、松弛而得到休息。人眼晶体把绿色波长恰好集中在视网膜上，因此它是最能使眼睛休息的色彩。

5.青色

青色由蓝色和绿色构成，而红色是缺少的一种颜色，因此它和红色构成了互补色。青色也是天空的色彩，具有广阔、深远、沉静之感。青色象征着诚实、磊落、清高和廉洁。青色也象征着永恒，在文学中用“名垂青史”赞美古代英雄和伟人。

喜欢红色的人：热情、外向

红色是非常受欢迎的一种颜色，而且在这点上没有男女之分。喜欢红色的人性格几乎都是外向型，通常活泼好动，激情四溢，精力充沛。与此同时，这类人也大多鲁莽、热情，而且极富正义感。

从某种程度上讲，喜欢红色的人，如果有聪明的领导的话，他们会是很好的执行者，行动力强。他们只想怎么样按要求完成任务，从来不会计较代价是什么。不

喜欢黄色的人：理性、积极

喜欢黄色的人很理性、上进心强、好奇心强、爱好钻研，很有科学性、分析性、判断性、独立性、专业性。总体来说，这类人绝对是个挑战者。

喜欢黄色的人普遍喜爱权力和控制他人。他们会是好的领导，一般能够很有条理地做出决定。

正如孩子们往往很喜欢黄色，喜欢黄色的人大都有依赖他人的倾向，甚至有些人非常缺乏自立心。

在心理上，他们比较孩子气、纯洁、天真，喜欢自由自在，害怕受到束缚。

喜欢像奶油色那样淡黄色的人，性格却很稳定，平衡局面的能力也很强；而喜欢深黄色的人，个性就会倾向于有些自负、刚愎自用，他们会认为只有自己才能做出正确的决定，使得别人很容易怀疑他们做事的动机是什么。

过，他们也很容易会扯出一些题外话。他们通常不会花足够的时间去关注某一件事，但当他们专注的时候，就对自己的决定很坚定。他们能够很快地给出一个问题的答案，认为自己什么都懂。如果他们不懂，或者你已经证明了他们不懂，他们就会寻根问底，直至彻底弄明白为止。

喜欢红色的人多是情绪型的人，他们可能在你面前突然像活火山一样时不时地爆发一次，然后又很快就恢复平静。不过，这类人只要多使用淡一点的红色或让人冷静的红色，便可以弥补性格中的缺点。

也有些人，虽然心里喜欢红色，但却不太敢穿红色的衣服或戴红色的饰物。这部分人对红色的热情还没有达到极其强烈的程度，但算是喜欢红色的预备军。他们往往比较理性，但又渴望具有行动力，所以才会喜欢上红色。这类人一旦感受到红色的魅力，就会一发而不可收。

此外，一个人如果喜欢砖红色（红褐色），表示他可能对毒品、酒精成瘾，饮食不正常，或者情绪不稳定；如果喜欢红色中带有蓝色折光，多表示他是情绪激昂，很有活力的人；如果喜欢橘红色，多表示他不仅精力充沛，而且很喜欢户外活动及一些群体活动;如果喜欢品红色，多表示他性情比较温柔、朴实、坦率、平和。

喜欢蓝色的人：严谨、感性

蓝色代表着一种平静、稳定，能给人一种和谐、宽松的感觉。喜欢蓝色的人性格多内向，有很强的团队协调能力，讲究礼貌，为人谦虚、和蔼。

他们绝不是头脑冲动的人，在行动前都会制定一个周密的计划。他们还是个谨慎派，会严格遵守各种规则。他们偶尔会固执己见，但基本不会持续太久。

由于蓝色是一种情感化的颜色，喜欢蓝色的人一般比较容易伤感。当然，这类人也很容易满足，能够保持平衡、调和，经常保持沉着、安定，安全感比较强烈。他们喜欢和平、不好斗，总是尽量使自己不与周围的人产生摩擦，和谐是他们一切行动的指导。然而，这种性格有时会让他们显得有些懦弱。总体来讲，他们比较信赖别人，同时亦希望自己能得到别人的信赖，所以处事还是比较圆滑的。

此外，喜欢不同种类蓝色的人，在性格上也有微妙的差异。例如，喜欢深蓝色的人，一般比较理性，意志沉稳而坚定，喜欢凌驾于他人之上；喜欢浅蓝色的人，多心情开朗，充满自信心，为人随和。

喜欢青色的人：温柔、平和

青色是绿色与蓝色的巧妙融合，所以喜欢青色的人在性格方面，兼顾了绿色的和平与蓝色的感性。他们性情温柔，为人热情、友善，对周围的人都很体贴。

喜欢青色的人是一个值得交往的朋友，能够令与自己在一起的人感觉非常轻松快乐。他们待人热情友好，不以自我为中心；同时又非常善解人意，十分值得信赖。一方面，他们拥有火一样的热情，有幽默感；另一方面，他们也相当稳重踏实。他们情感丰富，总是能够深深体会到别人的感觉，并很快体会到别人的反应与情感变化。他们向往和谐，不太喜欢突如其来的变化与压力，也不太喜欢自己作决定。在他们的观念中，人本身比单纯地完成任务更重要。他们乐于鼓励别人，为他人着想，善于倾听别人的倾诉并提供解决问题的办法，总会十分周到地想到该做什么事。在他们心目中，别人的快乐是他们快乐的源泉。

此外，虽然喜欢青色的人感性而温柔，但他们本身又是非常坚强的，他们乐观，对生活充满希望，对于任何事情都能泰然处之，并且自得其乐。

喜欢绿色的人：和平、朝气

绿色代表着活力、生长、青春，与复苏、变化、天真、平衡等有关，给人以希望。

喜欢绿色的人，意志坚定，社会意识比较强，态度认真。他们礼貌待人，个性率直。

第四篇

心理催眠术

——一种神奇的心理策略

第一章

原来这就是催眠

催眠术的端倪

催眠的有趣历史可以追溯到古代。当时埃及人似乎使用了一种医疗方法：当病人“入睡”时，或者至少是闭上双眼时，牧师讲话并把手放在病人身上。这一技术在3000多年前就已得到应用。古代中国和印度也被认为使用过这种仅仅借助于语言来治疗病人的医疗方法。

无独有偶，希腊人有一种被称为睡眠神庙的建筑，病急求医的患者在这里躺下来睡一觉，当人在睡觉时，疾病的治疗方法会在梦境中出现。最受欢迎的神庙是供奉希腊医神阿斯克勒庇俄斯的神庙。阿斯克勒庇俄斯是约公元前1200年的一位医师，他杰出的医治本领使他受到希腊人和罗马人的尊崇，后者称他为医神。整个罗马史上，这些睡眠神庙一直存在，并被认为是再平常不过的求医途径。当时的人们相信神会入梦并传授治疗方法，随时随地直接治愈病人，或者病人遵循医疗指示自行治疗。传说一个瞎了一只眼睛的病人不顾他人的怀疑到神庙求助，当他睡觉时，一个神出现在他眼前，熬了一些药草，涂抹在他失明的眼睛上。当他醒来时，那只眼睛便重见光明了。

御触：最早的催眠术

催眠的应用早在三千多年前的古埃及就已经开始，古代的医师们称之为“御触”，即伟人通过碰触病人而治愈其疾病。这说明了心灵和想象的力量在治疗中也是举足轻重的。

伟人，譬如说国王，能够通过碰触患者治愈疾病。

这种碰触治疗其实指的是如今所谓的暗示力量，即病人对自己会被治愈深信不疑，而这种信念会反过来帮助身体自行疗伤。

然而，我们不能草率地就把这些古代做法当成催眠。但是，这些例子却能够告诉我们，古代人也许已经认识到了大脑和想象力可以用于治疗疾病，催眠已经初露端倪了。

瓦伦丁·格瑞特里克

瓦伦丁·格瑞特里克（1628~1682年）是众所周知的“抚摩师”，因具有用双手治愈疾病的惊人本领而著名。17世纪，这位出生在爱尔兰的士兵和政府官员因其超凡能力而声名远播，他可以治愈包括淋巴结核（一种破相的皮肤病）和疣类等疾病。有趣的是，在他的治疗过程中，一些病人仿佛进入了深深的恍惚状态而感觉不到疼痛。与之相吻合的是，现代催眠中，一些患者在恍惚中也会丧失痛觉，感觉不到疼痛。格瑞特里克在当时受到了一些科学家和国王查理二世的关注。他的主要治疗手法就是隔着病人的衣服进行抚摩，有时候也使用药剂。格瑞特里克有可能无意识地“催眠”了病人使其收到了会被治愈的心理暗示。

想象力和意志力

中世纪时，学术界和伟大的思想家们一直在思索心灵的力量，尤其是想象力和意志力是如何影响治疗过程的。一位14世纪的作家彼得·阿巴诺认为单凭语言就可以治愈病人。之后，乔治·匹克托里斯·凡·维灵根（1500~1569年）声称，如果治疗者和病人都发挥想象力的话，符咒或咒语会收到更好的医疗效果。这一理论听起来跟我们现在的安慰剂效应不无相似之处，即尽管病人没有服用任何药物（有时服下一颗糖丸），疾病最终还是被治愈。这是因为病人认为自己吞下了一颗“真”药丸，使心灵意念作用到身体上从而达到治愈效果。

这种想象力疗法的另一位拥护者是生于瑞士的医师、科学家和炼金学家帕拉赛索斯（1493~1541年）。他是倡导化学物质和矿物治疗的医学先驱者之一。同时，他也清醒地意识到了心灵的力量，将想象力称为治疗“工具”。帕拉赛索斯认为：“围绕病人的精神氛围大大影响到病情。当然并非诅咒或者福佑发生了作用，而是病人的思想、想象力带来了疗效。”但是，想象力并不能主宰一切。

海尔神甫

——磁铁能够以吸引铁的方式吸引疾病。这一理论在接下来的几个世纪里被众多科学家进一步发展完善。其理念是人体含有一种有磁性的液体，这种液体一旦出现缺陷（发生损伤）就会引起疾病，而磁铁可以治愈疾病。

将这个观点发扬光大的人当属18世纪的天文学家和牧师麦克斯米伦·海尔神甫（1720~1792年）。他是一位杰出的科学家，后来成为当时奥匈帝国首都维也纳皇家天文台台长。他也对帕拉赛索斯的磁铁治疗观很着迷。同时，人们在18世纪中叶发现磁铁可以人工合成，这也促进了他对磁铁疗法兴趣的高涨。海尔发现，他可以通过在病人周围以各种方式摆放磁铁来治愈或缓解很多疾病，其中包括他自己所患的风湿病。尽管海尔似乎在治疗方面取得了巨大成就，但若不是另一位维也纳医师于1774年前来拜访的话，他就不会在催眠史上占有一席之地了。这位拜访者就是弗兰茨·安东·梅斯默。至此，现代催眠学就要拉开序幕了。

催眠术的发展

弗兰茨·安东·梅斯默的动物磁流学说我们大多都听说过“mesmerizing”(实施催眠;迷惑的)和“mesmeric”(催眠的;迷人的)这两个单词，它们都得名于弗兰茨·安东·梅斯默。梅斯默于1734年出生于靠近今天德国和瑞士交界处的康士坦茨湖畔。梅斯默性格古怪，被当时很多人认为是骗子。以今天的标准来看，他的有些理论确实奇怪，但是梅斯默仍然被尊为催眠史上最为重要的人物之一。讽刺的是，梅斯默似乎从未理解过心灵的真正力量，如果他仍然在世的话，也肯定会将当今有关心灵力量的观点拒之门外，但是他的荣誉、人格魅力乃至其所用方法的显著疗效都极大地鼓励着后世的先驱者们前仆后继、孜孜不倦地探索催眠的真正原理。

梅斯默的父亲是一位猎场看守人，年轻的梅斯默先后攻读了神学和法律，之后逐渐对成就他一生事业功名的领域——医学产生了浓厚的兴趣。他于1765年毕业于享有声望的维也纳医学院。这位年轻的医生对行星和潮汐等自然现象很是着迷，这使他潜心钻研了外界自然力对人体的影响。他在大学论文中写道(之前也有其他科学家写过了):世间存在着某种无所不在的引力流体。以该流体为媒介，行星等大型天体可以对包括人体在内的其他物体施加影响。

尽管这对我们来说比较怪异，但在当时却并非标新立异或特别罕见。他由此迈出了探索之路的第一步，这也就是后来世人所知的“动物磁流学说”。

拜访海尔

起初，梅斯默在维也纳是一名普通的从业医师，他与一个富有的寡妇玛莉亚·安娜·冯·宝施成婚，生活充裕。这时他结识了年轻早熟的作曲家沃尔夫冈·阿玛迪厄斯·莫扎特，便和妻子步入了上流社会。1774年的一场风波永远改变了梅斯默的生活。他的一个病人弗朗西斯卡·奥斯特琳身患神经紧张病，对常规治疗毫无反应。好奇心大作的梅斯默决定试用一个同时代医师——麦克斯米伦·海尔神甫的非正统治疗方法。他让奥斯特琳喝下含有铁的液体，然后把磁铁附着在她的身体上。在一次发作和几个疗程后，病人重获健康。

这对于梅斯默来说是个转折点，他深信自己发现了磁性的力量。不久，他开始将自己关于普遍流体的理论与这一新发现结合起来。他断言宇宙间存在着一种无所不在的磁流，将包括人类在内的万物联系在一起，这样,“动物磁流学说”就诞生了

（在这里，"动物"指的是"生命的"或"活的"，与哺乳动物或其他生物并无关系）。梅斯默坚信，疾病是由于人体内的磁流不畅、出现阻塞而引起的。他尝试使用磁铁来对病人体内的磁流施加影响，疏通阻塞，治愈疾病。

梅斯默的观点

梅斯默相信自己使用磁铁和铁棒的疗法可用物理原理进行解释。他认为世间存在着一种无所不在的磁流，人体内也存在着类似的流动磁力。梅斯默相信自己通过操纵这一磁流可以治愈包括神经紧张在内的多种疾患。他还认为对疗程施加影响的是自己强有力的动物磁性，他只是把这一磁性传导给病人。他的目标是在治疗者和患者之间建立一种"磁极"。梅斯默的病人几乎都是女性，而疗程的一部分就是抚摩病人，因而这使他招致了一些批评和非议，他的动机遭到怀疑。

梅斯默，这位当之无愧的催眠始祖，坚信他的治疗原理是纯生理的，与心理无关；他认为是磁流产生了疗效。在治疗过程中，他完全忽视了病人的心灵或想象——现代催眠学说的基石之一。

暗示的力量

梅斯默留给我们的遗产在于：他能够利用对恍惚中的病人进行暗示的力量。

他在治疗中使用的棒材、磁铁和铁屑本身都是没有任何效果的，但是它们可以帮助病人全神贯注地接受暗示，相信自己会痊愈。这才是梅斯默的治疗手段产生疗效的真正原因。

对梅斯默的医疗方法感兴趣的医师们渐渐开始认识到，成功的关键是心灵意念的力量。

尽管梅斯默自己搞错了理论根据，但他在这一领域的先驱工作却为后世开启了大门。他的成就激励着后世去探索心灵以及催眠的真正力量。

普赛格侯爵的磁性睡眠

梅斯默去世后，动物磁流学说依然没有销声匿迹。在远离首都城市固若金汤的传统科学堡垒的外省，一些狂热者摆脱了怀疑眼光，不断进行新的探索，使这一主题得以延续。最为重要的先驱者之一当属一位法国贵族地主——普赛格侯爵阿尔曼德（1751～1825年）。侯爵曾经短期学习过梅斯默的疗法，并在他的工人身上进行了试验。使他大为惊讶的是，他发现自己可以使一个叫作维克多·瑞斯的年轻牧羊人进入类似睡眠的状态，同时自己又可以同他交谈。侯爵显然是发现了催眠性恍惚。他肯定没有意料到会有此发现，因为作为梅斯默的忠实信徒，他相信患者会经历一次危象和数次痉挛。侯爵称这种恍惚状态为梦游，这是现代催眠学说中频繁出现的一个术语，或者为了对梅斯默表示尊重，称之为“磁性睡眠”。

然而，这位梅斯默的学生很快开始怀疑这种现象的基础原理是基于磁流的存在的理论，于是，他重点强调了两项重要的心理素质——意念和信仰。认为同时拥有这两种素质的治疗者就会获得成功。这一观点使他远离了梅斯默和一些其他人使用的浴室、铁棒和类似道具，也使他摆脱了导师梅斯默引起的危象和痉挛。侯爵的另一项重要贡献是，当病人处于恍惚状态时，他与其对话，并对其疾病进行治疗暗示。这是催眠术疗法的起源。

继普赛格的发现之后，其他磁力说的实践者也纷纷发现自己可以诱导恍惚状态，而且还发现了现代催眠中的其他状态，譬如肢体僵硬症（在恍惚状态中部分肢体暂时性无法动弹）和健忘症。普赛格直到今天还不为人熟知，但他是催眠发展史上当之无愧的无名英雄。

磁力学说渐渐传播开来，同时仍然认为这是一个以磁流从治疗者到患者传导为基础的生理过程的人愈来愈少。意念和心灵的运用愈来愈受到重视。葡萄牙神甫荷西·法里亚（1753～1816年）进一步将其发扬光大。法里亚爱出风头，但他提出了催眠发展史上的两个重要观点。首先，神甫让病人凝视一个固定不动的物体——通常是他的手。这种催眠诱导方法在以后得以广泛应用。其次，法里亚强调了类睡眠状态（恍惚）的重要性在于心灵对暗示的接受能力强。这也是现代催眠学说的一个关键特点。

然而，法国科学界（当时世界的科学中心之一）对磁力学说漠然视之、不为所动。催眠术的演变史暂时转向他处。维克多·瑞斯1783年，普赛格侯爵在维克多·瑞斯身上试验新学到的动物磁流方法。23岁的维克多·瑞斯是一个在侯爵领地上做工的牧羊人。起初，侯爵使用了“磁力传导”——用双手抚摩瑞斯以传导他认为是该技术核心的磁流。令他惊讶的是，瑞斯陷入了恍惚状态，侯爵之后称这种状态为磁性睡眠或梦游。侯爵发现了恍惚状态，他发现维克多在恍惚时可以进行交谈，而且比清醒时显得更加自信。这样，普赛格可以凭自己的意愿将病人带入带出恍惚状态，并与维克多和其他病人都建立了和谐亲近的关系。侯爵还把领地上的一棵榆树成功“磁化”，给它拴上了绳子。这使得一些抱着树的工人也陷入了恍惚。这个故事广为流传，其他侯爵也不得不把各自领地上的树“磁化”以使工人们满意。普赛格侯爵发现催眠并不是像他曾经的老师梅斯默所认为的靠磁铁或痉挛来完成，而是倚赖于治疗者和患者之间的亲和关系，最为重要的是，倚赖于恍惚状态的诱导。

 外科麻醉催眠术

在欧洲，催眠术被广泛应用于外科手术，发展十分繁荣。之所以出现这种繁荣景象，是因为有研究表明，接受催眠术的患者比完全麻醉的患者产生的副作用小得多。

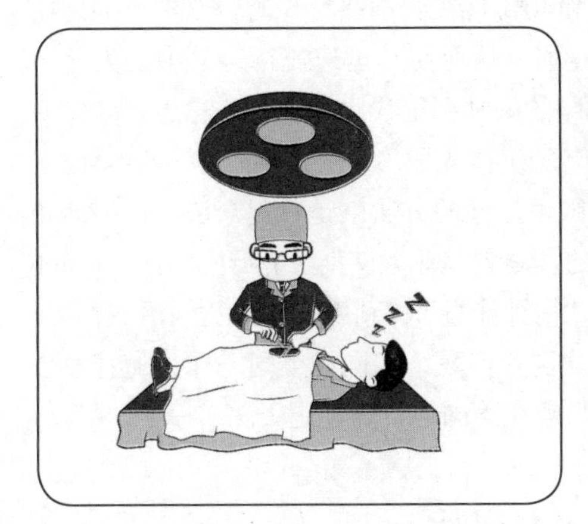

利用催眠方法对患者实施麻醉，最令人称道的一次是对一个男病人的瘤切除手术，这个体积惊人的瘤重达103磅（46.7千克）。病人后来完全恢复并声称在瘤切除时没有感到任何疼痛。

而且接受催眠术的病人比实施麻醉的病人在手术后的恢复时间会缩短一半。

催眠术之父詹姆斯·布莱德

弗兰茨·安东·梅斯默固然是催眠史上最为瞩目的名字，但催眠之父的桂冠当属苏格兰医师詹姆士·布莱德（1795~1860年）。布莱德具备了梅斯默所不具备的一切。他头脑冷静、实事求是，进行系统化科学研究，不为表演技巧或夸大其词所动摇。他的一个不朽成就是发明了“催眠术”的固定说法，该名得自于希腊睡眠之神海普诺思。不过他后来认识到使用这个意思为“睡眠”的字眼并不是最恰如其分的选择。同样重要的是，布莱德非常清楚催眠是什么以及不是什么。他反对来自梅斯默的磁流和磁性学说，认清了催眠的心理本质。

1841年，布莱德对催眠产生兴趣之时正在英国的曼彻斯特工作。他观看了卖弄张扬的法国梅斯默术师查尔斯·得·拉封丹纳的表演，起初是半信半疑。然而，在后来与拉封丹纳及其同事的一次私人会面中，这个法国术师使其追随者陷入了深深的

恍惚中，这时布莱德深信其中确实存在着值得研究的科学现象。布莱德急于弄懂他的亲眼所见，对梅斯默术进行了仅仅2年试验后便出版了以此为主题的书——《催眠学》。他在这本出版于1843年的书中首次使用了术语“催眠术”。

布莱德是第一位真正的现代催眠学家。他没有将这种现象与超自然联系起来；他不相信内在原因是磁流或动物磁性。他不像任何梅斯默术师一样进行抚摸，而是让患者把注意力集中在一件物体上——通常是他放置手术刀的盒子——从而引发恍惚。他还清楚地认识到心灵的力量可以影响到身体，而且按照恍惚的不同程度加以区分。

尽管布莱德是一位备受尊敬的医师，他的催眠观点却没有在英语国度里被立即接受。不过后来，他的观点大大影响了一些国家的发展进程，比如法国。

美国先驱者

源于欧洲的梅斯默术于19世纪30年代和40年代在美国盛行一时。众多欧洲梅斯默术师在19世纪30年代将梅斯默术引入美国，从而使其迅速流行，其中最为著名的是法国人查尔斯·波殷·圣·索沃尔。美国的医师们很快吸纳了这一思想，并发明了自己的技术和对这一现象的命名。最著名的美国先驱者之一是拉·罗伊·桑德兰德（1804~1885年），他把这一现象叫作催眠术。他的方法就是对观众讲述这一话题直至将其中很多人催眠。另一位梅斯默术的实施者是菲尼艾斯·奎姆贝（1802~1866年）。他发现可以通过把自己实施催眠并将“精神能量”移到患者体内达到治愈目的。同时，梅斯默术师们举行的巡回演出大受欢迎。但是，如同在英国一样，随着教会和招魂术的复兴，对梅斯默术及其支流的兴趣在美国也日益消退下去。

让－马丁·夏柯特

影响更大的是当时的医学泰斗让－马丁·夏柯特（1825~1904年）对催眠学的接纳。身处巴黎的夏柯特专攻神经病学，是一位才华横溢的科学家和内科医师。这位极具人格魅力的法国人被称为“神经病学的拿破仑”，他被催眠深深吸引，并在患者身上加以应用。他的这一举动使催眠最终被接纳为一个严肃的研究课题。不过，夏柯特的催眠观点与南希学派以及大多数现代观点南辕北辙。夏柯特认为催眠是歇斯底里症（癔症）的一种形式，在有些情况下催眠疗法甚至会带来危险。两大阵营——伯明翰、赖波带领的南希学派和夏柯特带领的巴黎学派——就催眠的真正本质苦苦相争。尽管夏柯特才华出众、声望颇高，南希学派却最终占了上风，并且其影响深入到20世纪。催眠作为一个争论的问题和研究的课题被越来越多的人所熟悉，然而，他们无法预见的是，夏柯特的一个前弟子不久就要扭转乾坤，将催眠再次推回到科学疑云中去。

南希学派和巴黎学派僵持不下的一个问题是：人们在恍惚状态中能否被游说做违背自己意愿的事情。伯明翰认为被实施催眠的对象会顺其自然的成为一个机器人，完全依从催眠师的指挥。在一次实验中，伯明翰将一个男性患者催眠，告诉他房间里存在另外一个人，那个人曾经羞辱过他。之后伯明翰建议催眠者用匕首杀掉这个人，并交给他一把纸做的刀子。患者果然试图刺杀这个假想的敌人，后来当他在恍惚中被问及自己的所作所为以及杀人动机时，他回答说是伯明翰指使他杀掉另一个人的。巴黎学派则坚持认为人们在催眠状态中不会丧失本性，只是会沉迷于演戏之中。夏柯特的一个追随者做了一个类似的实验。实验中，一个女子在恍惚状态下兴高采烈地"杀害"了众多假想的敌人，但是，当一些医学学生建议她脱掉衣服洗个澡时，她拒绝了。

弗洛伊德与催眠术

众所周知，西格蒙德·弗洛伊德（1856~1939年）是心理学发展史上影响最为深远的人物。

不为人熟知的是，这位心理分析的始祖在事业早期曾经是催眠学的倡导者。

这位奥地利医师早在19世纪80年代在巴黎学医时便开始接触催眠，而当时将催眠介绍给他的正是他的导师——法国权威精神病学家让－马丁·夏柯特。事实上，弗洛伊德在几年前便对这个课题产生了兴趣。当时他在维也纳学医，碰巧观看了备受赞誉的丹麦舞台催眠术师卡尔·汉森的表演。后来他写道，他在催眠秀中的亲眼所见"使他坚信了催眠现象的真实性"。

师从夏柯特数年后，弗洛伊德成为催眠学的公开拥护者，并在自己的治疗中加以运用。他对病人使用直接暗示，有时将双手按在病人的头部。他还与同样身为科学家的朋友约瑟夫·布洛伊尔合作，对病人实施催眠疗法。

二人最为著名的病例是对一名叫作安娜·欧的女子的治疗。安娜患有当时被列为癔症的一系列症状。布洛伊尔发现，当她被催眠后，她可以将这些症状追根溯源到现实生活中并由此得以治愈。

弗洛伊德对大脑的隐秘部分——潜意识及其对人体的影响几近痴迷。催眠学理论帮助他进一步探索这一课题。然而，19世纪90年代中期，他抛弃了催眠学，代之以自由联想方法，有时也被称为"讲话疗法"。

毋庸置疑，弗洛伊德的选择转变对催眠学的发展不亚于重重一击。他后来成为20世纪影响最为深远的人物，而由于他摒弃了催眠学，他的众多追随者们也不可避免地将催眠学弃于一旁。

那么，值得我们思考的是：为何他摒弃了催眠学而选择了其他领域呢？原因肯定不是他怀疑催眠的有效性，因为弗洛伊德多次成功运用这一技术，必然清楚其有效性。不过，他发现催眠中使用的暗示效果不能持久，同时他还担心患者会通过将自身的强烈情感移到治疗者身上（这一过程叫作移情）而对后者产生过度的依赖感。

一些批评者提出，弗洛伊德并不十分擅长催眠术，因此才想出自己擅长的一项新技术——自由联想。也许，更大的可能性是弗洛伊德对当时实施催眠术的专断方式不甚满意：患者以一种极其直接的方式被告知自己将要进入睡眠状态，而今天更受欢迎的方法是间接的所谓容许性的手段。

20世纪的催眠学

20世纪初期，科学界对催眠学的兴趣与日递减，部分原因是弗洛伊德与其他一些科学家在心理分析领域引领了新方向。

波里斯·萨迪斯

他在1898年出版了一本对心理学意义重大的著作《暗示心理学》。

约翰·米尔恩·卜兰威尔

于1903年出版了著作《催眠术：历史、实践与理论》。

赫尔

他于1933年出版了著作《催眠与暗示感受性》。

米尔顿·艾瑞克森

他最为重要的观点之一是无意识的心灵是自我治愈的无比强大的工具。他相信，我们每个人体内都蕴藏着自我帮助、自我修复的能力。

大卫·艾尔曼

他是一位舞台催眠师的儿子，研究出了迅速有效的恍惚引导技巧。他着重于绕过大脑的判断技能而导入恍惚。

无论真正的原因到底是什么，最终结果是，弗洛伊德的抉择使催眠学在19世纪来临之际丧失了成为大脑科学前沿学科的机会。

催眠术的现状

催眠的作用机制及其本质一直困扰着科学家们。直到今天，虽然我们对人类大脑和心灵的知识已经突飞猛进，可是关于催眠确切性质的争论仍在进行。有一点已经明了，那就是催眠现象是真实可测的，科学家们已经对恍惚诱导、暗示力量以及持久效果进行了研究。归根结底，催眠的性质与不同心理状态——意识和潜意识息息相关。

什么是催眠术

现代科学日新月异，取得了无数惊人突破，但是人类大脑精密复杂的运作机制仍然是个没有完全解开的谜。这样说来，学术界仍然对催眠性质及其作用机制众说纷纭便不足为奇了。这并不代表催眠是虚假的。实际上，科学家们在近来的实验中已经证明，人们的大脑被催眠后确实会发生变化。而且，很多医学专家也已经认可了催眠在治疗某些病症、缓解疼痛方面卓有成效。然而，还是没有一个普遍接受的理论可以确切解释催眠的性质以及运作原理，现存的大量科学观点各有不同，有时还互相冲突。

什么是催眠

如果你去问100个催眠师，催眠的准确定义是什么，那么你可能会得到多于100种的答案。事实上，对于催眠的定义并没有一个统一的答案。通常人们对催眠到底是什么，不是什么是没有一个统一的定论的。大部分定义还是用来描述催眠是如何被导入的，而不是具体去解释什么是催眠。

出于指导意义，一个简短而广泛的催眠的综合定义得到了大多数人的认可。它涵盖了催眠的所有要点：催眠是一种注意范围被集中缩小的状态，在该状态下，建议性和暗示性可以被极大地提高。

人们可以通过很多办法进入催眠状态，从而让外界的建议、信息瞬时或持久的进入深层大脑。但是催眠并不能直接改变人，只是它能让人保持长久稳定的、最有利于进行改变的状态。

治疗学所使用的催眠状态纯粹是为了帮助催眠师们达到治疗的目的，在该状态下，很多积极的想法、设想、价值观念等会被高效率的吸收并且导入人大脑深处，留下印象，从而给人带来可喜的转变。对比之下，舞台催眠师所提出的催眠建议或指令只在舞台表演过程中发挥作用，而临床医学催眠师所发出的建议或指令会在催眠开始后保持长久的效用。

事实上，医疗方面的建议只是推荐给被催眠者的两种建议中的一种。有些建议或提示是用来立刻改变被催眠者的信念、态度或行为的。而另一些建议和指令是用来引导被催眠者的一种滞后反应的，这种反应只有在催眠后的一段时间才表现出来。所以，后者被称为催眠后指令，这两种建议形式都是有效的，而且在催眠过程中均被广泛地应用。

催眠、沉思以及第一状态

催眠与沉思的区别是什么？它们是同一个东西吗？由于用来定义两个不同的名词的方法有很多，所以，就不能保证哪种是对的，哪种会让人产生误解。问题的关键是，你自己如何看待催眠与沉思的关系，你是否认为它们是一样的。观点不同所做的定义自然也就不同了。催眠就是“一种注意范围被集中缩小的状态，在该状态下，建议性和暗示性可以被极大地提高”。要给“沉思”下定义就不那么简单了，因为“沉思”有很多种。如果你所指的沉思就是那种保持安静状态，口中念念有词（像佛教中的祷文），然后达到心无杂念，心如止水的境界的话，那么这种沉思与催眠之间既有相似之处，也有不同之时。可以肯定的是，这种沉思的方法有时可以帮助沉思者进入催眠状态。但是这两者（沉思与催眠）之间最大的区别就是他们的目的、意图不同。催眠不仅仅是为了保持思绪的宁静，更重要的是利用这种精神状态来将自己想要的外部建议和指令导入大脑的潜意识中去。沉思就不一样了，沉思者只是从大脑的自我平静状态中直接受益。它不像催眠那样可以得到自己想要的既定目标。沉思者只能通过不断的练习而振奋精神，保持平和的心态或得到某种满足感。除此之外，不能做任何像催眠可以做到的改变、完善。

此外，还有许多其他形式的沉思，其中有一种叫作“活动式沉思”。在这种形式的沉思中，你可以一边放松自己的身体，一边进入一种带有自己目的和想法的沉思状态。这种形式的沉思事实上是与广泛意义上的催眠是一样的。不同之处可能就在于它们的称呼不太一样，或者它们用来进入状态的方法、技巧有所不同吧!

很多人会问“创造性想象”是否也可以被用来定义催眠，回答是肯定的。事实上，它也是属于催眠的一种形式。这种创造性想象曾被一个叫夏科特·岗卫的人广泛使用且风靡一时。他告诉人们应该先从头到脚地放松自己，然后再开始利用创造性想象来引导他们的大脑内部做出一些包括体内及体外的调整。这种放松总是能让人进入一种可建议性状态。而那些想象则是用来帮助创造或是支持你预期想要的结果。那些“创造性想象”的支持者们没有把它的其他一些特征或群化关系定义为催眠是很明智的。

为什么呢？因为虽然催眠术已经被广泛地传播，而且被接受认可有些年了，但是仍然有些人对催眠一词感到恐惧。

此外，还有一些学过大脑控制术的人，他们专门教别人如何进入一种大脑集中的状态即第一状态。人们会问“第一状态”是否与“催眠”是一回事，这就又回到了刚才上面我们所讨论的问题了。其实这主要取决于你如何定义它，以及你使用它的最终目的。当一个人进入了所谓“第一状态”后，他的身体开始放松，而这时他的大脑注意力很集中，比较容易接收或吸取新的信息，那么可以断定，这就是一种

 什么样的人才能被有效催眠

催眠就好比一种力量——一种属于大脑的力量。催眠是你曾经多次进入的一种精神状态，或操作过程。虽然有时你可能意识不到。

在生活中，当你在看电视或阅读小说的时候，就有可能已经进入催眠状态了。催眠理疗师把它称作“催眠行为”。

电视节目制作人也是通过广告来引导你进入催眠行为，从而去购买他们推销的产品。

一个政治领袖会在演讲中，利用自己关于精神领域的知识去感染那些听众。

催眠状态。但是，催眠并不是总发生在“第一状态”，催眠有时是包括让脑波放慢的过程，却不总是这样。其实，催眠需要一种比平常更为缓慢的脑波水平，我们称之为“亚节律”。可以说,“第一状态”与“催眠”经常是重叠的，但不是同一个东西。

人为什么可以被催眠

你是否曾经冥思苦想过为什么要改变自己不希望有的态度和举动是如此的困难？例如，为什么你不能痛下决心而停止吸烟，将你爱吃的油炸食品扔到一边，或者让自己过得更轻松惬意一点，享受更美好的生活。答案就在这里。有些人会说“是的，我一定会改变的”，而另一部分人则说“不可能，我一直都这样，改不过来！”由此可见，似乎在我们的大脑里隐藏着两种不同的倾向，即同意或不同意某些东西被改变。

很显然，每个人的大脑体系都是相当复杂的。事实上，你最好和那些自称对大脑复杂性可以完全理解的人划清界限。然而，关于大脑的有些信息和常识还是显而易见的。

其实在人们头脑中的每一个想法或意识至少存在着两种不同的倾向。我们把它们称为意识和潜意识。意识也可以被称为积极意识或既定意识，它包括了一个人当前所关注的领域。它促使你决定开始阅读这本书，它让你做出各种决定，比如早饭吃什么，给谁打电话，以及下班后去哪里等。

潜意识则是你大脑中隐藏在人所关注的事情表面之下的一种功能性倾向。正是由于这种潜意识的作用，使你在还是一个初学者的时候，阅读本书每页的文字时会感到像是在破译密码一样痛苦。

潜意识同样会作用于你的身体。它知道如何在最短的时间里伤痛你的心灵，如何让你对自己的早餐感到恶心，以及其他许多由于你没有给予适当的积极意识而引起的不良反应。有些潜意识早在你出生时就已经被建立起来了，比如你的有些身体反应。潜意识的一些其他功能作用则是在你后期的学习阅读过程中，伴随着大脑意识的形成而悄然滋生的。潜意识在你的记忆系统里无孔不入，它禁锢着你所有的特性以及信念，不让它们被侵扰或改变，潜意识会让你持续地保持原有的经常的行为模式。

不管你是否已经意识到，事实上意识和潜意识之间都是存在着信息传递的。比如说，当你想要看书时，意识就会传达信息给潜意识，以便于完成使用你的胳膊和手部的肌肉来翻书的动作。经过长期的锻炼，潜意识会针对意识经常使用的信息而做出简单而迅速的回应，并通过准确的肌肉部位、运动方式和一些辅助措施来实现你的目标。通常情况下，潜意识是服从意识的指令的，但有时情况会相反，因为潜意识会对意识做出的突然改变产生抵触。当你计划着想要改变自己曾经一贯的行为、信仰或者态度时，这种抵触作用就会表现得更加强烈。

大脑程序

在电脑程序员中流行着一句话“垃圾进，垃圾出”。它的意思就是说，当你向电脑输入错误数据后，你一定会想方设法把它清除掉，使结果不至于那么糟糕。

在某些方面人的大脑就好像一部复杂的电脑。人的思维模式以及一系列行为就好像安装在电脑里的既定程序一样。有些“程序”是你自己“安装”的。比如，当你第一次吃巧克力的时候，你非常喜欢它的味道和品质，于是你便开始经常吃巧克力，以至于直到今天你养成了吃巧克力的规律性习惯。而其他一些“程序”则是由你的老师或父母“安装”的，例如，他们可能经常激发鼓励你去接触一些古典或新古典主义的艺术品，当你成年以后，你就会对这些古典艺术品非常的欣赏而且会去收藏它们。

催眠的潜质

对于催眠而言，大多数人都一样，都存在着一定的可能被催眠的潜质。至于你能够在催眠方面变得多么熟练，很大程度上取决于你有多大的兴趣以及你的练习程度。

一个人有多快进入催眠状态，答案有两种：一种是你可能进入极度深层的催眠状态，另一种是你只进入了初步的催眠状态。

极度昏迷性催眠让人感到困惑，恐慌。其中之一被催眠理疗师称为“梦游”。在现实生活中，有很多人容易进入这种深层的催眠状态。

同样，你身边的朋友（也许从儿时起）就开始影响你的精神生活方面的习惯。就拿抽烟来说，当你的朋友第一次给你一支烟抽的时候，你会觉得非常的不适应。但是慢慢地，你就会习惯抽烟时那种放松的感觉，从而接受了它。30年后，你仍然在抽烟，你的潜意识里已经习惯了抽烟时的感觉。这种“程序”已经深深地刻在了你的大脑里，尤其在你感到有压力的时候，它会显得格外活跃。

就像计算机里的程序，在接到正确指令后会被激活。当某种想法产生或者事件发生时，存在于你潜意识里的“程序”也就被激活了。这在你平时的学习中是很重要的，很多时候，有利于发挥优势。然而，某一天，你可能会意识到你不再想要使用过去的那一套思维和行动方式；可能你想要把过去存在于你脑中的一些“垃圾”清除掉；或者，你想要在脑中添加一些新的程序，比如一种新的态度或者行为。于是，你渴望改变编程的过程。

重新编程

修改、安装或者卸载计算机中的一个程序，相对来说比较简单。要改变你大脑中的程序就不那么简单了。

你的大脑就好像一个装有过滤和防御等安全系统的机器，这些过滤器专门用来扫描那些新的想法和行为，从而判断它们是否是你真正想要的东西。它将新的想法和信息与你现有的知识和信念作对比，由于这些新的东西与你大脑中的固有程序不兼容，所以要接受这些突然的改变，过程会很缓慢。改变程序的过程有助于使你的信仰、性格、感觉与现实更加协调，因为你的潜意识不具备识别能力。

所有想法、建议一经通过过滤系统，就被确认为正确指令。所以，安全系统不会轻易地接受每一个建议，而让你的想法变来变去。如果没有安全系统的保障，你将处于一种混乱状态。你可以想象，没有了这些识别保障过程，你每天接受成千上万的广告信息，那时你的大脑是多么混乱。可是在生活中，你只要随便改变一样东西，就可能引来一些麻烦。你大脑中的安全系统有时可能会拒绝接受你想要的改变，甚至是一些发自你内心的想法。它可能阻止一些有益的想法进入你的大脑，融入你的生活。它之所以这么做，是因为它是根据过去的经历以及以前接受的信念，在长期的进化过程中建立起来的，不会轻易改变。例如，很多吸烟者都会有一段时间觉得戒烟很难，因为他们已经接受了这样一种信念：“戒烟非常不容易。”这种信念使戒烟者所有的努力都化为虚有。

有好多种方法可以被用来对付大脑中的安全系统，当然对比之下有些方法比其他的更为有效、可取。例如，有些人带着强烈的愿望去改变自己，他们不断地重复一个新的举动，以便让它变成一种习惯。当然很多时候，这种方法会受到阻挠和挫折，无功而返。由于你不断地做新的尝试，它就会慢慢地制伏或掩盖大脑中的安全系统，从而你的大脑内部就会接受这种新的做事方法，使它成为一种新习惯。

另一种对付安全系统的方法就是使用坚定的信念。通过不断地重复你的信念，最终可能导致你想要的改变。通过几天、几周或者几个月的不断重复，你的大脑接受的信息快要达到饱和状态，它开始慢慢地确定你的信念为正确指令并且接受了它，从而给出你想要的结果。当然，这个改变的过程通常比较慢，而且会附带一些疑点，有时也可能被挫败。

所以很多人既没有坚强的意志来强化自己的大脑接受新的信念和行为，也没有足够的耐心来天天重复自己的信念。

幸运的是这里还有一种更为简便的方法来对付你大脑中的安全系统。

催眠师可以让人做违背意愿的事吗

由于媒体的误导，现在很多人对催眠都存在着不同程度的误解。有谁能够不受那些电视、电影及广告的影响呢？对他们来说催眠一词存在着消极的含义，于是一些诸如“活跃的沉思”“创造性的展现”等委婉的说法被用来形容催眠。因此，我们很有必要阐明催眠是什么，不是什么。现在流传着很多关于催眠的性质和用途的错误概念。如果我们错误理解，或者错误的期盼，这些误解就会产生。

下面就让我们对一些常见的关于催眠的误解作一下分析，并且纠正它们。

被专家和从业者们普遍接受的观点是：没有人可以在违背自己意愿的情况下被催眠。绝大多数催眠学家认为，人们在催眠中无法被迫违背自己的本质信仰和道德观做事或说话。他们指出一个事实：只有你想要达到无意识行为的一种变化时才能达到这种变化。比如说，如果你并不是真的想要戒烟的话，几次催眠疗程都不太可能使你戒烟。你的潜意识反映了你的真实想法。

即使舞台催眠师使一些观众进入深度催眠状态，并让他们做出一些诸如学鸭子呱呱叫等不正常举动，也是因为被催眠者事实上已经在潜意识里接受了这一安排。

但是，必须要在此说明的是，一些催眠学家认为这一问题要比乍一看复杂得多。他们认为，通过对暗示进行重组再构可以使其看起来与主体的意愿相一致，却可以使这个人做出一些在正常状态下不会做的举动。

催眠会不会让人成为一睡不醒的“睡美人”

催眠实施数百年来，没有任何关于催眠会让人成为“睡美人”事件的报道。人们在催眠状态下具有充分意识，如果你所在的楼房突然起火或者发生了地震，你就会迅速脱离恍惚。你的心灵归根结底是处于自己掌控之中的。一些神秘主义者花费数年的精力来研究如何长期处于似恍惚的状态，这就证明了其难度是何其之大。

在深度的身心放松下，在经历了美好的回忆后，在暂时摆脱世俗烦恼的愉悦心情中，被催眠的个案有时会在接收到结束催眠的指示时反向："可不可以过一会儿再结束？"有些人担心催眠太深，以至于无法回来，一直陷在催眠状态中。事实上，这是不可能发生的，也没有任何相关医学文献记载过。

这就好像无论夜里的睡眠多么深沉，人总会醒来一样。有的时候，也会有另外一种情形。当受术者进入比较深的催眠状态，沉浸在超越现实的内在世界里时，他可能会需要更长的时间，才能调整好不同意识状态之间的落差，才能跟现实世界无缝接轨。李女士曾经做过催眠治疗，治疗结束后，催眠师因为下一位患者已经到了，就匆匆唤醒她。她站在北京街头，看着熙来攘往的人流，一时之间竟不知道自己置身何处，忘记自己是谁，不知道要去哪里，心底空空荡荡的。情绪上也渐渐涌出一

催眠对所有人都有效

米尔顿·艾瑞克森
（1901年–1980年）

现代催眠之父——米尔顿·艾瑞克森认为任何人都可以被催眠，如果想让催眠产生作用，它就会产生作用。

催眠不受智商影响，高智商的人们受到催眠影响的程度和其他人是一样的。

而催眠是否能够帮助我们改变坏习惯和行为取决于众多因素，其中包括催眠师的技术水平、我们与催眠师之间的亲和感、我们对催眠有效性的信任度、我们想要改变的欲望以及想象力水平。

股不舒服的感觉，仿佛很小很小的时候，在商场里走失了，心里又担心又害怕，担心从此成为流浪儿，害怕被父母责骂……她茫然地伫立在午后阳光下，过了很长时间才完全回过神来，恢复正常的认知状态。

催眠真的可以控制人的大脑吗

人们对催眠抱有恐惧感是很常见的，这往往是由于他们对催眠知之甚少，或者受到了媒体描述的误导。恍惚和催眠有时被与魔法和神秘主义联系在一起。有时候它们使人联想到一些组织和团体试图对无助的人们实施心灵控制。这些联想很少有甚至根本没有现实依据。尽管据报道，有些组织如中央情报局在第二次世界大战之后确实将催眠用于心灵控制实验和审讯，但这一手段很快就被放弃了。原因很简单——没有效果，迫使人们做他们内心深处排斥的事情是极其困难的。

每年，合格的临床催眠师和催眠治疗师都能帮助数千人克服恐惧症（比如害怕蜘蛛症和恐高症）、赢得自信或者戒烟。令人苦恼的是，已经在人们心中深深扎根的对催眠的恐惧感妨碍了他们使用这一非常有效的疗法。如果媒体和公众不再戴着有色眼镜看催眠的话，每年得到帮助的人会更多。

催眠是不是一种超自然的实践

催眠并不是什么神秘的东西，也不是什么新鲜产物。

早在十几年前，美国医学协会就已经通过了催眠的认证，并且催眠已经被应用于精神方面的治疗了，但是它不涉及任何所谓幽灵或者其他奇妙现象。

所以说，催眠过程就是让你保持自然放松的过程。

事实是，在整个催眠过程中，你都是在自我掌控的，你可以选择接受或者拒绝任何提供给你的建议。催眠不会把你变成像机器人一样，那些所谓的催眠就是把自己完全交给催眠师来指挥的说法是荒谬的。也就是说，你的主动参与的意志力才是催眠能够成功发挥作用的关键因素。

催眠的 4 种状态和 6 个阶段

催眠的一个重要部分是恍惚状态。潜意识此时摆脱了有意识心灵判断能力的束缚，开始接受暗示。

首先，我们先来看一下我们所经历的不同心灵状态。第一个是清醒时的beta状态。在这种状态下，我们的大脑高度警惕，使用推理和逻辑。科学家们测量了不同状态下的大脑活动，并使用脑电图仪对活动进行监控。在beta状态下，脑电波的活动速度在每秒14～30周不等。

第二个心灵状态叫作alpha状态，此时脑电波活动速度为每秒8～13周，我们的心灵仍然处于警惕状态，但较为放松。我们在这种心灵状态下通常更具有创造性，更容易接受新信息、发挥想象力。一些催眠学家认为这一状态是从有意识心灵进入无意识心灵的门户。我们每天都会经历alpha状态，比如沉迷于电影中、马上要睡着或刚刚睡醒时。催眠学家们说，我们进入alpha状态时也就开始进入恍惚了。

第三个是theta状态，此时脑电波活动速度为每秒4～8周。这一状态高度放松、平和，伴有睡梦。它有时被称为睡梦状态。当我们进入深度睡眠或刚从深度睡眠中苏醒时都会体验到theta状态。

最后是delta状态，脑电波活动速度少于每秒4周。这属于深度睡眠状态，心灵完全失去意识，催眠还不能达到这一状态。

需要指出的一点是，各个水平的脑电波并不严格地局限于某种特定心灵状态。比如，当我们处于beta清醒状态时，大脑里仍然存在alpha或theta电波。

以上4种状态是按照占主导地位的某种波长来划定的，它们对于催眠的意义在于：催眠性恍惚发生于alpha和theta状态，就在这时，对无所不在的无意识心灵的暗示才不会受到有意识心灵判断能力的阻碍。当患者的判断官能开始退居二线时，暗示才能作用于无意识。

催眠恍惚经常被划分为6个不同阶段或深度，从alpha和theta状态一直到delta状态开始时。每一个阶段都伴随着催眠师诱导出的不同表现。催眠师懂得如何诱导并辨识这些不同程度的恍惚状态。

第一阶段

这一阶段伴随着瞌睡，放松开始。套用催眠的老话，你开始“想睡觉”。其实，催眠并非睡眠，催眠师在这时使患者出现第一次肌肉僵直。也就是说，你的一些肌肉开始变得沉重，你无法移动它们。首当其冲的通常是肌肉较小的眼睑。被催眠者的眼睛会紧紧闭上，并且感觉自己没有力气睁开双眼。

 理解催眠中的“诱导”

如果恍惚是催眠的关键，那么使别人进入恍惚的能力就必然至关重要了。这一过程通常被叫作诱导。

无意识中的亲切感是诱导成功的关键。

当一个人引导另一个人进入恍惚状态时，被催眠者无意识心灵的关注点是催眠师或者其无意识心灵与催眠师进行沟通。

催眠师与主体无意识心灵之间的这种关系就是亲和感。

在催眠疗法中，建立二者之间的高度亲和感通常被认为对成功具有重要意义。

催眠师和主体进行催眠前沟通的大部分目的就是帮助患者增进了解和信任感，从而增强亲和感。

催眠师会通过沟通为每个特定主体设计恍惚诱导的最佳方式和最佳台词。

总之诱导就是引导被催眠对象进入催眠师设计的角色中。

第二阶段

此时，患者的某些肌肉组会出现僵直，比如一条胳膊。他们还可能会有沉重感或漂浮感。同第一阶段相比，这一阶段可以被看作是轻度恍惚。恍惚程度逐渐加深接近第三阶段时，则进入中度恍惚，这时，患者的双腿甚至全身都会僵直。

第三阶段

在中度恍惚的第一层，患者除了感到肌肉僵直外，味觉和嗅觉还可以被改变。这时，催眠师将一朵香气扑鼻的玫瑰放到患者鼻子下方，对其潜意识暗示说它闻起来像只臭袜子，患者的身体便会做出相应反应。在这个水平上，催眠师还可以使患者忽略一个数字的存在。例如，催眠师可以暗示说数字3不存在，那么当患者从1数到5时会直接从2跳到4，把3漏掉。

第四阶段

随着中度恍惚的程度加深，催眠师可以诱导患者出现健忘症——丧失记忆。这时可以加入后催眠暗示（关于患者想要达到的习惯或行为变化）以确保患者的有意识心灵不会阻碍无意识心灵发挥作用。其他现象包括部分肢体的感觉缺乏——麻木，以及痛觉丧失——无痛觉状态。

第五阶段

深度恍惚的第一层经常伴随着正性幻觉，即催眠师可以诱导患者看到或听到不存在的事物或声音。例如，催眠师说一个空花瓶里放着某种花，那么患者就能够对花进行描述。舞台催眠师在这时常常使用不平常的后催眠暗示，于是当被催眠者“醒来”时，他可能就会像鸭子一样呱呱叫或者像鸟一样扇动“翅膀”。

第六阶段

在这个程度最深的恍惚中，患者会出现麻醉现象，这时可以为他们做外科手术。另一个现象是负面幻觉，即患者看不到或听不到实际存在的事物或声音。梦游症也会在舞台上出现。

上述6个阶段可以大致概括催眠症状，但患者经历一些阶段的时间可能有所不同。而且不同个体之间的恍惚程度与行为举止都可能有很大差异。

催眠治疗师大部分治疗工作可以在前3个阶段——较为轻度的恍惚状态中——进行，这3个阶段被称为记忆留存阶段。后3个深度恍惚阶段常常被称为失忆阶段。

通过“唤醒”解除催眠

一旦催眠师做出了治疗暗示，达成了催眠目的，最后的任务就是将主体带出恍惚回到正常意识。

一种传统方法是，催眠师告诉患者他会在某个时刻打一下响指，将患者带离恍惚引入清醒状态。这种表演气息浓厚的技巧仍然被一些舞台催眠师采用，因为它显得更加戏剧化。不过现在很多催眠治疗师认为这种方法太突然了。我们都有过类似体验——自己的白日梦或睡眠突然被打断会使我们受到惊吓。一种更为常用的方法是，催眠师告诉患者他要慢慢地从10往前倒数，他一边数，患者一边感到自己正慢慢地脱离恍惚状态，等到催眠师数到最后的时候，患者就已经完全清醒了。一些催眠师把这一过程变得更加温柔，他们告诉患者会自己自然而然地进入清醒状态，其目的在于尽可能地使这一过程平稳自然。有时如果有背景音乐，催眠师可以引导患者在音乐停止时从恍惚中醒来。

接受催眠者在疗程过后能够记起催眠过程，除非在恍惚中接受了遗忘暗示。他们经常会在催眠过后感到放松或者感觉很健康，却没有其他任何具体迹象告诉他们自己“被催眠”过。他们有时会感觉自己“昏睡”了几小时，而不是只有几分钟，这是因为催眠可以影响我们的时间感。其他人会感到精神振作，就好像是刚刚很香甜地睡了一大觉，许多人都说自己在催眠过后睡眠质量大大提高。另外一个常见的情况是，一些人坚持认为自己从来没有进入过恍惚状态，即使催眠师告知他们确实被催眠过。有时患者非常喜欢这一体验而想要再来一次。人们的反应虽然各种各样，但催眠学家指出，恍惚诱导是一种没有任何副作用的完全自然的过程，但是，患者们最好是在疗程结束、面对外界的喧嚣之前小憩几分钟，就好比是从深度睡眠中醒来要休息片刻一样。

患者在恍惚中显得非常放松。有时他们的嘴巴会张开，因为颚部肌肉过于放松。患者偶尔还会流口水或者掉眼泪，这不是因为悲伤难过，而是因为输泪管处于放松状态。

第二章

不可思议的催眠力量

催眠让人安然入睡

你度过了漫长而又艰难的一天，持续三周的报告昨天已结束。你需要好好睡上一晚。你躺在床上，闭上眼。但是你的大脑在思维。一个想法进入你的脑海，在它消失前另一个又来了。时间过去了。你知道你需要休息，你无法休息，你开始害怕今晚睡眠不足，明天无法打起精神。害怕越来越强烈。你感觉越来越清醒，睡眠又一次抛弃了你。

既然催眠法的深层次催眠状态是警觉意识和睡眠的过渡阶段，我们就会知道基本放松意念法能帮助人们从清醒顺利过渡到睡眠。如果首先清楚自己的睡眠方式，消除导致失眠的外在因素，催眠法的效果会更好。知道阻碍自己睡眠的方式后，你可以设计一个强有力的意念法，并且长期受益。

你的睡眠方式

你的个人睡眠方式可能是下列形式之一：你可能每晚因为睡眠而痛苦焦虑长达数小时，最后你睡一会儿；或者上床后立即入睡，但是半夜会醒来，直到起床再也没有睡着。无论哪种情况，你在早晨起床时都感到精疲力竭，就因为睡眠的数量和质量不足。你觉得必须好好休息，这样做事才有精神，效率才会高。

无论你的睡眠方式是那一种，它都有具体的原因。为了学会在上床时快速入睡，你必须知道自己失眠的原因。有一些重要的因素影响晚上的睡眠，这些因素是如此明显或简单，以至于你认为它们不值一提，但是它们很重要，因为催眠法无法解决这些情况。

你晚上无法入睡是因为需要医疗照顾或专业指导。这包括你在床上时对酒精或化学药品的依赖、长期的压抑、腿的疼痛等。如果你属于其中任何一种情况，那么有必要在使用催眠法前解决这些问题。

你晚上无法入睡是因为白天服用太多的刺激物（咖啡、黑茶、含咖啡因的饮料）。在白天服用太多的咖啡后晚上不可能处于完全放松状态。

你晚上无法入睡是因为白天的午睡。这会打乱你的睡眠清醒方式，晚上你的身体不会轻易适应睡眠。

你晚上无法入睡是因为你在睡觉前参加了令人兴奋的身体锻炼或精神活动。在跑一两里路、工作、投入的对话，或活跃的精神活动后，你无法在床上轻易地睡着。

你晚上无法入睡是因为你在心里把床与活动相联系。如果你在床上打工作电话、写报告、写信、看电视、缝纫、写年级论文、核算账簿，你的床就被认为是活动中心。你的床应该是放松的地方。把床与睡眠相联系你才能准备好高质量的睡眠。

如果你拥有上面任何一种问题或情形，你就需要采取办法解决。这是改变你睡眠方式的前提。

典型的床上独白

当你上床时你的思想开始放松，把白天的问题和事情放在一边。你在睡觉时大脑是如何思维的？思考你在床上时的思维类型。下面有三种你可能熟悉的独白。

数时间者："不要，早上1点半了。我11点就在床上了，现在仍然无法入眠，我怎么办呢？明天我无法工作。我会看起来精疲力竭。我将感到很糟糕。不要，现在快2点了。即使我5分钟内入睡我也只能睡4小时了。只有4小时的睡眠我无法支撑。"

悲观者："我睡不着，我完全垮了。最近一切都糟糕透了。我似乎什么都做不成。甚至睡不着觉。生活的每一件事就是那么悲观。"

安排者："我不得不想出一个办法，要不然我会陷入困境……如果我试图……我将这样对他说，你可能这样回答'唉，没有办法，我也只能原地打转。'如果我……"

想想你属于那种类型。许多人发现自己三种都是。如果你也是，这仅仅意味着你曾用3种不同的办法成功地让自己无法入睡。停留片刻，确定自己床上的思想活动属于哪一种。

制订计划

意念法会帮助你重新设计你的精神活动方式，这样你在睡觉前会感到平静和平和，当你该休息时，你身心自在，你轻柔地进入梦乡。下列积极的建议帮助你消除经常的床上独白。

醒着时也让自己休息。如果你是数时间者，这意味着你总是在焦虑，时间一点一滴地过去，而自己却仍无法入睡。因此，你需要不再关注时间的流逝，你需要停止看时间，而是要告诉自己你在休息，休息是睡眠的第一步。实际上你对自己说："时间不重要，胡思乱想时我也在休息，休息时我的身心自在。"这两句话的新想法将帮助你培养新的行为，你不再是一个数时间者。

用积极取代消极。如果你认为自己是个悲观者，你会把睡眠不足仅仅当作你无法控制的又一次消极的人生经历。反之，你需要提醒自己白天发生在周围的快乐事情。你可能在工作中收到了积极的反馈意见、你可能因为说过或做过的事情而受到表扬、你可能因为你的外表受到表扬，或得到某个人的邀请，很明显他对你的公司很感兴趣，并高度评价。使你无助的事情你不再关注。你不再悲观，并练习下面肯定的话:“今天发生了一些快乐的事情。明天会有更多的积极事情。”这个新的想法将帮助你确立新的行为，你不再是一个悲观者。

晚上时间与睡觉时间没有联系。如果你是安排者你需要把你的问题丢在一边。不管它们是真实或是想象的，都留在白天时间处理。

如果你是一名安排者，对自己重复下面的话：“晚上我会把问题放在一边。我会

催眠，催你入眠

以下的指令将帮助你轻松地进入睡眠，并可以得到理想的夜间休息。

“进入睡眠是一个自然的过程，任何时候，只要我感觉累了就能够很轻松地进入睡眠。”

“我不必为了睡觉而费尽周折。当我停止了多余的折腾，让自己放松下来时，睡眠就会非常简便、友好地向我走来。”

“当我感到疲惫的时候，我会将所有的紧张与焦虑赶走，让身体尽量地放松，然后慢慢进入睡眠，越睡越香，越睡越熟。”

在更好的时候处理它们。”同样，这个新想法帮助你确立新的行为。从现在起你不再是个安排者。

现在从上面的建议中选择合适自己的积极建议，然后写下来。这是你新行为的协议。在催眠法中你会看到这个协议。你将把这些积极的建议融入你的潜意识中去。你不再告诉自己生活是多么消极。你不再认为自己是受害者。写下新的行为方式，然后在有意识或无意识中运用它。

标本兼治，轻松减肥

有多少次你从几百种方法中选择了一种节食的方法，严格遵守直到减轻体重？你遭受痛苦，你的肚子咕噜地叫，你想的就是只能吃4升的胡萝卜汁，但是在20米外的炸薯条你不能够得到。你已经把这种烦恼当成减轻体重过程中的必然部分。

然后，终于，你达到了目标，你甚至多减了5斤。你认为你能够停止节食、正常地吃东西了，因此你这样做了。几周后，你原先的体重又全部恢复了。这是一个常见的、几乎单调的故事。但是，它也说明了在这不成功减轻体重例子中最普遍的因素：你没有考虑到吃得过多的原因，而对身体摄取食物进行限制所减轻的体重是不持久的。

请注意，这里谈到的是由于吃得过多引起的超重的人，不讨论由于生理原因而导致肥胖的人。研究表明，没有证据显示超重的人比起那些体重正常或偏低的人“更神经质”。确有公认的心理原因会导致吃得过多，然而这不表示所有超重的人都是吃得过多。事实上，有很多超重人比体重偏轻的人吃得更少。

那么，如果你属于吃得过多的超重者，你的问题不在你的代谢速率；而很有可能在于你的思想——你的潜意识思想。你可能通过很多有意识的努力减轻了体重，你的意识像军事力量一样不让你有饥饿感。但是，当你达到目标并停止节食，你的潜意识重新恢复。这是因为潜意识比意识要强大得多，并且你实施了指令最强大的事：你吃的比你身体生理上需要的要多。

然而潜意识不是可以控制的简单力量，只有通过长久改变你思想中的这个部分，你才会体会到生命中的长久改变——这种改变是自动产生的并且没有痛苦。如果你能把潜意识当成朋友而不是敌人，最终你会看到让你不开心行为的起因到底是什么。

与你的潜意识握手

你可能不完全清楚你吃得过多的原因。为什么会如此呢？任何在某种方式能引起长期的身体、情感、社会或精神上不适的动机，都很有可能被埋藏得很好以防被认出。挖掘出原因不会像你想象的那么难，因为只有几个主要原因。下面是包括你在内的任何人吃得过多的最常见的原因。

 总体意念法的流程

现在停留在你想象的地方，并无其他地方可去，也无事可做。

仅仅休息，仅仅让自己飘浮，飘浮在甜美的梦乡。

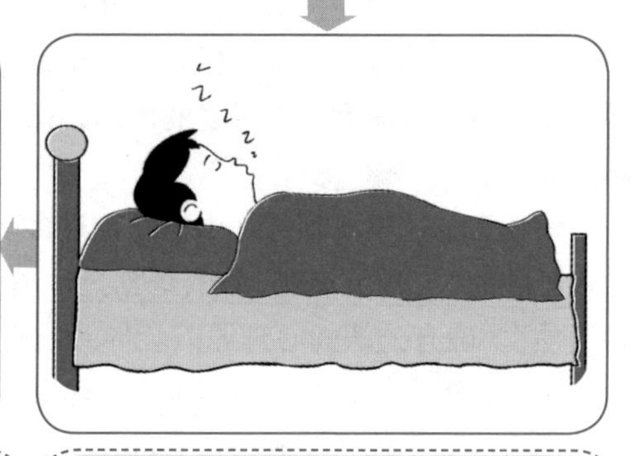

你的新的、积极的想法是真的。你抛弃了消极的想法和感觉。

积极的想法

当你飘浮时看见你的协议，看见你写的内容，看见那些积极的话语、思想和目标，看见你写的内容并知道这是真的。

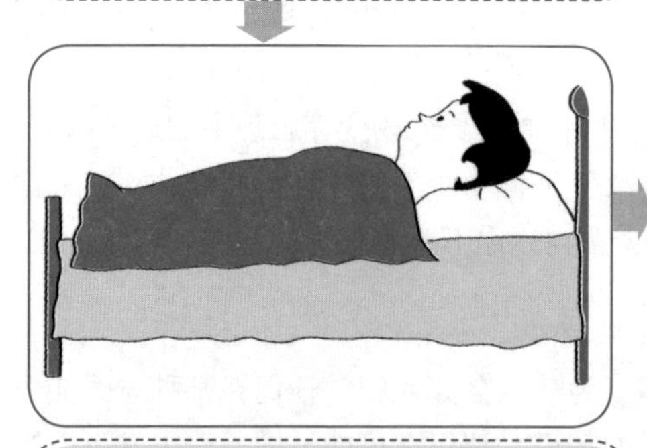

你消除了身心、思想上的压力和紧张。在你越来越放松时，一个新的积极的建议越来越强烈。让自己慢慢进入梦乡。

当你进入到甜美的梦乡时让那些积极的建议留驻在脑海中。

你吃东西作为对自己的奖赏或款待。从你生命的最开始，你已经用食物作为从简单的任务到巨大成功的奖赏。例如，看一下你生命中食物奖赏的“年表”，当你是个婴儿时，你拣起玩具、说“请”“谢谢”或对“便盆训练”有反应时，会得到饼干作为奖赏；当你是成长的孩子时，洗盘子你会得到甜点，练习大提琴你得到小甜饼。你的老师把糖发给每个在拼写考试中得A的学生。当你是十几岁的孩子，在让人满意的比赛后教练会带队去吃比萨、去看电影进行娱乐。你会买软性饮料、爆米花和一包糖进一步款待自己。当你毕业，你的父母带你到他们能负担得起的最好的饭店吃饭。

当你是成年人，被提升为销售经理，你出去吃饭以示庆祝。你带着潜在客户去

催眠减肥，绿色又高效

以下的指令可以帮助你使自己的身体更加纤细。减肥并不仅仅是减轻体重那么简单。更多的是可以从中得到快乐，使自己的身体内部发生很多有益的改变。

“现在，我开始精心地安排自己的身体和大脑，来让我的身体内部做出安全改变，从而让自己的体重下降。”

“我的身体可以安全地减肥，慢慢地消化，就好像冬雪遇到温暖的阳光一样。现在，我身上的肌肉越来越发达，这也让我变得更加有形，更有吸引力。”

“苗条而迷人，由于我现在变得苗条多了，自己的体力也更加充沛，我觉得自己更加强壮，更有活力。我将可以更快更轻便地行走。”

“伴随着我的体型越来越苗条，自己也变得健康多了。我将会因为自己变得越来越苗条而更加自信。我期待着更好的情况出现，更好的感觉到来。”

吃中饭。你拖着劳累过度、被忽略的身体去度迫切需要的假期，第一件事情就是找那些著名小饭店。

读了这些你可能会想，“很多例子适合我，或者和我很接近，但问题是我喜欢这些活动。如果我真的喜欢我该如何去避免这些情况呢？如果我需要和一个大客户参加一个早宴，我如何推掉呢？我该怎么说呢？”

你不必说任何话。你可以带着牢牢建立在你友善潜意识中的新习惯去参加早宴。事实上，你可以去任何以食物为主的聚会并且仍然喜欢待在那里。

你吃东西来减少或打消不愉快的经历。同样，这个模式也是在你很小的时候建立的。你出牙了觉得难受，所以给你可口的磨牙饼干，这是对抗牙龈疼痛最好的方法。你从秋千上掉下来，善良的大人为了不让你哭给你饼干。这种模式在你整个生命中继续着。没有考上报考的大学，你出去和朋友大吃一气；失去了一个重要的合同，你坐在电视前（无论你多着急它都会接受你）吃些糖。你和你真心喜欢的人约会，结果却不好，你知道你再也见不到这个人了，于是你走进厨房，从冰箱里找些安慰自己的东西。

你可以加入到这些例子中。你知道这些让人苦恼的事情驱使你去街角的小酒馆，那里的奶酪味道好极了。但是，食物消费多久才能消除你先前的不快经历呢？如果你很诚实的话，你会不得不承认，只有在你吞吃干酪蛋糕的时候，伤痛才会部分麻木。如果你有一个时间表来说明食物多久能产生支撑你情感的作用，反过来，你消耗食物多久，你就会比较容易理性地渡过难关。

当你需要爱的时候你吃东西

一个人是很难得出这个论点的。例如，想一下，把“你”替换成“我”。说“当我需要爱的时候我吃东西”。这样的宣布几乎是伤人的。你越觉得不舒服它越有可能是你吃得过多的原因——是一个合理原因。再回到你生命开始的阶段。作为一个婴儿，你哭就会得到个奶瓶。如果你够幸运的话，得到奶瓶的同时还会有人给你扶着奶瓶。现在，当你真正需要的是别人对你微笑、说宽厚的话语、抚摸你、拥抱你时，你吃东西。你想别人给你爱，所以通过吃很多好东西来爱自己。问题是这种行为造成了一个恶性循环：你成了一个大号的自己，从社会的观点来说，你会更不可爱——我们的社会欣赏瘦子而嘲笑胖子。

你吃东西因为你害怕。害怕什么？有几种可能。一个普遍的害怕原因是你自己性别的潜能。如果你对异性来讲是没有吸引力的，你也不用担心后果，你可以在你现在的位置，对你的身体、情感都无所求，因为你不追求。

一个女艺术家对工作非常执着，她让自己“变得很胖”，她这样解释：因为“我不想我的身体吸引人。不想担心它。男人不找我出去我就不用处理那段关系，就能专心工作了”。

你或许想那些有才华、兴趣、超重的人仍然具有性吸引力，这当然是真的，但如果你魅力本身被埋葬了话，通常的规律是你既不迷人，也不能被人接受。

为此，当丈夫知道妻子抵制力低的时候，他可能鼓励妻子停止放弃油炸圈饼和圣代冰激凌，在听从他的建议后，妻子辛苦减掉的3磅肉会很快就恢复了。为什么他要这样做？这是他在防备她具有男性吸引力、有所选择并使他有竞争。这个最后因素增加了他的不安全感，不安全感是他开始努力确保关系安全的原因。

另一种害怕与健康有关。你可能相信，瘦是不健康、不受欢迎的。当你成长时你收到的信息是“如果你胖乎乎的，你就健康。如果你健康，你就不容易得病”。

查明何时、何地以及你为什么吃

下面的练习有助于进一步分析你吃东西的模式。找出你最可能在何时、何地以及为什么去吃，把下面列表中的每一项用是或否做上是或否的标记。

何时	当我饿□无聊□有压力□活动过度□高兴□悲哀□孤独□受挫□忧虑□害怕□其他□
何地	我吃太多或吃零食□看电视□和大家在一起□读书时□在喝咖啡时□在办公室/家之间□在体育赛事□在商业午餐□在社交活动中□在床上□
为什么	我款待自己□当我需要回报□需要友谊□做些事情□变换活动□补偿不愉快的事情□放松□感觉更重要□感觉安全性注意□其他:□

在你已经查明你吃得过多的时间、地点和原因时，你可以开始改变你的行为模式。让自己有充分的时间去考虑替代行为。确保这些行为真的能吸引你。

你将在催眠中致力于这些活动，你需要做它们的后盾。下面是新选项代替旧习惯的替代行为的举例。

保持体重减轻。

将新习惯融入你的生活。

第三个目标是第一和第二目标的真正关键。正如你所知道的，你的食量以及你的饮食方式是已经建立在潜意识中的模式。为了改变你消极的饮食模式，必须要建立一个新的模式。你需要重新编制你的潜意识。这通过自我催眠来完成。

为结果来重新编制

这里的体重控制诱导，旨在帮助你以某种方式去思考、感觉和行为。诱导通过提供合理、实际的暗示来重新编制潜意识。下面是你实现减轻体重、维持减轻体重以及融入新习惯所必需的特定目标。你需要：让食物与你的幸福感的关系变得不重要。诱导暗示："我吃的量正确、合理，我完全满足。"

建立自信心和自尊心以便能接受一个减肥的自我。诱导暗示："我回忆生命中所有积极的事情，我已经达到的目标和成功，我知道我会继续成功，达到我拥有的每个目标。"

增强健康食物的吸引力，减少对脂类食物的食欲。诱导暗示："现在，我想象一张桌子在我面前，我把对我有害的食物堆满了桌子，食物对我的身体和情感有害。因此现在我把这些食物从桌上推开，推得远远的。现在，在那个空桌子上，我把我喜欢的许多食物放在上面。有益健康的食物，含有极少量卡路里的食物。"

根据吃得过多的时间、地点、原因，将新的行为模式融入你的生活。诱导暗示："我现在有对付我旧习惯的新方法了。"在诱导此处你要插入先前你列在新选项一栏中的陈述。要确定包括你列在何时、何地、为什么栏目中的每个条件的新选项。

完整诱导

现在，你明白诱导工作的方式了吧，你将要使用它了。

因为你现在平静又放松，你能够成功完成任何目标、减轻体重。你正想象你已经失去了你不想要的或不需要的那些体重，并维持体重减轻。你想象、感觉并认为自己是个减肥者，更瘦、更瘦，肌肉紧了，全身处于良好状态。你的潜意识现在正按这个想象行动，实现这个想象。你会让自己体重减轻，减去你不想要、不需要的体重，保持体重减轻。

你把不良的饮食模式变换为良好模式。你容易地、不费力地让这种转变发生。无论你是否在谈话，你都完全地注意你吃的量，吃到适度就要停止，那种感觉很好。你吃的量正确、合理，你完全满意。你从一餐到下一餐都满意，之间不想吃零食。

你为自己感到十分骄傲。你回想你生命中所有积极的事情，你已经实现的目标和成功，你知道你会继续成功，达到你所拥有的每个目标，为自己建立最健康、最积极的生活方式。你放松又平静，食物对你越来越不重要，你吃得越慢就越舒服。

零食对你不重要，无论你在哪儿或你在做什么。在餐馆你吃少量的食物，你会吃得更慢。你在盘子里剩下些食物，那很好。

不管任何压力，你更加平静、放松，食物对你更加不重要。你为自己感到骄傲。现在，任何你想吃的时候，你都选择那些有益健康的食物，并且你吃得适量。当你已经吃得适量时，你就不要吃了。你甚至可以在盘子里剩下一些食物，那很好。你只是停止吃了，继续放松。现在让自信和平静流遍你的全身。你比以前更加有动力去为自己建立一个最健康和积极的生活。把旧的饮食模式变换成新的饮食模式、保持这种减轻的体重。

现在你有对付旧习惯的新方法了。这些新习惯让你能够长久保持减轻的体重成为可能。

你感觉好极了，你开始感到一种全新、健康的重要能量流遍你的身体和思想。你的思想积极、自信。你回想自己智力、创造力的全部积极方面。你认为自己是有吸引力的人。你让这种积极的感觉每日、每夜变得越来越强大。

期望和加强什么

完成诱导后，你应该开始接受减肥的自己，想吃低卡路里的食物。而且，你应该建立何时、何地、为什么吃的新习惯。

虽然你的行为马上改变了，但是，你实际的体重减轻是逐步实现的。

继续每天进行诱导，直到你完成要减去的体重。为了不断强化，你可以每天在固定的时间自我催眠。每周或隔周进行一次诱导是必要的。

案例

张莉，42岁，教师，1.6米，开始自我催眠时重达97.5千克。

第一个疗程4个月，每周减掉0.9～1.8千克。最终减去了45.4千克。

第二个疗程6个月，反弹了9.1千克，但最后维持在61.2千克。一旦压力过大，就采用自我催眠法。

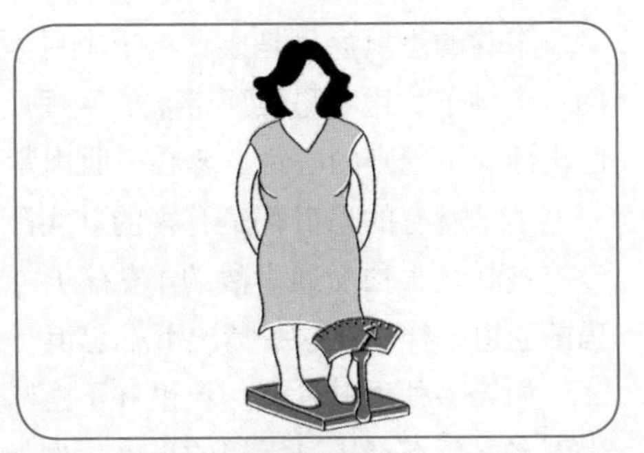

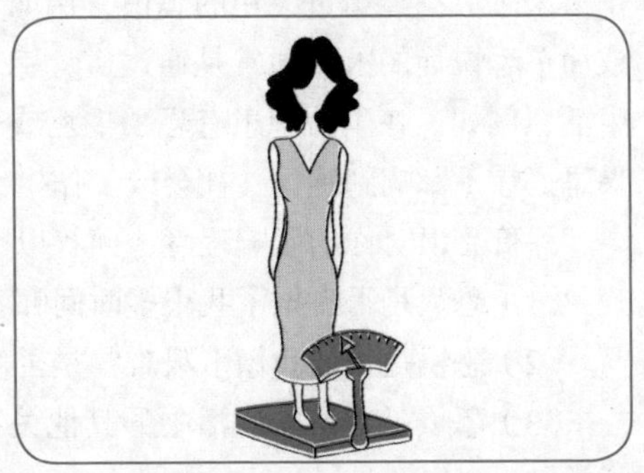

特别注意事项

当你用自我催眠实现体重控制时，首先要考虑到你的年龄和身体状况，以此来决定体重减轻目标，其次要逐步地减轻体重。不要急躁或有些不实际的想法。让人欣慰的一般原则是，体重越是逐步减轻的，越容易维持得久。

很少的例子中，体重增加不是由于吃得过多，不是摄入卡路里过量，而是一些生理上的原因。这种原因可能是水潴留、甲状腺低或药物干扰身体的化学平衡。如果是其中一种原因，你要辨别出症状例如虚胖（水潴留的结果）还是缺乏精力（甲状腺低的结果）。如果你不清楚超重的原因，最好通过医学检查来消除疑虑。

治疗恐惧症

一天下午，一个34岁的家庭主妇朱莉，在一个大商场中购物时变得极度恐惧和迷茫。朱莉的心开始不规则地跳动，呼吸困难。她迅速离开商场，回家去给医生打电话。当她进入她的房子，她的症状开始平息。朱莉正经历“广场恐惧症”——一种害怕在公开场合露面的反常的恐惧。

在朱莉第二周再次去超市时，同样的恐惧又一次出现。几天以后，她和丈夫一起去电影院看电影，她在停车场里非常害怕，不得不又回到家。在1个月内朱莉不敢出门。她丈夫和邻居帮她做所有的差事。在寻求专业人士的帮助之前，她在家待了整整12年之久。

朱莉的恐惧症只是成百上千个对人、地点、事物和情形的急迫的、非理性恐惧的一个例子。这种恐惧所带来的生理反应从轻微到强烈，程度不等。其症状包括掌心出汗、不规则的心跳、恶心、肌肉紧张增强、喘气、眼花和眩晕。

不是所有的恐惧都是有害的。实际上，许多恐惧甚至是有益的。例如，一个还没有被教会害怕交通事故的4岁孩子可能在一个两吨重的卡车面前散步，像通过家猫的通道一样。在这种情况下，恐惧是有用的，对于个人安全是有益的。

如果一种恐惧没有用，也并不意味着一定是有害的。事实上，几乎所有的人从生下来之后都经历过无用的恐惧，例如对蛇、蜘蛛的恐惧以及恐高。对无用恐惧形成简单恐惧症的人，通常是通过避免引起恐惧的特定事物、动物或情形而能够正常生活。例如，在生活中患有恐羽毛症或恐蛙症的人，仅仅需要远离羽毛和青蛙！如果恐惧症不影响到感情、社会或工作生活，则不需要进行治疗。

评价恐惧对你的影响程度，回答以下几个问题：

（1）恐惧是否占据了我很多时间？我是否总在着迷地去想它？

（2）恐惧是否使我做事艰难？是否使我改变行驶路线，而绕道5公里去上班？

（3）恐惧是否影响生活中的其他关系？是否因为害怕阳痿而不与妻子同时上床睡觉？

（4）恐惧是否影响我的生理状态？手是否经常颤抖？脉搏是否经常加速？是否总头疼？是否恶心或眼花？是否口吃？是否抑郁？如果你对以上任意一个问题回答是，你可能就需要进行治疗了。

解开恐惧

你的恐惧是源于极度的压力。压力能够被抑制很长一段时间或者抑制到一个程度，以至于以另外一种形式表现，即非理性恐惧的形式表现出来。你可能正承受大量与特定事物、地点和情形相关的压力，但是这些压力将以另一种对其他事物、地点和情形的恐惧的具体化。

 恐惧产生的原因

恐惧可能在你生活中已经根深蒂固，似乎是不可能解开的，即使是在知道了原因的情况下。但是，不管导致恐惧的对象是什么——狗、雷暴、癌症、裸体、火、死亡，或被其他人接触，恐惧产生的原因主要是以下4种：

你的恐惧是源于极度的压力。

你的恐惧可能是害怕恐惧的产物。

你的恐惧可能是由他人传给你的。

你的恐惧可能是过去创伤的结果。

例如，张先生害怕穿过城里某个桥。作为一间大律师事务所资历较浅的律师，张先生在工作中承受着巨大的“看不见”的压力，经常感觉在与老客户面对面打交道中受到伤害。该律师事务所的办公室坐落于一座桥的对面。张先生对桥有了一种不正常的恐惧，但他却不愿承认恐惧的真正原因是工作中的巨大压力。

刘娟，一个40多岁的研究分析家，非常害羞，与人交流困难。经过几个她认为痛苦的社交遭遇之后，她对晚上开车感到害怕。这种恐惧使她逃避了大多数社交活动。张先生和刘娟都是将生活中的压力转移到另一个领域，导致所谓的“替换性”恐惧症。通常，在这种由于压力引起的恐惧中，人们会选择那些很容易避免的事物作为恐惧的原因，而不是害怕真正导致恐惧的难于或不可能避免的原因。因此，一个9岁的小女孩可能害怕可以避免的骑自行车，而实际上是害怕她的外祖父，后者是不可避免的。

你的恐惧可能是几年来发生的导致巨大焦虑的一系列经历的产物。很多与你自身表现或者处于特定场合相关的恐惧能积累成恐惧的一部分。你可以认为这种原因是一系列忧郁的事情累计使害怕的状态增加并永久保持。

杨方最害怕参加体育活动。他在8岁那年开始学滑冰时，就摔倒并把脸刮破了。10岁时，在地区棒球赛中，自始至终他都受到一个大孩子的嘲弄。高中一年级时，田径教练告诉他需要先练肌肉。在其他人相互比赛的时候，他去绕场跑圈。到杨方上大二时，他就害怕失败，害怕任何体育训练，对在别人面前表演感到恶心。

这种个人经历，包括一系列消极经历，彼此相互强化，最终聚集成为恐惧，并且这种恐惧将延伸到生活的其他方面。

你的恐惧可能是害怕恐惧的产物。“我们没有什么可害怕的，除了害怕本身”，这不只是一个修辞手法。如果你害怕恐慌，也就是说害怕“害怕”本身，那么它是一个非常真实的恐惧。你的恐惧可能和任何事、每件事相联系，因为你认为当某些刺激下压力超过一定阈值时，你将感到恐惧。通过预见恐惧，升高了你的压力水平，对恐惧的恐惧形成了一个恶性循环。你为了避免很多你害怕的情形，使得你的生活变得非常有限。你害怕去市区、害怕与某些人交谈、害怕有工作、害怕旅行、害怕养育子女。没有什么能避免你的恐惧，当恐惧扩展到你生活的各个方面时，你的活动将变得非常局限。

你的恐惧可能是由他人传给你的。恐惧的这个起因最容易理解，因为它是由外界力量强加给你的。例如，如果你总是看见你父亲对雷电感到恐惧，那么你也可能有同样的反应。在这种情况下，你从行为榜样的人那里“获取”了恐惧。

任何与你有密切接触的人，包括朋友、邻居，甚至是陌生人，都可能把恐惧传递给你。如果你看到你公寓中的一个人一看见电梯就会恐惧，总是使用楼梯，你自己可能最后也开始害怕电梯了。

你的恐惧可能是过去创伤的结果。过去的痛苦情感经历能够对以前引起恐惧的相同情形、物体、人或地点产生不合理的恐惧。创伤可以是有意识的或潜意识的；也就是说，你可能注意到了恐惧的初始起因，或者你可能已经成功埋葬了创伤，不想去回忆它。大多数情况是，引起恐惧的创伤都是被压制的。

老李是一名62岁的电子公司的销售代表。他有幽闭恐惧症，即一种常见的对封闭或狭窄空间的异常恐惧的心理。30年来，他一直害怕待在电梯、火车、飞机、轿车里，害怕爬楼梯。除非有其他人在同一个屋子里，否则他不敢洗澡。利用年龄衰退诱导方法，他回忆起在他的儿童时代，他的外婆惩罚他，将他一个人关在卧室的壁橱里。在黑暗中，他想象在壁橱里有个恶魔在窃窃私语、计划对他实施恶毒的攻击。长大以后，保罗在处于限制的空间里总会感到恐惧。

安娜是一个39岁的图画解说员，害怕与男人相处。哪怕是仅仅设想做出一个对男人的承诺，也让她感到焦虑。为了避免可能需要承诺的积极关系（或者至少提供追求某种快乐的机会），安娜选择了一个满口脏话的男人。

如果正好遇到一个细心体贴的男人，她将认为他的感情不值得信赖，害怕他将离开她，终止他们之间的关系。

在返童记忆诱导中，安娜被压抑了33年的记忆被唤醒。在她4岁到6岁间，她父亲打她，骚扰她。安娜的母亲很早就离开了她的父亲，她已经在很多方面受到了伤害。安娜对那样的一段关系已经形成了扭曲的看法，因为她认为只有全力取悦父亲，才能赢得他的满意，使他停止对她的折磨。长大以后，安娜对那些与她父亲有些相似的男人以同样的态度处之。在催眠治疗过程中，通过再现过去的事情以及切断它们之间的联系，安娜的情况得到了改善。

对于骚扰、强奸和虐待儿童的情况，返童记忆的催眠诱导非常有意义。因为它能激发起对被压抑记忆和创伤的回忆，在它们暴露之后能够得到很好的处理。一旦明确了导致创伤的情形和场景，就可以通过它们来切断恐惧症的情感联系。

但是，不是所有的创伤都来源于儿童时期。你的创伤可能来源于7年前的离婚、去年你第1个孩子的出生、10年前你母亲的去世或者上一个国庆节搬家到另一个城市。所有这些创伤的普遍特征都是一样的。它是一件事情，一个事变，或者是没有任何征兆、极度焦虑或恐惧得不能被有意识回忆的一段时间。

消除你的恐惧

无论是哪种类型的恐惧，都需要几个主要的步骤来消除。你需要确定导致恐惧的特定事件并切断它与恐惧情感的联系。被称作返童记忆的方法，并不是所有人都适用的。在这里只是作为一个可选方法。如果你的恐惧来源于一个极度创伤性的情形，分析它的起源会使其他情感上的问题暴露出来。

如果你决定继续这个技术，在你寻找恐惧的原因时，一定记住没有必要去强迫一个回忆，或者是集中在特定的一个年龄。使用返童记忆诱导时，事件会自动凸现出来，就能识别出初始的起因。诱导暗示："让你的思想及时飘到过去。看见你自己在第一次感受到恐惧的年龄。问你自己，'这是我第一次感到恐惧吗？'如果不是，继续回忆，直到你找到正确的事件。把这件事件呈现在你面前的屏幕上，想象你通过一绳索与这个场景连接。好，现在切断绳索。"

值得注意的是，在应用这项技术时，你需要向后追溯，在整个过程中需要不断停下来问自己，你正在回忆的经历是否就是导致你恐惧的真正原因。

李强的"蜘蛛人"案例就是返童记忆诱导起作用的一个非常好的例子。李强是一个36岁的成功商人，已婚并且有两个孩子。他生活的大部分时间里都承受着对蜘蛛的恐惧所带来的痛苦。当生活中有压力时，这种恐惧发展成为一种恐慌。他每天晚上都做蜘蛛攻击他的噩梦。他处于一个持续的焦虑状态，害怕在他还没有察觉到时蜘蛛就爬到他身上。这种恐惧病已经严重影响到了他的正常生活，他决定采用催眠治疗。

怎样消除对人群的恐惧

培养一种健康的意识；解除对人群的焦虑，认为他人是没有威胁的。想象你所在的人群是安全的。你可以轻松地融入当中，你享受人群的快乐，你知道你在任何时候都可以让自己从人群中脱离出来，在与其他人密切接触的时候，你感到自由，舒适。

建立自尊心，培养自身安全感。把与人的相互交流看成一种积极的经历。你与人能够交流感情和愿望。你拒绝所有有害的，或者是消极的感情，因为从现在起你只对积极的感情敞开。

试着去接受关爱和适当的身体接触。你是一个热心的，受人喜欢的人，在与其他人相处时感觉舒适，喜欢参与各类活动，喜欢被亲密朋友拥抱。你喜欢拥抱你关心的人，同时也喜欢别人拥抱你和触摸你。在你被触摸时，你感觉到你与你的朋友、你所爱的人之间的亲密的关系。

李强认为他的这种恐惧来源于儿童时代，那时候一家邻居家用塑料的蜘蛛来吓小孩子。但是，当他处于催眠状态时，李强一直焦急地想知道导致创伤的确切原因。在最初的几个部分，他采用的是放松诱导法。随着李强的压力在放松过程中减少，他的噩梦也减少了。在随后的几次治疗中，采用了返童记忆诱导方法，李强回忆了他的整个儿童时代。

李强的第一个与蜘蛛相关的回忆是邻居拿着塑料的假蜘蛛在草地上追逐小孩。此时，治疗师在保持李强的恍惚状态的情况下，问了他一个问题："这是你第一次感觉你害怕蜘蛛吗？"李强回答说，不是。

李强继续回忆更早的事情，每个让他害怕的回忆。在一个回忆中，李强下楼到了他家的地下室。他发现了一个旧箱子，在箱子里面有他父亲参军时的随身用品，包括奖章、旧制服以及一顶帽子。在他找这些东西的时候，一只蜘蛛从制服里跳出来，爬上他的手。治疗师又一次问了同样的问题："这是你第一次被蜘蛛吓着吗？"李强再一次回答不是。回忆继续，直到李强回忆起最早的事情。当他5岁时，他在一个废弃的停车场里玩耍，当他爬过碎石，一只大黑手，手指像大蜘蛛的腿，从废墟中伸出来，抓住他的腿。李强奋力往外爬，终于挣脱了，回到了家。因为怕不准他再去集车场里玩，因此，他没有告诉父母这件事。李强成功把这件创伤置于意识之外。

一旦李强知道了是什么原因引起他的恐惧，下一步就是让他旧的情感从记忆中释放出去。为此，他想象在电影屏幕上看见了这事情，他被一根绳索连接到屏幕，然后他切断了连接的绳索。

信心总是与没有经历不正常的恐惧相伴而行。面对诱导暗示，"你很自信，你能面对任何事，你充满内在力量，每当你感觉焦虑时所需要做的是感觉体内有巨大的力量。"

根据特定的恐惧，利用积极的催眠后暗示重新编制潜意识。

当然，你所使用的暗示想象要根据你的恐惧本身。你特定的催眠后暗示将描述导致恐惧的情形，但是，这个情形的每一部分都是令人愉快的，你对它的反应也是积极的。

因为恐惧症可发展为对世上任何想象的情形、任何人、地点或事情有反应，因此，不可能提出一个通用的适用于所有恐惧症的诱导方法。所以，用于治疗你特定恐惧症的主要诱导应由下面4个或者5个成分组成。如果你的恐惧症的原因已经明确，那么主要诱导有4个部分组成。如果恐惧症是源于过去被压抑的创伤，那么主要诱导将包括5个部分。

对这些组成部分录音时，应连在一起形成一个整体。它们共同作用以满足你的个人需要。第1项是为了放松。第2项帮助你找到隐藏在潜意识里的恐惧起因。第3

项帮助你正面面对你的恐惧，并以积极的方式去面对，得到力量超过它。第4项详细叙述你所存在的问题，重新编制你的潜意识，使你的行为有一个永久性的变化。第5项以放松和愉悦的状态把你带出诱导过程。

对诱导录音时，按如下步骤：

如果你不能有意识地明确恐惧的起因，那么你就应采取本章中的返童记忆诱导方法。

使用返童记忆诱导

恐惧可能有一个很深的情感起因，治疗它可能导致新的情感问题的暴露。为此，心理学家的指导将非常有益，他将帮助你选择合适的治疗方案。

如果你决定从你的潜意识里查明创伤或第一次引起恐慌的原因，你需要首先问你的潜意识是否允许你去查找恐惧症的原因以及这是否对你有利。你需要找出是否有价值并安全可靠。如果是，那么诱导就可以进行，否则，如果你觉得再次回到你的过去是有害的，你就需要重新考虑你行动的过程。

为了与你的潜意识交流，你需要用到“意想手指信号”。首先通过放松诱导使你自己舒适放松。当你完全放松以后，将你的注意力集中到你的手指。重复念是是是，一遍又一遍地重复，直到你注意到哪一个手指是你的“是”手指。继续想“是”一词，直到你感觉你10个手指中的一个手指有抽动或者扭曲或有感觉——是你的“是”手指。现在，重复“不是”，一遍又一遍地重复，同时注意你的另外哪个手指

怎样消除对独处的恐惧

提高自信，将独处变得具有吸引力、自己会感觉更愉快和安全。你是一个能干的人，能有效处理任何情况。你喜欢独处，因为你能做任何你乐意做的事。你能做任何你最想做的事。

安静与孤独是平静的、宁静的、缓和的，你感觉自己很放松、强壮和快乐。在这个安静的地方，独自一人，你可以想想你的计划、你的梦想以及成就。你可以做任何你想做的事，你十分平静。

有任何感觉、扭曲或者运动，那么这个手指是你的“不是”手指。

此时，你可以问你的潜意识是否允许寻找有关你恐惧症的信息了。问你的潜意识回归到过去找到恐惧症的起源是否对你有益。如果你感觉到你的“是”手指有任何的运动或感觉，那么你可以继续，让你的思维回到你第一次感觉恐惧的那个时间。如果你的潜意识给你一个“不是”的信号，那么就不要理会恐惧症的缘由，只能用其他方法处理恐惧症。

返童记忆诱导让你的思想飘移到过去，当你开始轻松地飘移，轻易地回到过去时，你看见你变得越来越年轻，知道你是安全的。你被你的积极能量保护着，你像一个观众一样注视你过去的经历，你可以在一个安全距离从远处去注视过去的经历，只要记住你是在控制之下的，你就可以从远处注视你过去的恐惧，你或许看见它们逼近你，或者你自己根本没有看见它，但如果你选择停止这部分，你只需要从一数到十，就恢复到完全意识状态。但是，如果你准备好要继续，就让你的思想飘移到过去，回想你的害怕，你的恐惧，是什么让你害怕，知道此时此地你是安全的，把你自己看作是一个侦探，你充满好奇，急切想知道你恐惧的原因，想调查所有的线索。及时回去，回到你第一次经历恐惧的时候，从远处观察，你可以想象自己是站在一个安全的距离以内，在屏幕上看见这些情节，你感觉很好，你开始理解为什么感到害怕，谜底一点一点地被解开。当你看到你害怕的第一个场景时，问你的手指：“这是我第一次感到害怕吗？”如果手指说不是，继续往前回顾，看见你变得越来越年轻，直到你下一次看见你经历恐惧的场景，你再次在远处从屏幕上看见你的恐惧经历。你是安全的，你仅仅是作为一个观众在看你的过去。你对每个回忆都有了更深刻的理解。再一次，问你的手指：“这是我第一次感觉到害怕吗？”如果答案是不，再继续回顾，直到回顾到引起你恐惧症的事件。

当你回顾到感觉可能是引起你恐惧症的情节时，问你的潜意识，“这是我第一次感觉到害怕吗？”如果手指说是，从远处看屏幕上的这个事件，当你开始感觉更舒适，并知道过去对你的现在没有影响时，观察事件，开始理解为什么你变得恐惧。当你了解过去时，让屏幕离你更近一点，在一个舒适的距离处，现在开始释放开与过去相联结的情感纽带、释放恐惧、释放愤怒、释放疼痛。当你释放连接过去的情感纽带时，让屏幕越来越近，记忆将失去对你的控制。当你准备好时，你可以想象一个绳索连接着你和屏幕，一个绳索连接着你和过去，现在想象你正剪断这个绳索，剪断连接屏幕的绳索，让你从过去释放出来。

注视着屏幕逐渐消退，屏幕变得黯淡并消失。随着屏幕的消失，你感觉到创伤正在愈合，你正从过去的恐惧和经历中愈合。

现在，你的身体、你的精神、你的心、你的整个自我都从过去的恐惧中解脱了出来。你完全自由了，你不再需要你的恐惧，你的恐惧已经消失、消失了。你的恐惧已经丧失了它的力量，如气球被放了气一样，现在你完全、彻底自由了，感觉好像肩上的重担减轻了，感觉舒适，完全自由。你过去的恐惧已消失，消失了，完全自由了，现在你已完全自由了，完全自由了，你将继续感受这种自由。面对诱导想象你与恐惧面对面。将你的恐惧放在某种看得见的物体上。现在看着它，你就会发

治疗你特殊的恐惧

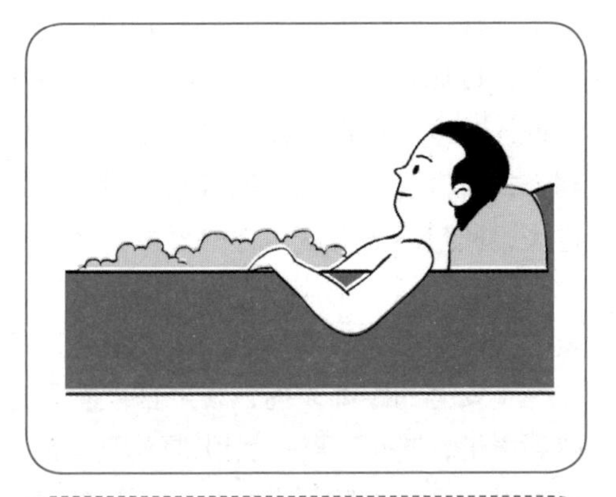

对动物的恐惧：目标——将特定动物看作是没有危险的，欣赏它的出现以及它的价值。

对水的恐惧：目标——将一个恐惧经历与过去的一个积极经历联系起来，灌输控制和有力量的感觉，培养一种喜欢在水里的感觉。

对疾病的恐惧：目标——建立健康、完整的感觉，灌输能够避免疾病的信念。

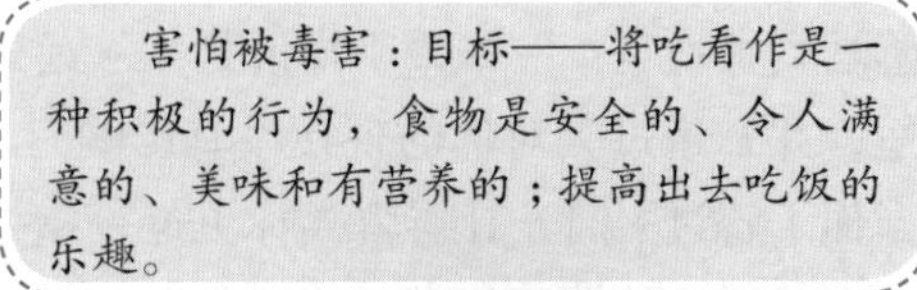

害怕被毒害：目标——将吃看作是一种积极的行为，食物是安全的、令人满意的、美味和有营养的；提高出去吃饭的乐趣。

现它是如何的脆弱，它是非常脆弱的，非常脆弱。你比它强壮多了，更加强壮。

事实上，它害怕你，因为你比它更强壮、更强壮。你很舒适，十分舒适并且强壮。你微笑着，因为恐惧已经失去了它的力量、它的意义，你不再需要它，你不再想要它，你不想要它。想象的生活里没有它，你生活得很快乐，你很自信，非常自信，因为你可以面对任何事情，你知道你充满巨大的内在力量。当你感到焦虑的时候，你所需要做的只是深呼吸，放松，感觉体内巨大的力量在波动。你微笑，压力开始散退，你有能力，充满自信，所有一切均在你的控制之下。

提高记忆力和学习能力

除了医学和治疗用途之外，催眠还有很多其他实际应用，其中包括帮助人们习得新知识并能够记住细节。很多人都存在学习问题：我们感到烦躁不安，无法全神贯注投入学习，想要到外面去——任何地方都可以——就是不想看书。之后，当我们最终静下心来认真学习的时候，我们却又发现自己刚学到的知识几分钟之后就忘得一干二净。

催眠常常用来解决这一问题，并且具体方法多种多样。首先，催眠师要使患者拥有学习的心灵状态。他的年龄或学习科目都不重要，重要的是他有学习的渴望。有经验的催眠师会借鉴学生本身的学习风格，然后在此基础上发展。催眠师会在学生处于恍惚状态时告诉他，他会感到心情放松、平静、乐于学习，并且他能够记住并理解学习的新知识。

下一步就到了学生们不得不参加的考试或测验。最令人头疼的是，学生在面临考试时神经紧张。学生普遍都有这种感觉。他也许埋头苦读了数小时，对考试科目已是倒背如流，可是一面对空白的试卷，大脑也立即变得一片空白。于是他开始恐慌，几乎想不起来任何东西。

催眠有助于克服这一常见现象。学生在考试前接受几次催眠治疗，催眠师在治疗中暗示他的无意识心灵说：你在考试时会感到平静、放松，能够完全掌控自己的思考过程。你会保持头脑清醒，最重要的是，你能够记得自己所学的点点滴滴。除此之外的暗示还有：你在考试完毕后会感觉平静满足，认为自己已经尽力而为；这可以避免考试后恐惧。在考试时正常发挥极为重要，因此任何患有考试神经紧张和恐慌的人都应当考虑尝试催眠疗法，这确实有效。不过要记得，催眠本身不能使你成功通过考试，你必须要付出努力、认真备考。

催眠似乎还可以从心灵深处找回已经遗失的能力。一些观察性证据表明，在年轻时会说一门外语但以后又忘记了的人可以在恍惚中恢复语言能力，并在之后的日子里保持这种语言能力。

催眠使每个人都畅所欲言

在头脑风暴会议中，催眠帮助员工消除妨碍他们发表观点的心理抑制，不管他们的观点有多么不寻常。

催眠对于那些少数人主导全局、压倒他人的团队或员工不敢在老板面前直言的公司尤其有益。焦点小组在催眠帮助下也会从这种各抒己见的更大公平度中受益匪浅。

焦点小组放松畅谈

这个品牌确实做得不好。

催眠使得大家很坦白

催眠把重点放在无意识心灵的反应上，从而消除了有意识心灵的抑制力，有助于焦点小组组员们在讨论品牌时更加诚实坦白。

有时在这些小组讨论中还使用年龄倒退法，这样组员们就能够回忆起自己在什么时候什么情形下碰到了第一个品牌。

这有助于一个公司了解自己产品的核心吸引力以及它是如何在我们的无意识心灵中占有一席之地的。

催眠的另一用途是帮助人们学习速读。学生使用催眠和速读技巧经常可以使阅读和吸收速度加倍，同时还能成功记住信息。

催眠的一种不太为人所知的用途是作为其他科学领域的研究工具。研究者先使主体进入恍惚状态，然后复制诸如酒精中毒等自然现象，这样他们就可以对这一状态进行研究。

47岁的赵先生是一家银行的借贷员，他决定换工作。他正在为成为股票经纪人努力学习，一旦拿到资格证一家证券公司就会雇用他。

在学校学习一个星期后，赵先生计划星期六“学习一整天”。他一吃完早餐，就在客厅里找了一把舒服的椅子坐下来，开始看书。10分钟后，他的儿子走进来，问他是否能够打开PSP看看游戏得分。15秒钟后，他们两人全神贯注打起了游戏。

过了一会儿，赵先生的意志力战胜了他，于是他把书拿到院子中去看，让儿子看电视。翻了几页书后，他开始走神。

他想院子里该浇浇水，打开洒水器后他又进屋拿了一瓶啤酒，然后回到院子的椅子上。总之，他星期六整天只用了40分钟来学习。

赵先生的智力并没有问题，但是如果他的学习习惯不改变，他就不可能通过证券资格考试。在这种情况下，赵先生的学习问题是没有选择合适的学习环境，没有制定完成任务的时间范围，成功的自信心也不够。

通过使用催眠法，所有这些学习问题都可以被解决。

想想哪个与你的学习过程有关

不良的学习习惯。不良的学习习惯包括内在因素和外在因素。内在因素指你不知如何有效地利用时间、集中精力和付出行动。结果会导致你的精力和情感不必要的浪费。例如，你要参加考试、进展报告会、销售会——任何需要准备和筹划的学习行为——你拖延的话就会成为痛苦的、自我惩罚的过程。反之，你在最后期限之前慢慢地做，任务就会相对容易得多。

时间的有效利用并不是一个复杂的、厌烦的过程。它仅仅是把你的整个任务分成可行性部分。这适用于任何学习任务——法律考试的复习、年度报告的研讨、20世纪文学口语考试的3位小说家的作品学习。你的学习任务好比冰块，整块放在口里无法吞下，但是分成小块就很容易。

不良学习习惯的外在因素指你学习环境的物理位置和你与它的关系。研究不良学习习惯学生的心理学家发现，如果学生遵循以下3点规则，他们的学习效果将得到大大提高。

选定一个专门学习场所，并坚持使用。

消除任何外在干扰。

一旦你无法集中精神马上离开学习场所。

催眠法可以直接帮助解决后面的两点。一些外在干扰很难甚至不可能消除，大厅里你室友聒噪的鹦鹉或声音很大的音响就是这样（但是你可以学会运用催眠法排除声音的干扰）。

当然，如果你的外在干扰因素是你的小孩、你的伴侣，或其他与你关系亲密的人，那么你的计划学习时间要与那个人的日常作息时间正好错开。你无法期望和你同住的人按你所愿地去来。你制定的计划应该是合作性的，没有干涉到他（她）的权利。

最后一条规则要求当你的注意力减退时离开你的学习场所。这一点可以通过设定时间范围来调节，这要求你设定的起始及结束时间和你的注意力持续时间保持一致，然后你在这个范围内工作。例如，你让自己集中精力上午学习，在你的催眠后建议中你可能规定自己8:30开始，中午12:00结束。没有时间限制会让自己精疲力竭。

另一方面，如果你无法集中精神就不要等到结束时间。当你无法看下去时就应该停下来离开学习场所。这样你和你的学习场所就会保持一种积极的关系。在你的眼里学习场所是一个成功的富有成效的地方。

记忆力弱。一位教授在同事家吃完饭后夸夸其谈。主人和他妻子听得很厌倦了，而他还在继续讲个不停。最后主人说："唉，时间不早了，我明早还有课，我想我不得不请你回家了。""天啊，"心不在焉的教授回答，"我以为你们在我家里，我正要你们回家呢。"像这位教授记忆力这么差的人很少见。但是如果你发现记忆或回忆你的学习内容非常困难时，你也就是众多有记忆力问题中的其中一个。

人类有3种记忆力，分别属于大脑的3个部分。第一类是感觉记忆，关于事物的外形、气味或感觉。第二类是动作技巧记忆，关于如何表现身体动作——滑雪、骑自行车、跳水，或舞蹈。第三类包括词语、思想和概念。它包括一切你所想到的、听到的和读到的。

前两类比词语、思想或概念的记忆更持久，当然，后者在学术性学习中发挥着最重要的作用。为了使你的第三类记忆发挥最大的潜力，以下简单办法可以帮助你记忆和回忆材料内容，无论材料的具体性质是什么。

自我测试。当你在读、在想、在听材料的时候，停下来问自己主要内容是什么，轻声或大声地把要点背诵出来。如果不能背诵，重新回到要点复习。立即回顾的过程比重新阅读全部内容效果更好。

定期复习。在学习的最后阶段，对学过或记过的内容马上进行总体复习。经常和短时期的复习有助于对内容的长期记忆。长时间的、延长的、含混不清的突击记忆不能有效地保持记忆。

任务之间的间断。有研究表明，在记忆时，两个任务之间有间断或休息要比没有更容易。理由是原来的学习会干扰新的学习，大脑在接受新的信息之前需要时间来吸收原来的学习内容。例如，你不能复习心理学考试后立即背社团戏剧的台词。

把睡眠当作“封口”。乍一看，这个建议对那些想找借口把头靠在法律书上小睡的人们是一个好消息。事实上是，在睡觉之前要比在开始各种日常活动之前记忆力更好。一些理论表明睡眠和有效记忆之间存在着联系。睡眠就像一个过滤器，把与主要内容无关的都会过滤掉。

在你的一生中，你会储存数不清的信息。有些大，有些小。例如，你的个人储存银行里储备了50000个词语。有些很容易得到，其他一些不得不搜寻，但是它们都是可用的。

记忆材料的意义性有助于记忆的过程。研究表明，人们在记忆实际意义的单词时要比记忆同样数目但无意义的单词效率更高些。同样，如果你赋予任何材料一定的意义你就能很快记住。

在面临一个学习任务时，你做的第一件事就是把学习内容（在脑海中或纸上）组织成一个有意义的整体，这样做起来更容易。例如，如果学木工、汽车修理、制作彩色玻璃或缝纫时，你应该组织下面的信息：需要的工具或材料，学习的基本步骤，希望达到的结果，更有能力和更快的特别窍门。

影响学习因素

有多少人学习就有多少关于学习（或不学习）的理论，从托尔曼的复杂公式到柏拉图的学习仅仅是发现我们早已知道的事物的论断等。在这里，我们讨论学习过程和分析阻碍成功的因素。

如果你开始参加西班牙基本会话的速成班，你可以把你需要了解的内容组织成“生存”技能，如基本的问候、吃、睡、洗手间设备用语和提示。然后，你可以学习社会文娱设施用语，如何表达观点，等等。

材料以逻辑的形式来组织可以帮助记忆。如果在学习英语课的小说或戏剧，你不要把精力放在每一个细节上，而忽略了主题和情节。相应地，你应该记住最粗象的概念、主题，然后缩小到情节事件，再转移到其他方面，如人物、对话、背景或象征手法。

缺乏奖励。没有预先给自己某种奖励，无论多么小。你每天跑3公里，你的气色看上去越来越好。你表演或演讲出色会有掌声。你把时间和精力投入到领养父母亲项目上，你每天因小孩脸上自然的笑容而充实。

就奖励来说，学习和其他活动没有差别。如果学习没有任何收获，学习任务就会很难。如果你能预料到奖励，你学习的决心就会加强。因此，如果还没有给自己预期的奖励，现在构想对自己的奖励会大有收获。

攻读硕士学位的老师承诺自己成功地写完论文之后就背上行囊去旅行。在集中学习一周后你可能奖励自己和朋友去游玩几天或看戏剧、听音乐会。为了有精力继续你的学习过程奖励不要让自己很累。

你还需要花时间想想哪些方面自己有了进步却没有意识到——提高的市场销售能力，增强的自尊心，另一个领域的技能或改善他人生活的价值，你应该奖励自己。

你把对自己有用的奖励挑选出来，不要欺骗自己。如果你没有看完董事会将讨论的建议，即使答应了自己也不要去打网球。

药物。长条单子的处方药会抑制你的学习能力。判断药物是否有助于你的学习的最好办法是和处方医生讨论或向药剂师询问药物生产厂家的书面证明。这些信息有时会和药物自动配在一起，如避孕药或止痛药。

恐惧。恐惧是无形却强有力的因素。如果发展到极端，它会把你已经成功记忆的内容抹掉。在前一章讲自尊心和动机时讨论过恐惧。阻碍学习的恐惧感是催眠法的主要对象。学会放松，体验自信的感觉，暗示自己成功，你就会摆脱恐惧。你的暗示语是给你精神支持的词语或短语。你对自己说：“优秀是唯一的可能。”你的潜意识中有了这些暗示，你会为成功而努力。

确定阻碍因素

为了获得学习的最大效果，你首先要处理自尊心和动机问题。没有自尊心就很难有很强的动机，动机不强学习过程就会受到影响。在准备提高自己的学习效率之前一定要考虑这些因素。

在阅读学习不成功的原因时，你可能已经找到妨碍自己学习的因素。改变学习状况的第一步就是决定主要是哪个因素——不良的学习习惯，记忆力弱，缺乏奖励或恐惧——影响了你过去的学习。然后简短地描绘这些因素。例如，你的陈述可以类似于下面：

我的学习不成功是因为我有3个学习场所——我家里的厨房，通勤火车上，兼职工作场所。

我的在岗培训不成功是因为我从过去的经验中了解到我的雇主不允许其他人运用他们所学的技能。

我的销售陈述不成功是因为我无法记住我计划所说的内容。我遗漏了重要的数据，忘记描述新产品。

所有这些消极因素写出来后，下一步是把它们转变为积极的建议，例如：

我在一个地方进行所有的学习。它就在学校图书馆3楼窗户边的桌子旁。

我认识到我在岗培训的奖励是我学到了其他技能，这段经历将使我作为雇员更适应市场。在岗培训结束后，我就参加去年秋天就想去的健身班。

我会记住我的销售陈述因为我时而停下来背诵我的材料。我将花少量的时间复习所有的陈述内容。在陈述前的晚上我先大声地朗读然后再睡觉。

现在，按照上面的例子写下影响你学习过程的因素，并进行简短地描述。

接下来，再写下对每一个因素积极的建议。注意例子中的积极建议必须个人化，并且是肯定和命令性的。

制订计划

你已经确定了导致你的具体问题出现的因素，也给出了积极的建议解决这些问题，然后你需要关注你的总的目标。无论学习困难的具体原因是什么，总的目标对每个人是一样的。这就是：

1.把学习过程当作一次机会，并积极地看待它。

2.改变影响学习过程的不良习惯和步骤。

3.增强自信心和自尊心。

重建潜意识

这一部分的意识法帮助你以某种方式思考、感觉和行动。它们给你提供积极的、指导性的建议，重建你的潜意识，实现上面列出的目标。

具体来说，你需要：以积极的态度看待学习。对学习的消极态度会妨碍你努力。如果你觉得全部的学习是不必要的，你不一定要成功，也许你就是你潜意识中过时的、无用的指令的受害者。如果是这样，就需要抛弃。为了改变过去的消极想法，总的学习意念法建议："一名运动员必须学会动作的每一步，他在比赛表演之前必须学会全过程。你是开始学习提高学习技能的运动员，从而实现你的目标。你想象自己每天集中精力学习，全神贯注，你热情又急切地学习因为前途是光明的。"

潜意识中用新的成功习惯和步骤代替破坏性的不良习惯。你的潜意识喜欢习惯和模式。你可能发现你的潜意识判断力并不是很强。你只要把时间和精力用来再喝一杯咖啡，做做白日梦，你就会朝图书馆早早奔去。具体的意识法可以改变某些行为模式。

例如，不良学习习惯意识法建议"你在某一刻开始，结束。在这段时间内你完全投入到你手头的工作。"考试恐惧意识法建议，"放松你的胃、胸、喉咙和呼吸。现在开始考试，注意力集中，头脑清晰敏锐，你能迅速准确地回忆起你复习的内容"

增强自信心和自尊心。如果你觉得你自己不值得成功，不是一名好的学习者，或者你"不够聪明"，你就会在毫无知觉的情况下与成功无缘；或者，你可以成功，但是你在打一场拉锯战，非常费力和辛苦。你通过加强自尊心，重新树立自我形象，可以轻松地获得成功。

总的学习意念法建议，"你对自己的能力充满信心，由过去的学习看来，你聪明，接受能力强。你才华横溢，想象运动员在比赛中完美的表现后，跑得最快，获得最高分时的感觉。想象自己是一名杰出的运动员，成功，快乐，因工作和一贯的表现而受到奖励。你对自己充满自信，感觉良好。"

设计你的整体意念法

现在你已经清楚意念法的作用形式。你将运用适合你需要的整体意念法。

你运用的意念法有4个部分，是一个连续的整体。也就是部分之间连接自然，成为一个有效的整体。从改善学习习惯意念法、提高记忆力意念法，奖励意念法和排除考试恐惧意念法中选择一个适合自己需要的意念法，在这个意念法中插入你为自己写下的积极建议。紧接着运用具体的学习意念法来实现你的积极建议。

在运用中，重复具体意念法中的关键词语，然后再次重复整个意念法。

具体学习意念法

选择最适合解决你学习问题的具体学习意念法。

1.改善学习习惯意念法

你将体验完全成功的学习阶段，完全成功的学习阶段，现在想象自己准备学习的舒适状态。你把材料、论文、书一一摆在面前，吸气，呼气，然后放松。又吸气，呼气，然后放松。你开始着手你面前的工作。在某个时间段里，你完全投入到手头的工作，因为你热情又急切地获得你所需要的工作。你全神贯注，当你沉醉于你的学习中时你身边的所有正常声音都消退了，你感觉平静、放松，没有什么能打扰你，你的工作状态达到顶峰，吸取你需要的所有信息。当时间到了的时候，你的潜意识中有个信号提醒你，告诉你完成了你的工作，你深呼吸、放松，精力充沛地做其他事情。

2.提高记忆力意念法

想象自己在特别的地方度过一天。想象自己放松，微笑，感觉舒适，感觉非常舒适，此刻想象你关注的所有事情都远离你，想象自己躺下来，伸展四肢。

此刻任何事情都不重要，任何事情都没有影响。你给自己放假，放松自己。你发现一天缓缓流走，你觉得如此地懒散，如此地凡事放松，这时你发现一张很大的白纸随着微风飘浮过来。这张纸朝你飘过来，停在你旁边，你拿起来读，上面有你需要的所有信息，你学过的所有信息。现在你记住你学过的所有内容。将来你也能记住。你需要的内容将会清楚地打印在一张白纸上，无论你什么时候需要回忆其内容，你就想象那张白纸，想象白纸上的准确内容。从现在起，无论你什么时候需要你学过的内容，你需要的所有消息都会写在那张很大的白纸上。它会在那儿，因为你记住了，它对你来说是清楚的，它会在那儿。

3.奖励意念法

任何时候你的学习都是为你自己的个人知识宝库添砖加瓦。你学的任何内容都能储备，并能在你需要的时候运用。你可能发现你现在所学的非常有用，非常有价值。最重要的是你学的任何内容都能储备，并能在你需要的时候运用。当你完成这个学习任务，当你完成你的学习任务、你的博士论文、你的护士培训或你的州寄宿学校考试时你就奖励自己。

当你工作时你意识到你将得到这个奖励，考虑彻底完成你的工作，好好表现，得到这个奖励。考虑完成你的工作，知道你的工作做得非常出色，非常彻底，完全有资格得到奖励。现在想想做完你的任务，记住你学的任何东西都会提升你作为人的意义，增加你的知识，你的价值。

4.排除考试恐惧意念法

想象自己在考试前几天或几周，你学习、记忆，获得你需要的所有正确信息。你自信、放松，现在感觉你的胃部、你的喉咙、胸部，如果感到紧张或心慌，放松。现在再来一遍，想象自己在考试前，想象现在你已经准备好，你学习了，一切就绪，你感觉放松，平静，从容。现在想象自己进入考场，你坐下来，深呼吸几次，给自己一个暗示语，当你轻声重复你的暗示语或词组时，你能感觉到你放松的每一块肌肉，你的膝盖、胃、胸、喉咙、呼吸一一放松。现在你开始考试，注意力集中，全神贯注，你的思维清晰敏捷，你能迅速回忆起你需要的所有正确内容。你轻松地回忆，你的身体放松，你感觉自在，你富于技巧地、自信地、彻底地完成你的考试。时间充足，你感觉很棒，你觉得自己是一个成功者。现在想象考试的结果非常有利，

怎样实际操作学习意念法

一“静”。从学习完回到家，脑子里已灌入许多知识，但是没有条理，十分混乱，就像一个嘈杂拥挤的火车站。此时，作一“静”。接下来就可以复习当天学的知识了。

一“松”。复习完当天学习内容后，精神高度紧张，如果没有松，只能紧，就像一根绷紧的皮筋，超过极限便会绷断，大脑也是如此。因而，要作一“松”。

一“空”。即使再聪明，也会碰到不懂的地方。睡觉前闭上眼，在脑子中出现这一难题，记住它。然后，慢慢地放松、入境，把这题也抹去。这时，可以进入更高的境界“空”。这样，能又快又好地入睡。第二天，再做这道题就简单多了。

想象自己成绩出色，感觉舒缓、放松、平静。开始想象自己是一名好学生，优秀的学习者，效率高的学习者，想象自己是接受训练的运动员。一名运动员必须学会动作的每一步，他在比赛表演之前必须学会全过程。你是开始学习提高学习技能的运动员，你要实现你的目标。现在想象你在自己选择的学习场所。非常舒适，你感觉自己在这里非常舒适。想象你在自己选择的学习时间里开始学习，你的注意力集中到你的工作上。当你的注意力集中到你的工作上时，你忽略了你身边的所有正常声音。你开始全神贯注，吸收你需要的所有信息。

你记住你吸收的所有信息，无论你什么时候需要你都能又快又容易地回忆起来。当你需要时它就在那儿，能够又快又容易地获取。你对自己的能力充满信心，由过去的学习看，你聪明，接受能力强。你才华横溢，热切地实现自己的目标，你想象自己每天集中精力学习，全神贯注，你热情又急切地学习因为前途是光明的。现在想象你已经成功获得了你需要的信息，你感觉自信，从容；你感觉很棒，很精彩，对自己充满信心，感觉良好。

每天在学习前使用整体意念法。在学习习惯得以改进后，你需要减少使用意念法的频率。在运用后的第一周注意自己学习技能的提高。

在准备考试时，注意提前并在考试前的晚上使用意念法。

特别提示

正如前面所强调的，没有恰当的动机学习会非常困难，而动机又和自尊心紧密联系。如果你能认识到3者同样的重要性，你就能取得最大的学习效果。

重建你的潜意识时，记住很重要的一点，选择学习的开始时间，也要选择学习的结束时间。如果你只选择开始时间，你的潜意识不会暗示你停止，那么能量一直会流失，即使在你想结束后。这样你很快会累垮。

最后，在你紧张的学习过程中有很“奢侈”的一点你可以考虑。“奢侈”在于有一位学习伙伴（或多位学习伙伴）。这并不是意味着你必须找一个人共同学习；而是指学习同伴可以让你获益匪浅。如果你交往的人和你有共同的目标，或熟悉同样的专业，或认可你争取的目标，会对你大有帮助。

提高你的运动表现力

《时代》杂志曾封面报道了1984年奥运会的故事：

在女子体操决赛前的晚上，16岁的玛莉躺在奥运村的床上浮想，就和上百个夜晚一样。这已成为她生活的一部分。“我想象自己做完了所有的舞蹈动作，完成得非常完美，”她说，“我想象所有的动作，然后在脑海中完成。”

我们知道金牌得主玛莉的表演让我们惊叹不已，她完成动作时表现出相当的熟练，而且带着高雅、自信和魅力。玛莉是名副其实的明星。

你在参与体育活动时可能努力地锻炼你的身体。你按你的身体，让身体有节奏感，花几小时来使你的比赛或动作更加精湛。然而，所有这些努力都不能让你的大脑有运动感。

美国奥运会代表团的一位运动心理学家说，80%～90%的奥运会运动员都会在脑海中完成表演。这就需要运用你的想象力、你的思想过程、你的态度为你的身体技能提供动力和支持，以及进行强化和改进。还需要想象场景，就如玛莉那样。

运用想象在经常进行游泳、跳水、射击、传球或常规训练后你越来越有把握。你在脑海中看到画面时你的潜意识就确定表演会很完美。当体验到动作非常成功时你也会感觉到伴随而来的愉悦。

写下自己的目标，然后坚持，一次又一次地，同时强调自己的积极行为。如果你说："我是马拉松中跑得最快的运动员。""我每一次投球都能得分。"或"我将在星期六决赛中得分最高。"你的话支持你，给你增加能量。如果你能想到、看到、说到，你就能做到。花一两分钟决定你目前在运动方面的目标。

选择你真心希望提高的方面，确定你会一定提高它。你可以用现在或将来时陈述你的目标，但是必须直接。清楚和积极。

把你的目标写下来。

你在完美表现意念法中将用到这些目标。

目标实现的障碍

现在我们来看阻碍目标实现的障碍。一般来说，这些障碍让人产生焦虑感。经常遇见的有：

害怕失败。

害怕受到羞辱。

害怕竞争。

害怕恐吓。

一想到失败就让你害怕。害怕在众人或其他选手面前丢脸让你肌肉紧张、呼吸改变，或特别慌乱甚至生病。害怕竞争有同样的反应。你可能注意力无法集中，精神上和身体上都很懒散。你的视线变得模糊，或膝盖发软。更有甚者，受到其他选手的恐吓让你感觉不适，心里压着一团火。如果受制于威胁，你可能无法正常发挥，你可能觉得自己无法向如此优秀的对手挑战。

举一个简单的例子，假设你向一些朋友学打网球，他们都是很优秀的球员，有些甚至是当地联赛的冠军。你的球艺在提高，你却没有认识到你和他们之间的差距在缩小。你仍把自己看作一个笨拙的新手，没有技能，只是凭运气而已。你没有肯定自己，向其他人挑战，他们也不会平等地看待你，而继续认为你是没有竞争力的新手。

 想象的力量

想象动作或精神排演非常有效，因为你在想象动作时，神经的感应方式和实际动作时是一样的。据说这些动作和肌肉的收缩可以共同提高肌肉收缩的协调性。

想象，总是为艺术所追求，是它让艺术变成了魅力四射的少女，倾倒了一代又一代的艺术家，又迷恋了一代又一代的观众。

想象，总是给人明媚的希望，前进的动力和方向。

在《运动心理》中，一部分人讨论了“精神排演”。他们建议运动员在脑海中排演，正确地做每个细节，这样，运动员的表演就会臻于完美。

消除障碍

无论受到何种约束以至于你无法超常发挥，都能够通过催眠法消除障碍。下面的催眠法能够帮助你扫除运动成功的障碍。

催眠法建议：想象自己喜欢自己的运动，看到自己在竞争并且投入，非常投入。从现在开始，无论你什么时候感到害怕或受到恐吓，你知道这些消极的想法会让你不开心，无法投入竞争，无法表现自己的技能。

你把这些消极想法一一拿出来，放在一个盒子里，每一次拿一个，放在盒子里。现在把盒子盖上，然后放在你的柜子里。

现在想象自己很开心，在竞争，尽自己最大的努力，最大的努力去拼搏。你轻而易举地改正自己的错误，你是冠军，真正的冠军。仅仅想想你压力很大的时刻，你心烦意乱，感觉自己无足轻重的时刻，想象自己很容易、很有效率、很确定、很平和地解决每一种情况。你拒绝接受消极的思想和想法，它们与你无关，一点关系也没有。你想象自己打了最出色的比赛，想象自己有把握，自信，像冠军一样迎接挑战，胜利了，心底涌出无限的欣喜。

针对具体问题的催眠法

想象自己在参加运动，想象自己在表演，在与自己或他人竞争，你是优秀的小组选手，也是优秀的个人选手。你喜欢你的运动，你喜欢锻炼身体，喜欢与他人竞争，证明你的力量和能力。你喜欢你运动的社会性，你喜欢你的运动，你对自己和对手的态度是积极的、向上的，你自信又坚强。现在想象自己开始，准备就绪，你做几下深呼吸，放松你的全身，你集中到你要做的事情上，集中到你的动作上。你全神贯注，全神贯注，你能按你所愿地集中精神，你轻松又迅速地做动作，你轻松又迅速地做动作，你确信而不焦虑。你稳重坚强，你为自己自豪，你表现得像一名冠军。你从错误中学习，你理智地看待你和你的对手，你们都是人。你是理智的，你清楚地看到你技能提高的地方，你取得进步，取得进步迎接挑战，你迎接你面临的挑战。你已经准备好迎接挑战，一次又一次，你带着对自己技能的自信回来，对自己的技能非常自信。你胜利了，感觉胜利的心情，感觉胜利的心情穿透你的身体，胜利使你高兴。你是快乐的，高兴的，因为你胜利了，你在比赛中表现出色，你让你的每一个动作和策略像蓝图一样刻在你的潜意识中，在面临每个挑战时都会想起，你是胜利者，你是冠军，十足的冠军。

运用提示语帮助你缓解比赛前影响你表现的身体状况

想象自己在比赛或竞争前。想象自己放松，脸上出现笑容，自在，你喜欢你在做的事情，喜欢你在做的事情，喜欢你的表现，你将竞争，考验你的力量和才能，投入到你从事的事情。你了解你的运动，你有技能，你的表现臻于完善。你感觉全身放松，深吸气，呼气；深吸气，呼气。现在放松你的脖子和肩，胳膊，胸，呼吸均匀；现在放松你的胃，感觉胃平静轻松，非常平静轻松；现在放松你的腿直到你的脚指头；现在放松你的全身，把注意力放在你的脚指头上，感觉一股舒适而又强有力的能量从脚指头上产生，从脚指头的指尖流经全身，使每一块肌肉更强有力，使每一块肌肉更强有力，你的肌肉充满了强有力的、健康的能量。想象并感觉你自在、强壮、平稳、有自制力。

现在举起一只手，轻轻敲打你的前额，这是带给你积极感觉的暗示语，提升这股能量，让它通过你的全身，引入平稳的感觉，引入自在的感觉，让自己处于彻底的控制之中，让自己处于完全彻底的控制之中。这个特别的暗示语以这种方式为你所用，它永远为你所用。从现在开始无论什么时候你需要放松，集中精神，感觉平稳和强壮，你就仅仅敲打你的前额，感觉这些积极的想法出现。它们在你的脑海中出现，快速而又直接。现在把手放回舒适的位置，感觉积极的能量流经你的身体，感觉棒极了，你的身体感觉有力而且很健康。

改变你的态度才能更好地运动

很多因素会妨碍你的运动力表现。

最常见的不恰当的敌对情绪如下。

（1）缺乏信心，就要相应的建立信心。

不自信的人难以坚持运动

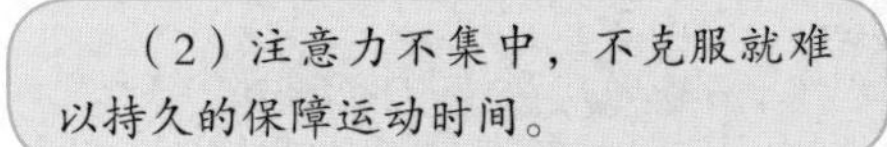

（2）注意力不集中，不克服就难以持久的保障运动时间。

（3）缺乏肯定，就要多多自我肯定保持运动的动力。

注意力不集中的人难以坚持运动

总是得不到肯定的运动员，对运动有抵触情绪

精神拍照

当你处于完全意识状态时你可以使用下面的片刻想象，或把它插入催眠法中，二者都可以。使用片刻想象时你需要集中思想，想象描绘的形象。你可以坐下来闭上眼睛，在看电视、阅读、洗碗碟、洗澡或做任何无意识行为时都可以想象。如果你能默默地坐下来闭上眼睛，你更容易一遍又一遍地体验你的想象。你在体验时，努力地想象情景、声音、气味和你参加活动时的触觉。如果你想象自己在奔跑，就感觉地面、跑道、人行道或脚下的沥青。像现实奔跑中一样注视着前方，呼吸着户外的空气，听到现实奔跑中可能听到的声音。

当你阅读下面的片刻想象时，你应该针对自己的运动适当改变，这样在描述你的运动体验时才会尽可能地生动。

网球，墙网球运动。想象自己的身体处于某个位置，当你看见球来时，你快速地移到合适的位置，你的球拍也处于合适的位置。你的球拍轻松地挥动，接到球；以恰当的力量接到球，打过去，对手无法接到。

高尔夫。想象你身体处于合适的位置，身体感觉自然良好，现在想想完美的一击。完美而稳定的一击，在你的掌握中，你开始一击，与球完美地接触，你看着球，觉得它能随着你的视线到指定的地方。这很容易，因为你的敲击是完美的。

棒球，垒球。想象自己准备击球，你感觉平静，放松，你自然地握着球拍，感觉良好。你看着球场，你全神贯注，打击球，球就飞得很高，很高，手不能及，你轻松地、毫不费劲地在垒里跑动，你感觉带着愉悦回到本垒。

慢跑，游泳，跑步，滑雪，骑自行车。你喜欢你的运动，你呼吸均匀，身体在移动，自由伸展，你注视着前方，你的身心和谐，你感觉舒适、放松、充满精力，你感觉一股强有力的能量穿过你的身体。

你的总体目标

你已经回顾了帮助解决某些问题的催眠建议，你还阅读了片刻想象。现在你应该考虑你用意念法来做什么。你的总体目标是：

战胜恐惧和压力。

为完美的比赛而战。

胜券在握。

实现个人成就的某个目标。

战胜恐惧和压力。你自身产生的恐惧和压力是你良好表现的最大阻碍。你怎样处理压力和变幻的形势将决定你是否能集中注意力、是否在最后的独立表演中失败。超级表现意念法建议，“停留片刻，想象可能充满压力的情况，如天气、其他一名选手的表现或场地状况，想象自己以冷静的方式处理这些消极因素，你有自制力，你如磐石般不可动摇。”

为完美的比赛而战。在头脑中你的超级表现开始（持续至结束）。如果你想“我不能跑马拉松”“我不能跑一公里”“我没有足够大的力量来接球”，那么你就不能做到。消极的思想会导致动作笨拙、技能不完善、注意力不集中。在脑海中把消极的画面变成积极的画面。超级表现意念法建议，“想象自己在打一场完美的比赛，想象自己出击，反击，完美的动作，每一块肌肉与积极的思想处于和谐中。想象自己的策略恰到好处，向前，向后，攻击。想象每一个动作，注意自己的感觉，你觉得轻松，放松，自在，敏锐，头脑清晰。你的观察力敏锐，你的反应很快，你感觉很棒。”

胜券在握。如果你觉得自己是一名水平很差的选手，你就不能充分发挥你的能力，如果你觉得自己会失败，你现实中失败的可能性就会增加。为了有充分的信心，你必须有成功者的自我形象。意念法建议，“你回想你完美的比赛，你回顾所有完美的动作，你所有伟大的策略，完美的比赛一次又一次上演，你能实现完美的比赛。”

实现个人成就的具体目标。你开始制定的目标将融入你的意念法中。它将成为你自我形象的一部分。你是目标的实现者。例如，如果你的目标是“我每一次投篮都能得分”，你就把目标插入意念法中，把“我”换成“你”——“你每一次投篮都能得分”。

运用总体意念法

想象自己准备迎接挑战，你的设备良好，适合你的需要。停留片刻，想象可能充满压力的情况，如天气、其他选手的表现或场地状况，想象自己以冷静的方式处理这些消极因素。你有自制力，你如磐石一样不可动摇。

你有自制力，视障碍如挑战，你如磐石不可动摇。你已经准备就绪，热切地等待开始。现在在脑海中回顾你的整个比赛从开始到结束，以慢动作想象。尽量想象更多的情节。你进行了一场完美的比赛，现在回顾你所有完美的动作。现在回顾你用过的所有策略。这个完美的比赛，完美的比赛能够一遍又一遍地进行，想象自己实现了自己的目标。你已经实现了你的目标，你已经实现了你的这个目标，只要你愿意，你能实现你的其他目标。现在想象自己在完美比赛中的感觉，想象那份自信和从容，你注意力集中，坚强。想象自己又开始了，深呼吸几下，想象每一个慢动作，以最积极的方式感觉每一个动作。

想象自己以完美的动作出击，每一块肌肉与积极的思想处于和谐中。想象你自己的策略，想象自己完美的动作，想象每一个完美的动作。现在注意你的感觉，你觉得轻松，放松，自在，敏锐，头脑清晰。你的观察力敏锐，你的反应很快，你感觉很棒。现在感觉结束并赢得了比赛，你对自己及自己的每一个正确的动作感到满意，每一场比赛都印在你的潜意识中，这样你能在脑海中像放电影一样重复，现在重新在脑海中放映，这一次以正常的速度想象从开始到结束的过程。想象尽量多的细节，想象所有恰当的动作。

特别提示

在比赛前尽量提前使用总体意念法。如果你在6个月后有一个比赛，现在立即使用催眠法，每日花20～35分钟。如果你呼吸短促或膝盖乏力，在比赛前使用暗示语。一两天后你会觉察到轻微的好转。继续坚持，你的运动表现和精神状况将有明显的改善。

使用催眠法，你的运动表现会有明显的改善，但是这是在满足下列条件的前提下：良好的身体状况；营养均衡；牢固、设计合理的器械；不服用药物或酒，不过量服用兴奋剂，如咖啡；敏捷、健康的精神状况。

自我催眠的准备工作

在尝试自我催眠之前，有必要做一些准备来提高成功的概率。首先，要保证自己处于当进入催眠状态时不会受到任何打扰的私人空间里。当然，在有足够经验后，你可以在嘈杂或存在干扰的环境里进行自我催眠，但在刚开始学习的时候，你必须确保手机、传呼机以及任何其他的干扰源都被关闭。如果屋里还有别人，必须让他明白你不能受干扰的需要。如果你在催眠中使用磁带或CD，请尽量使用耳机，这样可以帮助你切断外在的噪声。

接下来，要为催眠选择一个放松的姿势。你可以坐在直立的椅子上，但椅子最好不会松动，你也可以躺在床、沙发或地板上，要使自己尽量舒适。在必要的时候还可以用垫子和枕头，因为你可能要静止地躺半个钟头左右的时间。此外，别忘了在催眠开始前去一趟洗手间，以免“内急”干扰催眠的正常进行。

此外，最好在催眠前做一些伸展运动，拉一拉肩膀、后背、头颈、胳膊以及腿部的肌肉。虽然这些活动并不是必需的，但却能使你放松身体，并防止你在催眠状态下出现肌肉痉挛。

催眠时的穿着不很讲究，什么都不穿也未尝不可，但是所穿的衣服必须宽松。应该解下领带和皮带，如果它们使你在躺下或端坐的时候感觉不舒服。如果戴眼镜，则应该取下眼镜，而隐形眼镜也最好先取出，以免在催眠结束后戴着隐形眼镜进入睡眠。

你还可能需要一个定时器，它可以让你只在规定的时间里处于催眠状态。当然，如果你是在睡眠之前自我催眠，就不需要定时器了。但是你不用担心你会在催眠之后难以醒过来，只是在你催眠后你进入潜睡状态后但不想睡着的时候，定时器才发挥作用的。为了舒适起见，定时器的声音不能太响，否则它会吓你一跳。

最后，别忘了不要过分关注规则。上面的建议只是帮你达到自我催眠效果的经验之谈。如果实践中你有更好的办法，就可以打破或者改变这些套路。如果你能更好地为自己考虑，并能找到最适合自己的东西，你的自我催眠就越成功。

找到你身体“运动不适”的症状

比赛前压力会带来身体方面的不适，基本症状如下：

（1）呼吸短促

（2）视线模糊

（3）肌肉乏力

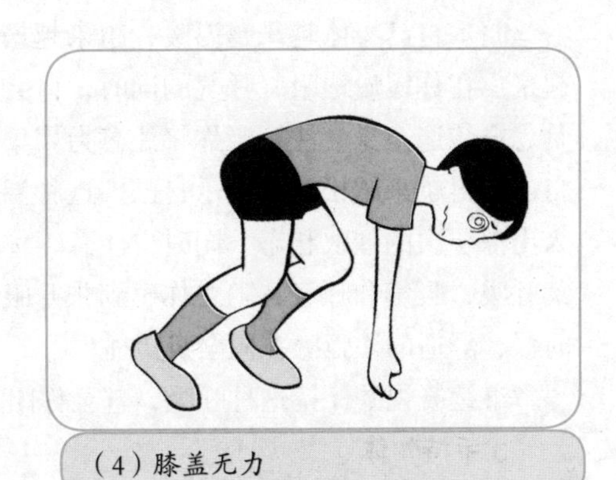

（4）膝盖无力

（5）紧张、慌乱

自我诱导方式

1.逐步松弛法

逐步松弛法是一种最普遍、最简单易学，并适合初学者使用的诱导方式。在你找到舒适的姿势并准备自我催眠时，想象自己的身体从一端至另一端在慢慢地放松：

从头部到双脚或者从双脚到头部都可以。想象脚部正感觉非常松弛。在你感觉脚部松弛，松弛感从一只脚流动到另一只脚的时候，暗示自己正在进入催眠状态。同时，也注意松弛感怎样逐渐在身体中蔓延，从一个部位流向另一个部位，将自己带入更深层次的催眠状态。这个过程不要停止，直至整个身体，包括胳膊和双手，都感到松弛。

逐步松弛法是操作最简单、使用最可靠的一种诱导方式，但是你也有必要尝试一下其他的诱导方式，看看自己最适合哪一种。这些不同的种类的催眠诱导方式，都是通过关闭你对外界的知觉并让你集中于内部身体的知觉而发挥作用的。

2.凝视物体

将注意力聚焦在位于眼睛略上方的物体，其位置能使你很轻松地看到整个物体而头颈不感觉费力。凝视这个物体，并深呼吸。

暗示自己身体越来越温暖，越来越松弛，并注意你的胳膊和双腿怎样变得沉重起来。在你缓慢地吸气呼气的同时，体会自己正变得多么松弛，并体会这种松弛感是怎样传遍全身。注意当你将注意力聚集在这个物体上并凝视着它的同时，你感觉自己变得越来越松弛。暗示自己，这种温暖的感觉在增加，在凝视的同时，你正进入更深层次的催眠状态。同时也注意，你的眼睑也开始松弛，变得沉重起来，你继续呼吸，吸气和呼气，随之你感到张开眼睑变得越来越困难。在你坚持凝视物体的时候，舒适的松弛感在向全身传播。

继续凝视并保持这种呼吸，直至你闭上眼睛，感觉自己极度松弛和舒适。

3.手持物体

使用这种方式的时候，你手中拿着一个如硬币一样的小物体，胳膊抬到面前，将注意力集中在拇指的指甲上，并凝视它。之后，暗示自己正变得越来越放松，当你的胳膊、手和手指变得松弛的时候，手指就会自然张开。再一次暗示自己当手指更加松弛时，它们会张开并放开硬币，让它落下，这说明自己已经进入深度催眠状态。不断重复这些话语，感觉自己的手对硬币的抓握正变得越来越松，直到手指松开，慢慢地放开硬币。当硬币跌落的时候，你会闭上双眼，进入催眠恍惚状态。你的胳膊会轻轻地落到身边，你感觉越来越松弛，逐渐进入到更深的催眠状态。

4.楼梯

想象自己在楼梯间的最上方。闭上双眼，看见自己正缓慢地逐级地走下楼梯。想象中可以是任何一种楼梯，但必须保证该楼梯没有消极的影响。要数自己缓慢地

自我诱导

现在你已经找到了感觉舒服的姿势，准备开始自我催眠。但怎么样才能让自己进入催眠状态？这个过程被称作催眠诱导。

诱导的一种方式是使用录音的磁带或CD。录音的内容可以自己编写，也可以在其他录音内容基础上改写。

诱导另一种办法是利用意识自我诱导，或借助物体吸引自己的注意力。这种情况下，你可以控制诱导的进程。

直接的诱导是告诉你在哪里要做什么，感觉如何。

而间接或非强制性的诱导却比较随和。

两种诱导方式不分对错，因人而异。在诱导结束后，你应该会感到非常松弛，双眼紧闭，进入到术语所称的“中性催眠”状态。

走下的各级楼梯，并一直观察自己，并暗示随着你缓慢地走下楼梯，你会感觉越来越松弛，并逐渐地进入更深层次的催眠状态。想象当你到达楼梯底部时，你会感到完全松弛并进入深度催眠状态。

5.美丽的地方

想象自己来到了一个美丽的让人感觉非常舒适的地方，它可能是海滩、小树林、草地、你最喜爱的公园或者是河滨。和前面介绍的练习相同，想象你在逐渐放松。你可以在心里慢慢地从1数到10，每数到一个数字，你都能看到自己在想象地中所看到的新的细节。你对周围的景色变得全神贯注。暗示自己已经变得松弛，随着数数的进行以及新景象的不断出现，你逐渐进入到更深层次的催眠状态。

再唤醒与深化催眠

一旦进入催眠状态，接下来就要深化催眠，然后对潜意识施加暗示。我们将对这两个步骤作简要的讨论，但是，在接受暗示之前，你还是有必要练习如何进入和退出催眠状态，所以我们首先要谈谈再唤醒。

再唤醒

从学术角度看，就算离开催眠状态之后，你并没有被再唤醒，因为你本来就没有睡着。但是,“唤醒”与“再唤醒”是催眠学中常用的语汇。再唤醒是一个简单的步骤。如果你用定时器，则只需要告诉自己，当定时器报告时间到了的时候就要准备起来并慢慢醒来或恢复平常的知觉，或当你从1数到10后就会醒来，感到身心放松。而在没有定时器时，也同样暗示自己从1慢慢数到10(或任何其他数字)，同时逐渐平静地从催眠中恢复，并暗示当数到10的时候，你醒来并且头脑十分清醒。

如果你采用楼梯或其他的诱导方式，那么你可以想象自己重新登上了楼梯（或走下楼梯，视情况而定)，你将要暗示自己，当重新走上楼梯时你将缓慢地从催眠中清醒过来，而当到达楼梯的上端后，你会完全恢复、精神抖擞。

催眠深化

在进入催眠状态之后，就要深化催眠。深化催眠并不是件奇特的事情。通常说来，催眠的层次越深，暗示的效果就越好。好的催眠深化方式往往能借助周围的环境。虽然你会尽量找安静的地方进行自我催眠，但是没有一点噪声是不太可能达到的要求，在催眠状态下你可能会听到飞机声、车辆来往或邻家的狗叫的声音等。这些噪声并不完全是阻碍催眠的东西，相反它们可以被用来帮助增加自我催眠的深度。暗示自己当每次听到飞机飞过，或每次狗叫的时候，你将会进入更深层次的催眠状态。这种深化方式影响力会非常大。虽然大部分催眠的意图能在相对较浅的催眠状态下就可以实现，但是深化催眠可以让你了解不同催眠层次之间的差异，从而你能更好地体验催眠状态。而你对自己催眠状态的感觉越熟悉，自我催眠的能力也就变得越强。

深化催眠和催眠诱导的方法很相似。数数字就是个大家熟悉的例子，暗示自己每数到一个数字，你将进入更深层次的催眠状态。还比如说楼梯，你可以再开始攀登或走下新的一层楼梯，每走一步暗示自己催眠的层次正变得越来越深。

也许你会担心陷入恍惚状态后会难以自拔，而事实上，这种现象不可能会发生。也许你会打几分钟瞌睡，这是最糟糕不过了。因此，告诉自己当走出催眠恍惚状态后会精神抖擞、反应灵敏就是一个好办法。你的潜意识会对这个暗示做出反应，你也会产生和暗示一样的感觉。

怎样知道是否进入催眠状态

第一次尝试自我催眠的人总会怀疑是否自己真的进入了催眠状态。令人们感到困惑的是自己仍然有意识且头脑清醒。这是催眠吗？回答是：这是催眠。

深度的松弛感

在恍惚状态的主要生理现象是深度的松弛感。催眠不是什么悬乎的东西，你会感觉催眠事实上也的确是十分自然的一种状态。

进入催眠状态下，可以自己做记录

当催眠时或在催眠之后，你还可以监控自己的感觉，或留下书面的记录。催眠后人们的感觉并不是完全相同的，进入催眠的层次越深，体验也会不同。

在练习自我催眠的时候，你可以体会在催眠的不同阶段会出现什么样的感觉。

第三章

每天用点催眠术

这一部分，将会为你提供二十几份专业的瞬时自我催眠台词，以便来满足你各种各样常见的自我完善方面的目标。此时最重要的是你应该十分明确自己目前的日常生活中，有哪些方面是迫切需要改善的，以便带着一定的催眠目标去催眠。因为这些目标是会不断地激励你，这种激励或动机是各种催眠治疗或自我调节能够取得成功的前期关键因素。

应用催眠就这么简单

如何使用瞬时自我的催眠台词先浏览每个台词的标题，看看它们所写内容是否与你当前想要实现的目标相吻合？如果没有一份稿件与人自己设定的目标相匹配，那么，不要灰心，在这里，你将会轻松掌握自己编写催眠台词的技巧，从而利用它们实现自己的愿望。

请按照如下步骤去使用本章中的瞬时自我催眠台词：

（1）每个疗程都要选择一份台词，在所有催眠台词中选一份与你的既定目标最贴切的台词，并且用书签做个标记。

（2）在开始一个疗程之前，请大声朗读瞬时自我催眠“读者导言”，阅读时要放慢语速，尽量使用一种放松的语调。

（3）在导言快要结束时，迅速翻到已经做好注标的那份催眠台词，继续大声朗读其中的指令，慢慢地读，边读边用心体会它们的重要意义。在阅读它们时要运用自己的感情，充分地投入而不是像在阅读导言时那样。用一种使人昏昏欲睡的语调，要加倍重视用斜体标注的文字和段落，对于方括号内的文字，可以不必大声阅读，但要领会它们的意图，遵从它们的指示。

（4）一旦你阅读完了催眠台词中的所有指令就可以通过阅读“唤醒”部分来结束此次疗程了。即使不用阅读“唤醒”部分，你也可以慢慢地，自然地从催眠中自己恢复过来。但是为了你有效、迅速地从每个疗程中恢复过来，最后使用“唤醒”部分为了你的阅读方便，我们在每个台词末尾部分都重复添加了“唤醒”部分。这样可以更好地提示读者。

在每个疗程中最好选择一个针对性的目标来完成，如果有多个目标需要通过催眠来实现的话，那么最好把每个目标分开来完成。比如说，可以在早晨的催眠中进行戒烟而在晚上的催眠中进行减肥。

一旦你确定了自己的目标，那么在你开始催眠之前，最好先浏览一下与既定目标相符合的催眠台词。

在每个台词的标题下面都给出了一段明确的说明，介绍这段台词是用来专对哪些目标设定的。一定要仔细阅读它们，以便核实它们是否与人的期望相一致，并且检查它里面的指令是否适合于你，如果它们不适合，那么你可以按照本篇第三部分教你的那样来自己撰写指令。有些指令看上去好像跟自己的目标根本不沾边，其实就像许多其他大脑认为不太适用的指令一样，它们都会很容易被潜意识所忽略。

练习程度影响催眠的结果

当你将瞬时自我催眠付诸实际后，对于不同的人来说练习的程度不同，结果也不同。

药物吃得再多有时候也于事无补

反复练习催眠技巧效果才显著

对于药物治疗而言，你即使吃再多的药，效果也是一样。

催眠，你越是不断地练习，增强自己的催眠技巧，你所达到的效果就越是持久而有效。

当然，有些既定目标的实现是比较模糊的，大概需要较长的时间才能完全表现出来。在有些时候，你还需要将自己的大目标分散成几个小的目标来进行。

在你开始阅读“读者导言”之前，最好想一想你为什么要为自己设定这些目标并试图去实现它们。因为催眠台词主要就是用来激发你的动机，所以你最好从心底里明白自己所选定的目标的重要意义，要保证自己是真心实意地要去做这件事而不是自欺欺人。比如说，如果你想要戒烟你必须首先明白吸烟对你是多么的有害，它不会给你带来任何好处；如果你天天想着以后可能会离开自己心爱的香烟，是多么难受啊，那么你是很难戒掉吸烟的，没有任何催眠可以帮你。这种动机必须是真诚的、彻底的、完会发自内心的。

生活就是这样，我们应该诚实地面对自动的真实动机。在每次催眠开始之前，如果能够把自己为什么要实现所定目标的理由都写下来，这样效果会更好一些。写下这些动机，将会帮你的大脑理清头绪。即使你认为这些动机是显而易见的，还是应该花些时间让自己清楚地认识它们。这只需花费几分钟的时间，却会促使你更快地获得成功。

坐享成功

现在，你可以准备选用任何一份瞬时自我催眠台词开始催眠了，你将会因为这种方法能如此高效地助你实现自己的目标而感到震惊。

在每一份为你精心准备的专业台词中都包括各种类别的指令。现在的你不必要了解这些指令的类型和工作原理，但是它们已经被证明是高效、快速、持久的。

最后，准备去体验自己的瞬时自我催眠疗程吧！你将会感到它们是如此有趣，如同中大奖一样。除了能帮你实现个人愿望之外，还能让你在疗程结束之后倍感放松，身心愉悦。这是因为催眠本身就是一个很好的自然减压器。

瞬时自我催眠术读者导言(大声朗读)：

“伴随着一种独自安静的、舒适的感觉，我缓慢而轻柔地阅读着，我用自己的声音来舒展我的身体和大脑，我的身体慢慢地静下来，好像所有的事物都放慢了节奏，伴随着我所阅读每一个文字以及我所发出的每个音标，我感到越来越放松，时间一分一秒地过去，我的大脑也一点一点地变得如山顶湖面一样平静。

“当我的大脑平静下来时，我一边阅读一边通过幻想来进入更深程度的放松，我根据自己阅读的内容不断地幻想着:自己正坐在一张舒适的靠椅上，而脚下就是美丽的海滨，四周全是金色的沙滩，海浪不断冲上岸来，我甚至可以听到来自大海的轻柔而有节奏的旋律。

“我可以感受到从身体掠过的略带湿气的海风，阳光温暖地照着我的身体，我甚至可以感到阳光照到了我的头皮，瞬间消除了我所有多余的紧张，此时好像我所有的思绪都停滞了，因为我正集中精力去体会那温暖的阳光，让它照射我的脸、我的面颊、我的双眼，环绕着我的下巴。

“阳光亲吻着我的脖子，温暖着我的喉咙，使我可以对每一个字都能脱口而出，那种感觉就好像阳光伸出成百上千根纤细的手指来按摩我的双肩，我的后背一样，让我备感放松。这种温暖而放松的感觉像泉水般自上而下地流动，滑过我的手臂，顺着我的指尖向外流淌。

“我不断地注意着自己的臀部和骨盆的反应，体会着温暖的阳光，渐渐地消除了它们的紧张与焦虑。现在我又开始观察我的双腿的反应，阳光照射到它们时，它们会变得如此的炽热，而且非常放松。我都能感觉到我的双脚及脚趾都是如此温暖，舒服。

“我一边感受着阳光，一边幻想着慢慢合上双眼，准备将自己催眠，我深深地做了3次深呼吸。过了一会儿，我看到了橘黄色的阳光照在我的眼帘上。但是此时，阳光已经变暗，不再那么刺眼，变得更加舒适，而我也在渐渐地、渐渐地走向自己的内心深处。

“我想象着，自己正走入一幢又高又漂亮的现代建筑，我穿过旋转大门，步入华丽的大厅。大楼里站着一名又高又壮，全副武装的保安人员——他负责整个大楼的安全，以防外界干扰。保安用刚毅的目光打量着我，随后便认出来我是整个大楼的主人，他是为我服务的，我满意地冲他点点头，然后径直朝电梯走去。

“我可以在电梯那如镜子般的门面上看到自己的样子，看起来我显得很轻松、自信，我按了向下的按钮，电梯门打开了。当我走进宽敞华丽的电梯包厢时觉得很有安全感，我走向控制板按了一下数字‘10’，数字‘10’亮了起来，电梯门也关上了。电梯开始带着轻微的‘嗡嗡’声平稳地向下移动。

“我盯着那些控制板上的数字灯不断地变化，电梯到了哪一层，哪个数字就会亮起来，伴随着数字的不断变化，我发现自己也在不断地陷入一个神秘的地方，远离尘嚣。

“当电梯移动时，我一直观察着控制板上的数字，伴随着每一个数字我都会陷入更深的放松状态。

“走向这个庞大建筑物的内部越走越深。

“当我进入到第十层时，我将被深度催眠。

“我将会睁着眼被催眠，睁眼是为了接受有益的指令。

“我感到自己可以平稳地，不费力气地慢慢陷入，还感到极度的平静。

“在电梯向下运动的过程中，我一直盯着门上面的数字，看着它们一个一个地替换。

“继续深入，感到安静，非常放松。

“我感到安全，冷静;再不断地深入，向下深入。

“我可以在睁眼的情况下让自己进入催眠。

“电梯缓慢地停下来，此时我看到门上的数字‘10’亮起来了，我到达目的地了，

催眠减压，收获阳光心情

以下的指令是专门设计用来为您消除日常生活中经常遇到的一些紧张或者焦虑情绪的。

“现在我要将一整天的紧张与焦虑消除殆尽。”

“以后我的每一天都会非常放松，舒服，就像现在一样。”

“我要将所有的紧张、焦虑、不安从我的身体和大脑中赶走。”

“深深地吸一口气，当我吐气的同时，身体中紧张的部位也会得到放松，当我的身体得到放松以后，我整个人都感觉好了很多。”

而我现在也同样已经被催眠了。”

“电梯门打开了，我走入一间陈列摆设让人感觉非常舒适的书房，壁炉里的一根干柴正在噼里啪啦地熊熊燃烧，发出耀眼的火苗，好像在欢迎我的到来，我挑了一张看上去很舒服的椅子坐下，随手拿起放在旁边桌子上的一本书，浏览着它的封面，上面写着‘瞬时自我催眠’的字样。我翻开书，开始往下读。里面的文字立刻吸引了我，就像要从书页里跳出来直接进入我的大脑一样，上面这样写道:

“你现在可以在睁眼的状态催眠自己。每当你阅读瞬时自我催眠这本书的任何导言时，你都会自动进入一种身心放松的状态，而且每次你利用瞬时自我催眠术催眠自己时，都会自动进入比上一次催眠更深入的状态。现在你可以通过阅读唤醒部分来将自己从催眠中唤醒了。”

“你现在可以在睁眼的状态催眠自己。现在的你正处于一种高度可建议状态，你将在催眠的状态下阅读有关自己目标的催眠指令。”

“你的大脑将会像海绵吸水一样吸收你的指令，你可以在阅读唤醒部分之前一直睁着眼睛来催眠，还能冷静地把书翻到你作标记的那一页。”

催眠告诉自己：我能，我行

指令

这一部分台词将教会你消除对失败的恐惧感，鼓励你拥有提前面对任何结果的正确的心态。你也应该做好准备利用这部分台词来获得可喜的收获。

我希望也一定会得到我想要的结果。不管这些目标是有关生活方面的还是工作方面的。

我拥有雄狮般的壮志雄心、雄鹰的双翅、天使的智慧、公牛的毅力与决心。我会也一定能够得到我想要的任何目标。不管在我前进的道路上出现什么困难，也阻挡不了我前进的步伐。因为我想要成功，所以我会千方百计地设计着去获得成功。我坚信成功一定会属于我的。

世上没有什么可以称作是失败，唯有一个结果，而我必须找到自己想要的结果。我必须敲开成功之门。我开始行动了，当一次结果不是我想要的，那么我会总结经验，分析问题，然后从新再来。我不断地尝试，一次又一次，直到结果令我满意。

我设想着，自己追寻的结果，就像是一个靶子。而我就是一名弓箭手，渐渐地我变成了一名专业的射手。我明确自己的目标，也学会了如何射箭。我的目标就是射中靶心。如果我第一次没有射中靶心，甚至连靶盘都没有射中，没关系，这只是一种结果，我会再射一次。我一直瞄准靶心，不断地放箭，直到射中靶心，才会满意。每次射箭的时候，我的意识和潜意识都会协同工作，不断地做出各种调整和演算，直到我射中靶心，完成自己的目的，令我满意。

我明白自己想要什么，我也会一直去追求。对于我自己的追求，我会大胆地去想，全心投入，并付诸行动。现在我会调动一切因素，来实现自己的需求。整个宇宙万物包括生命本身都与我同步，并肩作战。我身边的一切，前后左右都在鼓励着我，支持着我，朝着自己的目标前进。

面对自己的目标，我十分沉着冷静，我不会向任何人诉说自己的目标，除了那些能够直接帮我完成任务的人。除非在万不得已的情况下，我是不会将自己的想法告诉别人的，哪怕是我的朋友和家人。我要点燃自己的心中的火种，全心全意地去追求成功。我没有必要听取他人的指点或征得他人的同意，因为我知道自己想要什么，我也明白自己一定会做到，一定会成功的。所以在我成功达到自己的目标前，我会尽可能保持低调，孜孜不倦地去努力。我只向那些会直接帮助我的人诉说我的目标。

“付出总有回报，在我不断为自己的目标去努力的同时，成功也一步步向我靠近。所以我会采取下一个步骤来朝自己的最终目标前进。我将会想象着自己的下一步，它会是什么呢？是什么可以让我距离自己的目标更近呢？我想象着自己下一步的各种场景（现在可以睁着眼睛来想象一下自己的下一步是什么样子）。”

唤醒

“我从1数到5，就会让自己从催眠状态中清醒过来。当我数到5的时候，我将会变回原来的活跃状态，全面清醒。1……开始从催眠中醒过来。2……开始感知到周围的事物，有一种满足感、安全感或舒适的感觉。3……期待着催眠给自己带来满意的结果。4……感到乐观，精神振作。5……现在全部清醒了，又恢复活力了。”

催眠助你更加果断高效

指令

以下的指令是用来增强你在工作时的果断性和有效性的，可以让你在作决定时更加自信。

现在，我变得更加果断，从而极大地提高了我的办事效率。

我现在要增强自己做决定的能力，将主动权牢牢握在自己手中。我停止怀疑自己，我相信自己能够作出很好的决定。在任何工作中，我都能够十分自信地做出决定。我将会更加有效地提前组织好一天的工作。我将非常从容地做出决定：该做什么事情，以及哪些事情应该在计划之内完成。我不会再花费哪怕几秒钟来猜测自己的决定。我相信我自己。我将迅速地采取行动，并一直坚持下去。

我对自己的决定非常放松，并能够轻松简便地执行它们。一旦出现走神或犹豫，我会迅速地做出调整，并马上开始采取自己既定的行动。我对每个预备方案的正面和负面的影响都做了深思熟虑，然后可以做出积极、乐观的决定。我相信我自己的

超然自信，应对自如

通过以下的指令，你将会在日常工作中或商务谈判时增加自信心，取得事业上的巨大成功。

“现在，我在处理所有的事情时都会备加自信。”

“我希望别人能够赏识我的工作，信任我的想法。我提出好的想法，并与我的主管、同事以及商业伙伴一同分享。”

“我正在寻求自己工作中更大的成就。我每天自信而高效地做着自己的工作，对于工作中出现的难题，总可以提出创造性的解决方案。”

决定是正确的，而且是我自己能够在有限时间内做出的最好的决定。我从容地应对着各项工作任务，合理地组织它们，小心细致地将它们先后排序，我十分有能力，十分自信。我选择现在应该做的事情，然后将每件事情按照预先的安排一一展开，直到将它们在指定的时间内完成。我一直专心于自己的工作，直到它们被完成，令我满意为止。我再也不会怀疑自己是否具有做出完美决定的能力。现在，我再也不会走神，我将集中精力在自己想要完成的工作上，专心于自己的工作安排。

我想着自己正坐在工作台前，手头上有大批的材料和任务。我谨慎地安排着这些任务的先后次序，小心细致地整理着手中的材料。

我决定先从最重要的工作开始，其他的稍后再做。这时我桌子上的电话响了。我十分礼貌地回复了电话，并且让来访者能够理解，我现在很忙，我将会在忙完了手头的工作后再打给他们。我挂上电话后，我的心思又马上回到目前的工作上来。我设想着自己正专心致志地工作着。当我顺利地完成工作后，心里美极了，甚至还奖励自己可以稍微休息一下。我用了不几分钟的时间给刚才的来访者回了电话，作了简短的对话。休息过后，我的精力恢复了，我十分果断地开始了自己下一项工作。

“从现在开始，我相信自己作决定的能力。我变得非常果断。我从自己的备选方案中精心地挑选各项工作，然后把它们编入计划。我能够非常高效率地面对各种工作。每天在面对各种大小不一的工作任务时，我都能够非常有效地将它们组织、排序，安排得井井有条。”

唤醒

“我从1数到5，就会让自己从催眠状态中清醒过来。当我数到5的时候，我将会变回原来的活跃状态，全面清醒。1……开始从催眠中醒过来。2……开始感知到周围的事物，有一种满足感、安全感或舒适的感觉。3……期待着催眠给自己带来满意的结果。4……感到乐观，精神振作。5……现在全部清醒了，又恢复活力了。”

快速康复

指令

以下指令的目的是为了使你的身体能从疾病和伤痛中更快和更彻底地恢复。

我的思维控制着自己的身体。我的潜意识可以控制自身的从伤病中自我愈合的能力。我的潜意识也可以调节自己身体自我康复的速度。在催眠的作用下，我可以做到去控制自己的潜意识来使身体达到非常完美的自我康复。

我现在委托自己的潜意识使自己的身体能够非常有效地去自我恢复。从现在开始，我将指使自己的思维，让其更加安全有效地去增强自身战胜疾病的能力。同时我也能够非常及时地消除伤痛所带来的困扰。

现在，我命令自己的思维去控制自己的身体，来使其能够非常迅速地制止伤痛，让它能够更快地恢复和重建新的健康细胞。

我的身体现在可以很快地产生新的健康细胞。而我现在也能够非常迅速地摆脱伤痛和疾病所带来的困扰。从现在开始，都会非常有效。

我的潜意识利用着身体的各方面的资源，它就好像是一位生物学家或化学家。我的潜意识是自己身体生物学方面的专家；我的潜意识也是自己身体化学方面的内

催眠让你精力更加充沛

以下的指令可以帮你减少疲惫的感觉，增加日常生活中的体能和激情。

“现在，我要将疲惫、冷漠的感觉从身上赶走。”

“这样我会将自己变得更加积极主动，充满活力，充满热情。”

我想要战胜一切困难

我的免疫系统完全能战胜病魔

“我将自己快乐、活跃的一面展现出来，这样其他人也会被我的性格和行为所感染，从而喜欢上我。清晨醒来，我感到精力充沛。在新的一天里，我将更加具有活力。”

行。它明确地知道什么样的化学成分和适当的分量是可以用来帮助促进我的身体快速康复的。我可以设想自己的潜意识就像是一位在实验室里工作的科学家。我可以看到这位科学家——一位精通生物学和化学方面的天才。这位科学家有一个非常大的实验室，并有资格使用很多的药剂。我的身体包含着各种自身所需的化学成分和细胞，它也可以随时产生出任何新的自身所需的物质或是细胞。

我设想自己这位体内的科学家工作非常努力。运用着各种的科学仪器和设备——它用显微镜仔细地检查着我身体的各个细胞，并且决定选配何种的化学试剂

强壮的免疫系统

以下指令的目的是为了使你能够拥有更加健康的免疫系统。

“我希望自己非常健康和快乐，并可以享受美好的生活。”

“我让自己能够胜任生活的各个方面，包括自己的免疫系统。”

“现在我最大可能地强化了自己的免疫系统，以此来和侵入身体的病菌作战。”

添加到实验试管中去，在我看来，好像是这位自己的科学家找到了某种仙丹灵药，把这些有神奇功效的物质放进一根长长的试管……它可以达到我身体的各个部位，使我的身体最终得到迅速有效地治愈。不管是现在还是将来，这个秘方都将会使我不再受到任何疾病和伤痛的困扰……我将能够永远地迅速自我康复——我就是这样的人。

“现在，我的潜意识按照自己的想法去营造了一种状况，并且把我的命令传达给了身体里的每一个细胞，使身体快速完全地恢复健康。”

唤醒

“我从1数到5，就会让自己从催眠状态中清醒过来。当我数到5的时候，我将会变回原来的活跃状态，全面清醒。1……开始从催眠中醒过来。2……开始感知到周围的事物，有一种满足感、安全感或舒适的感觉。3……期待着催眠给自己带来满意的结果。4……感到乐观，精神振作。5……现在全部清醒了，又恢复活力了。”

创造性地解决问题

指令

以下指令的目的是为了激发出你的创造思维从而去解决一些实际的问题。特别提示：一次只选择一个需要解决的问题。每当看到空格的时候，请说出你自己需要解决的那个问题或是任务。

我想到了一个创造性的方法去解决____。

我非常有创意。我相信自己有足够的能力去解决任何问题。我现在开始开发自己头脑中的所有资源去寻找解决关于____的方法。万事都有一个解决之道，也许可能不止一个解决办法。我的头脑可以用最原始的方法把自己所有的思绪都组织到一起，最终帮我找到解决____的方法。

任何的问题实际上都是一种机会。这个机会让我能够去发掘自己更多潜在的智慧，来帮助解决____这个问题。它是一次挑战也是一次机遇，我期待着从自己大脑和意识中组织出来的具有创意的答案。答案马上就要出来了，慢慢地浮现，就好像是来自一潭深池，破水而出，展现出我需要的答案。我轻而易举般地就能得到的解决问题之道。

我设想当我晚上去睡觉的时候，我的潜意识将会去寻找问题的解决办法，并会在早晨给我带来一个非常完美的答案。这个答案可能是在自己的一个记忆犹新的梦中找到的，也可能就直接出现在我的脑海中；可能是在晚上也可能是在白天的时候。我知道这是我的潜意识利用了自己内在的资源找到了答案并揭示给我的。

这让我感到非常高兴，因为我知道了自己的意识和潜意识是能够多么有效地互通协助，能提供给我任何需要的。不管是什么，都非常迅速且轻易。

“我设想，现在自己是一家经营非常有效率的公司的老板，而我的每一位员工都是一个非常有创造性的天才。他们喜欢在深夜工作——当我睡觉时，他们工作。我的这家由天才组成的公司有一个通宵的传输系统。我下达命令让我的这些天才们

你的创造天赋

以下指令的目的是为了挖掘出你更多的创造天赋，使之能应用到你的艺术感觉中去。

“我非常有创造性。我是个非常有创建的人。我可以真正有创意地去表达自我。”

“我不会再去束缚自己的创造性。创新性很自然地就从我身上显现出来了。”

“我的思维有一部分是非常有创造性的，由此我会让自己完全充分地利用好这部分思维。”

去寻找解决——问题的办法。我指示他们一旦找到答案，就直接报告给我——用晚间特快专递。这样一来，第二天自己就能拿到它。就是第二天，当我醒来的时候。我醒来感到无比地轻松和自在，精神焕发。我对自己的那些天才员工充满自信。他们已经来向我提交那份非凡的答案了，并且就要马上展示给我。我现在有了解决——的答案了。"

唤醒

"我从1数到5，就会让自己从催眠状态中清醒过来。当我数到5的时候，我将会变回原来的活跃状态，全面清醒。1……开始从催眠中醒过来。2……开始感知到周围的事物，有一种满足感、安全感或舒适的感觉。3……期待着催眠给自己带来满意的结果。4……感到乐观，精神振作。5……现在全部清醒了，又恢复活力了。"

赚更多的钱

指令

以下指令的目的是为了使你能够增强自己的自信心和动力去赚更多的钱，并且消除关于钱的一切消极想法。

"我不再怀有对钱的偏见或是怀疑自己赚钱的能力。我现在相信自己有能力去创造更多的财富，赚更多的钱。我会很好地使用这些钱，不论是对自己还是对他人。钱本身并没有什么好与坏之分，只是取决于人们是如何使用它。"

"我相信自己能正确对待和使用好钱。我的钱会越来越多，但我会非常慷慨大方。当我变得越来越有钱之后，我就可以更加大方，我会用自己的钱去做一些好事。那些自己想得到的东西，我理所应当得到的，我一定会尽量地满足自己。想变得有更多的钱，完全是很自然的，并没有什么不对。我应该得到自己想要的东西。"

"我值得去拥有自己所梦想的东西，而这并不会以剥夺他人的利益为前提。当然，我有的钱更多，我自然就能花得更多。当我花钱的时候，很自然我就把这些钱给了别人。这样一来，这些人也就有了更多的钱去干他们想干的事情了。我不知不觉地就帮助了别人，使他们拥有了更多的钱去自己消费。这难道不是非常好的事情吗？当我赚到了更多的钱，我不仅可以帮助自己，同时也可以帮助别人。所以，我真的很想去赚更多的钱。"

"设想一下，在我自己的城堡里，我站在一扇奢华的银制大门前面，大门的表面全都是用宝石镶嵌的。我用自己的钥匙打开了这扇大门，当打开它之后，我看到一间藏宝室。在这里面，满满堆的全是装满了金银珠宝的大箱子，里面装着不计其数，闪闪发光的红宝石、翡翠、蓝宝石和其他的一些稀有珍宝。这里有用钻石做成的竖灯，璀璨的灯光从金银珠宝表面折射过来照打在我的脸上，真是太奇妙了。屋子里的墙上全是用锦织绸缎装饰的，这种情形可能也只有在皇家的宫殿中才能看到。当我仔细地看自己时，发现其实自己也是身着绫罗绸缎，原来我也是皇亲贵族啊！这个藏宝室和里面所有的东西都是属于我的。在这个屋子正中的桌子上摆放着一个巨大的金制高脚酒杯，两边还摆满了各式各样的美味佳肴。我端起了酒杯，从它那光洁的金属表面上看到了自己的身影是如此尊贵。我现在从这酒杯里喝下了一口酒，那些食物也是非常丰盛可口。我感觉太好了，太高兴了，因为现在我发现了自己的藏宝室——这里面所有的东西，我都可以随意支配。”

“我生活在一个富饶的世界里。我让自己可以分享这些富饶。我意识到这些充足的财富其实就是在我周围以各种各样的形式存在着，我让自己紧紧地跟随着这些财富。这些充实的财产包括金钱和物质上的获取。当我自由获取的同时也可以自由地给予别人，而这些人也会把他们所获取的分享给地球上的其他人。我怀着更为高兴和感恩的心态来获取更多的物质财富。”

“我对更多的赚钱态度是完全开放的。我对所有能更多赚钱的机会都不会放过。但我对这种赚钱的机会都很细心和谨慎。我会亲近一切能帮我赚到钱的人，我会抓住每个赚钱的机会。我的聪明头脑足以让我得到自己想要的任何东西。我得到了自己想要的东西。我得到了自己想要的所有东西，想要多少就有多少。但都是以文明道德的手段和途径得来的。”

“现在，我想变得能让自己更加富有和能够去赚更多的钱，我充分肯定自己这些对钱的想法和态度。我让自己的创造力去指引自己，指引我能创造出更多的财富和金钱。”

唤醒

“我从1数到5，就会让自己从催眠状态中清醒过来。当我数到5的时候，我将会变回原来的活跃状态，全面清醒。1……开始从催眠中醒过来。2……开始感知到周围的事物，有一种满足感、安全感或舒适的感觉。3……期待着催眠给自己带来满意的结果。4……感到乐观，精神振作。5……现在全部清醒了，又恢复活力了。”

附录：联单催眠术大事记

公元前1200年

希腊医师阿斯克勒庇俄斯医术超群，后被尊崇为医神。希腊人和罗马人先后修建了睡眠神庙，病人在庙中睡觉时会在梦中被告知治疗方法。

公元前1000年

埃及人修建了神庙，供牧师通过语言和抚摩进行治疗。

1060年

据说英国忏悔王爱德华具有碰触治病的能力。

1100年

法国菲利普一世以双手具有治疗能力而著称。

1493年

相信磁性控制人体健康的学者帕拉赛索斯在瑞士降生。

17世纪60年代

英国国王查理二世运用御触治疗他的臣民。

1734年

弗兰茨·安东·梅斯默于5月23日在伊治兰（今天的德国）出生。

18世纪70年代

梅斯默是维也纳颇有成就的医师，与利奥波德·莫扎特及其子沃尔夫冈·阿玛迪厄斯·莫扎特结交。

1774年

奥地利维也纳的皇家天文学家、天主教牧师麦克斯米伦·海尔运用了催眠技巧和金属板。梅斯默借鉴了同样的技巧治愈了一位病人，从而发现了动物磁流。

1775—1776年

牧师伽斯纳神甫采取了舞台催眠的形式。梅斯默观看了他的表演，认为伽斯纳利用了动物磁流。

1784年

法国国王路易十六在巴黎成立了一个委员会对梅斯默催眠术进行调查，委员会以本杰明·富兰克林为首。富兰克林认为梅斯默催眠术和动物磁流学说纯属子虚乌有，全都是大脑意念在起作用。

1784年

梅斯默从前的一个学生普赛格侯爵阿尔曼德发现了一种深度恍惚，并将其命名为梦游。

1808年

支持催眠应用的英国外科医生詹姆斯·伊斯岱诞生。

1815年

梅斯默在出生的村庄附近逝世，这时的他已被科学界遗忘了。

1821年

法国出现了利用磁性进行无痛牙科和外科诊疗的第一批报告。

1826年

一个法国科学委员会为梅斯默术提供了强有力的证据。

19世纪30年代

约翰·伊利欧森是伦敦皇家医学暨外科手术协会主席，他对动物磁流学说产生了兴趣并且在患者进入恍惚状态时进行了1834例外科手术。

19世纪30—50年代

梅斯默术的衍生手法在美洲日益流行。

19世纪40年代

身在印度的英国医师詹姆士·伊斯岱使用梅斯默术为众多患者实施了上百例重大手术——甚至包括截肢。

1840年

磁性学会在新奥尔良成立，旨在研究催眠及其效果。

1841年

一位苏格兰眼科兼内科医师詹姆士·布莱德观看了梅斯默术的一场演示，后来利用其进行了无痛诊疗。

1843年

布莱德出版了一本书，他在书中将梅斯默术重新命名为“催眠术”，该名得自希腊神话中的睡眠之神海普诺思。

1885年

弗洛伊德在法国神经病学家让–马丁·夏柯特指导下工作，夏柯特在他的巴黎诊所里实施催眠。弗洛伊德成为催眠术的公开拥护者。

1892年

英国医学协会在报告中支持催眠术的医学应用。

1894年

乔治·杜·莫里耶出版了小说《特里比》，小说中的大反派斯文加利影响了后世对催眠性质的理解。

1897年

弗洛伊德抛弃了催眠术，代之以自由联想。

1913年

20世纪的美国催眠学泰斗奥尔蒙德·麦可吉尔在加利福尼亚州的帕罗阿托出生。

1914年

第一次世界大战爆发了。由于心理疾病导致了大量瘫痪和健忘病例，以及精神病医师的稀缺，人们对催眠的兴趣再次萌芽。

1919年

法国专家皮埃尔·简列特在出版的著作中预言了催眠学的再次兴起。

1923年

米尔顿·艾瑞克森参加了学者克拉克·赫尔在威斯康星大学举行的一次催眠学讲

座，从此踏上了研究催眠的征程，最终成为美国最杰出的催眠学家。

1925—1947年

催眠学在牙科中的应用在美国愈来愈普遍。

20世纪30年代

名噪一时的美国催眠学家米尔顿·艾瑞克森被誉为临床催眠学的权威人物；他是一位间接催眠大师。

1930年

克拉克·赫尔被禁止利用学生进行实验，因为耶鲁大学的当权者们害怕催眠会带来危险。

20世纪40年代

美国催眠学权威人士之一奥尔蒙德·麦可吉尔出版了关于催眠的第一本著作，之后他又陆续出版了30余本影响深远的著作。

1943年

心理学教授乔治·埃斯塔布鲁克在出版的著作中宣称催眠可用于军事。

1950年

中央情报局利用催眠术审讯间谍和训练间谍。

1951年

“洗脑”一词开始使用。英国苏塞克斯郡发生了一个有记载的病例。梅森医生运用催眠疗法治愈了一个男孩的鱼鳞癣皮肤病，这使催眠术的医学用途得到接纳。

1952年

英国颁布了催眠术法案，允许舞台催眠师从业。

1955年

英国医学学会认可了催眠术治疗一些疾病和减轻疼痛的用途。

1958年

美国医学学会正式认可了催眠疗法的用途。

1962年

电影《满洲候选人》（又名《洗脑密令》，译者注）上演，增加了人们对洗脑的恐惧。

1980年

米尔顿·艾瑞克森逝世，在漫长的职业生涯中，他影响了一代又一代的催眠治疗师。

1993年

一名英国女子莎隆·塔芭恩自愿参加了一场舞台催眠表演，5小时后，她在一次癫痫发作后死去。

1993年

美国精神病学会警告说：在包括催眠在内的治疗中恢复的记忆有可能都是虚假的。

1994年

英国议会就塔芭恩事件和其他催眠事件进行了辩论。政府允诺重新审议1952年的催眠法案。

1995年

英国政府召集的一个专家组裁决:没有证据可以证明舞台催眠表演的参与者会发生严重危险。不过,1952年催眠法案中的一些许可法规更加严格了。

2001年

哈佛大学的研究结果表明人们在催眠状态中大脑活动确实发生变化；这证实了存在特别催眠状态的论点。

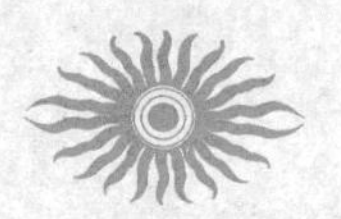